U0329970

俄苏文学经典译著·长篇小说

陀思妥耶夫斯基（1821—1881）

　　俄国现实主义作家。军事工程学校毕业。当过制图员。1845 年发表中篇小说《穷人》。后又写出《双重人格》《白夜》等中篇小说。1849 年因参加反农奴制活动被判死刑，后改判为流放西伯利亚。流放归来发表长篇小说《被侮辱与损害的》和《死屋手记》。后出版长篇小说《罪与罚》《白痴》。

耿济之（1898—1947）

　　著名文学家、翻译家。原名耿匡，字孟邕，上海人。1917 年就读于北京俄文专修馆。1919 年参与创办《新社会》旬刊和《人道》月刊，宣传俄国革命和社会主义。俄专毕业后曾在中国驻苏联赤塔、伊尔库茨克、列宁格勒等地领事馆任职。抗日战争期间隐居上海，专事俄苏文学译介。一生译有《猎人日记》《父与子》《白痴》等二十余部俄苏文学作品，对译介俄苏文学做出了巨大贡献。

俄苏文学经典译著·

长 篇 小 说

Russian

Literature

Classic.

NOVEL

Идиот

Dostoevsky

白痴

[俄]陀思妥耶夫斯基 著

耿济之 译

三联书店

图书在版编目（CIP）数据

白痴/（俄罗斯）陀思妥耶夫斯基著；耿济之译. —北京：生活·读书·新知三联书店，2020.11
（俄苏文学经典译著. 长篇小说）
ISBN 978-7-108-06526-1

Ⅰ．①白… Ⅱ．①陀…②耿… Ⅲ．①长篇小说-俄罗斯-近代
Ⅳ．①I512.44

中国版本图书馆 CIP 数据核字（2019）第 041237 号

责任编辑　刁俊娅
封面设计　樱　桃
责任印制　黄雪明
出版发行　生活·讀書·新知 三联书店
　　　　　（北京市东城区美术馆东街 22 号）
邮　　编　100010
印　　刷　常熟市人民印刷有限公司
版　　次　2020 年 11 月第 1 版
　　　　　2020 年 11 月第 1 次印刷
开　　本　650 毫米×900 毫米　1/16　印张　44.25
字　　数　591 千字
定　　价　126.00 元

俄苏文学经典译著

出版说明

　　本丛书是对中国左翼作家所译俄苏文学经典一次系统的整理和展现，所辑各书均为名家名译，这不仅是文献和版本意义上的出版，更是对当时红色文化移植的重新激活。

　　早在 1948 年生活书店、读书出版社、新知书店合并为生活·读书·新知三联书店前，三家出版社就以引介俄苏经典文学和社会理论图书等为己任。比如 1937 年生活书店出版托尔斯泰的《安娜·卡列尼娜》，1946 年新知书店出版《钢铁是怎样炼成的》。新中国成立以后，虽然也有出版社对俄苏文学经典进行重译、重编，但难免失去了初始的本色，并且遗失了些许当时出版的有价值的译著；此外，左翼作家的译介因其"著译合一"的特点，在众多译本中，自有其价值；更重要的是，这些文学经典蕴含的对生活的热情、对信仰的坚守、对事业的激情在今天亦鼓动人心，能给每一位真诚活着的人以前行的动力。因此，系统地整理出版左翼作家翻译的俄苏文学经典是必要的。

　　我们在对书稿进行加工时，主要遵循了以下原则：

　　一、本丛书为重排本，由繁体字竖排版改为简体字横排版。

　　二、忠实原作，保持原译语言风格及表现方式；对书中人物及相关译名除必要的规范外基本保留。

　　三、原书注释如旧，编者所出的注释，均以"编者注"标明，以示与原书注释的区别。

四、对原书中各种错讹脱衍之处，直接订正。

五、数字只要统一、规范，基本沿用；对标点符号的用法，尽可能做到规范。

六、在不影响原译意的情况下，对个别表述可能有歧义的字句进行必要斟酌处理。

总　序

　　生活·读书·新知三联书店推出"俄苏文学经典译著·长篇小说"丛书，意义重大，令人欣喜。

　　这套丛书撷取了1919至1949年介绍到中国的近50种著名的俄苏文学作品。1919年是中国历史和文化上的一个重要的分水岭，它对于中国俄苏文学译介同样如此，俄苏文学译介自此进入盛期并日益深刻地影响中国。从某种意义上来说，这套丛书的出版既是对"五四"百年的一种独特纪念，也是对中国俄苏文学译介的一个极佳的世纪回眸。

　　丛书收入了普希金、果戈理、屠格涅夫、陀思妥耶夫斯基、托尔斯泰、高尔基、肖洛霍夫、法捷耶夫、奥斯特洛夫斯基、格罗斯曼等著名作家的代表作，深刻反映了俄国社会不同历史时期的面貌，内容精彩纷呈，艺术精湛独到。

　　这些名著的译者名家云集，他们的翻译活动与时代相呼应。20世纪20年代以后，特别是"左联"成立后，中国的革命文学家和进步知识分子成了新文学运动中翻译的主将和领导者，如鲁迅、瞿秋白、耿济之、茅盾、郑振铎等。本丛书的主要译者多为"文学研究会"和"中国左翼作家联盟"的成员，如"左联"成员就有鲁迅、茅盾、沈端先（夏衍）、赵璜（柔石）、丽尼、周立波、周扬、蒋光慈、洪灵菲、姚蓬子、王季愚、杨骚、梅益等；其他译者也均为左翼作家或进步人士，如巴金、曹靖华、罗稷南、高植、陆蠡、李霁野、金人等。这些进步的翻译家不仅是优秀的译者、杰出的作家或学者，同时他们纠正以往译界的不良风气，将翻译事业与中国反帝反封建的斗争结合起来，成为中国新文学运动中的一支重要力量。

这些译者将目光更多地转向了俄苏文学。俄国文学的为社会为人生的主旨得到了同样具有强烈的危机意识和救亡意识，同样将文学看作疗救社会病痛和改造民族灵魂的药方的中国新文学先驱者的认同。茅盾对此这样描述道："我也是和我这一代人同样地被'五四'运动所惊醒了的。我，恐怕也有不少的人像我一样，从魏晋小品、齐梁词赋的梦游世界中，睁圆了眼睛大吃一惊的，是读到了苦苦追求人生意义的 19 世纪的俄罗斯古典文学。"[1] 鲁迅写于 1932 年的《祝中俄文字之交》一文则高度评价了俄国古典文学和现代苏联文学所取得的成就："15 年前，被西欧的所谓文明国人看作未开化的俄国，那文学，在世界文坛上，是胜利的；15 年以来，被帝国主义看作恶魔的苏联，那文学，在世界文坛上，是胜利的。这里的所谓'胜利'，是说，以它的内容和技术的杰出，而得到广大的读者，并且给了了读者许多有益的东西。它在中国，也没有出于这例子之外。""那时就知道了俄国文学是我们的导师和朋友。因为从那里面，看见了被压迫者的善良的灵魂，的酸辛，的挣扎，还和 40 年代的作品一同烧起希望，和 60 年代的作品一同感到悲哀。""俄国的作品，渐渐地绍介进中国来了，同时也得到了一部分读者的共鸣，只是传布开去。"鲁迅先生的这些见解可以在中国翻译俄苏文学的历程中得到印证。

中国最初的俄国文学作品译介始于 1872 年，在《中西闻见录》的

---

[1] 茅盾：《契诃夫的时代意义》，载《世界文学》1960 年 1 月号。

创刊号上刊载有丁韪良（美国传教士）译的《俄人寓言》一则。[1]但是从 1872 至 1919 年将近半个世纪，俄国文学译介的数量甚少，在当时的外国文学译介总量中所占的比重很小。晚清至民国初年，中国的外国文学译介者的目光大都集中在英法等国文学上，直到"五四"时期才更多地移向了"自出新理"（茅盾语）的俄国文学上来。这一点从译介的数量和质量上可以见到。

首先译作数量大增。"五四"时期，俄国文学作品译介在中国"极一时之盛"的局面开始出现。据《中国新文学大系》（史料·索引卷）不完全统计，1919 年后的八年（1920 至 1927 年），中国翻译外国文学作品，印成单行本的（不计综合性的集子和理论译著）有 190 种，其中俄国为 69 种（在此期间初版的俄国文学作品实为 83 种，另有许多重版书），大大超过任何一个国家，占总数近五分之二，译介之集中可见一斑。再纵向比较，1900 至 1916 年，俄国文学单行本初版数年均不到 0.9 部，1917 至 1919 年为年均 1.7 部，而此后八年则为年均约十部，虽还不能与其后的年代相比，但已显出大幅度跃升的态势。出版的小说单行本译著有：普希金的《甲必丹之女》（即《上尉的女儿》），陀思妥耶夫斯基的《穷人》《主妇》（即《女房东》），屠格涅夫的《前夜》《父与子》《新时代》（即《处女地》），托尔斯泰的《婀娜小史》（即《安娜·卡列尼娜》）、《现身说法》（即《童年·少年·青年》）、《复活》，柯罗连科的《玛加尔的梦》和《盲乐师》，路卜洵的《灰色马》，阿尔志跋绥夫的《工人绥惠略夫》等。[2]在许多综合性的集子中，俄国文学的译作也占重要位置，还有更多的作品散布在各种期刊上。

其次翻译质量提高。辛亥革命前后至"五四"高潮前，中国的俄国

---

[1] 可参见笔者在《二十世纪中俄文学关系》（学林出版社，1998；高等教育出版社，2002）中的相关考证。

[2] 这套丛书中收入了这一时期张亚权译的柯罗连科的《盲乐师》（商务印书馆，1926）。

文学译介均为转译本，且多为文言。即使一些"名家名译"，如戢翼翚译的普希罄《俄国情史》（即普希金《上尉的女儿》，1903）、马君武译的托尔斯泰的《心狱》（即《复活》，1914）、林纾和陈家麟合译的托尔斯泰的《罗刹因果录》（收八篇短篇，1915）等，也因受当时译风的影响，对原作进行改动或发挥之处颇多，有的译作几近于演述。1919年以后，译者队伍与译风发生了根本上的变化。一批才气横溢的通俄语的年轻人加入了俄国文学作品翻译的队伍，其中有瞿秋白、耿济之、沈颖、韦素园、曹靖华等。以本套丛书入选译本最多的译者耿济之为例。耿济之早年在俄文专修馆学习，1919年在《新中国》杂志上发表最初的译作，即托尔斯泰的《真幸福》（即《伊略斯》）和《旅客夜谭》（即《克莱采奏鸣曲》）等作品。20年代初期，耿济之又有果戈理的《马车》和《疯人日记》、赫尔岑的《鹊贼》、屠格涅夫的《村之月》、奥斯特洛夫斯基的《雷雨》、托尔斯泰的《家庭幸福》和《黑暗之势力》、契诃夫的《侯爵夫人》等重要译作。此后他一发不可收，数十年间译出了大量的俄国文学名著，是中国早期产量最多和态度最严肃的俄国文学译介者。当然，这时期仍有相当一部分翻译家依然利用其他语种的文字在转译俄国文学作品，如鲁迅、周作人、李霁野、郑振铎、赵景深、郭沫若等。这些译者大多学养深厚，译风严谨。鲁迅在20年代前期和中期译出了阿尔志跋绥夫的《工人绥惠略夫》《幸福》《医生》和《巴什唐之死》、安德列耶夫的《黯淡的烟霭里》和《书籍》、契诃夫的《连翘》、迦尔洵的《一篇很短的传奇》等不少俄国文学作品。尽管是转译，但翻译的水准受到学界好评。

　　20世纪二三十年代，中国文坛开始引进苏俄文学。1931年12月，瞿秋白在给鲁迅的信中谈到：有系统地译介苏联文学名著，"这是中国普罗文学者的重要任务之一"[1]。不少出版社在20年代末相继推出

---

[1] 瞿秋白：《论翻译》，见《瞿秋白文集》第2卷，人民文学出版社1954年版。

"新俄文学"作品专集。最早出现的是由曹靖华辑译、北平未名社1927年出版的《白茶（苏俄独幕剧集）》一书。而后，鲁迅、叶灵凤、曹靖华、蒋光慈、傅东华、冯雪峰和郭沫若等辑译的各种苏联文学作品集相继问世。这一时期，译出了不少活跃于十月革命前后的苏俄著名作家的作品。比较重要的有：拉夫列尼约夫的《第四十一》、革拉特珂夫的《士敏土》、绥拉菲莫维奇的《铁流》、法捷耶夫的《毁灭》、聂维罗夫的《不走正路的安得伦》、雅科夫列夫的《十月》、伊凡诺夫的《铁甲列车Nr. 14-6》、富曼诺夫的《夏伯阳》、肖洛霍夫的《静静的顿河》（前两部）和《被开垦的处女地》、奥斯特洛夫斯基的长篇小说《钢铁是怎样炼成的》、诺维科夫-普里波伊的《对马》、马雅可夫斯基的诗集《呐喊》、爱伦堡等人的报告文学集《在特鲁厄尔前线》和阿·托尔斯泰的剧本《丹东之死》等。

这一时期，作品被译得最多的作家是高尔基。最早出现的是宋桂煌从英文转译的《高尔基小说集》（上海民智书局，1928）。这部小说集中载有《二十六个男和一女》和《拆尔卡士》（即《切尔卡什》）等五篇作品。最早出现的单行本是沈端先（即夏衍）从日文转译的高尔基的《母亲》。[1] 30年代中国出版的有关高尔基的文集、选集和各种单行本更多，总数达57种，如鲁迅编的《戈里基文录》、瞿秋白译的《高尔基创作选集》、黄源编译的《高尔基代表作》、周天民等编选的《高尔基选集》（六卷）等。此外问世的还有：鲁迅等译的短篇集《恶魔》和《俄罗斯的童话》、史铁儿（即瞿秋白）译的《不平常的故事》、巴金译的短篇集《草原故事》、丽尼译的《天蓝的生活》、钱谦吾（即阿英）译的《劳动的音乐》、姚蓬子译的《我的童年》、王季愚译的《在人间》、杜畏之等译的《我的大学》、何素文译的《夏天》、何妨译的《忏悔》、罗稷南译的《四十年间》、赵璇（即柔石）译的《颓废》（即《阿尔达莫诺夫

---

[1] 该书1929年由上海大江书铺出版第一部，次年出版第二部。

家的事业》）、钟石韦译的《三人》、李谊译的《夜店》（即《底层》）和贺知远译的《太阳的孩子们》等。

进入 20 世纪 40 年代，由于苏德战争和太平洋战争的爆发，中国文坛把自己的目光转向了苏联卫国战争文学。1942 年在上海创刊（1949年终刊）的《苏联文艺》发表的各类作品的总字数达六百多万字，其中大部分是反映苏联卫国战争的文学作品。此外，仅就单行本而言，各出版社出版或重版的此类书籍的数量有百余种之多。这些作品极大地鼓舞了中国人民反抗外族入侵和黑暗统治的斗志。也许今天的人们已经淡忘了它们，有些作品从艺术上看似乎也有些逊色。但是，其中经受住了历史检验的优秀之作，仍值得我们珍视。这一时期，苏联其他一些文学作品也有译介。值得一提的有：肖洛霍夫的《静静的顿河》（全译本）、叶赛宁、勃洛克和马雅可夫斯基合集的《苏联三大诗人代表作》、阿·托尔斯泰的《苦难的历程》和《彼得大帝》、费定的《城与年》、奥斯特洛夫斯基的《暴风雨所诞生的》、潘诺娃的《旅伴》、克雷莫夫的《油船德宾特号》、波列伏依的《真正的人》、卡达耶夫的《时间呀，前进!》、列昂诺夫的《索溪》、冈察尔的《旗手》（第一部）、包戈廷的剧本《带枪的人》《苏联名作家专集》（共五辑）等。其中不少名著在这一时期初次被译成中文。可以说，至 20 世纪 40 年代末，苏联重要的主流文学作品译介得已相当全面。

1919 年以后的 30 年间，译介到中国的俄苏文学作品产生了巨大的影响。钱谷融教授曾经生动地描述过抗战时期他随学校迁至四川偏远小城，在那里迷上俄国文学的一些情景。他还表示自己"是喝着俄国文学的乳汁而成长的"，"俄国文学对我的影响不仅仅是在文学方面，它深入到我的血液和骨髓里，我观照万事万物的眼光识力，乃至我的整个心灵，都与俄国文学对我的陶冶薰育之功不可分。我已不记得最先接触到的俄国文学名著是哪一本了，总之是一接触到它就立即把我深深地吸引住了，使我如醉如痴，使我废寝忘食。尽管只要是真正的名著，不管它是英、美的，法国的，德国的，还是其他国家的，都能吸引我，都能使我迷醉。但是论其作品数量之多，吸引我的程度之深，则无论哪一国的文学，都比不上俄国文学"。这样的感受和评价在那一时代的知识分子中并不罕见。

由于社会的、历史的和文学的因素使然，中国知识分子（特别是左翼知识分子）强烈地认同俄苏文化中蕴含着的鲜明的民主意识、人道精神和历史使命感。红色中国对俄苏文化表现出空前的热情，俄罗斯优秀的音乐、绘画、舞蹈和文学作品曾风靡整个中国，深刻地影响了几代中国人精神上的成长。除了俄罗斯本土以外，中国读者和观众对俄苏文化的熟悉程度举世无双。在高举斗争旗帜的年代，这种外来文化不仅培育了人们的理想主义的情怀，而且也给予了我们当时的文化所缺乏的那种生活气息和人情味。因此，尽管中俄（苏）两国之间的国家关系几经曲折，但是俄苏文化的影响力却历久而不衰。

在中国译介俄苏文学的漫漫长途中，除了翻译家们所做出的杰出贡献外，还有无数的出版人为此付出了艰辛的努力，甚至冒了巨大的风险。在俄苏文学经典的译著中，我们常常可以看到商务印书馆、中华书局、开明书店、文化生活出版社等出版社的名字，也常常可以看到生活·读书·新知三联书店的前身生活书店、读书出版社、新知书店的名字。这套丛书中就有：生活书店 1936 年出版的、由周立波翻译的肖洛霍夫的小说《被开垦的处女地》，生活书店 1936 年出版的、由王季愚翻译的高尔基的小说《在人间》，生活书店 1937 年出版的、由周扬和罗稷南翻译的列夫·托尔斯泰的小说《安娜·卡列尼娜》，新知书店 1937 年出版的、由梅益翻译的普里波伊的小说《对马》，读书出版社 1943 年出版的、由王语今翻译的奥斯特洛夫斯基的小说《暴风雨所诞生的》，新知书店 1946 年出版的、由梅益翻译的奥斯特洛夫斯基的小说《钢铁是怎样炼成的》，生活书店 1948 年出版的、由罗稷南翻译的高尔基小说《克里·萨木金的一生》。熠熠生辉的名家名译，这是现代出版界在中国文化发展史上写就的不可磨灭的一笔。这套丛书的出版也是生活·读书·新知三联书店文脉传承的写照。

尽管由于时代的发展,文字的变迁,丛书中某些译本的表述方式或者人物译名会与当下有所差异,但是这些出自名家之手的早期译本有着独特的价值。名译与名著的辉映,使经典具有了恒久的魅力。相信如今的读者也能从那些原汁原味的译著中品味名著与译家的风采,汲取有益的养料。

陈建华

2018 年 7 月于沪上西郊夏州花园

本书主要人物表

莱夫·尼古拉也维奇·梅思金　公爵

娜司泰谢·费里帕夫纳·巴拉士阔瓦　小田主的孤女，美貌的女人

阿法那西·伊凡诺维奇·托慈基　田主，巴拉士阔瓦的保护人

尼古拉·阿莱克谢维奇·伯夫里柴夫　梅思金的保护人，富翁

谢蒙·帕尔芬诺维奇·罗果静　富商

帕尔芬·谢蒙诺维奇·罗果静　其子

谢蒙·谢蒙诺维奇·罗果静（小名仙卡）　其子

伊凡·费道洛维奇·叶潘钦　将军

丽萨魏达·博罗可菲也夫纳　其妻

阿历山大·伊凡诺夫纳　其女

阿台拉意达·伊凡诺夫纳　其女

阿格拉耶·伊凡诺夫纳　其女

阿尔达里昂·阿历山大洛维奇·伊伏尔金　将军

尼纳·阿历山大洛夫纳　其妻

笳佛里拉·阿尔达里昂南奇（小名笳纳）　其子

尼古拉·阿尔达里昂南奇（小名郭略）　其子

瓦尔瓦拉·阿尔达里昂诺夫纳（小名瓦略）　其女

伊凡·彼得洛维奇·波奇成　瓦尔瓦拉的丈夫

罗吉央·蒂莫菲维奇·莱白及夫　以重利盘剥起家的人

达娜　其女

魏拉　其女

刘葆赤卡　其女

玛尔法·鲍里骚夫纳·帖连奇也瓦　上厨夫人

伊鲍里特·帖连奇也夫　其子

施涅台尔　瑞士精神病科教授

费尔特申阔　伊伏尔金家的房客，好饮酒

阿历山大·李哈曹夫　食客

叶夫格尼·柏夫洛维奇·拉道姆司基　叶潘钦家的友人

S公爵　阿台拉意达的未婚夫

达里亚·阿莱克谢夫纳　娜司泰谢·费里帕夫纳的女友

开历尔　拳击家

安其帕·蒲尔道夫司基　青年

佛拉地米·陶克达连阔　青年

威巴洛夫　老公爵夫人

白洛孔司卡耶　老公爵夫人

第一卷

第一章

十一月底，融冰的日子。早晨九点钟左右，彼得堡华沙铁路上有一列火车开足了速率，驶近彼得堡城。天气潮湿，且有重雾。铁路两旁，十步以外，难以从车窗内辨清什么。旅客中有从国外回来的，但是最拥挤的是三等车，全是些做生意的小人物，不是远处来的。大家自然都很疲乏，在一夜之间眼睛全肿了，全冻僵了，脸全是灰黄的，和雾色相似。

在一个三等车内，有两个旅客，从黎明时起在窗旁对坐。两人都是青年，都不带多少行李，都不穿漂亮的衣服。两人的样貌都十分特殊。两人都愿意彼此搭谈。假使他们两人彼此知道他们在这时候如何的特别显著，自然会惊讶何以机缘竟如此奇怪地使他们两人对坐在彼得堡华沙列车的三等车厢里。他们中间一个身材不高，二十七岁模样，头发卷曲且发黑色。灰色的眼睛小而发光。他的鼻子宽阔平扁，脸部上颧骨耸起，柔薄的嘴唇不断地折叠成一种横霸的、嘲笑的，甚至恶狠狠的微笑。但是他的额角很高，构造得极好，可以抵消脸的下部的不正直的发展。在这脸上特别显出死一般的惨白，给这青年人的全部面貌增添疲乏的神色，即使他具有充分坚固的体干。同时他还带着一种情热到痛苦地步的样子，和他的横霸的粗暴的微笑、严厉的自满的眼神不相谐和。他穿得很暖和，穿了一件宽大的、小狗熊皮的、黑色的、紧领的大氅，因此夜里没有受冻，却感觉着他的邻人不得不在发战栗的背上忍受俄罗斯的十一月的潮湿的寒夜的一切甜趣。对于这寒夜他显然毫无准备。他身上穿着极宽阔的厚重的没有袖子的披肩，外带大兜囊，就和在辽远的国外，例如瑞士或意大利北部，旅客们在冬天时常穿着的一模一样，自然他们并不想赶从埃特库能到彼得堡那样长的路程。在意大利有用，而且感到满意的一切，到了俄罗斯便不完全有用了。这披肩和兜囊的主人是一位青年，也有二十六七岁，身材比普通人高些，头发金黄得厉害，且极浓密，脸颊陷凹，长着轻轻的尖锐的几乎完全白色的小胡。他的眼睛是大的、蔚蓝的、凝聚的。眼神里有一点静谧的严重的东西，充满一种奇怪的神色，使有些人一看就猜出这人有癫痫症。但是这青年人的脸是愉快的、柔细的、干净的，不过没有色彩，而现在甚至冻得发紫。他的手里握着一只瘦瘦的包袱。这包袱是一块褪色的旧绸布，大概这就算他的全部的行李。他的脚上穿着厚底的皮鞋和鞋罩，全不是俄国式样。穿着窄领皮大氅的黑发的邻座的人看清了这一切，一部分是由于无事可做，终于发问起来，带着一种无礼貌的嘲笑。在这里面，有种遇到近人有所失意时，有时会不客气而且忽略地表露出的一种快乐来：

"冻僵了吗?"

当时耸了耸肩膀。

"冷得厉害，"邻座的人异常欣悦地回答，"您要注意，这还是融冰的日子。假使是冰冻的天气，便怎样呢? 我甚至没有想着，我们这里会这样冷的。不习惯了。"

"从国外回来吗?"

"是的，从瑞士来。"

"啊！原来如此！……"

黑发的人打了胡哨，哈哈地笑了。

两人攀谈起来。穿瑞士披肩的金黄发的青年人乐于回答黑脸的邻人的一切问题，真的令人惊讶。有些话问得十分不经意、不切题，而且极其空虚，他并不发生任何的疑窦。他回答说他确已许久不回俄国，有四年多了。他到国外去，是为了治病，一种奇怪的神经方面的病，有点像癫痫，或者维多司跳舞病，一些哆嗦和抽风的动作。黑脸的人听他说话，笑了几次。他问："怎么样，治好了没有?"金黄发回答："不，没有治好。"黑脸当时笑得特别厉害。

"吓！钱大概花去了不少，我们这里大家都相信他们呢！"黑脸的人恶毒地说。

"这是实在的！"一个并坐着穿得极坏的先生搭上来说。他有点像由于供人差遣而显得冷酷的官员，四十岁，体格强健，红鼻，疹瘢的脸。"这是实在的，只是把俄国的资源白白地倾溢出去！"

"在我的这件事情上，您是不对的，"瑞士来的病人用静谧和安慰的语音说，"自然我不能争论，因为我不知道一般的情形，然而我的医生却拿出他的最后的钱给我做回国的路费，还差不多两年工夫自己花钱养我。"

"并没有人给钱吗?"黑脸问。

"是的，供给我生活的伯夫里柴夫先生两年前故世。我写信给这里的叶潘钦将军夫人，我的远亲，但是没有接到回音。只好就这样回来了。"

"回到哪里呢?"

"那就是说，我将在什么地方住下? ……我真是还不知道……这样的……"

"还没有决定吗?"

两个听者又哈哈笑了。

"也许您的财产就在这包袱里藏着吗?"黑脸问。

"我可以打赌,是这样的,"红鼻的官员带着异常满意的样子,抢上去说,"行李车里一定没有寄放什么东西,固然贫穷并不是一件败德的事,这又是不能不加以注意的。"

结果确乎是这样。金黄发的青年人立刻带着特别的匆遽的样子直陈出来。

"您的包袱总是具有多少意义的,"官员继续说,那时候他们已经笑了一个饱(应该注意的是包袱的主人自己也开始望着他们笑起来,这更增加他们的快乐),"虽然可以赌东道,里面并没有藏着金子,没有法国的拿破仑币、德国的'费里德里司道'、荷兰的阿拉伯币,这可以从您在外国皮鞋上套着鞋罩的那种神气上判断出来,但是……假使在您的包袱上再添上一个像叶潘钦将军夫人那样的亲戚,那么这包袱又多少具有另一种意义,自然假使叶潘钦将军夫人确乎是您的亲戚,您没有弄错,由于一点注意力的散漫……这是人们共有的。……或者是由于想象的充溢。"

"您又猜到了,"金黄发的青年人抢上去说,"我真是几乎弄错,差不多不是亲戚。我没有得到回复,当时实在一点也不惊讶。我本来料到的。"

"白花了寄信的邮资。唔……至少您是坦白而诚恳,这是大可嘉奖的事!叶潘钦将军是我知道的,就因为他是大有名望的人。在瑞士供给您生活的去世的伯夫里柴夫先生我也认识,假使他就是尼古拉·安德列维奇·伯夫里柴夫,因为他们两人是堂兄弟。另一个至今还在克里米亚,至于去世的尼古拉·安德列维奇是一个可尊敬的人,平日极多奥援,有四千名农奴……"

在某种的社会阶层内,有时会遇见,甚至时常会遇见这类百知百晓的人的。他们什么都知道。他们的智力和能力方面一切不安的好奇心无何止地趋向到一个方面去,自然是因为他们缺少比较重要的人生的趣味和见解，像现代的思想家所说的那样。所谓"百知百晓"，这个词之下是指着一个极有限制的范围而言，那就是某人在何处服务，同何人相识，有若干财产，在何处充任省长，娶何人为妻，妻子陪多少妆奁，何人是他堂兄弟、表兄弟，等等。这类百知百晓的人大半穿着手肘上业已破烂的衣服，每月领十七卢布的薪俸。在那些人方面，他们的底细被他们打听得清楚的，自然想不出他们这样做具有何种用意，但是内中有许多人怀着这种和整门科学相符的知识，根本感到充分的慰藉，达到自尊和高尚的精神的满足的地步。这门科学本是可以诱引人的。我看到一些学者、文学家、诗人、政治家，就在这门科学里取得了最高的舒适的生活和目的，甚至根本靠这个起家。

在谈话的延续的期间，黑脸的人一直在那里打哈欠，无目的地看向窗外，不耐烦地期待旅途的终止。他有点精神不属，而且精神不属得厉害，几乎露出惊慌的样子，甚至带点异样。有的时候他像听着，又不像听着；望着，又不像望着；笑着，而自己竟不知道，也不记得笑什么。

"请问贵姓？……"疹瘢脸的先生忽然对握着包袱的金黄发的青年人说。

"莱夫·尼古拉也维奇·梅思金公爵。"他回答，带着出于全心的迅快的乐意的态度。

"梅思金公爵吗？莱夫·尼古拉也维奇吗？我不知道。甚至听都没听见过，"官员在疑虑中回答，"我不是讲那个姓，姓是历史上的，可以而且应该在卡拉姆静的历史里找见。我指的是人物。梅思金公爵家里的人在哪里也没有听到过，甚至是消息茫然。"

"那自然喽！"公爵立刻回答，"梅思金公爵族的人除我以外完全没有了。我觉得我是最后的一人。至于父亲和祖父们，他们只是乡下的田主。先父曾充任陆军少尉，他是士官学校出身。我不知道叶潘钦将军夫人何以也属于梅思金公爵的一族，大概也是自己族里最后的一个……"

"哈，哈，哈！自己族里最后的一个！哈哈！您的想法真是奇怪！"

官员嘻嘻地笑了。

黑脸的人也冷笑了一声。金黄发的人也有点奇怪他竟能说出俏皮话来，自然是很不好的俏皮话。

"您要知道，我是完全没有思索就说出来的！"他终于惊讶地解释起来。

"那是很明白的，那是很明白的。"官员快乐地凑上去说。

"公爵，您在那里，在教授那里，学科学吗？"黑脸的人突然问。

"是的……学过的……"

"我可是从来没有求过学。"

"我也就是马马虎虎地学一点罢了，"公爵补充着说，几乎像道歉一般，"因为我有病，他们认为我不能有系统地求学。"

"罗果静家的人您认识吗？"黑脸的人迅快地问。

"不，我不知道，完全不知道。我在俄罗斯认识的人很少。您就是罗果静吗？"

"是的，我就是帕尔芬·罗果静。"

"帕尔芬吗？是不是那个罗果静家的人……"官员开始带着特别郑重的态度说。

"是的，就是那个，就是那个。"黑脸的人带着无礼貌的不耐烦的态度迅快地打断他的话。但是他一次也没有朝着疹瘢脸的官员，一开始就对公爵一人说话。

"是的……那是怎么回事？"官员惊讶得发呆，几乎把眼睛都瞪了出来。他的脸立刻叠成一种崇拜和拍马屁的神色，甚至是惊惧的神色。"就是那个谢蒙·帕尔芬诺维奇·罗果静，世袭的、尊贵的国民，在一个月以前死去，留下了二百五十万卢布的资本，是不是？"

"你何以知道他留下二百五十万的资本？"黑脸的人打断他的话，这一次连向官员望也不屑于望一下。"真是的！"他对公爵使了一下眉眼。"这于他们有什么关系，竟立刻爬上来钻营起来？我的父亲死了，这是实在的事情。我现在过了一个月才从蒲司可夫回去，几乎连一双皮靴都穿不上。混蛋的兄弟和母亲，钱也不寄来，通知也不来通知一下！像对待狗一样！我在蒲司可夫得了热病，躺了整整的一个月。"

"现在一下子可以取到一百多万。这还是至少的数目呢。我的老天爷呀！"官员摆着双手。

"请问，这于他有什么相干？"罗果静又朝他恼火而且狠怒地点头。"我决不给你一个戈比，哪怕你倒栽着跟斗，在我面前走路。"

"我一定要这样走路，一定要这样走路。"

"你瞧！我决不给，决不给，哪怕你跳整个星期的舞！"

"你不给就不给吧！我就是要这样。你不给好了！我还是要跳舞。把妻子和小孩们都扔弃，却一直在你面前跳舞。你会表示敬意的，你会表示敬意的！"

"去你的吧！"黑脸的人唾了一口痰，"五个星期以前我像您一样，"他对公爵说，"手里揣了一个包袱，离开父亲跑到蒲司可夫的婶母那里，得了热病躺了下来。他趁我不在的时候竟死了。一口气噎死了。给死者一个永恒的遗念！他当时几乎把我打死！您信不信，公爵，真是这样的！当时我如果不逃走，一下子就会杀死的。"

"您做了什么事情，使他发怒了吗？"公爵问，带着一点特别的好奇审视穿厚皮大氅的百万富翁。虽然在百万家私和遗产的取得中会有些可以注意之点，但使公爵惊讶而且注意的却还有别的什么。罗果静自己不知什么原因特别乐意把公爵拉作他的对谈人，虽然他的需要对谈多半是机械的而非道德的，似乎多半由于心神不属而非由于心地的坦白，那是由于惊慌，由于精神的骚扰，只想看一看什么人，讲一讲什么事。他觉得他至今还发着热病，至今还有疟热。至于说到那个官员，他竟挂在罗果静身上，连喘气都不敢，在那里捕捉并且估量他的每句话语，仿佛寻觅金刚钻似的。

"生气，他是真生气，也许是有因头的，"罗果静回答，"但是在其中最坏的是兄弟。母亲不必说，她是老妇人，读《圣徒行传》，和一些老妇人对坐着。仙卡兄弟如何决定，她总会照办的。他为什么当时不来通知我？我是明白的。我当时病得昏迷不醒。听说电报是发来的。那张电报落在婶婶的手里。她已经守寡十三年，从早到晚同一些疯僧们聚在一起。并不像女尼，却比女尼还厉害。她接到了电报，十分惧怕，没有拆开，就送到警区里去，于是那张电报至今还留在那里。唯有郭涅夫·瓦西里·瓦西里奇很帮忙，他把一切情形写信通知我。我的兄弟夜里把铸炼成的金璎珞从锦缎的棺罩上割断，说道：'这也是值钱的。'就为这一桩事情他应该被遣戍到西伯利亚去，只要我愿意的话，因为这是亵渎圣物。喂，你这稻草人！"他向官员说，"法律上，亵渎圣物有什么罪？"

"亵渎圣物！亵渎圣物！"官员立刻应和上去。

"犯了这个，是不是可以充军西伯利亚？"

"充军西伯利亚！充军西伯利亚！立刻遣送到西伯利亚去！"

"他们还以为我在那里生病，"罗果静对公爵说，"但是我一句话也不说，抱着病，静静地坐到火车上动身了。开门吧，小兄弟谢蒙·谢蒙诺维奇！他在去世的父亲面前说我的坏话，我是知道的。我当时确乎为了娜司泰谢·费里帕夫纳把父亲惹恼，那是实在的话。这是我一个人做的事。我做了错事。"

"为了娜司泰谢·费里帕夫纳吗？"官员谄媚地说，似乎在那里考虑什么事情。

"你是不知道的！"罗果静不耐烦地对他喊嚷。

"我也知道的！"官员战胜似的回答。

"又来了！娜司泰谢·费里帕夫纳有的是呢！我对你说，你真是无耻的家伙！我早就知道总有这么一个家伙会立刻缠上来的！"他继续对公爵说。

"啊，也许我知道！"官员坐立不安起来，"莱白及夫是知道的！您现在责备我，但是假使我拿出证据来便怎样？那个娜司泰谢·费里帕夫纳就是您的老太爷为了她想用狼木杖教训你一下。娜司泰谢·费里帕夫纳姓巴拉士阔瓦，甚至也是贵族的小姐，类乎公爵小姐，和一个姓托慈基的相识。他的名字是阿法那西·伊凡诺维奇。她光就和他一个人要好。他是田主和大资本家，各种公司和会社的会员，还为了这事和叶潘钦将军成为密友……"

"啊，你原来是这样的！"罗果静终于感到奇怪了，"真见鬼，他果真是知道的。"

"他全知道！莱白及夫全知道！大人，我曾随阿历山大·李哈曹夫走动了两个月，也是在父亲死后。我知道一切的道路和角落，竟弄得没有我，莱白及夫一步路也走不了。他现在住在债务监狱里面。因此我当时有机会认识阿尔孟司、柯拉里亚·柏慈卡耶公爵夫人和娜司泰谢·费里帕夫纳，而且还有机会知道许多事情。"

"娜司泰谢·费里帕夫纳吗？难道她和李哈曹夫在一起吗？……"罗果静恶狠狠地看了他一眼，连嘴唇也发白，而且哆嗦了。

"没有什么！没有什么！真是没有什么！"官员连忙插上去说，"李哈曹夫不能用任何的银钱娶到她。不，她绝不是阿尔孟司。她只有一个托慈基。她晚上坐在大戏院或法国剧院的包厢里面。军官们自然可以互相信口乱说，但是他们也不能加以证明，只说：'她就是那个娜司泰谢·费里帕夫纳。'也就完了，至于说到以后的情节——是没有什么的！因为也就是没有什么。"

"就是这样的，"罗果静皱着眉目，阴郁地说，"扎聊芮夫当时也是这样对我说的。公爵，我当时穿着我父亲的置了三年的外套，跨过涅夫司基大街。她正从店铺里出来，坐进马车里。我立刻竟好像受了烟烫似的。我后来遇到扎聊芮夫。他像理发馆里的伙计，眼睛上架着单眼镜。我们在父亲家里穿的是涂满油脂的皮靴，喝的是素菜汤。他说，你和她不是一对。她是公爵小组，她的名字叫作娜司泰谢·费里帕夫纳，姓巴拉士阔瓦，和托慈基同居。托慈基现在不知道怎样摆脱她，因为他已经

完全达到了真正的年龄，五十五岁，想娶全彼得堡第一位美女。他当时
又对我说，今天可以在大戏院里见到娜司泰谢·费里帕夫纳，她将坐在
下层的包厢内看舞剧。假使你想试一试向父亲请求看舞剧，准会被他大
加惩罚，痛揍一顿。但是我偷偷地跑去看一小时，又看到了娜司泰谢·
费里帕夫纳一次。我整夜没有睡熟。早晨，去世的父亲给我两张五厘的
库券，每张五千卢布，让我拿出去卖掉，将七千五百卢布送到安德列夫
的写字间付款，其余从一万块钱里剩下来的款子，他说，不许变道任何
地方，立刻拿回来交给我，我要等候你。库券我卖掉了，钱也取到手，
却没有到安德列夫的写字间去，一直奔到英国店里，用所有的钱买了一
对耳环，每只环上有一粒钻石，选了差不多像胡桃大小的样子，还差四
百卢布，说出了名字，人家相信了。我拿了耳环去找扎聊芮夫，如此这
般地说了一套，请他一同到娜司泰谢·费里帕夫纳那里去。我们就去
了。当时我的脚底下是什么，前面是什么，旁边是什么，我一点也不知
道，而且不记得。我们一直走进客厅，她自己走出来见我们。我当时没
有说出我自己是什么人，却由扎聊芮夫说：'这是帕尔芬·罗果静送给
您，作为昨天相逢的纪念的。请您收下来吧。'她打了开来，看了一下，
笑了一声，说道：'请您向贵友罗果静先生道谢他的盛意。'她鞠了一
躬，就走了。为什么我不在当地死了呢？我既然这样做，那是因为我心
想：'我总归不会活着回家的！'最使我觉得可气的是那个小鬼扎聊芮夫
把一切全拉到自己身上来。我的个子很小，穿得极坏，站在那里，一声
不发，瞪住眼睛看她，自己感到惭愧。而他却十分时髦，头发涂抹油
膏，还烫得卷曲，脸颊红润，领结是带格子的。他真是十分漂亮，十分
潇洒。她一定当时把他当作我了！我们出来以后，我说：'你现在不许
再生妄想，你要识相！'他笑着说：'但是你现在怎样回复谢蒙·帕尔芬
诺维奇呢？'我当时真想不回家，就往水里一跳，但是心想'反正是一
样的'，便怀着绝望回家去了。"

　　"啊哟！喔唷！"官员扮了一下鬼脸，浑身哆嗦起来，"您的老太爷

不要说为了一万块钱，就是为了十个卢布也会把人送到西天去的！"他对公爵点头。公爵好奇地审视罗果静。他的脸色这时候好像更加惨白。

"会这样做的！"罗果静说，"你怎么会知道的？"他继续对公爵说，"他立刻全都打听清楚，扎聊芮夫也逢人便讲。父亲把我捉住，锁在楼上，教训我整整的一小时。他说：'我这只是给你一点预备，等到夜里我再来和你道别。'你以为怎么样？老头儿竟跑到娜司泰谢·费里帕夫纳家里，向她鞠躬到地，哀求，哭泣。她终于把那个盒子拿出来，扔掷给他，说道：'老胡子，你把你的耳环取去吧。这对耳环既然是帕尔芬处于这种威严的情形之下弄来的，现在我看来它的价值增加了十倍。请你向他问候，谢谢他。'但是这时候我受了母亲的祝福，向赛聊莎·博洛图申借了二十卢布，坐火车动身到蒲司可夫去，一到那里就发起疟疾来了。那些老太婆对我念《圣徒行传》。我喝醉了酒，用最后的几个钱，到各酒店里去走动，整夜在街上躺倒，失去了知觉，到早晨就得了热病。那些狗还啃咬了我一夜。好容易才醒了过来。"

"好了，好了，现在娜司泰谢·费里帕夫纳会唱起歌来的！"官员搓擦双手，嘻嘻地笑着，"现在耳环算什么？现在我们会偿还她一对同样的耳环……"

"你假使再有一次对于娜司泰谢·费里帕夫纳说出什么话来，上帝作证，我要揍你一顿，不管你和李哈曹夫一块走动过。"罗果静喊，紧紧地抓住他的手。

"假使你揍我，那么你不会把我推出去的了！你揍吧！因此你就会留住我！揍了我一顿，你便在我的身上刻下一个深印。……啊，我们到了！"

火车果真已抵达车站。罗果静虽然说是秘密旅行，但已有数人等候他。他们呼喊，朝他挥帽。

"你瞧，扎聊芮夫也来了！"罗果静喃声说，发出得意的甚至似乎恶毒的微笑，看着他们，"公爵，我不知道我为什么爱上了你。也许因为在这时候相遇的缘故，但是我也遇到了他"，他指着莱白及夫，"并没有爱他。公爵，你到我家里来。我们把这鞋套给你脱下，给你穿上上品的貂皮大衣，给你定制一套头等的礼服、白马甲或是别的什么颜色，把钱塞满你的口袋……一同到娜司泰谢·费里帕夫纳那里去！你来不来？"

"您听好了，莱夫·尼古拉也维奇公爵！"莱白及夫用郑重而且得意的神气抢上去说，"您不要错过这机会！不要错过这机会！"

梅思金公爵立起来，有礼貌地和罗果静握手，客气地对他说道："我极乐意到您府上去，承您这样爱我，我是很感谢的。也许今天就去，假使赶得及。我对您说老实话，我很喜欢您，尤其是在您讲起那段钻石耳环的时候。甚至在讲耳环的话以前也喜欢的，虽然您的脸色是极阴郁的。您答应送给我衣裳和大衣，我也要向您道谢，因为我真是十分需要衣服和大衣的。现在我身边差不多一文钱也没有。"

"钱会有的，晚上就会有的，你来好了！"

"会有的，会有的，"官员抢上去说，"在晚上天没有黑的时候就会有的。"

"女性您喜欢吗？您预先说一下！"

"我不行的！我是……您也许不知道，我由于先天的疾病，完全甚至不知道女人。"

"既然如此，"罗果静喊，"公爵，你完全等于一个疯僧，像你这样的人上帝都爱的。"

"这样的人上帝都爱的！"官员抢上去说。

"你跟我去吧，和调的人。"罗果静对莱白及夫说，大家都从火车里出来了。

莱白及夫到底达到他的目的。喧嚷的一群人很快地朝升天大街走去。公爵必须折到李铁因大街去。天气潮湿。公爵问了问过路的人，他想前去的那段路程有三俄里。他决定雇一辆马车。

第二章

　　叶潘钦将军住在自置的房屋里，在李铁因大街旁边，"变容救世"教堂附近。除去这所漂亮的房屋以外，六分之五已经出租。叶潘钦将军还有一所大房在花园街，也有很多的收入。除这两所房产以外，他在彼得堡郊外还有很合算的巨大的田产。在彼得堡县里还有一所工厂。在以前的时候，大家都知道，叶潘钦将军曾参加过公营事业。现在他参加几个殷实的股份公司，具有极大的表决权。他已有许多钱，有许多事务，有许多阔朋友闻名社会中。他在有些地方，成为完全必要的人，在职务方面也是如此。但是人家都知道伊凡·费道洛维奇是个没有学识的人。他出身于普通的兵士的家庭。最后这一件事情无疑地只是对他增添荣耀，但是将军虽是聪明的人，却也不能没有小小的、大可原谅的弱点。他不爱一些暗示的话。然而他无可争论地是一个聪明而且狡猾的人。例如说，他守住一个原则，就是在应该不被人家注目的地方，绝不显露出自己的面貌来。许多人敬重他，为了他的坦白，就是为了他永远知道自己的地位。但是这些批判他的人们还不知道，有时这个深知自己地位的伊凡·费道洛维奇，他的心灵里，发生的是什么情形。他虽然在人事上颇有智识和经验，还具有一些很特殊的才能，但是他宁愿自行显出他在那里履行别人的思想，而不是自作主张。他宁愿做一个"不善谄媚的忠实的人"，而且和时代潮流相合，甚至做一个心地诚恳的俄罗斯人。在最后的一件事情上，他身上甚至出了几次有趣的笑话。但是将军永不悲观，即使在闹出了最有趣的笑话的时候。他这人运气很好，甚至赌牌也是如此。他赌得很大，甚至故意不愿意隐瞒他对于赌钱的小小的嗜好——这嗜好许多次还使他获得许多进益——反而将这嗜好显露在外面。他所交的朋友是很杂的，却都是所谓大亨。他的前途是很大的，他有许多时间，还有许多时间，一切都应顺序而且及时地来到。再加上他的年纪还在所谓最有滋味的当口，只有五十六岁，绝不多些，总之还在所谓盛年。从这年龄起才真正地开始了真正的生活。他健康，脸上光彩，坚实却发黑的牙齿，短矮，坚强的体格，早晨办公时关切焦虑的脸容，晚上坐下来赌牌或坐在大臣那里快乐的面容。这一切助长他现在和未来的成功，在这位将军大人的生命的路途上铺植了玫瑰。

将军具有一个灿烂的家庭。自然这里并不全是玫瑰花，但许多地方，是将军大人主要的希望和目的早就开始严正而且诚恳地注入着的。并且人生中有什么目的比父母的目的还重要而且神圣呢？不依附家庭，便依附什么呢？将军的家庭共有一位夫人和三位成年的女儿。将军很早就已结婚，在陆军中尉的职衔时，娶了和他年龄几乎相仿的女郎。她既无美貌，又少学识。他只收进了五十名农奴作为陪嫁的妆奁，但是也实在成为他往后幸运的基础。以后将军从不对于他的早婚有所抱怨，从不把这件事当作无计算心的青年的一种迷惑，却十分尊敬他的夫人，有时还怕她，竟因此生出爱情来了。将军夫人出身梅思金公爵一族。这一族虽不见得有名望，却是极古的氏族。她为了她的出身十分尊敬自己。有一个当时极有势力的人物，一个保护起来并不费许多事的保护者，同意对于年轻公爵小姐的婚姻加以注意。他给这位青年的军官开了门，推他进去，甚至也不需要推，却要看一眼，就不会白费事的了！除去不多的例外，夫妇两人一辈子生活得互相和谐。将军夫人在很年轻的时代，就借着她袭下的公爵小姐的头衔，又是族中最后的一人，但也许为了她个人的性格，给自己找到了几个位置很高的保护人。以后，在她的丈夫有了财产和职位的时候，她开始甚至在这上等的团体里立住了脚跟。

最近几年来，将军的三位女儿全都长大成熟。这三位女儿的名字是阿历山大、阿台拉意达和阿格拉耶。固然这三人只是叶藩钦家的人，但是母亲出身公爵的氏族，拥有不少陪嫁的财产，还有一位父亲，以后也许可以希望取到很高的位置。还有极重要的，那就是她们都很美丽，连最年长的那位阿历山大也在其内，她已经过了二十五岁。第二位是二十三岁。最小的阿格拉耶刚满二十岁。最小的那位竟成为十足的美女，开始在社会上引起人们极大的注意。但是这还没有完，三人全都有突出的学问、智识和才能。大家都知道，她们互相亲爱，互相扶助。甚至有人提起，两位姐姐仿佛为了幼妹——全家的共同的偶像——而有所牺牲。她们在社会里不但不爱出风头，甚至十分谦逊，谁也不能责备她们傲慢和自负。同时大家知道她们是骄傲的，而且了解自己的身价。长女是音乐家，次女是极好的画师，但是对于这，差不多许多年来没有人知道，只在最后的时间才发现出来，也就是偶然发现的。一句话，人家讲她们太多夸奖的话。但是也有些是不怀好意的。他们带着恐惧说她们读过许多的书。她们并不忙着出嫁。她们虽然也看重一定的社会阶级，但并不很过分。最应该注意的是大家都知道她们的父亲的志趣、性格、目的和愿望。

公爵在将军的寓所上按铃的时候，约莫十一点钟左右。将军住在二层楼上，所住的寓所尽可能地朴素，但还和他的地位相称。一个穿金镶边制服的仆人给公爵开门。公爵必须同这人解释许多时候——这人一开始就望着公爵和他的包袱，露出疑惑的样子。经过他不断地，而且确切地声明他确乎是梅思金公爵，有要事必须进见将军，那个疑惑的人才把他引到旁边的小前室里，接待室的前面，书房的旁边，把他亲手交给另一个早晨在前室里值班、专管向将军通报客到的仆人。这另一个人穿着礼服，年纪四十岁内外，带着一副关切的样貌，是书房中的专门侍候将军大人并且职掌通报的人，所以深知自己的身价。

"您在接待室里等一等，把包袱留在这里！"他说，不慌不忙，而且郑重其事地坐在椅上，带着严肃的惊讶的神色，看着公爵立刻就在他身旁的椅上安坐下去，手里持着包袱。

"假使您允许，"公爵说，"我可以在这里，同您在一块，等候一下。我一个人坐在那里有什么意思？"

"您不应该留在前室里，因为您是访客，换一句话，就是客人。您想见将军本人吗？"

这仆人显然认为放这客人进去是不甘心的事，所以又放胆问他一句。

"是的，我有一件事情……"公爵开始说。

"我不问您是什么事情，我的事情只是通报一声。但是不经过秘书，我是不能上去通报的。"

这人的疑心似乎越来越增加了：公爵不太像日常的访客的那流人物。将军时常——几乎每天——在一定的时间内接待宾客，特别是为了公事，有时所接见的甚至是流品十分不一的客人。这仆人虽然已有了习惯，而且受着十分宽大的训令，但是心里总是疑惑不定，所以向秘书请示是必要的。

"您真是……从国外来吗？"他终于好像不由己地问，一下子便感到惶惑了。他也许想问："你真是梅思金公爵吗？"

"是的，我刚从火车里下来。我觉得您想问我真是梅思金公爵不是？由于客气的原因，没有问出来。"

"唔……"仆人惊讶地含混着说。

"我告诉您，我并不对您撒谎，您不会代我受过的。至于我露出这种样子，还带着包袱，这里也不必惊讶。现在我的境况不大强。"

"唔。我怕的不是这个，您瞧呀。我是应该去通报的，秘书也会出来见您，除非您……道'除非'的话才难说呢。我可不可以冒昧地打听一下，您是为了贫穷来向将军请求，是不是？"

"不是的，这一层请您完全放心好了。我有另一件事情。"

"请您恕我，我看着您的样子才问的。您等一下秘书，他现在和上校有事相商，以后秘书会来的……公司里的秘书。"

"既然必须久候，我要请求您一件事情：能不能在此地什么地方抽一口烟、烟斗和烟叶，我都带在身边。"

"抽烟吗？"仆人用轻蔑的疑惑的眼光朝他扫了一下，似乎还不信自己的耳朵。"抽烟吗？不，您不能在这里抽烟，而且您存着这个念头也是可羞的。真是奇怪！"

"我并不想在这间屋子里，我是知道的，我想走出去，由您指出一个地方，因为我已经抽惯，有三个钟头没有抽过。但是随您便吧。您知道，有一句成语：入境问俗……"

"叫我怎样上去通报呢？"仆人几乎不由己地喃声说着，"第一样，您不应该留在这里，却应该坐在接待室里，因为您自己处于访客的阵线上面，换一句话，你是客人。人家会质问我的……您是打算在我们这里住下吗？"他补充着说，又斜眼望了公爵的包袱一下，它显然不给他一点安宁。

"不，我并不想。即使他们请我，我也不能留下。我只是想来认识认识，并没有别的意思。"

"怎么样？结识吗？"仆人带着惊讶和三倍的疑心问，"您何以起初说是为了事情？"

"差不多不是为了事情！事情是有一桩的，不过想请教一下。主要是想认识一下，因为我是梅思金公爵，而叶潘钦将军夫人也是属于梅思金公爵的氏族。除了我和她以外，再没有梅思金这族的人了。"

"那么您还是亲戚吗?"吃惊异常的仆人几乎哆嗦了起来。

"大概不是。但是如果扯长着说,那么自然是亲戚,不过是很远的,不能算作真正的亲戚。我在国外有一次曾写信给将军夫人,她不回答我。现在回国以后,我到底认为必须发生一点关系。我现在把这一切对您解释一下,使您不生疑心,因为我看您还在那里担忧。您只要去通报梅思金公爵求见,我来访问的原因就会在这通报里呈现出来的。接待我,很好;不接待,也许也很好。不过好像不能不接待。将军夫人自然要见一见自己族里年长的、唯一的代表。她对于自己的氏族是很珍重的,我确曾听见人家说过。"

公爵的谈话显然是极随便的。但是在现在的情况之下,越随便越显得离奇。有经验的仆人不能不感到,人和人之间完全合适的一切,是在客人对仆人之间完全不合适的。因为仆人比他们的主人普通所设想的聪明得多,所以这个仆人也就在脑子里想到,这上面两者必居其一:公爵或是骗子,一定想上门来告帮;或是一个傻瓜,没有尊严的感觉。因为聪明而有尊严感觉的公爵绝不会坐在前室里和仆人谈论自己的事情。如此说来,在这两种情形之下,他会不会代他受过呢?

"您总是请到接待室里去的好。"他用尽可能的固执的态度说着。

"假使坐在那里,便不会对您解释一切,"公爵快乐地笑了,"那么您瞧着我的斗篷和包袱,会更加不安起来。现在您也许可以不必等候秘书,自己上去通报一下吧。"

"像您这样的访客,我不经过秘书是不能上去通报的。况且大人刚才说过,上校在那里的时候,不许为了任何人惊吵他,唯有笳佛里拉·阿尔达里昂南奇可以不经通报走进去。"

"他是官员吗?"

"笳佛里拉·阿尔达里昂南奇吗?不,他在公司里服务。包袱可以放在这里。"

"我已经想到这层,只要您能允许。斗篷要不要脱下来?"

"自然喽。不能穿着斗篷进去见他的。"

公爵立起来，连忙脱下身上的斗篷，露出形式极体面的、缝得很精致的却已穿旧的上衣。背心上有一条钢链。链上系着日内瓦制的银表。

公爵显然是一个傻瓜，仆人已经加以认定。在将军的侍仆看来，他再继续和访客谈话，总不是体面的事，虽然他不知为什么原因很喜欢公爵，自然是另一种的喜欢的样子。然而用另一种眼光加以观察，公爵又使他引起一种坚决的粗鲁的愤恨。

"将军夫人什么时候见客？"公爵问，又坐到原来的位置上面。

"这不是我的事情。她的见客是零零碎碎的，看每个人物而定。十一点钟接见裁缝。笳佛里拉·阿尔达里昂南奇总是比别人先接见，甚至还请他用早餐。"

"冬天，你们的屋子里比国外温暖得多，"公爵说，"但是那边街上却比我们温暖，至于冬天房间里，俄国人没有习惯是住不下去的。"

"不生火吗？"

"是的，而且房屋结构不同，火炉和窗子都是两样的。"

"唔，您去了多久？"

"四年工夫。但是我老在一个地方住着，在乡村里面。"

"不习惯我们的生活了吧？"

"这是实在的。您信不信，我真惊讶自己，何以没有忘掉俄国话。现在，我同您谈话，自己在那里想：'我说得还好。'我也许为了这个原因才说许多话。从昨天起，我真是尽想说俄国话。"

"唔！您以前在彼得堡住过吗？"仆人无论怎样努力，总不能不对于这种有礼貌而且客气的谈话加以维持。

"在彼得堡吗？差不多完全没有住过，只是路过而已。以前我一点也不知道这里的情形，但是现在听到许多新的东西，据说那些原来熟悉的人们只好重新学习着认识它。现在许多人谈到关于此地的法院的情形。"

"唔！……法院呀。法院倒确乎是法院。外国怎么样？法院里裁判得公平吗？"

"我不知道。关于我们的法院，我听到许多话。我们这里又废除死刑了吗？"

"外国处死刑吗？"

"是的。我在法国的里昂看见过。施涅台尔带我去看的。"

"绞死的吗？"

"不是的。在法国是砍下脑袋来的。"

"怎么？喊不喊？"

"哪里会喊！只有一眨眼的工夫。把人放在那里，一把大刀落下来，有一座机器，名叫断头机，又沉重，又有力量。……脑袋跳落得那样快，连眼睛都来不及眨。一切的预备是极难过的。在宣告判决，穿上服装，绑着绳，带到断头台上去的时候，那才是可怕呢！人们聚拢来，甚至有妇女，但是那边是不喜欢女人去看的。"

"不是她们的事情。"

"自然喽！自然喽！那真是磨难！……罪犯是聪明的人，没有惧怕，身体强壮，岁数有点大。他的姓是莱格洛。我对您说，信不信由您，他一升上断头台，就哭了，脸白得像纸一般。难道这是可以忍受的吗？难道这不是可怕的事情吗？谁会由于恐怖而哭泣？我想不到，不是小孩，一个从来没有哭过的大人，四十五岁的人，会由于恐怖而哭泣的。在这时候心灵里是怎样的情形！达到如何战栗的地步！那是对于灵魂的侮辱，别的没有什么！圣经上说'不要杀人'，就为了他杀了人，就也把他杀死吗？不，这是不可能的。我在一个月以前看见过，至今这情景还在我的眼前活现着。做了五次的梦。"

公爵说话的时候竟兴奋起来，一阵轻微的润彩透进他的惨白的脸上，虽然他的话照例是那样轻轻的。仆人带着同情的兴趣观察着他，似乎不愿离开眼睛，也许他也是一个具有想象和尝试思想的人。

"头飞落下来的时候，"他说，"痛苦不很多，还算好。"

"您知道不知道？"公爵热烈地抢上去说，"您注意到这层，大家好像也和您一样注意到，因此想出了断头的机器。我当时就想到一个念头，万一这更坏，便怎样呢？这话您觉得可笑，似乎觉得奇怪，但是在多少加以想象之下，这样的念头甚至会跳进脑袋里去的。您想一想，假如施行苦刑，便有一切痛苦和伤创，身体的折磨，这一切反而能分散精神上的痛苦，只为了一些伤创而感到痛苦，一直到死为止。主要的，最剧烈的痛苦也许不在伤创上面，却在于你明知过了一小时以后，过了十分钟以后，过了半分钟以后，现在，立刻，灵魂，就从身体里飞出去，你将不再成为一个人，而这是一定不移的，主要就是这'一定不移'。头放在刀子下面，但听得刀子在你脑袋上面滑了下来，这四分之一秒钟是最可怕的。您知道不知道，这不是我的幻想，这是许多人这样说的。我很相信这话，所以一直对您说出我的意见来。为了杀人而杀人，是比犯罪本身大得无可比拟的一种刑罚。按照判决的杀人，比强盗的杀人可怕得无可比拟。被强盗杀死，黑夜，在树林里，或用别种样式弄死的人，一定还希望能够得救，在最后的一刹那还有这希望。有过这样的例子，在喉管被割断的时候，他还有希望，或是跑走，或是哀恳。但是在这情形之下，一切最后的希望，怀着它死去将容易十倍的那个希望，一定是被剥夺的了。既然有了判决，又明知避免不掉，所有可怕的痛苦便全在这上面。再比这痛苦厉害些，是世界上没有的。把一个兵士领来，放在战场上的大炮对面，对他射去，他还可以有希望，但是如果对这兵士宣读处死刑的判决，他会发疯或哭泣。谁说人类的天性能够忍受下去而不发狂呢？为什么要这样的辱骂？丑恶的、无用的、白费力的辱骂？也许有这样的一个人，人家对他下了判决，让他受些折磨，以后才说：'你去吧，你被赦免了。'这样的人也许会讲一讲的。基督也曾讲过这种痛苦和这种恐怖。不，对人是不能这样做的！"

仆人虽不能像公爵似的表白出这意思，但自然虽非全部，却已了解了重要的意思。这甚至从他的受了感动的脸上可以看出来的。

"您既然这样想抽烟，"他说，"也许可以，只是要快一点。"忽然问起来，"您又不在那里。就在这楼梯旁边，有一扇门。您走进门去，右面有一间小室，在那里可以抽一下，只是请您把小窗开一开，因为此地是没有这个规矩的……"

然而公爵来不及走出去抽烟。一个青年，手持公文，忽然走到前室。仆人给他脱大衣。青年斜眼看了公爵一下。

"笳佛里拉·阿尔达里昂南奇，"仆人用告密的、几乎亲昵的神气开始说，"有一位梅思金公爵求见，他是太太的亲戚，乘了火车从国外回来，手里带着包袱，不过……"

下面的话公爵听不清楚，因为仆人说起微语来了。笳佛里拉·阿尔达里昂南奇注意地听着，瞧着公爵，怀着极大的好奇，后来不再去听，不耐烦地走近他的身前。

"您是梅思金公爵吗？"他十分和蔼而且客气地问。他是一个很美丽的青年，也有二十八岁，体格修整，头发金黄，中高身材，蓄着小小的拿破仑式的胡子，一张聪明的很美丽的脸。唯有他的微笑在客气之中有点显得太柔细，还露出有点像珍珠般整齐的牙齿，眼神虽然显得快乐，而且十分坦白，但有点太凝聚，而且咄咄逼人。

"他在一个人的时候，大概完全不露出这样的眼光的，也许从来不笑。"公爵似乎生出这个感觉来。

公爵尽可能地匆匆解释一下，和以前对仆人，还在以前对罗果静所解释的一样。笳佛里拉·阿尔达里昂南奇似乎忆起什么来了。

"是不是您，"他问，"在一年以前，也许还近些，从瑞士寄了一封信来，寄给丽萨魏达·博罗可菲也夫纳？"

"是的。"

"那么这里是知道您，而且记得您的。您要想见大人吗？我立刻去通报……他一会就有空。不过请您……请您暂时到接待室里去坐一坐……为什么他在这里?"他朝仆人严厉地问。

"他自己不要……"

这时候书房的门忽然开了,有一个军人,手里提着皮包,大声说话,鞠着躬从里面走出来。

"你来了吗,筇纳?"书房里喊出一个声音来,"请到这里来吧。"

筇佛里拉·阿尔达里昂南奇对公爵点了点头,匆忙走进书房。

过了两分钟门又开了。听见筇佛里拉·阿尔达里昂南奇响亮而且欢迎的声音说道:"公爵,请进来!"

第三章

伊凡·费道洛维奇·叶潘钦将军站在书房的中央，异常好奇地看着走进来的公爵，甚至朝他走了两步。公爵走近过去，自行介绍。

"是的，"将军回答，"有什么贵干？"

"我并没有任何急事，我的目的只是和您认识一下。本来不愿意惊吵您，因为我不知道您见客的日子，也不知道您安排好的时间。……但是我自己刚从火车上下来……从瑞士回来的。"

将军想微微笑一下，想了一想，便止住了。以后又想了一下，眼睛眯细着，又从头到脚看了客人一遍，匆忙中给他指定一只椅子，自己也坐下来，坐得有点斜，转身对着公爵，露出不耐烦的期待的样子。笳纳站在书房角落里的写字台前面，整理纸张。

"我想为了认识是没有时间的，"将军说，"但是因为您自然有自己的目的，所以……"

"我预感到，"公爵插上去说，"您一定会从我的拜访里看出一种特别的目的来的。但是我真是除去和您认识的愉快以外，并没有任何私意。"

"自然我也是异常愉快，但是不能老是游戏，有时也会来点正事……而且我至今还不能辨清我们之间有什么共同之点……所谓原因……"

"没有原因，无可争论地，自然也很少共同之点。因为假使我是梅思金公爵，而尊夫人和我同族，这自然不是原因。我很明白的。但是我来到这里的理由也只有这一点。我有四年没有到过俄罗斯，有四年多了。我怎么离开的，那简直搞不清楚。那时一点也不知道，现在更加不知道。我需要的是好人。我有一件事情想做一做，却不知道往哪里下手。在柏林时我就想：'既然是亲戚，就从他们先下手，我们也许可以互相有用，我对他们有用，他对我们有用，假使他们是好人。'我听说您是好人。"

"很感谢，"将军惊异起来，"请问，您住在哪儿？"

"我还没有住地呢。"

"这么说来，是一直从火车里到我这里来的吗？还有……行李呢？"

"我的行李只一小包的内衣，别的没有什么。我平常都是提在手里的。晚上我来得及住客栈。"

"您还打算住客栈吗？"

"那自然喽。"

"从您的话语上加以判断，我以为您是一直到我这里来的。"

"这也许，但是非得经您的邀请才可以。说实话，即使我受到邀请，也决不留下来，不是为了什么原因，却只是……由于性格的关系。"

"这么说来，恰巧我并不邀请您，也不会邀请您。公爵，让我们现在一下子全弄清楚它。因为我们刚才已经讲明白，关于亲戚一层，我们之间无话可说，虽然我是很觉得荣幸的，所以……"

"所以唯有立起身来，走出去，是不是？"公爵立起来了，甚至似乎快乐地笑了一声，不管他的处境显然是如何困难，"将军，我真是一点也不知道这里实际上的习惯怎样，这里的人们怎样的生活，但是我也想到，我们一定会发生像现在那样所发生的事情。也许这是应该这样的……那时你们也没有回复我一封信……唔，告别了吧。我惊吵您，真是对不住得很。"

公爵的眼神这时候十分和蔼，他的微笑并没有任何隐秘的、敌视的感觉的影踪，竟使将军忽然止了步，用另一种样式看了他的客人一下。态度的变更在一刹那间实现了。

"您知道，公爵，"他用完全另一种声音说，"我总还没有知道您，也许丽萨魏达·博罗可菲也夫纳想见一见她的同宗……您可以等一等，既然您有时间。"

"我是有时间的。我的时间是完全属于我的，"公爵立刻把圆檐的、柔软的帽子放在桌上，"我说实话，我希望也许丽萨魏达·博罗可菲也夫纳会忆起我曾写过一封信给她。刚才我在那里等候的时候，您的仆人疑心我为了贫穷的缘故上门来告帮。我注意到了，大概您这里对于这层是下过严厉的训令的。但是我实在不是为了这桩事情，实在只是为了想和人们来往来往。我总有点觉得我妨碍您的事情，这真使我不安。"

"是这样的，公爵，"将军带着快乐的微笑说，"假使您果真是这样的，那么和您交朋友也许是颇有趣味的。不过您瞧，我是一个忙人，立刻要坐下来看公文，签字，以后要去见大臣，以后到公事房去，所以虽然我很喜欢人……那就是说好人……但是……不过我深信您受过极好的教育……您贵庚多少，公爵？"

"二十六。"

"喔唷！我觉得还年轻些。"

"是的，人家说我的脸很年轻。至于不妨碍您是我可以学会，而且不久会了解的，因为我自己很不爱妨碍人……还有，我以为，我们在外表上，从许多事情上看来，是十分不同的人……我们也许不会有许多共同之点，但是您知道，我自己并不相信最后的一个观念，因为时常只在外表看来，没有共同之点，其实是有的。……这是由于人们的懒惰，才使人们互相按照外表来分别等级，而毫无发现……但是我也许说得沉闷吗？您仿佛……"

"两句话：您有没有多少财产？也许想做点什么事情？对不住，我这样说……"

"哪里的话，我很珍视而且了解您的问题。暂时我还没有任何财产，也没有任何职业，这也是暂时的，但是必须要有的。现在我的钱是别人的，施涅台尔，我的教授给我的。我在他那里治病，在瑞士治病，还跟他学习。他给我旅费，给得正够，因此我现在只剩得几个戈比。我确乎有一桩事情要做，我需要人们的意见，但是……"

"请问，您暂时打算怎样生活，您有什么计划？"将军插上去问。

"打算用自己的劳力……"

"您真是哲学家。但是……您知道自己有什么天才或能力，即使是那些可以给予日常的面包的能力？还是请您再恕罪……"

"您不必恕罪。不，我想我没有天才，也没有特别的能力，甚至是相反的，因为我是病人，没有正确地求过学。至于说到面包一层，我以为……"

将军又插上话去，又开始盘问。公爵重新说了已经说过的一套话。原来将军听见过关于去世的伯夫里柴夫的事情，甚至是认识他的。为什么伯夫里柴夫注意他的教育，公爵自己也不能加以解释，也许只是为了和他的去世的父亲有旧交的关系。公爵的父母死时，他还是婴孩，一辈子在乡间居住生长，因为他的健康需要乡村的空气。伯夫里柴夫把他托给一些亲戚、老女田主们。起初为他雇用了保姆，以后又雇了家庭教师。他宣布说他全都记得，但是不大能给予满意的解释，因为他在许多事情上自己是弄不清楚的。他时常发病，使他几乎完全成为一个白痴——公爵径直说出"白痴"两个字。他讲述伯夫里柴夫有一次和瑞士教授施涅台尔相遇。施教授恰巧研究这种病，在瑞士的瓦里省设有医院，用冷水和体操治疗，白痴和疯癫两种兼治，且还施以教育，使病人得到一般的精神上的发展。伯夫里柴夫当时打发他到瑞士去求治，大约在五年以前，但是自己在两年以前竟突然死去，没有留下什么嘱咐的话。施涅台尔又留他在那里，继续治了两年。他没有治好他的病，但是有许多帮助。后来他依照他自己的愿望，又因为发生了一桩事情，便遣送他回国来了。

将军很为惊奇。

"您在俄国没有一个熟人，根本没有一个人吗？"他问。

"现在没有一个人，但是我希望……我还接到了一封信……"

"至少，"将军插断他的话，没有听清楚关于信的事情，"您总该学过什么本事，您的疾病总不会妨碍您取得某种机关里某种不困难的职务。"

"那是一定不会妨碍的。关于职务一层我甚至很愿意去充任，因为我自己想看一看我会做什么事情。我四年来一直在那里学习，虽然不十分正确，然而用的是他的特别的方法。我还读了不少俄文书籍。"

"俄文书籍吗？那么您认识字，并且会没有错误地写字吗？"

"很会的。"

"好极了。但是笔迹呢？"

"笔迹很好。在这方面我是有天才的。我可以说是一个书法家。您给我一张纸，我立刻可以写一点下来，当面试一试。"公爵热烈地说。

"费心得很。这甚至是必须的。……公爵，我喜欢您那种欣然的态度，您是很可爱的。"

"您这里的文具非常讲究。您有多少钢笔，多少铅笔，多么平整可爱的纸……您的书房多么可爱！这幅山水画我知道，这是瑞士的风景。我相信这画家是写生下来的。我相信我看到过这个地方。这是在乌里省……"

"也许是的，不过这是在此地买来的。笳纳，给公爵一张纸。这是钢笔和纸，请坐到这只桌子上去。这是什么？"将军对笳纳说。当时他正从公文皮包里掏出一张大型的相片，递给将军。"哪！那是娜司泰谢·费里帕夫纳！这是她自己送给你的，自己送的吗？"他怀着极大的好奇和活泼的态度问笳纳。

"刚才我去道贺的时候，她给我的。我早就求过她。我不知道，是不是她给我一个暗示，意思是在这样的日子，我竟空手前去，没有送礼？"笳纳说，发出不愉快的微笑。

"不是的，"将军带着深信插上去说，"你这人的思想的途径怎么是这样的！她哪里还会暗示……她完全是不想图利的。并且你拿什么送礼？需要一千卢布才行！莫非送相片吗？顺便问一下，她还没有向你索取相片吗？"

"没有，还没有索取，也许永远不会索取的。伊凡·费道洛维奇，您自然记得今天的晚会？您是被特地邀请的一位客人。"

"记得的，记得的，我自然要去的。哪里还能不去！毕竟是生日，二十五岁的生日。唔……你知道，笳纳，我应该对你宣布一下。你自己预备预备吧。她答应阿法那西·伊凡诺维奇和我，今天晚上在她家里，说出最后的一句话：是或否！你知道，你要留神呀！"

笳纳忽然面怀羞惭，甚至有点惨白。

"她确是这样说吗？"他问。他的嗓音似乎颤抖起来。

"前天说的。我们两人尽缠住她，强迫她说出来。但是请我们不要预先告诉你。"

将军盯看着笳纳。笳纳的狼狈的神情显然使他不高兴。

"您要记住，伊凡·费道洛维奇，"笳纳露出惊慌和疑惑的神情说，"她给我一个完全自由决定的权利，一直到她自行决定的时候为止，而且到了那个时候我还有自己说话的余地……"

"那么难道你……那么难道你……"将军忽然害怕起来。

"我没有什么。"

"那么你想起我们弄到什么地位上去?"

"我并不拒绝。我也许话说得不对……"

"你还要拒绝吗?"将军恼恨地说,甚至不愿抑制这恼恨,"老弟,这事情并不在于你不拒绝,而在于你的乐意,在于你带着快乐接受她的话语……你家里怎么样呢?"

"家里有什么?家里的人全在我的权力之下,唯有父亲照旧发着傻劲,完全成为胡闹的人。我已经和他不说话,但还抓得他紧紧的。说实话,假使不是母亲,我早就把他轰出门外。母亲自然老是哭泣,妹妹生着气。我对她们直说,我是我的命运的主人,希望家里的人都……服从我。至少,我把这一切话当着母亲面前,对妹妹说过。"

"老弟,我还是弄不明白,"将军疑虑地说,微耸肩膀,摆了摆手,"尼纳·阿历山大洛夫纳那次来的时候,你记得吗?也是那样呻吟,而且叹息。我问她:'您这是什么意思?'原来在她们看来,这是不名誉的事情。请问,有什么不名誉?谁能责备娜司泰谢·费里帕夫纳什么,或者指出她什么坏话来?难道为了她和托慈基在一起吗?这真是一句胡说的话,特别在一定的环境之下。她说:'您不是不放她到您的几位小姐面前去吗?'啊!这样的!尼纳·阿历山大洛夫纳竟是这样!她怎么不明白,怎么能不明白……"

"自己的地位吗?"筘纳帮助陷于困难中的将军说了出来,"她是明白的。您不要恼她。我当时就给了她一顿教训,不许她管别人家的闲事。我家里至今还靠着没有说出最后的一句话来,只闪出一些电光,还勉强维持着。只要今天一说出最后的话,就会全行发作出来的。"

公爵坐在角落里,试写他的书法的时候,听到两人全部的谈话。他写完以后,走近桌旁,将纸递过去。

"这位就是娜司泰谢·费里帕夫纳吗?"他说着,注意而且好奇地望了相片一眼,"真好看!"他立刻热烈地补充上去。相片确乎照出一个特别美貌的女人。她穿着式样十分平凡而且雅致的黑色绸衣,头发显然是深栗色的，梳得很普通，家常的式样。眼睛又深又黑，额角带着凝想的样子。脸色是富于热情的，似乎傲慢的。她的脸有点瘦，也许作惨白色……笳纳和将军惊讶地看着公爵……

"娜司泰谢·费里帕夫纳！难道您已经认识娜司泰谢·费里帕夫纳吗？"将军问。

"是的，我到俄罗斯只有一昼夜，已经认识了这样的美人。"公爵说，便立刻讲述他和罗果静相遇的情形，把他所讲的话全都转述了出来。

"又出了新闻了！"将军又慌乱起来。他用异常注意的态度听着，用锐利的眼光望着笳纳。

"大概这只是捣乱而已……"也有点慌张的笳纳喃声说，"一个商人的儿子在那里放荡游玩。我已经听人家说到他。"

"是的，我也听说过，"将军抢上去说，"在出了那副耳环的事情以后，娜司泰谢·费里帕夫纳把这笑话全都转述了出来。但现在是另外一件事情。也许真有百万家私……还加上那样的热情。即使是胡闹的热情，但到底露出热情的气味。尽人都知道，这类先生们喝醉了酒，什么事都能做出来的！……唔……不要真的弄出什么笑话来呀！"将军疑虑地说。

"您怕他的百万家私吗？"笳纳露着牙齿笑了。

"您自然不怕吗？"

"公爵，您以为怎样？"笳纳忽然朝他发问，"这是一个正经的人，或者只是捣乱分子？您的意见怎样？"

笳纳提出这个问题时，心里发生一点特别的情形。好像有一种新的特别的理想在他的脑子里燃烧着，在他的眼睛里不耐烦地闪耀着。怀着诚恳和坦白的意思露出不安的将军也斜看着公爵，似乎对于他的回答并没有很多的期望。

"我不知道如何说法，"公爵回答，"不过我觉得他这人有许多热情，甚至有极大的热情。他自己还仿佛是一个病人。也许到了彼得堡以后，最初几天内，会重新躺下的，尤其假使乱喝起酒来。"

"是吗？您以为这样吗？"将军抓住这个论点。

"是的，我以为这样。"

"但是这类笑话也许不在几天以内发生，却在今天晚上以前，弄出点花样来的。"笳纳对将军笑了一下。

"唔！……自然喽！……也许会的。一切都要看她的脑筋里闪出些什么来。"将军说。

"您知道她有时是怎样的？"

"是怎样的？"将军抓住了这句话，他已经达到极度的懊丧的程度，"笳纳，你今天最好不要和她作对，努力这样，你知道……总而言之，努力使她高兴……唔！……你为什么这样歪斜着嘴？笳佛里拉·阿尔达里昂南奇，顺便说一句，现在真要顺便说一句：我们这样张罗，到底为了什么？你要明白，关于这件事情，我自己的利益是早就有了保障的。无论怎样，我会把事情解决得对于自己有利益。托慈基已经无可摇撼地做了决定，所以我完全具有深信。我现在希望的单单是属于你的利益。你自己判断一下。你是不信任我吗？并且你这个人……你这个人……一句话，你是一个聪明的人，我对你是极有希望的……在现在的情形之下，这是……这是……"

"这是重要的！"笳纳替他说完，又帮了难以说出的将军的忙。他的嘴唇弯成极恶毒的微笑，他也不想加以遮掩。他的发炎的眼神一直望着将军的眼睛，似乎甚至希望将军在他的眼神里看出他的全部的思想。将军涨红了脸，生起气来。

"阿尔达里昂南奇！我看出，你很喜欢那个商人，把他看作自己的一条出路。在这件事情上面，最先应该经过一番考虑，应该明白……应该从两方面诚实而且直率地做去，否则……便应该预先声明，不要连累别人，况且时间是很够的，甚至现在还有很够的时间，"将军有意义地举起眉毛,"虽然一共只剩了几点钟……你明白了吗?明白了吗?你究竟愿意不愿意?假使不愿意,你可以说,请你说出来。没有人阻拦你,没有人强迫拉你进入陷阱,假使你看出这里面有陷阱。"

"我愿意的!"笳纳微声却坚定地说,垂下眼皮,阴郁地沉默了。

将军满意了。将军闹了脾气,但是显然后悔他做得太过分。他忽然转身向着公爵。他的脸上忽然好像遇过了一个不安的念头。他想到公爵在旁边听到了一切的话。但是他立即安心下去,只要一看公爵,就会完全安心的。

"喔!"将军看着公爵送上去的书写的式样,喊了起来,"这是有价值的东西!这是稀有的书法!你瞧,笳纳,真有才气!"

公爵在厚厚的牛皮纸上用中古的俄文字体写了下面的句子:

"鄙人伯夫努奇方丈亲笔书此。"

"这是这样的!"公爵十分愉快而且兴奋地解释着,"这是伯夫努奇方丈亲笔的签字,十四世纪的影本。我们的老方丈和主教全都签一笔很好的字,有时带着极好的调锋,极精细的笔法。将军,您这里没有鲍哥廷的藏本吗?我又在这里写下另一种字体,这是粗大的法国上世纪的字体,有的字母甚至是另样写法的。这是市场的字体,公家的书记的字体,从他们的样本上誊下来了,我有一个样本。您自己会同意这字体是有它的特点。您看这个圆圆的D和A。我把法国的性格移到俄文字母里去,这是非常困难的,而结果还算成功。还有一个美丽的,别致的字体。您瞧那个句子:'努力可克服一切困难。'这是俄罗斯的书记的字体,或者是军界的书记的字体。给重要人物的公文都是这样写的。也是一种粗字体。可爱的粗字体,写得浓浓的,具有特殊的风格。书法家不赞成这种花腔,或者最好说是花描的尝试,那类没有写完的小尾巴,请您注意这个。您再从整个方面看一看,这些字可以表示出一种性格,真是能露出整个军界的书记的灵魂:一面想潦草从事,一面流露出天才。而军服上的领子又系得死紧,在字体上露出纪律来,真是妙极了!新近有一张样子使我非常吃惊。我偶然找到的。在什么地方找到的？原来在瑞士这是平常的、普通的、纯粹的英国字体。再要比这雅致的是没有了。这是太妙了，就像一粒粒的珍珠。这是完备的字体。还有一种，也是法国体，我从一位法国的旅行捐客那里誊写下来的。这和英国字体一样，但是黑线比英国体稍微浓些，而且粗些，您瞧，光线的比例也弄坏了。您还要注意，椭圆体有点变动，比较圆一些，还加上花腔，这花腔是最危险的东西！花腔需要特别的格调。假使弄得好，假使找到了适当的比例，那么这样的字体，是无可模拟的，真能使人看着生爱。"

"喔唷！您竟弄到这样精细的地步！"将军笑了，"您不仅只是书法家，您还是一位美术家！对不对，筎纳？"

"妙极了！"筎纳说，"他甚至还自己感到自己的天职。"他嘲笑着补充这句话。

"您尽管笑吧，尽管笑吧，但这的确是一个职业，"将军说，"公爵，您知道，现在我们可以让您抄写给什么人物的公文？一下子，可以给您定每月三十五卢布的薪水。但是已经十二点半钟了，"他看了看表，"我应该出去办事，我很忙，也许今天和您见不到！您且坐一会，我已经对您解释过，我不能时常接见您，但是极愿意帮您一点忙，一点点的忙，所谓必要的帮忙，以后就随便您自己怎样做去。我可以给您找到一个公事房里的位置，不大难做的，却需要勤谨的服务。底下还有，在筎佛里拉·阿尔达里昂南奇·伊伏尔金的房子里，他的家里，就是这位，我的青年的好友。我来给您介绍一下，他的母亲和妹子在自己的寓所里收拾好两三间带家具的房屋，租给有人介绍的房客居住，连饭食和仆役的费用都在内。我相信，尼纳·阿历山大洛夫纳会接受我的介绍的。在您的方面，甚至是最合适的。第一层，因为您不会感到孤独，却进入家庭的怀抱中。据我的看法，您绝不能一下手就像在彼得堡那样的京城之中独自居住下去。尼纳·阿历山大洛夫纳，那位令堂太太，还有瓦尔瓦拉·阿尔达里昂诺夫纳，就是筎佛里拉·阿尔达里昂南奇的令妹，他们都是我十分尊敬的太太。尼纳·阿历山大洛夫纳是阿尔达里昂·阿历山大洛维奇的夫人，他是退伍的将军，我最初服务的机关里的同事，我现在为了某种情节已经和他断绝来往，但仍旧不妨碍我特别尊敬他。我把这一切对您解释，是为了使您了解，我亲自介绍您，同时我也就是替您作保。房金是极少的。我希望，您将来所得的薪水是极够用的。自然，一个人总需要零用的钱，哪怕一点点也可以，但是您不要生气，公爵，假使我说您最好避免零用钱，总之，不要在口袋里放什么钱。我这样说，是由于我从您身上所得的印象而起的。但是因为现在您的口袋完全空虚，最先让我借给您二十五卢布。自然我们以后可以算账。假使您是一个诚恳的、真挚的人，照您说话时所露出的那个样子，那么我们中间不会发生困难的情形的。我之所以这样注意于您，我对于您甚至抱有一些目的，您以后会弄清楚的。您瞧，我和您完全随便。笳纳，希望你不会反对公爵搬到你的寓所里去吧？"

"相反的！家母会很欢迎的……"笳纳客气而且殷勤地说。

"你们那里好像还只有一间屋子住人。那个，叫什么名字……费尔特……费尔……"

"费尔特申阔。"

"是的。你们这位费尔特申阔我不大喜欢。他是一个龌龊的小丑。我不明白，为什么娜司泰谢·费里帕夫纳这样鼓动他？他真是她的亲戚吗？"

"不，这全是玩笑的话！并没有亲戚的气味。"

"不去管他！怎么样，公爵，你满意不满意？"

"谢谢您，将军，您待我真是太好了，况且我甚至还没有提出什么请求。我说这话并非由于骄傲。我真是不知道如何藏身。刚才罗果静叫我去住在他那里。"

"罗果静吗？那是不行的。我用慈父般的情感，或者您爱听些，用诚恳的友谊，劝您忘掉这位罗果静先生。我劝您在一般的情形下，和您现在被介绍进去的家庭多接近些。"

"您既然对我这样好心，"公爵说，"我有一件事情请教。我接到了一个通知……"

"对不住，"将军打断了他的话，"现在我没有一分钟闲空的时间。我立刻就去对丽萨魏达·博罗可菲也夫纳说。假使她现在就愿意接见您——我要竭力为您保荐——我劝您利用这机会，博取她的欢心，因为丽萨魏达·博罗可菲也夫纳是对于您极有用的。你们又是同宗。假使她不愿意，您也不必埋怨，下一次再说。笳纳，你暂时看一看这些账单，我刚才和费道赛夫麻烦了半天，不能忘记把这账单加进去的……"

将军走了出去，公爵竟来不及讲述他几乎四次想起说的那桩事情。笳纳点了一支纸烟，又递给公爵一支。公爵接了下来，却没有说话，不愿意妨碍他做事。他开始审视书房。但是笳纳不大想看将军指出来的写满了数字的那张纸。他露出心神不属的样子。在他们两人留在一起的时候，公爵看到，笳纳的微笑、眼神和疑虑的样子更加显得沉重了。他忽然走到公爵面前。公爵这时候又站在娜司泰谢·费里帕夫纳的相片前面，审视着它。

"您喜欢这样的女人吗？公爵。"他忽然问他，锐利地望着他。他好像具有一种特别的用意。

"奇怪的脸！"公爵说，"我相信她的命运不是寻常的。一张快乐的脸，但是她非常受着痛苦，对不对？眼睛这样说着，您瞧这两根小骨，脸颊上端，眼睛底下的两个点。这是骄傲的脸，异常骄傲的脸，不知道她的性子善不善？性善才好呢！一切都得救了！"

"您可以娶这类的女人吗？"笳纳继续问，发炎的眼神不住地盯在他的身上。

"我不能娶任何女人，我有病。"公爵说。

"罗果静会娶吗？您怎么看法？"

"我以为，他明天就会娶的，但是过了一个星期也许要把她砍死。"

公爵刚说出这句话，笳纳忽然哆嗦了一下，几乎使公爵喊叫出来。

"您怎么啦？"他说着，拉着他的手。

"公爵！大人请您进去见夫人。"一个仆人在门前出现，报告着。公爵随着仆人进去了。

第四章

　　叶潘钦的三位小姐全都十分康健，像鲜花一般灿烂，身材高大，肩膀阔壮，胸脯伟大，手强壮得和男子相似。她们因为身体的健康有力，有时爱吃得多些，而且也不愿意加以遮掩。她们的母亲丽萨魏达·博罗可菲也夫纳有时对于她们的食欲的公开表示有点看不上眼，但是因为她的一些意见虽然女儿们接受时露出外表上的尊敬，实际上早就在她们中间丧失了原先的、无可争辩的威信，甚至弄到使三位姑娘的一致行动开始占上风的地步，所以将军夫人为了自己的尊严起见，认为不加争论，且予让步较为方便些。固然，性格时常不肯听话、不肯服从明达的决议，丽萨魏达·博罗可菲也夫纳变得越来越任性而且不耐烦了，甚至成为一个怪物，但是因为手底下到底还剩下极服从而且驯良的丈夫，所以过多的和积聚下的一切普通总是倾倒到他的头上去，以后家庭间的和谐重又复原，一切事情都安排得非常之好。

　　将军夫人自己也没有丧失食欲，照例在十二点半的时候和女儿们一起参加和正餐几乎相仿的丰盛的早餐。小姐们在整整十点钟的时候每人先喝一杯咖啡，在床上，刚睡醒以后。这是她们最爱的永远规定好的程序。十二点半，在近母亲的几间屋子的小餐室里铺好桌子。如果时间允许，将军自己也有时进来参加这顿家庭的亲密的早餐。除去红茶、咖啡、乳酪、蜜、奶油、将军夫人爱吃的特别炸饼还有肉排以外，甚至还端上浓厚烫热的牛肉汤来。在我们的小说开始的那个早晨，全体家庭在餐室内静候答应在十二点半进来同餐的将军。如果他迟误了一分钟，立刻打发人去催请，但是他准时进来。他走近过来，和太太问安，吻她的手，看见她的脸上这一次有点太特别的神色。虽然在前一天他就预感到为了"一桩笑话"（这是他惯用的一种词句）今天一定会这样的，在昨夜睡觉时即抱不安，但现在到底还是胆怯。女儿们走近前来接吻。她们虽不生气，但总归似乎也有点特别的样子。将军为了某种情节，过分地露出好疑，但是因为他是有经验的、手段灵活的父亲和丈夫，就立刻采取了办法。

也许不至于十分危害我们的小说的凸显性，假使我们在这儿停顿一下，做一番解释，直接地而且确切地阐明叶潘钦将军的家庭在这部小说开始时所构成的关系和环境。我们刚才已经说过，将军自己虽然不很有学问，自称自己是"自学的人"，但到底是有经验的丈夫和手段灵活的父亲。他采取了不忙着打发女儿们出阁的原则，那就是"不把她们的亲事放在心上"，不用对于女儿们的幸福的那份过分的关心麻烦她们，像一般积聚着成年的女儿们的聪明的家庭里自然而然地、不由己地会发生出来的那个样子。他甚至想劝丽萨魏达·博罗可菲也夫纳也实行这个原则，虽然一般地讲来，这事情是很困难的。因为是不自然的，所以是困难的。但是将军的论据十分具有意义，建立在可触觉的事实上面。那些待嫁的女郎们既然听任她们自由决定，到了后来自然不得不自打主意，那时候事情便会弄得成熟，因为她们会出自情愿地着手办理，把任性的行为和过分的挑剔抛在一边。父母们只须毫不疏忽地而且努力在暗中加以观察，不使发生某种奇怪的选择或不自然的倾向，以后在捉到相当的机会的时候，一下子用全力帮忙，凭着自己的势力把事情弄妥。最后，她们的财产和社会上的地位一年年在几何的进程中增长起来，时间越过去得多，女儿们越占便宜，甚至从待嫁的女郎的身份上看来也是如此。但是在所有这些无可辩驳的事实中间，发生了另一桩事实。那就是长女阿历山大忽然，几乎完全出乎意料（这是永远如此的），过了二十五岁。同时，阿法那西·伊凡诺维奇·托慈基，一个上等社会的人，具有阔绰的亲友和非常的巨富，又发现了想娶亲的旧愿。他年已五十五岁，性格优雅，具有特别细致的风调。他想攀一头美好的亲事。他是十分珍重美貌的人。因为他从一些时候起，和叶潘钦将军有很深的交谊，为了他们互相参加某种财政上的企图使这交谊更为加深。因此他和叶潘钦将军商量，向他请教：他和他的女儿的一位结婚有否可能？在叶潘钦将军静谧佳妙的家庭的生活里发生了一个显明的变动。

上面已经说过，最小的阿格拉耶是家庭中无可争论的美女。甚至以托慈基这样十分自私的人也明白他不应该在这地方寻觅，阿格拉耶是不能和他相配的。也许，姊妹间一点盲目的爱和太热烈的友谊，将事情过分地扩大，但是阿格拉耶的命运业已由她们用极诚恳的方式预定好不能仅只成为普通的命运，而须成为地上乐园的一种可能的理想。阿格拉耶未来的丈夫应该是一个完美和成功的模范人物，至于财富是不必提的。姊妹们甚至似乎没有费去特别多余的话语，互相约定在必要的时候牺牲自己，为了阿格拉耶的利益，为阿格拉耶定下了极大的、前所未闻的妆奁。父母知道两个长姊的这协定，所以在托慈基求救的时候，他们中间几乎没有疑惑，长姊中的一人一定不会拒绝完成他们的愿望，况且阿法那西·伊凡诺维奇对于妆奁一层是不会有所为难的。对于托慈基的求婚，有相当的人生的见解的将军立刻加以极高的估价。因为托慈基自己为了某种特别的原因对于这件事情进行得十分谨慎，还在暗中摸索，所以父母对于女儿们还只透露一些极辽远的猜测。取得的回答虽然也并不很确定的，却至少是足以宽慰的一个声明，那就是阿历山大也许不会拒绝的。这位女郎虽然具有坚强的性格，但心地极善，颇有理智，和人们十分合得来。她甚至很乐意嫁给托慈基。她假使说出了一句话，一定会去诚恳地实行。她不爱虚表，同她在一块不会有发生剧烈的转变和麻烦的事情的危险。她甚至能使丈夫的生活得到愉快和安慰。她的面貌虽不如何动人，却是很美的。对于托慈基，还能找到比这更好的妻子吗？

然而事情还继续在摸索中进行。托慈基和将军之间互相友善地决定暂时避免形式上的、无可收回的一切步骤。父母甚至还没有完全公开地和女儿们说起。仿佛开始了不调协的情形。为一家之母的叶潘钦将军夫人不知为什么缘故开始不满意，这是很重要的。这里有一桩阻碍一切的事实，一桩复杂的、麻烦的事件，可以使全局无可挽回地受到摧毁。

这桩复杂麻烦的"事件"（像托慈基自己所称的那样），很早的时候，还在十八年以前就开始了。在某一个中部的省份里，阿法那西·伊凡诺维奇的富足的采邑附近住着一个贫穷的田主。他这人以屡次遭到成了笑话似的失败事件闻名于世。他是退伍的军官，出身世家，这方面比托慈基的地位还清洁些。他名叫菲里布·阿历山大洛维奇·巴拉士阔夫。他欠了一身的债，将财产典押一空。在做了艰苦的、近乎乡下人的工作以后，才算把一个小小的产业差强人意地建立起来。他在得到少些的成功的时候，就特别鼓起精神。他鼓起了精神，在希望的照耀之下，动身到一个小县城里去几天，想和他的一个主要的债主见面，在可能的范围之内，进行基本的谈判。在他回到城里的第三天，他的村长从他的村里骑马赶来。他的脸颊烧肿，胡须烧得精光。他报告说，昨天正午的时候他的采邑失火，连夫人都烧死，只剩下了一些小孩。以巴拉士阔夫那样习惯于"倒霉的命运"，竟不能忍受这种意外，他发了疯，一个月以后得热病死去。他的烧剩下的田产连同成为乞丐的农人们一并拍卖偿付债务。他的两个小女儿，一个六岁，一个七岁，由发了慈善心肠的阿法那西·伊凡诺维奇·托慈基收留下来，予以抚养。她们和阿法那西·伊凡诺维奇的总管的子女一同受着教育。这总管是退职的官员，家中人口繁多。他是德国人。不久后只有一个女孩娜司卡活在世上，年幼的那个女孩得百日咳病死了。托慈基住在外国，不久就完全忘记了她们。过了五年，阿法那西·伊凡诺维奇有一次路过那里，想上自己的采邑去看望一下，忽然在他的乡下的房子里，德国人的家庭里，看到一个十二岁的小姑娘，很美丽的小女孩，举动活泼，面貌可爱，性格聪明，有可预料的异常的美貌。阿法那西·伊凡诺维奇在这方面是猜得很正确的行家。这一次他在采邑里只住了几天，来不及有所吩咐，却对于这位小姑娘的教育做出了极大的变更：聘请了一位令人尊敬的年老的女家庭教师。她是瑞士人，对于女郎们的高等教育颇有经验，而且学问极好，除法文以外，还教授其他各种科学。她住到乡村的房子里去，于是小娜司卡的教育便取得了宽广的范围。整整过了四年，这教育已告完成，女家庭教师走了。于是有一位女太太（也是田主，也和托慈基的田产为邻，但在另一个辽远的省份里），她奉了阿法那西·伊凡诺维奇的调令和委任，跑来把娜司卡带走。在这不大的采邑里也有一所不大的、刚建好的木质的房屋。它收拾得特别的幽雅，那所小村也称作"快乐村"，好像有点故意似的。这位女田主一直把娜司卡带到这所静谧的小房里去居住。因为她自己是无子女的寡妇，只住在离此一俄里的地方，所以自己也搬到这里来和娜司卡同住。娜司卡身旁出现了一个管钥匙的老妇人和年轻的有经验的女仆。屋内出现了乐器，雅致的专为女郎预备的图书馆、油画、雕刻、铅笔、颜料，还有非常美观的膝犬。过了两星期后，阿法那西·伊凡诺维奇亲自降临了。……从那时起他似乎特别爱上了这个偏僻的沙原里的小村，每年夏天来一趟，住上两月，甚至三月。他这样地过了很多的时候，四年的时间，安静的、幸福的、有兴趣的、美丽的时间。

有一次，在初冬的时候，从阿法那西·伊凡诺维奇夏天到"快乐村"小住（这次只住了两星期）以后，过了四个月的工夫，有一个谣言传到娜司泰谢·费里帕夫纳的耳朵里去，说阿法那西·伊凡诺维奇将在彼得堡娶一个有钱的有名气的美人。一句话，攀一头美满的稳靠的亲事。后来，发现这谣言在许多细节方面是不正确的。他的婚事当时还只在计划之中，还不很确定，然而娜司泰谢·费里帕夫纳的命运从这时起到底发生了特别的变动。她忽然露出异常的决断，表现出极出人意料的性格。她没有多加思索，就抛下了乡村的房屋，忽然在彼得堡出现，一直单独去见托慈基。他惊讶起来，开始说话，但是从第一句话语上就忽然发现必须完全变更语腔、音调，至今用得极有效验的、有趣的、雅致的谈话题目，还有逻辑，一切，一切，一切！在他面前坐着的是完全另外一个女人，一点也不像以前所知道的，刚在七月内，在"快乐村"里相见的女人。

最先表现出来的是这位新的妇女知道而且了解的事情特别多，多得会使人深深地惊讶。她从哪里能够取得这类的消息，而且自行获到这样精确的见解？莫非是从女孩们专用的图书馆里得来的？不但如此，她甚至很明白法律，即使不是对于整个世界，至少对于世界上流行的几桩事件具有正确的智识。其次，这已经完全不是和以前一样的那种性格，不是畏葸的女学生那般不确定的，有时由于古怪的活泼和天真的行动而显得可爱，有时却是忧郁的、疑虑的、惊异的、不信任的、善哭的、不妥的。

不是的。现在立在他面前哈哈大笑，用极恶毒的嘲讽攻击他的是一个异乎寻常的、令人意料不到的生物。她直接对他声明，除去深深的贱蔑以外，在她的心里对他毫无所感。这贱蔑竟到了要作呕的地步，在发生初次的意外的事件以后立即产生。这一位新妇女还声明，如果他现在立刻和任何什么女人结婚，在她本来满不在乎，但是她跑来不许他实行结婚，不许是为了忿恨的缘故，单单是因为她要这样做，应该这样做。"哪怕只是为了使我能够充分取笑你，因为现在我也想笑一笑。"

她的措辞至少是如此的，至于她心里所想的一切，也许并没有表示出来。然而在新的娜司泰谢·费里帕夫纳一面哈哈大笑，一面叙述这一切的时候，阿法那西·伊凡诺维奇自己在那里考虑这件事情，尽可能地将他的多少有点凌乱的思想整理一下。这考虑继续了不少的时间，在两星期中，努力取得理解，且加以最后的决定。过了两星期以后，他才做了决定。事情是因为阿法那西·伊凡诺维奇在那时候的岁数已在五十左右，他是一个十分稳靠已具有一定的习惯的人。他在世界上和社会里的地位早就建立在极坚固的基础上面。他对于自身，对于自己的安谧和舒适的珍爱得比世界上所有的一切为甚。这是一个极体面的人应该有的事。凡关于他在一生中建立着且取得了如此美丽的形式的一切，绝对不许有丝毫损坏和摇动。另一方面，他的经验和对于事物的深刻的观察很快而且特别正确地告诉他，现在他所交接的是一个完全不寻常的人物，这个人物不但威吓，且一定会去实行，主要的是根本不顾一切，因为她根本不珍重世上任何的一切，甚至无从诱惑她。显然，这里另有别的什么，含着一种精神上的心灵里的纷扰，有点类乎某种浪漫派的愤懑，不知道是对谁，为了什么，有点无从餍足的贱视的情感，完全溢出范围的贱视的情感，一句话，有点十分可笑的，在体面的社会里不被容许的东西，凡是体面的人碰到它便成为纯粹的上帝的惩罚。自然以托慈基的财富和奥援，本可立即做点小小的完全天真的恶行，借以避免不愉快的事情。从另一方面说，显然，娜司泰谢·费里帕夫纳自己差不多不能做出危害的事情，例如，关于法律方面的举动，她甚至不会做出重要的捣乱行为，因为陷害她永远是很容易的事。但是这一切必须在娜司泰谢·费里帕夫纳决定做出和别人一样的行动的时候才能有用，那就是照一般人在发生这类事情时所应该做的行动，不溢出范围，不做出太瑰奇的事情。在这上面托慈基的正确的眼光便有用处了。他猜出娜司泰谢·费里帕夫纳自己也深深地明白她在法律方面是不足为害的，她的脑筋里和她的闪耀的眼睛里，完全另有意思。娜司泰谢·费里帕夫纳既然不珍重世上的一切，尤其是自身（必须有许多的聪明和深刻的眼光，才能在这时候猜到她早就停止珍重自己，才能使像他这样的怀疑派和体面社会的大儒派相信这个情感是如何严重），她必能丧害自己，做出无可挽回的、丑恶的行为，宁愿流戍到西伯利亚，或者受徒刑，只要糟践她所深恶痛绝的那个人一下。阿法那西·伊凡诺维奇永不隐瞒，他有点胆怯，或者最好说是具有极度的保守性。例如，假使他知道他将在结婚成礼的时候被杀死，或者发生一些十分不体面的、可笑的、在社会上认为难堪的行动，他自然会害怕的，怕的不是他将被杀死，或受伤到流血，或当众被人家吐痰到脸上，却怕这事发生在如此不自然的、被认为难堪的形式之下。娜司泰谢·费里帕夫纳虽然不说出来，其实已经透露了这个意思。他知道她十分了解他，曾对他有深刻的研究，所以也知道用什么方法向他攻击。又因为他的婚事尚在计划之中，他也就当时表示服从，向她让步。

　　还有一桩事实助成他的决定。这个新的娜司泰谢·费里帕夫纳的样貌，完全和以前不同到了难以想象的程度。以前只是一个很美丽的小女孩，现在则……托慈基许久不能宽恕自己，他看了四年竟没有看得清楚。固然，有许多是由于两方面在内心里突然发生了变动的原因。他记得以前有一刹那的工夫，在望着这双眼睛的时候，有时竟使他生出一些奇怪的念头来：似乎在里面预感出一种深沉的神秘的黑暗。这眼神似乎在那里猜谜。最近两年来，他时常惊异娜司泰谢·费里帕夫纳脸色的变动。她的脸色变得异常惨白，奇怪的是甚至因此显得更加好看。托慈基像所有一生游荡的绅士一般，起初对于这个没有生活着的灵魂那样容易地弄到手里，未免贱视，近来却对于他自己的眼光有点疑惑起来。他还在去年春天就决定想把娜司泰谢·费里帕夫纳快快地、好好地、阔绰地嫁给一个在另外的省里做官的、明达而且体面的绅士——现在娜司泰谢·费里帕夫纳将如何恶毒而且可怕地取笑这件事情呢！但是阿法那西·伊凡诺维奇现在被新鲜的味道所吸引，甚至想他可以重新利用这个女人。他决定叫她搬到彼得堡来居住，给她安排了奢华的舒适的环境。他怀着失此得彼的心思，想使娜司泰谢·费里帕夫纳在特定的团体里面出出风头。阿法那西·伊凡诺维奇是很珍重他在这方面的名誉的。

彼得堡的生活已经过了五年，自然在这时期内有许多事情做了决定。阿法那西·伊凡诺维奇的地位不见得乐观，最坏的是他第一次露出怯相，以后就无从安静下去。他怕，自己也不知为什么怕，他简直怕娜司泰谢·费里帕夫纳。在最初两年内，有一个时候，他开始疑惑娜司泰谢·费里帕夫纳自己想和他结婚，但是由于不寻常的自爱心而沉默着，坚持地等候他来求婚。这样的要求本来是奇怪的，阿法那西·伊凡诺维奇的疑心又很重。他皱紧眉梢，沉重地思虑起来。使他生出极大的、有点不愉快的惊讶的（人的心本来是如此），是他忽然从一桩事情方面相信，即使他果真求婚，人家也不会加以接受。他有许多时候不明白这个道理。他觉得唯有一个解释是可能的，那就是"一个受侮辱的理想狂的女人"的骄傲心已达到了疯狂的程度，因此她宁愿借着拒绝一下表露她的贱蔑心，而不肯就此永远确定她的地位，取得不容易获到的伟大的环境。最坏的是娜司泰谢·费里帕夫纳在许多地方占了上风。她不肯为了金钱的利益上钩，甚至用极多的款项也是一样。她虽会接受给她布置下的舒适的环境，但过的仍旧是很朴素的生活，五年来毫无积蓄。阿法那西·伊凡诺维奇冒险想出一些很狡猾的手段，以击破他的锁链。他借着技巧的助力，不知不觉地、灵活地用各种极理想的诱惑引动她的心，但是那些化身了的理想，如公爵、骠骑兵、使馆秘书、诗人、小说家甚至社会主义者等等，一点也不能使娜司泰谢·费里帕夫纳引起任何的印象，好像她的心和石头一般，情感业已永远枯干而且凋谢了。她的生活大半是孤独的，她读书，甚至求学，爱音乐。她的朋友很少。她尽同一些贫穷的可笑的官员夫人结交，认识两个女伶、一些老妇，很爱一个令人尊敬的教师的人数众多的家庭。这家庭里的大家也很爱她，极乐意接待她。晚上时常有五六个朋友相聚，没有再多的。托慈基时常走得很勤。叶潘钦将军最近多少有点困难地和娜司泰谢·费里帕夫纳相识。同时有一个年轻官吏又完全容易而且不费什么劳力便和她认识。那人姓费尔特申阔，是一个很不讲礼貌的、爱说龌龊字眼的小丑，好喝酒，带点快乐的性格。还认识一个年轻的奇怪的人，姓波奇成。他为人朴素、勤谨、举止优雅，出身贫穷而成为重利盘剥的人。后来笳佛里拉·阿尔达里昂南奇也认识了……结果是大家对于娜司泰谢·费里帕夫纳建立了奇怪的名誉。大家都知道她美丽，也就是如此，谁也不能夸什么口，谁也不能讲述什么。这样的名誉，还有她的学问、雅致的姿态、机智的辩才，这一切使阿法那西·伊凡诺维奇最后决定了一个计划。就从这时候起，叶潘钦将军开始在这段故事里亲自十分踊跃地参加。

托慈基很客气地和他恳商关于他的女儿中一个结婚的时候，当时就用极正直的方式、完全开诚布公地说了出来。他说他决定不择任何手段，以取到他的自由，即使娜司泰谢·费里帕夫纳自己对他宣布以后完全不管他，他也不会安心下去。他觉得说话是不够的，他需要最完全的保障。他们讨论的结果，决定共同行动。最先决定试用最柔和的手段，触动所谓"正直的心弦"。两人到娜司泰谢·费里帕夫纳家里去。托慈基直截了当地向她宣布他的地位如何难堪地可怕，他将一切责任归到自己身上。他老实说，他对她所做的最后的举动并不后悔，因为他是根深蒂固的好色者，不能把握自己。但是，现在他想结婚，而这段十分体面的、上等社会的结婚的命运全握在她的手中。一句话，他对于她的正直的心怀有许多的希望。叶潘钦将军开始用父亲的资格说话，说得极有条理，避免令人感动的话语，只说他完全承认她有解决阿法那西·伊凡诺维奇命运的权利，巧妙地露出自己的驯顺的态度，表示他的女儿的命运——也许是另外两个女儿的命运——现在须由她来决定。娜司泰谢·费里帕夫纳问他们需要她做什么事情，托慈基用以前的、完全暴露出来的直率的态度，对她自承他在五年以前受了惊吓，所以现在，在娜司泰谢·费里帕夫纳自己没有出嫁以前，不能完全安静下去。他立刻补充上去，说这请求在他方面自然是十分荒诞，如果他对于它找不出一点根据。他已经明白地看出，且确切地知道，有一个青年，属于很好的氏族，生活在极体面的家庭里，那就是笳佛里拉·阿尔达里昂南奇·伊伏尔金，是她认识而且接待过的，他早已十分热烈地爱她，自然可以单单为了获得她的同情心的希望而牺牲一半的生命。笳佛里拉·阿尔达里昂南奇由于友谊和纯洁的年轻的心，亲自对阿法那西·伊凡诺维奇直承出来，而赐惠于这青年人的伊凡·费道洛维奇也早已知道。如果阿法那西·伊凡诺维奇没有弄错的话，这位青年人的爱情早已为娜司泰谢·费里帕夫纳所知晓。他甚至觉得她对于这爱情颇予宽纵。自然他比任何人都难以启齿讲这一件事情。但是假使娜司泰谢·费里帕夫纳可以容许托慈基在一个建立自己的命运的自私心和愿望以外，对于她也抱着一些善意的愿望，她必会明白他看着她的孤独的环境早就觉得奇怪，甚至难受。这里面只有不定的黑暗，对于生命革新的完全无信仰，其实很可以在爱情和家庭里使生命取得美妙的重生，且接受新的目的。这里也许将丧失灿烂的才能，这里是对于自己的烦闷做自愿的欣赏。一句话，甚至还有一点对于娜司泰谢·费里帕夫纳的理智和正直的心不相适应的浪漫主义。他在又重复了一句他比别人难以启齿的话以后，他说他总希望娜司泰谢·费里帕夫纳不致以贱蔑作答，假如他表示出他诚恳地愿意保障她的未来的命运，送给她七万五千卢布。他解释说，这数目总归已在他的遗嘱里预行规定。一句话，这并不是什么报酬……况且他想借此减轻他的良心，这也是可以容忍且加以原谅的事。此外还说了些话语。总之，是在这类事情上关于这题目应该说的一套话。阿法那西·伊凡诺维奇说了半天，说得十分婉转，还顺便加上一个很有趣的消息，仿佛这七万五千卢布是他现在初次提出来的，甚至连当时坐着的伊凡·费道洛维奇都不知道。一句话，没有一个人知道。

娜司泰谢·费里帕夫纳的回答使两个朋友惊讶起来。

她不但没有露出一点点以前的嘲笑、以前的怨恨、以前的哄笑，使托慈基一想起来至今还会在背心上发冷的，相反，她好像喜欢她可以同任何什么人开诚布公地友谊地谈一谈。她直承她自己早已希望做友好的

恳商，唯有骄傲加以横阻，而现在则坚冰即被击破，是最好也没有的
了。她起初带着忧郁的微笑，以后快乐而且游戏般地大笑起来。自己承
认，以前的狂暴的风雨无论如何是不会再有的，她早已变更了一部分她
对于事物的眼光，虽然心里并没有变，但到底不能不对于既成的事实加
以多少的容忍。已做的事，已经做过，已过去的，让它过去。她甚至觉
得奇怪，阿法那西·伊凡诺维奇何以还继续这样的害怕。说到这里，她
回身向伊凡·费道洛维奇，带着深深的尊敬的态度宣布她早就听到关于
他的女儿们的许多话，早就习惯去深刻而且诚恳地尊重她们。她一想到
可以对于她们做些有益的事情，就能使她感到幸福和骄傲。她现在实在
是感到难过而且沉闷，十分沉闷。阿法那西·伊凡诺维奇猜到她的幻
想。她感到了新的目的，希望即使不在爱情里，却在家庭里得到复生，
但是关于笳佛里拉·阿尔达里昂南奇，她差不多没有什么话可说。他爱
她，大概是实在的。她感到她自己也可以爱他，假使她能相信他的爱情
的坚固。他即使很诚恳，但是年纪到底还轻。这件事情加以决定是很难
的。最使她喜欢的是他能工作，耐劳苦，独自维持全家的生活。她听说
他是具有毅力和骄傲心的人，希望活动，希望往上爬。她也听说笳佛里
拉·阿尔达里昂南奇的母亲尼娜·阿历山大洛夫纳·伊伏尔金是一个优
越的、十分受人们尊敬的妇女。他的妹子瓦尔瓦拉·阿尔达里昂诺夫纳
是很有趣的，且有毅力的女郎。她从波奇成那方面听到她许多的事情。
她听说她们勇敢地承受她们的不幸，她很愿意和她们相识，但是她们能
否接受她到她们的家庭里去？还成为问题。总之，她并没有说这段婚姻
不能成立，但是应该仔细想一想，她希望不要催她。关于七万五千卢布
的那件事情，阿法那西·伊凡诺维奇这样难以启齿是徒然的。她自己明
白金钱的价值，自然肯收下来的。她感谢阿法那西·伊凡诺维奇的举动
得体，不但没有对笳佛里拉·阿尔达里昂南奇提，甚至对将军都没有说
过。但是为什么他不能够预告晓得呢？她拿了这几个钱，走进她们的家
庭里去，并没有什么可羞的。无论如何，她不打算向任何人请求饶恕，

希望人家也懂得这一层。她在没有深信笳佛里拉·阿尔达里昂南奇或他的家庭方面对于她没有任何隐秘的念头的时候，绝不嫁给他。无论如何，她绝不承认自己是犯了任何错事，最好让笳佛里拉·阿尔达里昂南奇知道她在彼得堡住了五年，是怎样生活着的，与阿法那西·伊凡诺维奇有什么关系，积的钱多不多？如果她现在肯收受这笔货财，那并不是为了偿付女孩家的耻辱，对于这她是不负责任的，而只是对于受糟蹋的命运的一种报酬而已。

她讲述这一切的时候，甚至十分激烈而且恼火起来。这自然是极自然的。叶潘钦将军当时深为满意，认为事情已经了结，但是受过惊吓的托慈基到了现在还不十分相信，生怕这朵花里未免藏着一条毒蛇。谈判开始了，两位朋友的策略所立足的那个节点，就是娜司泰谢·费里帕夫纳对于笳纳垂情的可能性，渐渐地开始弄得明白而且信实起来，这样甚至使托慈基也有时相信有成功的可能。后来，娜司泰谢·费里帕夫纳曾和笳纳解释了一次。话语说得很少，好像这会使她的贞节受了伤害似的。她承认而且允许他爱她，但是坚决地宣布，她一点也不愿使自己有所拘束。她在结婚以前（如果结婚能成立的话），为自己保留说出"否"字的权利，哪怕在最后的一小时以内。同时她也把同样的权利给予笳纳。不久，笳纳借着一个侥幸的机会确切地知道，他的全家对于这婚事，对于娜司泰谢·费里帕夫纳本人的不欢迎的态度，在家庭的口角之中暴露出来的，已为娜司泰谢·费里帕夫纳知晓得十分详细。她自己并没有和他讲起这件事情，虽然他每天等候着。出于这说媒和谈判而暴露出的一切历史和情节，本来还可以说许多话，但是我们已经超到前面去，尤其因为有些情节还只是太不确定的一些谣言。例如，托慈基不知从什么地方知道，娜司泰谢·费里帕夫纳和叶潘钦家的女儿们发生了某种不确定的、秘密的接触，那是一个完全不可思议的谣言。另有一种谣言他不由得深信，并且怕得像梦魇一般。他确乎听到，娜司泰谢·费里帕夫纳深知道笳纳只是为了金钱而结婚，笳纳的心灵是黑暗的、贪婪的、不耐烦的、妒忌的，而且自爱得没有边际，无可比拟。笳纳虽然以前确乎热烈地想征服娜司泰谢·费里帕夫纳的心，但是等到两位朋友决定利用这从两方面开始的热情，以图自己的利益，借着把娜司泰谢·费里帕夫纳卖给他做正式妻子，把他收买下来的时候，他当时恨得她像自己的梦魇一般。爱和恨似乎在他的心灵里奇怪地交织着，虽然他终于在经过了一番痛苦的游移之后，同意娶"这个坏女人"，但曾经在心灵里自行赌咒，将对她报复，以后"收拾"她。这是他自己说出来的一种词句。娜司泰谢·费里帕夫纳好像知道这一切，暗地里在那里准备着。托慈基胆小得甚至没有把自己的不安告诉叶潘钦。但是有的时候，他和一般软弱的人一样，会重新鼓起精神，迅速地壮起胆子来的。例如，在娜司泰谢·费里帕夫纳终于告诉两位朋友，在她的生日的晚上，她将说出最后的话的时候，他就鼓起精神来了。然而可叹的是关于可尊敬的伊凡·费道洛维奇本身的极奇怪的、极离奇的谣言却越来越真确了。

初看上去，这一切是纯粹的荒诞不经的话，本来难以置信。以伊凡·费道洛维奇这样的年迈，具有如此优越的聪明，对于人生的正确的知识，竟受了娜司泰谢·费里帕夫纳的诱惑，而且竟到了那种程度，使一个任性的行为几乎和热情相似的程度。他在这件事情上希望什么，那是难以想象的，也许甚至希冀笳纳本人的帮忙。至少托慈基有这样的疑惑，疑惑在将军和笳纳之间已存在着某种近乎无言的合同，基础在相互的了解上面的合同。大家都知道一个被情欲所驱使的人，尤其他已上了岁数，会完全眩盲，准备在并没有希望的地方，发现希望。不但如此，他竟丧失理智，做出愚蠢的如婴孩一般的行动，哪怕额上只有七根头发。大家都晓得，将军预备在娜司泰谢·费里帕夫纳生日的那天用自己名义送一串上好的价值很贵的珍珠。他对于送礼的事很为注意，虽然明知娜司泰谢·费里帕夫纳是不贪财物的女人。在娜司泰谢·费里帕夫纳生日的头一天，他好像处身梦呓之中，虽还巧妙地自己隐瞒。叶潘钦将军夫人所听到的就是这串珍珠。诚然，丽萨魏达·博罗可菲也夫纳从早就感到她的丈夫的不忠实，有时甚至已有了习惯。但是不能放过这个机会。关于珍珠的谣言引起她极度的注意。将军预先侦查到了，还在头天晚上就说出了一些小小的话。他预感到将有极严重的解释，因此极为惧怕。为了这原因，在我们开始讲述的那个早晨，他真不愿意到家庭的核心里去早餐。他还在公爵没有来以前就决定推托有事，设法避免。所谓避免，对于将军有时就是逃走。他想起这一天，主要的是把今天的晚上挨了过去，不出一点乱子。恰巧公爵来了。"好像是上帝打发来的！"将军在走去找他的太太的时候，自己这样想着。

第五章

　　将军夫人对于她的出身颇为爱惜。现在她竟毫无准备地一直听到族中最后的梅思金公爵。她曾经听见过一点什么的，仅仅是一个可怜的白痴，几乎是一个乞丐，还接受贫穷的施舍。她心中应做如何的感想？将军来这一手，意在发生效果，一下子引动她的兴趣，把她的注意力转移到另一方向上去，于是在新鲜的新闻的遮掩之下，避免关于珍珠的问题。

　　将军夫人在发生非常的事变的时候，照例大瞪眼睛，身躯朝后稍仰，用不定的姿势向前直望，不发一言。她是一个高的女人，和她的丈夫年纪相仿，头发黑而浓，有许多斑发隔在中间，鼻子有点弯曲，身体是瘦瘦的，脸颊黄而下陷，嘴唇细而凹进。额角高而狭窄。灰色的极大的眼睛具有时十分意料不到的神情。她曾有一个弱点，就是相信她的眼睛特别可以感动人。这信念在她是无从加以磨平的。

　　"接见吗？您说现在，立刻就接见吗？"将军夫人朝在她面前张罗着的伊凡·费道洛维奇用力瞪着眼睛。

"对于这层无须任何客套，只要你肯见他就好了，"将军忙着解释，"他完全是一个小孩，甚至是极可怜的。他有什么癫痫病，刚从瑞士来到，才从火车上下来，打扮得很奇怪，有点德国式，再加上身边一个铜板也没有，真是没有，几乎要哭出来。我送给她二十五卢布，想给他在我们的公事房里谋一个书记的位置。Mesdames（女士们），我请你们给他点东西吃，因为他大概饿了……"

"您使我惊讶，"将军夫人照从前的样子继续说着，"他又饿，又有癫痫病！哪一种的癫痫病？"

"他这病不是时常发的，他差不多像小孩一般，不过他极有学问。我想请你们，Mesdames，"他又对女儿们说，"我想请你们考他一下，知道他能做什么事总归是好的。"

"考——他——吗？"将军夫人拉长着嗓音说，露出深深的惊讶的神情，又瞪起眼睛，从女儿们转到丈夫身上，又从丈夫转到女儿们身上。

"亲爱的，你不必把这件事情看得这样重要……但是随你便好了。我的意思是要和他客气些，把他引进我们的家庭里来，因为这几乎是一件善事。"

"引进我们的家庭里来？从瑞士吗？"

"瑞士并不妨碍，但是我重复一句，这随你的便吧。我是因为第一，他是同姓，也许还是亲戚；第二，他无处安身。我甚至想到，你总会感到一点兴趣的，因为到底是同姓。"

"为什么不呢，Maman（妈妈），既然可以和他不讲什么客套。再加上他刚刚来到，一定想吃东西。既然他不知道到什么地方去，为什么不请他吃一顿饭呢？"年长的阿历山大说。

"再加上他完全是一个小孩，还可以和他捉迷藏呢。"

"捉迷藏吗？怎么个捉法？"

"唉，Maman，请你不要装样了吧！"阿格拉耶恼怒地插上去说。

第二个女儿阿台拉意达，性子爱笑，竟忍不住笑了。

"叫他进来吧，爸爸，妈妈允许了。"阿格拉耶决定。将军按铃，吩咐请公爵进来。

"但是有一个条件，在他坐到桌子上的时候，一定要在他的颈脖上扎上饭巾！"将军夫人决定了，"叫费道尔来，或是玛佛拉，让她站在他背后，看他吃。至少他在发病的时候安静不安静呢？他会摇手势吗？"

"相反，他甚至受了很好的教育，具有优雅的举止。有时有点太随便……现在他来了！我来介绍，最后的梅思金公爵，同宗，也许甚至是本家，请你们接待他，和和气气地接待他。早饭立刻开上来，公爵，请您赏光……我对不住得很，耽误了，我很忙……"

"我们知道你忙着到哪里去。"将军夫人威严地说。

"我忙得很，我忙得很，亲爱的，我耽误了！把你们的手册给他，Mesdames，请他在上面写几个字，他的字法是稀有的！他真是天才！他在我那里写了古体的几个字：'方丈伯夫努奇亲笔书此……'唔，再见吧。"

"伯夫努奇吗？方丈吗？你等一等，等一等，你到哪里去？什么伯夫努奇？"将军夫人带着坚执的恼恨和近乎惊慌的神情朝跑出去的丈夫喊叫。

"是的，是的，亲爱的，古代有一个方丈……我到伯爵那里去，他早就等着我，主要的是他自己约定了的……公爵，再见吧！"

将军迅步退出去了。

"我知道他到哪一位伯爵家里去！"丽萨魏达·博罗可菲也夫纳厉声说，眼睛恼火地转移到公爵身上，"什么事情！"她嫌脏似的开始说，在恼恨中记了起来，"什么事情？啊，对了！哪一个方丈？"

"Maman！"阿历山大开始说，阿格拉耶甚至跺起脚来了。

"你不要搅我，阿历山大·伊凡诺夫纳，"将军夫人对她说，"我也愿意知道。公爵，请您坐在这里，就在这软椅上，不对，就在这里，就着太阳，靠近光亮的地方，让我看得见。那是哪一个方丈？"

"伯夫努奇方丈。"公爵专注而且严肃地回答。

"伯夫努奇吗？这很有趣。他怎么样呢？"

将军夫人不耐烦地问着，说话迅快而且严厉，目不转睛地朝公爵身上看着。公爵答话的时候，她随着他的每一句话点着头。

"伯夫努奇方丈是十四世纪的人，"公爵开始说，"他治理伏尔卡河旁的沙原，就是现在我们的郭司脱洛姆司卡耶省。他以他的神圣的生活著称。他常到渥尔达去襄助处理当时的事务，曾在一个文件上签了字，这签字的摄影我看见过。他的笔法我很喜欢，我把它学会了。刚才将军想看一看我的字体，以便替我谋事，我便用各种不同的字体写了几句，又将伯夫努奇方丈亲笔所写'方丈伯夫努奇亲笔书此'的几个字描了下来。将军很喜欢，所以现在提了起来。"

"阿格拉耶，"将军夫人说，"你记住，伯夫努奇，最好记下来，否则我永远会忘记的。我心想还要有趣些。这签字在哪里？"

"大概留在将军书房里桌子上面。"

"立刻叫人去取来。"

"我可以给您再写一遍，假使您愿意。"

"自然喽。Maman，"阿历山大说，"现在最好吃早饭，我们想吃东西呢。"

"也好，"将军夫人决定，"我们去吧。公爵，您很想吃东西吗？"

"是的，现在很想吃，很感谢您。"

"您这样客气，这很好。我看出您并不是那样的……怪人，像人家介绍您的那个样子。我们走吧。您坐在这里，对着我。"在走进客厅的时候，她让公爵坐下，张罗起来。"我要看看您。阿历山大、阿台拉意达，你们给公爵布菜。对不对，他完全不是那样……有病的？也许用不着饭巾……公爵，您吃饭的时候有人给您系饭巾吗？"

"早先我七岁的时候，人家给我系过的。现在我吃东西的时候，照例把饭巾放在膝上。"

"应该这样的，但是癫痫病呢？"

"癫痫病吗？"公爵有点奇怪，"现在我不常犯病。但是我不知道，听说，这里的气候对我有害。"

"他说得很好！"将军夫人朝女儿们说，继续随着公爵的每一个字点一下头，"我甚至料想不到。这样说来，一切都是空虚而且不实在的。照例这样。公爵，请吃吧。请讲一讲，您在什么地方生的？在什么地方受的教育？我愿意全都知道，您引起我极大的兴趣。"

公爵道了一声谢，一面津津有味地吃着东西，一面重又讲述他今天早晨已经说了好几遍的事情。将军夫人显得更加满意起来。姑娘们也很专注地倾听着。他们叙起族谱来。原来公爵对于他的家谱十分熟识。但是他们无论怎样凑合，他和将军夫人之间几乎没有任何同族的关系。在祖父和祖母们之间还算得上远族。这种干燥的材料使将军夫人特别感到喜悦。她虽满心愿意，谈论她的家谱，却永远无从谈起。因此她从桌旁起坐的时候，怀着兴奋的心神。

"我们大家到我们的集合室去，"她说，"咖啡将送到那边去。我们有一间公共的，"她一面领公爵出去，一面说，"实际只是我的一间小客厅，在没有客人的时候，我们就聚在那里，每人做自己的事情。阿历山大，就是我的大女儿，奏钢琴，或读书，或缝纫；阿台拉意达画山水和画像，但是她怎么也画不完；唯有阿格拉耶坐在那里，什么事也不做。我的事情也是堆积着，一点也做不成。现在我们到了。公爵，您坐在这里，坐在火炉旁边，再讲点什么。我愿意知道您怎样讲述。我愿意取得完全的信念，在下次和那老太婆白洛孔司卡耶公爵夫人相见的时候，把您的一切事情讲给她听。我愿意您也使她们大家发生兴趣。唔，现在说吧。"

"Maman，这样讲述是很奇怪的。"阿台拉意达说。她那时候整理好她的画架，取起画笔和调色板，开始从雕版上誊描早就开始画的山水。阿历山大和阿格拉耶一块坐在小沙发上，叉着手，预备听谈话。公爵看到，一种特别的注意从各方面聚到他的身上来。

"假使人家这样吩咐我，我是讲不出来的。"阿格拉耶说。

"为什么？这有什么奇怪的地方？为什么他不能讲述？舌头是有的。我愿意知道他怎样会说话。唔，随便讲什么。请你讲一讲，您喜欢不喜欢瑞士？您的最初的印象是怎样的？你们可以看到，他现在怎样开始说，而且那样美丽地开始说。"

"印象是强烈的……"公爵开始说。

"对的，对的，"性急的丽萨魏达·博罗可菲也夫纳抢上去说，"他已经开始了。"

"您至少让他说呀，Maman，"阿历山大阻止她，"这位公爵也许是一个大恶棍，并不是白痴。"她对阿格拉耶耳语。

"一定是这样的，我早就看见了。"阿格拉耶回答，"他装腔装得真是讨厌。他想用这种方法取胜吗?"

"最初的印象是很强烈的，"公爵重复了一句，"在人家领我离开俄罗斯从许多德国的城市里经过的时候，我只是默默地看着，我记得甚至什么话也不问。这是在我发作了许多次厉害的、痛苦的癫痫病之后。在疾病加深、癫痫连着发作好几次的时候，我便陷入完全愚钝的情境里去，完全丧失了记忆力，脑筋虽仍能工作，但思想的逻辑的行程却似乎被扯断了。我不能将两三个以上的观念按顺序连接在一起。我自己这样觉得。但是在癫痫病静寂下来的时候，我又立住脚跟，健康而且有力，像现在似的。我记得，我心内的忧愁竟按捺不住，我甚至想哭。我老是感到惊讶和不安。我看见一切都是陌生的，这使我发生可怕的影响。这是我所了解的。陌生的一切压抑着我。我记得，我完全从黑暗里醒过来的时候，是在晚上巴再尔地方瑞士的入境处所。城中市场上的驴鸣使我惊醒。这头驴子使我异常震栗，不知为甚缘故使我特别喜欢。同时我的脑里似乎忽然全都明朗了。"

"驴子吗？这真是奇怪！"将军夫人说，"但是这也没有什么可奇怪的，我们中间有的人还会恋上驴子的，"她怒看发笑的女孩们，"这在神话里有的。您继续说下去吧，公爵。"

"从那时起我很爱驴子。甚至成为一种同情。我开始盘问关于驴子的一切，因为以前我没有看见过它们。我立刻自己相信，它是极有益处的动物，会做工，有力气，能耐劳，有耐性，而且价钱便宜。为了这驴子，我忽然对于整个瑞士都喜欢起来，以前的忧愁竟因此完全消失了。"

"这一切很奇怪，但是关于驴子一层可以忽略过去，让我们转到别的题目上去吧。你为什么笑，阿格拉耶？你也笑了，阿台拉意达？公爵讲驴子的事情讲得很好。他自己看见它，你看见过吗？你没有到过外国去吧？"

"我看见过驴子的，Maman。"阿台拉意达说。

"我也听见过的。"阿格拉耶抢上去说。三个人又笑了。公爵也同她们一块笑了起来。

"在你们方面这是很坏的。"将军夫人说，"请您原谅她们，其实她们是善心的。我永远和她们相骂，但是我爱她们。她们是轻浮的、无思想的、疯狂的。"

"为什么呢？"公爵笑，"我处在她们的地位上，也是不肯放过机会的。不过我到底拥护着驴子。驴子是良善的，有益的东西。"

"然而您是良善的吗，公爵？我由于好奇而问这话。"将军夫人问。

大家又笑了。

"那只可诅咒的驴子又来了。我竟没有想到它！"将军夫人喊，"请您相信我，公爵，我并没有任何……"

"任何暗示吗？我毫无疑惑地相信！"

公爵也不断地笑了。

"您笑是很好的。我看您是极善心的青年。"将军夫人说。

"有时是不善的。"公爵回答。

"但是我是善心的，"将军夫人突然插上去说，"我永远是善心的。

这是我的唯一的缺点，因为人是不应该永远善良的。我时常发怒，对她们，特别对伊凡·费道洛维奇，但是最坏的是我在发怒的时候竟最为善良。我刚才在您进来以前生了气，假装出一点也不明白，而且不会明白的样子。这在我是常有的事。我和婴孩一般。阿格拉耶给了我一个教训。谢谢你，阿格拉耶。但是这一切全是无聊。我并不像外表那样的愚蠢，并不像女儿们想象的那样愚蠢。我具有性格，不很有羞耻心。我这话说得并不含有恶意。你到这里来，阿格拉耶，吻我一下，唔……温柔得够了。"她说，当阿格拉耶带着情感，吻她的嘴唇和手的时候，"继续说下去吧，公爵。也许您可以忆起一些比驴子还有趣的事情来。"

"我还是不明白，怎么能这样一直讲出来，"阿台拉意达又说，"我是无论如何说不出来的。"

"公爵会说得出来的，因为公爵十分聪明，至少比你聪明十倍，也许十二倍。我希望你以后会感到的。公爵，您对她们证明一下。您继续说下去吧。至于驴子真是可以放在一边。您在国外除去驴子以外还看见什么？"

"关于驴子的话是说得很聪明的，"阿历山大说，"公爵把自己的生病的情形，把他怎样由于一个外面的冲动而对于一切都喜欢起来的话，讲得十分有趣。我对于发了疯又痊愈起来的一个人，是永远感兴趣的。尤其在忽然发生这情形的时候。"

"这不对吗？这不对吗？"将军夫人喊，"我看出你有时也会聪明起来。唔，不要再笑了！您大概讲起了瑞士的风景，公爵，是不是？"

"我们到了柳城，人家带我到湖上去。我感到风景太好了，但同时心里又觉得异常难受。"公爵说。

"为什么？"阿历山大问。

"我不明白。我初次望着这风景永远感到难受而且不安。又好，又不安。但是这一切是在病中呢。"

"我倒很想着一看，"阿台拉意达说，"我不明白，我们什么时候可以到国外去一趟。我已经有两年找不到图画的题材。东方与南方早已描写尽了……公爵，请您给我找出图画的题材来吧。"

"我对于这一点也不懂。我以为只要看一看，就可以写了。"

"我是不会看的。"

"你们说的是什么哑谜？我一点也不明白！"将军夫人插上去说，"怎么叫作不会看？既然有眼睛，看好了。你不会在这里看，到了外国也是不会的。公爵，您最好谈一谈，您自己是怎样看的。"

"这好极了，"阿台拉意达说，"公爵是在国外学会了看的。"

"我不知道，我在那里恢复了健康。我不知道我学会了看没有。然而我在那里差不多永远是很幸福的。"

"很幸福的！您会成为很幸福的吗？"阿格拉耶喊，"那么您怎么说您没有学会看呢？您还可以教我们一下。"

"请您教我们一下。"阿台拉意达笑了。

"我一点也不能教，"公爵也笑了，"我在国外的时候差不多永远住在瑞士的村里，偶尔到不远的地方去一趟，叫我教你们什么？起初我只是不烦闷，很快地恢复了健康，以后每一天日子在我看来是珍贵的，越来越觉得珍贵，是我自己觉察了出来。我躺下睡觉的时候很为满意，起床的时候更加感到幸福。为什么这样，是很难讲解出来的。"

"那么您竟不想到任何什么地方去？什么地方都不能吸引您吗？"阿历山大问。

"起初，在最初的时候是吸引着的。我堕入极大的不安的情境中。我心里老想我将如何生活，很想将自己的命运试验一下，有些时候特别觉得不安。您知道，这样的时间是有的，尤其是在孤独着的时候。我们那里有一个不大的瀑布，从山上高高地落下来，成为一条柔细的线，几乎是垂直线的样子。那样的白白的，喧闹的，起了水沫的。这瀑布高高地落下来，却显得很低，离开半俄里远，却好像只有五十步。我在夜里爱听它的喧声。在这时候有时便达到了极大的不安的情境。有时在正午的时候，走到山上去玩，一个人立在山中，周围是松树，又老又大又有油脂的松树。岩石上面有一座中古世纪的旧堡废墟。我们的小村在底下的远处，看不大清楚。太阳是鲜明的，天空是蔚蓝的，十分静寂。在这时候好像我将被什么招引到什么地方去。我总是觉得，假使一直走向前去，长远长远地走着，走到那条线外，走到天地相遇的那条线外，到了那里一切哑谜全可取得解答，立刻会看到新的生活，比我们的生活强烈而且喧哗到千倍的样子。我净幻想着一个像那不勒斯那样大的城市，里面有宫殿、喧哗、热闹和生命……我所幻想的真是不小呀！但是以后我觉得在监狱里也可发现伟大的生命。"

"最后的一段可夸奖的念头，我还在十二岁的时候，在我的读本里读到的。"阿格拉耶说。

"这全是哲学，"阿台拉意达说，"你是一个哲学家。您到这里来教训我们。"

"您的话也许是对的，"公爵微笑了，"我确乎也许是哲学家，谁知道，也许果真有教训的意思。……也许是这样。真的也许是的。"

"您的哲学和叶夫拉姆比亚·尼古拉夫纳的一样，"阿格拉耶说，"她是一个官吏的寡妻，常到我们这里来，有点女食客的样子。她一生的任务就是"便宜主义"。只要能便宜地生活下去，谈论的尽是关于几分钱的事情。您要注意，她有的是钱，她是一个狡猾的女人。这真和您在监狱中的伟大的生命一般，也许还和您在村中的四年的快乐的生活一般。为了它您将您的那不勒斯城出卖了，好像还得利益，虽然它只有几分钱的价值。"

"关于监狱中的生命一层还可以不同意，"公爵说，"我听过一个住在监狱里十二年的人的讲述。他是我的那位教授的病人，他在那里医病。他时常发晕厥病。他有时感觉不安，老是哭泣，有一次甚至想自杀。他在监狱里的生活是很悲惨的，这应该使您相信，但自然不是便宜的。他所认识的唯有蜘蛛和在窗下生长出来的小树……但是我不如对你们讲我去年和一个人相遇的情形。这里面有一桩事情很奇怪，奇怪的就因为这类事情是很少发现的。这个人有一次会同别人在一块被押到断头台上去。为了政治罪，他被判决枪毙。过了二十分钟以后，又宣布了特赦的命令，定了另一种刑罚。但是在这两个判决的中间，二十分钟的时候，或者至少一刻钟的时间内，他是在几分钟内即将突然死去的无疑的信念中度过的。他有时提起他当时的印象的时候，我极想听一听，有好几次开始对他重新盘问。他异常明晰地记得一切的情形。他说他永不会忘却这几分钟内所经历的一切。断头台旁边立着民众和兵士，在离开二十步远的地方，埋没了三根柱子，因为有好几个罪人。首先把三个人领到柱子那里，绑了起来，给他们穿上处死刑用的服装（白色的长袍），眼上盖着白软帽，使他们看不见枪把。随后几个兵组成的小队排立在每根柱子的对面。我的朋友的名次列在第八，所以第三次才轮着他走到柱子前面去。神甫已经带着十字架在大家面前走过了。他只有五分钟可活，不会多一点。他说，这五分钟在他看来是无穷的时间，巨大的财富。他觉得这五分钟内他将度过如许的生命，使他现在还无须去想那最后的一瞬，因此他还做了各种处置。他匀出了时间，和同事们作别，规定用去两分钟的工夫。以后又分出两分钟，以便最后一次审思自己，随后再最后一次向四围环视。他很清楚地记得，他确乎做了这三种的处置，确乎这样分配他的时间。他在二十七岁上，正当年富力强的时候，就要死去。他和同事们作别的时候，记得他会对他们中间的一个提出极不相干的问题，甚至对于答话露出深切的注意。他在和同事们作别以后，临到了他匀出来审思自己的那个两分钟。他预先知道他要想的是什么。他老想弄明白，越快越清楚越好。这究竟是怎么回事？他现在活着，存在着，但是过了三分钟以后他将成为什么东西？什么人或什么东西？那么究竟是什么人呢？在哪里呢？这一切他想在这两分钟内加以决定！不远的地方有一所教堂，它的金碧辉煌的屋顶在鲜艳的阳光下熠耀着。他记得他目不转睛地盯着这屋顶和从屋顶上熠耀出来的光线。他的眼睛脱离不掉那光线，他觉得这光线是他的新的本体，他将在三分钟内和这光线融化在一起……这未知的状态和对于这新的立刻就要临到的事物的嫌恶是可怕的。但是他说，在这时候对于他没有比一个无止歇的念头再感到难受的。这念头就是：'假使不死便怎样呢？假使能将生命挽回转来，那是如何的无尽的时间呀！一切将成为我的！那时候我将使每分钟成为整个的世纪，一点也不加以遗弃，每分钟要数得清清楚楚，一点也不白白地浪费！'他说他的念头竟变得那样的愤激，他竟愿意赶快把他枪毙了才好。"

公爵忽然沉默了。大家等候他继续下去，还下结论。

"您完了吗？"阿格拉耶问。

"什么？完啦。"公爵说，从片刻的沉思中醒了转来。

"您说这段事情，为了什么用意？"

"就是这样……我记了起来……我只是谈谈而已。"

"您的话是接不上气的，"阿历山大说，"公爵，您一定想表示，任何一个瞬间都不能用金钱来估计，五分钟的时间有时比一所宝库还珍贵些。这一切是可夸奖的，但是那位对您讲出这种惨事来的朋友……他的刑罚减轻了，那就是说将这'无尽的生命'赏赐给他。以后他对于这财产如何处置？是不是将每分钟计算着生活的？"

"不，他自己对我说，我已经问过他了，他并不是这样生活着，却丧失了许多许多的时间。"

"如此说来，这是给您的一个经验。如此说来，生活真是不能计算着的。为了什么原因，这是不可能的。"

"是的，为了什么原因是不可能的？"公爵重复着说，"我自己也觉得如此……但到底有点不能置信……"

"您以为您能比大家都生活得聪明些吗？"阿格拉耶说。

"是的，我有时也如此想过。"

"现在还想吗？"

"现在……还想。"公爵回答，依旧带着静谧的，甚至畏葸的微笑望着阿格拉耶，但是立刻放声发笑，快乐地看着她。

"这真是谦虚呀!"阿格拉耶说，几乎恼起来。

"然而您真是勇敢，您现在笑着，但是他所讲的一切使我十分惊愕，我以后竟做了梦，梦见了这五分钟……"

他的眼睛又透彻而且严肃地朝几个听他说话的女人身上扫射了一下。

"你们不会为了什么事情对我生气吗?"他忽然问，似乎带着慌乱的心神，但是还是直向大家看望着。

"为了什么?"三位姑娘惊讶地喊。

"就为了我似乎在那里教训人……"

大家全笑了。

"假使你们是生气，请不必生气吧!"他说，"我自己知道我比别人生活得少些，我对于生命比别人也了解得少些。我也许有时说得很奇怪……"

他坚决地显出惭愧的神情。

"您既然说您是很幸福的，那么您生活得并不少些，却是多些。您为什么装腔作势，说出抱歉的话来呢?"阿格拉耶开始严厉而且喋喋不休地说话，"请您不必为了您教训我们而感到不安，在您的方面并没有任何胜利可言。以您的生性静默，可以用幸福填满您的百年的生命。假使给您指出死刑，又给您指出手指，您会从这两方面一样引出可夸奖的思想来，还引为满足。人是可以这样生活下去的呀。"

"你为什么老是恼怒，我不明白，"将军夫人抢上去说。她早就在那里观察着说话的人们的脸部，"你们说的是什么话，我也不明白。什么指头? 那是什么无聊的话? 公爵说得很好，不过有点忧愁。为什么你净挫折他的勇气? 刚才他一边说，一边笑，现在却完全忧郁起来了。"

"不要紧，Maman，公爵，可惜您没有见过死刑，否则我倒想问您一件事情。”

“我看见过死刑的。”公爵回答。

“看见过吗?”阿格拉耶喊,“我应该猜到的呀!这使一切事情都弄得圆满了。您如果看见,那么怎么会说您永远生活得有幸福呢?我不是对您说的实话吗?”

“你们乡村里莫非也有过处死刑的事吗?”阿台拉意达问。

“我在里昂看见的,我同施涅台尔到那里去,他带我一块去。刚到那里,就碰上了。”

“怎么样?你觉得有趣吗?有许多教训在内吗?有些有益的东西吗?”阿格拉耶问。

“我并不觉得有趣,我在看了以后生了一场病,但是说实话,我看得像被钉住了似的,眼睛都不能脱离开呢。”

“我也会脱离不开眼睛的。”阿格拉耶说。

“他们那里不喜欢女人去看,对于这类女人后来甚至在报上都记载过的。”

“既然他们认为这不是女人的事情,那么他们的意思是说,这是男子的事情,对于这样的逻辑,是可以恭贺的。您自然也是这样想吧。”

“请您讲一讲关于处死刑的情形。”阿台拉意达插上去说。

“我现在很不乐意讲……”公爵感到惭愧,似乎皱紧了眉头。

“您好像吝惜对我们讲似的。”阿格拉耶说了一句带刺的话。

“不,我是因为我刚才已经讲过处死刑的事。”

“对谁讲过?”

“对你们的管家,在等候的时候……”

“什么管家?”四面八方传出这句问话。

“就是坐在前屋里的,那个带着白头发的,红红的脸。我坐在前屋里等候进见伊凡·费道洛维奇。”

“这真是奇怪?”将军夫人说。

"公爵是民主派，"阿格拉耶说，"您既然对阿莱克谢意讲过，更不能拒绝我们呀。"

"我一定要听一听！"阿台拉意达重复着说。

"我刚才确乎，"公爵对她说，又有点眉飞色舞起来（他是很快就会眉飞色舞起来的），"我确乎发生一个念头。在您问我要图画的题材的时候，我想给您一个题材，就是画一个被处决的人在断头刀落下去一分钟前的脸部。那时他还站立在断头台上，没有躺到木板上面去。"

"什么脸部？只是一个脸部吗？"阿台拉意达问，"这是一个奇怪的题材，那是什么图画？"

"我不知道。为什么不呢？"公爵用热烈的情感坚持地说下去，"新近我在巴再尔看见一幅这样的图画。我很想对你们讲一讲。……我以后要讲一讲……这幅图画使我十分惊愕。"

"关于巴再尔的图画您以后一定讲给我们听，"阿台拉意达说，"现在先给我解释那幅处死刑的图画。您能不能传达出像您所想象的意思来？这脸部应该怎样画？就是一个脸部吗？怎么样的脸部？"

"这是在临死的前一分钟，"公爵完全乐意地开始说，他被一种回忆所吸引，显然立刻忘却了其余的一切，"就在他升登小梯，刚走上断头台的一瞬间。他朝我的方面看了一眼。我看了他的脸，全都明白了……但是这怎样讲呢？我真希望，我真希望您或是别的什么人能画它下来！最好是您！我当时就想到这图画是有益的。您知道，这里必须将以前所有的一切全都设想一下，一切，一切全都设想一下。他住在监狱里，估计行刑的日子至少还在一星期以后。他希望着普通的形式主义，希望那张判决书还要送到什么地方去，一星期后才有结果。但是忽然为了某种原因，这案件进行的期限缩短了。早晨五点钟他还睡着。那时是十月底，五点钟的时候天气还冷，天色黑暗。监狱的执行吏带着卫队，静悄悄地走了进来，谨慎地触动他的肩膀。他抬起身来，身体斜靠着，看见了灯光：'什么事？''十点钟处死刑了。'他睡梦方醒，并不相信，开始辩论着说，公文在一星期后才能出来。但是等到完全清醒转来的时候，便停止辩论，沉默了——这是人家那样讲的。后来他说道：'这样突如其来总是很难过的……'又沉默了，以后就不想再说什么话。三四小时在尽人皆知晓的事情上过去。例如，神甫，早餐，早餐时还有葡萄酒、咖啡和牛肉——这不是取笑吗？你想一想，这是如何残忍！另一方面说，这些天真烂漫的人们真是从纯洁的心里做出来的，他们相信这是爱人之道。然后是梳洗——您知道，罪犯的梳洗究竟有什么用意——最后便在城内游行，押到行刑场去。……我以为在押解的时候，总是觉得还可以无尽休地活将下去。我觉得，他一定在路上想：'还长远呢。还留下三条街，可以活下去，现在把这条街走完，以后还会剩下另一条街，以后还有在面包店右首的一条街……走到面包店的门前还远得很呢！'四周是民众，呼喊，喧闹，一万张脸，一万双眼睛，这一切全要忍受下去，而主要的是那个念头：'这成万的人，没有人杀他们的头，但是我的头就要被切断了！'这一切只是一种预备的工夫。一座小梯通到断头台上。他在小梯前面突然哭了。他是一个勇敢而且有毅力的人，听说是极大的凶徒。神甫一步不离地和他在一起，和他同坐在大车上面，一直说着话，但是他不大听见。他刚开始倾听，但听到第三句话上便听不明白了。大概总是这样的。他终于升上小梯。他的两腿被绑，只好用细步行动。神甫大概是聪明的人，停止了说话，老把十字架递过去，让他吻。他在梯子下面的时候，面色很惨白，一升上去，站在断头台上，脸忽然白得像一张纸，完全像写字用的白纸。他的腿一定软而发僵，打着恶心，喉咙里好像有什么东西压着，因此似乎发痒。在您发生惊恐的时候，或是在很可怕的时间内，当理智还存留着，却没有一点权利的时候，您曾经有过这样的感觉吗？我觉得如果一个人面对着避免不掉的灭亡，如果房屋将压到你身上来，会忽然想索性坐下来，闭上眼睛，等候着，随它去吧！……在开始发生这软弱的情形的时候，神甫连忙用迅快的姿势，一言不发地，忽然把一只小十字架，银质的，四角的小十字架，伸到他的嘴唇上去。他时常不停地伸过去。十字架刚触到嘴唇，他张开眼睛，在几秒钟内又似乎活了转来，腿也走得动了。他贪婪地吻着十字架，忙着吻，好像忙着不忘记抓住什么东西，以备万一的用处，但是忽然在这时候感到了一点宗教的味道。这样子一直到躺在木板上为止……奇怪的是在这最后的几秒钟不大有人昏晕过去的！相反地，头脑可怕地生活着，工作着，大概工作得十分强烈，十分强烈，像在工作中的机器一般。我想象着，有各色各样的念头在那里叩击着，全是不完成的，也许是可笑的，枝节的念头：'那个人在那里张望着，他的额角上长着小须根，这个刽子手，他的衣裳下面一粒纽子长锈了。……'一切都知道，一切都记得。有一个点，是无论如何不会忘记的，也不会晕过去，老在那个点上行走转动。你想一想，一直到最后的四分之一秒钟都是如此，那时候脑袋已经躺在砧板上面，等候着……并且知道，也忽然会听见铁在你的头上刷刷地响着！一定会听得见的！假使我躺在那里，我将特地听着，而且听得见的！您想一想，至今还有人在那里争论，在脑袋飞落出去的时候，也许有一秒钟会知道它飞落的，这是如何的一个理想！假使有五秒钟，便怎样呢？……您可以画一个断头台，画得只有最后的小梯的一个阶段是能明晰而且逼近地看清楚的。罪犯跨到这阶段上去，一个头，脸庞白得好像一张纸，神甫把十字架递过去，罪犯贪婪地拉长着他的发蓝的嘴唇，眼睛望了一下，一切他都知道的。十字架和头，就是那样的图画。此外还有神甫、刽子手和两个职员的脸，下面是几个脑袋和眼睛。这一切可以在远景上、在雾里、在背景里画下来……这幅画就是这样的。"

公爵沉默了，望了大家一下。

"这自然不像静寂主义。"阿历山大自言自语地说着。

"现在您讲一讲，您如何恋爱？"阿台拉意达说。

公爵惊异地看了她一眼。

"您听着，"阿台拉意达似乎忙着说，"您还欠下一段关于巴再尔的那幅图画的故事，但是现在我想听一听您怎样恋爱。你不必推托，您是有过恋爱的。您现在一开始讲，您就不必成为一个哲学家了。"

"您只要一终止讲，您立刻会对于您所说的一切感到惭愧，"阿格拉耶忽然说，"这是什么原因？"

"这才愚蠢呢！"将军夫人喊，愤恨地望着阿格拉耶。

"不聪明！"阿历山大证实着。

"您不要信她，"将军夫人对他说，"她是为了一种愤恨的心思故意说的。她所受的教育并不这样傻。她们这样逗您，您不要介意。她们一定有什么计划，然而她们是爱您的。我知道她们的脸色。"

"我也知道她们的脸色。"公爵说，特别郑重地说出他的话语。

"这是怎么回事？"阿台拉意达好奇地问。

"您知道我们的什么样的脸？"别的几位姑娘好奇起来。

然而公爵沉默着，态度显得十分严肃，大家等候他的回答。

"我以后对你们说。"他轻声而且严肃地说。

"您根本想引起我们的注意来，"阿格拉耶喊，"瞧您那种郑重其事的样子！"

"好吧，"阿台拉意达又忙起来了，"您是观察脸部的行家，一定是恋爱过的。我就算猜对了。您讲呀。"

"我没有恋爱过，"公爵还是轻声而且严肃地回答，"我……曾有过另一种的幸福。"

"怎么样的？有什么幸福？"

"好吧，让我对你们讲出来。"公爵似乎在深沉的思虑中说着。

第六章

"你们现在大家，"公爵开始说，"这样好奇地望着我，假如我不能给予你们满足，您也许要生我的气的。不是的，我是说着玩罢了！"他连忙带着微笑说，"那边……那边全是小孩子，我永远同小孩们在一起，单单同小孩子们在一起。他们都是那个村子里的小孩，在小学校里读书。我并不是教他们。不是的，教他们的是小学教师叙里·帝包。我也许也教他们，但是我大半只是和他们在一起，我的四个年头就这样过去。我并不需要别的什么。我把一切的话都给他们说，一点也不加以隐瞒。他们的父亲们和亲族们全对我生气，因为后来小孩们竟非我不可，全都聚在我的身边，连那个小学教师也成为我的第一个敌人了。我在那里有许多仇人，全是因为小孩们的缘故。甚至施涅台尔都责备我。他们这样怕我是为了什么？一切都可以对小孩们说出来，一切都可以的。有一个念头使我惊愕，那就是大人们何以不大懂得小孩们，甚至父母都不大知道他们的子女？一点也不应该瞒住小孩们，以他们年纪还小，知道这些还早为借口。那是如何忧郁的不幸的一个念头！小孩们自己都看得很清楚，父亲们把他们看得年纪太小，一点也不懂事，其实他们全都十分明白。大人们不知道小孩即使在极困难的事情上也能说出极重要的忠告来。喔，上帝呀！在这美丽的小鸟那样信任而且幸福地看着你的时候，您会羞于欺骗它的！我称呼他们小鸟，因为世上是没有比小鸟好的。村里大家生我的气，多半是为了一件事情……至于帝包只是妒忌我而已。他起初一直在那里摇头称奇，何以小孩们全了解我，而一点也不了解他。以后我对他说，我们两人不会教出他们什么来，他们反而会教我们，他便笑起我来。他自己也同小孩们在一直生活着，他怎么能妒忌我，还造我的谣言呢？心灵由于小孩们而得到治疗……在施涅台尔的医院里有一个病人，一个很不幸的人。那真是可怕的不幸，无可类比的不幸。他为了癫狂病被送来治疗。据我看来，他并不是疯子，他只是异常痛苦，他的病就是这样的。假使你们知道，我们的孩子们以后对于他是如何地，那么地……但是我不如以后再对你们谈这个病人的事情。小孩们起初不爱我。我是这样大，我永远带着点拙笨的样子。我知道我的相貌不好看……而且我是一个外国人。小孩起初笑我，后来看见我和玛丽接吻，甚至用石块向我身上投掷。但是我只吻了她一次……不，你们不要好笑，"公爵连忙阻止他的女听者们的讪笑，"这里面并没有爱情。假使你们知道她是一个如何不幸的生物，那么你们自己也会很可怜她起来，正和我一样。她是我们村里的人。她的母亲是一个年老的妇人。在她们的小小的完全陈旧的屋内有两扇窗子，内中有一扇窗经村长的许可另外隔开，准她从这窗里售卖丝带、针线、烟叶、肥皂等物，零零碎碎地卖出。她就靠这个生意度日。她有病。她的腿全肿了，所以只好坐在那里。玛丽是她的女儿，年纪有二十岁模样，身体软弱而且瘦削。她早就得了痨病，但是还到人家去按零工受雇着做沉重的工作，擦地板，洗衣服，扫院子，收拾牲畜。一个过路的法国掮客引诱她，把她带走，但是过了一星期后，竟把她一个人扔在路上，悄悄地逃走。她一边求乞，一边走回家来，满身污泥，穿着破烂的衣裳和洞穿的鞋子。她徒步走了一星期，宿在田野里，遭了冷。两脚受了伤，手又肿又皲裂。她以前的样貌已经不大好看，唯有眼睛是静谧的、良善的、天真的。她太不爱说话。有一次，还在以前的时候，她忽然在工作时唱起歌来。我记得大家全感到惊讶，好笑起来：'玛丽唱歌呢！怎么回事？玛丽唱歌呢！'她觉得十分惭愧，以后一辈子就沉默了。那时候还有人对她表示客气，但是等她抱了病，受了摧残，走回家来的时候，没有人对她生出任何的同情。他们真是残忍！他们对于这件事情抱着如何严重的见解！母亲首先对她露出怨恨和贱蔑的意思：'你现在丢了我的脸面！'她首先把她交出来，供人们羞辱。村里面听见玛丽回来了，大家跑来看她，几乎全村的人都聚到老妇人的小屋里来。老人、小孩、女人、姑娘们，大家全来，凑成匆遽的、贪馋的一堆。玛丽躺在地板上，老妇人的脚下，肚里饥饿，衣服破碎，哀哀地哭泣着。在大家全跑来的时候，她用散乱的头发掩住自己的脸，匍匐在地板上面。大家围看她，像看毒蛇一般。老人们斥责着，辱骂着。年轻的人们甚至笑着。女人们骂她，责备她，带着贱蔑的神情看她，像看一只蜘蛛。母亲任凭他们这样做，自己坐在那里点头赞许。母亲在这时候病得很厉害，几乎要死去。过了两月以后，她果真死了。她知道自己快死，到底不想到在临死之前和女儿和好，甚至和她不说一句话，赶她到外屋去睡，甚至不给她东西吃。她必须时常把病脚浸在温水里。玛丽每天给她洗脚，侍候她。她老是默默地接受玛丽的效劳，不对她说一句亲蔼的话。玛丽忍受着一切。我在和她认识以后，看出连她自己也赞许这一切，自认自己是一个最下贱的生物。在老妇完全躺倒在床上以后，村中的老太婆们挨着班前来侍候她，这是那边的一种规矩。那时候人家竟完全停止给玛丽东西吃。村中大家驱逐她，甚至没有人像以前那样给她工作做。大家好像朝她的脸上唾痰。男子们甚至不把她当作女人。大家对她说极难听的话。有时候，在很稀少的时候，酒鬼们在星期日喝个烂醉以后，为了取笑起见，扔给她几个铜板，一直朝地上扔掷。玛丽默默地捡了起来。她当时已经开始咯血。后来她的破衣完全成为烂布，所以竟羞于在村中露脸。她自从回家以后就光着脚走路。在那时候，特别是一些孩子们，竟结了队伍，一共有四十多个小学生，开始逗她，甚至将烂泥掷到她身上去。她向牧人恳求，许她出去放牛，但是牧人把她赶走了。于是她不得人家的允许，自己随着牲畜们，从家中走出去一整天。因为她使牧人得到很多的利益，所以他虽然看见，也不赶她，有时甚至把自己的饭食里剩留下的东西，如牛酪和面包之类给她吃。他认为这样做，在他是莫大的恩惠。母亲死后，牧师居然在教堂中当众羞辱玛丽。玛丽立在棺材后面哭泣，还是穿着破烂的衣服。聚了许多的人，看她如何哭泣，如何跟在棺材后面走路。那位牧师还是青年人，他的全部志趣就是成为一个极大的布道师。他当时面对大众，指着玛丽说道：'你们看，谁是这位可尊敬的女人致死的原因！'这是不准确的，因为她已经病了两年。牧师还说：'她现在站在你们前面，不敢正看，因为她被上帝的手指注意到了。她现在光着脚，穿着破烂的衣裳，这是给丧失了道德的人们的一个例子！她是谁？她就是她的女儿！'他说诸如此类的话。你们想一想，这种丑恶的行为在他们大家竟引为十分高兴的事。但是……后来发生了一段特别的故事。小孩们上来打抱不平，因为小孩们在这时候大家都站在我的一边，爱起玛丽来。这事情是这样的。我想为玛丽做点事情，她需要钱，但是我身边永远没有一文钱。我有一枚小钻石别针，我把它卖给收买旧货的人。他到各村行走，买卖旧衣。他给我八个佛郎，但是那枚别针值四十佛郎。我费许多时候，想和玛丽单独相遇。我们终于在村后围篱旁，通入山上的侧面的小道旁的树后相遇。我当时给她八个佛郎，对她说，叫她好生保藏，因为我再也没有钱了。以后我吻她，还对她说，让她不要以为我有什么不好的意思。我吻她并非因为爱她，却因为我很可怜她。我从最初就一点也不把她当作做了错事的人，却只当作不幸的人。我很想在当时安慰她，使她相信，她不应该认为自己是比众人低贱的人，但是她似乎没有了解。我立刻注意到这层，虽然她几乎永远沉默着，低垂眼皮，站在我的前面，十分羞惭。我说完了，她吻我的手，我立刻抓起她的手，想吻她，但是她连忙挣脱了。这时候一群小孩突然张望我们。我后来才知道，他们早就在那里侦察我。他们开始呼啸，拍掌，哗笑。玛丽跑走了。我想说话，但是他们开始把石子掷到我身上来。当天大家都知道了，全村的人都知道了。一切重又向玛丽身上攻击，大家更加不爱她起来。我甚至听说有人打算判她的罪，惩罚她，但是幸而就这样过去了。不过孩子们不给她一点安息，比以前逗得更加厉害，朝她身上扔掷烂泥。他们追她，她从他们那里逃走。她的胸脯很软弱，跑得直喘气，而他们追在后面，呼喊，辱骂。有一次我甚至跑过去和他们打架。以后我对他们说话，尽可能地每天说。他们有时止步倾听，虽然还在那里辱骂。我对他们讲，玛丽是一个如何不幸的女人。他们不久停止辱骂，默默地走开。我们渐渐谈起话来，我一点也不对他们隐瞒。我把一切的话对他们讲了出来。他们很好奇地听着，很快就怜惜起玛丽来了。有些孩子和她相遇时，亲蔼地对她道候。那里的习惯是无论相识或不相识，在互相遇见的时候，总要鞠躬，还说：'您好呀。'我想象得出，这使玛丽如何地惊讶。有一天有两个小女孩取了食物，送到她那里，交给她，回来以后，对我说。她们说，玛丽哭了，她们现在很爱她。不久大家全爱起她来，同时也忽然爱起我来。他们时常到我那里来，求我对他们讲话。我觉得我讲得还好，因为他们很爱听我的讲话。以后我也用起功来，还读许多书，只是为了以后可以对他们讲。以后我对他们讲了整整的三年。再以后大家都责备我，施涅台尔也在其内。为什么我同他们说话，像同大人说话一样。一点也不加以隐瞒？我当时回答他们，对他们撒谎是一件可羞耻的事，无论你怎样隐瞒，他们会全都知道的，而且所知道的也许是很坏的事，但是从我那里是不会知道很坏的话的。只要每人都回忆一下，他自己做小孩的时候是怎样的。他们不赞成我的话……我吻玛丽，还在她母亲故世的两星期前。牧师布道的时候，小孩们已经完全立在我的一边。我立刻对他们讲出，而且解释牧师的行为。大家对他生起气来，有几个竟举起石子，击破他窗上的玻璃。我阻止他们，因为这是很坏的行为。但是村中立刻全都知道了这件事情，开始责备我把小孩子教坏。以后大家打听出，孩子们全爱玛丽，便十分惧怕。但是玛丽已经是幸福的了。他们甚至禁止小孩们和她相见，但是他们偷偷地跑到放牛群的地方去找她。那地方很远，离村子差不多有半俄里路。他们送给她糖果吃，有些只是特地跑去拥抱她，吻她，对她说："Je vous aime, Marie!（我爱你，玛丽！）"以后就迅快地跑回去了。由于这突然飞来的幸福，玛丽几乎发狂。她又羞惭，又喜悦。主要的是孩子们，尤其是女孩们，都想跑到她那里去，告诉她我如何爱她，对他们讲关于她的许多话。他们对她讲，是我把一切事情转告他们，所以他们现在爱她，怜惜她，而且永远要这样办。以后他们又跑到我那里来，露出快乐的忙乱的脸色告诉我，他们刚刚看到玛丽，玛丽吩咐向我问候。到了晚上，我常到瀑布那里去。那边有一个地方是从村中完全看不到的，四围长着白杨。他们到了晚上，便跑到那里来找我，有的甚至偷偷摸摸地走来。我觉得，他们看我爱玛丽，是十分愉快的事情。然而就在这一件事情上，在我住在那里的时间，我是欺骗了他们。我没有告诉他们，我并不爱玛丽，那就是说我没有恋上她，我只是十分可怜她罢了。我从一切的情形上看出，他们最希望能实现和他们所想象的和相互间决定的一切。因此我只好沉默着，装出他们已经猜到的样子。这些小小的心真是有礼貌而且温柔。他们以为，他们的好 Léon（莱昂）如此爱玛丽，而玛丽竟穿得如此坏，还没有鞋穿，那实在不可能的。他们居然给她弄到了鞋、袜和内衣，甚至还有一件衣裳。他们用什么巧妙的方法弄到的，我不明白。他们全体工作着。我问他们，他们只是快乐地笑，女孩们拍掌，还吻我。我有时也偷偷跑去和玛丽相见。她已经病得很厉害，勉强走着路。后来她完全停止给牧人服务，却还是每天早晨随着牛群出去。她坐在旁边。在一个差不多垂直的斜峻的岩壁旁边有凸出的一块地方，她就坐在隐秘的角落里的石头上面，差不多整天坐在那里，动也不动，从早晨起一直到牛群回家的时候为止。由于痨病，她身体十分软弱，一直闭着眼睛，坐在那里，头倚在岩石旁边，打着盹，沉重地呼吸着。她的脸瘦得像骸骨一般，汗在额上和两鬓间冒出来。我遇到她的时候永远是这样的。我到那里去一会，也是不愿意人家看见我。我刚出现，玛丽立刻哆嗦了一下，张开眼睛，奔上前来吻我的手。我不躲开手，因为这对于她是极大的幸福。她在我坐着的时候净哆嗦而且哭泣。虽然她有好几次开始说话，但她的话是难以了解的。她像疯子一般，露出异常的惊慌和欢欣的样子。有时孩子们和我一块去。那时候他们照例站在不远的地方，开始保护我们，防备着什么人或什么东西，这对于他们是异常愉快的事。我们走后，玛丽又独自留在那里，照旧动也不动，闭上眼睛，头倚在岩壁上面。她也许在那里做什么梦。一天早晨，她已经不能走出去看守牛群，留在自己的空虚的屋子里面。小孩们立刻打听了出来，几乎全体在当天到她家去探望。她孤孤单单地躺在床上。孩子们侍候她两天，轮流着到她那里去。后来村里听说玛丽果真快要死去，老太婆们便从村中跑来，坐在屋里侍候她。村里的人们大概开始怜惜她，至少不像以前那样，阻止小孩们，也不骂了。玛丽一直在那里打盹，做着不安的梦。她咳嗽得十分厉害。老太婆们把小孩们驱走，但是他们跑到窗前，有时只有一分钟的工夫，只为了一句："Bonjour, notre bonne Marie! (你好呀，我们的好玛丽！)"她只要一看见他们，或是一听见他们的声音，便活泼起来，不听老太婆们的劝告，立刻用力支起手肘，朝他们点头，向他们道谢。他们照旧送给她糖果，但是她一点也没有吃。我可以告诉你们，因为他们，她死时是几乎有幸福的。因为他们，她忘记了她的可怕的灾难，似乎从他们那里接受了饶恕，因为她一直到死都认为自己是极大的罪犯。他们像小鸟般，在她的窗外震拍翅膀，每天早晨对她喊道："Vous t'aimons, Marie! (我们爱你，玛丽！)"她不久就死了。我心想她会活得长久些的。在她死前的最后一天，日落之前，我到她那里去了一趟。她似乎认出我来。我最后一次握她的手。她的手真是如何瘦削！忽然第二天早晨有人到我这里来，对我说玛丽死了。那时候小孩们是无从加以拦阻的了。他们在棺材上面放了许多花，在她的头上放了一只花圈。牧师在教堂里不再羞辱死者。但是送殡的人很少，只有几个人为了好奇而前去。在抬棺材的时候，小孩子全体奔过去，争着抬它。因为他们不能抬，只好帮帮忙，大家在棺材后面跑着，大家全哭了。自从那时起，玛丽的小坟时常受到小孩们的尊敬。他们每年在她的坟上放些鲜花，四围种上玫瑰。但是就从殡葬以来，为了小孩们，全村开始帮我实施主要的压迫。主谋的是牧师和小学教师。他们竟严禁孩子们和我相遇，且责成施涅台尔留意监察。然而我们还是见面，远远地用记号互相解释。他们写了小纸条送给我。以后一切都弄得妥当，但是当时是很好的。由于这压迫，我甚至和孩子们更加接近些。最后的一年内，我甚至几乎和帝包还和牧师言归于好起来。施涅台尔对我说了许多，还和我辩论关于我的对待孩子们的危险的方法。我有什么方法呀！以后，施涅台尔对我说出一个很奇怪的意思，这已在我将离开那里之前。他对我说，他很相信，我自己完全是一个孩子，简直就是婴孩，只是身体和脸部像大人，至于在发育、心灵、性格，也许甚至在智识方面，我并非成人，即使我活到六十岁也将是这样的。我大笑起来。他自然说得不对，因为我哪里还是小孩呢？但是只有一桩是对的，我真是不喜欢和大人们在一起。我这是早就注意到的，我不喜欢，因为我不会。他们无论同我说什么话，无论怎样对我好，不知为什么缘故，我同他们在一起时总是感到难受。在我能很快地到同伴们那里去的时候，我非常高兴，而我的同伴永远就是小孩。但这并非因为我自己是婴孩，却只因为有一种吸引力，牵我到小孩们那里去。还在我居住在乡间的初期，当我一人跑到山里发闷的时候，那时我独自溜来溜去，有时遇见，特别在正午放学的时候遇见一群小孩，一面喧闹，一面迅跑，怀里揣着书包和石板，带喊带笑，同时还互相嬉戏，当时我的全部心灵忽然开始趋向到他们的前面。我不知道是怎么回事，但是在我每次和他们相遇的时候，我开始发生某种异常强烈的幸福的感触。我时常止步，由于幸福而发笑，瞧着他们的小小的、闪现的、永远迅跑着的小腿，一块快跑的男女小孩，又瞧着他们的笑和泪——因为许多人在从学校跑到家里去的时间内，已经来得及打架，哭泣，重又和解，又一同游戏——于是我忘记了我的所有的烦闷。以后在这三年内，我竟无从了解人们怎么会烦闷，为什么会烦闷？我的全部命运都聚到他们身上了。我从来没有想到离开村庄。我的脑筋里快没有想到我在什么时候会回到俄国来的。我以为我将永远住在那边。但是我终于看出施涅台尔不能再养我下去，发生了似乎极重要的事，使施涅台尔自己催我动身，并且代我回复，说我就要回来。我要看一看这究竟是怎么回事，还和什么人商量一下，我的命运也许要完全变更。但是这完全不对，这完全不是主要的事情。主要的事情是我的全部生命已经变更。我在那里遗留了许多东西，太多的东西。一切消逝了。我坐在车厢内，心想：'现在我走向人间，我也许一点也不知道，但是新的生命已经降临了。'我决定诚实而且坚定地完成自己的事业。和人们在一起我也许会感到沉闷和难受。首先我决定以礼貌和诚恳对待一切人，总没有一个人会向我要求比这多些的。在这里也许有人会把我当作婴孩，那就随他去吧！不知为什么原因大家还认我为白痴。我确乎曾经生过病，当时很像白痴的样子。但是现在，在我自己明白，人家认我作白痴的时候，我还是什么样的白痴呢？我走了进去，心想：'人家把我当作白痴，然而我到底是聪明的，他们猜不到……'我时常有这种念头。我在柏林时收到从那里寄来的几封小信，是小孩们写给我的，到那时候我才明白我是如何爱他们。收到第一封信时是很难受的。他们给我送行的时候，心里是如何地烦闷！还在一个月之前就开始送行：'Léon s'en va, Léon s'en va pour toujours!（莱昂要走了，莱昂再也不回来了！）'每天晚上我们照旧在瀑布旁边聚会大家谈论我们将如何分离。有时候感到还是和以前一样的快乐，他们只在深夜里分手的时候，才紧紧地热烈地拥抱着我，这是和以前不同的。有些孩子们瞒住众人，私自跑到我那里来，只为了暗地里，不当着大家，拥抱我，吻我。我动身的时候大家结队送我上车站。火车站离我们村子大概有一俄里路。他们竭力忍住不哭，但是许多人忍不住，放声痛哭起来，特别是小姑娘们。我们匆忙地走着，生怕误车，但是时常有一个孩子忽然从人群里走出来，奔到我面前，用小手抱住我，吻我，因此使全部队伍都停止了。我们虽然匆忙，但是大家全都停了步，等候他和我道别。等我坐进火车里去，火车动了的时候，他们大家全对我喊：'万岁！'许久站在那里，直等到火车完全开走为止。我也望着他们……在我刚才走到这里来，看到你们的可爱的脸庞，我现在是很精细地看清楚了，还听到你们最初话语的时候，从那时起，我的心灵里初次感到了轻松。我刚才已经想到也许我果真是幸福的人们中的一个。我知道凡是使你立刻爱上的那些人是不大会遇到的，而我从火车里下来，立刻就遇到了你们。我很知道把自己的情感对大家说是可羞的。现在我对你们说这话，我并不感到羞惭。我不善于交际，也许会许久不到你们那里来。只是请你们不要把这话认作坏念头。我说这话，并非因为不尊重你们。你们也不要以为我生了什么气。你们问我，你们的脸是怎样的？我看到了什么？我极乐意对你们说。阿台拉意达·伊凡诺夫纳，您的脸是幸福的，三张脸中最富于同情的。除去您的容貌十分美丽以外，人们看着您，会说道：'她具有和善良的妹妹一般的脸。'您自自然然地走了过来，显得十分快乐，您会很快地认识人们的心。我对于您的脸就是这样的看法。阿历山大·伊凡诺夫纳，您的脸也是很美丽的，很可爱的，但是您也许有某种秘密的忧愁。您的心灵无疑是十分善良的，但是您并不快乐。您的脸上有一种特别的光彩，好像在特莱兹邓那幅霍尔边画的圣母像的脸一样。这就是对于您的脸的看法。我猜得对吧？您自己会承认我猜得很对的。至于说到您的脸，丽萨魏达·博罗可菲也夫纳，"他忽然对将军夫人说，"从您的脸上看来，我不但以为，而且简直深信您是十足的婴孩，在一切，一切方面，一切好的和坏的方面，虽然您已经上了岁数。我这样说，您不会生我的气吗？您知道，我把小孩们看作何种样子的人？我刚才把关于你们的脸部的一切说得这样坦白，你们不要以为是随随便便说出来的。不，完全不！也许我自有一种用意。"

第七章

公爵说完后，大家快乐地看着他，连阿格拉耶也在内，而丽萨魏达·博罗可菲也夫纳尤其如此。

"这才是考试呢！"她喊，"小姐们，你们以为你们将像对待一个穷人似的保护他，但是他自己可没有看在眼里，还要附带一个条件，说他只能间或来一两趟。我们反而成为傻子，这个我极高兴。伊凡·费道洛维奇尤其是的。妙极了，公爵！人家刚才吩咐我们考您一下。至于您所说关于我的脸部的一切，这是完全实在的——我是婴孩，我自己知道。我还比您知道得早些。您用一句话把我的意思表露出来了。您的性格我认为和我相似。我很高兴。真像两滴水一样相像。您单只是一个男子，而我是女人，没有到瑞士去过。这里的区别，就是如此。"

"你不要忙，妈妈，"阿格拉耶喊，"公爵说，他在他自承出来的话里会有特别的意思，不是随随便便说的。"

"是呀，是呀。"别人也笑了。

"亲爱的，你们不要取笑他，他也许比你们三个人合在一起还要狡猾。你们以后可以看到。但是公爵，您为什么对于阿格拉耶没有说什么话？阿格拉耶等候着，我也等候着。"

"现在我不能说什么。我以后再说。"

"为什么？她的相貌好像是显著的，不是吗？"

"是的，显著的。您是一位绝代的美女。您美丽得使人家怕看您。"

"只是如此吗？她的品性呢？"将军夫人坚持着说。

"美是难以判断的。我还没有准备。美是一个谜。"

"那就是说您给阿格拉耶出了一个谜语，"阿台拉意达说，"你去猜吧，阿格拉耶。她到底美不美呢？公爵，美不美呢？"

"太美了！"公爵热烈地回答，热情地瞧了阿格拉耶一眼，"差不多和娜司泰谢·费里帕夫纳一般，虽然脸部是完全不同的！"

大家惊讶地对看了一下。

"像谁呀？"将军夫人拉长着声音说，"像娜司泰谢·费里帕夫纳吗？您在哪儿看见娜司泰谢·费里帕夫纳？哪一个娜司泰谢·费里帕夫纳？"

"刚才笳佛里拉·阿尔达里昂南奇把她的照片给伊凡·费道洛维奇看过。"

"怎么？一张照片给伊凡·费道洛维奇拿来了吗？"

"给他看过。娜司泰谢·费里帕夫纳今天送给笳佛里拉·阿尔达里昂南奇一张照片，他拿来给伊凡·费道洛维奇看。"

"我要看！"将军夫人喊了起来，"那张照片在哪里？假使是给他的，应该在他的手边，他自然还在书房里面。他每逢礼拜三到这里来工作，非到四点以后不走。立刻叫笳佛里拉·阿尔达里昂南奇来！不，我并不急于想看他。劳您的驾，公爵，请您到书房里去，向他取那张照片，拿到这里来。您说有人要看一看。费心，费心！"

"人是很好，不过有点太简单。"公爵出去以后，阿台拉意达说。

"是的，有点太那个，"阿历山大加以证实，"甚至显得可笑。"

她们两人似乎都没有说出全部的意思。

"但是他对于我们的脸却说得很漂亮，"阿格拉耶说，"把大家都恭维了一顿，连妈妈也在内。"

"请你不要说俏皮话！"将军夫人喊，"不是他恭维我，是我受了恭维。"

"你以为他狡猾吗？"阿台拉意达问。

"我以为他不很简单。"

"去你的吧！"将军夫人生气了，"据我看来，你比他还可笑些。他是简单的，很自有聪明之处，自然是指着极良好的方面。完全和我一样。"

"我顺嘴说出关于照片的话，自然不好，"公爵一面走到书房里去，一面自己寻思着，感到了一些良心的谴责，"但是……我多了嘴，也许反是好的……"他开始闪出一个奇怪的念头，不过还是不十分明显的念头。

笳佛里拉·阿尔达里昂南奇还坐在书房里埋头处理公文。大概他确乎不是白白地领取股份公司的薪俸。公爵问起那张照片，还说出她们如何会晓得照片的情节的时候，笳佛里拉·阿尔达里昂南奇显得十分困惑。

"唉！您何必这样的多嘴！"他带着恶毒的恼恨喊了出来，"您一点也不知道……真是白痴！"他喃喃地自语。

"对不住，我完全没有想一想，顺嘴说了出来。我说了阿格拉耶差不多和娜司泰谢·费里帕夫纳一样的美丽。"

笳纳请他详细讲一讲。公爵讲述了一遍。笳纳重又嘲笑地望了他一眼。

"您倒把娜司泰谢·费里帕夫纳记在心上了……"他喃声说，没有说完，沉思起来。他显然感到恐慌。公爵又提起那一张照片。"公爵您听着，"笳纳忽然说，似乎有一个突然的念头袭击着他，"我有一个极大的请求……不过我真是不知道……"

他感到不好意思，没有说下去。他在那里决定一桩什么事情，似乎自己和自己相斗。公爵默默地等候着。笳纳又用试诱的凝聚的眼神朝他的身上看了一遭。

"公爵，"他又开始说，"她们现在对我……为了一桩完全奇怪的情节……可笑的……我没有错处的情节……一句话，这是多余的，她们好像在对我生气，所以我一时不愿意未得邀请，就去见她们。我现在非常需要和阿格拉耶·伊凡诺夫纳谈几句话。我预先写了几句话，"他的手里发现了一张小小的、折叠好的纸条，"就不知道怎样递过去。公爵，您可不可以现在替我转给阿格拉耶·伊凡诺夫纳，不过要在阿格拉耶·伊凡诺夫纳一个人的时候递给她，不让任何人看见，您明白吗？这并不是什么秘密，并没有什么事情……但是……你可以做到吗？"

"这事对于我不十分有趣。"公爵回答。

"公爵，这是我十分需要的！"笳纳开始求他，"她也许会回答的……您要相信，我只是在逼不得已，十分逼不得已的情形之下才求您……叫我交给谁去递送呢？……这是很重要的……对于我十分重要的……"

笳纳生怕公爵不答应，带着畏葸的请求，望着他的眼睛。

"好的，我来转交。"

"不过不能让任何人看见！"高兴了起来的笳纳恳求着，"公爵，我能希望您以名誉担保吗？"

"我决不给任何人看！"公爵说。

"这信没有封，但是……"十分忙乱的笳纳说了出来，感到惭愧，又止住了。

"我不会读的。"公爵十分自然地回答，取起照片，从书房里走出去了。

笳纳独自留在那里，捧住自己的头。

"只要她说一句话……我……我可能也许会一刀两断的！……"

他由于慌张和期待不能再坐下来办理公事，开始在书房内踱步，从这角落到那角落。

公爵一边走，一边想。这样委托使他感到不愉快的惊愕。他一想到笳纳会写信给阿格拉耶，这念头也使他感到不愉快的惊愕。他走到离客厅两间屋子的地方，忽然止步，似乎忆起什么事来，向四围张望走到旁近光亮的地方，看起娜司泰谢·费里帕夫纳的照片来。

他似乎想猜出隐在这脸上的，使他刚才惊愕的一切。刚才的印象差不多没有离开他，所以现在他忙着想重新加以考虑。这张在美貌方面和在别的什么方面不寻常的脸，现在更加使他惊愕得厉害。这脸上似乎有无量的骄傲和贱蔑，差不多是仇恨，而同时还有一点信任的特别坦白的样子。在看到她的样貌的时候，这两种对比甚至似乎引起了一种怜悯心。这炫人的美甚至会使你感到难堪，一张惨白的脸，几乎是凹陷的脸颊和炽烧的眼睛的美。真是奇怪的美！公爵看了一分钟，忽然惊醒了，朝四围看了一下，匆忙地把照片挨近唇边，吻了一下。一分钟后他走进客厅时，他的脸是完全安静的。

但是他刚走进饭厅（和客厅隔着一间屋子），阿格拉耶正走出来，和他在门内几乎相撞。她一个人在那里。

"笳佛里拉·阿尔达里昂南奇请我转给您。"公爵说，把信递给她。

阿格拉耶止步，取了信，似乎奇怪地望了公爵一眼。她的眼神里没有一点惭愧的样子，只是多少看出一些惊异的神情，这惊异似乎也只是和公爵一人相关的。阿格拉耶好像借着眼神要求他明白作答，他怎么会和笳纳牵连在一起的？她安静而且傲慢地要求着。他们对立了两三秒钟。她的脸上终于微微露出一点讪笑。她微笑了一下，走了过去。

将军夫人把娜司泰谢·费里帕夫纳的照片默默地，多少带点淡漠的样子审视着。她伸着手，握住照片，用特别和装腔作势的神气，把照片放在离眼睛远些的地方。

"是的，很美，"她终于说，"甚至太美了。我看见她两次，只是远远地看。您对于这样的美珍视吗?"她忽然问公爵。

"是的……这样的女人……"公爵回答着,有点吃力的样子。

"就是这样的女人吗?"

"就是这样的。"

"为了什么?"

"在这脸上……有许多悲哀……"公爵说,好像不经意地,似乎在那里自言自语,并不回答问题。

"您也许在那里说谵语。"将军夫人这样决定,用傲慢的手势把照片抛在桌上。阿历山大取了起来,阿台拉意达走了过来,两人开始审视。这时候阿格拉耶又回到客厅里来了。

"真是一种力量!"阿台拉意达忽然喊,从姊姊的肩后贪婪地审视照片。

"在哪里? 力量在哪里?"丽萨魏达·博罗可菲也夫纳厉声问。

"这样的美真是一种力量!"阿台拉意达热烈地说,"有这样的美貌,可以推翻整个世界的!"

她带着疑虑的样子退到画架那里。阿格拉耶只是朝照片瞥了一眼,眯细着眼睛,翘了翘下唇,便往后走开,坐在一边,交叉着手。

将军夫人按铃。

"请箍佛里拉·阿尔达里昂南奇进来,他在书房里。"她对走进来的仆人吩咐。

"妈妈!"阿历山大意义深长地喊了一声。

"我要帮他说两句话,就够了!"将军夫人迅快地喊出来,将异议阻止下去。她显然是被惹恼了。"公爵,您瞧,我们这里现在全是秘密,全是秘密! 这是应有的文章,一种礼貌,愚傻极了。而这种事情最需要的是开诚布公,明白显现和诚实的态度。开始了结婚,我真是不喜欢这样的结婚……"

"妈妈,您怎么啦?"阿历山大又忙着阻止她。

"你怎么样，亲爱的闺女！你自己难道喜欢吗？公爵听见也无妨，我们是至好。至少我和他是的。上帝寻觅的自然是好人，他不需要狠恶的任性的人，特别不需要任性的人们。他们今天决定了一桩事情，明天又说别的话。你明白吗，阿历山大·伊凡诺夫纳？公爵，她们说我是怪物，其实我是会辨清楚的。主要的是心，其余全是无聊的东西。自然也需要脑筋……也许脑筋是最主要的。阿格拉耶，我并不自相矛盾。有心而无脑筋的傻子是一个不幸的傻子，正和有脑筋而无心的傻子一般。这是陈旧的真理。我就是有心而无脑筋的傻子，而你是有脑筋而无心的傻子。我们两人都是不幸的，两人都受着痛苦。"

"您有什么不幸，妈妈？"阿台拉意达忍不住了，大概唯有她一人在全体在座的人里面没有丧失快乐的心神。

"第一是为了学识卓越的女儿们，"将军夫人说，"因为这一样就够了，其余的事情可不必多讲。已经费了很多的话。我们来瞧一瞧，你们两人——阿格拉耶我不算在内——将来怎样打发你们的智识和那些啰唆的话语。可尊敬的阿历山大·伊凡诺夫纳，你将来和你可尊敬的先生会不会有幸福？……啊？……"她看见笳纳走了进来，便喊起来。"又是一个婚姻的联合走来了！您好呀！"她回答着笳纳的鞠躬，并不请他坐下来，"您快要结婚了吗？"

"结婚？……怎么？……什么结婚？……"惊慌失措的笳佛里拉·阿尔达里昂南奇喃声说着。他感到非常的惶惑。

"您是不是要娶亲？假使您爱听这种说法，我就这样问。"

"不，不……我……不……"笳佛里拉·阿尔达里昂南奇说着谎话，一阵羞惭的色彩在他的脸上泛溢着。他溜看了坐在一旁的阿格拉耶一眼，迅快地挪开眼睛。阿格拉耶用冷淡的、凝聚的、安静的态度，目不转睛地看着他，观察他的不安的神色。

"不？您说，不吗？"毫不迁就的丽萨魏达·博罗可菲也夫纳坚决地盘问下去，"够了，我要记得，您在今天，礼拜三的早晨，用'不'字回答我的问题。今天是不是礼拜三?"

"大概是礼拜三,妈妈。"阿台拉意达回答。

"永远不记得日子。几号呢?"

"二十七号。"笳纳回答。

"二十七号吗?在某种原因方面是很好的。再见吧,大概您的公事很忙,我也要穿衣裳出门。您把照片收下来吧。替我给不幸的尼纳·阿历山大洛夫纳请安。再见吧,公爵!常来玩玩呀。我要特地到白洛孔司卡耶那个老太婆那里去谈论您的事情。亲爱的,您听着,我相信是上帝为了我把您从瑞士引到彼得堡来的。也许您还有别的事情,然而主要的是为了我。上帝是这样安排着的。再见吧,亲爱的女儿们。阿历山大,你到我那里来一趟。"

将军夫人走了出去。笳纳带着垂头丧气仓皇失措的样子,恶狠狠地从桌上把照片取来,带着歪斜的微笑朝公爵说话。

"公爵,我现在就要回家。假使您不变更住到我们那里去的原意,我可以领您去,否则,您不会知道住址的。"

"您等一等,公爵。"阿格拉耶说,忽然从椅上立起来。"您还要在手册上给我写几个字。爸爸说您是书法家。我就去给您取来。"

她也出去了。

"再见吧,公爵,我也要出去。"阿台拉意达说。她紧紧地握住公爵的手,向他客气地和蔼地微笑了一下,便出去了。她没有看笳纳一眼。

"这全是您呀!"在大家刚走出去以后,笳纳咬牙切齿地说着,忽然袭击到公爵身上来了,"我要娶亲的话是您对她们说出来的!"他用迅快的微语喃喃地说着,带着一副疯狂的脸,眼睛恶狠狠地闪烁着,"您是一个无耻的好拨口舌的人!"

"我敢保证您弄错了!"公爵有礼貌地,安静地回答,"我并没有知道您要娶亲。"

"您刚才听见伊凡·费道洛维奇说今天晚上一切事情将在娜司泰

谢·费里帕夫纳那里取得解决，您竟把这话传了过去！您说谎，她们从哪里知道的？除去您以外，谁还会告诉她们？难道老太婆没有暗示于我吗？"

"假使你觉得有人暗示于您，那么究竟是谁告诉的，您会知道得多些，我关于这事情没有讲过一句话。"

"信转去了没有？回音呢？"笳纳用热烈的不耐烦的态度打断他的话。但是在这时候阿格拉耶回来了，公爵来不及回答什么话。

"公爵，"阿格拉耶说，把手册放在小册上面，"请您挑选一页，给我写几个字吧。笔在这里，还有一支新笔。钢笔不要紧吗？我听说，书法家不用钢笔写字。"

她和公爵谈话的时候，似乎没有注意到笳纳在那里。但是公爵正在那里整理笔杆，寻找着书，预备下笔的时候，笳纳走近阿格拉耶站立着的壁炉旁边，在公爵右面的身旁，用断续的声音附在她的耳朵上面说道："一句话，只要从您的方面说出一句话——我就得救了。"

公爵迅快地回转身子，望着他们两人。笳纳的脸上露出真正的绝望。他说出这句话来的时候，似乎不假寻思，十分懊丧。阿格拉耶望了他几秒钟，完全带着极安静的惊异的神情，像刚才看公爵一般。她这安静的惊异，这惊疑，似乎由于完全不明了人家对她所说的话而来的，在这时候对于笳纳好像比最强烈的贱蔑还为可怕。

"叫我写什么呢？"公爵问。

"我现在就给您口授。"阿格拉耶说，回转身子来向着他，"预备好了没有？写吧：'我不愿参加买卖。'现在写上日子和月份。给我看吧。"

公爵把手册递给她。

"妙极了！您写得太好了！您的笔迹真是美透了！谢谢您。再见吧，公爵……等一等，"她补充着说，似乎忽然忆起了什么似的，"我们走吧，我想送给您一点东西，作为纪念。"

公爵跟着她出去。阿格拉耶走进饭厅，止步了。

"您读一读吧。"她说，把筇纳的信递给他。

公爵取了信，惊疑地看了阿格拉耶一下。

"我知道您没有读，不会充当这人的心腹的。您读吧，我要您读一下。"

这封信显然是在匆忙之中写下的：

> 我的命运将取决于今天，您知道是如何决定的。今天我必须无可转圜地说出我的话。我没有任何的权利，取得您的同情，也没有任何的希望。但是您曾经在什么时候说了一个字，只是一个字，而这个字照耀了黑夜般的我的全部生命，对于我成为一座照海的灯塔。现在请您再说这样的一个字，便可以从灭亡中救我出来！您只要对我说：断绝一切，我今天就可以断绝一切。您说这话是不值得什么的呀！我只在这话里寻觅您对我的同情和怜悯的表记。只是如此，只是如此！没有别的，没有别的什么！我不敢存什么希望，因为我不配。但是在您的那句话说了以后，我将重新接受我的贫穷，我将欣然忍受我的绝望的地位。我将迎接斗争，我将喜欢这斗争，我将在斗争中复生，取得新的力量！

> 您将一句同情的话寄送给我吧！只要一句同情的话，我可以对您赌咒！请您不要对于一个绝望的人，一个将沉溺的人的冒昧行动有所恼怒，为了他胆敢做出最后的努力，从灭亡中将自己拯救出来。

> G. I.

"这个人说，"公爵读完以后，阿格拉耶厉声说，"那句'断绝一切'的话不会沾污我的名誉，不致使我受到任何的约束，所以他自己给我一个书面的保证，就是这封信。您要注意，他是如何幼稚地忙着在几个字旁边加上双圈，如何粗鲁地透露他的秘密的意思。然而他知道，如果他断绝了一切，自己一个人加以断绝，不期待我的话语，甚至不向我说这件事情，对于我不存任何希望，那时候我可以变更我对于他的情感，也许会成为他的朋友。他一定知道这一层！但是他的心灵是龌龊的。他知道，而不加以决断。他既然知道，还要请求保证。他不能依靠信仰行事。他要我给他一个娶到我的希望，以代替那个十万块钱。关于他在信内所说，似乎照耀他的生命的以前的那句话，他是在那里说着无理的谎话。我只是怜惜了他一次，但是他是一个无理而且无耻的人。他当时立刻闪出可以获得希望的念头，我也立刻明白了。从那时起，他开始捉我，到现在还捕捉着。但是够了。请您把这封信拿去，送还给他，立刻送还，在您离开我们的家以后，自然不必在这以前。"

"怎么回答他呢？"

"自然一点也不用去回答。这是最好的回答。您打算住在他的家里吗？"

"伊凡·费道洛维奇刚才自己介绍给我的。"公爵说。

"您要留心他，我现在警告您。您现在把那封信退还给他，他是不会饶恕您的。"

阿格拉耶轻轻地握公爵的手，走出去了。她的脸是正经的，皱紧的，在和公爵点头作别的时候，连微笑也不微笑一下。

"我立刻就来，单等我去取了那只包袱，"公爵对笳纳说，"我们可以出去。"

笳纳跺着脚，表示不耐烦的神情。他的脸狂怒得甚至发黑。两人终于走到街上，公爵手里拿着包袱。

"回音呢？回音呢？"笳纳朝他身上攻袭着，"她对您说什么话？信转去了没有？"

公爵默默地将那封信递给他。笳纳愣住了。

"怎么？我的信？"他喊，"他竟没有转过去！啊，我应该猜到这层的呀！吓，真可恶……怪不得她刚才一点也没有弄明白，那是容易了解的！您怎么会，怎么会不转给她，唉，真是可恶……"

"对不住，您的信我反而在您交给我的时候立刻转过去了，而且就照您所请求的那个样子。它在我那里重又出现，那是因为阿格拉耶·伊凡诺夫纳刚才退还了给我。"

"什么时候？什么时候？"

"在我刚在手册上写好了字，她请我出去说话的时候。您听见没有？我们走进饭厅里去，她把信递给我，让我念一下，再退还给您。"

"可恶！"笳纳几乎扯开了嗓子喊出来。"念吗！念过了没有？"

他站在行人道中间，又愣住了，惊讶得甚至张开了大嘴。

"是的，念过了，刚才念的。"

"她自己，自己给您念的吗？自己吗？"

"她自己。您要相信，我不经她邀请是决不会念的。"

笳纳沉默了一分钟，怀着痛苦的努力思量着什么，忽然喊道："不会的！她不会给您念的！您在那里扯谎！您自己念的！"

"我说的是实话，"公爵用以前的完全不烦扰的口音回答，"您要相信，这使我感到十分惋惜，这使我引起一种不愉快的印象。"

"但是不幸的人，至少她总会对您说什么话吗？回答什么话吗？"

"那自然啦。"

"你说呀，说呀，真见鬼！……"

笳纳两次在行人道上跺着穿了套鞋的右脚。

"我刚念完，她就对我说，您在那里捉她。她说，您打算损坏她的名誉，以便从她那里获得希望，然后依靠了这个希望，便可毫无损失地打破那个可以取到十万块钱的另一个希望。她又说，假使您不先和她讨价还价，不向她预先请求保证，自己就断绝了这一切，她也许会成为您的朋友。好像就是如此。还有，我在取了信以后，问她，有什么回音？她说，没有回音就是最好的回音，好像就是如此。假使我忘了她的话的精确的说法，那是十分抱歉的，我只是照我所了解的加以转告。"

无可衡量的怨恨占据了笳纳的全身，他的疯狂毫无抑止地冲决了出来。

"啊！原来如此！"他咬牙切齿地说，"把我的信往窗外扔出去！啊！她不愿参加这买卖，我是要参加的！我们往后看吧！我还有许多玩意……我们瞧着吧！……我要叫你得到报应！……"

他的脸扭曲了，显得惨白，嘴里流着涎沫。他举着拳头威吓着。他们这样走了几步。他一点也不和公爵客气，好像独自留在自己的屋内，因为他认他为一个毫不相干的人。但是他忽然打量着什么，醒了转来。

"究竟是怎么回事？"他忽然对公爵说，"您，您这白痴！"他自言自语地说，"您怎么忽然得到了她的信任，您和她刚刚认识了两小时？这是怎么回事？"

在一切痛苦之外还要添上一种妒忌的情感。它忽然咬啃他的心。

"这一层恕我不能对您解释。"公爵回答。

笳纳恶毒地看了他一眼："她是不是把您叫到饭厅里去把她的信任赠送给您？她不是预备赠送给您什么东西吗？"

"我也就是这样了解的。"

"为了什么呢？真见鬼！您究竟做了些什么？您用什么博到了她的欢心？您听着，"他用全力张罗着——在这时候他身上的一切似乎分散着、沸腾着、漫无秩序，使他的思想无从集中，"您听着，您能不能想法子记忆一下，挨着次序想一想，你们在那里说了些什么，把所有的话从头到尾想一想？您注意到什么没有，您记得吗？"

"可以，可以！"公爵回答，"从我走进去，相识了以后，我们首先讲到瑞士的一切。"

"滚他娘的瑞士！"

"以后又谈死刑……"

"死刑吗？"

"是的，为了一桩事情……以后我对她们讲我在那里住了三年的情形，还讲了一段我和一个可怜的村女间所发生的历史……"

"什么可怜的村女，给我滚！往下说吧！"笳纳不耐烦地说。

"以后是施涅台尔对于我的性格表示他的意见，迫使我……"

"管他是什么施涅台尔，管他有什么意见！往下说吧！"

"以后，为了一桩事情，我开始讲人的脸，人的脸色，还说阿格拉耶·伊凡诺夫纳和娜司泰谢·费里帕夫纳差不多一样的美丽。我这才说出了关于照片的话……"

"但是您并没有把刚才在书房里听到的话转说出来，不是吗？是不是？是不是？"

"我可以重复着说，不是的。"

"那么是哪里来的呢，真是见鬼……阿格拉耶没有把信给老太婆看吗？"

"这一层我可以对您提出充分的保证，她并没给她看。我一直在那里，她没有时间去做。"

"也许您自己没有觉察出来……噢！真是可恶的白痴！"他十分生气，怒喊了起来，"连讲话都不会！"

笳纳在开口骂人，没有遇到抵抗以后，渐渐地丧失了一切的耐性。这在有些人那里是永远如此的。再等一会，他也许会吐痰，他竟狂怒到如此地步。但是他也就由于这狂怒而变为盲眩，否则，他早就会注意到，他以粗暴态度相侵的那个"白痴"，有时是极会精细地了解一切，令人十分满意地传达一切的。但是忽然发生了一点出乎意料的情形。

"我必须告诉您，笳佛里拉·阿尔达里昂南奇，"公爵忽然说，"我以前果真不很健康，果真几乎是一个白痴。但是现在我早就恢复了健康，所以人家当面称我为白痴的时候，我感到有点不愉快。虽然从您的失败的情形上看来，您是可以受原谅的，但是您在愤恨中甚至骂了我两次。这对于我是很不愿意的，特别是您一下子就来这手。现在我们正立在十字路口，我们两人还是分手的好。您朝右面走回家去，我朝左面走。我手里有二十五卢布，我一定可以找到寄宿的旅馆。"

笳纳十分不好意思，因为他被人家仓促地捉住，惭愧得满脸通红。

"对不住，公爵，"他热烈地喊了起来，忽然将辱骂的口气变为异常客气的态度，"看在上帝的分上，恕了我吧！你瞧，我是如何的不幸！您几乎还是毫无所知，但是假使您知道了一切，一定会原谅我的。固然我这人是无可原谅的……"

"我并不需要这样大的原谅，"公爵连忙回答，"我也明白您很不愉快，因此您骂起人来。唔，我们就到尊府上去吧。我很乐意……"

"不，现在放他走是不成的！"笳纳自己寻思着，一路上时时恶狠狠地望着公爵，"这骗子从我身上探到了一切，以后忽然摘了假面具……这中间含有一点意思。我们瞧下去吧！一切会得到解决的，一切，一切！今天就会得到解决！"

他们已经立在家门前了。

第八章

　　笳纳的寓所在三楼，通着一条极清洁、明亮而且宽阔的楼梯。这寓所有大小六七间屋子，全是极普通的，但无论如何，即使对于领取二千卢布薪俸的有家室的官员也是住不起的。这寓所本来是预备连饭食带仆役分租给人家的，笳纳和他的家属租下来还不到两个月。租这房子使笳纳感到不痛快，但是尼纳·阿历山大洛夫纳和瓦尔瓦拉·阿尔达里昂诺夫纳愿意使自己成为生利的，稍微增加家庭的收入，极力主张着。笳纳皱紧眉头，认为分租房间是败坏名誉的行为。在这样做了以后，他似乎开始在社会上感到羞惭，因为他已习惯以带着一些光明前途的青年人的资格，列身在社会中间。所有这一切对于命运的让步，所有这一切拘束，这一切全是他的深刻的精神上的伤痕。从一些时候起，他时常为了各种琐碎的情节过分而且不平均地恼怒着，假使还答应暂时让步和忍耐，那么只是因为他决定在不久的时间内加以变更和改造。同时，这变更，他所选择的那条出路，本身就成为一个不小的难题，这难题的解决恐怕要比其余一切的事情更加麻烦而且苦恼些。

寓所中间有一条从门房那里开始的走廊分隔着。走在廊的一面，有三间房间预备出租，租给"具有特别介绍"的房客。此外，还在走廊的这一面，它的尽头处，厨房的旁边，另有一间小屋，比其余所有的房间都狭窄些。退伍的将军伊伏尔根，一家之主，就住在里面。他睡在宽阔的沙发上面，进出必须经过厨房和后门的黑梯。笳佛里拉·阿尔达里昂南奇的十三岁的弟弟——中学生郭略，也住在这间小屋里。他也被派定挤在里面，还在里面用功，睡在另一只极陈旧的、狭短的小沙发上面。破洞极多的被罩上面，而主要的是侍候并且监督父亲，这办法是逐渐越来越成为必须的了。拨给公爵的是三间里中央的一间。右面一间住着费尔特申阔。左面的一间还闲空着。笳纳首先领公爵到家属住的那一面房间里去。这家属住的一半房间是一间大厅，在必要时可以变为饭厅。一间客厅，不过在早晨时才成为客厅，到了晚上便变为笳纳的书房和卧室。还有第三间是狭小而且永远关着的，那是尼纳·阿历山大洛夫纳和瓦尔瓦拉·阿尔达里昂诺夫纳的卧室。总而言之，这寓所里的一切是拥挤而且紧凑的。笳纳只好私下里咬咬牙齿。他虽然对于母亲是尊敬的，而且愿意加以尊敬，但是从第一步起就可以看出他是家庭中极严厉的暴君。

尼纳·阿历山大洛夫纳不是一人在客厅里，瓦尔瓦拉·阿尔达里昂诺夫纳和她同坐着。她们两人在那里编织什么东西，还和客人伊凡·彼得洛维奇·波奇成谈话。尼纳·阿历山大洛夫纳有五十岁，一张瘦瘦的、凹陷下去的脸，眼睛下面有强烈的黑圈。她的样貌是病态的，带点忧郁性的，脸部和眼神却是十分有趣的。从最初的一些话语上就露出严肃的、充满真正的威严的性格。她虽然具有忧郁的态度，但预感出一种坚定性，甚至决断力。她穿得异常朴素，穿了深色的衣服，完全照老太婆的式样。但是她的举止、谈话、一切姿态，表露出一个见过优良社会的妇人来。

瓦尔瓦拉·阿尔达里昂诺夫纳是二十三岁的女郎，中等身材，很瘦，脸孔不见得很美丽，却含有并不美丽而能取悦和吸引人的秘密。她很像母亲，甚至穿得几乎和母亲一样，由于完全不愿装饰的原因。她的灰色眼睛的神情有时是很快乐和蔼的，但时常显得严肃而且沉郁，有时甚至太为过分，尤其是在最近的时候。她的脸上也现出坚定和决断，还预感出这坚定甚至会比母亲还有力些，刚毅些。瓦尔瓦拉·阿尔达里昂诺夫纳火性很大，她的兄弟有时还怕这火性。现在坐在他们家里的客人，伊凡·彼得洛维奇·波奇成也很怕她。他是还十分年轻的人，不到三十岁，衣服穿得朴素，却还雅致，具有优美的、似乎太老成的姿势。一簇深棕色的小胡表示他是非公务员。他会做聪明的、有趣的谈话，但时常沉默着。总之，他能引起极有趣的印象。他显然对于瓦尔瓦拉·阿尔达里昂诺夫纳不很冷淡，也不隐藏他的情感。瓦尔瓦拉·阿尔达里昂诺夫纳对他还极友善，但是对于他的一些问题还迟迟作复，甚至不爱这些问题。但是波奇成并不因此丧失勇气。尼纳·阿历山大洛夫纳对他很和蔼，近来甚至很信任他。大家都知道，他以放债图利，收受一些多少可靠的抵押品。他同笳纳是极要好的朋友。

笳纳很严肃地向母亲问安，完全不和妹子道候，在广泛地、零零落落地将公爵介绍了以后立刻把波奇成引出屋外去了。尼纳·阿历山大洛夫纳对公爵说了几句和蔼的话语，吩咐在门外窥看的郭略领公爵到中间的屋子里去。郭略是有快乐和蔼的脸还有信任坦白的举止的男孩。

"您的行李在哪里?"他领公爵进屋的时候说着。

"我有一个包袱，我把它留在门房里。"

"我立刻去取来。我们家里仆役只有厨妇和玛德邻纳两人，所以我也帮着做做。瓦略监督一切，净生气。笳纳说，您今天从瑞士来，是吗?"

"是的。"

"瑞士好吗?"

"很好。"

"有山吗?"

"有。"

"我立刻把您的包袱去取来。"

瓦尔瓦拉·阿尔达里昂诺夫纳走了进来。

"玛德邻纳就来给您铺床。您有箱子吗?"

"没有,是一个包袱。令弟去给我取来,它就在门房里。"

"那里除了这个小包以外,没有什么包袱。您放在哪里了?"郭略重又回屋问。

"除去这个,没有别的。"公爵一面说,一面收下包袱。

"啊!我心想,不要被费尔特申阔偷了去。"

"不许乱嚼不相干的话!"瓦略厉声说。她和公爵说话也是很干涩的,只是稍微客气一点。

"Chère Babette(亲爱的巴蓓特),对待我可以温柔些,我并非波奇成呀。"

"还可以揍你一顿,郭略,你还笨得很呢。要什么,可以问玛德邻纳。中饭在四点半钟开。您可以同我们一块吃,也可以在自己屋内吃,随您的便。走吧,郭略,你不要妨碍他。"

"走吧,坚决的性格!"

他们走出去的时候和笳纳撞见。

"父亲在家吗?"笳纳问郭略。在得到了郭略肯定的回答以后,向他附耳说了几句话。

郭略点头,随瓦尔瓦拉·阿尔达里昂诺夫纳走出去了。

"有两句话,公爵。我竟忘记对您说了。我有一个请求,要费您的心。如果您并不觉得十分为难的话,请您不要在这里漏出我刚才和阿格拉耶之间所发生的一切,也不要在那里讲您在此地所发现的一切。因为这里也有许多乱七八糟的事情。然而管它呢……哪怕至少今天请您忍耐一下。"

"我可以使您相信，我说话比您所想的少得多。"公爵说，对于笳纳带刺的话有点被惹恼的样子。他们中间的关系显然越来越恶劣了。

"我今天为了您受得很够了。一句话，我恳求您。"

"您还要注意这一层，笳佛里拉·阿尔达里昂南奇，我刚才受了什么约束，为什么我不能提起照片的事？您并没有请求我呀。"

"真是一间极坏的屋子！"笳纳说，贱蔑地向四围望了一遭，"这样乌黑，窗户还朝院子里开着。在一切情形之下，您到我们这里来未免不是时候……但这不是我的事情，不是我出租房间呀。"

波奇成探头看了一下，叫了笳纳一声。笳纳连忙抛开公爵，走了出去，顾不得还想说什么话，但是显然咽了下去，羞于开出口来。他骂房子也骂得似乎带着不好意思的样子。

公爵刚洗了脸，将他的头发多少整理了一下。门又开了，一个新面庞窥视着。

这个人年纪有三十岁左右，身材不小，肩膀宽阔，头颅巨大，头发卷曲，作栗色。他的脸上肉多而红润，嘴唇厚厚的，鼻子宽宽的、扁扁的，眼睛是小小的、肥满的、带着嘲弄的，似乎不断地瞥来瞥去。整个讲来，这一切含着十分傲慢的性质。他穿得有点龌龊相。

他起初关门，开到恰巧可以探进头去。探进来的头向房屋环看了五秒钟。以后门慢慢儿开了，整个身躯在门槛上显露，但是客人还没有进来，在门槛上继续眯着眼睛，审视公爵。他终于合上了门，走近过来，坐在椅上，紧紧地拉住公爵的手，把他按坐在斜对着自己的沙发上面。

"费尔特申阔？"他说，凝注而带着疑问的样子，审视公爵的脸。

"下面怎么样呢？"公爵回答，几乎发笑了。

"一个房客。"费尔特申阔又说，仍旧审视着。

"您是想交朋友吗？"

"唉，唉！"客人说，把头发揉得竖直起来，叹了一口气，开始向对面的角落里看望。"您有钱吗？"他忽然问公爵。

"不多。"

"究竟多少？"

"二十五卢布。"

"拿出来看。"

公爵从背心的口袋里掏出一张二十五卢布的钞票，递给费尔特申阔。费尔特申阔翻了转来，看了一眼，以后翻到另一面，放在光亮上面看着。

"真奇怪，"他似乎在沉思中说着，"为什么是栗色的？这种二十五卢布的钞票有时发出可怕的栗色，有些又褪色。您拿去吧。"

公爵把钞票收回。费尔特申阔从椅上立起来。

"我来警告您：不要借给我钱，因为我一定会借钱的。"

"好吧。"

"您打算在这里付钱吗？"

"打算的。"

"我可是不打算。谢谢。我住在从您那里朝右的第一个门，您看见没有？您不必时常光临我那里。我可以到您这里来，您不必担心。将军见过了没有？"

"没有。"

"还没有听见说过吗？"

"自然没有。"

"那么您会看见，而且听见的。他甚至会问我借钱！再见吧。一个人带着费尔特申阔的姓还可以生活下去吗？"

"为什么不能呢？"

"再见吧。"

他走出门外去了。公爵以后才知道这位先生似乎自愿负起一个责任，就是以古怪和快乐的行动使大家吃惊，但是不知道怎么样，永远弄不对劲。他给有些人甚至引起不愉快的印象，这使他感到真情的忧郁，然而这责任他到底不肯放弃。他走到门外的时候，正和一位走进来的先生相撞，他的地位才算恢复了一下。他让这位新来的、公爵不熟识的客人走进来，在他身后做了几次警告性的眉眼，因此到底带着自信的心情走了。

新客身材高大，有五十五岁模样，甚至还多些，身体十分笨重，血红的、多肉的、松弛的脸，包围在浓厚的、灰色的胡须中间，还有一双巨大的、瞪得极厉害的眼睛。他的躯体如果没有一些衰弱的、破烂的甚至龌龊的样子，一定是十分庄严的。他穿着旧外褂，手肘上几乎是破穿的，内衣也染满了油渍，是居家的颜色。临近的时候，他身上带点烧酒味。但是他的举止是庄严的、研究得到家的，带着以高贵的性格取胜的显著的妒忌性的愿望。他走到公爵面前，不慌不忙，含着欢迎的微笑，默默地拉住他的手，握在手里不放，审视他的脸一些时候，似乎在那里辨认熟稔的脸相。

"是他呀！是他呀！"他轻声而且庄严地说，"真像活的一般！我听见人家反复说着一个熟稔的、亲爱的名字，便记起了无可挽回的过去……是梅思金公爵吗？"

"是的。"

"伊伏尔金将军，退职的、不幸的人。请问，你的名和父名？"

"莱夫·尼古拉也维奇。"

"是的，是的！是我的好友，可以说是总角之交，尼古拉·彼得洛维奇的儿子吗？"

"先父的名字是尼古拉·里伏维奇。"

"里伏维奇！"将军更正了一下，但并不慌忙，带着十分信任的样子，似乎他一点也没有忘却，只是偶然说错。他坐了下去，还是拉住公爵的手，让他坐在自己身旁。"我曾抱过您的呀。"

"真的吗？"公爵问，"先父已经故世二十年了。"

"是的。二十年了。二十年零三个月。我们一块求学。我一直进入军界……"

"先父也是武职，曾充任瓦西里阔夫司基团部的少尉。"

"在白洛米尔司基团部里。差不多在临死之前调到白洛米尔司基团里。他死的时候我曾在场，祝福他永久的安息。令堂太太……"

将军似乎由于忧郁的回忆，而停住没有说话。

"她过了半年以后，因为遭凉的毛病也死了。"公爵说。

"不是因为遭凉。不是因为遭凉，你要相信我这老头的话。我也在场，也是我葬她的。是的，公爵夫人我至今还记忆着！青春的时代呀！为了她，我和公爵，两个总角之交，几乎要成为互相杀砍的凶手。"

公爵开始听得带点不信任的样子。

"我深深地恋上了您的母亲，还在她做未婚妻——我的好友的未婚妻的时候。公爵看到以后，受到了极大的打击。在一天早晨，七点钟的时候，他跑来唤醒我。我惊讶地穿上衣裳。双方沉默着。我明白了一切。他从口袋里掏出两支手枪。隔着一块手绢。没有证人。在五分钟后就要互相送终，何必用证人呢？我们装上了子弹，铺好手绢，站在那里，手枪互相对准了各人的心胸，互相看望各人的脸。忽然两人眼睛里像是水似的滚出泪水，手哆嗦了。两个人，两个人，同时来的！自然，互相拥抱，互相宽容。公爵喊：'她是你的！'我也喊：'她是你的！'一句话……一句话……您是到我们这里来住的吗？"

"是的，也许住一些时候。"公爵说，似乎有点口吃。

"公爵，家母请您去一躺。"从门内窥视的郭略喊。公爵立起来想走，将军的右掌放在他的肩上，用友好的态度按他到沙发上去。

"我以令尊的知己朋友的资格，警告您一声，"将军说，"您自己看见，我为了悲剧性的灾难事件，受极深的痛苦。但是没有经过审判！没有经过审判！尼纳·阿历山大洛夫纳是一个稀有的女人。瓦尔瓦拉·阿尔达里昂诺夫纳，我的女儿，是一个稀有的女儿。我们为了环境而开设宿舍，真是从来没有听到的堕落！我原来是可以做到总督的人。……但是我们永远欢迎您。我的家中现在发生了悲剧！"

公爵现出疑问的神气，还露出极大的好奇。

"一件婚事正在预备着，一件稀有的婚事。一个暧昧性格的女人和一个可以做侍从官的青年的婚事。这女人将被领进我们的家庭里来，而家庭里还有我的妻子和我的女儿。但是在我还有一口气透着的时候，她是不会进门的！我要躺在门槛上面，让她跨过我的身体！……我现在差不多不和箆纳说话，甚至避免相遇。我特地警告您。您既然要住在我们家里，那是一样的，您总会成为见证的。您是我的老友的儿子，我有权力希望……"

"公爵，劳驾，请您到我的客厅里来一趟。"尼纳·阿历山大洛夫纳招呼着，那时候她自己已经在门里出现了。

"你猜一猜，亲爱的，"将军喊，"原来公爵小的时候我还抱过的呢！"

尼纳·阿历山大洛夫纳用责备的神气看了将军一眼，又用试探的态度看着公爵，一句话也没有说。

公爵跟在她后面去了。他们刚走到客厅里坐下，尼纳·阿历山大洛夫纳刚开始很匆遽而且低声地告诉公爵什么话，将军忽然亲自光临到客厅里来了。尼纳·阿历山大洛夫纳立刻不做声，带着显然的懊恼，俯身从事编织。将军也许看出这懊恼的情景，但继续处身于佳妙的心情的状态之中。

"我的老友的儿子！"他朝尼纳·阿历山大洛夫纳喊，"真是出乎意料！我早就停止了想象。但是亲爱的，你难道不记得尼古拉·里伏维奇了吗？你遇见过他的……不是在特魏里吗？"

"我不记得尼古拉·里伏维奇。他是令尊大人吗？"她问公爵。

"是先父。不过他好像不是死在特魏里，却死在丽萨魏特格拉特，"公爵对将军畏怯地说，"我从伯夫里柴夫那里听到的。"

"是在特魏里，"将军加以证实，"在临死之前调到特魏里去的，甚至还在起病之前。您那时岁数太小，记不得调迁和旅行的一切。伯夫里柴夫虽然是极好的人，也会弄错的。"

"您还认识伯夫里柴夫吗？"

"他是一个稀有的人，但是我也在场眼见。我立在他的床前，祝福他永恒的休息……"

"先父是在候审的时候死去的，"公爵又说，"我一直没有弄清楚，为了什么事情，他死在医院里面。"

"啊，这是关于兵士郭尔伯阔夫的案件，公爵本来可以被判决无罪。"

"是吗？您一定知道了？"公爵问，露出特别的好奇。

"自然喽！"将军喊，"法庭没有判决，就停止进行了。那是一桩棘手的案子！甚至还可以说是神秘的案子。营长拉里昂诺夫中尉病得很重，公爵奉派暂时代理他的职务。很好。兵士郭尔伯阔夫偷窃同伴的制靴的皮件，卖去换酒喝。很好。公爵当着军曹和伍长的面前——这层要注意——责骂郭尔伯阔夫一顿，还威吓他说要鞭挞他。很好。郭尔伯阔夫走入营房，躺在铺板上，过了一刻钟以后就死了。这很好，这是意外的，几乎棘手的一桩案件。不管怎样，郭尔伯阔夫被埋葬了。公爵造了报告，郭尔伯阔夫的名字在名册上被勾了去。似乎没有比这再好的了吧？但是过了半年以后，兵士郭尔伯阔夫竟像没事人似的在同师同旅的诺伏再姆亮司基步兵团第二营第三连内出现了！"

"怎么？"公爵惊讶得出声喊了。

"这不对，这是错误！"尼纳·阿历山大洛夫纳忽然说道，几乎带着烦恼的样子看着公爵，"Mon mari se trompe（我的丈夫弄错了）。"

"但是亲爱的，Se trompe（错）不 Se trompe 是容易说的，你试着自己把这桩事情解决一下吧！大家全愣住了。我首先会说 Qu'on se trompe（我们错了）。但是不幸的是我亲眼看见，自己参加在委员会里面。所有认识他的人全供称他就是那个士兵郭尔伯阔夫，完全就是他，就是半年前用普通的仪式，在军鼓声中埋葬了的。这实在是稀有的，几乎不可能的事件，我同意，但是……"

"爸爸，饭开好了。"瓦尔瓦拉·阿尔达里昂诺夫纳走进屋里来宣布。

"这好极了，妙极了！我饿得很……但甚至可以说是心理的事件……"

"汤又要凉了。"瓦略不耐烦地说。

"就来，就来，"将军一边走出房间，一边喃声说，"而且无论怎样调查也……"在走廊里还听得见这话。

"您如果在我们这里住下来的话，有许多地方您应该原谅阿尔达里昂·阿历山大洛维奇，"尼纳·阿历山大洛夫纳对公爵说，"他不会十分惊吵您。他一个人吃饭。您自己要同意，每人都有自己的缺点，自己的特别的性格，有些人比我们平常用手指指点出的一些人还特别些。我有一件事情奉求：假使我的丈夫请您交付房租，您就对他说已经付给我了。自然付给阿尔达里昂·阿历山大洛维奇的款子也会加进您的账上去的。我请求你是单只为了谨慎起见……这是什么，瓦略?"

瓦略回到屋内，把娜司泰谢·费里帕夫纳的照片默默地递给母亲。尼纳·阿历山大洛夫纳哆嗦了一下，起初似乎带着惧怕，以后又带着压抑下来的、悲苦的感觉，把照片审视了一会。她终于含着疑问望着瓦略。

"她今天自己送给他的，"瓦略说，"今天晚上一切都要解决了。"

"今天晚上！"尼纳·阿历山大洛夫纳好像绝望似的低声反复地说，"怎么样? 这件事情已经没有一点疑惑，也没有什么希望? 这照片预示了一切……这是他自己给你看的吗?"她惊讶地问。

"您知道，我们几乎整个月内没有说过一句话。这一切是波奇成对我说的。那张照片就扔在桌旁地板上面。我捡了起来。"

"公爵，"尼纳·阿历山大洛夫纳忽然对他说，"我想问您——我特地为了这事请您来一趟——您是不是早就认识小儿? 他好像说您今天才从什么地方来到的，是吗?"

公爵把自己的事情简单地解释了一番，删去了一大半。尼纳·阿历山大洛夫纳和瓦略倾听着。

"我现在要询问您，并不想探听关于笳佛里拉·阿尔达里昂南奇的什么事情，"尼纳·阿历山大洛夫纳说，"对于这层您不应该发生误会。假使有什么事他自己不能对我直说出来，我也就不愿意背着他加以探听。我之所以这样问，是因为刚才笳纳当您面前，还有您走了以后，我问起您来的时候，他老是回答我：'他是全知道的，不必和他客气!'这是什么意思? 我愿意知道，在什么程度之下……"

笳纳和波奇成突然走了进来。尼纳·阿历山大洛夫纳立刻不响了。公爵仍旧留在她身旁的椅子上面。瓦略退到一旁去了。娜司泰谢·费里帕夫纳的照片就放在极明显的地方，尼纳·阿历山大洛夫纳前面的工作桌子上面。笳纳一看见这照片，就皱紧眉毛，恨恨地从桌上取起，扔到摆在屋子的另一端的书桌上去了。

"笳纳，今天吗?"尼纳·阿历山大洛夫纳忽然问。

"什么今天?"笳纳吃了一惊，忽然攻击起公爵来了，"我明白，您又来在这里头了! ……您到底是怎么回事? 是不是一种病? 您竟不能忍一忍吗? 大人，您要明白……"

"这是我的错，笳纳。这和别人无关。"波奇成插上去说。

笳纳带着疑问看了他一眼。

"这样好些，笳纳。再说，事情也已经完了。"波奇成喃喃地说，退到一旁，坐在桌旁，从口袋里掏出用铅笔写的一张纸，精细地审视着。笳纳站在那里，显得忧郁、不安地等候家庭的口角的爆发。他并没有想到在公爵前面道歉。

"如果一切都已完结，那么伊凡·彼得洛维奇的话是对的!"尼纳·阿历山大洛夫纳说，"笳纳，你不要皱眉，也不必生气。你自己不愿意说的事情，我决不来问你。你要知道，我已经完全被驯服了。你不必担心。"

她说话的时候，并没有中止工作，似乎真是安静的样子。笳纳感到惊讶，却谨慎地沉默着，眼看他的母亲，等候她表示得明白些。家庭间的口角已使他偿付了极贵的代价。尼纳·阿历山大洛夫纳看出这谨慎来，便带着悲苦的微笑说道：

"你还在那里疑惑，不相信我。你不必着急，绝不会再有眼泪和哀求，像以前那样，至少在我的方面是如此的。我的全部愿望是使你成为幸福的人，你也知道这层。我服从了命运。无论我们以后住在一起或是离开，我的心将永远和你同在。自然我只能对自己负责，你可是不能对你的妹妹做同样的要求……"

"又是她来了！"笳纳喊，带着讥笑和愤恨望着妹子，"妈妈！我还要在您面前赌我以前赌过的咒。只要我在这里，只要我活在世上，永远没有人敢怠慢您。无论错的是谁，随便哪一个人，只要跨进我们家里的门槛，我要坚持地要求他对您表示尊敬……"

笳纳高兴地差不多用和解的挚爱的表情看向他的母亲。

"我一点也不惧怕自己，笳纳，你要知道。这些日子我净着急，而且感到痛苦，并不是为了自己。听说今天可以了结。怎样了结呢？"

"今天晚上在她家里，她答应宣布她是否同意。"笳纳回答。

"我们几乎有三个礼拜避免谈论这件事情，这是好的。现在在一切都将了结的时候，我只要问一桩事情：你既然并不爱她，她怎么能对你表示同意，甚至把照片送给你呢？难道你能爱这样……这样……"

"这样有经验的女人，是不是？"

"我并不想这样措辞。难道你会遮住她的眼睛到这种程度吗？"

在这问题里忽然听出不寻常的恼火的调子。笳纳站在那里，寻思了一会，一面不躲藏他的讥笑，一面说道："妈妈，您又受了感情的冲动，您又忍不住了。您永远这样开始，慢慢地炽烧了起来。您说绝不会再有盘问和责备的事情，但是已经开始了！我们最好不必再谈，真是不必再谈。至少您有这念头……我无论如何，永不离开你。至少别人是会从这样的妹子身边跑开的。你瞧她现在怎样望着我呀！我们就这样完结！我已经十分高兴起来……您怎么会知道我欺骗娜司泰谢·费里帕夫纳呢？至于说到瓦略一层，那就随他便吧。够了。现在完全够了！"

笳纳越说越兴奋，无目的地在屋内踱起步来。这样的谈话立刻变为每个家庭成员的伤痕。

"我说过，假使她走进这家里来，我就要离开此地，我决不食言！"瓦略说。

"为了固执！"笳纳喊，"你不肯出嫁，也是为了固执的脾气！你为什么和我生气？我才不管你这一套呢。随你的便，哪怕现在就履行你的愿望都可以。你们真使我感到讨厌。怎么？您现在到底决定离开我们了，公爵？"他朝公爵呼喊，在看见他从座位上立起来的时候。

笳纳的语调里听得出一种极深程度的恼怒，一个人到了这程度几乎会自己喜悦于这恼怒，毫无阻拦地将自身付托给它，而且事情无论弄到什么地步，几乎总会带着日见增长的愉快。公爵在门前回转身来，想回答几句，但是从他的侮辱者病态的脸色上看出只要再加上一滴水，便会使水缸溢满的情形。他当时回转身来，默默地出去了。过了几分钟，从客厅里流出来的回声中他听出，他走以后，谈话弄得更加喧闹而且公开了。

他经过大厅，走到门房那里去，以便折到走廊里去，再从那里回到自己屋里。走近通楼梯的大门的时候，他听到，而且注意到有人在门外用力拉铃。但是铃大概坏了，它只是微微地抖动一下，没有声音。公爵卸下门闩，开了门，惊讶得倒退了一步，甚至全身哆嗦起来。娜司泰谢·费里帕夫纳站在他的面前。他从照片上认识了她。她一看到他，她的眼睛里闪出一阵恼恨。她迅快地走进门房，肩膀撞着他，使他让路，一面脱下皮大衣，一面愤愤地说：

"既然懒得修理门铃，至少可以在门房里坐一坐，等候人家叩门。你现在把皮大衣都扔落了，真是笨蛋！"

那件皮大衣确乎落在地板上面。娜司泰谢·费里帕夫纳没有等得及公爵替她脱下，自己脱下来，掷到他手里，瞧也不瞧他一眼，弄得公爵来不及接下来。

"应该把你开除才对。快去通报呀。"

公爵想说什么话，但是慌乱得一句也没有说出来，竟捧着从地板上捡起来的皮大衣，向客厅那里走去。

"现在竟捧着皮大衣走了！你为什么捧着皮大衣？哈，哈，哈！你是疯子吗？"

公爵回转身，望着她，像化石一般。她笑的时候，他也笑，但是舌头总还是动弹不了。在他给她开门的一刹那，他的脸色死白，现在一阵红润忽然冲到他的脸上。

"真是白痴！"娜司泰谢·费里帕夫纳恨恨地喊着，朝他跺脚，"你往哪里去？你去通报什么人的名字？"

"娜司泰谢·费里帕夫纳。"公爵喃喃地说。

"你为什么认识我？"她迅快地问他。"我从来没有看见过你呀！你去通报吧……里面喊嚷些什么？"

"相骂呢。"公爵回答，走到客厅里去了。

他正在十分坚决的时间内走了进去。尼纳·阿历山大洛夫纳准备完全忘却她的"服从一切"。她拥护着瓦略。波奇成已经抛弃那张用铅笔写的纸，也站立在瓦略身旁。瓦略自己也并不胆怯，她不是一个怯生生的女郎。哥哥的粗鲁的话越来越显得不客气，而且无从忍耐了。在这种情形之下，她照例停止说话，只是带着讥笑，默默地应着哥哥，眼睛眨也不眨。她也知道，这种办法会把他弄得愤怒到最后的境界。就在这时候，公爵跨进屋内，宣布道："娜司泰谢·费里帕夫纳！"

第九章

　　大家沉默着。大家望着公爵，好像不了解他，也不愿意了解。笳纳惧怕得愣住了。

　　娜司泰谢·费里帕夫纳的光临，尤其在现在的时候，对于大家成为极奇怪的、极麻烦的意外事情。单就娜司泰谢·费里帕夫纳还是第一次光临一层看来已极可怪，况且在这以前她永远持着傲慢的态度，和笳纳谈话时甚至没有表示过和他的家属相见一下的愿望，最近甚至完全没有提起他们，好像世上没有他们存在似的。笳纳虽然对于这种在他极其麻烦的谈话可予避免，部分地引为快乐，但在心里到底对于她的骄傲颇不谓然。总之，他所期望的至多是她对于他的家属嘲笑和讽刺，而非专程的拜访。他确乎知道他家中为了他的求婚所发生的一切，以及他的家属对于她作如何的看法，是她所深悉的。她现在的来访，在赠送了照片之后，在她的生日的那天，在她答应解决他的命运的那天，其意义就等于这决意的本身。

　　大家望着公爵时所生的惊疑持续得不久。娜司泰谢·费里帕夫纳自已在客厅的门前出现，进屋时又微微撞了公爵一下。

"好容易进来了……你们为什么把铃儿系牢?"她快乐地说，向拔开腿跑到她面前的笳纳伸手，"您的脸何以这样恼乱? 您给我介绍呀……"

笳纳弄得完全慌乱，首先把她介绍给瓦略。两个女人在互相握手前交换着奇怪的眼神。娜司泰谢·费里帕夫纳笑了一声，戴上了快乐的假面具，瓦略却不愿意戴假面具，露出阴郁和聚精会神的样子。连普通的客气所需要的微笑的影子也不露在她的脸上。笳纳愣住了。恳示是无用，而且也没有时间。他朝瓦略投掷恐吓的眼神。由于这眼神，她明白这时间对于他的兄弟具有如何的意义。她当时似已决定对他让步，向娜司泰谢·费里帕夫纳微笑了一下——他们的家庭里大家还是很相爱的。尼纳·阿历山大洛夫纳把局势稍微纠正了一下。笳纳完全弄乱，在妹子之后才来介绍给他母亲，甚至首先把母亲领到娜司泰谢·费里帕夫纳面前去。但是尼纳·阿历山大洛夫纳刚开始说她"如何荣幸"等等的话，娜司泰谢·费里帕夫纳没有听完，迅速转身向着笳纳，还没有经人家邀请，便坐在窗旁角落里小沙发上面，喊道:

"您的书房在哪儿? 还有……还有房客在哪儿? 你们不是还出租房间吗?"

笳纳的脸涨得通红，口吃着想回答什么话，但是娜司泰谢·费里帕夫纳立刻说道:

"怎么再出租房间呢? 你们这里连书房都没有。还有好处吗?"她忽然对尼纳·阿历山大洛夫纳说。

"有点麻烦，"尼纳·阿历山大洛夫纳回答，"自然应该有好处的。我们刚才……"

但是娜司泰谢·费里帕夫纳又没有听完。她看了笳纳一眼，一面笑，一面对他喊道:

"您的脸怎么啦? 哎哟，您瞧，这时候您的脸!"

她笑了几秒钟，笳纳的脸确乎显得很扭曲。他的呆钝的样子，他的滑稽的、胆怯的、慌乱的神气忽然消灭无踪，但是脸色异常地惨白。他默默地、聚精会神地用恶劣的眼神，目不转睛地望着继续笑着的女客的脸。

当时还有一个观察者，还没有退去在看到娜司泰谢·费里帕夫纳的时候那种惊愕的神情。他虽然站在原地方，客厅门前，像一根木柱，但看得出笳纳脸上的惨白和恶性的变化。这观察者便是公爵。他几乎像受了惧怕似的，忽然机械地往前跨了一步。

"喝一点水吧！"他对笳纳微语，"不要这样看人……"

显然，他说这话并无任何打算，并无任何特别的用意，只是随随便便地，出于第一步的行动。但是他的话语引起了异常的影响。笳纳所有的恶毒忽然全倾倒在公爵身上。他抓住他的肩膀，默默地看他，露出复仇和愤恨的神情，似乎无力说出话来。发生了普遍的惊慌。尼纳·阿历山大洛夫纳甚至低声呼喊了一下。波奇成不安地向前走了一步。在门前出现的郭略和费尔特申阔惊讶得止步。唯有瓦略仍旧发出愠怒的样子，注意地观察着。她没有坐下来，却站在母亲身旁，手叉在胸前。

笳纳差不多在就要行动的最初的一刹那间立刻止住，发出神经性的哄笑。他完全醒了过来。

"您是什么，公爵？您是医生吗？"他喊，尽可能地显得快乐些，坦白些，"他竟使我吃了一惊！娜司泰谢·费里帕夫纳，我来给您介绍，这是一位极珍贵的人物，虽然我自己从今天早晨起才和他相认识。"

娜司泰谢·费里帕夫纳惊疑地看着公爵。

"公爵？他是公爵吗？你们猜怎么的，我刚才在门房里把他当作了仆人，打发他到这里来通报呢！哈，哈，哈！"

"没有祸害，没有祸害！"费尔特申阔抢上去说，连忙走近去，看见有人笑，自己也高兴起来，"没有祸害，Se non è vero（虽然不是真的）……"

"还几乎要骂您呢，公爵。对不住得很。费尔特申阔，您怎么会在这里？这个时候怎么会在这里？我至少以为可以碰不到您的。他是谁？哪一个公爵？梅思金吗？"她反复地问笳纳。笳纳还在抓住公爵的肩膀的时候就把他介绍了。

"我们的房客。"笳纳重复了一句。

显然，人们把公爵当作一个稀奇的东西似的介绍给娜司泰谢·费里帕夫纳。大家认为他可以成为从虚伪的局面里脱离的一条出路。公爵甚至清晰地听到"白痴"这两个字，似乎是费尔特申阔在他身后微语着，对娜司泰谢·费里帕夫纳解释。

"请问，刚才我这样可怕地……把您错认了的时候，为什么您不对我说明白呢？"娜司泰谢·费里帕夫纳继续说，用极不礼貌的态度从头到脚审视着公爵。她不耐烦地等候回答，似乎完全相信他的回答一定十分愚蠢，不会不发笑的。

"我突然看到您，十分惊讶……"公爵喃喃地说。

"你怎么知道是我呢？您以前在哪里看见过我？我好像真是在什么地方看见过他？请问您，您为什么刚才站在那里发愣？我身上有什么可以使您发愣的地方？"

"来呀，来呀！"费尔特申阔继续扮着鬼脸。"来呀！哎哟，叫我会说出多少话来，回答这个问题！来呀……公爵，你真是笨货呀！"

"是的，我在您的地位上会说出许多话来的！"公爵对费尔特申阔笑着，"刚才您的照片使得我十分惊愕，"他继续对娜司泰谢·费里帕夫纳说，"后来我又在叶潘钦夫人家里提起您……今天一清早在火车上走近彼得堡的时候，帕尔芬·罗果静对我讲了关于您的许多话……就是在我给您开门的那个时候，我也在想您，而您忽然来了。"

"您怎么会认识我，知道是我呢？"

"从照片上看来，还有……"

"还有什么？"

"还因为我的想象中就有您这样的影子……我好像也在什么地方看

见过您似的。"

"在什么地方？在什么地方？"

"我好像在什么地方看见过您的眼睛……这是不会有的！我就是这样说说罢了。……我从来没有到过这里。也许在梦中……"

"公爵真行呀！"费尔特申阔喊。"不行，我要把我所说的 Se non è vero 的话收回来。然而……然而他这全是由于天真烂漫而来的！"他惋惜地说。

公爵用不安定的语音说出这几句话，并且断断续续的，时常透气。过度的惊慌表露在他的身上。娜司泰谢·费里帕夫纳好奇地望着他，并不发笑。就在这时候，紧紧地包围着公爵和娜司泰谢·费里帕夫纳的一群人的后面，忽然发出一个洪大的新的声音，当时使这一群散开，分为两橛。一家之主伊伏尔金将军站在娜司泰谢·费里帕夫纳的面前。他穿着燕尾服和洁净的硬衬衫，他的胡子染了颜色。

这真是使笳纳不能忍受下去了。

他是野心勃勃的人，虚荣到了过分敏感和忧郁症的程度。他在这两月内净寻求可以支持得比较体面些，在社会上显得高贵些的某种支点。他感到他在所选择的道路上还是生手，也许支持不住。他在家庭内本来是专横的，因此他在绝望中决定在家里做出一些完全傲慢的行动，但是又不敢在娜司泰谢·费里帕夫纳面前这样做。她一直在最后的一分钟内还把他弄得糊里糊涂，毫不怜悯地控制着他。他是一个"无耐心的乞丐"，这是娜司泰谢·费里帕夫纳亲自说出来的话，有人报告给他听的。他用各式各样的方式，宣誓他以后要赶上她，而同时又像小孩一般，有时不免幻想将极端连接起来，将一切的矛盾加以调和。现在他还须喝这一杯可怕的酒，主要地是在这个时候！还有一个不可预见，却对于爱虚荣的人十分可怕的磨刑，就是为自己的家属感觉羞惭的痛苦竟落到他的头上来了。"这报酬自身到底是值得的吗？"笳纳的脑筋里这时候闪过这个念头。

　　就在这时候发生了这两个月内作为噩梦似的梦见，使他恐惧、羞惭的一切，终于发生了他的父亲和娜司泰谢·费里帕夫纳相遇的一幕。他有时逗恼着自己，试一试设想将军在行结婚礼时的情景，但是永不会把这幅痛苦的图画看完，连忙抛弃掉了。也许他十分夸大着灾害，但是凡是爱虚荣的人永远是如此的。他在这两月内把这事思索了许多次，决定无论如何要对于他的父亲施加压迫，至少是暂时的，并且设法在可能的范围内让他离开彼得堡，不管他母亲同意与否。十分钟以前，娜司泰谢·费里帕夫纳走进来的时候，他惊愕而且震恐得完全忘记了阿尔达里昂·阿历山大洛维奇出现的可能，并没有做任何处置。现在将军竟出现在大众面前，还经过了郑重的预备，穿上礼服，且正在娜司泰谢·费里帕夫纳"寻觅机会，嘲弄他和他的家属"（对于这层他是深信无疑的）的时候。她这次的拜访到底有什么意思，还不是这件事情吗？她跑来是为了和他的母亲和妹子亲善呢？还是打算在他家里侮辱她们一顿呢？但是从两方面的态度看来，这件事情是毫无疑义的。他的母亲和妹妹坐在一边，像遭了辱骂一般。娜司泰谢·费里帕夫纳甚至似乎忘记了她们和她同处一室……她这样的举动，自然另有用意！

　　费尔特申阔拉住将军，领他到前面来。

　　"阿尔达里昂·阿历山大洛维奇·伊伏尔金，"将军庄重地说，弯下身体，微笑起来，"一个不幸的老兵和一个家庭的父亲，这家庭感到十二分的荣幸，因为它希望迎接如此美丽的一位……"

　　他没有说完。费尔特申阔连忙把椅子放在他的身后，将军的两腿到了饭后有点发软，所以他当时一屁股坐下去，或者不如说是落到椅子上去，但是这并不使他感到困惑。他一直坐在娜司泰谢·费里帕夫纳对面，发出愉快的假笑，慢吞吞地，极做作地把她的手指放到他的嘴唇上面。总之，将军是很难使他感到困惑的。他的外貌除了一点懒散以外总还是十分体面的，这是他自己知道得很清楚的。他以前也曾跻身上等社会中，在两三年以前才完全脱离了。从那个时候起他才毫无约束地放纵他的几个弱点。然而那种机警和愉快的态度至今还遗留在他身上。娜司泰谢·费里帕夫纳似乎很高兴阿尔达里昂·阿历山大洛维奇的出现，她对于他自然业已耳闻得很熟了。

"我听说小儿……"阿尔达里昂·阿历山大洛维奇开始说。

"是的，那是令郎！您这父亲也真好呀！您为什么永远不到我家里去？是您自己躲起来，或是令郎把您藏起来的？您是可以到我家里来，不会使任何人的名誉有什么糟蹋的。"

"十九世纪的孩子们和他们的父母们……"将军又开始说。

"娜司泰谢·费里帕夫纳，请您放阿尔达里昂·阿历山大洛维奇出去一会，有人找他。"尼纳·阿历山大洛夫纳大声说。

"放走吗？对不住，我听得很多，所以早就想见一见！他的事情怎么样？他不是退伍了吗？将军，您不离开我吗？不会走吗？"

"我可以对您保证，他亲自到您府上去，但是现在他需要休息。"

"阿尔达里昂·阿历山大洛维奇，人家说您需要休息。"娜司泰谢·费里帕夫纳喊，扮出不满意的嫌恶的鬼脸，好像一个被夺去玩具的轻浮的女傻子。将军恰巧努力在那里做得使他的地位更加显得愚蠢。

"亲爱的！亲爱的！"他用责备的口气说着，得意地朝妻子看看，手放在心上。

"您不离开这里吗，妈妈？"瓦略大声问。

"不，瓦略，我坐到完结为止。"

娜司泰谢·费里帕夫纳不会不听见这回答，但是她的快乐似乎因此更为增加。她立刻重新对将军发出各种问题，过了五分钟以后将军处于极得意的情绪之中，施展他的辩才，博得在场的人们洪响的笑声。

郭略拉公爵的衣襟一下。

"最好您想法拉他出去！成不成？我请求您！"可怜的男孩的眼里甚至炽烧着愤恨的眼泪，"笳纳是真可恶！"他自言自语地说。

"我的确和伊凡·费道洛维奇·叶潘钦交情很好！"将军回答着娜司

泰谢·费里帕夫纳的问题，大放厥词起来，"我，他和去世的公爵莱夫·尼古拉维奇·梅思金，他的令郎我今天在二十年的离别以后拥抱过，我们三人是三个离不开的剑士——阿笃士、鲍笃士和阿拉米司。但是可怜一个已进入坟墓，受了谣诼谣和子弹的创伤，另一个就在您的面前，还在和谣诼与子弹奋斗……"

"与子弹奋斗！"娜司泰谢·费里帕夫呐喊。

"那子弹就在这里，我的胸脯里，在卡尔司的附近击中的。我遇到恶劣的天气时便感觉到它。在一切别的情形之下，我过着哲学家的生活，行路，游玩，在我的咖啡店里下围棋，像退职的资产阶级的人物，还读《独立报》。但是关于我们的鲍笃司叶潘钦，在前年火车上发生了那段关于一只小膝犬的历史以后，我们的交情便完全了结。"

"小膝犬！这是怎么回事？"娜司泰谢·费里帕夫纳特别好奇地问。"关于小膝犬的事情吗？而且还在火车里……"她似乎记起什么来似的。

"那是愚蠢的历史，不值得去讲的。那是为了白洛孔司卡耶公爵夫人的保姆施密特太太，但是……不值得去讲它。"

"一定要讲的！"娜司泰谢·费里帕夫纳快乐地喊。

"我还没有听见过！"费尔特申阔说，"这是新鲜事情。"

"阿尔达里昂·阿历山大洛维奇！"尼纳·阿历山大洛夫纳的恳求的语音又传出来了。

"爸爸，有人找您！"郭略喊。

"一桩愚蠢的历史，两句话可以说完，"将军用自满的态度开始说，"在两年以前，是的！大概在两年以前，××铁路刚落成以后，我那时候已经穿上平常的大衣，为了料理对于我极重要的事务，关于交接职务方面的事情，我买了一张头等车票，走进去，坐下来，抽烟。那就是说继续抽烟，是之前点上烟的我独自坐在包房里。吸烟既不禁止，但也不允准，照例是半准半禁，也看人的面貌而定。窗子开着。忽然在汽笛吹响之前，有两个太太带着一只小膝犬，走了进来，坐在对面。她们来得迟了。有一位打扮得异常漂亮，穿着淡湖色的衣裳。另一位打扮得朴素些，穿着玄色的绸衣，外加披肩。她们姿色不坏，露出骄傲的神色，说英国话。我自然不管，还是抽烟。我本来想了一想，但是继续抽烟，朝窗外喷，因为窗是开着的。那只小膝犬伏在淡湖色太太的膝上，小小的，像我的拳头那般大小，脚爪是白白的，真是稀贵的东西。颈圈是银的，上面刻着题句。我不管那一套。我只看见太太们好像在那里生气，自然是为了我抽烟。一个女人举起玳瑁单眼镜来看我。我还是不管，因为她们并没有说什么话！假使她们说了出来，警告我，请求我，她们到底是有舌头的呀！可是她们沉默着……忽然……我对您说，这是毫无一点警告，真是毫无一点点的警告，似乎完全发了疯，那个穿淡湖色衣裳的女人从我手里抢去那根烟，就扔到窗外去了。火车飞驰着，我望着发愣。那是一个野蛮的女人。野蛮的女人，完全是野蛮的典型中的女人，不过身子结实，肥胖，颀长，金色的头发，红润的脸颊——太红润了——眼睛朝我看望，冒出火光。我不发一言，带着特别的客气，十足的客气，细致的客气，两只手指挨近小膝犬，用优美的姿势抓住它的头颈，把它朝窗外一扔，跟着那根雪茄烟一块去了！只是尖叫了一声！火车继续飞驰……"

"您是一个怪物！"娜司泰谢·费里帕夫纳喊，一面哈哈大笑，一面拍掌，像一个女小孩子。

"妙极了，妙极了！"费尔特申阔喊。波奇成也冷笑了一声，将军的出现也让他感到十分不愉快。连郭略都笑起来，也喊着："妙极了！"

"我是有理的，有理的，十分有理的！"得意异常的将军继续热烈地说，"因为火车内如果禁止吸烟，那么狗更要被禁止的呀！"

"妙极了，爸爸！"郭略欢欣地呼喊，"好极了！我一定，一定也要这样做！"

"那位太太呢？"娜司泰谢·费里帕夫纳不耐烦地问。

"她吗？一切的不愉快就在这上面。"将军皱着眉头，继续说下去。

"一句话也不说，没有一点警告，她就打我的脸颊！野蛮的女人，十足的典型的野蛮女人！"

"您呢?"

将军垂下眼睛，抬了抬眉毛，抬了抬肩膀，咬紧嘴唇，摆开双手，沉默了一会，忽然说道：

"我当时动起感情来了!"

"痛不痛? 痛不痛?"

"真是不痛! 发生了乱子，但是并不痛。我只挥了一次手，单独地挥一下罢了。然而见鬼，那个金黄头发的女人原来是英国女人，白洛孔司卡耶公爵夫人家里的保姆，或是朋友；那个穿黑衣的白洛孔司卡耶公爵夫人的大公主，三十五岁的老处女。大家都晓得叶潘钦将军夫人和白洛孔司卡耶家有什么关系。那些公主们全都晕倒，哭泣，为她们所宠爱的小膝犬举哀。四位公主和一个英国女人的号哭和天旋地转一般! 我自然亲自上门去表示忏悔，请求原谅，还写了信送去。不接见我，也不接受信。我和叶潘钦发生了口角，随着就是被开除和遭驱逐!"

"等一等，这是怎么回事?"娜司泰谢·费里帕夫纳忽然问，"五六天以前我在《独立报》上读到了这段同样的故事，我是时常读《独立报》的。根本是相同的! 这事发生在沿莱茵铁路的火车上，一个法国男子和英国女人之间。也是同样地被夺去雪茄，也是同样地把小膝犬扔到窗外，终于也是和您的事情同样的结果。甚至衣服也是淡湖色的!"

将军脸红得厉害，郭略也脸红起来，两手攥紧自己的手。波奇成迅速地挪转身去。只有费尔特申阔一人仍旧呵呵地笑着。笳纳是不必讲了，他一直站在那里，熬受沉默的、无可忍耐的痛苦。

"我可以对您保证，"将军喃喃地说，"我也曾发生过同样的事情……"

"爸爸的确曾和白洛孔司卡耶的保姆施密特太太发生过不愉快的事情，"郭略喊，"我记得的。"

"怎么？完全一样的吗？在欧洲的两头出于同样的历史，而且连详细情节都是一样，淡湖色的衣裳都相同吗?"毫无怜悯心的娜司泰谢·费里帕夫纳固执地说，"我可以把《独立报》送给您看!"

"但是您要注意，"将军还在那里固执地说，"我这事情发生在两年之前……"

"或者是这一点不同!"

娜司泰谢·费里帕夫纳笑得像发作了歇斯底里症。

"爸爸，我请你出去，有两句话说。"笳纳用战栗的痛苦的声音说，机械地抓住父亲的肩膀。无穷的愤怒在他的眼神里沸腾着。

在这一刹那间门房里铃声大震。这样的震动会把小铃拉断。一个不寻常的拜访预示了出来。郭略跑去开门。

第十章

门房里忽然喧哗异常，显得人很多的样子。从客厅里听着，似乎有几个人已从外面走进来，且还继续走进来。有几个声音同时喊说出来。在楼梯上就有人说话，呼喊，因为听得见，通门房的那扇大门没有关。这是异常奇怪的访问。大家互相对看。笳纳奔到大厅里去，但是已经有几个人走进大厅里来了。

"这犹大在这里呢！"公爵熟稔的声音喊着，"你好呀，笳纳，你这坏蛋！"

"就是他，就是他！"另一个声音凑上去说。

公爵没有疑惑的余地。一个声音是罗果静的，另一个声音是莱白及夫的。

笳纳站在客厅的门槛上面，有点呆若木鸡的样子，默默地望着，看见有十个人或是十二个人跟着帕尔芬·罗果静鱼贯地走进大厅，并没有加以拦阻。这一帮人是很混杂的，不但混杂，而且毫无秩序。有些人就穿着在街上所穿的大衣和皮裘走了进来。没有完全喝醉的，但是大家似乎十分快乐。大家似乎都需要互相鼓励，谁敢进来。没有一个人单独地是足够勇气的，然而大家似乎互相推搡着。连为首的罗果静都谨慎地走路，显得阴郁、恼火，而且烦虑。其余的人们只成为一个歌咏班，或者不如说是维持队。除莱白及夫以外，烫了头发的扎聊芮夫也同来了。他当时把皮大衣朝门房里扔去，穿了一身漂亮服装，潇洒自如地走了进来。此外还有和他相仿的两三个人，显然是属于商人阶级的。有一个人穿着半武装的大衣。一个人身材矮小，异常肥胖，时常发笑。还有一个人也是特别肥胖，身躯魁伟，有六英尺长，态度特别阴郁，沉默寡言，显然对于自己的拳头颇有希望。还有一个医学院的学生和一个小波兰人，追随在众人后面。有两个太太从楼梯上向门房里窥望，却不敢走进来。郭略就在她们的鼻子前面合上门，用钩子关上。

"你好呀，笳纳，你这个坏蛋！料不到帕尔芬·罗果静会来的吗？"罗果静重复地说，走到客厅那里，在门边朝笳纳站立着。但是正当这时候，他忽然看见娜司泰谢·费里帕夫纳在客厅里，就在自己的对面。显然他并不想在这里遇见她的，因为他一发现她，就发生了特别的印象。他脸色惨白得连嘴唇都发蓝了。"如此说来，那是实在的事情！"他轻轻地说，似乎自言自语，露出完全慌张的神色，"完了……唔……你现在就回答我呀！"他突然咬牙切齿地说，带着愤狂的恶意看着笳纳。"唔……唉！……"

他甚至喘起气来，甚至困难地说出话来。他机械似的走进客厅。他跨门槛的时候，忽然看见尼纳·阿历山大洛夫纳和瓦略，立刻止步，不管如何的慌张，竟露出惭愧的模样。莱白及夫跟在他后面走进来。他像影子一般，寸步也不离开罗果静，已经醉得很厉害。随后是大学生、握着拳头的先生、向左右两方面鞠躬的扎聊芮夫，还有一个短矮的胖子挤了进来。有太太们在场使他们大家还有点顾忌，显然十分妨碍他们，自然只是到开始时为止，到有呼喊出来，立刻开始动手的最初的借口为止……到了这时候，任何的太太也是无从加以阻止的。

"怎么？你也在这里吗，公爵？"罗果静冷淡地说，为了和公爵在这里相遇有点儿感到惊异，"吓，还是穿着鞋罩呢！"他叹了一口气，已经忘记了公爵，又将眼神移转到娜司泰谢·费里帕夫纳身上，挨近过去，牵引到她那里去，像被磁石吸引似的。

娜司泰谢·费里帕夫纳也是带着不安的好奇望着客人们。

笳纳终于醒了过来。

"但是对不住，这到底是什么意思？"他大声说，严厉地朝走进来的人们瞥了一眼，专门朝着罗果静说话，"你们并不是走进马厩里来，有我的母亲和妹妹在这里。"

"你的母亲和妹妹？我们看见的。"罗果静从齿缝里透出这句话来。

"母亲和妹妹，这是看得见的。"莱白及夫凑合上去。

握着拳头的先生大概以为时机已到，开始嘟囔了。

"这算什么道理！"笳纳忽然好像没有准度爆裂了似的扬起嗓音，"请你们大家到大厅里去，以后请问……"

"还用请问吗？"罗果静恶狠狠地咬紧牙齿，身子不动一动，"你连罗果静都不认识吗？"

"我好像和您在什么地方遇见过，但是……"

"还说在什么地方遇见过的呢！我刚在三个月之前还把父亲的三百卢布输给你，老头子没有来得及查问出来，就一命呜呼了。你拉我进去，克尼夫欺骗我。你竟不认识了吗？波奇成可以做证人！只要我拿出三个卢布来，现在就从口袋里掏出来，你会在地上爬，一直爬到瓦西里也夫司基。你就是这样的人！我现在就可以花钱把你买下来，你不要看我穿了这样子的皮靴，我的钱多得很，我能把你连同你的心灵一股脑儿买下来……只要我愿意，我把你们大家都买下来！全都买下来！"罗果静的精神激跃起来，似乎越来越醉了。"唉！"他喊，"娜司泰谢·费里帕夫纳！您不要赶我出去，您说一句话：您想同他结婚吗？"

罗果静提出这问题来，像一个绝望的人对他的某一位神提出来似的。他具有一个被判处死刑，因此再也无所亏损的人那样的勇气。他怀着死般的烦恼期待回答。

娜司泰谢·费里帕夫纳用讪笑和傲慢的眼神向他扫射了一下，再转过去看瓦略和尼纳·阿历山大洛夫纳，再看了笳纳一眼，突然变换了语调。

"完全不是的。您这是怎么啦？您怎么竟想到问这种话呢？"她轻轻地严肃地回答，似乎有点惊奇。

"不吗？不吗？"罗果静喊，喜欢得几乎发狂，"不吗？但是他们对我说……唉！娜司泰谢·费里帕夫纳，他们说您和笳纳订婚了！和他订婚吗？难道这是可能的吗？我对他们大家这样说，我可以花一百卢布把他整个收买下来，给他一千卢布，三千卢布，让他退让，他就会在喜期的头一天逃之夭夭，把他的未婚妻留给我。真是这样的，笳纳，这坏蛋！他一定会收下三千卢布来的！钱就在这里，就在这里！我现在跑来，就想问你取一张甘结。我说我要买下来，我就会买下来的！"

"你滚出去，你喝醉了酒！"脸色倏红倏白的笳纳喊了出来。

他的喊声后面忽然听得见几个语声的爆发。罗果静全队人员早就等候着第一次的口号。莱白及夫就罗果静的耳旁低声说话，露出十分讨好的样子。

"对呀，你这官员！"罗果静回答，"对呀，酒醉的灵魂！唉，就这么办吧。娜司泰谢·费里帕夫纳！"他喊，像傻子似的望着她，显出胆怯的样子，忽然又胆壮到胡闹的样子。"这里是一万八千卢布！"他把用白纸包好、绳子系好的一包东西放在她前面的小桌子上，"那不是吗！……还有的是呢！"

他不敢说出他想说的话。

"不对，不对！"莱白及夫重又对他微语，露出十分恐惧的样子。可以猜到的是他惧怕数目太大，所以提议从比较小的数目上试起。

"不行，你对于这一层才是傻子，你不知道你走到什么地方去了……显见得我同你两个人全是傻子！"在娜司泰谢·费里帕夫纳闪烁的眼神之下，罗果静醒了过来，忽然哆嗦了一下。"唉！我胡说，我听了你的话。"他带着深刻的忏悔这样说。

娜司泰谢·费里帕夫纳朝罗果静的忧虑的脸端详了一会，忽然笑了。

"一万八千给我吗？立刻显出乡下人的样子来了！"她忽然带着傲慢的亲昵的样子说着，从沙发上立了起来。筎纳沉住心观察这幕戏。

"那么四万，四万，不是一万八千，"罗果静喊，"波奇成和皮司库布答应在七点钟的时候送四万卢布来。四万！全放在桌上！"

发生了极难看的一幕戏，但是娜司泰谢·费里帕夫纳继续笑着，不肯走，好像真是有意把这幕戏拉长似的。尼纳·阿历山大洛夫纳和瓦略也从座位上立起来，默默地、惧怕地等候着，这事情弄到什么地步。瓦略的眼睛闪烁着，然而这一切对于尼纳·阿历山大络夫纳产生了病态的印象。她哆嗦着，好像立刻要昏晕似的。

"既然如此就是十万吧！今天就送上十万！波奇成，请你帮帮忙，借一点给我！"

"你发疯了！"波奇成忽然微语，迅速走到他面前，拉他的手，"你喝醉了酒。人家会出去叫警察的。你知道，你在什么地方？"

"他喝醉了以后，胡言乱语。"娜司泰谢·费里帕夫纳说，似乎挑逗他。

"绝不是胡言乱语，钱是有的。到晚上就有。波奇成，你帮帮忙，你这重利盘剥的人，随便你定多少利息，今天晚上就取十万块钱来。我要证明出，我是毫不迟疑的！"罗果静忽然兴奋到狂欢的地步。

"但这是什么意思？"阿尔达里昂·阿历山大洛维奇走近罗果静面前，十分生气，突然威风凛凛地喊了出来。本来不发一言的老人所做出的突如其来的举动增添了许多滑稽的意味。发出了一阵笑声。

"这是从哪里出来的？"罗果静笑了，"老头，我们一块走，会使你喝醉一下的！"

"这是太无赖了！"郭略喊，羞耻而且烦恼得哭泣起来。

"难道在你们里面竟找不出一个人，把这无耻的女人拉出去吗？"瓦略忽然喊，愤怒得全身哆嗦。

"竟有人称我为无耻的女人！"娜司泰谢·费里帕夫纳带着贱蔑的快乐的样子说，"而我竟像傻子似的，还跑过来叫他们赴我家中的晚会！你瞧，令妹竟这样对待我，笳佛里拉·阿尔达里昂南奇！"

笳纳在他妹子发作的时候，站在那里，像受了电击一般，但是一看见娜司泰谢·费里帕夫纳这一次果真要走，便愤愤地奔到瓦略面前，发狂似的拉住她的手。

"你为什么这样做？"他喊着，望着她，似乎想把她就地烧成灰烬。他完全慌乱无措，脑筋里转不过念头来了。

"我做了什么事？你拉我到哪儿去？是不是要我去向她赔罪，因为她跑来把你的母亲侮辱一顿，把你的家族羞辱一下？你真是一个低卑的人！"瓦略又喊，用得意和挑逗的神情望着哥哥。

他们互相面对面地立了一会。笳纳的手还拉住她的手。瓦略用力抽了一次，又一次，忍不住，忽然气愤得朝他脸上唾了一口痰。

"这女郎才有劲呢！"娜司泰谢·费里帕夫纳喊，"妙极了！波奇成，我恭喜您。"

笳纳眼睛发黑，完全忘却了一切，用力伸手向他妹子那方面挥去。这一挥一定会击中她的脸。但是另一只手忽然从空中把笳纳的手拦住。

公爵站立在他和他的妹子中间。

"得了吧，够了吧！"他坚决地说，但是他的全身也哆嗦着，好像受了极强烈的震撼。

"你永远拦阻我的去路！"笳纳吼叫着，把瓦略的手甩开，就用那只空下来的手，在极度疯狂的心情之下，凶狠地打了公爵一记耳光。

"哎哟！"郭略摆着双手，"哎哟，我的天呀！"

四面八方传来了喊声。公爵面色惨白。他用奇怪的、责备的眼神直直地看笳纳的眼睛。他的嘴唇哆嗦着，努力想说出什么话来。一种奇怪的，完全不相称的微笑把他的嘴唇变成弯曲。

"唔，随他打我吧……我总归不能让她挨打！……"他终于轻轻地说，但是忽然忍不住，把笳纳撤开，手掩住脸，走到角落里，脸朝着墙，用断续的语音说道：

"你这种举动会让你感到如何的羞愧呀！"

笳纳果真十分惭愧地站在那里。郭略奔跑到公爵面前拥抱他，吻他。罗果静、瓦略、波奇成、尼纳·阿历山大洛夫纳，甚至阿尔达里昂·阿历山大洛维奇，大家挤在他后面。

"不要紧，不要紧！"公爵对大家喃声说话，还是带着不相称的微笑。

"他会后悔的！"罗果静喊，"笳纳，你侮辱了这样的……绵羊，你会感到羞惭的！公爵，你尽管离开他们，向他们唾痰。我们一块去！你会晓得罗果静如何爱你！"

娜司泰谢·费里帕夫纳对于笳纳的举动和公爵的回答也感到十分的惊愕。她的脸平常是惨白的、疑虑的，永远和刚才那种做作的笑声不谐和，现在显然已被一种新的情感所搅乱了。但是她到底似乎不愿将情感表露出来，一种讪笑好像勉强似的留在她的脸上。

"我真是在什么地方看见过他的脸！"她忽然严肃地说，在突然重新忆起她刚才的问话之后。

"您不会感到害臊吗？难道您真是像现在所扮出来的那样的人吗？这是可能的吗？"公爵忽然喊，带着深刻的、诚挚的、责备的口气。

娜司泰谢·费里帕夫纳感到惊奇，冷笑了一声，但似乎在微笑里隐藏着什么，有点显得慌乱，看了笳纳一眼，就从客厅里走出去了。没有走到门房那里，忽然回转来，迅速走到尼纳·阿历山大洛夫纳面前，拉住她的手，放在自己的嘴唇上面。

"我其实并不是这样的人，他猜对了！"她迅快地、热烈地微语着，满脸通红，当时转过身来，还是迅快地走出去，使得谁也弄不明白，究竟她回来是为了什么。大家只看见她对尼纳·阿历山大洛夫纳微语一两声，大概还吻了她的手。但是瓦略看见，还听见了一切，惊异地目送着她。

笳纳醒了转来，跑过去送娜司泰谢·费里帕夫纳，但是她已经走出门外。在楼梯上，他追到了她。

"你不要送！"她对他说，"再见吧，晚上见！您一定要来的呀！"

他显得惭愧而且疑虑地走了回来。一个严重的迷落在他的心灵上面，比以前还感到严重。公爵的影子在他的眼前晃来晃去……他竟忘神到连罗果静的一帮人从他身旁走过，甚至在门内推了他一下，匆匆忙忙地随着罗果静身后从屋子走出来也看不大清楚。那帮人在那里大声谈论着什么事情。罗果静和波奇成同行，用坚决的态度，讲一件很重要的，显然刻不容缓的事情。

"笳纳，你输了！"他在走过的时候喊着。

笳纳惊慌地目送着他们。

第十一章

公爵离开客厅，自己关在屋里。郭略立刻跑来安慰他。这可怜的男孩现在似乎离不开他了。

"你走开了很好，"他说，"现在那边会吵得更加厉害。我们家里每天如此，这全是因了娜司泰谢·费里帕夫纳的缘故。"

"你们家里有许多痛苦的事情。"公爵说。

"是的，有许多。关于我们是不必多说的。那是我们自己的错处。我有一个很好的朋友，他更加不幸些。可以不可以，我来介绍一下。"

"我很愿意。他是你的同学吗?"

"是的，差不多和同学一样。我以后再对您详细解释。……娜司泰谢·费里帕夫纳很美丽，您以为怎样? 我以前从来没有看见过她，却真想见她。简直使人都眩目了。假使笷纳是为了爱情，我可以原谅他。为什么他要钱呢? 这真是糟心!"

"是的，你的哥哥我不很喜欢。"

"那自然喽! 在出了那件事情以后，您还能……您知道不知道，我最恨这类乱七八糟的意见。有一个疯子，或是傻子，或是疯人模样的恶徒，打了某人一记耳光，那个人就一辈子丢了名誉，非用血不能洗净，或者必须跪下来请求饶恕才算罢休。依我看来，这是离奇得很，而且十分专暴。莱蒙托夫的剧本《化装舞会》便是建立在这上面。依我看来，这是十分愚蠢的事。我是想说，这是不自然的。这个剧本是他在儿童的时代写成的。"

"我很喜欢你的姊姊。"

"她竟朝笳纳的脸上唾痰。瓦略真勇敢！但是您并没有唾痰，我相信这并非由于缺少勇气。她自己来了，真是一说就到。我知道她会来的。她这人是正直的，虽然也有缺点。"

"你用不着在这里留着，"瓦略先攻击他，"你到你父亲那里去吧。您不觉得他讨厌吗，公爵？"

"相反的，完全不。"

"姊姊，你又来了！她这人就是这一点不好。我心想父亲一定同罗果静走了。现在大概在那里懊悔。应该去看一看，他究竟在那里做什么？"郭略一面说，一面走出去了。

"谢天谢地，我把妈妈劝了出去，安顿她睡下，总算不再吵闹了。笳纳感到惭愧，沉思起来。也有点事情可以使他沉思的。这真是一个教训！……我现在跑来向您道谢，还要问您一声：您以前不认识娜司泰谢·费里帕夫纳吗？"

"不，不认识。"

"那么您为什么当面对她说，她不是'这样的人'呢？而且您好像猜对了。她也许果真不是这样的人。不过我弄不清楚她！自然她侮辱人家是有目的的，这是明显的事。我以前也曾听到关于她的奇怪的话。但是如果她跑来邀请我们，她怎么能对母亲做出这般的行径来呢？波奇成很知道她，他说他刚才不能猜出她来。但是她同罗果静的态度又是怎样的呢？假使一个人有自尊心，那么在自己的那个……的家里是不能这样说话的。妈妈为了您也很感到不安呢。"

"没有关系!"公爵说,挥了挥手。

"她怎么会听从你呢?……"

"听从什么?"

"您对她说,她应该感到害臊。她竟忽然完全改变了。您对于她的影响是很大的,公爵!"瓦略说,微微地冷笑了一下。

门开了,笳纳完全出人意料地走了进来。

他看到瓦略,居然没有露出游疑的样子。他在门槛上站立了一会,忽然坚决地走到公爵面前。

"公爵,我做了卑鄙的行为,请您饶恕我吧!"他忽然带着强烈的情感说。他的脸庞露出强烈的痛苦。公爵惊讶地望着他,不立即回答。

"对不住!对不住!"笳纳不耐烦地请求着,"你愿意不愿意,让我立刻来吻您的手!"

公爵异常惊愕,两手抱住笳纳,一言也不发。两人诚挚地互相亲吻。

"我怎么也想不到,怎么也想不到您竟是这样的!"公爵终于说,艰难地喘息着,"我以为您……您是不会的。"

"不会赔罪吗?……我刚才怎么会断定您是一个白痴!您能注意到别人从来注意不到的事情。同您是可以谈一谈的,但是……还是不谈的好!"

"这里还有一个人,您应该对他赔一个不是。"公爵说,指着瓦略。

"不,那全是我的仇敌。公爵,您应该相信,我尝试过许多次。她们是不会诚恳地饶恕人的!"笳纳脱口说出这激烈的话,背过身子,不理瓦略。

"不,我会饶恕的!"瓦略忽然说。

"晚上你也能到娜司泰谢·费里帕夫纳家里去吗?"

"如果您吩咐下来,我可以去。但是你自己好生地判断一下,现在我有没有去的可能？"

"她并不是这样的人。她在那里猜谜！弄玄虚！"笳纳恶毒地笑了。

"我自己知道她不是这样的人，并且在那里弄玄虚。但是弄的是什么玄虚呢？你瞧，笳纳，她自己认你为何等样的人？随她去吻妈妈的手也好。随她弄什么玄虚，但是她到底在那里取笑你呢！这是不值七万五千卢布的，真是的，兄弟呀！你还能引起正直的情感，所以我对你这样说。你自己也不必去！你必须当心呀！这是不会弄妥当的。"

兴奋异常的瓦略说完了这句话以后，从屋内迅快地出去了。

"她们老是这样说！"笳纳说，冷笑了一声，"难道她们以为我自己不知道这一层吗？我比她们知道得多呢。"

笳纳说完了以后，坐到沙发上面，显然想继续他的访问。

"您既然自己知道，"公爵十分畏怯地问，"既然明知道她果真不值七万五千卢布，何必又选择这样的苦刑呢？"

"我不是说这话，"笳纳喃声说，"我要顺便问一句，请问，您以为怎样？我想知道您的意见：这'苦刑'究竟值不值七万五千卢布？"

"据我看来是不值的。"

"我知道您会这样说的。这样结婚可耻吗？"

"很可耻的。"

"那么你要知道，我一定要结婚，现在是一定的了。刚才我还在迟疑，现在不啦！您不必说！我知道您想说什么话……"

"我并不讲您所想的那件事情，您那份过度的自信心总使我十分惊讶……"

"信什么？哪一份自信心？"

"您深信娜司泰谢·费里帕夫纳一定会嫁给您，一切都已决定好了。您又深信，假使她居然嫁给您，那么七万五千卢布会径直地落到您的口袋里去。这里有许多情形我自然还不知道。"

笳纳向公爵身旁移动得亲近些。

"您自然不知道全部的情形，"他说，"否则，我又何苦把这重担背在自己身上呢?"

"我觉得这是屡见不鲜的事情：为了金钱结婚，而金钱又在妻子身边。"

"不，我们是不会这样的……这里面……这里面还有些情节……"笏纳在惊慌的凝想的心情之下喃语着，"至于说到她的答复，那是没有疑惑的。"他迅快地说，"你根据什么情形，断定她会拒绝我呢?"

"我一点也不知道，除去已见到的一切以外。刚才瓦尔瓦拉·阿尔达里昂诺夫纳说……"

"她们是这样的。她们不知道说什么话。她刚才是取笑罗果静。您相信我的话，我看得很清楚。这是显而易见的。我刚才惧怕，现在看清楚了。她对母亲，对父亲，对瓦略，或者也用了同样的行径，不是吗?"

"对您也是的。"

"也许。但这是老式的女人的复仇举动，没有别的。她是好惹恼的、受报复的、自私的女人。她好像郁郁不得志的官员。她想表现自己和对他们……也是对我的贱蔑的心思。这是实在的，我不否认……但是她终归会嫁给我的。您不知道，一个人的骄傲会弄出怎样的花样来。她现在当我为卑鄙的人，因为我把她，把别人的情妇，为了金钱，那样公开地收留下来，可是她不知道有人还会把她骗得卑鄙些。他会缠住她，开始给她倾倒一些自由进步的玩意，还从各种妇女问题中掏点什么出来，而她只好陷入他的圈套，像线穿进针孔一般。他会使那个骄傲的傻女人相信——很容易使她相信——他娶她只是为了'正直的心和不幸'，但实际上还是为了金钱。我博不到欢心，因为我不愿意装假，但是应该装一装假。她自己怎么做呢? 不也是一样吗? 既然如此，为什么还要对不起我，想出这些把戏来呢? 因为我自己不愿意降服，还表示骄傲。好啦，我们瞧着吧!"

"在这以前，难道您爱她吗?"

"起初是爱的。但是够了……有些女人只能做情人，别的毫无用处。我不是说，她曾做了我的情人。假使她愿意驯顺地生活下去，我也可以驯顺地生活下去。假使她要造反，我立刻抛弃，把金钱抢在手里。我不愿意成为可笑的人。最先，我不愿意成为可笑的人。"

"我老觉得，"公爵谨慎地说，"娜司泰谢·费里帕夫纳是聪明的人。她既然预感这样的苦刑，何必要落到陷阱里去？她可以嫁别的男人。这是我觉得奇怪的地方。"

"一切的算计全在这上面！您还不完全知道这里的情形，公爵……里面的情形……此外，她深信我疯狂地爱她，这是我可以对您赌咒的。您知道，我还深深地疑惑，她也爱我，一种别致的爱法，那就是俗语所谓：'爱得深，打得重。'她会一辈子把我当作恶人，也许她必须如此，但到底用一种别致的样子爱我。她预备这样做，她的性格就是如此。她是十足的俄罗斯女人，我对您说。但是我要给她预备下意外的事情。刚才和瓦略的一出戏是偶然发生的，但是对于我反而有益。她现在看到，而且深信我对她的深情，为了她我可以弄断一切的关系。如此说来，我们也并不是傻子，您相信我吧。再说，您不会以为我是一个爱嚼舌的人吗？公爵，我信任您，也许我做得不好。但是因为我在正直的人们中间，首先遇到了您，所以攻击到您的身上来了。您不要把'攻击'两个字当作双关的戏语。您不会为了刚才的事情生气吗？整整的两年内，我也许初次说出心里的话。此地诚实的人太少，比波奇成还诚实些的人是没有的。您大概在那里笑我，不是吗？卑鄙的人爱正直的人，您不知道这一点吗？至于我……从良心上讲，究竟我在哪个地方是卑鄙的人？他们为什么全跟着她称我作卑鄙的人？您要知道，我自己也会跟在他们和她的后面讲我自己为卑鄙的人！这才是卑鄙呢，这才是卑鄙呢！"

"我现在永远不会称你为卑鄙的人了，"公爵说，"刚才我已经完全把您当作恶人看待，但是您忽然使我快乐起来。这真是一个教训！一个人没有经验，不应该加以判断。现在我看出不但不能把您当作恶人，还不能认您为品行十分恶劣的人。据我看来，您只是一个随处可以找到的最普通的人，但只显得太软弱，一点也不古怪。"

笳纳私下里恶毒地冷笑了一声，没有说话。公爵看出他的批评不受欢迎，感到惭愧，也不响了。

"我父亲问您借过钱吗？"笳纳忽然问。

"没有。"

"他会借的，可是您不必借给他。我记得，他以前甚至是一个体面的人。上等人家都接待他。但是这些老年的体面人士，他们是如何迅速地走到末路上去！只要环境稍有变更，以前的一切已毫无所有，像火药似的烧得干净。他以前并不如此说谎，我可以对您保证。以前他只是精神上十分欢欣的人，而现在变成什么样了！自然，那是酒的害处。你知道不知道，他还姘着女人？他现在不单只成为一个天真烂漫的好说谎的人。我真不明白母亲有这样恒久的容忍心！他对您讲过关于卡尔司被围的故事没有？或者讲过他那匹灰色副马说话的历史没有？他甚至会做到这地步的。"

笳纳忽然笑到不可开交了。

"我真奇怪，您会笑得这样诚恳，您的笑确乎还是儿童的笑。刚才您走进来和我和解的时候，说：'如果您愿意，我可以吻您的手。'这好像小孩子和解。如此说来，您还能够说出这样的话，做出这样的行动。但是您忽然开始读出关于黑暗的事情和七万五千卢布的一套讲义来。这一切真是有点离奇，而且是不会有的事。"

"你想从道德中取得什么样的结论？"

"那就是说您所做的行为是不是过于疏忽，是不是应该先看一看清楚？瓦尔瓦拉·阿尔达里昂诺夫纳也许说的是实话。"

"啊，一套道德的话！我自己也知道，我还是一个小孩，"笳纳热烈地插上去说，"单从和您作这类谈话一层就可以看出来。公爵，我做这件事情并非单只为了金钱的原因，"他继续说，像一个自尊心受了伤害的青年人脱口说出来似的，"如果为了金钱的算计，我一定会弄错的，因为我的脑筋和性格还未坚强。我是为了热情，为了一种意向而做这事情，因为我有一个基本的目的。您以为我取到了七万五千卢布，立刻要置备一辆马车。不，我还要穿前年缝制的旧衣，抛弃在俱乐部里的朋友。我们这里的人很少有忍耐心，虽然大家全做着重利盘剥的事情，但我却愿意忍耐一切。最要紧的是坚持到底。全部的问题都在这上面。波奇成十七岁的时候睡在街上，贩卖修铅笔刀子，从积蓄每个戈比做起。现在他已有六万卢布，只是在实行了这种体操以后得来的！我却要把这种体操跳越过，直接从资本开始。十五年以后人家会说：'你瞧这伊伏尔金，犹太王！'您对我说，我不是古怪的人。您要注意，亲爱的公爵，对现在的时代和种族的人说他并不古怪，性格软弱，没有特别的天才，是一个普通的人，那是最侮辱他的一件事情。您甚至不高兴认我是一个善良的坏蛋。为了这，您知道，我刚才真想吞噬您下去！您给我的侮辱比叶潘钦更甚。他一句话也不说，并不对我有所诱惑，带着坦白的心胸——这是要注意的——竟认我是一个能将妻子出卖给他的人！这早就使我感到狂怒，同时我又需要金钱。等我赚到了钱，您知道，我将成为一个极端古怪的人。金钱之所以可鄙、可憎，因为它甚至能将天才随着产生出来。一直到世界的末日也是如此。您以为这一切带点孩子气，或许带点诗味？那有什么，这样子使我更加快乐，而事情是总要做到的。坚持到底，忍耐到底。Rira bien qui rira le dernier!（最后笑的人才算是笑!）叶潘钦为什么这样侮辱我？是否为了恨我。永远不是的。只是因为我太渺小了。但是那时候……但是够了，我应该走了。郭略已经有两次探进头来，他来请您吃饭。我现在要出去一下。我有时要到您这里来走动一下。您住在这里，不会不舒服的，他们现在会把您当作亲戚看待。可是您要留神，不要泄露我的秘密。我以为你我两人不是好友便成为仇敌。您以为怎样，公爵，假使我刚才吻了您的手——我是出乎至诚的心思——我会不会以后成为你的仇敌呢？"

"一定会的，不过不至于永远如此，以后您会忍不住，而饶恕一切的。"公爵寻思了一会，笑着说。

"唉！同您在一块应该谨慎些。鬼知道，您竟把恶毒的意思灌进这句话里去了。谁知道，也许您就是我的仇敌？哈，哈，哈！还有一件事！我忘记问您，我觉得您很喜欢娜司泰谢·费里帕夫纳，对不对？"

"是的……喜欢的。"

"爱吗？"

"不。"

"但是您脸都红了，还露出痛苦的样子。不要紧，不要紧，我不笑您。再见吧。您知道，她是一个有道德的女人，您相信吗？您以为，她和那个托慈基同居吗？不！不！早就不了。您注意到没有，她这人并不机灵，刚才偶然还显出惭愧的样子！真是的。这类人是爱驾驭别人的。唔，再见吧！"

笳纳带着佳美的心情走了出去，比刚才走进来的时候还显得潇洒自如。公爵留在那里，动也不动地沉思着，有十分钟的样子。

郭略的脑袋又伸进门里去了。

"我不想吃饭，郭略我刚才在叶潘钦家里吃早饭，吃得很饱。"

郭略完全走进里来，给公爵一张字条。那张字条是折叠好而且封好的，是将军的手笔。从郭略的脸上看出他不大高兴转递这字条。公爵读了一遍，立起身来，取帽子。

"只有两步路，"郭略露出惭愧的样子，"他现在坐在那里喝酒。他怎么会在那里赊下了账？我不能明白。公爵，请您不要对我家里的人说我转递这张字条。我曾赌过一千遍的咒，不高兴转这字条，但是又觉得他很可怜。请您不要和他客气，给他一点零碎钱，事情就了结了。"

"郭略，我有一个念头。我必须见你的父亲一下……为了一桩事情……我们走吧。"

第十二章

郭略领公爵到不远的地方，就在李铁因大街，一家附设弹子房的咖啡店。这咖啡店设在底层，门朝大街。阿尔达里昂·阿历山大洛维奇坐在一个单间小屋的角落里，像一个老熟客的样子，面前小桌上放着一只酒瓶，手里果真执着一份《独立报》。他等候着公爵，看见以后立刻把报纸扔在一旁，开始作热烈而且啰嗦的解释。公爵对于他的解释几乎一点也不了解，因为将军几乎已经喝得可以了。

"我没有十个卢布，"公爵打断他，"这里有二十五个卢布，您去换一换，把十五卢布还给我，因为我自己身边一个钱也没有了。"

"一定，一定，请您相信，我立刻就……"

"此外，我还有一个请求，将军。您从来没有到过娜司泰谢·费里帕夫纳家里去吗？"

"我吗？我没有去过吗？您对我说这样的话吗？我去过好几次，好几次！"将军喊着，发出自满和得意的嘲讽的样子，"但是我后来自己停止，因为我不愿鼓励这不体面的结合。你自己看见，您是今天早晨的证人。我做了一个父亲能够做到的一切，一个温驯的、宽容的父亲。现在将有另一种的父亲走上舞台，那时我们可以看到，不是一个战功显赫的老战士将阴谋克服下去，便是一出无耻的趣剧走进高贵的家庭里去。"

"我正好求您一件事情，您能不能作为引见朋友似的，今天晚上带我到娜司泰谢·费里帕夫纳家里去一趟？我今天一定要去。我有事情。但是我完全不知道怎样才能走进去。我刚才已经被介绍过了，但是没有被请。今天她那里有宴会。我准备越过一点礼貌，甚至让人家来笑我，只要能设法走进去。"

"您的话完全合我的意思，我的青年的朋友！"将军欢欣地喊，"我叫您来并不是为了通融一点零钱，"他继续说，一面把钱抢下，放到口袋里去，"我叫您来，本来就是请您一块出发到娜司泰谢·费里帕夫纳那里去，或者是说向娜司泰谢·费里帕夫纳进攻！伊伏尔金将军和梅思金公爵她会觉得如何的惊奇！我呢，我要借着庆祝生日之便，表示出我的意见，是间接的，不是直接的，但到底和直接一样。笳纳自己将看出他应该怎么办？不是战功显赫的父亲……如何如何……便是……但是应该怎样便怎样吧！您的意思是十分丰富的。十点钟的时候我们再动身去，现在还早呢。"

"她住在哪儿？"

"离这里很远，大戏院附近，梅托夫曹瓦的房子，就在广场上面，二层楼。……今天虽然是她的命名日，但是不会有许多人的，而且散得很早……"

早就到了晚上。公爵还坐在那里，一面等候，一面听将军说话。他开始说无数的笑话，但是任何一个笑话也没有说完。公爵到后，他重新叫了一瓶酒，一小时后就喝完，以后又叫了一瓶，把它喝完了。可以想得到的是将军已将自己的历史完全讲了出来。公爵终于立起来说，他不能再等下去。将军喝完了瓶里所剩的酒，立起身来，从屋内走出，踏着不很坚定的步伐。公爵陷入绝望里去。他不明白，何以他竟会这样愚蠢地信赖人家。实际上他永不信赖人家，他冀图借将军的助力，能够混入娜司泰谢·费里帕夫纳家里去，哪怕甚至闹出一点乱子来也不要紧，但是并不希望闹出极大的乱子。现在将军竟喝得烂醉，露出极端雄辩的才能，不停地说话，还带着情感，在心灵里流着眼泪。他不停地说，由于他全家的人品行恶劣，一切全都倾圮，现在是应该加以制止的时候了。他们后来走到李铁因大街。冰冻还是继续融化。忧郁的、温暖的、朽味的风在街上呼啸，马车在烂泥中踬顿，马蹄在石子路上响亮地叩击。步行的人们结成忧郁的、湿淋淋的一帮在人行道上闲荡。遇到一些酒醉的人们。

"您看见这灯光照耀的二层楼吗？"将军说，"这里住着的全是我的同事们，而我是其中资格最老、受苦最厉害的人，我现在竟会徒步走到大戏院旁边一个行为可疑的女人的寓所里去！这是胸间有了十三个枪洞的人……您不相信吗？可以是华洛果夫还单特为了我打电报到巴黎，暂时放弃被围的赛瓦司托波儿。巴黎的御医借了科学的名义设法弄到了一张通行证，跑到被围的赛瓦司托波儿城里来诊察我的身体。最高长官也知道这件事：'那个伊伏尔金是中了十三粒子弹的啊！……'人家是如此说着的！公爵，您看见这所房子没有？骚郭洛维奇将军，我的老同事，就住在这所房子的二层楼上。他有一个正直的、人数众多的家庭。这所房子，还有三家在涅夫司基大街，两家在海洋街，成为现在我的朋友的圈子，那就是说我个人所认识的一个圈子。尼纳·阿历山大洛夫纳早就服从了环境。我呢，还继续回忆……在以前的故旧事和下属的有智识的圈子里休息着，他们至今还崇拜我呢。这位骚郭洛维奇将军，说起来，我有许多时候没有到他家里去过了，也没有见到安纳·费道洛夫纳……您知道，亲爱的公爵，在自己家里不接见宾客的时候，会身不由己地停止拜访别人的……但是……您好像不相信……但是我为什么不能领我的最好的朋友，我的总角之交的令郎到这个可爱的家庭里去呢？伊伏尔金将军和梅思金公爵！您会看到一个出奇的女郎，而且不是一个两个，居然是三个。她们全是京城的交际花，美貌、学问、倾向……妇女问题、诗词，这一切聚成一个幸福的、杂样的混合品，至少每人身边有八万卢布的妆奁，纯粹的现款还不计算在内，这是无论在研究什么妇女问题、社会问题的时候永远没有妨碍的……总而言之，我一定要，一定要领您去一趟。伊伏尔金将军和梅思金公爵！总而言之……一个精彩的效果！"

"立刻去吗？现在就去吗？但是您忘记了。"公爵开始说。

"我一点也没有忘记，一点也没有忘记，我们去吧！到这里来，走上这座漂亮的楼梯。我真奇怪，何以看门人不在这里？但是今天是休息日，看门人出去了？这个醉鬼还没有被开除呢。这个骚郭洛维奇全生服务的幸福都出于我之所赐，单只出于我一个人，没有别人……现在我们到了。"

公爵不再发言反对这次的拜访，驯顺地随在将军后面，不愿惹恼他，因为他深信骚郭洛维奇将军和他的整个家庭会渐渐地像海市蜃楼似的归诸消失，成为不存在的东西，而他们将安静地从楼梯上走将下来。但是使他害怕的是他开始丧失这希望。将军引他上楼，做出那种确有朋友在那里的人的样子，不时插进一些传记性质和地形性质的琐节，充满数学的精确性的琐节。后来他们走上二楼，停在右首一个阔绰的寓所的门前，将军动手拉铃柄，公爵才决定走开。但是有一桩奇怪的事实一下把他止住。

"您弄错了，将军，"他说，"门上写的是库拉阔夫，可是您想上骚郭洛维奇家去。"

"库拉阔夫……库拉阔夫是证明不出什么来的。骚郭洛维奇的寓所，我现在要上骚郭洛维奇家去。库拉阔夫是不相干的……现在有人开门呢。"

门果真开了。男仆探头一望，说主人们不在家。

"很可惜，很可惜，好像故意似的！"阿尔达里昂·阿历山大洛维奇带着深深的惋惜的意思，重复了几遍，"你以后报告一下，说伊伏尔金将军和梅思金公爵特来拜访，很可惜……"

这时候又有一个人脸从屋内朝敞开的门窥望，颇似管家妇，也许甚至是保姆，一个四十多岁的女人，穿着深色的衣裳。她听到了伊伏尔金将军和梅思金公爵的名字，怀着好奇和不信任走了过来。

"玛丽亚·阿历山大洛夫纳不在家，"她说，特别注视着将军，"她同小姐阿历山大·米哈意洛夫纳到外祖母家去了。"

"连阿历山大·米哈意洛夫纳也同他们去了，天呀，这真是不幸！您想一想，太太，我永远会得到这样的不幸，请您代我转达问候的意思，并且请阿历山大·米哈意洛夫纳记住……总而言之，请您转告她，我是出自衷心地私祝她的愿望的实现，这愿望是她自己在礼拜四的晚上，在肖邦的谣曲的乐声之下表示出来的。她会记得的……我的出自衷心的私祝！伊伏尔金将军和梅思金公爵！"

"我不会忘记的。"那位太太鞠了一躬，显得信任些。

下楼时将军还带着不冷却的热情继续惋惜地说没有遇见，因此公爵不能交到极好朋友的话。

"你要知道，我在心灵上有点诗人的样子，您注意到了吗？但是……但是我们好像走的地方不很对？"他忽然完全出其不意地说，"我现在记了起来，骚郭洛维奇住在另外一所房子里，现在大概住在莫斯科。是的，我有点弄错了，但这是……不要紧的。"

"我只愿意知道一件事情，"公爵忧郁地说，"我是不是应该完全停止依赖您，由我一个人前去？"

"停止？依赖？一个人？但这是为什么，既然这事对于我成为一个主要的企图，和我全家的命运发生极大的关系？我的年轻的朋友呀，你还不大知道伊伏尔金的为人。有人说出'伊伏尔金'这个名字来，就等于说'墙壁'一样。'信赖伊伏尔金，好像信赖墙壁一般'，这句话是我开始服务的那个团部里大家传出来的。现在我只是顺路到一所房子里去一趟，我的灵魂就在这里面休息着，已经有好几年，在尝遍了各种惊慌与试探之后……"

"您打算弯回家里去吗？"

"不！我打算……去找帖林奇也瓦夫人，帖林奇也瓦上尉的寡妻，他是我以前的属员……也是我的好友……我在这上尉夫人家里得到精神上的再生，将我一切生活上和家庭间的忧愁全带到这里……因为我今天负着极大的道德上的重载，所以我……"

"我以为我已经做了极可怕的愚蠢的事情，"公爵喃喃地说，"那就是刚才惊吵了您。再加上您现在……再见吧！"

"但是我不能，我不能放您走，我的年轻的好友！"将军喊着，"一个寡妇，一个家庭的母亲，从心里漾出弦声，在我的整个躯体内生出了回响。去拜访她一次只有五分钟，我在这家人家一点也不客气，我差不多住在这里，等我洗一洗脸，好生打扮一下，再坐马车到大戏院去。您应该相信，今天整个晚上我需要您……就在这所房子里，我们已经到了……郭略，你已经来了吗？玛尔法·鲍里骚夫纳在家不在家？你自己是不是刚刚来到？"

"不是的，"郭略回答（他恰巧和他们在大门那里撞见），"我早就在这里，和伊鲍里特在一起，他的病不见好，今天早晨躺下了。我现在到小铺去买纸牌。玛尔法·鲍里骚夫纳等候您呢。爸爸，您怎么又这样了！……"郭略说时仔细审视将军的步法和立相，"既然这样，我们就去吧！"

和郭略相遇使公爵决定伴将军到玛尔法·鲍里骚夫纳那里去一趟，但只是去一会的工夫。公爵需要郭略。他已决定无论如何把将军抛弃，对于刚才竟想到依靠他的一层，不能自己宽恕。他们弯弯曲曲地走了许多时候，顺着后门的楼梯到四层楼上去。

"您想介绍公爵给他们吗？"郭略路上问。

"是的，我想介绍一下。伊伏尔金将军和梅思金公爵……怎么

148

样？……玛尔法·鲍里骚夫纳怎么样了……"

"爸爸，您知道，您最好不必去！她会吞噬您的。您有三天不照面，她正急着用钱。您为什么答应给她钱呢？您永远这样的！现在您自己去摆脱吧。"

到了四层楼，他们在低矮的门前止步。将军显然有点胆怯，推公爵在前面走。

"我要留在这里，"他喃喃地说，"我要来一个出其不意……"

郭略首先进去。有一位太太，脸上涂得红红白白的，穿着便鞋和马甲，头发编成小辫，有四十岁模样，从门内窥望了一下，将军的所谓出其不意竟突然爆裂了。那位太太刚看见他立刻喊道：

"他来啦！这卑鄙的、狡诈的人来了！我的心正在等候着他！"

"我们进去吧。这本来是如此的！"将军向公爵喃语，还发出天真烂漫的笑声。

但这并非如此。他们刚从黑暗低矮的门房走进狭窄的大厅，大厅里摆着半打柳条椅子和两只牌桌用的小几，女主人立刻用一种学熟而来的、哭泣的、普通的声音继续说道：

"你还不感到羞惭，还不感到羞惭！你这野蛮人和我的家庭里的暴君，野蛮人和恶徒！你把我完全抢劫光了，把我的血汗完全吮吸尽了，还是不满足。我不能再忍受你下去了，你这无耻的、不诚实的人！"

"玛尔法·鲍里骚夫纳！玛尔法·鲍里骚夫纳这位是……梅思金公爵。伊伏尔金将军和梅思金公爵！"战栗而且慌乱着的将军喃喃地说。

"你相信不相信，"上尉夫人忽然对公爵说，"您相信不相信，这个无耻的人竟毫不怜恤我的孤苦的孩子们！他把一切东西都抢完，搬走，当卖，一点也不留。你的借据叫我有什么用呢，你这狡猾的无良心的人？你回答呀，狡猾的东西，你回答我呀，你这无餍足的心。我用什么来喂我的孤儿寡女呀？现在喝醉了酒，跑了来，站也站不起来……我何以竟触怒了上帝，你回答呀！你这卑鄙的龌龊的滑头！"

　　但是将军顾不到这些。

　　"玛尔法·鲍里骚夫纳，这里是二十五卢布……这是借着一个极体面的朋友的帮助借来的。公爵我错得太残酷了！人生……就是如此……但是现在……对不住，我很软弱，"将军继续说，站在屋子中央，向四面八方鞠躬，"我很软弱，对不住！莲努奇卡！亲爱的……拿枕头来！"

　　莲努奇卡是八岁的小姑娘，她立刻跑去取枕头，取来放在漆布制的、坚硬而且破裂的沙发上面。将军坐了下来，还打算说许多话，身子刚触到沙发上面，立刻斜侧过去，转到墙壁那里，昏沉地睡熟了。玛尔法·鲍里骚夫纳用客气和悲切的态度给公爵指出牌桌旁的一张椅子，自己坐在对面，一只手支住右颊，瞧着公爵，开始默默地叹气。三个小孩，两个是女孩，一个是男孩，内中莲努奇卡是最年长的，走近桌旁。三人都把手放在桌上，三人全部盯着公爵。郭略从另一间屋内出现。

　　"郭略，我在这里遇见了你，我很喜欢，"公爵对他说，"你能不能帮我的忙？我必须要到娜司泰谢·费里帕夫纳家里去一趟。刚才我求阿尔达里昂·阿历山大洛维奇带我去，但是他睡熟了。请你送我去，因为我不认识街道。她的住址我是知道的：大戏院旁梅托夫曹瓦房子。"

　　"娜司泰谢·费里帕夫纳吗？她从来没有在大戏院旁边住过，父亲也从来没有到娜司泰谢·费里帕夫纳家里去过，您要知道这层。真奇怪，您会希望他替您做点什么事情出来。她住在佛拉地米尔司卡耶街，五岔口的附近，离这里近得多。您现在就要去吗？现在是九点半。我可以领您去。"

　　公爵和郭略立刻走出去。咳！公爵竟连叫马车的钱都没有，必须步行前去。

　　"我很想把伊鲍里特介绍给您，"郭略说，"他是那个穿马甲的上尉夫人的长子，住在另一间屋内。他身体不好，今儿躺了一整天。但是他这人很奇怪。他太好惹气，我觉得他会对您感到惭愧，因为您正在这个时间来到……我到底不像他那样感到惭愧，因为我的一方面是父亲，他的一方面却是母亲，这中间总归有些区别，因为男性在这种事情之下是无所谓不名誉的。关于女性在这种事件上有所区别一层，也许是一种偏见。伊鲍里特是极好的少年，然而他是一些偏见的奴隶。"

"您说他有痨病吗？"

"是的，似乎最好是赶快死掉。我处在他的地位上一定希望早死。他很爱怜他的弟妹们，就是这几个小孩。假使可能的话，假使有钱，我想和他合租一所单独的住宅，和我们的家庭脱离关系。这是我们的理想。您知道，我刚才把您的那件事情讲给他听，他竟大生其气，说凡是遭了人家的耳光，放任过去，不要求实行决斗的，这人必是卑鄙的人。他太好惹气，我不和他去多辩论。大概现在是娜司泰谢·费里帕夫纳请您去的吗？"

"并不是的。"

"那您何必去呢？"郭略喊，甚至在行人道中间止步了，"而且……还穿了这样的衣服，那边有宴会呢。"

"我真不知道我怎样进去。人家肯接见，那很好，不肯接见，事情也就吹了。关于衣服一层有什么办法呢？"

"你有事吗？或者您只是为了到体面人家去消遣时光？"

"不，我说起来是……我原来是有事情……我很难表示出来，但是……"

"究竟有什么事情，那随您的便好了，对于我最主要的是只要您自己不是强闯到宴会上去，不是想挤进那些茶花女、将军和重利盘剥者的佳美的社会里去。假使这样，那么对不住，公爵，我要取笑您，看不起您。诚实的人们在这里是太少了，甚至完全没有人可以值得尊敬的。一个人自然而然会骄傲起来，而他们大家全都要求尊敬。瓦略是第一个这样的。您要注意，公爵，现代的人全是阴谋家！特别是在我们俄国，我们的可爱的祖国里面。我不明白，怎么一切都是这样安排着的。似乎站得很坚稳，但是现在呢？大家都如此说，到处都这样写。大家都暴露着。我们这里大家都在暴露着。父母们首先往后倒退，对于以前的道德自感惭愧。在莫斯科有一个做父亲的劝他的儿子应不择任何手段，获得金钱。这事会在报上登载过的。您再看一看我的父亲。他成为一个什么样的人呢？但是您知道，我觉得我的父亲是一个诚实的人。真是如此！他只是做出一些捣乱的行为，再加上喝酒。真是如此！甚至看着可怜。我只是怕说话，因为大家会笑的。但是实在觉得他十分可怜。那些聪明的人们究竟有什么把戏呢？他们全是重利盘剥的人们，一个一个都是的！伊鲍里特对于重利盘剥一层十分拥护，说这是必须的，这是经济的作用，一种涨潮和落潮，真是弄不清楚那一套话。他这话我觉得十分可气，但是他的脾气是极恶劣的。您想一想，他的母亲从将军那里取了钱来，竟立刻交给他放出去求取短期的利息。这真是可耻至极！您想一想，我的母亲，将军夫人，就是尼纳·阿历山大洛夫纳，时常用金钱、衣服、内衣和一切东西帮助伊鲍里特，一部分是经伊鲍里特的手给那几个小孩子们，因为他们是没有人照顾的。瓦略也是这样做。"

"您瞧，您说世上没有诚实和有力的人，大家全是重利盘剥的人们。现在发现了有力的人们了，就是您的母亲和瓦略。在这种情形之下，做这样的帮忙，难道不是具有道德力量的一个表率吗？"

"瓦略这样做法是由于骄傲，由于夸口。她不肯落在母亲的后面。母亲却真是的……我尊敬她。是的，这是我尊重，而且应该加以拥护的。连伊鲍里特都感觉出来。他差不多完全变得残忍了。起初笑着，认母亲这种行为十分卑鄙，但是现在开始有时感觉出来。唔！您认为这是一种力量吗？我要记住这层。笳纳不知道，假如知道了，必定会认为姑息的。"

"笳纳不知道吗？笳纳好像有许多事情不知道的。"公爵沉思了一下，脱口说了出来。

"公爵，我很喜欢您。刚才发生的那件事情净在我的脑筋里想着。"

"我也很喜欢您，郭略。"

"喂，您打算在这里怎样生活下去？我快要找到一个职业，赚一点钱，我们来住在一块，我、您，还有伊鲍里特，我们三人住在一起，租一所房子。我们还把将军收留下来。"

"我是很乐意的。但我们以后再看。我现在很……心里很乱。怎么？已经到了吗？就在这所房子里……多么华丽的门面！还有看门人。郭略，我不知道这件事情会弄成什么样的局面？"

公爵站在那里，露出仓皇失措的样子。

"您明天讲给我听吧！不要太胆怯！但愿上帝助您成功，因为我自己就是和您有着同样的见解的！再见吧。我要回到那里去，告诉伊鲍里特。他们会接待您，这是毋庸疑惑的，您不必害怕！她是一个很古怪的人。从这条楼梯上去，二层楼，看门人会指点的。"

第十三章

公爵走进去的时候，心里很不安，努力鼓励自己。他心里想："最了不得的也不过是不接待我，生出一点对于我不良的意见，或者接待了以后，当面笑我一顿……但这是不要紧的！"对于这层他并不很害怕。但是有一个问题：他到了那里将做些什么事情？他为了什么到那里去？对于这个问题他根本找不到令自己宽慰的回答。假使甚至可以用什么方法，找到一个机会，对娜司泰谢·费里帕夫纳说："你不要嫁给这人，不要害自己，他不爱你，只爱你的钱，他自己对我说的，阿格拉耶·叶潘钦也对我说过，所以我来告诉你一声。"那么这也不见得在各方面都合宜。他心里还有一个无从解决的问题，非常重要的问题，重要得使公爵想都怕想它，连触到它一下都不能，且不敢，更不知道如何使它形式化，一想到它便脸红而且战栗。但结果是他不顾一切的惊慌与疑惑，到底走了进去，请见娜司泰谢·费里帕夫纳。

娜司泰谢·费里帕夫纳住在一所不很大却收拾得十分华美的寓所里面。在她居住彼得堡的五年内，有一个时间，刚开始的时候，阿法那西·伊凡诺维奇最不怜惜地为她花钱。那时他还希望得到她的爱情，心想用舒适与奢侈诱惑她，因为他知道奢侈的习惯会如何容易地得到传染，而以后在奢侈渐渐地变成必要的时候，又如何难以摆脱。在这件事情上，托慈基极相信古时的良训，不加以任何变更，十分尊敬情感影响的一切无从战胜的力量。娜司泰谢·费里帕夫纳并不拒绝奢侈，甚至爱它，但这是会使人觉得极奇怪的。从不受它的降服，永远好像没有它也办得到似的，甚至有几次竟公然说出来，这使托慈基感到不愉快的惊讶。然而娜司泰谢·费里帕夫纳身上有许多事情会使阿法那西·伊凡诺维奇感到不愉快的惊讶，后来甚至到了贱蔑的地步。对于她有时接近的那类人，也就是她倾向于接近的那类人，他们的不雅观姑且不说，而她身上还同时露出几种完全奇怪的倾向。发现两种趣味的野蛮的混合，且有一种引某些事物为满足的能力。而这些事物是使一个正经的、智识上极发展的人似乎觉得不能容其存在的。实际上，假使说个譬喻，娜司泰谢·费里帕夫纳忽然表示出某种可爱的、雅致的无知，例如她不知道农妇不能穿她所穿的薄洋纱内衣之类，那么阿法那西·伊凡诺维奇似乎反而会引为十分满意。所以引起这种结果的起初是由于娜司泰谢·费里帕夫纳依照托慈基的计划而受到的一切的教育。托慈基对于这类事情本来是很明白的人，然而可叹的是那些结果竟是非常的奇怪。难说如此，娜司泰谢·费里帕夫纳身上到底还留下一点东西，那种特别的、有趣的古怪行为和它的力量，有时会使阿法那西·伊凡诺维奇自己都感到惊讶，甚至到了现在会使他觉得荣幸，到了以前他一切对于娜司泰谢·费里帕夫纳的计划都已经毁灭了的时候。

公爵遇到了女仆——娜司泰谢·费里帕夫纳家里的仆役全是女性。使他奇怪的是女仆听到他请见的话并没有露出任何疑惑的样子。他的龌龊的皮靴、宽檐的帽子、无袖的大氅，还有那种不好意思的神气，都该引起她一点摇动。她替他脱了大氅，请他在接待室里等一等，立刻进去通报。

聚在娜司泰谢·费里帕夫纳家里的是极普通的常来的一些朋友。比起以前每年在什么日子里举行的集会，这一次人数并不见少。最先而且最重要地参加的是阿法那西·伊凡诺维奇·托慈基和伊凡费道洛维奇·叶潘钦。他们两人很和气，但是两人都处于不甚加以隐瞒的期待之中。他们期待着预定好了的宣布关于笳纳的事情，暗中显得有点不安。除他们以外，笳纳自然也在座。他也是很阴郁，甚至几乎完全"不和气"，时常远远地立在一旁，一言不发。他不敢带瓦略来，但是娜司泰谢·费里帕夫纳也并没有提到她，不过在和笳纳握手的时候，提到他刚才和公爵所做的一幕。将军还没有听见过这件事，开始打听起来。于是笳纳简单地、严肃地，却很公开地讲述了刚才发生的一切事情，还说他已经向公爵赔过罪。此外，他热烈地表示意见说，人家称公爵作"白痴"是很奇怪的，且不知为了什么，他觉得这是完全相反的："这人自然是有点脑筋的。"娜司泰谢·费里帕夫纳极注意地听了这个批评，好奇地观察着笳纳。后来谈话立即就转到很重要的参加这段历史的罗果静身上。阿法那西·伊凡诺维奇和伊凡·费道洛维奇也开始十分好奇地注意起罗果静来。后来是波奇成讲出了关于罗果静的许多特别的消息。他曾为了罗果静的事情和他忙乱到晚上九点钟。罗果静极力主张，要在今天弄到十万卢布。"他果然喝醉了酒，"波奇成说，"但是无论如何困难，十万卢布大概是弄得到的，不过不知道是不是今天，是不是全数。有许多人替他张罗，金台尔呀，脱莱帕洛夫呀，皮司库呀。他肯出任何成数的利息。这一切全由于喝醉了酒，且由于最初的喜悦。……"波奇成结束着他的话。这些消息大家带着兴趣。一部分是阴郁的兴趣，接受了下来。娜司泰谢·费里帕夫纳默不发言，显然不欲表露意见。笳纳也是如此。叶潘钦将军暗中感到不安，甚于大家。他早晨送的那串珠子，带了太冷淡的客气样子，甚至带了一种特别嘲笑的样子收了下来。唯有费尔特申阔一人在众客中仍露出极快乐的悠闲的心神，有时不知为什么哈哈地发笑，但他这种样子也只是因为他自己给自己加上了一个小丑的标签。阿法那西·伊凡诺维奇以能作细腻优美的谈话著名，以前在这类晚会上总是他主持谈话，但是现在显然不大高兴，甚至处于一种与他不相称的骚乱的状态之下。其余的宾客不多。有一个可怜的做教师的小老头，不知为了什么被邀请了来。一个不相识的很年轻的人，胆子极小，永远不说话。一个举动豪爽的四十多岁的女人，是优伶，还有一个极美丽的、穿得很讲究的、特别不爱说话的年轻太太。他们这些人不但不会使谈话弄得特别热闹，而有时简直不知道说什么话。

因此，公爵的出现是再巧也没有的了。女仆的通报引起了大家的疑惑和几声奇怪的微笑，尤其在从娜司泰谢·费里帕夫纳惊讶的态度上已看出她并没有想请他的时候。但是在惊讶之后，娜司泰谢·费里帕夫纳忽然表示喜悦，于是许多的人立刻准备用欢笑与快乐迎接这位不速之客。

"这也许是由于他的天真的原因，"伊凡·费道洛维奇说，"从一般上说起来，鼓励这种倾向是极危险的，但是在这个时候他想到光临，即使用的是这样古怪的方式，倒也不坏。他也许会使我们快乐些，这个我是至少可以推断定的。"

"况且他是自己要来的！"费尔特申阔立刻插进来说。

"那是什么意思？"将军厉声说，他是看不起费尔特申阔的。

"那是说他应该付出入场的费用。"费尔特申阔解释。

"不过梅思金到底不是费尔特申阔。"将军忍不住了，他到现在一想到自己会和费尔特申阔在一处起坐，平等相待，终归是不甘心的。

"将军，您饶费尔特申阔一遭吧！"他回答，冷笑了一声，"我在这里是有特别权利的。"

"您有什么特别权利呢？"

"上一次我已经详细解释给大家听过，我现在可以给大人再重复一遍。大人，您可以看到，大家都有机智，唯独我没有。于是我向大家请求允许我说实话，作为酬报，因为大家全知道唯有那个没有机智的人才会说实话。再加上我是一个极喜欢报复的人，也是因为没有机智的缘故。我可以驯顺地忍受各种耻辱，但只到给侮辱于我的人最初的失败的时候为止。只要遇到了最初的失败，我立刻就会记起来，立刻就要想法报复，立刻就踢。这是伊凡·彼得洛维奇·波奇成形容我的话，自然他自己是永远不会踢任何人的。大人，您知道克莱洛夫那篇《狮与驴》的故事诗吗？我们两人就是这样，写的就是我们。"

"您大概又胡扯起来了，费尔特申阔！"将军发火了。

"您这又何必呢，大人？"费尔特申阔接上去说，他本来就料到可以接上去，多添点酱油上去的，"您不要着急，大人，我知道自己的地位。假使我说我和您是克莱洛夫故事诗内的狮和驴，那么驴的角色自然由我来担任，大人呢，担任狮的角色。克莱洛夫的故事诗里说得好：'强大的狮，林中的霸王，由于老衰而失去了力。'大人，我就是那头驴。"

"对于最后的一句话我是同意的。"将军不谨慎地脱口说出。

所以这一切自然很粗鲁，而且是故意做出来的，但是费尔特申阔扮演小丑的角色，已成为一种习惯。

"人家容留我，放我到这里来，"有一次费尔特申阔喊着，"就为的是让我说这类的话。果真的，像我这样的人，能够受到接待吗？我很明白这一点。请问能不能把我，把我这费尔特申阔，同像阿法那西·伊凡诺维奇那样优雅的绅士放在一起呢？自然而然只有一个解释：放我在一块起坐，本来是无从想象的。"

他的话虽然说得粗，但有时十分狠毒，不过娜司泰谢·费里帕夫纳最喜欢听。凡是愿意到她家里来的人们，只好忍受费尔特申阔的一套。他也许已经猜到其中的实情，明白他之所以能够常受接待，乃是因为他初次出现就使托慈基感觉难受的缘故。笳纳那方面也会受过他无穷的折磨。在这方面，费尔特申阔对于娜司泰谢·费里帕夫纳是很有用的。

"公爵一开头就会唱时髦的情歌。"费尔特申阔一面说，一面看娜司泰谢·费里帕夫纳要说些什么话。

"不见得吧。费尔特申阔，请你不要弄得过火呀。"她艰涩地回答。

"啊！假使他受到了特别的保护，那么我也要柔软下去……"

但是娜司泰谢·费里帕夫纳立起身来，不听他的说话，亲自出去迎接公爵。

"我很可惜，"她说着，忽然发现在公爵面前，"刚才匆忙中忘记了请您到我这里来。我很高兴，您现在自己给我一个机会，使我能够感谢而且恭维你这样的决定。"

她说话时凝神审视着公爵，努力想把他的行为稍微弄明白一点。

公爵对于她的客气话也许能回答几句，但是他竟眩盲而且惊异得说不出话来了。娜司泰谢·费里帕夫纳看见这样子，觉得很高兴。今天晚上她穿了盛装，给人们引起不寻常的印象。她拉住他的手，引他到宾客面前去。在走进客厅以前，公爵突然止步，露出特别惊慌的样子，匆匆忙忙地向她微语道：

"您身上一切都是完善的……连您的瘦和惨白也这样，您一定是这样的，不会不这样的……我真想到您这里来……我……对不住得很……"

"不要赔不是，"娜司泰谢·费里帕夫纳笑了，"这样子会损坏奇特和古怪。人家说您是奇怪的人，倒是实话。那么您认为我是完善的人吗？"

"是的。"

"您虽然会猜，不过您是猜错了。今天我就会给您提出证明来的……"

她介绍公爵给众宾客，内中有一大半都已经认识他，托慈基立刻说了几句客气的话。大家似乎活泼了一点，大家一下子谈笑起来。娜司泰谢·费里帕夫纳让公爵坐在自己身旁。

"公爵的出现有什么奇怪的地方？"费尔特申阔比大家都喊得洪响，"事情是明显的，事情自己在那里说话！"

"事情确是太明显，而且自己在那里说话，"本来沉默着的筘纳忽然说，"我今天差不多不停地观察着公爵，从他刚才初次在伊凡·费道洛维奇家内桌上看到了娜司泰谢·费里帕夫纳的相片的那个时候起。我记得很清楚，刚才还想到它，而现在已经完全相信，再说公爵也亲自对我表示过。"

这句话笳纳非常正经地说了出来，没有一点开玩笑的影子，甚至露出很阴郁的态度，倒使大家看来颇为奇怪。

"我没有对您表示过，"公爵涨红了脸回答，"我只是回答您的问题。"

"妙极了，妙极了！"费尔特申阔喊，"至少是诚恳的，狡猾而且诚恳的！"

大家大笑起来。

"您不要喊叫，费尔特申阔！"波奇成嫌恶地向他低声说。

"公爵，我料不到您有这样的企图，"伊凡·费道洛维奇说，"您知道这对于谁是最恰当的？我还把您当作一个哲学家呢！看不出您这种静静的样子！"

"从公爵为了一句天真的玩笑话便脸红得像天真的年轻女郎一层上看来，我可以断定他是正直的青年，心里蓄有极可夸奖的意愿。"一个落了牙齿的、一直没有发言过的七十岁老翁突然地、完全出人不意地说出话来，或者不如说是咕哝了出来。谁也料不到他在今天晚上会说出话来的，大家更加笑得厉害。老翁大概心里想人家在笑他的俏皮话，于是望着大家，也笑了起来，并且咳开了嗽，使娜司泰谢·费里帕夫纳连忙去抚慰他，吻他，还吩咐仆人再给他斟一杯茶。她不知为什么缘故很爱这类古怪的老翁、老媪，甚至疯人。她向走进来的女仆要了一件斗篷，裹在身上，吩咐她再加点木柴到壁炉里。她问现在几点钟，女仆回答已经十点半了。

"诸位，你们要不要喝香槟酒？"娜司泰谢·费里帕夫纳忽然问，"我已经预备好了，也许会使你们快乐些。请你们不要客气。"

　　从娜司泰谢·费里帕夫纳嘴里说出请喝酒的话，特别是用如此天真的辞令表示出来的，大家便显得十分奇怪，大家都知道她以前的晚会是非常谨严的。一般地说来，晚会显得热闹些，但并不是寻常的样子。大家并不拒绝喝酒，首先是将军，其次是豪爽的女太太、老翁、费尔特申阔，跟着大家都喝了。托慈基也取起酒杯，希望使眼前那种新调子取得谐和，尽可能地加上一种可爱的玩笑的性质。唯有笳纳一人一点也不喝。在娜司泰谢·费里帕夫纳那种奇怪的、有时很坚决而且迅遽的行动里——她也举杯，并且宣布，今天晚上要喝尽三大杯——在她那种忽而沉默地悄想，忽而歇斯底里地、无目的地大笑的状态之下，是难以明了什么的。有的人疑惑她发疟疾，开始觉察出她似乎自己在那里等候什么，时常看表，显出不耐烦和精神散漫的样子。

　　"您不是有点小疟疾吗?"豪爽的女太太问。

　　"甚至是大的，不是小的。所以我裹在斗篷里了。"娜司泰谢·费里帕夫纳回答，脸色果真显得惨白，似乎有时勉强熬住身上强烈的战栗。

　　大家惊慌起来，身体移动了一下。

　　"我们要不要让女主人休息一下?"托慈基主张着，眼望伊凡·费道洛维奇。

　　"诸位，不必! 我反要请你们多坐一会。你们的光临，今天对于我是特别必要的。"娜司泰谢·费里帕夫纳忽然坚持地、意义深长地说。因为众宾客几乎全知道今天晚上将有极重要的决定，所以这句话大家看来是十分有力量的。将军和托慈基又互相对看了一眼，笳纳拘挛地挪动着身体。

　　"最好是玩一种 petit-jeu (小游戏)。"豪爽的女太太说。

　　"我知道一种最有意思的新的 petit-jeu，"费尔特申阔抢上去说，"至少是那种刚在世上发生，而没有成功的游戏。"

　　"什么?"豪爽的女太太问。

　　"有一次我们几个朋友聚在一起，自然喝了酒，忽然有人提议，让我们每个人不必从桌旁立起来，而讲述一段自己的事情，这段事情必须是我们每人自己诚挚的良心上认为一生中一切坏举动中最坏的一个。但必须是诚实的，最要紧是诚实的，不能扯谎。"

"一个奇怪的意思。"将军说。

"真是没有比这再奇怪的了，大人，但因此也是很好的。"

"一个可笑的意思，"托慈基说，"不过这是可以理会的，那是一种特别的夸耀。"

"也许这是应该的，阿法那西·伊凡诺维奇。"

"这样的 petit-jeu 会使我们哭，而不会使我们笑的。"豪爽的女太太说。

"这是一件完全不可能，而且离奇的事情。"波奇成应声说。

"但是成功了没有？"娜司泰谢·费里帕夫纳问。

"结果是没有成功，弄得很坏，有的人确乎说了一点，许多人说了实话，有的人甚至极乐意去讲，但是后来大家都感到羞惭，受不住了！不过整个地说来，倒弄得很热闹。"

"真是的，这倒还不错！"娜司泰谢·费里帕夫纳说，忽然精神奋发了，"真是可以试一试！今天我们真是有点不快乐。假使我们中间每人都答应讲一点……那类的事情……自然必须得每人都同意，这里是完全自由的，也许我们可以受得住，至少是极别致的事情。"

"一个聪明的意思！"费尔特申阔抢上去说，"女太太们除外，由男子先开始。大家抓阄，和那天一样。一定这样！一定这样！如果有人不愿意，自然可以不说，不过人不会那样特别不客气的！把阄放到我帽里去，让公爵来抓。这是一个极简单的题目，讲述一生中最坏的行为，诸位，这是很容易的！你们瞧着吧！假使有人忘记，立刻归我来提醒！"

这个游戏是非常奇怪的，几乎谁都不喜欢。有的人皱着眉毛，另一些人狡狯地微笑。有些人反对，但也不是剧烈反对，譬如伊凡·费道洛维奇就是其中的一个。他不愿意和娜司泰谢·费里帕夫纳对抗，同时看出这个奇怪的意思如何使她感兴趣，也许因为它是奇怪而且不可能的缘故。娜司泰谢·费里帕夫纳每有所愿望，只要决定表露出来，是永远拦阻不住，而且不惜一切的，哪怕这是极任性，甚至对于她自己无益的愿望。现在她好像发作了歇斯底里，走来走去，拘挛地、间歇地发笑，特别是对托慈基惊慌的反对的论调。她的黑眼闪耀着，惨白的脸颊上露出两个红色的斑点。有几个宾客的脸庞上露出忧郁而且讨厌的神色，也许更加熠燃了她的嘲笑的愿望，也许她喜欢这个游戏的犬儒相和残忍性，有的人甚至相信她有某种特别的打算。但是大家都同意了：无论如何，这事是很有兴趣的，且对于许多人是诱惑的。费尔特申阔比大家都显得忙乱。

"假如有些事情……当着太太面前不能讲出来，那便怎样？"一个沉默的青年畏怯地说。

"那么您可以不必讲，除了这以外，不好的行为还会少吗？"费尔特申阔回答，"您真是青年人！"

"我可是不知道我的行为里哪一种是最坏的。"豪爽的女太太插进去说。

"女太太可以免去讲述的义务，"费尔特申阔重复地说，"不过只是免除而已，至于出乎自愿的兴会却可以接受，而且是应当被衷心感谢的。男子们如果实在不愿意，也不妨加以免除。"

"怎么能证明我不扯谎呢？"笳纳问，"假使我扯了谎，那么这游戏的一切意义全行丧失了，而且谁能不扯谎呢？每个人一定会扯谎的。"

"就是看人扯谎，也是十分有趣的。至于你呢，笳纳，也无用特别惧怕你会扯谎，因为你的最坏的行为不用你说，已经是众所周知的了。诸位，你们想一想，"费尔特申阔忽然极有兴致地喊了出来，"你们想一想，明天，在讲述出来了以后，我们将用何种眼睛互相看待呢？"

"难道这是可能的吗？娜司泰谢·费里帕夫纳，难道这果真是正经的吗？"托慈基严正地问。

"怕狼就不要进树林！"娜司泰谢·费里帕夫纳嘲笑地回答。

"让我问您一句，费尔特申阔先生，这个可以算作 petit-jue 吗？"托慈基更加显得惊慌起来，继续说下去，"我告诉您，这类玩意是永远不会成功的。您自己说哪一次没有成功。"

"怎么没有成功！上一次我讲我偷了三个卢布，我就老老实实地说了出来！"

"也许是的。不过您要说得好像真有其事，而且使大家相信，那是不可能的。笳佛里拉·阿尔达里昂南奇说得极对，只要稍微听出一点虚假，游戏的所有意义，便全部丧失了。真实只在偶然间是可能的，而且必须处于极低劣作风的特别夸耀的情绪之中，而这种作风在这里是无从想象，且也是完全不体面的。"

"您真是一个十分细腻的人，阿法那西·伊凡诺维奇，您竟会使我都惊奇起来的！"费尔特申阔喊，"诸位，你们想一想，阿法那西·伊凡诺维奇刚才说我不能把我偷东西的事情讲得好像真有其事，他这句话是极细腻地暗示出我不会真正地偷窃——因为这种话直说出来是不雅观的——虽然也许自己私底下完全深信我费某人是很会去偷窃的！但是现在言归正传，诸位，言归正传，阄已经准备好了。阿法那西·伊凡诺维奇，您自己也已把阄放在里面去，所以现在没有人来拒绝！公爵，您抓阄。"

公爵默默地把手放到帽子里，掏了第一个阄，是费尔特申阔的，第二个是波奇成的，第三个是将军的，第四个是阿法那西·伊凡诺维奇的，第五个是自己的，第六个是笳纳的，等等。女太太们没有放阄进去。

"天呀，这真是不幸！"费尔特申阔喊，"我以为第一个轮到公爵，第二个轮到将军。但是还算好，至少伊凡·彼得洛维奇在我后面，我也算得到酬报了。诸位，我自然应该做出一个好榜样，但是现在最可惜的是我这人太没有价值，而且没有什么特色。连我的头衔也是极小极小的。其实我费某做了什么坏行为，人家对它究竟有什么兴趣呢？而且什么是我的最坏的行为？这是挑不胜挑的。难道还是讲那段偷窃的故事，为了使阿法那西·伊凡诺维奇相信不做贼也可以偷东西吗？"

"费尔特申阔先生，您使我相信的是在没有人来盘问而自己讲出自己龌龊的行为的时候，确乎可以感到一种沉醉似的愉快。不过请您恕我直言，费尔特申阔先生。"

"快开始吧，费尔特申阔，你净讲许多废话，从来做不完一件事情！"娜司泰谢·费里帕夫纳急恼地、不耐烦地命令着。

大家都看出她在刚才发出歇斯底里性的大笑之后，忽然变得阴郁、暴躁，而且着恼。虽然如此，她还是固执地、专擅地坚持着玩那种不可能的花样。阿法那西·伊凡诺维奇感到十分悲哀。伊凡·费道洛维奇发了狂。他行若无事地坐在那里喝香槟酒，甚至也许预备在轮到他的时候讲点什么。

第十四章

"娜司泰谢·费里帕夫纳，我没有机智，因此净讲废话！"费尔特申阔刚开始讲，便喊起来，"假使我有了和阿法那西·伊凡诺维奇，或伊凡·彼得洛维奇一样的机智，我今天必定也是坐在那里，一言不发，和阿法那西·伊凡诺维奇跟伊凡·彼得洛维奇一样。公爵，我请问您的尊见如何？我总觉得世界上贼比非贼多，一辈子没有偷什么东西的诚实的人可以说是没有的，这是我的私见。但是我，并不因此断定世界上大家全是贼，虽然说实话，有时真想作这样的断定。您以为如何？"

"嗤，您这话说得真笨，"达里亚·阿莱克谢夫纳说，"真是无聊的话！绝不会每个人都偷东西，我从来什么也没有偷过。"

"您从来也没有偷过什么东西，达里亚·阿莱克谢夫纳，但是且看公爵说什么，他的脸忽然通红起来了。"

"我觉得您说的是实话，不过太过甚其词了。"公爵说，果真不知为什么原因涨红了脸。

"公爵，您自己没有偷过什么东西吗？"

"嗤，这真是可笑！您醒一醒吧，费尔特申阔先生！"将军插上去说。

"简单得很，只要一归到正事，轮到您自己讲就不好意思了，所以想把公爵联串在一起，因为他是性情温和的人。"达里亚·阿莱克谢夫纳说。

"费尔特申阔，您不讲就闭住嘴不要说话，你单管你自己就好了。你叫人不耐烦起来！"娜司泰谢·费里帕夫纳严厉而且恼怒地说。

"立刻就来，娜司泰谢·费里帕夫纳。不过假使公爵已经承认了，因为我坚持说公爵的样子是等于承认一样，那么譬如说，别的什么人——不必指出谁来——如果想在什么时候说实话而说了出来，便怎样呢？至于我呢，是没有什么可说的：很简单，又愚笨，又恶劣。不过我应该告诉你们，我不是贼。我偷过东西，却不知怎么会偷的。这事发生在两年前，谢蒙·伊凡诺维奇·伊司城阔的别墅里，一个星期日的晚上。饭后，男子们还留在那里喝酒，我忽然想去请玛丽亚·谢蒙诺夫纳、主人的女儿、没有出嫁的姑娘奏钢琴。我走过一间角落的房子，在玛丽亚·谢蒙诺夫纳的工桌上放着三个卢布、一张绿色的钞票，是她取出来预备付什么费用的。屋子里什么人也没有，我取了这张钞票，放在口袋里，为了什么不知道，怎么会这样的，我自己也不明白。不过我赶紧回来，坐在桌上，我老是坐在那里等候，心里感到十分强烈的骚动，嘴里不停歇地乱说，说着笑话，哈哈地发笑，后来还坐到女太太们一边去。大概过了半点钟，主人发现了，便询问女仆们，他们疑惑是女仆达里亚偷的。我当时露出特别好奇和开心的样子，我还记得在达里亚露出慌张失措样子的时候，我竟劝她认了错，且一力担保玛丽亚·谢蒙诺夫纳是心软的。我这些话说得很响，还当着许多人面前，大家都应着。我感到特别地愉快，就因为我在那里教训着，而同时我的口袋里却放着那张钞票，这三个卢布就在那天晚上在饭店里用掉了。我一进饭店，就要了一瓶'辣飞德'酒。我从来没有单要过一瓶酒，不叫一点别的东西，我想赶快用掉它。我在当时和以后都没有感到良心上特别的谴责，第二次一定不会再重复，你们相信不相信，随你们的便，我不管。现在完了。"

"不过这自然不是您的最坏的行为。"达里亚·阿莱克谢夫纳嫌恶地说。

"这是一桩心理的事件，并不是行为。"阿法那西·伊凡诺维奇说。

"那个女仆呢?"娜司泰谢·费里帕夫纳问，不隐藏那种极强烈的嫌恶。

"这位女仆自然第二天就被赶走了，那家人家是极严厉的。"

"您竟听着不管吗?"

"这奇妙呢! 我还能自己跑去自首吗?"费尔特申阔嘻嘻地笑了，但是对于大家从他的讲述得来的极不愉快的印象有点惊愕。

"这真是醒醍极了!"娜司泰谢·费里帕夫纳喊。

"啊! 您想从一个人那里听他讲他的极坏的行为，同时还要求光彩吗? 极坏的行为永远是很醒醍的，娜司泰谢·费里帕夫纳。我们现在可以从伊凡·彼得洛维奇那里听到这个。有的人是在外面露出许多光彩，想装出良善的样子，因为自己备了一辆马车，有的人是备有马车的，而且是用了何等样的方法……"

一句话，费尔特申阔完全按捺不住，忽然恶狠起来，甚至忘了自己，越出了范围。他的脸竟扭曲了，说来真也是奇怪，不过很可能是他对于他的讲述期待着完全不同的效验。这种恶劣情调的"失败"和"特别的夸耀"，像托慈基所形容的那样，是托慈基常有的事，和他的性格相合。

娜司泰谢·费里帕夫纳竟愤怒得战栗起来，盯看着费尔特申阔。费尔特申阔立刻胆虚不响了，害怕得几乎浑身发冷。他是走得太远了。

"好不好完全结束了呢?"阿法那西·伊凡诺维奇狡狯地问。

"现在轮到我，但是我要利用我的特权，恕我不讲了。"波奇成坚决地说。

"您不愿意讲吗?"

"我不能讲,娜司泰谢·费里帕夫纳。我认为这种 petit-jeu 是不可能的。"

"将军,好像该轮到您了,"娜司泰谢·费里帕夫纳朝他说,"假使您也拒绝,那么跟着就全都完结,而我会感到遗憾的,因为我很想在结束的时候讲一讲'我自己的生活'里的一个行为,不过想在您和阿法那西·伊凡诺维奇讲了之后,因为你们应该鼓励我。"她说着,纵声笑了。

"如果您答应讲,"将军热烈地喊,"我准备把我一辈子的生活都对您讲一遍。我说实话,在等候轮值的时候,就预备下了一段故事……"

"单只从大人的脸色上就可以断定,您将用如何特别的文学的愉快编您的故事。"还带着一点惭愧的费尔特申阔又抢上来说了,露出恶毒的微笑。

娜司泰谢·费里帕夫纳瞥看了将军一眼,也暗自微笑了。但是,她心里的苦闷和恼怒显然越来越加强。阿法那西·伊凡诺维奇听到她的预约,害怕得更厉害了。

"诸位,我和每个人一样,一生中有时会做出不很雅观的行为,"将军开始说,"但是最奇怪的是我自己认为我现在要说出来的那段短短的故事是我一生中最坏的故事。这事已经过了三十五年,但是我在回忆的时候永远不能摆脱一点使心上瘙痒的印象,不过这是十分愚蠢的一件事情。我当时刚刚充任了少尉,在军队里混事。大家都晓得少尉是怎样的!血像沸水一般,财产却只有一点点。我当时用了一个马弁,名叫尼基福尔。他很关心我的家务,替我省钱、洗濯、缝补,都归他管,甚至到处去偷窃可以拿取的东西,就为了使家里的财产增多,他真是一个极靠得住而且诚实的人。我对他自然很严,但是还公平。有一次,我们驻扎在小城里,我住在近郊退职的少校的寡妻的家里。这位老太太有八十岁,至少也差不了多少。她的房屋是老旧的、极坏的,用木头建造的。

因为境况艰窘，甚至不用女仆。主要的是她以前家里人丁极旺，但是有的先死，有的走散，有的把老太婆忘掉，她的丈夫也在五年以前死了。几年以前还有一个侄女和她同住，驼背，性情恶劣，像恶魔一般，有一次竟咬老太婆的手指，后来她也死了。所以老太婆已经有三年孤单单地住着。我住在她家里很闷，再加上她这人是空空虚虚的，什么也不能从她身上得到。有一次，她偷了我的鸡，这事情至今还是模糊不明的，但是除了她以外没有人偷。我们为了那只鸡吵了嘴，吵得很厉害。恰巧出了一个机会，经我一要求，就把我转到另一个郊外、一个人口众多的商人家庭里去居住，我现在还记得这商人长了一脸的大胡子。我和尼基福尔很高兴地搬走，愤怒地离开这老太婆。过了三天，我在教练完毕以后，走回家去。尼基福尔报告道，'我们那只大碗被扣留在老太婆那里，现在没有东西盛汤了。'我自然惊讶起来：'怎么我们的大碗曾留在女房东家里的？'尼基福尔禀说，我们搬家时，女房东扣住我们的大碗不放，因为我把她的锅子砸碎了，所以她为了她的锅子把我们的大碗扣下，好像是我自己对她提议的。她这种卑鄙的举动自然使我十分生气，少尉的血沸腾了，我跳了起来，立刻飞了出去。我气恼地走到老太婆家里，看见她一人坐在前屋角落里，好像躲太阳似的，手支在脸颊上面。我立刻朝她咆哮起来，像霹雳一般：'你这是怎么回事？你怎么可以这样？'说了一大套的话。我不过看着有点奇怪：她坐在那里，脸朝我看，眼睛瞪出，一句话也没有回答，眼神很是奇怪，身子好像在那里摇晃。我静了下去，仔细望了一下，好几次问她，但还是一句话也不回答。我迟迟疑疑地立在那里，苍蝇嗡嗡地飞着，太阳斜落了，一片的静寂，我终于十分惭愧地走了。还没有到家，少校叫人传我去，以后又到营队里去了一趟，回家时已经是晚上。尼基福尔第一句话就是：'大人，我们的女房东死了。''什么时候死的？''今天晚上，一点半钟以前。'如此说来，就在我骂她的时候，她咽了气。这事情使我得到很深的印象，可以说是弄糊涂了。我心里直想，夜里做开了梦。我自然没有迷信的成见，可是在第三天上便到教堂里送殡去了。一句话，时间越隔得久，越想得厉害。并不见得怎么样，不过有时一想到，便觉得不舒服。主要的是我究竟做了怎样的推断？第一，女人是我们现在所谓的 humane 的生物。她活着，活得许久，活到老年，曾经有过孩子、丈夫、家庭、亲友，她周围的一切好比是沸腾着，所有这些微笑，忽然完全消逝，全都从烟囱里飞走，只剩下她一个人……好像一只苍蝇，身上负担着时代的诅咒，后来上帝把她引到末路上去了。在一个清净的夏夜，我的那个老太婆随日落而同逝，自然这里是不能没有说教的意思的。而就在那个一刹那间，代替着痛悼的泪水的是那个在盛怒中的年轻少尉，将两手插在腰际，盛气凌人地走着，为了一只遗失了的碗，用洪响的、俄罗斯式的骂人的话语恭送她从地面上仙逝。无疑地这是我的错处，现在虽然事隔久远，而且我本人的天性也有变更，早就看自己的行为像是别人家所做的，但是我还继续地惋惜。我重复说一遍，我甚至觉得奇怪，况且即使我有错，也并不很错。为什么她忽然想到在这个时候死去呢？自然这里只有一个辩白，那就是这行为有点是心理上的，但到底我不能安心下去，一直到十五年以前有两个时常生病的老太婆由我承担费用，送到养老院去，使她们能够舒舒服服地度过残年，心里才略见安静。我想遗下一笔款子，使这件事情垂为永久。这事就是这样，我还要重复一遍，我一生中也许做错了许多事情，但是从良心上说来，我认为这件事情是我一生最坏的一桩行为。"

"大人，您所讲的并不是您一生中极坏的行为，却是极好的行为，你骗我费某人！"费尔特申阔说。

"将军，我真是没有想到您会有一颗良善的心。我觉得很可惜。"娜司泰谢·费里帕夫纳不经心地说。

"可惜吗？为什么？"将军问，客气地笑着，不免带着自满的样子，喝尽了香槟酒。

轮到阿法那西·伊凡诺维奇讲，他也已预备好了。大家预先猜到他也和伊凡·彼得洛维奇一样，不至于拒绝不讲，还为了某种原因，带着特别的好奇等候他的讲述，一面还望着娜司泰谢·费里帕夫纳。他露出和他的威严的外表十分适合的特别尊贵的神气，用静谧而且客气的声音开始讲出一段可爱的故事。顺便说一下，他这人态度庄严、大方，身材高大，头发有点秃，还带点斑白，身体很肥胖，脸颊柔软，红润，且稍垂弛，牙齿是装上的。他穿着宽大的衣服，还很讲究，内衣也是极漂亮的。他的厚厚的、白白的手是会使人注视不释的，右手的第二指上戴着贵重的钻石戒指。娜司泰谢·费里帕夫纳在他讲述的时候盯看着衣袖上的细绣花边，用左手的两指不住地搯着，竟一次也没有看望过讲述的人。

"最足以使我的任务减轻的，"阿法那西·伊凡诺维奇说，"倒还是那一定要讲述一生中最坏行为的义务，这种事情是无从游移的：良心和内心的记忆会指出应该讲述些什么事情。我敢悲哀地承认，在我一生中所有的、也许是无数的轻浮行为中，只有一个行为，它的印象还很沉重地留在我的记忆里。大概是二十年以前的事吧。我到乡下波拉东·渥尔东采夫的家里去。不久之前，他被选为绅士长，和年轻的妻子一同回来，度冬天的佳节。那时恰巧又遇到安菲萨·阿莱克谢夫纳的生日，所以决定举行两次舞会。当时小仲马的名著《茶花女》还盛行一时，在上等社会里轰动着，这部小说据我看来是不朽的佳作。外省中所有的女太太们都一致赞美，至少那些已经读过这部书的人是如此。叙事的美妙、主要人物布置的别致，研究得精细的、可羡慕的世界，还有散见书中的许多奇妙的琐节，例如轮流插用红白茶花的环境……总而言之，所有这些佳美的细节连在一起，真会使人倾倒不置，茶花就此非常时髦起来。大家都需要茶花，大家在寻觅着。我问你们：一个县城里，在大家都需要茶花以备赴舞会的时候，虽然舞会也不多，究竟有多少茶花可以找到呢？当时彼卡·伏尔霍夫司基那个可怜的人，正在想安菲萨·阿莱克谢夫纳。我实在不知道，他们中间有没有事，我的意思是说他有没有一点点正经的希望？这可怜的人竟为了替安菲萨·阿莱克谢夫纳寻觅赴舞会用的茶花而发狂起来。听说从彼得堡来的骚慈卡耶伯爵夫人、总督夫人的上客，还有骚费亚·白慈伯洛瓦一定会戴了茶花赴会，所以安菲萨·阿莱克谢夫纳为了取得一点特别的效果起见，想戴红花。可怜的波拉东简直东奔西跑地张罗起来，他是丈夫，自然不必提，他一口担保可以弄到花的。然而结果如何呢？竟在头天晚上被梅奇柴瓦·卡德邻·阿历山大洛夫纳抢走了。她是安菲萨·阿莱克谢夫纳的在一切方面的可怕的竞争者，和她素不和睦，自然来了一套歇斯底里和昏厥。波拉东完了，假使彼卡能在这个有趣的时间从什么地方弄到那把花，那么他的事情会极顺利地发展起来，是十分明白的。在这种情形之下，女人的感激是无穷的。他东奔西钻，像身上着了火似的，但是事情是办不到的，没有法子想。在生日和舞会的头一天晚上十一点钟的时候，我忽然和他在玛丽亚·彼得洛夫纳·左跛考瓦、渥尔东采夫的女邻舍家里相遇。他满面喜容。我问他：'你怎么啦？''找到了！好极了！''老兄，你真是使我奇怪！哪里找到的？怎样找到的？''在叶克沙意司克——一个小镇，在二十俄里以外，不归本县所辖——有个商人，名叫脱莱伯洛夫，他满脸长着胡髭，很有钱，和老妻同住着，没有孩子，只有些鸟雀。两人都爱花，他家里有茶花的。''请问你，这有点不大妥当，万一他不肯给呢？''我要跪下来，跪地不起，一直到他肯给的时候为止。拿不到手不走！''你什么时候去？''明天一清早五点钟。''好吧，祝你成功！'我当时是很替他高兴的。我回到渥尔东采夫家里，已经一点多钟了，心里一直在想这件事情。我已经躺下来睡觉，忽然生出了一个十分古怪的念头，立刻跑到厨房里，把马车夫萨魏里唤醒，给他十五卢布，'半点钟以内把马车给我套好！'过了半点钟，自然是有辆马车停在大门前面，人家告诉我，安菲萨·阿莱克谢夫纳发作了头痛、寒热和谵语。我坐上马车走了，四点半钟到了叶克沙意司克的客店内。等到天亮，只要等到天一亮就好办了！我在六点多钟时候便到脱莱伯洛夫家里去，如此这般地说了一套：'您有没有茶花？老先生，帮下忙吧，救一救，我要对您下跪！'老人是高高的身材，头发斑白，态度严厉，真是可怕的老翁。'不行，不行！我不赞成！'我朝他跪下，我简直在地上躺着不起！'您怎么啦？先生，您怎么啦？'他竟害怕起来了。'这里是关系着一个人的生命呢！'我朝他喊。'既然这样，您就取去吧。'我立刻把红茶花全都剪了下来！真是美妙之极！他家里有一间小小的花室。老人直叹气，我掏出一百卢布来。'不必，我不许您用这种方式来欺侮我。'我说：'既然如此，就请把这一百卢布送到此地的医院里去作为改善病人伙食之用吧。'他说：'这是另一件事情。这是善举，我可以替您捐去，借此祝您康健。'这俄国老人，真正的道地的俄罗斯人，我真喜欢他，我得到了成功。立刻欢天喜地地乘车回去，还绕着路走，免得和彼卡相遇。回家后，等到安菲萨·阿莱克谢夫纳一醒，就把那把花送去。她当时的欢欣、感谢和感极而泣的情形是可想而知的！波拉东，昨天还是那样垂头丧气，像死人似的波拉东，竟伏在我的胸前痛哭了！唉！所有的丈夫们从创造……所谓正式的结婚制以来都是如此的啊！我不必再在这里多添什么话，不过那个可怜的彼卡的事情，就从那段事情起完全吹了。我起初心想他在弄清楚以后会把我杀死的，我也预备和他相见，但出了使我不能置信的事情：他竟发了错厥，晚上说谵语，早晨起寒热，哭得像婴孩一般，还起了痉挛。一个月之后，病刚好，就请求调到高加索去，简直出了一个严重的恋爱事件！结果是在克里米亚阵亡了。当时他的哥哥斯台潘·伏尔霍夫司基统率团部，立下了极大的战功。说实话，以后许多年来我受着良心的谴责：为什么我要这样给他打击呢？假使我当时自己也有了恋爱，那还好说。不过这仅只是一种淘气的行为、普通的卖弄风情，并没有别的。假使我不从他手里抢走了这把花，谁知道，也许这人至今还活着，也许很有幸福，一切顺手，绝不想到攻击土耳其人呢。"

阿法那西·伊凡诺维奇带着和开始讲述时相同的威严的态度，静默了下去。大家看出娜司泰谢·费里帕夫纳的眼睛似乎特别的闪耀，阿法那西·伊凡诺维奇说完的时候，竟连嘴唇都哆嗦了，大家好奇地望着他们两人。

"又骗了我费某人！真是骗了我！骗得我好厉害呀！"费尔特申阔用哭泣的声音喊，明白在这里可以而且应该加上一两句话。

"谁让你这样不懂事？你应该从聪明人那里学一学！"得意扬扬的达里亚·阿莱克谢夫纳向他严厉地说——她是托慈基忠实的老友和同盟。

"您说得很对，阿法那西·伊凡诺维奇，这 petit-jeu 乏味得很，应该赶紧了结它，"娜司泰谢·费里帕夫纳不经意地说，"让我说了我预定说的话，我们大家就来斗牌。"

"预定了的故事应该最先说出来！"将军热心地表示赞成。

"公爵，"娜司泰谢·费里帕夫纳忽然坚决而且出乎意料地对他说，"这里有我的老朋友们，将军和阿法那西·伊凡诺维奇，打算叫我嫁人。请您说一说，您的意见以为怎样，我能不能嫁人？您怎么说，我就怎么做。"

阿法那西·伊凡诺维奇脸色惨白，将军愣住了，大家都瞪着眼睛，伸着头。笳纳在当时呆住了。

"嫁给——嫁给谁？"公爵用垂死似的声音问。

"嫁给笳佛里拉·阿尔达里昂南奇·伊伏尔金。"娜司泰谢·费里帕夫纳依旧坚决地、明晰地说。

经过了几秒钟的沉默，公爵好像用着力量，说不出话来，像有可怕的重载压住他的胸脯。

"不，不……您不要嫁！"他终于微语着，用力透了一口气。

"那么就是这样吧！笳佛里拉·阿尔达里昂南奇！"她用了威严的神色，似乎得意扬扬地朝他说，"您听见公爵的决定了吗？我的回答就是如此。这件事情就如此了结了吧！"

"娜司泰谢·费里帕夫纳！"阿法那西·伊凡诺维奇用战栗的声音说。

"娜司泰谢·费里帕夫纳！"将军用劝告的但含着惊慌的声音说。

大家的身体移动了一下，显出惊惶的样子。

"诸位，你们怎么啦？"她继续说，似乎惊异地审视众客，"你们为什么这样骚乱？你们大家的脸色竟是这样的！"

"但是……您要记得，娜司泰谢·费里帕夫纳，"托慈基口吃地喃语着。"你已经有了预约……极其重要的预约，最好能自愿怜悯人家一下……我很困难，自然感到惭愧，但是一句话，现在，在这个时候，还当着……当着众人，就这样子，用那种 petit-jeu 来解决一件正经的事情、名誉和爱情的事情，它还关涉……"

"我不明白您的话，阿法那西·伊凡诺维奇，您真是完全弄糊涂了。第一层，什么叫作'当着众人？'难道我们不是在亲密友好的朋友圈里吗？这和 Petit-jeu 又有什么相干？我确乎想讲一段故事，现在讲了出来，难道不好吗？为什么您说是'不正经'呢？难道这还不正经吗？您听见，我对公爵说：'您怎么说，就怎么办。'假使他说了'是'，我会立刻答应，但是他说了'不'，所以我拒绝了。难道这还是不正经吗？我的一生就悬在一根头发上面。还有什么再正经些的？"

"但是公爵是怎么回事？为什么把公爵加上去？到底公爵是什么样的人？"将军喃语着，几乎无力压制他对于公爵那样可恼的威权的愤慨。

"公爵对于我是这样的！他是我一生中第一个使我相信的人。我相信他是诚恳的、忠心的人。他一看见我，就相信了，因此我也相信他。"

"我的一方面唯有感谢娜司泰谢·费里帕夫纳，为了她对我那份异常客气的心意，"面色惨白的笳纳弯斜着嘴唇，用哆嗦的声音说，"这自然是应该的，但是……公爵……公爵在这件事情里……"

"他在想念那七万五千卢布，是不是？"娜司泰谢·费里帕夫纳忽然插上去说，"您是不是想这样说？您不要躲赖，您一定是想说这句话！阿法那西·伊凡诺维奇，我忘记加上那句话：您可以把那七万五千卢布收回，我不用您花钱，就给您自由。够了！您也该休息一下了！九年零三个月！明天要重新做起，今天是我的命名日，今天我一辈子初次为人！将军，您把您的珍珠也收回去，送给您的太太。您拿去吧！从明天起我要从这个住宅里搬走。诸位，以后晚会是不会有的了！"

她说完，忽然立起身来，好像想走开似的。

"娜司泰谢·费里帕夫纳，娜司泰谢·费里帕夫纳！"四面八方发出这声音来。大家都惊慌了，大家立了起来。大家围住她，大家不安地听着这些零零落落的、疯狂的、像谵语似的话语。大家感到一种零乱无秩序的状态，没有人弄得明白，没有人了解内中的意义。这时候突然传来了一阵响亮的、剧烈的拉铃的声音，正和刚才在笳纳的家里拉铃的声音一样。

"啊！啊！结局到了！好容易到了！十一点半钟！"娜司泰谢·费里帕夫纳喊，"诸位，请你们大家坐下来，这是结局！"

她说完后，自己坐下。奇怪的微笑在她的嘴唇上战栗。她默默地坐着，热烈地期待着，向门外看望。

"无疑是罗果静和十万块钱。"波奇成喃声说。

第十五章

女仆卡嘉十分惊惧地走了进来。

"娜司泰谢·费里帕夫纳，不知道怎么回事，有十个人闯了进来，全喝醉了酒，要求进来，说是姓罗果静，又说是您自己知道的。"

"对的，卡嘉，你立刻放他们大家进来。"

"把大家全放进来吗，娜司泰谢·费里帕夫纳？完全是不像样的，真是的！"

"把大家，把大家都放进来，卡嘉，你不要怕，把他们一个一个全放进来，否则他们会自己进来的，他们已经闹得和刚才一样。诸位，你们也许要生气，"她对客人们说，"为了我当着你们面前接待这群人，我很遗憾，请你们宽恕，但这必须如此，所以我很希望你们大家留在这里，做收场时的证人，不过一切都听诸位自便就是了……"

客人们继续惊讶，交头接耳地微语，还互相窥视。大家完全明了，这一切是预先计划而且安排好的，自然娜司泰谢·费里帕夫纳发了疯，但现在要使她让步是不可能的事。大家都生出好奇心来了，而且现在也没有人惧怕。只有两位女太太：一位是达里亚·阿莱克谢夫纳，这位太太很活泼，见过世面，不大容易使她感到局促；还有一位是美丽的、生性沉默的、陌生的女太太，这位沉默的陌生的女人不见得会明白什么：她是德国人，刚到这里来，一点也不懂俄语。此外，她的愚蠢大概正和她的美丽相同，她是新奇的人物，照例应该邀请她赴各种著名的晚会。她穿着极华美的服装，头发梳得像赴赛会一般，坐在那里，好比一幅佳美的图画，给晚会添上美丽的装饰，正和有些人为了举行晚会向朋友借用图画、花瓶、石像或屏风一样。至于说到男子们，那么波奇成和罗果静是朋友。费尔特申阔就好比鱼到了水中，恰到好处。筋纳还没有清醒过来，虽还含含糊糊地，但已无从抑制地自行感到有在耻辱的木柱旁站立到底的热烈的需要。那位老教习不大明白内中的情节，看见周围的人们和娜司泰谢·费里帕夫纳脸上都露出特别惊慌的神气，几乎哭泣起来，简直害怕得哆嗦着。他非常钟爱娜司泰谢·费里帕夫纳，视作自己的孙女。他宁愿死去，绝不愿在这时候离开她。至于说到阿法那西·伊凡诺维奇，他自然不欲在这类事件上玷污自己的名誉，但是他对于这事大为关切，虽然它已取得了如此疯狂的转变，再加上娜司泰谢·费里帕夫纳曾说过与他有关的两三句话，使他在不解释清楚以前，无论如何不愿意走。他决定坐到底，完全默不作声，只做一个观察者，自然这是为他的体面起见不得不如此做的。只有叶潘钦将军一人刚才已为了那样不客气地、可笑地交还他的礼物而感到耻辱，现在看见所有这些不寻常的怪诞的行为，又加上罗果静的突然出现，便更加使他恼怒。像他这种地位的人，肯和波奇成、费尔特申阔等人一同起坐，已经迁就万分。凡情欲的力量所能做到的一切，终于被责任的感觉、职务和爵位的观念以及自己尊敬的心思所战胜，所以罗果静和他的同党在将军大人面前出现是一件难以容忍的事。

他刚向娜司泰谢·费里帕夫纳声明，她就立刻打断他，说道："啊哟！将军！我竟忘记了！但是您必须相信，我已预先想到这一层。如果您感到耻辱，我并不坚持，也不再挽留，虽然我很希望现在有您在我身边。无论怎样，您和我相识了一场，并且那样垂青于我，我总是非常感激的，但是假使您怕……"

"哪里的话，娜司泰谢·费里帕夫纳！"将军喊，露出了骑士般的宽大的态度，"您这话是对谁说的？我现在单只为了表示忠实，一定要留在您的身边。假使有了什么危险，那么……再加上说老实话，我本来是具有好奇心的。我只是觉得他们会弄坏地毯，也许还要砸碎什么东西……我看，不必让他们全都进来，娜司泰谢·费里帕夫纳，您以为怎样？"

"罗果静来了！"费尔特申阔宣布。

"您以为如何，阿法那西·伊凡诺维奇？"将军匆匆地向他微语，"她是不是发了狂？那不是说比喻，却用的是真正的医学上的名词。"

"我对您说过，她是永远有道德倾向的。"阿法那西·伊凡诺维奇狡狯地微语着。

"再加上发着疟疾……"

罗果静的一班人的数目和早晨相同，只加上了一个放荡的小老头子。他曾做过一张名誉欠佳的、专门揭人隐私的小报的主笔。他有一个笑话，说他把金镶的牙齿押了钱，买酒喝。此外还有一个退伍的下尉和早晨那位握着拳头的先生，在技艺和职业方面都是死对头和竞争者，罗果静一派人里谁也不认识他，却是从街上捡来的。他正在那里拦住行人，用玛尔林司基的文体请求人家帮忙，利用着一个狡猾的借口，意思是说他自己"也曾帮过人家的忙，给每个告帮的人十五卢布"。这两个竞争者立刻互相仇视起来，刚才那位握着拳头的先生，在"告帮者"加进团体以后，竟感到了侮辱，因为他生性沉默，所以有时只像狗熊似的吼叫一两声，贱蔑地望着"告帮者"对他做出那份假意殷勤的样子。"告帮者"是一个善于交际、极有政治手腕的人。从表面上看来，下尉能以灵巧与机敏取胜，而不见得能施展武力，况且他的身材比那位大拳头先生矮得多。他用漂亮的态度，不和人家显明地争论，却带着非常夸耀的口气，已经许多次暗示英国式的拳击如何高妙。一句话，他竟成为一位纯粹的西方派。大拳头先生听到"拳击"两个字，只是贱蔑地、恼怒地微笑了一下，不屑和他的敌人作显明的争论，有时只是默默地、似乎不在意似的，把一个完全民族性的东西使用出来，那就是一只大拳头，有筋力的、纠曲的大拳头，上面长着一层栗色的茸毛。大家都明白，假使这民族性的东西百发百中地落在什么东西上面，确乎会捣成肉酱的。

他们中间没有一个人喝得烂醉，和刚才一样，这全是由于罗果静的努力，因为他整天净想着到娜司泰谢·费里帕夫纳家里拜访的一件事情。他自己差不多已经完全清醒，但是由于在这一生中最乱七八糟的、什么也不像的一天，他所受到了的许多印象，他几乎变得愚蠢了。只有一桩事情时常留在记忆里和心里，每分钟、每刹那都想着。他为了这一桩事情，从午后五点钟一直到十一点钟，处于无穷的烦闷和惊慌之中，和金台尔、皮司库布那班人忙乱着。那班人也几乎发了疯，为了他的事情东奔西钻，像身上着了火似的。但是十万卢布的现款到底弄到了手，这笔款子就是娜司泰谢·费里帕夫纳带着嘲弄的样子，偶然地、完全不清楚地暗示过的。至于利息的成数，连皮司库布本人，和金台尔谈起来的时候，由于羞惭的缘故，都不肯高声说出来，只是用着微语。

罗果静和刚才一样，首先走了进来。其余的人跟在后面移动着，虽然对于自己的特权很有深刻的认识，但到底有点胆怯。他们最怕的是娜司泰谢·费里帕夫纳，也不知是为了什么缘故，有一些人甚至心想立刻会把他们大家"从楼梯上赶下去的"。这般想的人们里面，那个服装漂亮、能博得妇人欢心的扎聊芮夫也在其内，但是别的人们，尤其是那位大拳头先生，虽然不说出声来，但在心里却对于娜司泰谢·费里帕夫纳十分贱视，甚至仇怨，所以走到她家里来，好像是进攻一个城堡一般。然而头两间屋内陈设的佳妙，他们从未见过的一些东西、稀贵的家具、图画、巨大的爱神的像——所有这一切引起他们尊敬，甚至于恐怖的强烈印象。自然，这并不妨碍他们大家渐渐地，带着傲慢的好奇、不顾一切的恐惧，跟在罗果静后面，拥到客厅里去。但是在大拳头先生、"告帮者"和别的一些人看见客人中有叶潘钦将军在内的时候，他们一下子弄得糊里糊涂，摸不到头脑，竟开始渐渐地向后倒退到别间屋内，只有莱白及夫一人是极勇敢，而且具有信心的，差不多和罗果静并排着向前行进，明白一百四十万的资财和现在在手里的十万现款到底是有点意义的。应该注意的是他们大家，连百知百晓的莱白及夫也在内，对于他们的能力范围的认识已弄得非常错乱。到底现在他们是不是可以一切准许做呢？莱白及夫有些时候准备赌咒，是一切准许的，但在另一些时候又感到有不安的需要，为预防万一起见，暗中记住《六法全书》中几项特别可以安慰而且鼓励的条文。

娜司泰谢·费里帕夫纳的客厅给罗果静引起了和他的同行者相反的印象。门帘刚揭起，他一看见娜司泰谢·费里帕夫纳，其余的一切已对于他停止存在，和早晨一样，甚至比早晨还厉害。可以猜到他的心剧烈地跳动着，他畏怯地、慌乱地、目不转睛地望了娜司泰谢·费里帕夫纳几秒钟，忽然似乎丧失了全部的理智，摇摇曳曳地走到桌旁，中途撞着波奇成的椅子，龌龊的皮靴踏在沉默的德国美人华美的湖色衣裳的丝绣边上面。他没有赔罪，没有看见，走近桌旁，把一件奇怪的东西放在上面，这东西是他走进客厅时两手捧在前面的。这是一大包纸，有三俄寸高，四俄寸长，用《市场公报》紧紧地包着，四面用厚绳扎得极牢，扎了两道，就和扎大方块的白糖一般。后来就站住了，一言不发，垂下手，似在等待自己的判决。他的服装和刚才完全一样，只是在颈上加了一条全新的鲜绿的丝围巾，用一只镶成甲虫形状的大钻石别针钉住，还在右手的龌龊的指头上戴着一只巨大的钻石戒指。莱白及夫在离开桌子三步外立住，其余的人们，上面已经说过，渐渐走进客厅里来。娜司泰谢·费里帕夫纳的女仆卡嘉和帕莎也跑来，在揭起的门帘外面窥望，露出深深的惊讶和恐惧。

"这是什么东西?"娜司泰谢·费里帕夫纳问,好奇地盯着罗果静,手指朝那件"东西"指着。

"十万块!"他微声回答。

"啊,居然不失信!请坐,请坐!就坐在这椅子上。同您在一块的是什么人?还是刚才那班人吗?让他们也进来坐,那边沙发上可以坐,那边还有一只沙发,两只靠背椅……怎么,他们不愿意坐吗?"

果真有几个人感到十分惭愧,退了出去,坐在别间屋内等候,但是有些人却留在那里,照着吩咐的样子分别坐开,只是离桌子远些,都在角落里,有些人还打算溜走,另有些人却越来越鼓起勇气,鼓起得不自然地迅快。罗果静也坐在给他指示出的椅上,但是坐了不久,他立刻立起来,以后就不再坐下。他渐渐地开始辨清东西,向众客打量。他一看见笳纳,恶毒地微笑了一下,自行微语着:"这东西!"他向将军和阿法那西·伊凡诺维奇看去,不带着不安的神情,甚至没有露出特别的好奇。但是在看见娜司泰谢·费里帕夫纳身旁坐着公爵的时候,竟许久目不转睛地望着,十分惊讶,似乎没有力量弄明白怎么会相遇的,有人疑惑他有的时候在那里完全说着胡话。他除了这一天一切的慌乱以外,昨天一夜在火车里度过,还有两昼夜没有睡觉。

"诸位,这是十万块钱,"娜司泰谢·费里帕夫纳说,用一种像发着寒热似的、不耐烦的挑战的神气朝大家看,"就在这龌龊的纸包内,刚才他像疯子一样,高声喊着,要在晚上送给我十万块钱,所以我老是等候他。他把我拍卖:从一万八千起,忽然加到四万,以后又加到十万。总算没有失约!你们瞧他的脸色多么惨白!这是刚才在笳纳家里的事情:我去拜访他母亲,拜访我的未来的家庭,但是他的妹妹当面对我喊:'为什么不把这无耻的女人赶出去!'还朝她哥哥笳纳的脸上唾了一口。她是一个有性格的女郎!"

"娜司泰谢·费里帕夫纳!"将军用责备的口气说,他开始照他自己的想法，明白了一切。

"什么事情，将军？是不是不体面？不要再装样骗人了吧！我曾经坐在法国戏院的包厢里，像一个不可侵犯的美德的女人；我曾经像野人似的躲避五年来追求我的一切人，当时我的态度是如何地像骄傲、清白的女人，但是这一切全是为了我的一股子傻劲！现在有一个人当着你们面前，跑了来把十万块钱放在桌上，在我度过了五年的清白的生活以后！他一定已经备好了一辆三套马车，等候在我家的门前。他把我估价，值十万块钱！笳纳，我看你至今还在生我的气。是不是？难道你真想引我进入你的家庭里去吗？把我，把罗果静的女人引进去吗？公爵刚才说了什么话呢？"

"我并没有说您是罗果静的，您绝不是罗果静的！"公爵用战栗的声音说着。

"娜司泰谢·费里帕夫纳，算了吧，亲爱的，得了吧，"达里亚·阿莱克谢夫纳忽然忍不住了，"你既然为了他们觉得难受，又何必看他们呢？难道你真想跟这人走，哪怕就是为了十万块钱的缘故！十万块钱果然是一笔巨款！你可以把十万块钱收下，再把他赶走，应该这样对付他的。唉，我处在你的地位上真要把他们全都……这算什么样子！"

达里亚·阿莱克谢夫纳居然发怒了。她是具有善良的心的、容易感动的女人。

"你不要生气，达里亚·阿莱克谢夫纳，"娜司泰谢·费里帕夫纳对她冷笑了一声，"我对他说的时候并没有生气。我责备他吗？我简直不明白，我怎么会这样的傻，怎么会想加入进纯洁的家庭里去？我见到他的母亲，吻她的手。笳纳，我刚才在你家里说着取笑的话，那是因为我故意要在最后一次亲自看一看：你这人究竟会做到什么地步？你真是使我十分惊讶。我期待着一切，但没有料到会这样的！你明明知道他竟在结婚的前夜，送给我一串珍珠，我还收下来，而你还能娶我！至于罗果静呢？他在你的家里，当着你的母亲和妹妹，把我拍卖，而你到底还在这以后跑来求婚，还想把自己的妹子带来！罗果静说你肯为了三个卢布爬到瓦西里也夫司基岛上去，难道说的是实话吗?"

"会爬的。"罗果静忽然轻声说，露出深信不疑的神色。

"假使你要饿死，那还情有可原，但是听说你所得的薪水并不少呢！再加上你除了受耻辱以外，还要把一个你恨的妻子引到家里去——因为你恨我，我是知道的！现在我相信像这样的人会为了银钱杀死任何人的！现在这类人简直个个都充满了贪婪的心肠，他们尽想着钱，想得发狂了！自己还是一个婴孩，就想出去放印子钱！有一个在剃刀上绕上绸子，绑得紧些，从后面轻轻地把自己的朋友杀死，像宰一头绵羊，这是我新近在报上读到的。你真是无耻的人！我是无耻的女人，而你比我更坏。至于那位取到花把的人我也不多说……"

"这是您吗? 这是您吗? 娜司泰谢·费里帕夫纳!"将军摆着手，露出十分忧虑的样子，"您是如何优雅，有如何柔细的思想，而竟如此! 您说的是什么言语! 什么话语!"

"将军，我已经喝得有点儿醉，"娜司泰谢·费里帕夫纳忽然笑了，"我要出去游玩! 今天是我的日子，我的佳节，我的大纪念日，我早就等候着这日子。达里亚·阿莱克谢夫纳，你看这位夺人家花把的人，这位 monsieut aux camélias（'茶花男'），你看他坐在那里，笑我们……"

"我并没有笑，娜司泰谢·费里帕夫纳，只是用极大的注意听着。"托慈基带着尊严的神气反驳。

"为了什么我在整整的五年里折磨着他，不让他离开我? 值得这样做吗? 他不过是一个应该成为这样的人……他还会认为我对他有错: 因为他使我得到教育，当作伯爵夫人似的养着我，用去了许多许多的钱，在乡下就给我寻觅诚实的丈夫，又在这里给我找到了筎纳。你以为怎样? 在这五年来，我并没有和他同居过，不过钱是问他拿的，心里还觉得是应该拿的。我完全把自己弄糊涂了。你说，你可以收下十万块钱，再把他赶走，既然觉得讨厌。实在是讨厌……我早就可以出嫁，不见得就是嫁给笳纳，然而也是觉得很讨厌。为了什么我在这种怨恨的状态之下费去了五年工夫？你相信不相信，我在四年以前有时就想着，我何不就嫁给我的阿法那西·伊凡诺维奇呢？当时我这样想是由于忿怒的缘故。当时我的脑筋里有许多乱七八糟的念头。我会强迫他做的！他会自己请求的。你相信不相信？固然他喜欢撒谎，但是他很容易受诱惑，他不会坚持得很久。以后又想了想：有点不值得如此对他忿怒。当时我忽然觉得他很讨厌，即使他自己向我求婚，我也绝不嫁给他。整整的五年来，我就这样装腔作势地对待他！不行，最好还是到街上去，那里是我应该去的地方。不是和罗果静在一块游荡，便是明天就去充当洗衣女！我身上没有一点是我自己的。我走的时候，要把一切东西都扔还给他，最后的一块抹布都给他留下。假使我一无所有，请问谁还会来娶我？问一问笳纳，娶我不娶？连费尔特申阔都不会娶我的!"

"费尔特申阔也许不会娶的，娜司泰谢·费里帕夫纳。我是一个很坦白的人，"费尔特申阔插上去说，"不过公爵会娶的！您坐在这里诉怨，您且望一望公爵！我早就在观察着……"

娜司泰谢·费里帕夫纳好奇地回身望着公爵。

"真的吗?"

"真的。"会爵微语着。

"你会娶我这空无所有的一个光身吗?"

"我会娶的，娜司泰谢·费里帕夫纳……"

"又出了新的笑话!"将军喃声说，"这本来是可以料到的!"

公爵用忧愁、严厉和透彻的眼光望着继续看他的娜司泰谢·费里帕夫纳的脸。

"又找到了一个!"她突然又朝着达里亚·阿莱克谢夫纳说，"我知道，这真是出于好心。找到了一个恩人！人家说他那个也许是实在的。你既然这样爱我，愿意收我这种罗果静的女人做妻子，但是你靠什么生活下去呢?"

"我想娶的是像您这样的纯洁的女人，并不是罗果静的女人。"公爵说。

"我是纯洁的女人吗?"

"您是的。"

"唔，这一些……全是从小说里来的! 公爵，这一套话全是古旧的谚语，现在的社会已经聪明了一些。这全是胡说八道的话。你哪里还能娶亲，你自己还需要一个保姆!"

公爵立了起来，用战栗的、畏怯的声音，同时又露出一个具有深信的人的神色，说道:

"娜司泰谢·费里帕夫纳，我一点也不知道，一点也没有看见，您的话是对的，但是我……我认为那是您给我而不是我给您一个面子。我是一个无足轻重的人，您却已受够了痛苦，从地狱里出来还是那样的纯洁，这是很可以佩服的。您为什么感到惭愧，想跟罗果静去呢? 这是狂热病……您把七万五千块钱交还给托慈基先生，还说这里所有的一切您全要抛弃掉，这是谁也做不到的事情。我……娜司泰谢·费里帕夫纳……我爱您。我可以为您而死，我不许任何人说您坏话。如果我们贫穷，我将工作……"

说出最后的那句话的时候，听见费尔特申阔和莱白及夫嬉笑的声音。将军从鼻孔里发了一声鼾，表示极大的不愉快。波奇成和托慈基直想笑，但是忍住了。其余的人们竟惊异得张大着嘴。

"但是我们也许不会受穷，反而会很富的，娜司泰谢·费里帕夫纳，"公爵仍旧用畏怯的声音继续说，"我还不知道究竟如何，可惜我至今还来不及弄得清楚。我在瑞士接到了莫斯科一位萨拉慈金先生的信，他通知我，似乎我可以收到一笔极大的遗产。这封信就是的……"

公爵果真从口袋里掏出一封信来。

"他是不是说谚语?"将军喃声说，"真正的疯人院!"

一下子随来了沉默。

"公爵，您好像说过，您收到了萨拉慈金先生的一封信吗?"波奇成问，"他是极有名的人，他是极著名的律师。如果确是他通知您，那您可以完全相信。幸而我认识他的笔迹，因为不久会和他接洽一桩事情……假使您让我看一看，我也许可以对您说点什么。"

公爵默不作声，手哆嗦着取出那封信来。

"什么事? 什么事?"将军喊，像疯子似的望着大家，"果真是遗产吗?"

大家的眼睛全盯在看信的波奇成身上，众人的好奇取得了新的、特别的冲动。费尔特申阔坐不住了，罗果静带着疑惑和极度不安的神情，一会向公爵看望，一会又转到波奇成身上，达里亚·阿莱克谢夫纳等候得像坐在针上一般。连莱白及夫都忍不住，从角落里走出来，深深地弯腰，从波奇成的肩后窥望那封信，那神气好像生怕有人为了他这样做，立刻会给他一拳似的。

第十六章

"事情是真的,"波奇成终于说,一面折叠那封信,交还给公爵,"您不用一点麻烦的手续,根据令姨母那张无可辩驳的遗嘱,就可以取得极大的资财。"

"这是不会有的!"将军喊,好像放枪似的。

大家又张大了嘴。

波奇成于是解释起来,特别对伊凡·费道洛维奇解释。他说公爵的姨母于五月前死去,这位姨母他从来没有见过,是他母亲的亲姊姊,莫斯科第三等商人伯蒲兴的女儿。伯蒲兴经商破产,在贫穷中死去。他的亲哥哥却是有名的富商,最近也死了。一年以前,他的仅有的两个儿子在一个月内相继死亡,这使他受到打击,过不久自己也得病而亡。他的妻子早已不在世,弄得一个承继人也没有,除了公爵的姨母、伯蒲兴的亲侄女以外。他的姨母是很穷的女人,住在别人家里。在取到遗产的时候,这位姨母也已得了水肿症,离死不远,但她立即委托萨拉慈金开始寻访公爵,还立下了遗嘱。显然,公爵和医生——公爵在瑞士时就住在他家里——两人都不愿意等候正式的通知，或先行调查一下，而由公爵亲自怀揣着萨拉慈金的信，动身回国……

"只有一样可以对您说，"波奇成对公爵说，"那就是所有这一切是无可争论，而且对的，萨拉慈金信上既说出无可争论和合法的话，您就可以把它当作口袋里的现钱一样。我现在恭贺您，公爵！您也许可以得到一百五十万，或者更多些。伯蒲兴是很有钱的人。"

"最后的梅思金公爵万岁！"费尔特申阔喊。

"万岁！"莱白及夫用酒醉的声音吼叫着。

"我刚才还把二十五卢布借给这位穷人呢，哈，哈，哈！这真是童话里的故事！"将军说，惊讶得几乎聋聩了，"恭喜，恭喜！"立起来，走到公爵身前，拥抱他，别人也跟着他立起来，站到公爵的身旁，连退缩到门帘后面的人们都在客厅里出现了，发出了模糊的语声、呼喊，甚至传来了要求开香槟酒的喊声。大家拥挤着忙乱起来，一下子几乎忘记了娜司泰谢·费里帕夫纳，忘记了她还是今天晚会上的女主人。但是等了一会，大家几乎一下子想到公爵刚才曾向她求婚，所以这事情弄得加倍地比以前疯狂和特别。深深地惊讶着的托慈基耸着肩膀，差不多只有他一人坐着，其余的一群全乱哄闹地挤在桌子旁边。大家后来说，娜司泰谢·费里帕夫纳就是从这时候起发了疯。她继续坐着，用一种奇特的、惊讶的眼神向大家看了一会，好像不明白什么，努力在那里思索。她以后忽然转身向着公爵，威严地皱着眉毛，盯着他，但这只是一刹那的工夫，也许她忽然觉得这全是玩笑和嘲讽，但是公爵的神色使她立刻明白了。她凝想着，又微笑了一下，似乎没有明显地感到她微笑的是什么。

"这么说来，我真是公爵夫人了！"她似乎嘲弄自己似的微语着，不经意地望了达里亚·阿莱克谢夫纳一下，大笑起来，"出人意料的收场。我……没有料到的……诸位，你们为什么站在这里？请你们大家坐下，给我和公爵道喜！好像有人要喝香槟酒。费尔特申阔，你去吩咐一下。

卡嘉，帕莎，"她忽然在门旁看见了自己的女仆，"你们来，我要出嫁了，你们听见没有。嫁给公爵，他有一百五十万财产，他是梅思金公爵。他娶我！"

"靠上帝的福，应该是时候了！不要再放过去呀！"达里亚·阿莱克谢夫纳喊，深深地受了所发生的一些事情的震动。

"你坐到我身边来，公爵，"娜司泰谢·费里帕夫纳继续说，"这样就对了。现在酒取来了，诸位，请呀！"

"恭喜，恭喜！"许多声音喊，有许多人挤过去喝酒，罗果静一伙的人差不多全在其内。他们虽然呼喊，而且准备呼喊，但是内中有许多人不管周围的情势和环境如何奇特，已经感觉到布景在那里变换。另有些人显得不安，怀疑地等候着。有许多人互相耳语，说这事情也是极普通的，公爵们本来可娶任何女人，连吉卜赛女人也可以娶。罗果静本人站在那里望着，脸扭曲出呆板的、疑虑的微笑。

"公爵，好人儿，你醒醒吧！"将军恐怖地微语，走到旁边来，拉公爵的袖子。

娜司泰谢·费里帕夫纳看见了，哈哈地笑了。

"将军！我现在已做了公爵夫人，你听见没有？公爵不容人家来侮辱我的！阿法那西·伊凡诺维奇，您来给我道喜呀！我现在可以和您的夫人到处同起同坐。您觉得我有了这样的丈夫，好不好呢？有一百五十万块钱，再加上是公爵，再加上听说是一个白痴。还有比这坏的吗？直到现在才开始真正的生活！您迟了一步，罗果静！你把你一包钱拿走，我要嫁给公爵，我自己就比你富！"

罗果静明白了怎么回事，无可形容的悲哀印在他的脸上。他摆着双手，从他的胸内透出一声呻吟。

"你把她让给我！"他对公爵喊。

周围笑了。

"让给你吗？"达里亚·阿莱克谢夫纳得意扬扬地抢上去说，"你瞧你把钱往桌上一扔，你这乡下人！公爵是娶她，而你是跑来捣乱的！"

"我也娶她！立刻就娶！我可以把一切都交出来……"

"你瞧你这醉鬼，应该把你赶出去！"达里亚·阿莱克谢夫纳愤愤地说。

笑声更显得浓厚了。

"你听着，公爵，"娜司泰谢·费里帕夫纳对他说，"这乡下人在那里拍卖你的未婚妻。"

"他喝醉了，"公爵说，"他很爱您。"

"你的未婚妻几乎同罗果静跑走，你以后不会感到羞惭吗？"

"那是您在发着寒热呢。您现在还在发寒热，说谵语。"

"以后有人会说你的妻子和托慈基姘住过，你不会害臊吗？"

"不，我不会害臊……您在托慈基那里并非出于自愿。"

"永远不会责备吗？"

"不会责备的。"

"你要留神你不能担保一辈子呀！"

"娜司泰谢·费里帕夫纳，"公爵轻声地、似乎有点悲哀地说，"我刚才对您说过，您同意嫁给我，我认为这是一种荣耀，那是您给我体面，而不是我给您体面。您笑我这句话，我听见，周围的人也在那里笑。也许我的辞令显得很可笑，我自己也很可笑，但是我老觉得我……明白什么是体面，并且相信我说的是实话。您现在想无可转圜地害自己，因为您以后永远不会容恕您自己的，其实您并没有一点错处。您的生命绝不会就此完结的。罗果静到您这里来，还有笳佛里拉·阿尔达里昂南奇想骗您，那于您有什么相干呢？为什么您不断提起这些事情呢？您所做的事情不见得许多人能够做，这是我要反复说着的，您想跟罗果静去，那是您在病势发作的时候决定的。您现在还在病中，您最好到床上去睡一下。明天您去充当洗衣妇，而不愿和罗果静在一起的。您很骄傲，娜司泰谢·费里帕夫纳，但是也许您太不幸，所以认为自己是真正有错处的。应该好生侍候您，我要侍候您。我刚才看到了您的照片，好像看见了一个熟识的脸庞，我立刻觉得您似乎已经在那里召唤我。我……我要尊敬您一辈子，娜司泰谢·费里帕夫纳。"公爵忽然结束了他的话，好像忽然醒过来了，脸涨红着，因为他明白他当着何等样的人们面前说出这种话来。

波奇成羞惭得垂下了头，望着地上。托慈基心里想："虽然是白痴，却知道谄媚是最容易得人欢心的方法。这是本能！"公爵又看见在角落里闪耀着的笳纳的眼神，他似乎想用这眼神把公爵烧成灰烬。

"真是好人！"受了感动的达里亚·阿莱克谢夫纳说。

"有学问的人，但已经完了！"将军低声微语着。

托慈基取起帽子，预备立起来，悄悄地溜走。他和将军对看了一眼，预备一同走出去。

"谢谢你，公爵，没有一个人在这以前和我讲过这样的话，"娜司泰谢·费里帕夫纳说，"大家都把我拍卖，正经的人里还没有一个向我求过婚。您听见没有，阿法那西·伊凡诺维奇？公爵所说的一些话您觉得怎样？差不多有点不体面……罗果静！你等一等再走。你也不会走的，我看出来，也许我还要跟你走。你打算把我带到哪里去？"

"叶加德邻郭夫。"莱白及夫从角落里报告着。而罗果静只是哆嗦了一下，张眼望着，似乎不相信自己。他完全呆住了，好像头上挨了一下可怕的打击。

"你怎么啦？你怎么啦？你真是有病，你是不是发了疯？"吃惊异常的达里亚·阿莱克谢夫纳喊了起来。

"你以为是真的吗？"娜司泰谢·费里帕夫纳哈哈地笑着，从椅上跃起，"真要害这小孩吗？这个和阿法那西·伊凡诺维奇恰巧相合，他是爱小孩的！我们走吧，罗果静！预备好你的钱包！你想娶我，也不要紧，钱可是要给我的。我也许还不肯嫁给你。你心想，你自己想娶我，那包钱就是你的吗？你在胡说！我自己就是无耻的女人！我做了托慈基的姨太太……公爵！现在你需要阿格拉耶·叶潘钦，而不是娜司泰谢·费里帕夫纳，否则费尔特申阔那班人会点着手指看不起你的。你不怕，我可是怕我害你，还怕以后责备我。你宣布说，我给你一个体面，这是托慈基知道的。筎纳，你知道，你错过了阿格拉耶·叶潘钦。你假使不和她讲交易，她一定会嫁给你！你们这些人全是这样的：你们应该一下子就加以选择，不是和不体面的女人交往便是和体面的女人相识，否则你会自己弄糊涂的。你们瞧将军的脸色，张大了嘴……"

"这真是地狱，这真是地狱！"将军反复地说，耸起了肩膀。他也从沙发上立起来，大家又都立着。娜司泰谢·费里帕夫纳似乎发狂了。

"真的吗？"公爵呻吟着，绞扭他的双手。

"你以为不吗？我虽然是无耻的女人，但是也许我很骄傲。你刚才称我为完美的人，一个人单只由于夸耀自己看不起百万家私和公爵的名位而往陋室里走去，倒可以算作一种完美！但是在这以后，我能做你的什么样的妻子呢？阿法那西·伊凡诺维奇，你知道我真是把百万家私往窗外抛弃了！那么你以为我会嫁给筎纳，为了你的七万五千块钱出嫁吧？这七万五千卢布你收回去吧，阿法那西·伊凡诺维奇！连十万都没有到，让罗果静超越了过去！我自己来安慰筎纳，我有了一个念头。现在我要出去玩，我是街头卖笑的女人！我在监狱里坐了十年牢，现在我的幸福来了！你怎么啦，罗果静？快预备一下，我们就走。"

"我们就走吧！"罗果静吼叫起来，欢喜得几乎发狂了，"喂……你们……拿酒来！哈哈，哈哈！"

"多预备点酒，我要喝。有没有音乐？"

"有的，有的！你不许走近过来！"罗果静疯狂地喊，看见了达里亚·阿莱克谢夫纳走到娜司泰谢·费里帕夫纳面前去，"她是我的！一切都是我的！皇后！完结了！"

他欢喜得喘不过气来。他在娜司泰谢·费里帕夫纳身旁走着，朝大家喊着："不许走近！"他的一伙人全都挤到客厅里来了。有些人喝酒，有些人呼喊、哗笑，大家处于极兴奋的、极不勉强的心神状态之下。费尔特申阔试着归附到他们一群里去，将军和托慈基又作了想赶紧溜走的姿势。箭纳已经把帽子取在手里，但是还默默地站在那里，似乎还不能和在他面前展开来的图画相脱离。

"不许走近！"罗果静喊。

"你喊嚷做什么！"娜司泰谢·费里帕夫纳向他哈哈地笑着，"我还是我自己的主人。我一不高兴，还可以把你赶出去。我还没有取你的钱，那笔钱还在那里放着。你把它拿来，把整包拿来！这一包里就有十万吗？嘻，真是讨厌！你怎么啦，达里亚·阿莱克谢夫纳？我真的要害他吗？"她指着公爵，"他哪里还能娶亲，他自己还需要一个保姆。你瞧那个将军，他会做他的保姆的。你瞧他尽在他前面侍候着。你瞧，公爵，你的未婚妻收了人家的钱，因为她是一个荒淫的女人，而你还想娶她！你何必哭呢？你觉得悲苦吗？我看，你应该笑！"娜司泰谢·费里帕夫纳继续说，她自己脸颊上已经有两大粒泪珠闪烁着，"你必须信任时间，一切是都会过去的！将来后悔，不如现在仔细想一想，你们大家为什么尽哭，连卡嘉都哭了！卡嘉，亲爱的，你怎么啦？我要把许多东西留给你和帕莎，我已经安排好了。现在再见吧！我让你这纯洁的女人侍候我这荒淫的女人许多时候，这样好些，公爵，这样好些，以后你会贱视我，我们也绝不会得到幸福！你不要发誓，我不相信！那是多么愚蠢！我们不如好好地分手，否则我自己就是爱幻想的，会弄得不好的！难道我自己不幻想着你吗？你的话很对，我早就幻想着。那时我住在他的乡下，独自住了五年，一直在那里想呀，想呀，老是想象着像你这样的人，良善的、诚实的，带点傻气的人，会忽然跑来说：'您没有错，娜司泰谢·费里帕夫纳，我崇拜您！'有时竟想到发狂的地步。但是来了那个人，每年住两个月，带来了耻辱、侮蔑、颓废、淫欲，后来就走了。我有一千次想朝湖里投去，但我是卑贱的人，胆子太小，但是现在呢……罗果静，预备好了没有？"

"预备好了！不许走近！"

"预备好了！"传出了几个声音。

"带小铃的三套马车等候着呢。"

娜司泰谢·费里帕夫纳把那包钱抓在手里。

"笳纳，我生出一个念头。我现在想奖赏你一下，因为你没来由地丧失了一切。罗果静，他为了三个卢布会不会爬到瓦西里也夫司基岛上去？"

"会爬的！"

"笳纳，我想最后一次看一看你的灵魂，整整三个月来你折磨着我，现在轮到我了。你看这包东西，里面有十万块钱。我现在把它扔到壁炉的火里，就在大家面前，让大家做证人！等到火把那纸包团团围住，你就伸手到火炉里，不能用手套，光着手，把袖子撸起，从火里取出那纸包来！取了出来，就是你的，十万块钱全是你的！只是把手烫痛一点，可是你想一想，有十万块钱呢！取出来是并不长久的！我要欣赏你的心灵，看你怎样钻到火里去取我的钱。大家做见证，这包东西是你的！假使你不去取，就让它烧光，我不让任何人抢救。走开！大家都走开！这是我的钱！我收下这笔钱，作为在罗果静那里住一夜的代价。这是我的钱吗，罗果静？"

"是你的，亲爱的！是你的，皇后！"

"那么大家都走开。我要怎样做，就怎样做！不许妨碍我！费尔特申阔，你把火弄弄好！"

"娜司泰谢·费里帕夫纳，我的手举不起来呢！"惊愕异常的费尔特申阔回答。

"真是的！"娜司泰谢·费里帕夫纳喊，抓起火炉的钳子，拨开了两块烧尽的木柴。火刚烧旺，就把纸包扔进去。

周围传来了一阵喊声，许多人居然画起十字来了。

"发疯了！发疯了！"周围的人们喊着。

"不要……不要把她绑起来吗?"将军对波奇成微语,"要不要唤医生……她发了疯,真是疯了!是不是疯了?"

"不,这也许不完全是疯狂。"波奇成微语着,脸色惨白得像一条手帕,浑身哆嗦着,没有力量使眼睛从着了火的纸包上移开。

"我对您说过,她是有色彩的女人。"阿法那西·伊凡诺维奇喃声说,脸色也有点惨白。

"但这是十万块钱呢!"

"天呀,天呀!"周围喊声大作。大家在壁炉旁边拥挤着,大家都抢前来看,大家叫喊……有些人甚至跳到椅上,从人头缝里探望。达里亚·阿莱克谢夫纳跳到另一间屋子,害怕地跟卡嘉和帕莎微语。美丽的德国女人跑走了。

"母亲!皇后!全能的女子!"莱白及夫狂喊着,跪在娜司泰谢·费里帕夫纳前面,手伸到壁炉那里,"十万块呢!十万块呢!我亲自看见,当着我面前包封好的!仁慈的母亲!让我爬到火炉里去我要把整个身子放进去,把我的斑白的头伸到火里去!我的妻子有病,没有腿,有十三个小孩,全是孤苦伶仃的。我上星期埋葬了我的父亲,他没有东西吃。娜司泰谢·费里帕夫纳呀!"他喊完以后,就想爬到壁炉里去。

"走开!"娜司泰谢·费里帕夫纳喊,推开他,"你们大家让开一条路吧!笳纳,你为什么站在那里?你不要害臊!你钻进去吧!祝你幸福!"

然而笳纳在这天和这天晚上所受的实在太多了,对于这最后的意料不到的试验并没有准备。那堆人当时向两半边让开,使他和娜司泰谢·费里帕夫纳面对面立着,只距离三步远。她立在炉旁等候,火焰似的、凝聚的眼神不肯从他身上移开。笳纳身穿晚礼服,手执帽和手套,默默地、安静地站在她面前,两手交叉着,眼睛望着火光,痴迷的微笑在他的惨白如手帕的脸上荡漾。固然,他不能将眼睛从火上、从着了火的纸包上移开,但是有点新颖的什么闯进他的心灵里去。他似乎在发誓熬受这苦刑，他的身体动也不动。过了一会，大家开始明白，他不会走去取那纸包，不愿意去。

"喂，会烧光的！人家会羞你的！"娜司泰谢·费里帕夫纳喊，"以后你要上吊自杀，我并不说玩笑话！"

火起初在两根快烧尽的木柴中间炽烧，后来在纸包扔上去压住了的时候，几乎熄灭了。但是有一道小小的、发蓝的火焰还抓住下面一根木柴的边缘。后来一根柔细的、长长的火舌舐着那纸包，火一抓住，就跑到纸的边上，突然地整个纸包在壁炉里熠烧，鲜艳的火焰蹿到上面，大家都叹气了。

"母亲呀！"莱白及夫又喊叫起来，又往前闯，但是罗果静把他拉住，重又推开了。

罗果静自身完全变成一个呆板不动的眼神。他的眼睛不能从娜司泰谢·费里帕夫纳的身上移开，他被迷醉了，他快乐得像在七重天上。

"这真是皇后！"他不时重复着，向周围随便什么人说，"这才是合我们的意思！"他忘了自身似的喊着，"你们这些小偷中间谁能做出这玩意来呀？"

公爵忧愁地、沉默地观察着。

"只要有人给我一千块钱，我可以用牙齿去衔它出来！"费尔特申阔提议着。

"我也会用牙齿的！"大拳头先生在大家背后狠命地喊出来，"真是糟心！全烧光了！全烧光了！"他看着火焰，喊了起来。

"烧光了！烧光了！"大家齐声喊，几乎大家都抢到壁炉前面去。

"笳纳，你不要装腔了吧，我最后一次说话！"

"快爬过去吧！"费尔特申阔吼叫着，简直像发疯似的跑到笳纳面前，拉他的袖子，"快爬过去，你这吹牛皮的家伙！快烧光了！可咒骂的东西！"

笳纳用力推费尔特申阔一下，转过身子，向门外走去。但是没有走上两步，身体就摇曳着，倒在地板上了。

"晕过去了！"周围的人们喊。

"母亲呀，快烧光了！"莱白及夫喊。

"白白地烧光！"四面八方怒吼起来。

"卡嘉，帕莎，取水来，取酒精来！"娜司泰谢·费里帕夫纳喊，一面抓起火炉的钳子，把那纸包取了出来。外面的纸差不多已经烧成灰烬，但是立刻看出内部并没有损坏。那叠钞票用三层的报纸包住，钱是完整的。大家自由地叹了一口气。

"只有一千块钱有点损坏，其余全是完整的。"莱白及夫欣慰地说。

"全是他的！这包东西全是他的！诸位，你们听着！"娜司泰谢·费里帕夫纳宣布出来，把那纸包放在笳纳身旁，"竟没有去取，竟忍住了！这么说来，他的自尊心还比贪钱的心重些。不要紧，他会醒过来的！否则，也许会杀死什么人。你们瞧，他已经醒过来了。将军伊凡·彼得洛维奇，达里亚·阿莱克谢夫纳，卡嘉，帕莎，罗果静，你们听见没有？这包钱是笳纳的。我全部交给他享有，作为奖金。不管怎么样，都要交给他！你们对他说一声。让这纸包放在他的身边。罗果静，开步走！再见吧，公爵，我初次看到了一个人！再见吧，阿法那西·伊凡诺维奇，谢谢你！"

罗果静一伙人一面哄闹着，呼喊着，一面从各屋里走到门外，跟随在罗果静和娜司泰谢·费里帕夫纳后面。女仆们在大厅里递给她皮大氅，厨妇玛尔法从厨房里跑来，娜司泰谢·费里帕夫纳吻了大家一遍。

"难道，太太，你真是完全离开我们吗？您要到哪里去？还在您生日的那天，这样好日子里！"女仆们哭着问，吻她的手。

"我要到街上去，卡嘉，那里是我应该去的地方，要不我就去做洗衣女人！我同阿法那西·伊凡诺维奇够了！你们代我向他致意，你们不要念我的短处……"

公爵像飞箭似的奔到大门，那里许多人分坐着四辆带小铃的马车，将军在楼梯上就把他追上。

"算了吧，公爵，醒一醒吧！"他说着，拉住他的手，扔掉了吧！你瞧她是什么样的人！我用父亲的资格对你说……"

公爵看了他一眼，没有说一句话，挣脱了身子，跑下楼去。

大门那里三套马车刚刚开走。将军看见公爵抓住第一辆马车，向车夫喊着到叶加德邻郭夫去，跟在三套马车后面。后来将军的那辆套着灰色马的快车驰近前来，把将军载回家去。心里怀着新的希望和计划，怀里揣着刚才的那串珠子，将军到底没有忘记取在身边。在一些计划之中，娜司泰谢·费里帕夫纳诱人的形象也会闪烁过两次。将军叹了一口气：

"可惜得很！真是可惜！一个丧失了一切的女人！一个疯狂的女人！现在公爵不该要娜司泰谢·费里帕夫纳……所以这事情弄成这样子，倒是很好的。"

这类教训式的、临别赠言式的话语也会从娜司泰谢·费里帕夫纳的宾客中其他两个人嘴里念出来，他们决定稍微步行一点路。

"您知道，阿法那西·伊凡诺维奇，听说日本人里也有这类事情发生的，"伊凡·彼得洛维奇·波奇成说，"一个受侮辱的人会走到侮辱者的面前，对他说：'你侮辱了我，因此我来到你面前剖腹。'说完这句话他果真当着侮辱者的眼前把肚腹剖开，大概感到十分满足，好像业已报复了似的，世上真有些奇怪的性格，阿法那西·伊凡维奇！"

"您以为这里有点相像吗？"阿法那西·伊凡诺维奇微笑地回答，"唔……您引了一个很俏皮的、极妙的比喻。但是您自己看见，伊凡·彼得洛维奇，我已经做了我所能做的一切，我不能超越可能的范围以外，您以为对不对？您还须同意，这个女人身上有些重要的优点……光明的性格。我刚才甚至想对她喊，假使我能允许自己在这乱糟糟的环境之下这样做，她本身就是对于她所有的责备的最好的辩解。谁能不被这女人迷惑到忘却理性，忘却一切的地步呢？您瞧这个乡下佬罗果静，竟搬来了十万块钱！即使刚才发生的一切是短促的、浪漫的、不雅观的，但终归是有色彩的、别致的，这个您自己也会同意吧。天呀，以她这样的性格，加上她这样的美貌，可以做成何等的一个人呀！但是无论怎样的努力，甚至无论有多大的学问，一切都已经完了！一粒未经琢磨的钻石！这话我已经说过许多次了……"

于是阿法那西·伊凡诺维奇深深地叹了一口气。

第二卷

第一章

在发生了本书第一卷结束时所叙娜司泰谢·费里帕夫纳的晚会上那桩奇怪事件以后过了两天，梅思金公爵忙着上莫斯科去，办理领取意外遗产的手续。当时有人说，他的急于成行另有原因。但是关于这层，还有关于公爵在莫斯科，总之在他离开彼得堡的整个时期内的一切行动，我们只能供给极少的材料。公爵离开了整整的六个月，即使是那些多少有点原因对于他的命运发生兴趣的人们，在这个时期内也不大能够知道关于他的一切。固然，有些谣传偶尔传到一些人的耳中，但大半也是奇怪的，几乎永远互相矛盾的。对于公爵最有兴趣的自然还是叶潘钦府上，公爵临走的时候竟来不及向他们辞行。不过将军和他见过面，甚至见过两三次，他们很正经地谈论一些什么问题。虽然将军亲自见过面，但他没有把这事通知家人。总之，在最初的时期内，也就是在公爵离开后几乎整整的一个月以内，叶府上下绝口不提到他。只有将军夫人一人最初就表示："她对公爵这个人的观察得了残酷的错误。"以后过了两三天又说，但已经不再指出公爵的名字，却是那样不确定地说，她一生主要的特质就是对于人们的认识不断的错误。过了十天以后，不知为了什么事情对女儿们生气，又用格言的方式说："错误得够了！以后不会再有的了！"不能不使人注意的是有一种不愉快的情绪在他们家里存在了许久。有一点沉重的、紧张的、说不出来的、好像口角的情形存在着。大家全显出阴郁的样子。将军日夜地忙，推行各种事务。他这样繁忙，这样积极，尤其在职务方面，是很少看见过的，家里的人们简直来不及看到他。至于那些小姐们，自然口头上毫无表示，甚至她们自己在一起的时候，也许说得都很少。她们本来是骄傲的、矜持的千金小姐，她们有时还会互相感觉羞惭，然而不但在一句话语里，即使从一个眼神上又全能互相了解，所以说许多话有时也大可不必。

只有一样可以由局外的观察者加以判断的，假使有这种人存在的话，那就是：从一切上述的还不多的材料上看来，公爵虽只到叶潘钦家里去了一次，而且是那样匆匆忙忙地，但到底在那里遗留下了特别的印象。也许这只是普通的好奇的印象，由于公爵几种瑰奇的举动而发生的。无论怎样说，印象是终归遗留下来了。

渐渐地连那些在城里传播着的谣传也蒙上了未知的黑影。大家讲，有一个傻瓜公爵（谁也不能确切地提出他的姓名），突然领到了一笔巨额遗产，娶了一个过路的法国女人——巴黎"花之宫"里著名的跳康康舞的舞女。但是另一些人说，有一个将军取到了遗产，还有一个俄国商人，拥有数不清的财产，娶了过路的法国女人和著名的舞女，在婚筵上喝醉了酒，由于夸口而把七十万张最新发行的有奖公债票用蜡烛烧毁。然而所有这些谣言很快地静寂了下去，而这是周围的情势加以助成的。譬如说，罗果静的一伙里本有许多人可以讲述出来的，竟全体由罗果静本人率领着，动身到莫斯科去了，就在叶加答邻郭夫车站可怕的豪饮以后整整地过了一星期的时候，娜司泰谢·费里帕夫纳也参加这豪饮。有些不多的关心着的人们从某种谣传上得悉，娜司泰谢·费里帕夫纳在叶加答邻郭夫豪饮的次日就逃走了，失踪了，后来才探出她到莫斯科去了，因此大家在罗果静赴莫斯科一事上发现了和这谣传相巧合的地方。

对于笳佛里拉·阿尔达里昂南奇·伊伏尔金也发生了一些谣言。他在自己的团体里本来也是很有名的人物，但是他身上也出了一桩事实，使那些关于他的不良流言迅快地冷却了下去，而且完全消灭了：他得了极重的病，不但不能出现于任何的社会中间，且甚至不能出去办公。他病了大约一个月方才痊愈，但不知为何原因竟完全辞去了股份公司内的职务，而由他人继任。他也再不在叶潘钦将军家内出现一次，由别的官员上将军那里去。笳佛里拉·阿尔达里昂南奇的仇人们本可以猜想到他为了所发生的一切事情感到非常的惭愧，竟不好意思走出街上，但是他果真得了病，甚至得了忧郁病，显出凝想和苦恼的样子。瓦尔瓦拉·阿尔达里昂诺夫纳在那年的冬天和波奇成结婚，认识他们的人们全直率地指出这个婚事和笳纳不愿返就原职，不但停止赡养家庭，且自身也需要帮助，甚至需要他人服侍的事实相关。

我们必须附带指出，在叶潘钦家内对于笳弗里拉·阿尔达里昂南奇这个人甚至从未提起过，仿佛世界上都没有这个人，不仅在他们家内。但是他们大家很快地全知道了一桩极有趣的事实，那就是：在那个对于他命定的夜里，娜司泰谢·费里帕夫纳家里出了那桩不愉快的事件以后，笳纳回家后，并没有睡觉，却用像犯疟疾似的不耐烦的神情等候公爵回来。公爵到叶加答邻郭夫去，回来时已是早晨五点多钟。那时笳纳走到他屋内把娜司泰谢·费里帕夫纳在他晕倒时送给他的、烧焦了的一包钱放在桌上，他坚请公爵在遇到最初的可能的机会时将这礼物还给娜司泰谢·费里帕夫纳。笳纳到公爵那里去的时候，带着仇恨的且近乎悲愤的心情。他和公爵之间仿佛只说了几句话，以后笳纳竟在公爵那里坐了两小时，一直悲哀地痛哭着。两人带着友善的关系散走了。

叶潘钦家里人全都听到了这个消息，后来证明是完全准确的。这类消息会如此迅快地传出来，被打听出来，自然是很奇怪的。例如，娜司泰谢·费里帕夫纳家里所发生的一切事情，到第二天叶潘钦家里就全知道，甚至知道得非常详细。关于笳佛里拉·阿尔达里昂南奇的消息可以猜想是瓦尔瓦拉·阿尔达里昂诺夫纳带到叶潘钦家里去的。她忽然出现在叶家的几位小姐那里，而且很快地和她们处得极热，使丽萨魏达·博罗可菲也夫纳感到惊讶。但是瓦尔瓦拉·阿尔达里昂诺夫纳即便为了什么原因认为必须和叶家姊妹们接近，也一定不会和她们谈自己兄弟的事情。她虽然在那个把她的兄弟驱逐出去的人家那里结下了友谊，但她也是一个很骄傲的女子，不过她的骄傲是另一种的。以前她虽和叶家认识，但难得见面。但是她现在也差不多不常到客厅里去，只是从后门的台阶那里进去，像溜进去似的。罗萨魏达·博罗可菲也夫纳从来不喜欢她，以前和现在都不喜欢，虽然她很尊敬瓦尔瓦拉·阿尔达里昂诺夫纳的母亲尼纳·阿历山大洛夫纳。她很惊讶而且生气，认为瓦略和她的女儿们的友谊是她们一种任性和专擅的行为："简直不知道要想出什么花样来和她反对。"不过瓦尔瓦拉·阿尔达里昂诺夫纳到底继续上她们那里去，嫁前嫁后都去。

公爵走后过了大约一月，叶潘钦夫人接到了老公爵夫人白洛孔司卡耶一封信，她于两星期前赴莫斯科看她的出嫁的长女。这封信给予叶夫人显著的影响。她虽然没有把信里的内容告诉伊凡·费道洛维奇和女儿们，但是从许多痕迹上可以看出她有点特别的兴奋，甚至惊扰。开始特别奇怪地和女儿们攀谈，净讲些不寻常的题目，她显然想说出来，但为了什么原因忍住了。接信的那天她对大家的态度非常和蔼，甚至吻阿格拉耶和阿台拉意达，在她们面前说了一些忏悔的话，可是忏悔的究竟是什么，她们也弄不清楚，甚至对整个月来失了宠的伊凡·费道洛维奇也宽宏起来。第二天上，她对于昨天那样的感情作用异常生气，在饭前已经和大家吵了一下嘴，但是到了晚上天空里又晴朗了。总之，她在整整一个星期内处于充分明朗的情绪之中，这是早就没有的。

又过了一星期，她又接到白洛孔司卡耶一封信，这一次决定说话了。她庄严地宣言，"白洛孔司卡耶老太婆"——背后讲论她的时候，她从来不作另外称呼的——告诉她极可安慰的消息，关于"这个怪物"：

"唔，就是那个公爵！"老太婆在莫斯科寻找他、探听他、打听到一点很好的消息。后来公爵亲自上她那里去，使她引起了特别的印象。她请他每天早晨上她家去，从一点到两点，他就每天去，至今还没有厌。最后将军夫人还说，公爵由老太婆介绍，受两三家人家殷勤招待。"他并不呆坐在家里，也不像傻子似的害臊。"小姐们听到这个消息以后，立刻觉察出，信里有许多话母亲瞒住了没有说，也许她们是从瓦尔瓦拉·阿尔达里昂诺夫纳那里知道的。自然，凡是波奇成所知道关于公爵和他在莫斯科的一切情形，她也会知道的，而波奇成所知道的甚至比大家都多。他在事务方面本来是过分沉默的人，虽然他有话也会告诉瓦略。由于这，将军夫人更加不爱瓦尔瓦拉·阿尔达里昂诺夫纳了。

无论怎么说，冰既已被击破，对于公爵已成为大家可以出声谈论的人。同时更加明显地发露了公爵在叶家引起而且遗留下来的特别印象和无从衡量的极大的兴趣。将军夫人对于莫斯科来的消息会引起她的女儿们如此深的印象深感惊讶，而女儿也惊奇她们的母亲会如此隆重地宣布。她一生主要的特质就在于对人们的认识不断的错误，而同时竟委托"有势力的"老太婆白洛孔司卡耶在莫斯科注意公爵的行动，再加上必须借基督和上帝的名义才能求到她的注意，因为老太婆对于某一些事情是懒得去做的。

冰刚被击破，又吹来了一阵新鲜的风，将军也立即发表自己的意见。原来他也非常闹心这件事情，不过他只讲到了"问题的事务方面"。原来，他为了公爵的利益起见，会委托两位极靠得住的、在莫斯科极有势力的先生监督他，且特别监督他的顾问萨拉慈金。关于遗产方面人们讲论的一切，也就是关于遗产的事实，是十分正确的，但是遗产的本身却并不十分巨大，像以前风传的那样。财产的状况有一半已经弄得零乱，出现了债务，且出现了另一些要求权利者，再加上公爵不管有人在为他谋划，还做出些事务方面毫无经验的行动。"自然上帝会保佑他的。"现在，在"沉默的冰"已被击破的时候，将军乐于"完全诚心诚

208

意地"作如此的声明，因为"这小子虽然有点那个，但终归是值得那个的"，不过他到底有点傻里傻气。譬如说，发现了故世的商人的几个债权人，持着一些没有价值的、大可争论的凭据，还有些人探听出公爵的为人，竟毫无凭据也跑了来。结果怎样呢？公爵竟会使大家都得到了满意，不管他的朋友们竭力主张，说这些人们是没有权利的。他之所以满足他们的要求，也就因为内中有些人确乎受了损害。

将军夫人回答说，白洛孔司卡耶关于这层也提到过。"这是蠢极了，太蠢了，傻子是无法治疗的。"她坚决地说，但是从她的脸上可以看见她很喜欢这"傻子"的行为。后来将军看出他的夫人对于公爵的关心好像对待自己的亲儿子一般，又看出她对阿格拉耶特别和蔼。他看到这情形，一时露出了极正经的脸色。

但是这种愉快的情绪并没有存在了许多时候，只过了两星期，突然一切又变了，将军夫人皱着眉头，将军耸了几次肩膀，又服从了"沉默的冰"。事情是因为两星期以前他偶然接到了一个消息，虽然是简短的、不很清楚的、但是极准确的消息，说娜司泰谢·费里帕夫纳起初在莫斯科失踪，以后又在莫斯科被罗果静找到，以后又失了踪，又被他找到，最后才给了嫁给他的正确的诺言。仅过了两星期，将军忽然接到消息，说娜司泰谢·费里帕夫纳第三次逃走了，这一次逃到一个省城里去，同时梅思金公爵也从莫斯科失踪，把所有事务都交给萨拉慈金照顾。"是不是和她一块去，或者不过是跟踪而去，不得而知，但是里面有点把戏。"将军结束了他的话语。丽萨魏达·博罗可菲也夫纳的方面也收到了一些不愉快的消息。在公爵走后的两个月，关于他的一切消息差不多已经在彼得堡完全静寂了，而叶府上"沉默的冰"也不再被击破。不过瓦尔瓦拉·阿尔达里昂诺夫纳还是常去探望小姐们。

为了结束所有这些谣传和消息起见，我们要补说的是在春天时，叶府上发生了很多的变动，所以不忘记公爵是很难的，况且公爵自己也没有透露，且也不愿透露关于自己的消息。在冬天内他们渐渐地决定到国外去消夏，那就是丽萨魏达·博罗可菲也夫纳带着女儿们前去，将军自然不能虚耗时间到"空虚的消遣"上面。这决定是由于小姐们特别固执的主张而成立的，她们深信不愿意带她们到国外去的原因是父母不断地想遣嫁她们，为她们寻觅未婚夫。也许父母终于相信未婚夫在国外也可以遇到的，而夏天的出国不但不会破坏，且"反能助成"。这里应该顺便提起的是曾经计划过的阿法那西·伊凡诺维奇·托慈基和叶家大小姐的婚事业已完全失败，形式上的求婚并未成立这事情是自然而然发生的，既未费过很多的闲话，也没有经过任何家庭的斗争。自从公爵走后，两方面忽然一切都沉静了。这事实一部分可列入叶府内当时那种沉郁情绪的原因之列，虽然将军夫人当时就表示她很喜欢，欢喜得"用两手画十字"。将军虽然失了宠，感到自己做了错事，但到底还郁郁不乐了许多时候。他很可惜阿法那西·伊凡诺维奇："挣下这许多财产，而且是这样一个灵巧的人！"过了不久，将军就知道阿法那西·伊凡诺维奇被一个过路的上等社会的法国女人迷住，她是侯爵夫人、宗社派。他们的婚事即将成立，结婚后阿法那西·伊凡诺维奇被带到巴黎去，以后再到布勒塔尼去。"他跟法国女人去会倒霉的。"将军认定。

叶潘钦一家人准备在初夏动身。忽然发生了一桩事，使一切重新变更，他们的旅行又延了期，但这使将军夫妇感到极大的喜悦。有一位公爵从莫斯科驾临到彼得堡来——S公爵，一个出名的人，以很好的性格出名的人。他是那种诚实的、朴素的现代人，甚至可以说是现代的事业家。他们诚恳地、有意识地盼求公众的利益，永远工作着，具着稀有的、快乐的性格，因此永远找得到工作做。他并不想出风头，避免各党派残狠的斗争和无聊的话语，自身并不隶属党派，但对于最近发生的许多事情却有极深的了解。他以前做过官，以后参加了地方自治的工作。此外，他还是几个俄国科学会的通讯员。他同一个熟识的工程师一块帮忙用搜集材料和调查的方法决定了一条在计划中的主要铁路线的比较正确的方向。他的年纪有三十五岁，他是"最上等社会"的人，拥有"良好的、正经的、无可辩驳的财产"——将军这样地评论他。将军为了一桩极正经的事情和公爵在他的上司伯爵那里遇见，就此互相认识了。公爵由于某种特别的好奇心，从不避免和俄国的干员们交游。恰巧公爵又和将军的家属认识了。她们姊妹中的第二位阿台拉意达·伊凡诺夫纳，引起他极强烈的印象。快近春天时，公爵向她求婚。阿台拉意达很喜欢他，丽萨魏达·博罗可菲也夫纳也喜欢他。将军十分高兴，旅行自然延了期，婚礼定在春天举行。

旅行本来可以在中夏或夏尽时成为事实，哪怕由丽萨魏达·博罗可菲也夫纳带着两个留在她身边的女儿出去游玩一两个月，也可以借此消除和阿台拉意达离别的愁情。但是又发生了一件新事！在春末（阿台拉意达的婚礼暂缓到中夏才举行）时，S公爵把他的一个相知极深的远亲引到叶府上来。他名唤叶夫格尼·柏夫洛维奇·拉道姆司基，一个二十八岁左右的青年人，副官，图书上才有的美男子，"望族"，聪明而且漂亮，"新派""学问玄博"，具有太多的、多得从来没有听见过的家产。关于最后一层，将军是永远很谨慎的。他调查过，确乎有这种事情，虽然还待加以调查。这个年轻而有前途的副官被老太婆白洛孔司卡耶从莫斯科来的批评抬得很高。唯有他的名誉有点不大稳固：有些和女人勾搭的事情，听说是"征服"了几个不幸的女人的心。他自从见到阿格拉耶以后，就在叶府上特别坐得长久。固然还没有说出什么话来，甚至连任何暗示都没有，但是父母总归觉得今年夏天国外旅行是大可不必去想的了。阿格拉耶自己也许持着另一种见解。

这事发生在本书的主角第二次在我们这部小说的舞台上出现之前。那时候从外表上判断可怜的梅思金公爵已在彼得堡被人完全遗忘了。现在他忽然在认识他的人们中间出现，似乎是从天上落下来一般。让我们再来告诉一桩事实，借此结束我们的引子。

郭略·伊伏尔金在公爵走后起初继续过他以前的生活，那就是上学，访问伊鲍里特，照顾将军，帮助瓦略管理家务，也就是替她跑腿。

但是房客们很快地都走空了。费尔特申阔在出了娜司泰谢·费里帕夫纳家的事情以后三天就搬出去了，极快地失了踪，所以一切关于他的信息也就沉静了。有人说他在什么地方喝酒，但是说得并不肯定。公爵到莫斯科去了。他一走，房客就没有了。瓦略嫁后，尼纳·阿历山大洛夫纳与笳纳和她一块搬到伊兹玛意洛夫司基营波奇成的家里去。至于说到伊伏尔金将军，他发生了一桩完全不能预见的事实：他因欠债而被捕下狱。那是他的女朋友上尉夫人根据他在不同的时候签给她的值两千卢布的借据把他送进去的。这一切事情的发生对于他是完全的意外，可怜的将军根本成为"对于人心的正直无节制的信仰的牺牲，这人心是指一般而言的"。他有签发借据和期票的缓和的习惯，没有料到，无论什么时候也没有料到这些文件有发生效力的可能性，总以为就是这样的。其实并不是这样。"现在你去依赖人吧！表示正直的信任心吧！"他悲苦地呼喊，那时他正和一些新交的朋友们坐在达拉骚夫的房子内喝酒，讲述关于包围卡尔司和小兵复活的故事。他在那里生活得很好。波奇成和瓦略说这是他应该住的地方，笳纳也十分赞成他们的话。唯有可怜的尼纳·阿历山大洛夫纳一人暗自哀哀地哭泣（这竟使家里的人们深致惊讶），时常扶病到伊兹玛意洛夫司基营去和丈夫会晤。

自从发生了像郭略所说的"将军的事件"以来，总之，自从他的姊姊出嫁以后，郭略几乎完全从他们的手里挣脱出去，甚至最近竟不大回家住宿。听说他结交了许多新朋友，此外，他在债务监狱内已为大家所知晓。尼纳·阿历山大洛夫纳在那里没有他会弄得无所措手，至于家里现在已没有人再用好奇的问题烦扰他。瓦略以前对他很严厉，现在则一点也不去盘问他的行径。使家里的人们十分惊讶的是笳纳，现在和郭略说话，对待他，有时竟完全亲密，不管他得了如何沉重的忧郁症。这情形是以前所未有的，因为二十七岁的笳纳自然不会对他的十五岁的兄弟有多少友善的注意，永远对他粗暴，要求家人对他持严厉的手段，还时常以"揪他的耳朵"为威吓，这使郭略达到了"人类的忍耐心的最后的境界"。现在郭略有时竟成为笳纳必要的人，这是可以想到的。对于笳纳当时还钱的一层使他感觉有点惊愕，因此他准备对他多所饶恕。

公爵走后已过了三月，伊伏尔金家里听到郭略突然和叶家相识，受到几位小姐很好的接待。瓦略不久就知道了这件事，不过郭略不是由瓦略介绍而认识的，却是"自己介绍自己的"。叶府上渐渐都很爱他，将军夫人起初很不满意他，但不久就对他和气起来，"为了他的直率的性格和不好谄媚的脾气"。说郭略不好谄媚是十分对的，他在他们家里立于完全对等和独立的地位，虽然有时也给将军夫人读些书报，不过他是永远爱为人家做事的。他有两次狠狠地和丽萨魏达·博罗可菲也夫纳吵嘴，说她是专暴的女人，他的脚以后不愿再跨进她的家门。第一次的争论为了"妇女问题"而起，第二次则为了每年中什么时候宜于捕捉金翅雀的问题。尽管如何不可思议，将军夫人于争论后的第三天上必派仆人送一封信给他，请他务必光临。郭略并不装腔作势，立刻就来了。只有阿格拉耶一人时常不知为什么对他不合适，用傲慢的态度对待他，而他又恰巧注定着要使她吃惊一下。有一次，在复活节的时候，郭略捉到一个冷静的机会，把一封信递给阿格拉耶，只说是有人托他亲手交给她。阿格拉耶威风凛凛地望了"这傲慢的小孩"一眼，但是郭略没有等候，就离开她的身边。她拆开信来，读道：

> 您以前曾经信任过我，也许您现在完全忘记我了。我怎么会弄得又要写信给您呢？我不知道。但是我怀着一种无可压抑的愿望，要向您提起我的存在，而且单单对您提起。你们三位有多少次是我感到极需要的，而三位中我只看见您一个人。是的，您是我需要的，极需要的。关于我的一切，我没有什么可以写给您，没有什么可讲。我并不想这样做，我最希望的是您能够得到幸福。您有幸福吗？我想对您说的也只是这句话。
>
> 您的长兄 L. 梅思金公爵上

阿格拉耶读了这封简短而极无意义的信以后，忽然满脸发红，沉思起来。她的思潮是我们难以传达的。她自问道："要不要给别人看呢?"她似乎有点害羞。结果是她带着嘲讽的、奇怪的微笑把那封信朝小桌上一扔。第二天又取起来，放在一本装订着坚硬的封面的厚书里面——她对于自己的文件时常这样做，为的是在需要的时候可以快快地找到。过了一星期后她才想看一看那是一本什么书，原来是《堂吉诃德》。阿格拉耶哈哈地大笑，不知道笑些什么。

也不知道她曾否把她收到的信给姊妹中什么人看过。

但是还在读信的时候，她突然想到：莫非这个傲慢的小孩和吹牛的小东西被公爵选作他的通讯员或者竟是他的唯一的通讯员? 她虽然带着特别不屑的神情，但到底把郭略叫来盘问了一下。但是这永远好生气的"男孩"这一次并没有对她的不屑的神情稍加注意，他极简单而且干涩地对阿格拉耶解释，他在公爵离彼得堡之前虽会告诉他一个经常通讯处，并且还表示愿意为他效劳，但这是他初次接到的一个委托，他接到的第一封信。为了证明他的话语起见，他掏出那封自己收到的信来。在致郭略的信里有下面的几句话：

　　亲爱的郭略，请你费神将附信转交给阿格拉耶·伊凡诺夫纳。祝你的健康。

　　　　　　　爱你的 L. 梅思金公爵上

"委托一个孩子办事终归是可笑的。"阿格拉耶恼恨地说，一面把信交还给郭略，当时贱蔑地离开他的身边。

这是郭略不能忍受的。他为了这件事情，不说出什么原因，特地向筘纳恳求借用一条全新的绿色围巾。他受了极大的侮辱。

第二章

　　已是六月初旬，彼得堡的天气在整个星期内好得少见。叶家在伯夫洛夫司克有一所阔绰的自己置备的别墅。丽萨魏达·博罗可菲也夫纳忽然惊扰起来，活动起来，没有忙上两天，就搬走了。

　　在叶府搬到伯夫洛夫司克的次日或第三日，莱夫·尼古拉也维奇·梅思金公爵乘了早车从莫斯科来到。没有人到车站迎接，但是下车时公爵忽然在包围住乘客的一群人里面瞥见了两只眼睛的奇怪的、热辣的神光。他仔细看一下，也辨别不清什么，自然只是一瞥而已，但遗留下了不愉快的印象，再加上公爵的心里本来就显得悲哀，好像有什么闹心的事情。

　　马车送他到离李铁因大街不远的一家旅馆里。那旅馆不大好，公爵租了两间不大的屋子，里面的光线十分黑暗，陈设得也很简陋。公爵洗了洗脸，穿好了衣裳，一点东西也没有要，就匆遽地走出，似乎怕虚费光阴，或遇不到什么人。

　　假使在半年以前他第一次到彼得堡时认识他的人们中间，有人现在看到他，必将断定他的外貌已变得好些。其实并不如此。单在服装方面有了完全的变动：所有的衣裳全是两样的，在莫斯科由好裁缝裁制的。不过他的服装终归有些缺点：似乎缝得太拘泥于时髦的样本——那些心地老实但不很有才能的裁缝们永远是这样缝制的——再加上穿在对于这事毫不发生兴趣的人身上，所以在仔细地审视公爵的时候，喜欢发笑的人也许会找到什么使他微笑的东西。可笑的原因还会少吗？

公爵雇了马车，到潘司基去。在洛士台司脱文司基街上，他迅快地找到了一所不大的木房，使他惊讶的是这所房屋外表上颇为美丽、清洁，收拾得十分整齐，前面有座小花园，里面长着鲜花。临街的窗开着，从里面传出一个锐利的、无止断的语声，几乎是呼喊，好像有人在那里朗诵，或者简直是演说。那语声被几个人洪响的笑声所阻断。公爵走入院里，升上台阶，说要找莱白及夫先生。

"他在那边呢。"一个袖子撸到肘上的厨妇开门后回答，手指向客厅戳了一下。客厅用深蓝色的花纸裱糊，收拾得干干净净，多少带点漂亮，有圆桌和沙发、罩在玻璃里的紫铜时钟，一只狭窄的镜子贴在墙上，一盏带着小玻璃的不大的挂灯，系在古铅色的铁链上，从天花板上垂落下来。莱白及夫先生立在客厅里，背朝着走进去的公爵，穿着背心，没有穿上衣，按照夏天的打扮，在那里叩击自己的胸脯，悲哀地演讲着一个题目。听众有：一个十五岁左右的男孩，一副十分快乐、并不愚蠢的脸，手中持着书；一个二十岁左右的青年女郎穿着孝服，手持乳孩；一个十三岁的姑娘，也戴孝，笑得很厉害，可怕地张大了嘴；还有一个极奇怪的听者，躺在沙发上，有二十岁左右，脸很美丽，微带黑色，长长的、浓浓的头发，黑而大的眼睛，脸上露出髭须的小小的痕迹。这位听者显然时常打断莱白及夫的演词，还和他辩论，其余的听众发笑的大概就是这个。

"罗吉央·蒂莫菲维奇！罗吉央·蒂莫菲维奇！真是的！你向这里瞧呀！您真是烦死人了！"

216

厨妇挥了挥手，走开了，生气得满脸通红。

莱白及夫回头一看，看到了公爵，站立在那里，像中了电击，以后又带着谄媚的微笑奔到他面前去，中途又似乎呆住了，说道：

"尊贵的公爵呀！"

但是好像还无力找到应持的态度似的，突然回过身去，没头没脑地向手抱婴孩的戴孝女郎面前奔去，使她愕然倒退了几步。但他立即离开她，又去攻击十三岁的小女孩。她正立在第二间屋子的门槛上面，脸上继续堆着刚才剩留下来的笑容。她吃不住他的呼喊，立刻溜到厨房里去了。莱白及夫甚至朝她后面跺脚，以做加重的惩戒，但是遇到了公爵惶惑地瞧望着的眼神，就解释道：

"这是为了……恭敬，哈，哈，哈！"

"你这大可不必。"公爵开始说。

"就来，就来，就来……像一阵狂风似的！"

莱白及夫迅快地从屋内隐去。公爵惊异地看着女郎、男孩，还有躺在沙发上的那个。他们大家全笑着。公爵也笑起来。

"进去穿礼服呢。"男孩说。

"这是很可恼的事，"公爵开始说，"我以为……请问，他是不是……"

"您以为他喝醉了吗？"一个声音从沙发上喊出，"一点也不！也许三四杯，或者五杯是有的，但是这算不得什么，这是照例的规矩。"

公爵正想对沙发上的声音回话，但是女郎先开口说话，可爱的脸上露出极坦白的神色：

"他早晨时从来不喝许多酒，假使您找他有什么事情，现在说出来正好，正是时候。晚上一回来，就喝得醺醉。他现在到了夜里就哭，对我们朗诵圣经，因为我们的母亲已在五星期前死去了。"

"他所以逃走，因为他大概难以回答您的话，"沙发上的青年笑了，"我可以打赌他要欺骗你，现在正在想方法。"

"只有五个星期！只有五个星期！"莱白及夫穿了礼服回来，抢上去说，眼睛闪耀着，从口袋内掏出手帕来擦泪，"这些孤儿们！"

"你为什么穿了破衣出来？"女郎说，"门外挂着一套新衣服，没有看见吗？"

"不许响，小蜻蜓！"莱白及夫对她喊，"你呀！"他朝她跺脚。但是她这一次只是笑了一声。

"你吓唬我做什么，我并不是达娜，不会逃跑。你这样会把刘葆赤卡吵醒，让她得惊风的，你喊嚷什么？"

"不，不，不！烂舌头，烂舌头……"莱白及夫忽然惊惧得厉害，跑到那睡在女儿手上的婴孩面前，用了惊惧的神色朝她身上画了几次十字，"主保佑她，主会保佑她的！这是我亲生的小女儿刘葆赤卡，"他对公爵说，"我的故世的妻子叶莲娜——我的正室夫人生的，产后她竟死了。这只小鸟是我的女儿魏拉，戴着孝，至于这个，这个，这个……"

"怎么愣住了？"青年人喊，"你继续说下去，不要害臊。"

"大人！"莱白及夫忽然带着一种冲动喊出，"关于芮玛林家的谋杀案您在报上看过没有？"

"看过了。"公爵说，带着一点惊讶的神情。

"那个杀死芮玛林全家的真正凶手就是他！"

"您怎么啦？"公爵说。

"这是比喻的说法，未来的第二个芮玛林家的未来的第二个凶手。他正在预备着呢……"

大家笑了。公爵想到也许莱白及夫果真在那里装傻，只是因为他预先感觉他将发问，不知如何回答，所以拖延时间。

"他在那里阴谋造反呢！"莱白及夫喊，好像无力忍住自己似的，"我能不能、有没有权利，把这好嚼舌的人，也可以说是浪子、坏货，当作我的亲外甥、我的去世的妹子阿尼谢的独子看待呢？"

"住嘴吧，你这醉鬼！您相信不相信，公爵，他现在忽然想当律师，

218

替人辩护诉讼事件。他想发展他的辩才，和家里的孩子们用崇高的文体说话。五天以前在地方法院的推事面前说过话，而且担任辩护的您知道是谁，并不是那个央告过他的老太婆、那个卑鄙的借印子钱的人把她的五百卢布劫去，把所有她的财产夺为己有。他辩护的却是那个借印子钱的人扎意特莱尔、犹太鬼，就为了他答应给他五十卢布……"

"胜诉就给五十卢布，败诉呢，只有五个卢布。"莱白及夫忽然用比以前不同的完全另一种语音解释，那种样子好像他从来没有喊嚷过似的。

"他自然闹出了笑话，现在并不是旧时的秩序。法院里大家笑了他一顿，但是他自己很满意。他说，公正无私的推事们，你们要想一想，一个悲苦的老人，丧失了腿，依靠正直的劳动而生活，现在被夺去了最后的一块面包。请你们忆到立法者聪明的话语：'法庭上应以仁惠为主。'您相信不相信：他每天早晨在这里对我们复述那篇演说，就和他在堂上说的一模一样，今天是第五次了。就在您来到之前还念着，高兴得不得了，自吹自拍起来，还预备替什么人辩护。您大概就是梅思金公爵，是不是？郭略常对我提到您，说他在世上至今还没有遇到比您聪明的人……"

"不会的！不会的！世上聪明些的再也不会有的！"莱白及夫立刻抢上去说。

"这位大概是扯谎。一个人爱您，另一人对您谄媚。我并不打算拍您的马屁，您应该知道这层。您是懂得道理的：您把我和他评判一下。你要不要让公爵评判我们？"他对舅舅说，"您跑了来我是很喜欢的，公爵。"

"我愿意！"莱白及夫坚决地喊，不自觉地朝又开始聚拢来的群众看了一眼。

"你们这里有什么事呢？"公爵说，皱着眉头。

他的头果真发疼，再加上他越来越相信莱白及夫在那里愚弄他，因此倒也喜欢把正事往后挪一挪。

"案情是这样的。我是他的外甥，这话他没有扯谎，虽然他净说些谎话。我没有在学校内毕业也不打算毕业，而且一定要贯彻自己的主张，因为我有我自己的性格。但是为了生活起见，我谋到了铁路上的一个位置，每月有二十五卢布的薪水。我承认他已经帮过我两三次的忙。我身边有二十卢布，我把它输掉了。你相信不相信，公爵，我的品行竟是那样的卑鄙、那样的低劣，我竟把那笔钱输掉了！"

"而且输给那个混蛋，那个不应该给他钱的混蛋！"莱白及夫喊。

"是的，输给那个混蛋，但终归是应该给他钱的，"青年继续说，"说他是混蛋，我可以证明，但并不因为他揍了你的缘故。公爵，他是一个被革职的军官、退伍的中尉，隶属于以前的罗果静的一伙里面，教授拳术。他们大家自从被罗果静解散以后就在各处流荡着。最坏的是我很知道他，我知道他是混蛋、恶徒、小偷，而到底还和他坐下来赌钱，在输到最后的一个卢布的时候——我们赌一种'棍子戏'——我自己想：我输完以后，便到罗吉央舅舅那里央求，他不会拒绝的。这是太卑鄙了，这真是太卑鄙了！这真是有意识的卑鄙！"

"这真是有意识的卑鄙！"莱白及夫重复着。

"你不要得意，再等一下，"外甥生气地喊，"他还高兴呢。我到他这里来，一切都向他直说了出来。我的行为很正直，我不宽宥自己，我在他面前痛骂自己，尽我的能力痛骂，这里大家都可以做证人的。我为了就铁路上的位置，一定必须把服装弄得整齐一点，因为我身上穿的全是破烂的衣裳。您瞧这双靴子！否则是不能去到差的。我假使不能如期到差，别人会占我的位置，那时我只好失业，不知几时才会找到另一桩差使。现在我只向他借十五卢布，并且答应以后再也不向他借钱，还在最初的三个月内，把债务全部还清，一个戈比也算清楚。我决不失信。我会在整整的几个月内光吃面包和汽水，因为我是有性格的。三个月的薪水一共七十五卢布，连同以前所借的，我一共欠他三十五卢布，所以我是有钱还的。尽管让他定多少钱的利息，我不怕！他还不知道我吗？公爵，您问他：以前他帮助我的时候，我还过没有？为什么现在不愿意借呢？他因为我付给中尉赌账而大生其气，别的原因是没有的！这人就是这个样子！"

"竟不肯走！"莱白及夫喊，"躺在这里，不肯走。"

"我已经对你说过。你不给钱，我决不走。您为什么微笑，公爵？您大概认为我是不对的吗？"

"我没有笑，不过据我看来，您确乎有点不对。"公爵不乐意地回答着。

"您不妨直说我不对，您不必装腔作势，什么叫作'有点'！"

"假使您愿意的话，您是完全不对的。"

"假使我愿意的话！这真可笑！难道您以为我自己都不知道这样做法是很尴尬的吗？钱是他的，便应该由他来支配，我的方面这样做，便成为强制的行为。但是公爵，您是不知道人生的。这种人不教训他们是不行的，他们是应该加以教训的。我的良心十分纯洁，凭良心讲来，我不会使他受损失，我要加上利息还给他，他也取到了精神上的满足，他已经看见了我的屈辱。他还要什么？他假使不帮人家的忙，他还有什么用处呢？请问，他自己做点什么事情？请问，他怎样对付别人，怎样愚弄人家？他靠什么赚到了这所房产？假使他不曾愚弄您，假使他还不想再多多地愚弄您，我可以把脑袋都砍下来的！您微笑着！您不相信吗？"

"我觉得这和您的事情完全无关。"公爵说。

"我已经在这里躺到了第三天上，看见得太多了！"青年人喊着，不听见公爵的话，"您想一想，他竟会疑心这安琪儿、这姑娘，现在是失了母亲的孤女，竟会疑心到自己的女儿，每天夜里到她那里搜寻情友！还轻轻儿到我这里来，在我的沙发下面搜寻。他疑心得发疯，在每只角落里都看见小偷。夜里时时刻刻跳起来，一会看一看窗关好了没有，一会试一试门，朝火炉里探望，这样子一夜里总要做七次。在法院里替坏人说话，可是自己夜里起来祷告三次，就跪在这间大厅里，额角叩地，足足有半小时之久，而且醉醺醺地替什么人都祷告，什么事情都哭诉出来，还替杜巴利公爵夫人灵魂的安谧祷告，我的耳朵亲自听见的，郭略也听见了，完全发了疯！"

"公爵，您看，您听，他怎样羞辱我！"莱白及夫喊，脸色通红，真的发起火来，"但是他不知道，我这样的醉鬼和小偷、强盗和恶棍，就做了一件好事，那就是替这个好嘲笑人的家伙，在他还是婴孩的时候，换过尿布洗过澡，还整夜坐在我的守寡的妹子阿尼谢那里，那时候她和他都穷困得不堪，我一夜一夜地不睡，侍候她们两个病人，还到楼下看门人那里去偷木柴，唱歌给他听，碰指头给他看，肚子里饿得空空的，总算把他养大了，而他现在竟笑起我来了！假使我果真曾有一天为了杜巴利公爵夫人灵魂的安谧叩头，于你又有什么相干呢？公爵，我前三天在一部辞书上初次读到了她的传记。你知道不知道，杜巴利是什么人？你说，你知道不知道？"

"真是的，只有你一个人知道吗？"青年嘲笑地、不高兴地喃语着。

"这个公爵夫人从羞辱的境况里出来，得到了和皇后一样的地位，有一位女皇在亲笔的信内称她为'ma cousine'（我的表亲），一个教皇的使臣在 levée du roi（国王起床穿衣的仪式）上——你知道，什么叫作 levée du roi——竟亲自上去替她把丝袜穿在她的光裸的脚上，还自己认为非常的荣耀！以她这样崇高的、神圣的人物！你知道不知道这个？我从脸上看出你是不知道的！她怎样死的？你既然知道，你就回答呀！"

"你滚吧！缠死人了！"

"她是这样死的。在享受了一切荣华富贵之后，刽子手萨姆孙把这无辜的、过去的权贵夫人拖到断头台上，供巴黎的那些 Poissardes 的笑乐，她在惊吓中竟还不明白出了什么事情。她看见他拽住她的脖颈向刀子底下套，还用脚踢她，那些观众哈哈地笑着，她喊道：'Enore un moment, monsieur le bourreau, encore un moment！'那就是说：'再等一分钟，刽子手先生，再等一分钟！'也许就为了这一分钟上帝可以饶恕她，因为对于一个人的心灵，像这样的 misère（痛苦）是无从想象的。你知道不知道，misère 是什么意思？我一读到公爵夫人呼喊出这一分钟的话，我的心好像被针刺痛了。我在临睡的祷词里想着提起她的名字，这大罪女的名字，又与你这条爬虫有什么相干呢？我所以提到她，也许因为自从开天辟地以来，一定从来没有一个人为了她叩过头，甚至连想都没有想到这件事情。她在另一世界上一定会感到有趣，因为地上居然发现和她一样的罪人，为她祈祷过一次。你笑什么？你不相信，你这无神派。你怎么知道呢？假使他偷听我，那么又是扯谎：我并不单替杜巴利公爵夫人一个人祷告，我是这样说的：'愿主赐大罪女杜巴利公爵夫人和同她相仿的人们以安谧。'这完全是两回事，因为有许多同样的大罪女和变换命运的例子，还有许多受痛苦的人们，正在转辗呻吟、静心期待。我还为了你，为了像你这样傲慢无礼的人们，在那里祷告，假使你胆敢偷听我的祷告……"

"够了，算了，随你去替什么人祷告吧，我不来管你，喊得这个样子！"外甥恼惧地插断，"他读了许多书，公爵，您不知道吗？"他说，露出一种尴尬的嘲笑，"现在他净读各种书籍和回忆录。"

"您的舅舅到底……不是没有心肠的人。"公爵不高兴地说，他开始觉得这青年十分讨厌。

"您这样夸他，会夸出毛病来的！您瞧，他已经把手放在心上，嘴翘得高高的，立刻显得津津有味了。他也许不是无心肠的人，不过是一个骗子，这才糟糕呢。再加上还喝醉了酒，整个身体像脱去了螺旋，好像喝上了几年酒的人一样，所以他永远是那种不尴不尬的样子。他爱小孩，也许还尊敬去世的姨母……他竟还爱我，在遗嘱里给我留下了一部分。"

"一点也不留！"莱白及夫凶狠地喊。

"你听着，莱白及夫，"公爵坚决地说，身体背向那个青年，"我从经验上知道你是一个事务家，假使你愿意……我现在时间很少，假使您……对不住，您的大名和父名？我忘记了。"

"蒂莫菲意。"

"还有呢？"

"罗吉央诺维奇。"

在屋里的人们全都笑了。

"撒谎！"外甥喊，"又撒谎了！公爵，他并不叫蒂莫菲意·罗吉央诺维奇，却叫罗吉央·蒂莫菲维奇。请问，你为什么撒谎？罗吉央呀，蒂莫菲意呀，你不是一样的吗？于公爵又有什么相干？他的撒谎只是由于习惯，我可以告诉您！"

"难道是真的吗？"公爵不耐烦地问。

"真的是罗吉央·蒂莫菲维奇。"莱白及夫同意着，心里感到惭愧，驯顺地垂下眼睛，又把手放在心上。

"您为什么要这样，天呀？"

"为了降低自己的身份。"莱白及夫微语，更加恭顺地垂下头去。

"哪里是降低自己的身份！我现在要能知道到哪里去找到郭略才好呢！"公爵说，回转身来，就想走出去。

"我来对您说，郭略在哪里。"青年人又自告奋勇了。

"不用，不用！"莱白及夫发了怒，兴奋得忙乱了。

"郭略在这里过了夜，早晨才去寻找他的将军——就是公爵，您，不知道为了什么原因，从监狱里赎出来的那位。将军昨天还答应光临到这里来过夜，但是并没有光临。大概住在'惠舍'旅馆里，离这里不很远。郭略不是在那边，便是在伯夫洛夫司克叶潘钦家里。他身边有钱，昨天就想去的。所以不是在'惠舍'，便是在伯夫洛夫司克。"

"他在伯夫洛夫司克，他在伯夫洛夫司克！我们到这里来，到这里来，喝一杯咖啡……"

莱白及夫拉公爵的手，他们从屋内出来，走过小院，走进园门里去。里面果真是一所极小的、极可爱的花园，园中的树木因为天气好，都已舒展开绿叶了。莱白及夫请公爵坐在绿色的木长椅上、一只绿色的、钉牢在地下的桌子后面，自己坐在他的对面。咖啡果真在一分钟后端来了。公爵并不拒绝喝。莱白及夫用谄媚和贪婪的神情细看他的眼睛。

"我竟不知道您有这样的房产。"公爵说，带出一副完全想别的事情的人的神色。

"那些孤儿们……"莱白及夫弯扭了身体，开始说，但是立刻中止了。公爵冷淡的眼光向前面看着，自然已经忘掉了自己的问题。又过了一分钟，莱白及夫审视着，期待着。

"怎么样？"公爵说，似乎醒了过来，"啊，是的！莱白及夫，您自己也知道我们有什么事情，我接到了您的信才赶来的。您说吧。"

莱白及夫露出惭愧的神色，想说什么话，但只是吃吃地说不出来。公爵等候着，发出悲苦的微笑。

"我大概很明白您，罗吉央·蒂莫菲维奇，您一定没有料到我会来的。您心想我决不会一接到您的通知，就从荒僻的地方跑来，所以您写一封信给我，为的是洗清您的良心。但是我竟赶来了！算了吧！您不要骗我吧。何必一人侍候两个主人呢。罗果静已经到了三个星期，我全知道。您已经来得及把她卖给他，像上次那样吗？请你说出实话吧。"

"这坏蛋自己打听出来的，自己打听出来的。"

"您不要骂他，他自然对待您不大好……"

"他打我！他打我！"莱白及夫用特别热烈的样子抢上去说，"他在莫斯科唆使狗袭击我，在一长条大街上追赶我，一只猎狗。一只可怕的野兽。"

"您把我当作小孩看待，莱白及夫。您说，她在莫斯科真的离开他了吗？"

"真的，真的，又从婚礼中逃脱了。那一位已经在那里计算着几分钟的时间，她竟跑到彼得堡来，一直到我这里来，说：'罗吉央，你救救我吧，你不要对公爵说……'她还是最怕您，公爵，这里是很奇妙的！"

莱白及夫狡猾地将手指按在额上。

"您现在又把他们牵在一起了吧？"

"尊贵的公爵，我怎么能……我怎么能不让呢？"

"够了，我自己全会打听出来的。只要您说，她在哪里？在他家里吗？"

"不！不，不！她还是她自己。她说，我是自由的。她坚持着说这句话。她说，我还是完全自由的！她还住在彼得堡岛，我的小姨的家里，和我信中写给您的一样。"

"现在还在那儿吗？"

"不是在那里，就是因为天气好，到伯夫洛夫司克达里亚·阿莱克谢夫纳的别墅里去了。她说，我是完全自由的。昨天还对郭略夸说了许多关于自由的话语。一个不好的预兆！"

莱白及夫露出牙齿笑了。

"郭略常在她那里吗？"

"他又轻浮，又不可思议，但是做事并不秘密。"

"您到那里去得长久吗？"

"每天去，每天去。"

"昨天也去吗？"

"不，不！大前天去的。"

"可惜您喝了一点酒，莱白及夫！否则我要问您几句话。"

"不，不，不！一点也没有喝！"

莱白及夫的眼睛死盯着。

"您说一说，您离开时她是怎样的？"

"寻觅着……"

"寻觅吗？"

"似乎老在那里寻觅什么，似乎丢失了什么。一想到结婚就头疼，认为是侮辱的事情。她想他，好像想一块橘子皮，不过如此。也许还想得多些，带着恐惧的心思，甚至禁止提到他，在必要的时候才相见一下，他是感觉到这情形的，这是避免不掉的！她显得不安，好嘲弄人，翻弄舌头，行动粗暴……"

"翻弄舌头，行动粗暴吗？"

"行动很粗暴，因为上次为了一句话狠狠地揪我的头发。我现在开始给她讲《默示录》。"

"什么？"公爵反问，心想是听错了。

"讲《默示录》。她是具有不安的想象的女人。我还观察出，她有研究正经题目的倾向，固然研究的是一些不相干的题目。她爱这类的谈话，她很爱的，甚至把它当作特别恭敬的表示。是的，我很会解释《默示录》，已经解释了十五年。她赞成我，因为我说，我们现在处于第三匹黑马的时代，手持天平的骑士的时代，因为在现在的世纪里一切都须在天平和合同上面衡量过，一切人单只寻觅自己的权利。'一块金币买一升小麦，一块金币买三升大麦。'同时还想保持自由的精神、纯洁的心、健康的身体，和上帝所赋赐的一切。但是单靠权利一样是保持不住的，因此随来了灰色马，和名唤'死亡'的那个人，随着就是地狱……我们聚拢来以后，就谈这类话，对于她发生了很厉害的效力。"

"您自己也有这样的信仰吗？"公爵问，用奇特的眼神对莱白及夫看了一下。

"我有信仰，所以能解释。因为我是穷窘而且光裸的人，且是人海的漩涡中的一个原子。有谁尊重莱白及夫呢？每人都超越在他的上面，每人都可以用脚踢他。但是在解释圣经的时候，我的地位和大臣相等。因为我有智慧！大臣都会在我面前发抖……坐在沙发椅上，揣摩圣经的真义。大人，尼尔·阿莱克谢维奇，在前年复活节以前听说了，那时我还在他的部里服务，特地叫彼得·扎哈雷奇把我从值班室唤到办公室里去，私底下问我：'您是反基督徒的教授?'我不瞒他，说道：'我是的。'当时就叙述起来，并不把恐怖减轻，展开了譬喻的画轴，还举出了日子和数字。他笑着，但是听我说到日子和数字的时候竟战栗着，叫我把书合上了，走出去。他在复活节时发给我一笔奖金，但是过了一个星期就升天见上帝去了。"

"真的吗，莱白及夫?"

"真的。他吃饭以后从马车里跌出来。鬓角撞到木桩上面，就像婴孩一样，当时就咽气了。他的履历上写着七十三岁，脸色红红的，头发灰白，身上撒满了香水，一直含笑着，老是含笑着，好像婴孩一般。彼得·扎哈雷奇当时记了起来，说道：这是你预示的。"

公爵立起身来。莱白及夫惊讶了，对于公爵的起立感到莫名其妙。

"您的注意力好像不很集中。哈，哈!"他用谄媚的样子大胆地说。

"我真是觉得不很舒服，头重得厉害，大概是路上累了。"公爵回答，皱紧了眉头。

"您最好住到别墅里去。"莱白及夫畏怯地说。

公爵立在那里沉思。

"我过三天以后就要带着家里的人们到别墅里去，为了保持这新生的小鸟的健康，同时把此地的房屋全都修理一下。我们也是到伯夫洛夫司克去。"

"您也到伯夫洛夫司克去吗?"公爵忽然问，"怎么? 这里大家都上伯夫洛夫司克去吗? 您说，您在那里有一所别墅，是不是?"

"不见得大家都上伯夫洛夫司克去。伊凡·彼得洛维奇·波奇成把他用贱价购下的一所别墅让给我。那边很好，很优雅，树木又多，价钱又便宜，式样高尚，富有音乐性，所以大家都上伯夫洛夫司克去。我不过住在偏房里，至于原来那个别墅……"

"租出去了吗?"

"不，不。没有完全租出去。"

"租给我吧。"公爵忽然提议。

大概莱白及夫也只是想引到这上面去。三分钟以前他的脑筋里闪出了这个念头，其实他并不需要房客，已经有人到他那里来过，并且通知他，也许可以租下他的别墅。莱白及夫确切地知道不是"也许"，却是一定会租下的。但是他现在突然闪出了一个照他的计算很有利的念头，就是利用以前的承租人没有做决定的表示，而将别墅租给公爵。"完全的冲突，完全新的转变"，他忽然想象着公爵的提议他几乎欢欣地接受了下来，所以在他直率地问起价钱的时候他竟挥手了。

"随您的便，我来调查一下，您不会吃亏的。"

他们两人已经从花园内走出来了。

"我可以给您……我可以给您……假使您愿意，我可以告诉你一点极有趣的、和那个问题有关的事情。"莱白及夫喃语着，欣然地在公爵旁边弯扭着身体。

公爵止步了。

"达里亚·阿莱克谢夫纳在伯夫洛夫司克也有别墅。"

"怎么样?"

"某一个人物是她的朋友，预备时常去拜访她，带着一种目的。"

"怎么样?"

"阿格拉耶·伊凡诺夫纳……"

"够了，莱白及夫!"公爵带着一点不愉快的感觉打断了他的话，好像碰撞到他发疼的地方一般，"这一切全不对，您最好告诉我，您什么时候搬家? 我是越快越好，因为我住在旅馆里……"

他们一边说话，一边走出花园，不弯进屋内，越过了院子，就走到园门那里。

"最好的是，"莱白及夫终于想出了主意，"您今天就从旅馆搬到舍间来住，后天我们一块到伯夫洛夫司克去。"

　　"等我斟酌一下。"公爵沉郁地说，走出门外去了。

　　莱白及夫目送他。公爵那种突如其来的心神不属的样子使他惊愕，他走时竟忘记了说"再见吧"，甚至头也没有点，这是和莱白及夫所熟悉的公爵平常那份客气和恳切的态度不相配称的。

第三章

已经十一点多钟了。公爵知道他到城里叶潘钦府上去，只能遇见将军一人，只有他因为职务的关系还留在城里，而且也不见得就在家。他想到将军也许会拉住他，立刻带他到伯夫洛夫司克去，但是他在这之前还想去访问一个人。他冒了迟到叶府上去因此只好延到明天再上伯夫洛夫司克去的危险，决定先去寻觅那所他极想去访问的房屋。

这个访问在某种关系上对于他是有点冒险的。他感到困难、他游移。他知道那所房子在郭洛霍瓦耶街，离花园街不远，决定先走到那里去再说，希望一走到那里，便会完全取得决定的。

他走到郭洛霍瓦耶街和花园街的十字路口，他的特别慌张的心情使他自己也惊讶了，他料不到他的心会这样痛楚地跳跃。有一所房屋，大概从它特别的面目上看来，远远里就吸引他的注意。公爵后来记起他对自己说："一定就是这所房子。"他怀着特别的好奇，走上前去，想对一对，他的猜想是否准确。他感到，假使他猜到了，不知为什么原因他会特别不愉快的。这所房屋庞大而且阴沉，有三层楼，没有任何建筑的式样，带着醒醒相的绿色。这类房屋是建筑在上世纪末叶的，虽然不多，可是在这日新月异的彼得堡的街上，还有些是毫无变动地存在着的。它们建筑得十分坚固，有厚厚的墙，不过窗子并不多。下层的窗子上有时装着栏杆。楼下大半是兑换庄。一个阉人[1]坐在店里，将楼上的房屋出租。这种房屋内外都有点不亲蔼和严肃的样子，似乎将一切隐匿着，为什么原因单就房屋的面目上看来就会有这样的感觉，是难以解释的。建筑术上线条的配合自有它的秘密。在这些房屋内住着的全是一些商人。公爵走到大门那里，向牌上一看，上面写着"世袭尊贵市民罗果静住宅"的字样。

他不再迟疑，开了玻璃门，那扇门跟着喧哗地关上了。他顺着正面的楼梯走上二层楼去。楼梯是黑暗的、石头的、粗制的，墙漆红色。他知道罗果静和母弟居住在这所沉闷的房屋的二层楼上。给公爵开门的仆人不去通报，就领他进去，领了许多时候。他们走过一间正厅，墙头是"充大理石"的，橡木的地板用小块砌成，一八二〇年代式的家具又粗又重。又走过一些像小笼似的房屋，弯弯曲曲地走着，一会升两三级，一会又降两三级，最后才去叩一扇门。门是帕尔芬·谢蒙诺维奇自己开的。他一看见公爵脸色惨白，就在当地愣住了，像一尊石雕像，露出呆板的、惊惧的眼神，嘴弯成极度惊疑的微笑，似乎在公爵的拜访中发现了一点不可能的、近乎奇迹的东西。公爵虽然也期待到这类的情形，但竟也惊讶起来。

"帕尔芬，我也许来得不巧，那么我可以走的。"他终于惭愧地说。

"来得巧！来得巧！"帕尔芬终于醒过来，"请吧，请进来吧！"

他们互相以"你"字做称呼。他们在莫斯科时常相见，晤谈的时间极长。他们的晤面里有几次深深地镌印在各人的心上，现在已经有三个多月未见了。

---

[1] 俄国的一个教派，信奉者概须将生殖器自行切割。——译者

惨白和细碎的、流动的拘挛还未离开罗果静的脸。他虽然招呼了客人，但是那种特别的不安还继续存留着。在他领公爵到沙发椅旁请他在桌旁坐下的时候，公爵偶然回转身去，捉到了他的极奇怪的、沉重的眼神，不由得止步了。有什么东西戳刺了公爵一下，同时使他忆起了什么——新近的、沉重的、阴暗的什么。他不坐下去，呆板地站在那里，直看罗果静的眼睛，看了一会，这眼睛似乎闪耀得更加强烈了。罗果静终于冷笑了一下，但是有点感到惭愧，似乎慌乱起来。

"你为什么这样盯看着？"他喃语道，"你坐下呀！"

公爵坐下了。

"帕尔芬，"他说，"你对我直说出来，你知道我今天到彼得堡来吗？"

"你会来，我是想到的，你瞧，我并没有错误，"他说，恶毒地冷笑着，"但是我哪里知道你今天来呢？"

包含在回答里的问题那种坚决的激烈和奇怪的苦恼更加使公爵惊愕了。

"即使知道是今天，又何必这样生气呢？"公爵带着惭愧的神色轻声说。

"你问这个做什么？"

"刚才从火车里下来的时候，我看到了一对眼睛，和你刚才从后面瞧我的那副眼神一样。"

"真是的？谁的眼睛呢？"罗果静用疑惑的神情喃语着，公爵觉得他哆嗦了一下。

"我不知道，在人群里，我甚至觉得是眼花了，我开始有点眼花。帕尔芬，现在我老感觉出那种和五年以前发毛病时相仿的情景。"

"也许是眼花中闪现到的，我不知道……"帕尔芬喃语。

他脸上的狡狯的微笑在这时候是很不相称的，好像什么东西在这微笑里折断了，帕尔芬似乎没有一点力量把微笑粘贴上去，无论他怎样努力。

"怎么，又要到外国去吗？"他问，忽然又说，"你记得我们在火车里，秋天，我从蒲司可夫到这里来，你穿了斗篷，记得吗？还穿了鞋套？"

罗果静突然笑了，这一次是露出公开的凶狠的样子，似乎为了能以借此将它表露出来而感到喜悦。

"你完全搬到这里来住吗？"公爵问，一面审视书房。

"是的，我住在自己的家里。叫我到哪里去呢？"

"我们许久没有见面。关于你，我听到了许多话，好像不是你所做的。"

"人们的嘴是随便什么都说得出来的。"罗果静严肃地说。

"你把那伙人全解散了，自己坐在老家内，不出去捣乱一下子，这很好。这房子是你的呢？还是你们公共的？"

"母亲的房子。穿过走廊就走到她那里。"

"你的兄弟住在哪里？"

"舍弟谢蒙·谢蒙诺维奇住在偏房里。"

"他有家眷吗？"

"他的妻子死了。你问这些做什么？"

公爵望了一下，没有回答，他突然沉思着，似乎没有听见他的问话。罗果静并不坚持下去，静静地期待着，两人都沉默了。

"你的房子，我刚才走近过来的时候，在一百步以外就猜到了。"公爵说。

"为什么呢？"

"我完全不知道。你的房子具有你们的整个家庭，所有你们的罗果静式的生活的面貌，你要问我为什么这样判断，我一点也不能加以解释。自然，那是一种谶语。我甚至害怕，它会使我这样感到烦恼。我以前没有想到你住在这种房子里，现在一看到，就立刻想着：'他是应该有这样的房子的呀！'"

"真是的！"罗果静不确定地冷笑了一声，不十分明白公爵说话的模糊的意思，"这所房子还是祖父造的，"他说，"里面全住着阉人，赫鲁贾司夫的一姓，现在还租住我们的房子。"

"真是黑暗。你在黑暗里坐着。"公爵说，审视着书房。

那是一个极大的房子，高而阴黑，堆满了许多家具，多半是些大公事桌、写字台、书橱，里面存放着营业的簿册和一些纸张。一只红色的、鞣皮的、宽阔的长沙发大概给罗果静充作床铺。公爵在罗果静请他坐下来的地方旁边的桌上看见了两三本书，内中一本是沙罗维也夫的历史，业已翻了开来，还加上一些注脚。几幅油画装在阴暗的、镀金的框子里，悬挂在壁上。那些画业已被熏黑，难以辨清里面画的什么。一幅全身的画像吸引公爵的注意：那是五十多岁的人，穿着德国式的常礼服，裾缘极长，颈上扑着两枚勋章，灰白的胡须又稀又短，一副皱褶的黄脸，露出可疑的、隐匿的、悲惨的眼神。

"这位是不是你的父亲？"公爵问。

"就是他。"罗果静回答，发出不愉快的冷笑，好像准备立刻对他的去世的父亲说出什么不礼貌的玩笑话。

"他并不属于旧式的教派吗？"

"不，他常上教堂，他也确乎说过旧教派对些。他也很尊重阉人们。这就是他的书房。你为什么问起旧教派来？"

"你要在这里办喜事吗？"

"在这里。"罗果静回答，为了这突如其来的问题几乎哆嗦了一下。

"很快了吧？"

"你自己知道，这事能由我做主吗？"

"帕尔芬，我不是你的仇敌，也不打算妨碍你。我以前有一次，也是在和这相仿的时候，会对你声明过，现在也重复这句话。你的婚事在莫斯科进行的时候，我没有妨碍，你知道的。第一次，她自己跑到我那里，几乎是从婚礼上逃出来的，求我从你手里'救'她出来，我对你重复她自己的话。以后她从我那里逃走，你又找到她，拉她和你结婚，听说她又从你那里逃到这儿来了。这话对不对？莱白及夫把这件事情通知我，我就来了。关于你们两人在这里重又和睦的一层，我昨天在火车里听到一个人说的，那是扎聊芮夫你以前的朋友告诉我的，假使你愿意知道的话。我到这里来另有一番用意：我想劝她出国去治疗，她在身体和精神两方面都很失调，特别是脑筋的方面，据我看来，是需要尽心治疗才对。我自己并不想伴她到国外去，可是想把这件事情弄得妥帖，不经你的手。我对你说的是实实在在的话。如果你们重又和睦的话是确实的，我也决不再露到她的眼睛里去，也决不再来见你。你自己知道，我不骗你，因为我和你永远是开诚布公的。我从来没有把我对于这件事情的意见隐瞒过你，永远说她一跟你必将遭到灭亡。你也是灭亡……也许比她还坏些。假使你们又分拆开来，我是很满意的。但是我自己并不打算拆散你们、离间你们。请你安心，不要疑心我。你自己也知道，我在什么时候做过你的真正的情敌，即使在她跑到我那里去的时候也没有。你现在冷笑了一下，我知道你笑什么。是的，我们分住在两个不同的城市里，你是知道得清清楚楚的。我以前已经对你讲过，我的爱她'不是为了爱情，却是为了怜惜'。我想我这话说得很确切。你当时说过，你了解我这些话的意思。对不对，了解了没有呢？你瞧，你怀着这样的仇恨看我！我跑来安慰你，因为我很看重你。我很爱你，帕尔芬。现在我要离开你，再也不来了。再见吧。"

公爵立了起来。

"再和我坐一会，"帕尔芬轻轻地说，身体没有站起来，头靠在右掌上面，"我有许久没有看见你了。"

公爵坐了下来。两人又沉默了。

"莱夫·尼古拉也维奇，我一不看见，立刻就对你怀恨。在这没有见到你的三个月内，我每分钟在恨你，真是的！真要把你捉住，用什么药毒死你！竟是这样的。现在，你还没有和我坐上一刻钟，我的恨意完全消灭了，我仍旧看你是很可爱的。你和我坐一会呀……"

"我和你在一块的时候，你相信我，我不在的时候，你立刻不相信，又疑惑起我来。你真像你的老太爷！"公爵回答，亲蔼地笑着，努力隐藏自己的情感。

"我和你坐在一起的时候，我相信你的声音。我也明白，你和我两人是不能比的……"

"你为什么这样说？你又恼起来了。"公爵说，对于罗果静的行为感到惊讶。

"老弟，关于这层人家是不会来问我们的意见的，"罗果静回答，"不来问我们就会决定的。我们的爱也是不同的，在一切方面都有区别，"他在沉默了一会以后，轻声地说，"你说，你的爱她是为了怜惜。我对她可没有任何怜惜的意思，她也最恨我。现在我每夜梦见她，她老是和别人一块笑我。其实就是这样的，她准备和我上教堂去结婚，但同时竟忘记了我，好像是换鞋子一样。你信不信，我有五天没有看见她，因为我不敢到她那里去，她会问：'你光临到这里来有什么事情？'她羞辱我还少吗？"

"羞辱什么？你怎么啦？"

"好像你还不知道呢！她是和你在一块从我那里逃走的，'从婚礼上'逃走的，你刚才自己说过的。"

"你自己并不相信……"

"那么她在莫斯科不是和那个军官宰姆邱士尼阔夫在一块羞辱过我吗？我确乎知道她羞辱过的，现在在这以后竟自己定了结婚的日子。"

"不会的！"公爵喊。

"我知道得很真确，"罗果静确信地说，"你说，她不是这类的女人吗？你用不着说她不是这类的女人，这只是无聊的话。也许她和你不会这样，会自己感到这种事情的可怕，可是和我就不同了。确乎是如此，她把我当作一个最蹩脚的裁缝那样看待。她和开历尔那个会练拳术的军官搭在一起，我确实知道是为了取笑我才做出来的……你还不知道她在莫斯科对我耍了多少把戏！至于钱呢，我不知道汇了多少钱给她……"

"是的……但是你现在怎样娶亲呢？以后你怎么办呢？"公爵带着恐惧问。

罗果静痛苦地、恐怖地看着公爵，一句话也没有回答。

"我现在已经有五天没有到她那里去了，"他继续说，在沉默了一会以后，"我老怕她驱逐我。她说，我还是自己的主人，我也许一高兴，就把你完全赶出去，自己往国外一走——她已经对我说过要到国外去了，"他补充地说着这句话，特别地望着公爵的眼睛，"有的时候只是吓唬吓唬我，不知为什么，她老觉得我可笑。但是另有些时候真是皱紧了眉毛，低着头，一句话也不说，我就是怕的这个。以后我心想，让我不要空着手去见她，但是这只是引起她发笑，以后竟逗出她的气来了。她把我的一条围巾赏给女仆卡嘉，那条围巾即使她以前曾着着奢侈的生活，但也许还没有看见过的。关于什么时候结婚一层，是不能提一句的。既然你连随随便便去一趟都不行，还算什么未婚夫呢？我坐在家里，心里实在忍不住了，便偷偷到她所住的那条街上她的房屋附近走来走去，或是躺在转弯那里，有一天守在她的大门旁边，几乎守到天明，我当时眼睛里好像闪过了什么。她从窗内张望，说道：'假使你果真看出了欺骗的情形，你又能拿我怎么办呢？'我忍不住，就说：'你自己知道的。'"

"知道什么？"

"我又哪里会知道？"罗果静恶笑了一下，"那时候在莫斯科捉不到她和任何什么人在一起，虽然我找了许多时候。我有一天拉住她，说道：'你答应和我结婚，你将走进纯洁的家庭里去，可是你知道你现在是何等样的人？我说，你就是那种人！'"

"你对她说了吗？"

"说了。"

"怎么样!"

"她说:'我现在也许不愿意收留你做我的仆人,不要说是妻子了。'我说:'那么我留着不出去,一样是完结了!'她说:'我立刻去叫开历尔来,对他说,让他把你摔到大门外面去。'我当时奔到她身边,打了她一顿,打得浑身青紫。"

"不会有的事!"公爵喊。

"我说是有的,"罗果静闪耀着眼睛,轻声地说,"整整的一个半昼夜没有睡觉,不吃不喝,不离开她的屋内,跪在她面前,说道:'你不饶恕我,我死也不出去。你要是叫人把我摔出去,我就投水淹死,因为现在我没有了你,还有什么办法?'她那一天就像疯子一般,一会哭,一会预备用刀子杀死我,一会骂我。把扎聊芮夫、开历尔、宰姆邱士尼阔夫那班人全都叫来,对他们指着我,羞辱我:'诸位,我们今天大伙儿去看戏,让他坐在这里,假使他不愿意出去,我不能为了他系住我的身体。帕尔芬·谢蒙诺维奇,我不在这里,人家会端茶给你的,你今天大概很饿了。'她从戏院里独自回来,说道:'他们全是胆小的、卑鄙的家伙,都怕你,还吓唬我,说他绝不随便离开,也许会杀死你的。可是我现在走到卧室里,不关门,看我怕你不怕!你应该知道,而且看见着!你喝过茶吗?'我说:'没有,我不要喝。'她说:'拿点诚心出来才好,这样子对于你也不见得高妙。'她说得出,就做得到,果真没有关房门。早晨走出来,笑着说:'你疯了吗?你这样不会饿死的吗?'我说:'你饶恕我吧。'她说:'我已经说过,我不愿意饶恕你,也不嫁给你。难道你在这沙发上坐了整夜,没有睡觉吗?'我说:'没有睡觉。'她说:'这真聪明!你现在还不想喝茶吃饭吗?'我说:'我说过了不喝也不吃,你饶恕我吧!'她说:'你要晓得,这种办法对于你太不相称,就像半身上套了一副马鞍。你是不是想吓唬我?你挨了饿坐着,对于我是一件极糟糕的事情,你真把我吓唬着了!'她生了气,但是并不长久,又开始讥刺我了。我看着她觉得奇怪，她脸上完全没有那种愤恨的样子。她是会记恨的，她在别人身上记恨记得十分长久！那时我想到，她把我看得太轻，所以不会大大地记恨，这是实在的。她说：'你知道罗马教皇吗？'我说：'我听见过的。'她说，'帕尔芬·谢蒙诺维奇，你是没有学过世界历史的！'我说：'我什么也没有学过。'她说：'那么我要给你读一下：有一个教皇对一个国皇发了怒，国皇在他那里有三天不食不饮，光着脚，跪在他的宫殿前面。你以为，那个国皇跪了三天，心里想些什么？作了什么样的誓约？等一等，我自己来对你读这一段！'她跳起来，把书取来，说道：'这是一篇诗。'于是对我朗诵着国皇在三天内如何立誓对教皇报仇的诗句。她说：'你难道不喜欢这个吗，帕尔芬·谢蒙诺维奇？'我说：'你朗读的一切，全是很对的。'她说：'啊，你自己说很对，那么也许你会立誓说，只要她一嫁给我，我就让她晓得我的厉害，我就要取笑她！'我说：'我不知道，也许我会这样想的。'她说：'你还不知道吧？'我说：'我真是不知道，现在我想的不全是这个。'她说：'那么你现在想什么？'我说：'我从座位上立起，在旁边走几步，一面瞧你观察你。你的衣裳一发响，我的心就跌落了。一走出屋子，我就回忆你的每一句话，用的是什么嗓音，说了什么话。整夜里什么也没有想，只是听你在梦中如何呼吸，转动了两次……'她笑了，说道：'你也许连打我的那件事情也不想一想，不记得了吧？'我说：'我也许想的，我不知道。'她说：'假使我不饶恕你，不肯嫁给你呢？'我说：'我说过，我要投河。'她说：'在这以前，也许还要杀人吧……'她说完以后，凝想了一下，以后一生气，就出去了。过了一点钟，带着阴郁的神情走出来见我，说道：'帕尔芬·谢蒙诺维奇，我要嫁给你，但并不因为我怕你。总归一样是幻灭。还要找什么好地方呢？'她说：'你坐下来，我让他们给你端饭来吃。我既然嫁给你，我要做你的忠实的妻子，你不必疑惑，也不用担心。'她沉默了一下，说道：'你到底还不是奴仆，我以前心想你完全是一个仆人呢。'她当时规定了结婚的日

240

子，过了一星期又离开我，逃到这里来，逃到莱白及夫这里来了。我一来，她就说：'我没有完全拒绝你，我不过还想等一等，随我等多少时候，因为我还是自己的主人。你假使愿意，你尽管等吧。'我们现在就是这个情形……你对于这一切有什么想法，莱夫·尼古拉也维奇？"

"你自己有什么想法？"公爵反问，忧愁地望着罗果静。

"我还能有什么想法呢！"罗果静脱口说了出来。他还想补说几句话，但是在无出路的厌闷之中沉默了下去。

公爵立起来，又想走。

"我总归不来妨碍你。"他轻轻地说，几乎露出阴郁的神情，似在回答他的内心的隐秘的意思。

"你知道，我要对你说什么话！"罗果静突然兴奋起来，他的眼睛闪耀了，"你怎么会对我这样让步，我不明白？是不是已经不爱她了？以前你到底感觉过烦闷，我是看出来的。那么你为什么现在又拼命追来呢？由于怜惜吗？"他的脸扭曲出恶毒的嘲笑，"哈，哈！"

"你以为我骗你吗？"公爵问。

"不，我相信你，只是我一点也不明白。最可信的是你的怜惜还比我的爱情厉害！"

有一点怨恨的、想立即表示出来的东西在他的脸上炽燃着。

"你的爱情和怨恨区别不清，"公爵微笑，"爱情一过去，也许会更糟糕。帕尔芬，我要对你说这句话……"

"我会杀人的吗？"

公爵哆嗦了一下。

"为了现在的爱，为了你现在接受下的这番痛苦，你会深深地恨她的。我看来最奇怪的是她怎么还能嫁给你？我昨天一听见，简直不大会相信，我心里开始感到痛苦。她已经拒绝你两次，从婚礼里逃走，这么说来，总是有预感的，她现在需要你的是什么？难道是你的金钱吗？这全是胡说的话，你的钱大概也花得很多了。难道只是为了找一个丈夫吗？除你以外，哪一个都比你好，因为你也许真会宰死她的，她现在也许很明白这一点。也许因为你爱她太深吗？也许就为了这个……我听说有这样的人，寻觅的就是这类的爱情……"

公爵停止了说话，沉思起来。

"你怎么又朝我父亲的相片发笑？"罗果静问。他十分仔细地观察公爵脸上一切的变化、一切流动的线条。

"我笑什么？我心里想到，假使你没有发生这个灾祸，假使你没有发生这段爱情，你也许会成为和你的父亲一模一样的人，而且很快地，你会带着你的驯顺的、不声不响的妻子，独自沉默地住在这所房屋内，不常说话，说的净是些严厉的话，不相信任何人，只是默默地、阴郁地赚钱。你至多也不过夸奖一些古书，注意到如何用两只手指画十字，而这也须在老时方如此……"

"你尽管嘲笑吧。她新近在看到这幅相片的时候，也说了一模一样的话！你们会异口同声地说话，真是奇怪……"

"难道她已经到你这里来过吗？"公爵好奇地问。

"来过的。她看那张照片，看了半天，详细盘问关于先父的一切。'你也会成为和他一样的，'她对我笑了一声，'帕尔芬·谢蒙诺维奇，你有的是很强烈的情欲。假使你没有了智慧，你的强烈的情欲会送你上西伯利亚做苦工去的。不过你的智慧是很大的。'她就是这样说的，你相信不相信？我第一次听到她说这样的话：'你快点把所有这些疯劲抛弃，因为你是毫无学问的人，你会开始攒钱，住在这所房子里，和那些阉人们在一起，像你的父亲一样。也许你到后来自己也会改信他们的教，你会爱上你的钱财，赚上二百万，或竟赚到一千万，且甚至会坐在钱袋上饿死，因为情欲支配着你的全身，你会使一切都变成情欲的。'她就是这样说的，说的就是这几句话。在这以前，她从来没有和我这样说过！她尽和我说些不相干的话，尽嘲笑我。就在这里，开头也是笑着说的，以后才露出了阴郁的态度。她把这所房子都走遍了，到处审视着，好像有一点惧怕似的。我说：'我要把这一切完全变更一下，改造一下，或者另外买一所房子做喜事。'她说：'不用，不用，这里一点也不必变更，我们就这样生活下去好了。我在做了你的妻子以后，我要在你的母亲身旁住下去。'我领她到母亲那里去，我母亲对她很恭敬，当作嫡亲女儿一样看待。我母亲在这之前，已经有两年工夫，就生了病，理智不很清楚，父亲死后竟完全成为婴孩，不大说话，坐在那里，腿不能动弹，看到什么人，只是从座位上鞠躬。如果不给她东西吃，她会三天想不起来吃的。我取了母亲的右手，弯折着，说道：'您祝福我们，她快和我结婚了。'她带着情感，吻母亲的手，说道：'你的母亲一定遭受了许多忧愁。'她一看见我这本书，就说：'你竟开始读俄国历史了吗？'她在莫斯科时有一次对我说：'你最好做点自修的功夫，哪怕把沙罗维也夫的《俄罗斯史》读一遍呢，你是一点也不知道的。'她说：'这很好，你就这样做，你就读下去。我亲自来给你编目录，你应该先念哪一类书，你要不要？'她以前从来没有对我这样说过话，从来没有，这竟使我非常惊讶起来。我初次像活人似的呼出了一口气来。"

"我很喜欢这样！帕尔芬，"公爵用诚挚的情感说，"我很喜欢。谁知道，也许上帝会把你们安排在一起的。"

"永远不会这样的！"罗果静热烈地喊。

"帕尔芬，假使你这样爱她，难道你不愿意取得她的尊敬吗？假使你愿意，难道你不去希望吗？我刚才说，对于我是一个奇怪的难题：她为什么要嫁给你？这难题虽然我无从加以解答，但我到底无疑地觉得内中一定有一个充分的、合理的原因。她对于你的爱情是深信的，且对于你的几种特性一定也具有确信，否则是绝不会的！你刚才所说的话便给予我这个证明。你自己说，她认为现在可以用比以前完全不同的言语和你说话。你这人好疑，且爱妒忌，所以也就把你所见的坏的一切加以夸大。她并不怎样对你发生恶劣的观念，像你所说的那样。否则，她一嫁给你，就等于有意识地投进水里，或把脖子套到刀子下面去。这是可能的吗？谁会有意识地投进水里，或把脖子套到刀子下面去呢？”

帕尔芬用悲哀的嘲笑的神情听着公爵热情的话语。他的见解显然是无可撼动的。

“你现在怎么这样严肃地看我呀，帕尔芬！”公爵带着沉重的情感脱口说出这句话来。

“投河，或是往刀子下面套！”罗果静终于说，“吓！她所以要嫁给我，一定因为期待我身后有一把刀子！公爵，难道你果真至今还没有猜到内中的真因吗？”

“我不明白你的话。”

“也许他果真不明白。哈，哈！人家说你有点那个……她爱的是别人，你要明白呀！就像我现在这样爱她，她也是现在这样爱别人。你知道，那个别人是谁？就是你！怎么，你不知道吗？”

“我吗？”

“就是你！她从那时候起，从命名日那天起，就爱上了你。不过她心想，她不能嫁给你，因为她好像会使你受到耻辱，把你的整个命运都陷害了。她说：‘我明明已经成为那样的人了。’她自己至今还这样说的。她一面朝我的脸上直看，一面把所有这些话说了出来。她怕害你，怕你受耻辱，可是嫁给我是不要紧的，可以的，她把我看得这样低，你也要记住这一层！”

“她怎么会从你那里逃到我这里来，又从我那里逃到……”

“从你那里逃到我这里！哈，哈！她脑筋里的花样还会少吗？现在她好像全身发烧。一会对我喊：‘我愿意跟你一块到水里去！快点结婚吧！’她自己催我，定下了日子，可是日期快近，就害怕起来，或是生出别的念头，谁知道怎么回事？你自己看见过：她一会哭，一会笑，像发疟疾似的抽搐。她从你那里逃走，其实也没有什么可奇怪的。她当时离开你，因为她自己了解她如何剧烈地爱你，她觉得没有力量再和你住在一起。你刚才说，我那时在莫斯科寻觅她，那是不准确的。她自己从你那里跑到我这里来，说：'你定下日子，我准备好了！你去取香槟酒来！我们到吉卜赛人那里去！'她一直喊嚷着！如果没有我，她早就会投水死的，我知道得很真确。她不投河，还因为我也许比水可怕些。她怀着恨嫁给我……假使她果真出嫁，那么一定是怀着恨出嫁的，我说得十分确切。"

"但是你怎么能……你怎么能……"公爵喊了出来，没有把话说完，他恐惧地望着罗果静。

"你为什么不说完？"罗果静追上去说，露出牙齿笑了，"你要不要让我来说，你就在这时候心里想：'她现在怎么还能嫁给他？怎么还能容许她到他身边去？'你心里明明想的就是这个……"

"我到这里来并不是为了这件事情，帕尔芬，我可以对你说，我的脑筋并没有转到这上面……"

"也许并不为了这件事情，脑筋里也没有生过这念头，不过现在一定是为了这件事情。吓，吓，唔，够了吧！你为什么纠结？难道你果真不知道吗？你真使我奇怪呀！"

"这全是妒忌心，帕尔芬，这全是病，你夸大得太过分了。"公爵过度惊扰地喃语着，"你为什么这样？"

"你放下来。"罗果静说，迅快地从公爵的手里抢下一把小刀——这小刀是公爵从桌上、书箱旁边取起来的——重又把它放在原来的地方。

"我到彼得堡来的时候，仿佛知道，仿佛预感到的……"公爵继续说，"我并不想到这里来！我想把这里的一切完全遗忘，从心里拔出去！唔，再见吧……你为什么这样！"

公爵一面说话，一面在心神不属中又想从桌上取起那把刀子，罗果静又从他手里抢下来，掷在桌上。那是一把式样极普通的小刀，带着鹿角的把手，不能折叠起来，刀锋有三个半俄寸宽。

罗果静虽然看到公爵特别注意两次从他手内抢去这把刀子的情形，还是恶狠狠地抓住它，插进书内，还把书摔到别一只桌上去。

"你是用来切书页的吗?"公爵问,但还带着心神不属的样子,还似乎受着强烈的凝思的压迫。

"是的,切书页的……"

"但这不是花园里用的刀子吗?"

"是的,花园里用的。难道不能用圆刀切纸页吗?"

"它是……完全新的。"

"新的又有什么?难道我现在不能买新刀吗?"罗果静终于发狂般喊叫起来,露出越说越恼的样子。

公爵哆嗦了,盯看着罗果静。

"我们是怎么啦!"他忽然笑了,完全醒了过来,"老兄,请你恕我,在我的头像现在这样感到沉重的时候,还有这个病……我会完全变成那种心神不属,而且十分可笑的样子。我并不想问你这样的事情,我不记得想问什么。再见吧……"

"不是走这儿的。"罗果静说。

"我忘记了!"

"走这儿,走这儿,来吧,我来领路。"

第四章

　　他们在公爵已经走过的那些屋子里走着。罗果静走得稍前些，公爵跟在他后面。他们走进大厅。大厅墙上挂着几张图画，全是些主教的照片和一点也辨别不出什么来的风景画。通第二间屋子的门上挂着一幅画，具有十分奇怪的形式，宽有两俄尺半，而高却不到六俄寸。这画写着刚从十字架上卸下来的教主的像。公爵瞥看了它一下，似乎忆起什么，但是没有止步，想走到门外去。他心里感到很痛苦，想赶快离开这所房子。但是罗果静忽然在那幅画面前止步了。

　　"所有这里的书，"他说，"只是先父用一两个卢布在拍卖场上买来的，他爱这些。有一位行家把这里的书全审视过，他说，全是不值钱的货色，只有这幅画，在门上的，也是花两个卢布买来的，他说不是贱货。有一个人请先父把这画出让，肯出三百五十卢布，那个萨魏里也夫·伊凡·特米脱里奇，做生意的，很喜欢画，他竟出到四百，上礼拜竟对舍弟谢蒙·谢蒙诺维奇说可以加到五百。我自己留下了。"

　　"这是……从干司·霍尔白因上摹画下来的，"公爵在审视了这画以后说，"我虽然是起码的行家，但是我觉得这摹本是很好的。我在国外看见过这幅画，现在还不能忘记它。但是……你怎么啦？"

罗果静忽然扔弃了书，顺着以前的道路向前走去。在罗果静身上这样突然出现的心神不属，和特别的、奇怪的、苦恼的情绪自然也许可以解释成这种鲁莽行动的原因。但是公爵到底有点觉得奇怪，并非由他开始的谈话何以会突然中断，罗果静竟不回答他。

"莱夫·尼古拉也维奇，我早就想问你，你信不信上帝？"罗果静走了几步，忽然又说起话来。

"你问得真奇怪。你的眼神多么奇怪！"公爵不由已地说。

"我爱着这幅画。"罗果静在沉默了一会以后又喃语着，好像又忘记了他的问题。

"看这幅画！"公爵忽然喊起来，忆起了一个突袭来的思念的印象，"看这幅画！有的人看了这幅画会把信仰丧失的！"

"自然会丧失的。"罗果静忽然出乎意料地表示赞成。他们已经走到正门那里了。

"怎么？"公爵忽然止步，"你是怎么啦？我差不多是开开玩笑，你竟这样严重起来！你问我信不信上帝是什么意思？"

"没有什么，随便问问，我以前就想问。现在有许多人不信上帝，有一个人喝醉了酒，对我说，在我们俄国不信上帝的人比别的地方多。你是到过国外的，你说，对不对？他说：'在这件事情上我们比起他们来，感觉得轻松些，因为我们已经走在他们的前面。'"

罗果静苦笑了一声。他在说出他的问题以后，忽然开了门，手握住锁把，等候公爵出来。公爵觉得奇怪，但是走出去了。罗果静跟他到楼梯口，关好了门。两人对立着，带着那种好像两人都忘记来到什么地方，现在要做什么事情的神色。

"再见吧。"公爵说，伸出手来。

"再见吧。"罗果静说，紧紧地但是完全机械地握住公爵伸出来的手。

公爵走下一级，回转身来。

"关于信仰，"他微笑了一下，开始说——显然不愿意就这样离开罗果静——同时他忆起了一个突袭来的思念的印象而活泼起来，"关于信仰，我在上星期两天内，发生了四个不同的遭遇。早晨在一条新铁路上搭火车，和一个姓S的在火车里谈了四小时，立刻做成了朋友。我以前就听到人家讲过他许多话，还说他是无神派。他是很有学问的人，我能和真正的学者交谈很是高兴。此外，他还有极好的教养，和我说话完全像对在意识与见解方面相等的人说话一般。他不信上帝，单单有一桩事情使我惊愕：他在所有的时候，好像讲的并不是那个问题。我之所以惊愕是因为以前我遇见许多不信上帝的人们，还读过许多这类的书籍，我老是觉得他们嘴里所说的、书上所写的好像完全不是那个问题，虽然从表面上看来讲的就是那个问题。我当时把这意思对他表示，大概说得不清楚，或是不会表示，因为他一点也没有明白。晚上我住在一个小县的客栈内过宿，恰巧头一天夜里客栈内出了一桩命案，我来到的时候，大家都在谈论着。两个农人都上了点年纪，都不会喝酒，并且早已互相认识，做了朋友，喝好了茶，打算在一间小屋内躺下睡觉。在最后的两天内，一个人看见另一个人身边有一块银表，系在一根黄色玻璃珠链条上面。这块表他从未看见他的朋友戴过。这人并不是小偷，甚至是极诚实的人，照农家的风俗，并不贫穷。但是这块表太中他的意，把他诱惑得终于忍不住，取起刀子，在朋友转身的时候，谨慎地从后面走过去，瞄准了以后，眼睛朝天上看，画了十字，暗中念出悲苦的祷词：'主看在基督的分上恕我吧！'就一下子把朋友杀死，像杀死一只绵羊，又从他身上掏出了那块表。"

罗果静笑得前仰后合，笑得像发了癫痫。在刚才那种阴沉的情绪之后，看着这笑声未免觉得奇怪。

"这是我喜欢的！这是最好不过的！"他带着痉挛地喊出，几乎喘不出气来，"一个完全不信上帝，另一个却信得一面祷告，一面杀人……公爵，这是虚构不出的！哈，哈，哈！这是最好不过的！"

"早晨我在城里闲荡，"公爵继续说，在罗果静刚停住了以后，虽然笑还在他唇上带着痉挛和癫痫地哆嗦，"我看见一个酒醉的小兵在木板铺成的人行道上晃来晃去，穿戴得完全不整齐。他走到我面前，说道：'老爷，请你买下这银质的十字架，只要花两角钱，银子的！'我看见他手里握着十字架，大概是刚从自己身上解下来的，系在一条湖色的、破旧不堪的绸带上面，不过实在是锡质的，一眼就看出来。它的尺寸极大、八角形，完全是拜占庭式。我掏出两角钱给他，当时就把十字架佩戴在身上。从他的脸色上看出他很满意，因为把一个愚蠢的老爷骗过了，当时就去把卖十字架的钱换酒喝，这也是一定无疑的。老兄这样汹涌到我身上来的俄罗斯的一切给我极强烈的印象，我以前对于它什么也不明白，好像没有声响似的生长着，在国外的五年来我对于祖国的回忆带着一种理想的形式。我走在路上，心里想：这个出卖基督的人我还是等一等再责备吧。唯有上帝知道，在这些酒醉的、软弱的心里藏些什么。一小时后，回到客栈里去的时候，遇到一个村妇抱着乳孩，这村妇年纪还轻，婴孩只生下了六星期。婴孩对她微笑了一下，据她的观察，是生下来初次的微笑。我看她十分虔敬地，突然十分虔敬地画了十字。我说：'你这是什么意思，小娘子？'我当时逢着什么便询问。她说：'一个母亲看见了她的婴孩初次的微笑，心里的那份喜悦，正和上帝在天上每次看见罪人立在他面前作从心里发出的祷告时所感的喜悦一样。'这是一个村妇说的，说了差不多这样的话，也就表示出一种柔细的、真挚的、宗教的思想，所有基督教的真义全含在其中，那就是视上帝如我们的亲父，上帝对人们的喜悦像父亲看着亲生孩儿时所生出的喜悦一样的种种见解，这原来就是基督的主要的思想！一个普通的村妇！她固然是母亲……但是谁知道，也许这村妇就是那个小兵的妻子。你听着，帕尔芬，你刚才问我，现在就是我的回答：宗教情感的实质不能归属到任何议论上去，与任何行为和犯罪、任何无神论都不相干，这里有点不对，永远有点不是那么回事。这里有点东西是无神论者永远滑溜过去、永远说得不对劲的。但是主要的是你会在俄国人的心里比较最明显些地、最迅快些地看出这情形来，这就是我的结论！这是我从我们的俄罗斯得来的我的最初的信念。有许多事情可以做，帕尔芬！在我们俄罗斯的土地上有许多事情可以做，你要相信我！你记得，我们在莫斯科有一个时候时常聚会谈话……我现在完全不想回到这里来！也完全没有想到和你在这里相见！唔，好了吧！唔，再见吧！上帝是不会离开你的！"

他回转身去，顺着楼梯走下去了。

"莱夫·尼古拉也维奇！"罗果静从上面喊，在公爵走到第一个转弯的梯头的时候，"你向小兵买来的十字架在你身边吗？"

"是的，在我身上。"

公爵又停住了。

"你拿来给我看。"

又是新鲜的怪事！他想了想，走上去，把十字架掏出来给他看，但没有从颈脖上脱下。

"你送给我吧。"罗果静说。

"为什么？难道你……"

公爵不想和这十字架分手。

"我来戴它，把自己的给你，你戴上它。"

"你要交换十字架吗？好的，我很喜欢。我们结为义兄弟了！"

公爵脱下锡质的十字架，罗果静脱下金质的，互相交换了。罗果静沉默着，公爵怀着沉重的惊异看出，以前那种不信任、以前那种苦涩的、近乎嘲讽的微笑似乎还没有离开他的义兄的脸，至少在刹那间强烈地表露了出来。罗果静终于默默地执公爵的手，站立了一会，似乎想做什么，而尚未决定，后来拉住他，用听不大清楚的声音问："我们走吧。"走到二层楼的梯头那里，在他们走出来的那扇门的对面门上按铃，门很快就开了。一个老太婆，全身伛偻，穿着黑衣，头上包扎巾帕，一声不发，向罗果静低低地鞠躬。罗果静迅快地问她什么话，但是没有停下来听取回答，就领公爵走进屋内。又走过一些黑暗的房屋，那些房屋显出特别的、冷静的清洁，冷淡而且严肃地陈设些古老的木器，全蒙上洁净的白布套。罗果静并不通报一声，就领公爵到一间不大的屋子里去，那间屋子像客厅的模样，用褪色的红木屏风隔成两截，旁边有两扇门，里面大概是卧室。一个小老太婆坐在客厅角落炉旁沙发上面，她的样子不能算很老，甚至有一副充分健康的、愉快的、圆圆的脸，但是头发业已完全灰白，一眼看去就可断定她已陷入窘境。她穿了玄色的毛织衣裳，颈上围着一条大黑头巾，还戴了一只白色的、干净的、系着黑缎带的帽子。她的脚支靠在小长椅上面，她身旁坐着另一个干净的老太婆，比她年长，也戴着孝，也戴了白帽，大概是一个食客。她默默地针织袜子，她们两人大概一直沉默着。第一个老太婆看见了罗果静和公爵，微笑了一下，好几次和蔼地低头，表示喜悦的样子。

"妈妈，"罗果静说，吻她的手，"这是我的知己朋友莱夫·尼古拉也维奇·梅思金公爵，我和他交换了十字架。他在莫斯科的时候曾和我处得像嫡亲的兄弟一般，为我做了许多事情。妈妈，你祝福他，像你祝福亲生的儿子一般。等一等，这样子，让我把你的手指叠好了……"

但是老太婆没有等到罗果静动手，就举起右手，把三只指头叠在一处，虔敬地向公爵画了三次的十字，以后又和蔼地、温柔地对他点头。

"我们走吧，莱夫·尼古拉也维奇，"罗果静说，"我引你来就是为了这件事情……"

他们又走到楼梯上的时候，他说：

"人家说什么话，她一点也不明白。她并不明白我的话，但还是为你祝福，可见是她自己愿意的。唔，再见吧。我有点事。你也该走了。"

他开了门。

"至少让我在离别的时候抱你一下。你真是一个奇怪的人！"公爵喊，用温柔的责备的神色看着他，想去抱他。但是罗果静刚举起手来，立刻又垂落了下去，他没有决心，他回转身去，不敢看公爵，他不想抱他。

"你别怕！我虽然取了你的十字架，但是不会为了表而杀人的！"他模糊地喃语，忽然似乎很奇怪地笑了。但是他的脸突然改变，他的脸色发白，嘴唇哆嗦，眼睛炽烧。他举起手，紧紧地抱住公爵，喘着气说：

"你就把她娶去吧，既然命运是如此的！她是你的！我让给你！你记住罗果静这个人！"

抛弃了公爵，不看他一眼，匆遽地走到自己屋里去，把门关上了。

第五章

　　时间已晚，差不多两点半钟，公爵到叶潘钦家里去，没有遇到他。他留下一张名片，决定到惠舍旅馆找郭略。假使他不在家，便留一张纸条给他。惠舍旅馆的人说尼古拉·阿尔达里昂南奇[1]"从早晨就出去了，临走时留下话，假使有人来找他，让我们通知他，说他大约三点钟左右回来。假如三点半还没有来，那就是乘火车上伯夫洛夫司克、到叶潘钦将军夫人的别墅里去，在那里用饭"。公爵坐下来等候，顺便叫了饭吃。

　　到了三点半钟，甚至到了四点钟，郭略还没有回来。公爵走了，机械似的、无目的地走着。彼得堡的初夏，有时会遇到一些奇丽的日子——晴朗的、炎热的、静谧的日子，像故意似的。今天就是这种稀有的日子，公爵无目的地闲走了一会。他不大熟悉这城市。他在十字街头、一些房屋的前面、广场上和桥上偶尔止步，有一次走进一家糖果店

---

[1] 郭略的名与父名。——译者

去休息。他有时用极大的惊异审视行人，但是他时常并没有注意到行人，也不知道在什么地方走路。他感到痛苦的兴奋和不安，同时又觉得有孤寂的特别需要。他想离群独处，完全被动地将自身交付与这痛苦的紧张，不寻觅一点点的出路。他怀着嫌恶不想解决汹涌涌到他心头和灵魂里的问题。"难道这一切是我的错处吗？"他暗自喃语着，毫不意识到自己的话语。

六点钟时他发现自己立在"皇村"铁路车站的月台上，他不久感觉孤寂是无可忍耐的，新鲜的激动热烈地包围他的心，使他的灵魂感到烦闷的黑暗一下里炽成鲜耀的光明。他买了到伯夫洛夫司克的车票，不耐烦地忙着动身，但是自然有什么东西在追袭他，而这是现实，并非理想，像他本来乐于这样想象的那个样子。他差不多已在车厢内坐定，忽然把刚买好的车票往地上一扔，从车站里走回去，带着惭愧和阴郁的心神。过了一会，他在街上忽然似乎忆起了什么，似乎突然领悟到什么，一种很奇怪的、长久就使他不安的意念，他忽然有意识地提醒自己在做着一桩事情，这事情做了长久，但在这时期以前他并没有觉察到。已经有数小时之久，甚至还在惠舍旅馆内，大概甚至还在'惠舍'旅馆之前，他忽然开始似乎在自己周围寻觅什么。一会忘记了，甚至忘得很长远，有半小时之久，忽然又不安地环顾，向周围寻觅。

他刚在自己身上觉察出了这病态的、至今还完全无意识的、久已占据住他的行动，忽然在他面前闪现了使他感到极度兴趣的另一种回忆。他忆起，在他觉察出老在自己周围寻觅什么的时候，他正立在一所店铺窗前的人行道上，用极大的好奇审视窗上陈列出的货品。他现在一定想查一查：他是否果真立在这店铺的窗前，也许已经过了五分钟之久，他是不是在做梦，是不是弄错了？这店铺、这货品果真存在吗？他今天确乎处于特别的、病态的情绪之中，几乎和以前他初次得癫痫病时的情形一样。他知道在癫痫发作的前驱的日子里，他的精神显得特别的散漫，时常甚至认错物件和脸庞，假使不用特别紧张的注意加以审视。但是还另有特别的原因，为什么他急于想知道他是否立在店铺前，在店窗内陈列着的货物中间他看到了一件东西，估价五十银戈比，他记得很清楚，不管他的精神如何散漫，心里如何骚乱。假使这店铺是存在的，这件东西也确乎在许多货物中间陈列着，那么他的止步就是为了这件东西。如此说来，这个东西必含有极强烈的兴趣，竟还能在他刚离开铁路车站，心内感到沉重的骚乱的时候，吸引他的注意。他走着，烦恼地向右面看望，由于无宁静的不耐烦，心剧烈地跳着。但是这个店铺，他终于找到了！他已经离开那店铺五十步远，才想到回转去。这件东西值六十戈比。"自然值六十戈比，多了不值！"他现在得到了证实，不由得笑了。但是他的笑是歇斯底里性的，他觉得很痛苦。他现在明晰地忆起，就在这里，站立在窗前的时候，他突然回转身去，像刚才在自己身上捉到罗果静的眼睛的时候一样。他既然相信他没有错误——其实他在查核之前也完全深信的——便抛弃了店铺，赶快从那里走开。应该把这一切赶快细想一下，一定应该的，现在他明白他在车站上并没有眼花，一定发生了一点实在的和他以前的不安相关的事情。但是一种内心的、无可克服的嫌恶又盘踞在他的心上！他不愿意去想什么，他不去想，他完全想别的事情。

他想起在他的癫痫的状态中有一个癫痫前的阶段（假使癫痫在醒着的时候发生），那时在忧愁里、在心灵的黑暗和压迫之中，他的脑子似乎忽然在一刹那间发出了火焰，他的生命的一切力量一下子特别狂激地紧张起来。在这像闪电般持续的一刹那间，生命和自我意识的感觉几乎增加了十倍。智慧和心熠燿出不寻常的光亮。一切的骚乱，一切的疑惑，一切似乎一下子平复了，融成一种高尚的静谧，这静谧充满明朗的、和谐的快乐和希望，充满理性和最终的原因。但是这一瞬、这闪光还只是最后的一秒钟的预感（从来不会超过一秒钟的），就从这一秒钟起发生了癫痫，这一秒钟自然是难忍的。以后在想到这一瞬的时候，已在健康的状态中，他时常对自己说：所有这些高尚的自我感觉与自我意识，也就是"最高的生存"的闪电只是一种疾病，只是平常状态的破坏，既然如此，这并非最高的生存，相反地，应该归类于最低的生存去。但他到底得到了极怪诞的结论："即使这是疾病，又有什么呢?"他终于决定："就说这紧张的状态是非正常的，又有什么相干呢，假使结果的本身、假使在健康时候可以记起、分析到的那种感觉的一瞬变为最高阶段的和谐与美丽，给予了前所未闻、且未猜到的感觉，圆满、均衡、调和的感觉，狂热地、虔信地和最高的生命的综合相融合的感觉。"这种模糊的表现在他自己看来是易于了解的，虽然还是太软弱的。关于这确是"美丽和虔敬"，确是"生命的最高的综合"，他是无可置疑的，也不能容许疑惑的存在的。他在这一瞬间并非梦见了什么幻境，那种不正常的、不存在的、使理智受压迫、灵魂成为歪曲的幻境，像服了麻醉药、鸦片或酒以后的情形一般。关于这层，在疾病的终了以后，他可以健全地加以判断。这一瞬单只是自我意识的一种不寻常的增强——假使可以用一个名词表现这种心神状态——一种自我意识，而同时又是极高度的、直接的自我感觉。假使在这一秒钟里，在最后的、有意识的癫痫前的一瞬间，他能够明晰地、有意识地对自己说："是的，为了这一瞬间可以将整个生命交付出去!"那么这一瞬自然是值得整个生命的。而他不能坚持他的结论的辩证部分：迟钝，心灵的黑暗、白痴，立在他面前，成为这"最高的一瞬"的鲜耀的后果，他自然不会做正经的辩论。在结论里，在对于这一瞬的估价里，无疑地会有错误的，自是这感觉的现实性到底使他感觉困窘。果真怎样对付现实呢? 这情形是有过的，就在那个一秒钟内，他自己还来得及对自己说这一秒钟在他完全感受到的无上的幸福方面也许会值得整个的生命。"在这一瞬间，"有一次他在莫斯科和罗果静聚会的时候对他说，"在这一瞬间，我似乎开始领悟了一句不寻常的话，那就是说时间是再也没有的。大概这一秒钟，"他微笑着补充上去，"就是发狂癫的穆罕默德的被颠覆的桶里的水还来不及流出，而他已在这时观察到了阿拉的全部住处的那一瞬。"是的，在莫斯科他时常和罗果静聚会，谈论的不仅只这一桩事情。"罗果静刚才说，我在那时做了他的弟兄，这是他今天初次说的。"公爵自己想着。

他想的时候正坐在夏园树下的长椅上面，时间大约七点钟。花园是空虚的，黑暗一下子遮住了正在逝去的太阳。天气很闷，颇像将有雷雨的预兆。他现在这种沉思的状态对于他成为一种诱惑。他的回忆和脑力附黏在每一个外在的物件上面，这使他喜欢。他尽想遗忘什么，遗忘现在的、紧要的一切，但是在向周围环顾的时候，他立刻又认清了阴暗的思想，他极愿加以摆脱的那种阴暗的思想。他忆到他刚才在饭店里吃饭时和伙计谈话，谈到新近发生的一桩极奇怪的、轰动一时的命案。他刚忆到这，他忽然又发生了一些特别的事情。

一种异常的、无从压抑的愿望、近乎诱惑的东西，突然麻痹他的意志。他从椅上立起，离开花园，一直到彼得堡区上去。他刚才在涅瓦河岸旁，问过一个行人，请他指示越过涅瓦河到彼得堡区去的道路，人家告诉他，但是他当时并没有去。无论怎么说，今天是不必去的，他知道这情形。他早就知道了地址，他很容易寻到莱白及夫的女戚的房子，不过他确实地知道他不会遇到她的。"她一定到伯夫洛夫司克去了，否则郭略会照约好的样子，在惠舍旅馆里留下话来的。所以他现在去，自然并非为了见到她。另一个阴暗的、痛苦的好奇心诱惑了他，一个新颖的、突袭来的念头到了他的头里去了……

但是对于他的方面，只要他走了去，还知道往哪里去，就已经很够的了。过了一分钟，他走着走着，又几乎不辨识他走的道路了。"把这突袭来的念头"再仔细地想一下，他立刻觉得是十分的讨厌，而且几乎不可能。他带着痛苦的、紧张的注意，审视他眼中看到的一切事物，望着天和涅瓦河。他想和对面遇到的一个婴孩搭谈，也许，他的癫痫的状态越来越加深了。雷雨似乎确在聚紧拢来，虽然是极延缓的，在辽远的地方开始了雷声，太闷热了……

他不知为何原因，现在忆起了他刚才见到的莱白及夫的外甥，像偶然忆起一个摆脱不了的、讨厌到愚蠢程度的音乐基调一样。奇怪的是他记起的是莱白及夫在把外甥介绍给他时提到的那个凶手的模样。是的，他新近还读到关于这凶手的新闻。自从回到俄罗斯以后，他读到而且听到许多关于这类事情的消息，他顽强地留心这一切。刚才和伙计谈到关于杀死黄芮林全家的案件时，就露出极大的注意。伙计很赞成他的话，他记起来了。他又记起那个伙计，他是一个不愚蠢的、老练而且谨慎的小伙子。"不过谁知道他是什么样的人。在新的田地上是很难懂识新的人物的。"他已开始热烈地相信俄国人的心灵。在这六个月内，他遭受了许多，许多完全对于他新颖的、猜不到的、没有听见过的、意料不到的一切。陌生人的心灵是黑暗的一片，俄国人的心灵也是黑暗的一片，对于许多人是黑暗的一片。他和罗果静相聚了许久，相处得很近，像弟兄似的相处着，但是他知道不知道罗果静呢？有时候在这一切里面是如何的混乱，如何的空谵，如何的丑陋！刚才莱白及夫的那个外甥又是如何的一个讨厌的、自满的脓包？但是我怎么啦？"公爵继续幻想着，"难道他杀死了那六个人吗？我似乎弄错了，真是奇怪！我的头有点旋转……莱白及夫的长女有张多么可爱的、多么有趣的脸，还有那个抱婴孩的女郎的脸容是如何的天真、如何的孩子气，发出几乎是小孩子似的笑声！"奇怪的是他差不多忘记了这副脸，现在才忆起来了。莱白及夫虽然向他们跺脚，大概很喜欢她们。而像二加二等于四似的准确的，那就是莱白及夫也挚爱他的外甥！

　　然而他何必这样对他们作最终的判决，他是今天才来到的，又何必说出这样的判决？莱白及夫今天给了他一个谜：他会料到莱白及夫是这样的吗？难道他以前所知道的莱白及夫是这样的吗？莱白及夫和杜巴利，天呀！然而如果罗果静杀人，至少不会这样无秩序地杀人的，绝不至于这样的混乱。按照图画特制的凶器和六个人的被杀，完全在精神错乱中做下了的！难道罗果静有按照图画特制的凶器吗？难道他……但是……难道已决定罗果静会杀人吗？公爵突然哆嗦了。"做这样胆大无耻的、公然的猜测，在我的方面，不是犯罪吗？不是卑劣的行为吗？"他喊着，羞惭的红润一下子泛溢他的脸。他惊讶起来，在路上立着，像钉在地上一般。他一下子忆起了刚才的伯夫洛夫司克车站，刚才的尼古拉也夫司克车站，当面对罗果静提出的关于眼睛的问话，现在套在他身上的罗果静的十字架，他母亲的祝福，他自己领他到她面前去的，还有在楼梯上最后的痉挛性的拥抱，罗果静的最后的那句逊让的话。而在这以后，竟发现自己在自己的周围不断地寻觅什么，还有那店铺、那件东西……这真是卑劣！而在这以后，他现在还走到一个地方去，怀着"特别的用意"，怀着特别的"突袭到的意念"！悲愤和痛苦盘踞他整个的心灵。公爵立刻想回到自己旅馆里去，甚至已经回转身来走了，但是过了一分钟又止步，想了一想，重新回到原路上去了。

他已经到了彼得堡区，离那所房屋很近。他现在不是怀着以前的目的走到那里去的，不是怀着"特别的意念"去的！怎么会这样呢？是的，他的病回来了，这是一定的，也许他的癫痫今天一定会来的。由于癫痫而来的黑暗，由于癫痫而生的"意念"！现在黑暗被驱散了，魔鬼被逐走了，疑惑不再存在，快乐在他的心里！他没有看见她如此的久，他必须看到她。是的，他现在愿意遇见罗果静，他要拉着他的手，他们会一块去……他的心是纯洁的。难道他是罗果静的情敌吗？明天他自己去，对罗果静说，他看到了她，他是飞到这里来，像罗果静刚才所说的样子，就为了见她一面的！也许他会遇到她，她并不一定到伯夫洛夫司克去的！

是的，现在必须使这一切明明白白地摆放出来，大家必须互相清清楚楚地读出各人身上的一切，不许再有阴暗的、热情的、逊让的话，像罗果静刚才的样子，让这一切安排得自由而且光明。难道罗果静没有走向光明的能力吗？他说他爱她爱得不同，他的口里没有慈悲，没有"任何的怜悯"。果然他后来补充说："你的怜悯也许比我的爱深些。"但这是他造自己的谣言。唔……罗果静竟念起书来，难道这不是"怜悯"，不是"怜悯"的开始吗？难道这本书的存在不已证明他充分地感觉他对于她的态度吗？还有他刚才所讲的那段话呢？这比单单的热情深得多。难道她的脸单只暗示出一种热情吗？现在这脸还能不能暗示出热情呢？它暗示出的是痛苦，痛苦盘踞整个的心灵，于是浓密的、痛苦的回忆突然从公爵的心上通过。

是的，那是痛苦的回忆。他忆起，他在最近初次发现她身上疯狂的表征的时候，感到了极大的痛苦，那时他所感到的几乎是绝望。她当时从他那边逃到罗果静那里去的时候，他怎么可以离开她呢？他应该自己跑去找她，不应该等候消息。但是罗果静难道至今还没有看出她的疯狂来吗？唔……罗果静看见的是别种原因，情欲的原因！真是疯狂的妒忌！他刚才的猜想的话究竟是什么意思呢？公爵突然脸红，他的心里似乎有点哆嗦。

何必回忆这一切呢？这在两方面都是疯狂的行动。说他，说公爵热情地爱这女人，那几乎是不可思议，几乎是残忍、无人道。是的，是的。罗果静造自己的谣言，他有一个巨大的心，可以受痛苦，也可以发出同情。在他知道了所有的真相，相信遭受了残伤的、半疯的女人是如何一个可怜的生物的时候，难道他当时不会宽恕她以前的一切，宽恕他所受的一切痛苦吗？难道他不会成为她的仆人、弟兄、知己、护神吗？同情心会使罗果静领悟，会教会他的。同情是主要的，也许是唯一的全人类生存的法则。他真是无可饶恕地、不名誉地在罗果静面前犯了过错！不是的，并非"俄国人的灵魂是一片的黑暗"，却是他自己的心灵里是一片的黑暗，假使他能将这样的恐怖的心情描写出的话。为了在莫斯科说出几句热情的、出自肺腑的话，罗果静竟称他为兄弟，而他呢……但这是病！这是精神错乱！这一切会解决的！刚才罗果静说他丧失了信仰，说得多么的阴暗！这人应该怀着极大的痛苦。他说，他"爱看这幅图画"，不是爱，却是感到需要。罗果静不仅有一个热情的心灵，他还是一个战士，他想用武力追回他的已丧失了的信仰。他现在需要她到了痛苦的地步……是的！应该相信什么？应该相信什么人！霍尔白因的那幅画多少奇怪呀……现在走到这条街上了！大概就是这所房子，对了，十六号，十品文官夫人斐理骚瓦公馆，就在这里！公爵按铃，请见娜司泰谢·费里帕夫纳。

女房东自己出来回答他，娜司泰谢·费里帕夫纳已于早晨到伯夫洛夫司克达里亚·阿莱克谢夫纳家里去，"也许会留在那里几天都难说的"。斐理骚瓦是小小的尖眼尖脸的女人，四十岁模样，狡猾地、凝视着看人。她问他的姓名——她说出这问题时似乎有意加上了神秘的色调。他起初不想回答，但是立刻就回了转来，坚请她把他的姓名转告娜司泰谢·费里帕夫纳。斐理骚瓦用加强的注意接受那份倔强，还带着特别秘密的神色，似乎想声明："您不要着急，我明白了。"公爵的姓名显然引起她极强烈的印象。公爵精神散漫地看了她一眼，转身走回旅馆去了。他走出来时候的态度和叩门时不同，他的心上似乎在一刹那间又发生了不寻常的变动：他又显得惨白、软弱、苦痛，惊扰，他的膝盖战栗，模糊的、慌乱的微笑在他的蓝唇上晃动，他的"突袭来的意念"忽然得了证明和辩解，他又相信魔鬼了！

但是果真得到证明了吗？得到辩解了吗？他的身上为什么又来了这哆嗦、这冷汗、这心灵的黑暗和寒冷？是不是因为他现在又看见了这双眼睛？他所以从夏园到这里来，也单只为了看这眼睛！他的"突袭来的意念"也就是如此。他坚持地想看"刚才那双眼睛"，为了从根本上使自己确信他一定会在那里、那所房屋的附近遇见的那眼睛，这是他的痉挛般的愿望。他现在果真看见了，为什么又这样精神颓丧而且惊愕呢？好像没有料到似的。是的，就是那双眼睛——就是那双，现在是毫无可疑的！在早晨他从尼古拉也夫司克铁路的车厢里出来时在人群中向他闪瞥的也就是那双——完全是的！以后他坐到罗果静的椅上时，在肩后捉到了它的眼神的。罗果静刚才一口回绝，他带着歪斜的、冰冷的微笑问："那是谁的眼睛呢？"公爵还在皇村铁路的车站上，已经坐在车厢里，预备到阿格拉耶那里去，忽然又看见了这双眼睛。他当时真想走到罗果静的面前，对他说："那是谁的眼睛呢？"但是他从车站里跑了出来，只在他立在刀铺门前，估计一件带鹿角把手的东西值六十戈比的时候才醒了转来。奇怪的、可怕的魔鬼完全附在他身上，不再想离开他。他坐在夏园里的菩提树下，浑忘一切的时候，这个魔鬼对他微语，如果罗果静从早晨就侦查他，一步步地追他，那么一知道他不上伯夫洛夫司克去（这自然对于罗果静是命定的消息），一定会到那里去，到彼得堡区的那所房子那里去，一定在那里守候公爵，这公爵还在早晨时候就发誓"不再见她"，还说："他到彼得堡并非为了这件事情。"于是公爵痉挛地奔到那所房子那里去。其实就说他果真在那里遇见了罗果静，这又有什么呢？他只看见了一个不幸的人，他的心灵的情绪十分阴沉，但又极易了解。这个不幸的人现在甚至不躲藏了。是的，罗果静刚才不知为什么闪躲、撒谎，但是在皇村车站上却并不躲藏，躲藏的甚至是他公爵，而不是罗果静。现在他站在那所房子附近、街的斜对面、离开五十步远，人行道上，叉手等候着。他立在完全显著的地方，似乎故意想立在显著的地方。他立在那里，像一个原告，像一个裁判官，并不像……并不像什么？

为什么他，公爵，现在不亲自走到他面前去，却转身离开他，似乎一点也没有看见，虽然他们的眼睛是相遇了——是的，他们的眼睛是相遇了！他们还互相看望了一下。他不是刚才自己还想拉他的手，和他一块到那里去的吗？他不是自己想明天到他那里去，对他说他到过她那里去的吗？他不是刚才到那里去的时候，在半路上自己甩脱了他的魔鬼，心灵上突然充满了喜悦的吗？要不在罗果静的身上果真有一点什么，那就是说在这人的整个的今天的形象里，在他的话语、行动、行为、眼神的总和里果真有一点什么，可以使公爵的可怕的预感、他的魔鬼的恼恨的微语有所辩解呢？是不是有一点什么可以自然而然地看出来，但难以分析和讲述，且不能用充分的理由加以辩白，又不管艰难和不可能，会引起十分完整的、无可撼动的印象，又自然而然地转为完全的信念呢？

信什么？这信念，这"低劣的预感"的怪诞、卑鄙，如何使公爵感到痛苦！他如何责备自己！"假使你敢，你说你信什么？"他不断地对自己说，带着责备和挑战，"把你的思想用公式表示出来，明晰地、正确地、无迟疑地大胆表现出来！唉，我真是太不诚实了！"他愤愤地反复说着，脸上露出红晕，"现在我一辈子要用什么样的眼睛看这人呢！喔，这是什么样的一天！天呀，这是怎样的一个噩梦！"

有一个时候，在这条长长的、痛苦的、从彼得堡区走来的路程的终结时，一个无从压制的愿望突然占据公爵的全身，立刻到罗果静那里去，等候他，拥抱他，带着羞愧、眼泪，对他说出一切，一下子了结一切。但是他已经立在自己的旅馆旁边。刚才他真是不喜欢这旅馆，这走廊、这所房子、它的房间，初看上去就不喜欢，他在这一天有好几次带着一种特别嫌恶的心情忆起他必须回到这旅馆里来。"我今天真像一个有病的女人，怎么净相信一切的预感！"他心想，带着苦恼的嘲笑，停立在大门那里。在这刹那间他特别地想到今天的一桩事实，但是想得很冷静，带着"完全的理智""没有噩梦"。他忽然忆到了刚才在罗果静桌上的那把刀子，但是罗果静真是为什么不应该在桌上放些刀子呢！他忽然可怕地讶异起自己来，当时他又忽然想到他刚才立在刀铺门前的情形，更加惊异得愣住了。"这里面到底有什么关系呢！"他喊出来，却没有喊完。一阵新的按捺不住的羞愧，几乎是绝望，就在进门的地方把他钉住了，他停留了一会。人们有时是这样的：按捺不住的突袭来的回忆，特别是和羞愧相连的，照例会使人停留在一个地方。"是的，我是没有心的人，我是懦夫！"他阴沉地、反复地说，激邃地向前走去，但又止住了。

在这本来黑暗的大门内这时候很黑暗，聚拢来的乌云吞没了黄昏的微光。公爵正走近房子的那个当儿，乌云忽然洞穿，下了阵雨。在他停步了一会，激遽地动身走去的时候，他正在大门前面从大街到进门的地方。他忽然在大门深处半黑暗的地方看见了一个人，这人似乎期待着什么，但又匆遽地闪过，立刻隐灭了。公爵看不清这人，自然无论如何不能说，他是谁？再加上这里来来往往，有许多人。这里是一个旅馆，有人不断地走过，跑到走廊里去，又从走廊里出来。但是他忽然感到了极深的、推翻不掉的信念，他深信他认识这人，这人就是罗果静。过了一刹那，公爵跟在他后面，奔到楼梯上去。他的心沉住了。"一切立刻会解决的！"他带着奇怪的信念自言自语地说。

公爵从在门里跑上去的那座楼梯通头层和二层的走廊，旅馆的房间就安设在走廊的两边。这座楼梯和一切早先建筑的房屋一般，是石头的，黑暗的，狭窄的，在一根厚石柱子周围绕来绕去。在第一个梯头上有一个凹地，颇像壁龛，不到一步宽，半步深，这人可以藏身在这里面的。无论怎样黑暗，公爵一跑到梯头那里，立刻辨出有一个人不知为什么藏在这凹地里。公爵突然想走了过去，不向右面望一望。他已经跨了一步，但是忍不住，回转身去了。

刚才的一双眼睛，就是那一双，忽然和他的眼神相遇。藏在凹地里的那个人已经从里面跨出了一步，他们两人互相紧挨着立了一秒钟。公爵突然抓他的肩膀，把他拉到楼梯旁光明的地方去，他想看清楚这脸。

罗果静的眼睛闪耀，疯狂的微笑令他的脸扭曲。他的右手举了起来，手里有什么亮晶晶的东西，公爵不想止住那手，他只记得他似乎喊了声：

"帕尔芬，我不相信！"

以后他的面前似乎忽然有什么东西洞穿了：不寻常的、内部的光明照耀他的心灵。这一瞬也许只持续了半秒钟，但是他明晰地、有意识地记住了那个开始，可怕的呼号的第一个声音，那是从他的胸内自然而然地挣脱了出来，用任何力量都不能制住的。以后他的意识立即熄灭，随之来了完全的黑暗。

早已离开他的癫痫发作了。大家都知道，癫痫病会在一刹那间来的。在这一刹那间，脸，特别是眼神，突然变了样子，抽风和痉挛占据了整个身体、整个脸庞。一阵可怕的、无从形容的、什么也不像的呼号从胸内挣脱出来，在这呼号里，所有的人性忽然好像消灭了，旁观者无论怎样也不能、至少是很难想象而且承认，呼喊的就是这个人，甚至觉得是另一个人在这人的体内发喊。至少有许多人会发生这般的印象，至于有些人一看见狂痫病的发作，就会引起根本的、难忍的恐怖，甚至带着一些神秘性的恐怖。可以意料到的是这种突袭来的恐怖的印象，再加上随以俱来的一切别的可怕的印象，忽然麻痹了罗果静的行动，也就使公爵躲去了无从避免的、已将落到他身上来的一刀。罗果静当时还没有来得及猜到那是癫痫的发作，一看见公爵从他身旁倒退，忽然跌落下来，一直朝楼梯上滚下，后脑一下子撞到石级上面，他立刻拼命地往下跑走，越过躺下来的人，几乎像失了理智似的从旅馆内跑走了。

由于抽风、战栗和痉挛，病人的身体从楼梯的阶段上滚下来，一共不到十五级，滚到了楼梯底下。他躺在那里，很快地，还不到五分钟，就被人发现，于是聚了一堆人。头旁一摊血引起大家的疑惑：这人是不是自行摔落，或者"出了什么罪孽"？有几个人认出他发作了癫痫，旅馆茶房也看出公爵是刚来到的旅客。由于一桩幸运的事实，这慌乱终于幸运地解决了。

郭略·伊伏尔金本来约定四点钟回到惠舍旅馆去，但又有事到伯夫洛夫司克去了。他由于一个突袭来的打算，拒绝在叶潘钦将军夫人家里吃饭，回到彼得堡来，忙着走到惠舍旅馆，晚上七点钟左右便到了那里。他从留下来的字条上晓得公爵已在城里，便按字条上留下的住址跑来找他。旅馆里告诉他公爵出了门，他便到下面饭厅里等候，一面喝茶，一面听奏风琴。他偶然听见人家说有人发作了癫痫，由于一种正确的预感，他立刻跑到那里去，看见了公爵，立刻做了相当的步骤。先把公爵搬进房间，他虽已醒过来，但有许多时候没有恢复全部的意识。

一位医生被邀请诊察他的受伤的头，贴了膏药，宣布说没有危险。过了一小时，在公爵已能明了周围的一切的时候，郭略雇了马车，送他到莱白及夫家里去。莱白及夫用异常的热心和尊敬的态度接待公爵。就为了他，加速了搬到别墅去的日期。第三天上，大家已经在伯夫洛夫司克了。

第六章

　　莱白及夫的别墅并不大，但是很舒适，甚至美丽。他的预备出租的部分修饰得特别讲究。在极广阔的平台上面，从街上到屋里去的入口处，有几株橘树、柠檬树和素馨树，种在绿色的大木桶里。照莱白及夫的计算，这可以使别墅增添妩媚的式样。内中有几棵树他连同别墅一起买下，为了那些树在平台上所引起的效果而感到喜悦，当时决定遇机会在拍卖场上添买同样的种在木桶里的树棵。在所有的树全运到别墅摆设好了的时候，莱白及夫在那天好几次从平台的梯级上跑到街上，从街上赏览自己的房产，每次都在思想里添加打算向未来的房客要求的数目。公爵很喜欢这别墅。他的身体还很软弱，心里烦闷，精神不振，不过在搬到伯夫洛夫司克来的那天，也就是发癫痫病后的第三天，公爵在外表上已具有差不多是健康的人的样子，虽然在内心里还感到自己尚未复原。他很喜欢这三天内在自己周围看到的人们，他很喜欢差不多没有离开他一步的郭略，他也喜欢莱白及夫的全家（外甥不在内，他不知隐到什么地方去了），还喜欢莱白及夫本人，甚至极愉快地接待在城里就已拜访他的伊伏尔金将军。他搬家的那天晚上，有许多客人聚在平台上他的周围。笳纳首先来到，公爵不大认识他了，在这时候他的样子变了，他很瘦。后来瓦略和波奇成来了，他们也在伯夫洛夫司克避暑。伊伏尔金将军差不多一直住在莱白及夫的住宅里，和他一块搬来的。莱白及夫努力设法不放他去见公爵，把他留在自己那里。他对他很要好，他们显然是早已相识的。公爵看出这三天内他们有时做冗长的谈话，时常互相呼喊、争论，甚至还谈论学术上的问题，这显然给予莱白及夫极大的快乐，可以想到他甚至是需要将军的。但是像对待将军那样严防的处置，莱白及夫从搬到别墅以来，也开始对他的家庭施展了。他借口不惊吵公爵，不放任何人到他那里去，跺脚追赶女儿们，连抱婴孩的魏拉也不在例外，只要一疑惑他们走到公爵坐着的平台上去，也不管公爵屡次请他不要赶走任何人。

"第一层，如果把他们放纵下去，他们不会生出任何尊敬心来，第二层，他们也不大雅观……"在公爵直接问他的时候，他终于这样地解释。

"那为什么呢？"公爵抗议了，"您那种监督和看守的举动只是使我感到痛苦，我一个人住在这里很闷，我已经对您说过许多次了。您老是不断地挥手，还踮着脚走路，更加会添上许多沉闷。"

公爵暗示着。莱白及夫虽然借口病人需要安静，把家人全都驱赶走了，但自己在这三天内几乎时时刻刻地到公爵那里来，每次先开了门，伸进头来，向室内环顾，似欲弄明白：在这里没有？没有逃走吗？然后踮着脚，用潜匿的步伐慢吞吞地走到躺椅那里，有时竟于无意中使房客吃了一惊。他不断地询问公爵需要什么，公爵后来对他说，让他走开，他便驯顺地、不声不响地回转身子，蹑足走出门外，在走的时候，老是挥摇双手，似乎暗示着，他只是这样，他绝不说一句话，他已经走出来了，不会再来的。然而过了十分钟，或至少过了一刻钟，又来了。在公爵那里自由出入的郭略引起莱白及夫的生气，甚至恼恨。郭略觉察出莱白及夫在门外站立半小时，偷听他和公爵的谈话，自然也把这举动通知了公爵。

"您好像把我抢来，锁了起来，"公爵抗议，"至少在别墅里不能这样，我随便想见谁就见谁，随便到哪里去，就到哪里去。"

"这是没有什么疑惑的。"莱白及夫挥手。

公爵从头到脚盯看了他一下。

"罗吉央·蒂莫菲维奇，您那只挂在床头上面的小橱也搬到这里来了吗？"

"不，没有搬来。"

"果真留在那里了吗？"

"不能搬，搬了会拆坏墙……钉得很牢、很牢。"

"也许这里也有同样的东西吧？"

"还好些，还好些，为了有这个才把别墅买下来的。"

"啊！您刚才不放谁到我这里来？在一点钟以前。"

"那是……那是将军。我确乎没有放他进来，他到您这里来不大方便。我很尊敬这人，您不相信吗？您以后会看出来的。公爵，您最好不要接见这人。"

"请问你，那是为什么呢？莱白及夫，您为什么现在踮着脚站在那里，走到我面前来的时候，永远好像要就着耳朵告诉秘密似的。"

"我感觉我是低卑的，我是低卑的，"莱白及夫出乎意料地回答，带着情感叩击自己的胸脯，"将军对于您不会太好客吗？"

"太好客吗？"

"是的，太好客了。第一层，他已准备住在我家里，这随他去吧，不过他的心太热衷，立刻就攀起亲戚来了。我和他已有许多次认为亲戚，原来是连襟。您也成为他的母系方面的表侄，还是昨天对我解释的。假使您是表侄那么我和您也成为亲戚了。这还不要紧，小小的一个弱点。但是刚才还说，他一辈子，从少尉一直到去年六月十一日，每天不下二百人坐下吃饭。后来弄到从桌上也不立起，一昼夜之间有十五小时连着吃中饭，吃晚饭，喝茶，三十年来一直没有间断，简直没有工夫换桌毯。一个人立起来，走了，另一个人又来，在节假的日子竟有三百个客人。在俄罗斯建国千年纪念的日子，到了五百位客人，这是一种情欲，这样的消息是很坏的预兆。接待这类好客的人是很可怕的，所以我想，他对于您不会显得过分好客吗？"

"您大概和他交情很好吧。"

"我们像弟兄一样，我认为这是一桩玩笑。就算我们是连襟，我没有关系，这于我更得到荣耀。我就是从他那套二百位客人和俄罗斯建国千年纪念的话上，也看出他是一个极好的人，这话我诚恳地说着。公爵，您刚才讲起秘密的话，好像我走过来想说什么秘密话。秘密确是有的，好像故意似的。有一位女太太刚才通知我，说她愿意和您秘密相见。"

"为什么秘密呢？这并不是的。我自己要到她那里去，今天都可以。"

"并不是的，并不是的，"莱白及夫挥手，"她并不像您所想的那样惧怕谁。我顺便提一声，那个恶徒每天必来打听您的健康，您知道吗？"

"您为什么时常称他为恶徒，这个我觉得很可疑。"

"不会有什么可疑的，不会有的，"莱白及夫连忙否认，"我只想解释的是那位女太太不是惧怕他，却是惧怕完全另一个人，完全另一个人。"

"怕什么，你快说呀！"公爵不耐烦地盘问着，望着莱白及夫那种神秘的吞吞吐吐的脸。

"秘密就在这里呀。"

莱白及夫笑了。

"谁的秘密？"

"您的秘密。您自己禁止我在您面前说话，"莱白及夫喃语着，在他看见他把听者的好奇弄到了病态的不耐烦的境地以后，忽然说，"怕的是阿格拉耶·伊凡诺夫纳。"

公爵皱了眉头，沉默了一会。

"莱白及夫，我真是要离开您这所别墅，"他突然说，"笳佛里拉·阿尔达里昂南奇和波奇成夫妇在哪里？在您那里吗？您也把他们诱引到自己那里去了吗？"

"来啦，来啦，连将军也跟在他们后面来了。我要把所有的门打开，把大家，大家，立刻都叫来，立刻都叫来。"莱白及夫畏惧地微语，挥着手，从一层门跑到另一扇门那里去。

这时候郭略在平台上出现了，从街上走了进来，宣布说有客人快来了，丽萨魏达·博罗可菲也夫纳和三个女儿。

"放不放波奇成夫妇和笳佛里拉·阿尔达里昂南奇进来呢？放不放将军进来呢？"莱白及夫跳了过来，被这消息弄得震惊了。

"为什么不呢？全放进来，随大家的便。我告诉你，莱白及夫，您一开始就不大明白我的态度，您有一种不断的错误。我没有任何理由躲避人，瞒人。"公爵笑了。莱白及夫望着他，也认为有跟着笑的义务。莱白及夫虽然心里感到十分慌张，但显然还是很满意。

郭略所告诉的消息是真确的，他只比叶潘钦一家人早到了几步，为了预先来通知一声。客人们忽然从两方面走了进来，叶潘钦一家从平台上来，波奇成、笳纳和伊伏尔金将军从屋内来。

叶潘钦现在才从郭略那里知道公爵生了病，来到了伯夫洛夫司克。在这以前，将军夫人感到沉重的惶惑。将军在前天就把公爵的名刺交到他的家里。这张名刺使丽萨魏达·博罗可菲也夫纳深信公爵自己会立即随在名刺之后到伯夫洛夫司克见她们。姑娘们白白地告诉她，半年来没有通过信的人也许现在并不会如此着急，他在彼得堡也许有许多事情要做，谁知道他有什么事情呢？将军夫人对于这意见十分生气，准备打赌，说公爵要在第二天上就来，虽然"这已经显得晚了"。第二天，她等候了一早晨，吃饭时、晚上也等着。等到天色完全黑暗的时候，她对一切生气，和一切人拌嘴，关于成为吵嘴理由的公爵未提过一句话。阿格拉耶在吃饭时偶然脱口说出，母亲生气着，因为公爵没有来，将军当时回答说："这不是他的错处。"丽萨魏达·博罗可菲也夫纳立起身来，忿怒地离开了桌子。郭略晚上终于来到，报告一切的新闻，讲述他所知道的关于公爵遭遇到的一切事情。结果，丽萨魏达·博罗可菲也夫纳得了胜，但是郭略到底结结实实地挨了几句："有的时候整天到这里旋转着，弄也弄不掉他。哪怕自己不想光临，先派人通知我们一声也好呀。"为了这句"弄也弄不掉他"的话，郭略立刻想生气，但决定留到下次再说。这句话假使不太可气，他也许会完全加以饶恕的。丽萨魏达·博罗可菲也夫纳在听到公爵生病的消息时那份慌乱和不安使他十分喜欢。她许久地主张必须立刻派专人到彼得堡去延请医学界著名人物，乘第一次列车载到这里来。但是女儿们劝止住了。后来她们的母亲准备立刻去访问病人，她们倒也不愿离开她。

"他处在生死关头上，"丽萨魏达·博罗可菲也夫纳一面忙乱一面说，"我们还要守什么礼节？他是不是我们家庭的密友呢？"

"不问水势深浅，就钻进去也是不对的。"阿格拉耶说。

"那么你不必去，这更好。叶夫格尼·柏夫洛维奇快来了，没有人接待他。"

在这句话说出之后，阿格拉耶自然立刻随着大家同去，其实不如此她还是打算前去的。S公爵正和阿台拉意达坐在一起，经她一邀请，立刻答应伴女太太们前去。他在以前和叶潘钦家相识的初时，听到她们讲起公爵的事情，就十分感兴趣。原来他和他曾经相识，不久的时候在什么地方认识以后，曾同住小城内两星期之久。他居然讲出关于公爵的许多事情，总之，对他下了很同情的批评，所以现在极愿意一同去拜访老友。伊凡·费道洛维奇将军没有在家。叶夫格尼·柏夫洛维奇还没有来。

从叶潘钦的别墅到莱白及夫那里不到三百步路。丽萨魏达·博罗可菲也夫纳的第一个不愉快的印象，就是遇到了一大群的客人在他的周围，不用说，在这群人里有两三个是她根本仇恨的。第二个印象是看见了一个外表上完全健康的、穿着漂亮衣裳、满面笑容的青年人，跨前一步，迎接他们，而并不奄奄一息地睡在床上，像她期望的那个样子，这使她感到惊异。她甚至在惶惑中止步，使郭略觉得十分快乐，他本来还可以在她没有从别墅里动身之前，就好生解释，并没有人即将死去，也没有人睡在生死交替的床上，但是他没有解释，狡狯地预感到将军夫人那份未来的、滑稽的怒气，他估计到那时她一定会因为遇见了自己的好友那种健康的样子而生气。郭略甚至太不客气，竟把自己的猜度说了出来，为的是要使丽萨魏达·博罗可菲也夫纳彻底地恼一下——他和她虽然交情很深，但是他有时会和她恶狠地舌战一场。

"等一等，亲爱的，你不要忙，不要得意忘形呀！"丽萨魏达·博罗可菲也夫纳回答，坐在公爵给她拉过去的椅子上面。

莱白及夫、波奇成、伊伏尔金将军忙着给小姐们端椅子，将军给阿格拉耶取来了一只椅子。莱白及夫也给Ｓ公爵端来了椅子，甚至在他的腰身的曲线上都描画出特别的尊敬。瓦略照例带着喜欢和微语和小姐们握手。

"公爵，我心想我会见到你睡在床上，在惊吓中未免夸张了一点，这是真话，我决不想撒谎，我刚才看到你的幸福的脸，觉得很可恨，但我可以对你发誓，这只是一分钟的工夫，在还没有细想的时候。我只要一细想，永远会比较聪明的说话而且做事，我想你也是这样。老实说，我看到你痊愈，心里那份喜欢，要比见到自己的亲儿子生病后的复原还厉害，假使我有亲儿子的话。如果你不相信我，那是你的羞耻，不是我的。至于那个恶毒的小孩对我开的还不只是这样的玩笑。你好像保护他，所以我警告你，在一个佳好的早晨，我也许会不再喜欢享受和他相识的那份荣耀。"

274

"我有什么错处呢？"郭略喊，"我无论怎样告诉您，公爵已经差不多痊愈了，你不愿意相信，因为您想象他奄奄一息地睡在床上，似乎有趣得多。"

"您是不是打算久住在我们这里？"丽萨魏达·博罗可菲也夫纳对公爵说。

"住一夏天，也许再久些。"

"你是一人吗？没有娶亲吗？"

"不，没有娶亲。"公爵对于那份讥讽的天真微笑了。

"不必微笑，这是常有的事。我讲的是那所别墅，你为什么不搬到我们这里来住？我们那里整个偏房都是空着的。但是随你便吧。你是向他租的吗？向这人吗？"她轻声说，朝莱白及夫点头，"他为什么净弯腰鞠躬？"

在这时候魏拉从屋内出来，照例手里抱着婴孩。莱白及夫在椅子附近绕来绕去，根本不知道向何处安身，但是真不想走开，忽然攻击起魏拉来，向她挥手，赶她离开平台，甚至忘乎所以地跺起脚来。

"他是疯子吗？"将军夫人忽然说。

"不是的，他……"

"也许喝醉了吗？你的那伙朋友不大强，"她喊了出来，眼神向其余的客人们身上也扫射了一下，"不过这位姑娘多可爱呀！她是谁？"

"魏拉·罗吉央诺夫纳，这位莱白及夫的女儿。"

"啊！很可爱的。我想和她认识认识。"

莱白及夫听到了丽萨魏达·博罗可菲也夫纳夸奖的话，自己拉女儿过来介绍相见。

"孤儿们，孤儿们，"他走过来的时候，喃喃地说，"她抱着的那个婴孩也是孤儿，她的妹妹，刘葆士卡，是我的正式妻房叶莲娜生下来的，可怜她产后就死去，受了上帝的宠招，在六个星期之前……是的……代替了母亲，其实不过是姊姊，不过是姊姊……不过是的，不过是的……"

"先生，你也不过是一个傻瓜，恕我说这句话。但是够了，你自己明白，我想。"丽萨魏达·博罗可菲也夫纳忽然十分愤愤地说。

"千真万确的事。"莱白及夫恭敬地、深深地鞠躬。

"您听着，莱白及夫先生，人家说您会讲解《默示录》，对不对？"阿格拉耶问。

"千真万确的事……有十五年了。"

"我看见的，报上好像还登过您的事吗？"

"不，这是关于另一个讲解人的，关于另一个人，那个人已经死了，他死后只剩了我一个人。"莱白及夫说着，欢喜得忘乎所以了。

"请您费神半天给我讲解一下，因为我们是邻居。我对于《默示录》一点也不明白。"

"我不能不警告您，阿格拉耶·伊凡诺夫纳，他这一切全是骗人的把戏，您要相信我的话。"伊伏尔金将军突然迅遽地插进话来。他像坐在针刺上似的等候着，努力想开始谈话。他和阿格拉耶·伊凡诺夫纳坐在一起。"自然，在别墅上避暑有它的权利，"他继续说，"也有它的愉快，用这种特别的方法解释《默示录》也算是另一种游戏，甚至在智力上极有趣味的游戏，但是我……您大概对我十分惊异吧？伊伏尔金将军，我介绍我自己。我还抱过您的呢，阿格拉耶·伊凡诺夫纳。"

"我很高兴。我和瓦尔瓦拉·阿尔达里昂诺夫纳，还有尼纳·阿历山大洛夫纳都相识的。"阿格拉耶喃声说，努力屏住气，不笑出声来。

丽萨魏达·博罗可菲也夫纳脸红了。早就在她的心灵内积蓄着的一切忽然要求出路。她最看不惯伊伏尔金将军，她以前确和他相识过，不过已经很久了。

"你照例撒谎，你从来没有抱过她。"她愤愤地向他喊。

"你忘记了，妈妈，他真是抱过的，在脱万里，"阿格拉耶忽然出来证明，"我们那时住在脱万里。我那时有六岁，我记得的，他给我做了一个弓和箭，我射死了一只鸽子。您记得，我和您在一块射死鸽子的事吗？"

"那时候他给我用纸板做了一顶军帽，还做了木剑，我也记得的！"阿台拉意达喊。

"我也记得的，"阿历山大说，"你们当时还为了那只受伤的鸽子吵嘴，见你们立过壁角，阿台拉意达还戴着军帽，佩着木剑立壁角。"

将军对阿格拉耶说他抱过她，本来是随便说说，只是为了引起谈话，也就因为他和一切青年人谈话差不多永远这样开始，在他认为必须和他们相识的时候。但是这一次恰巧他说了实在的情形，又恰巧他自己忘记了实在的情形。因此，当阿格拉耶现在忽然证实他会和他两人一同射死鸽子，他自己也就详详细细地忆起了一切情景，老年时关于辽远的过去的一切本来时常会记忆得极清楚的。在这回忆里有什么东西会使这可怜的、照例带着薄醉的将军发生如此强烈的影响是难以传达的，不过他忽然显得特别的感动。

"我记得的，全都记得的！"他喊，"我那时是二等上尉。您是那样小，那样美。尼纳·阿历山大洛夫纳……笳纳……我在你们府上，承你们的接待。伊凡·费道洛维奇……"

"你瞧，你现在竟到了这种地步！"将军夫人抢上去说，"你既然受了这样的感动，你到底还没有把你的正直的情感全都喝完了！你把你的太太折磨得可以，你应该做孩子们的表率，但是你自己竟坐到债务监狱里去了。你快些离开这里，走到什么地方去，立在门角落里，痛哭一下，回忆你的过去的清白，也许上帝还可以饶恕你。去吧，去吧，我对你说的是正经话，在忏悔中回忆过去是改过自新的最好的途径。"

将她所说的正经话重复一遍，是不必的。将军和一切时常喝醉的人们一样，是善感的，又和一切堕落太深的喝醉的人们一样，是不大容易担当幸福的过去中的回忆的。他立起来，驯顺地走出门外，这倒使丽萨魏达·博罗可菲也夫纳立刻可怜他起来。

"阿尔达里昂·阿历山大洛维奇!"她朝他后面呼喊,"你立定一会。我们大家都是有罪的。在你感到良心不大责备你的时候,你到我家里坐一会,谈谈过去的事情。我的罪也许比你多五十倍,现在你去吧,再见吧,你不必再坐在这里……"她忽然怕他再回来。

"你暂时不必去理他,"公爵看见郭略想跟着父亲出去,便阻挡他,"否则,一分钟以后他又要来麻烦,那么整个的时间全糟蹋掉了。"

"这是对的,你不要管他,过半点钟以后再去。"丽萨魏达·博罗可菲也夫纳决定。

"这就是所谓一辈子说了一次实在的话,竟感动得下泪了!"莱白及夫插上一句话进去。

"假使我听到的话是实在的,那么你大概也是好人呀。"丽萨魏达·博罗可菲也夫纳立刻攻击他起来。

聚在公爵那里的客人们的相互关系渐渐地确定了。公爵对于将军夫人和她的女儿们对他的那份关切的程度自然能以珍重,且也加以珍重的。他自然对她们诚恳地说,他自己今天在她们来访之前就打算到她们那里去,不管他有病,也不管时间晚不晚。丽萨魏达·博罗可菲也夫纳望了他的客人们一下,回答说这是立刻可以做的。波奇成是有礼貌的、极机警的人,很快就立起来,走到莱白及夫的偏房里去,极希望把莱白及夫拖走。莱白及夫答应就去,那时瓦略和小姐们说开了话,因此留在那里。她和筎纳很高兴将军走了出去,一会筎纳自己也随在波奇成后面走了。在叶潘钦一家人来到平台上的几分钟内,他的态度露出谦恭的样子,保持着体面。丽萨魏达·博罗可菲也夫纳用坚决的眼神,从头至踵看了他两遍,他的神色一点也不慌乱。以前认识他的人们确乎可以想到他很改变了。阿格拉耶看着很喜欢。

"刚才出去的是筎佛里拉·阿尔达里昂南奇吗?"她突然问。她有时爱这样大声地、坚决地发问,把别人的谈话打断,而不单独对任何人说话。

"就是他。"公爵说。

"不大认识他了。他改变了许多……向好的地方改变。"

"我替他很高兴。"公爵说。

"他病得很厉害呢。"瓦略说,带着欣悦的同情。

"怎么向好的地方改变呢?"丽萨魏达·博罗可菲也夫纳问,露出愤怒的困窘,且几乎带着惊吓,"你这是从哪里说起? 一点也没有好的地方。你觉得好在哪里?"

"比'可怜的骑士'好的是没有的!"郭略忽然开口说。他一直立在丽萨魏达·博罗可菲也夫纳的椅子旁边。

"我也是这样想。"S公爵说,笑了。

"我的意见也完全相同。"阿台拉意达庄严地宣布。

"什么叫作'可怜的骑士'?"将军夫人问,困窘地、恼恨地朝几个说话的人身上瞧了一眼,看见阿格拉耶脸上发红,便生气地续说下去,"一些无聊的话! 什么叫作'可怜的骑士'?"

"您宠爱的那个小孩净附会别人所说的话也不止一次了!"阿格拉耶带着傲慢的怀恨回答。

在阿格拉耶每次发怒的时候——她是时常发怒的——不管她在表面上如何正经和严肃,差不多每次还要露出一点孩子气的、小学生般不耐烦的而且躲藏得不好的样色,所以有时看着她,不能不笑出来,但是这使阿格拉耶异常气恼,因为她不明白人家笑些什么,"他们怎么能笑,怎么敢笑!"现在姊妹们和S公爵都笑了,连莱夫·尼古拉也维奇公爵也微笑了,不知为什么缘故脸上也露出了红晕。郭略哈哈地笑着,露出得意扬扬的态度。阿格拉耶一本正经地生了气,脸上显得更加妩媚。她的困窘的神色和她的脸很相配,再加上就为了这困窘又恨起自己来了。

"他把你们的话牵强附会得还少吗?"她说。

"我是根据您自己所说的话呀!"郭略喊,"一个月之前你读《堂吉诃德传》时，喊出了这句比'贫穷的骑士'好的怕没有吧的话。我不知道您当时说谁，说堂吉诃德呢，还是说叶夫格尼·柏夫洛维奇，或是说另一个人，不过您一定在说着一个人，谈话是来得很长的……"

"我看你来得也太随便了一点。"丽萨魏达·博罗可菲也夫纳带着猜疑和恼恨阻止他。

"难道是我一个人吗？"郭略不肯闭嘴，"当时大家说着，现在人家也说着。刚才 S 公爵和阿台拉意达还说他们也拥护'可怜的骑士'，所以'可怜的骑士'是存在着的，一定有的，据我看来，假使不是阿台拉意达，我们大家早就会知道，这'可怜的骑士'是谁。"

"我有什么错呢？"阿台拉意达笑了。

"您不愿意画那幅像，这就是您的过错！阿格拉耶·伊凡诺夫纳那时请您画'可怜的骑士'的像，甚至把她自己编的那幅图画的题材讲了出来。你记得那题材吗？但是您不愿意画……"

"叫我怎么画？画谁呢？从题材上看出这'可怜的骑士'是'脸上的钢盔'从未在人前揭过。"

"那么他有一副什么样的脸？叫我画什么？那钢盔吗？无名的人物吗？"

"我一点也不明白，哪里来的钢盔！"将军夫人被惹恼了。她内心自己明白，这个'可怜的骑士'的称呼指的是谁，这称呼大概是早已约定好了的，但是特别使她生气的是莱夫·尼古拉也维奇也露出困窘的神色，终于感到十分不好意思，像十岁的男孩一样，"这愚蠢的把戏几时才完呢？有没有人对我讲出'可怜的骑士'是什么样的人？这里面是不是有什么可怕的秘密，竟不能去接近吗？"

然而大家只是继续笑着。

"这不过是一首奇怪的俄国诗，"S 公爵终于挺身说出，显然想加以弥缝，把谈话的题目改变一下，"描写一个'可怜的骑士'的无首无尾的一首断片诗。在一个月以前，饭后大家一块谈笑着，照例为阿台拉意达·伊凡诺夫纳的未来的图画寻觅题材。您知道为阿台拉意达·伊凡诺夫纳的图画寻觅题材早就成为全家公共的任务。当时就发现了那个'可怜的骑士'，谁先发现的，我不记得了……"

"阿格拉耶·伊凡诺夫纳！"郭略喊。

"也许是的，我同意，不过我不记得了，"S公爵继续说，"有些人笑这题材，另一些人声明这是再高尚也没有的，但是描写这'可怜的骑士'，无论如何必须有一个人的脸，大家开始研究一切认识的人们的脸，一个也不合适，也就这样搁起了。就是这样。我不明白，为什么尼古拉·阿尔达里昂南奇忽然记起，搬了出来？以前也许可笑，而且很巧，现在是完全没有意思的。"

"因为又暗指什么新鲜的愚蠢的把戏来了。"丽萨魏达·博罗可菲也夫纳恶毒地恼怒地说。

"这里面没有什么愚蠢的把戏，除去深深的敬意之外。"阿格拉耶完全出乎意料地用庄重的、严正的声音说，她已完全恢复了原状，把之前的困窘的神气压抑下去了。不但如此，在望着她的时候，从一些特征上可以料到，现在她自己对于玩笑弄得越来越深，觉得很喜欢。她身上的整个的变化就发生在公爵的越发增长的且达到了极度的困窘太明显地发露出来的一瞬间。

"一会笑得像疯子，一会又来了深深的敬意！疯子、敬意是什么你现在就说，为什么你没头没脑地来了深深的敬意？"

"深深的敬意是因为，"阿格拉耶还是庄重地、严正地说，回答她母亲的恼怒的问话，"那是因为这首诗里描写着一个人，他具有理想，在设下了理想之后，又能以信它，信它之后，又能以盲目地将一生交付给它。这种人在现在的时代是难以遇见的。在那首诗里并没有说出'可怜的骑士'的理想究竟是什么，但显然这是一个光明的形象，'纯美的形象'，那个陷在恋爱中的骑士竟把佛珠代替了围巾，套在自己的颈脖上。还有一种黑暗的、隐藏的记号，A、N、B三个字母，画在他的盾牌上……"

"A、N、D。"郭略加以更正。

"我说是 A、N、B，我要这样说，"阿格拉耶恼怒地说，"无论怎样说，很明显的是这可怜的骑士什么也不在乎不管他的爱人是谁，不管他做什么事情。只要他选上了她，相信她的'纯洁的美'就够了，以后便会崇拜她一辈子。他的本领是以后假使她做了小偷，他还应该相信她，为了她的纯洁的美而摧折枪矛。诗人大概想把一个纯洁高尚的骑士的中古世纪的、骑士的、柏拉图式的爱情的一切真义装入一个炫目的形象里去。自然，这一切全是理想。但是在'可怜的骑兵'身上，这情感已达到了最后的阶段，达到了禁欲主义。应该从实指出的是一个人能以生出这样的情感便已具有极多的意义，这样的情感会遗留下极深的、极可夸奖的特质，关于堂吉诃德那更不必说了。'可怜的骑士'就是堂吉诃德，不过是正经的，不是滑稽的。我起初不了解，所以笑他，现在却爱这'可怜的骑士'，主要的是尊敬他的业绩。"

阿格拉耶说完了。看着她，竟难以了解，她说的是正经话还是笑话。

"那就是一个傻瓜，连他和他的业绩都是的！"将军夫人说，"你说的是无聊的话，竟说了一大套的议论。据我看来，这于你不大合适。总而言之，是不相宜的。什么诗？你念出来，你一定知道的！我一定要知道这首诗。我一辈子最不喜欢诗，我是预感到了的。公爵，看上帝的分上，忍耐一下，你我两人只好一块忍耐一下。"她对莱夫·尼古拉也维奇公爵说。她显得十分恼恨。

莱夫·尼古拉也维奇公爵想说什么话，但是由于还在继续中的困窘，竟一句话也说不出来。唯有在那套"议论"里大放厥词的阿格拉耶一点也不感到惭愧，反而甚至高兴。她当时立起来，还照旧严肃而且庄重地，带着那种似乎早就预备好、只在期待人家邀请的神色，走到平台的中央，立在公爵的对面，公爵还继续坐在沙发上面。大家全带着一些惊异看她，S公爵、姊妹们、母亲，大家几乎都带着不愉快的情感，看这新鲜的、正在预备做的淘气行为——无论如何有点弄得太过火的淘气行为。但是显然地，阿格拉耶很喜欢她开始做读诗的仪节时那种矫饰的举动。丽萨魏达·博罗可菲也夫纳几乎想把她赶回原位，但是就在阿格拉耶刚开始朗诵著名的歌谣的那个当儿，两个新客人一面大声说话，一面从街上走到平台上来。一个是伊凡·费道洛维奇·叶潘钦将军，随在他后面的是一个青年，发生了小小的骚乱。

第七章

　　伴将军同来的青年有二十七岁模样，身材高挺，而且齐整，有一张美丽的、聪明的脸，大黑眼内露出闪耀的、充满机智与嘲笑的神势。阿格拉耶甚至不看他一眼，继续读诗，带着矫饰的神情，单只看向公爵一人，也单只朝他一人读。公爵明白她这样做另有她的特别的算计，至少新来的客人们把他的不合适的地位稍微改正了一些。他一看见他们就立起来，从远远里有礼貌地向将军点头，做了不要打断朗诵的手势，自己就趁此机会溜到沙发后面，左手靠在椅背上，继续倾听那首歌谣，现在是保持着比较方便的且并不怎样可笑的姿势，像坐在沙发上的时候那样。丽萨魏达·博罗可菲也夫纳也用命令的姿势向走进来的人们挥了两次手，吩咐他们止步。同时公爵对于伴将军同来的新客人露出极大的兴趣，他清楚地猜出他就是叶夫格尼·柏夫洛维奇·拉道姆司基。他已经听到关于他的许多事情，且曾想过他不止一次，使他感得惶惑的是他穿了便服。他听说叶夫格尼·柏夫洛维奇是军人。在朗诵的全部时间内，新客的唇上浮出嘲弄的微笑，他似已听见过关于"可怜的骑士"的一些话语。

"也许是他自己想出来的。"公爵暗中思想着。

但是阿格拉耶的情形却完全不同。她把立起来朗诵时原有的那份矫饰和庄严遮掩了过去，而露出严正的态度和深明诗作的精神与意义的样子。她用深刻的意义读出诗篇的每一个字，用高尚的坦白说了出来，所以在读完的时候不但引到了大众的注意，且因为她传达出了歌谣的高尚的精神，而使她庄严地走到平台中央时那份加强的矫饰的郑重得到了部分的辩解。在这郑重里现在可以看出的只是她对于自愿传达的东西的尊敬是如何的漫无边涯，也许甚至是如何的天真。她的眼睛闪耀，灵感与欢欣的、轻松而不很显著的战栗两次从她的美丽的脸上通过。她朗诵如下：

> 世上有一个可怜的骑士，
> 具有沉默和平凡的性格，
> 惨白的脸上露出阴郁，
> 但充满勇敢直率的精神。

> 他有一个幻象
> 是脑力无从捉摸的，
> 深刻的印象
> 刻画在他的心中。
> 从此他的心灵炽烧，
> 他不再正看女人，
> 他至死不愿
> 和任何女人说话。

> 他把佛珠套在颈上

代替了围巾，
头上的钢盔
从未在人前揭过。

充满纯洁的爱情，
忠事甜蜜的幻想，
A、M、D 三个字母
蘸了血画在盾上。

英勇的武士们，
在巴力斯坦的沙原上，
洪响地呼喊贵妇的芳名，
在岩石间驰骋冲阵。

天国的光明，圣洁的玫瑰！
他野蛮而且剽悍地呼喊，
他的恐吓像一声霹雷，
使同教徒心惊胆落。

回到辽远的城堡，
他度着孤寂的生涯，
无声地，悲惨地，
在疯狂中死去。

公爵后来忆起所有这时间，许久时候感到异常困窘，为一个他不易解决的问题所苦：如何可以将这般真正的、佳好的情感与如此显明的、愤怒的嘲笑相联结？内中有嘲笑存在，他是深信不疑的，他明白地了解这个，且具有理由：阿格拉耶诵诗时竟将 A、M、D 三个字母读成了 N、F、B[1]。这里并不是错误，且不是他误听，也是他无可置疑的——后来这都得到证明了）。总而言之，阿格拉耶的举动显然出自故意，自然这不过是一个玩笑，虽然是残酷的、轻浮的玩笑。关于这'可怜的骑士'大家在一月以前就谈论过，也曾笑过，但是后来公爵尽管怎样回忆，总觉得阿格拉耶说出这三个字母的时候不仅没有任何开玩笑的样子或任何嘲笑，且甚至没有对这三个字母如何着重地诵读，以便像浮雕似的传达出其中隐藏的意义。相反地，她用的是一种不变的严肃的态度，天真烂漫的平凡的态度，会使人想到在歌谣里的就是这三个字母，书中就是这样刊载着的。有些沉重的、不愉快的东西针刺了公爵一下。丽萨魏达·博罗可菲也夫纳自然没有明白，也没有觉察到字母的更换和暗示的意思。伊凡·费道洛维奇只是明白在朗诵一首诗而已，其余的听者中有许多人明白了，对于这举动的勇敢和它的用意深感惊异，但是没有说话，努力不露出来。叶夫格尼·柏夫洛维奇不仅明白——公爵甚至敢打赌——且甚至努力装出明白的样子，他发出了嘲弄的微笑。

"这是多么妙呀！"诵读完后，将军夫人喊，露出真挚的醇醉的样子，"谁作的诗？"

"妈妈，普希金的诗，您不要使我们害臊，这真是难为情！"阿台拉意达喊。

"有了你们这般女儿，我成为傻子是不稀奇的！"丽萨魏达·博罗可菲也夫纳用了悲苦的神情回答，"真是羞耻！我们一回家，就把普希金的诗给我看！"

"我们那里大概没有普希金的诗。"

"自从久远的时代起，"阿历山大补充着说，"有两本破书横放在什么地方。"

----

[1] N、F、B 为娜司泰谢·费里帕夫纳·巴拉士国瓦的姓名的三个首字母。——译者

"立刻派人到城里去买，派费道尔或阿历克赛去，乘第一趟火车，最好派阿历克赛去。阿格拉耶，你来！你吻我一下，你读得很好，假使你诚恳地读着，"她用微语说，"我可怜你，假使你带着嘲笑读它，我不赞成你的情感，所以最好是完全不去读它。你明白吗？你去吧，以后我还要和你谈这件事情，我们也坐得太久了。"

这时候公爵和伊凡·费道洛维奇将军握手，将军把叶夫格尼·柏夫洛维奇·拉道姆司基介绍给公爵。

"路上遇到了他，他刚从火车上下来。他知道我到这里来，我们家里的人都在这里……"

"也知道了您在这里，"叶夫格尼·柏夫洛维奇插上去说，"又因为我早就想寻觅一个不但和您相识，且和您发生友谊的机会，现在自然不愿意丧失它了。您不很健康吗？我刚刚才知道……"

"我的身体还健康。我很高兴认识你，听到关于您的许多事，甚至和S公爵还谈到您。"莱夫·尼古拉也维奇回答，一面把手递过去。

两人互相说过了客套话，还握过了手，互相盯看了一眼，谈话一下成为普通的。公爵觉察出（他现在是迅快而且贪婪地觉察出一切，甚至也许觉察出完全没有的一切），叶夫格尼·柏夫洛维奇的便服引起了普遍的、特别强烈的惊异，甚至使其余一切的印象一时被遗忘而且磨平了，可以推测到的是在这服装的更换里含有一点特别重要的意味。阿台拉意达和阿历山大惊疑地盘问叶夫格尼·柏夫洛维奇。他的亲戚S公爵，甚至怀着极大的不安，将军则带着骚乱说话。只有阿格拉耶一人好奇地却完全安静地看了叶夫格尼·柏夫洛维奇一会，似乎只想比较军服和便服，哪一种和他的脸以相配，但是一分钟后竟扭转身去，不再看他了。丽萨魏达·博罗可菲也夫纳也不想问什么，虽然也许有点不安。公爵觉得叶夫格尼·柏夫洛维奇似乎在她身边失了宠。

"他真是使我吃惊！"伊凡·费道洛维奇喃声说，回答各人的问话，"我刚才在彼得堡遇见他的时候，真不相信，为什么这样突如其来？这真是一个疑问！他自己常喊嚷着，人不应该随便砸破自己的饭碗。"

从后来的谈话里发现，叶夫格尼·柏夫洛维奇早就提过辞职的话，但是每次说的时候并不正经，不能使人相信他。再加上他谈正经事情的时候永远带着开玩笑的样子，怎么也弄不清楚他的意思，尤其假使他自己愿意人家弄清楚。

"我的退伍是暂时的，几个月，至多一年。"拉道姆司基笑了。

"并没有任何必要，我至少是知道您的事情的。"将军更加发火了。

"到采邑上去巡视一下呢？你自己劝过我，我还想到国外游历一趟。"

谈话的题目不久就变换了。但是根据公爵从旁观察的意见，那种过分特别的、还继续存在着的不安超出了应有的范围，其内一定有点特别的原因。

"这样说，'可怜的骑士'又上舞台了吗？"叶夫格尼·柏夫洛维奇走近阿格拉耶身边，问她。

使公爵惊讶的是她困窘地、疑惑地看了他一眼，似乎想要告诉他，他们中间不会有关于'可怜的骑士'的谈话的存在，她甚至不明白问题的真意。

"现在派人到城里去买普希金的书太晚了！"郭略费尽全力，和丽萨魏达·博罗可菲也夫纳争论，"我对您说过三千遍：已经晚了。"

"是的，现在打发人到城里去真是晚了，"叶夫格尼·柏夫洛维奇连忙离开阿格拉耶，参加到这里来了，"我恐怕彼得堡的店铺已经关闭，已经八点多了。"他说着，掏出一只表来。

"既然等候了这许久，也可以忍耐到明天的。"阿台拉意达插进话去。

"而且高等社会的人们太注意文学也是不大体面的，"郭略说，"您问一问叶夫格尼·柏夫洛维奇，最体面的是注意红漆轮子的黄色马车。"

"你又从书本里抄来的吧。"阿台拉意达说。

“他说话总是不完整的，”叶夫格尼·柏夫洛维奇抢上去说，“净借用批评文字的整个语句。我很有荣幸，早已听过他的谈话，但这一次他不是从书本上弄来的，尼古拉·阿尔达里昂南奇显然暗指我那辆红漆轮子的黄色马车，不过我已经换掉它了，您说得晚了一点。”

公爵倾听拉道姆司基所说的一切话。他觉得他的态度很大方，带着谦恭和快乐，和挑逗他的郭略谈话用完全平等的、友好的样子，这尤其使他喜欢。

“这是什么？”丽萨魏达·博罗可菲也夫纳对魏拉、莱白及夫的女儿说，她立在她面前，手持几本巨幅的书，装订得很漂亮，差不多是新的。

“普希金的书，”魏拉说，“我们的普希金，爸爸叫我送给您。”

“那怎么啦？那怎么行？”丽萨魏达·博罗可菲也夫纳惊异了。

“并不是送礼，并不是送礼！我不敢的！”莱白及夫从女儿肩后跳出来，“可以算钱！我持着崇拜的心献送，想把它卖给您，借此满足您这种高尚的文学欣赏的欲望。”

“你想卖，那是多谢得很。你不会吃亏的，你要相信。不过请你不要装腔作势。我听见有人说起你，人家都说你读许多书，我们以后再谈一下。你自己送到我家里去吗？”

“我愿意带着崇拜和尊敬的心送去！”异常满足的莱白及夫一面扮着鬼脸，一面把书从女儿的手里抢下。

“不过你不要扔散它，就送去好了，不必带什么尊敬心，不过有个条件，”她说，盯看着他，“我只许你走到门槛那里为止，今天我还不打算接待你。你的女儿魏拉，你现在打发她来都可以，我很喜欢她。”

“您怎么不讲那几个人呢？”魏拉不耐烦地对父亲说，“这样弄下去，他们会走进来，要闹出乱子来的。莱夫·尼古拉也维奇，”她对公爵说，那时公爵已经取起了帽子，“有几个人求见您，一共有四个，等在我们那里，骂骂咧咧的，我父亲不许他们上您这里来。”

"什么客人?"公爵问。

"他们说有事情，不过他们那种人是这样的，假使你现在不放他们进来，他们会在路上拦阻您的。莱夫·尼古拉也维奇，您最好放他们进来，然后再赶他们出去。笳佛里拉·阿尔达里昂南奇和波奇成在那里劝他们，他们不肯听。"

"伯夫里柴夫的儿子! 伯夫里柴夫的儿子! 不必，不必，"莱白及夫挥手，"不必听他的! 而且公爵，您为这事情操心有点不体面。真是的。他们是不配的……"

"伯夫里柴夫的儿子! 我的天呀!"公爵喊，露出异常的困窘，"我知道……但是我……我把这件事情已经委托笳佛里拉·阿尔达里昂南奇去代办。刚才笳佛里拉·阿尔达里昂南奇对我说……"

但是笳佛里拉·阿尔达里昂南奇已经从屋内走到平台上来，波奇成跟在后面。在临近的一间屋内听得见喧嚷和伊伏尔金将军洪响的声音，他们欲将几个声音全压喊下去。郭略立刻向喊嚷的地方跑去。

"这是很有趣的!"叶夫格尼·柏夫洛维奇出声地说。

"如此说来，他是知道这件事情的!"

"哪一个伯夫里柴夫的儿子? 又怎么会出来一个伯夫里柴夫的儿子?"伊凡·费道洛维奇将军惊疑地问，好奇地望着大家的脸，惊异地看出这段新的历史唯有他一人不知晓。

果真，大家都露出兴奋和期待的心神。公爵深深地惊异，何以这件完全属于他个人的事会如此强烈地使大家发生兴趣。

"假使您现在自己把这事情了结，是很好的，"阿格拉耶说，带着特别正经的样子走到公爵身边，"您还让我们大家做您的证人，公爵，人家想糟蹋您的名誉，你必须用庄严的形式为自己洗刷，我预先替你喜欢。"

"我也愿意让这件龌龊的勒索案件早点了结，"将军夫人喊，"公爵，你好生来一下，不要饶恕他们! 这件案子人家议论得把我的耳朵都弄聋了。我为了你丧失了许多的血。再说，看一看也是很有意思的。你叫他们进来，我们坐下来。阿格拉耶的主意想得很好。您听见人家说过这件案子吗，公爵？"她对Ｓ公爵说。

"自然听见过的，就是您讲的。我很想看一看这一班青年人。"Ｓ公爵回答。

"他们就是虚无派吗？"

"不，他们并不见得是虚无派，"莱白及夫向前跨走了一步，他也慌张得几乎战栗，"这是另一派，特别的，我的外甥说他们比虚无派还走得远。您心想有您在旁边做见证，会使他们感到惭愧，那是无用的，他们绝不会觉得惭愧。虚无派有时到底是有知识的人，甚至是有学问的，这班人可是离得很远。因为他们首先是做生意的，这只是虚无主义的一种后果，但走的不是一条直路，却是听来的、间接的，并不在某一篇杂志文字中表现自己，却是一直从事情上出发。譬如说，讲的不是关于普希金的如何无意义，也不是讲俄罗斯必须分裂为几块。不是的，现在已经认为当然的权利的是假使想得到什么东西，那么任何障碍都不能加以阻挡，哪怕要当场杀死八个人都行。公爵，我总归不劝您……"

但是公爵已走去为客人们开门。

"你这是诬蔑人家，莱白及夫，"他微笑着说，"您的外甥得罪了您，您不要信他的话，丽萨魏达·博罗可菲也夫纳，我对您说，歇尔司基和达尼洛夫一般人不过是偶然的……他们只是有点……错误，不过我不想在这里，当着大家，对不住，丽萨魏达·博罗可菲也夫纳，他们进来以后，我给您看一下，然后就领他们出去。诸位，请进来吧！"

最使他不安的是另一个困扰着他的念头。他突然闪过一个念头：是不是有人预先把这件事情安排在这时候发生，使这些证人看到，为了使他得到预期的羞辱，而非胜利。但是他为了这"离奇的、恶毒的疑心病"，感觉得太悲苦了。假使有人知道他心里生出这个念头，他似乎会死去的。在他的新客人们走进来的当儿，他诚意地准备承认自己在围住

292

他的一切人们中间是道德方面最后的、最起码的一个人。

走进五个人，四个是新客，第五个随在他们后面的是伊伏尔金将军。他露出极激烈的态度，心神显得慌张，正处于辩才的强度的发作之中。"这一个一定拥护我的！"公爵微笑地想。郭略随着大家溜了进来，他和访客中间的伊鲍里特热烈地说着话，伊鲍里特一面听，一面冷笑。

公爵请大家坐下。他们全是年轻的，甚至是未成年的，使得人家对于这些事情的发生和因此而起的那一套仪节感到惊异。譬如说，伊凡·费道洛维奇·叶潘钦对"这个新案件"一点也不明白，一点也不知道，看着那些客人们那样的年轻，甚至愤恨起来，假使不是他的夫人那份使他感到奇怪的、对于公爵的寻常利益的热心阻止着他，他一定会说出抗议的话。但是他仍旧留在那里，一部分由于好奇，一部分则由于心善甚至希望帮点忙，在万一出事的时候使用他的威权。但是伊伏尔金将军走了进来，远远里向他鞠躬，重又使他生出了愤怒。他皱紧了眉头，决定顽强地沉默下去。

四个年轻的访客中间，有一个是三十多岁的退伍的中尉，罗果静一伙的拳术家，就是那个"给乞丐每人十五卢布的人"。大家猜出他伴其余的人们来是为了壮壮胆子，以知己朋友的资格，于必要时帮帮忙。其余的人们中间居首席且扮第一名角色的就是那个被称呼作伯夫里柴夫的儿子的人，虽然他给自己介绍时称为安其帕·蒲尔道夫司基。他的年纪很轻，穿得贫穷而且不修整，一件常礼服袖口上油污得发出玻璃般的光耀，油污的马甲掳到上面，衬衫隐到里面去了，一条黑丝围巾油腻得不可开交，搓成一条麻绳的样子，手没有洗，脸上露出许多的疙瘩，头发作金黄色，眼神是天真而且傲慢的，如果可以这样形容的话。他的身材并不低矮，瘦巴巴的，有二十二岁模样。他的脸上没有一点讥刺、一点内省的表示，相反的，露出对自身的权利迟钝的、十二分醇醉的样子，同时且对于时常受欺侮和感觉自己受欺侮，到了有奇怪的不断的需要的地步。他说话时带着慌乱、匆促而且口吃，似乎不大说得出话来，颇像大舌头的人，或甚至是异邦人，其实他却是纯粹的俄罗斯人。

伴他同来的首先是读者已知悉的莱白及夫的外甥，还有一个是伊鲍里特。伊鲍里特是很年轻的人，有十七岁，也许十八岁，带着一副聪明的然而时常恼火的脸色，疾病已在他脸上留下了可怕的痕迹。他瘦得像一个骨架，皮肤作淡黄色，眼睛闪耀，脸颊上炽烧出两个红斑点。他不停歇地咳嗽，他的每句话，几乎每一个呼吸都由哮喘相伴，看得出来是极深期的肺痨，好像他活不上两三星期。他很累乏，首先垂坐在椅上，其余的人们走进来的时候有点守规矩，几乎感到惭愧，但是露出庄重的样子，显然怕丢面子，这又和他们往常否认交际场上一切无益琐节、一切偏见，否认除自己利益以外的世间一切的那份名誉奇特地不相和谐。

"安其帕·蒲尔道夫司基。"伯夫里柴夫儿子忽遽地、口吃地说。

"佛拉地米·陶克达连阔。"莱白及夫的外甥自己介绍着，用明晰的声音说，似在夸耀他姓陶克达连阔。

"开历尔！"退伍的中慰喃声说。

"伊鲍里特·帖连奇也夫。"最后的一个用尖喊的声音突如其来地说。大家终于坐在公爵对面的一排椅子上，在自己介绍以后立刻皱了眉毛。为了显得胆壮起见，把自己的帽子从这只手移转到另一只手上，大家都预备说话，但是大家都不说话，用挑战的神色期待着什么，这神色里读得出："不，老兄，你在撒谎，你骗不了我。"感觉得出只要有人开始说出第一句话来，大家立刻会一起说话，互相抢先，互相打岔。

第八章

　　"诸位，我料不到你们会来的，"公爵说，"我本人一直到今天还生着病，您的那一件事情，"他对安其帕·蒲尔道夫司基说，"我还在一个月以前，就委托笳佛里拉·阿尔达里昂南奇·伊伏尔金办理，当时也通知过您的。自然我不拒绝由我自己来解释一番。不过现在这时候，您大概也同意……我提议请您和我到另外一间屋内去，假使时间不长的话，我的朋友们现在都在这里，您要知道……"

　　"朋友们……随便多少都行，不过请问一声，"莱白及夫的外甥忽然用教训的口气插上来说，不过还没有十分提高嗓音，"请允许我们声明一下，您应该对我们客气一点，不应该让我们在您的下房里等候了两小时……"

　　"自然啦……我也……这是公爵的派头！这……您也许是将军！我可不是您的仆人！我……"安其帕·蒲尔道夫司基突然特别骚乱地喃语着，嘴唇哆嗦，声音里露出恼怒的战栗，嘴内飞出唾沫，整个嘴似已涨破或裂碎。从他忙乱的几个字上，无从了解他说的是什么。

"这是公爵的派头!"伊鲍里特用尖锐的、破裂的声音喊。

"如果对我也是这样,"拳术家喃语,"如果这于我有直接关系,和我这种有体面的人相关,那就是说如果我处在蒲尔道夫司基的地位上……我……"

"诸位,我只在一分钟之前才知道你们到这里来,这是实在的。"公爵又复说了一遍。

"公爵,我们不怕您的朋友们,不管他们是什么样的人,因为我们是有权利的。"莱白及夫的外甥又声明了一句。

"请问您,你有什么权利,"伊鲍里特又尖叫起来,显出十分激烈的样子,"把蒲尔道夫司基的案件放在您的朋友们面前裁判呢?我们也许不愿意您的朋友们来裁判,您的朋友们的裁判会有什么意义,是很容易了解的!"

"假使蒲尔道夫司基先生,您不愿意在这里说话,"对于这样的开始感觉惊愕的公爵好容易才插进了话去,"那么我对您说,我们立刻可以到另一间屋内去,至于你们诸位的光临,我重复说一遍,此刻才听到的。"

"但是您没有权利,您没有权利,您没有权利!把您的朋友们……是的!"蒲尔道夫司基忽然又喃语着,用野蛮和畏怯的神色向四围环看,火气发得越大,越不相信人,也越显出蛮性,"您没有权利!"说完了这话以后,突然停止,好像扯断了什么似的,无声无响地瞪出近视的、凸得太厉害的、带着厚红筋的眼睛,用疑问的神气,盯着公爵,整个身躯向前伛弯。这一次公爵惊异得自己都沉默了,也瞪出眼睛看他,一句话不说。

"莱夫·尼古拉也维奇!"丽萨魏达·博罗可菲也夫纳忽然招呼他,"你现在读一读,立刻读,这于你的事情有直接关系的。"

她匆遽地把一张滑稽性质的周报递给他,用手指指点出一篇文字。莱白及夫还在客人们走进来的时候就从侧面跳到丽萨魏达·博罗可菲也夫纳身边——他是以侍候她为荣耀的——一句话也不说，从旁边的口袋里掏出这张报纸，一直放到她的眼前，指着圈划出的一栏文字。丽萨魏达·博罗可菲也夫纳所读到的一切，使她非常惊讶而且慌张。

"最好不要出声读，"公爵显得十分惭愧地喃语着，"让我独自读一下……以后……"

"那么你来读，立刻就读。出声读！出声读！"丽萨魏达·博罗可菲也夫纳对郭略说，不耐烦地从公爵手里把报纸抢走（公爵刚刚才摸到了这张报纸），"对大家出声念，使每人都听得见。"

丽萨魏达·博罗可菲也夫纳是有火气的、易动情感的女人，有时会一下子想也不想地拔起所有的铁锚，不管气候的好坏，开驶到海洋上去。伊凡·费道洛维奇不安地移动了一下身体。但是在大家最初不由己地停了一下，惊疑地等候着的时候，郭略打开了报纸，开始从莱白及夫跳过来指给他看的地方朗诵道：

"贱民与贵裔。行动无异白昼行劫！进步欤！革新欤！公理欤！

"出了稀奇的事情，在我们所谓神圣的俄罗斯国内，凡百革新、股份公司企业风起的时代，民族主义与每年向国外运出达数万万元的时代，鼓励实业，压制劳工的时代，等等——诸位，这里读不尽的许多，这是径直言归本传吧。一个过去的贵族阶级的后裔发生了稀奇的笑话，这名门后裔的祖父们已在轮盘的赌博上输光了银钱，父亲们不得不服军役，充当士官候补生和中尉，照例为了公款里有一点天真的误算，死在监狱里面，孩子们则像我们的故事里的主角，长大时不是成为白痴，便是犯了刑事案件而被捕入狱，不过裁判官会对他们判决无罪，希望他们改过自新，结果竟会做出一些笑话，使人们惊异，且玷辱我们这颓废时代。我们的名门后裔半年前穿了外国式样的鞋套，一点也没有衬的大氅，冬天从瑞士回返俄国，他在瑞士治疗白痴病。说老实话，他的时运太好，为了有趣的疾病而到瑞士去治疗一层固不必提——请问，白痴病能治疗的吗——他确能证明出他自己信守着'特种阶级的人永远有幸福'这一句俄国谚语。你们自己判断一下：我们那位男爵的父亲死时他还是一个哺乳期的婴孩，他的父亲听说是中尉，为了将旅团的公款在赌牌时输光而吃官司，就在狱中死去，或者也许因为鞭打属下打得太过分而吃官司亦未可知——读者诸君，你们必须记住这是旧时代的情形。当下有一个家财万贯的田主发了慈悲，将我们这位男爵收养下来。这位俄国田主，我们姑且称他为 P，在以前黄金时代拥有四千农奴的灵魂——农奴的灵魂！诸位，你们了解这名词吗？我不明白。应该查一查音义字典：'传说虽尚新鲜，但已难以置信。'他显然是俄国的懒人和食客之一，在国外度闲暇的岁月，夏天在水上，冬天在巴黎'花之宫'——他总算是有幸福的人！无论怎样，无忧无虑的 P 把这贵族的孤儿教养得如同一个公爵，为他雇了男教师和女保姆——无疑地，全是美貌的——是他自己从巴黎带来的。但是族内最后的贵族后裔是一个白痴。'花之宫'的保姆爱莫能助，所以我们的学生在二十岁以前甚至没有学会说任何一种语言，俄文也不除外。最后的一层是可以饶恕的，终于有一个奇想钻进 P 的俄罗斯农奴式的脑筋里，那就是在瑞士可以教白痴，使他成为聪明的人，这奇想自然是合逻辑的。懒惰的资本家自然会想象出，只要花钱，脑筋也可以在市场上买到，尤其在瑞士如此。于是在瑞士一个著名的教授那里治疗了五年，钱用去好几千，白痴自然也未成为聪明的人，但总算有点像人，无疑地，有一半是勉强的。P 忽得暴病身亡，没有留下任何遗嘱，财产方面照例是漫无秩序，贪婪的继承人来了一大堆，他们已经顾不得在瑞士治疗白痴的那位最后的贵裔。这贵裔虽系白痴，但也会瞒过他的教授，听说竟在他那里白治了两年，把恩人死亡的消息隐匿住了。不过教授也是厉害的角色，看见这二十五岁的食客囊中空空如也，又对于他的食欲深怀惧怕，便给他穿上了他的旧鞋套，又送给他一件破大氅，还基于慈善的心肠打发他乘三等车回俄国，一脚把他从瑞士踢走了。似乎幸福已背向我们的英雄。但是事实并非如此，幸运之神会使好几省的人民饿死，而竟将他一切的赏赐全倾注到一个贵族身上，好比克雷洛夫的黑云在枯干的田野上而驰过，而在海洋上倾泻，差不多就在他从瑞士到彼得堡去的那个时候，他母亲的一个亲戚——自然他母亲是出身商人家庭的——在莫斯科死去。他是无儿无女的老人，一辈子经营商业，胡须留得很长，信奉旧教，遗归下几百万财产，全是无可争论的、圆圆的、干干净净的现款，全都留给我们的贵族后裔，全都归给在瑞士治白痴的那位男爵了。读者，你我如能得到这笔财产才好呢！顿时奏起了完全不同的音乐。在男爵身旁忽然聚集了一大群的朋友，而男爵自己也拼命追求起一个著名的美丽的暗娼来了。他的身边甚至发现了亲戚，还聚起一群正当人家的姑娘，她们发狂似的想出嫁，而这人是再好也没有的：贵族，财主，且加上是白痴，一下子有这许多性格，这样的丈夫是点了灯笼也找不到，也定制不出来的！"

"这个……这个我就不明白了！"伊凡·费道洛维奇喊，心里极度地愤恨。

"停止了吧，郭略。"公爵用哀求的口气喊，四面传出了呼喊。

"读下去！无论如何读下去！"丽萨魏达·博罗可菲也夫纳厉声说，显然用异常的努力忍住自己，"公爵！假使停下来不读，我们要吵嘴的"。

没有办法，郭略的神情显得异常兴奋，涨红了脸，用慌张的声音继续读下去：

"正当这位新成熟的财主处于极乐世界的时候，发生了一桩完全枝节的事实。在一个佳美的早晨有一位访客来见他。这客人带着安静、严肃的脸色，说出极有礼貌的、体面而且公正的言语，衣裳穿得朴素而且大方，思想里有显著的进步的倾向，用两句话解释他访问的原因：他是著名的律师，一个青年人委托他办理一件事情，他代表他来访问。这青年人就是去世的P的儿子，虽然他用的是另一个姓。好色的P在青年时把一位诚实的、贫穷的女郎诱骗上手，她是农仆出身，但受过欧洲的教育——这里自然是与过去时代农奴制度中贵族所享的权利有关的——在看出了他这段关系将有避免不了的而且不久就发生的后果，连忙把她嫁给一个做买卖且曾在政界服务的人——他具有正直的性格，早就爱上这位姑娘。他起初还帮助这一对新婚夫妇，但是由于她的丈夫的正直的性格，他们拒绝他的帮助。过了多少时间，P 渐渐忘记这女郎，还有他和她生下的儿子，在死去的时候，并没有留下什么遗嘱。他的儿子在他母亲和别人的正式婚姻内生了下来，在别人的姓之下长大，由于他母亲的丈夫正直的性格而被承认为他自己的儿子。但是他也死了，因此他唯有靠自己的力量生活下去，留他的多病的、失失双腿的母亲在远远的外省内，而自己则在京城里靠每天的正当的劳力赚钱，在商人家里教授功课，一面在中学里教书，以后又去旁听他认为有益的课目，为将来继续发展之用。但是在商人家里教授功课，每小时一角钱，也得不到许多，再加上还要赡养他的失去双腿的多病的母亲，即使在远远的省份内死去也不会使他感觉轻松。现在的问题是我们的贵族后裔应该如何下公正的判断？读者诸位，你们自然会以为，他必将自语道：'我一生受 P 的恩惠，为了我的教育，为了聘雇保姆和治疗白痴，花去了几万块钱。现在我自己拥有百万家私，而具有正直性格的 P 的儿子却在养不活自己的教授功课下天天向死亡的路上走去，其实他本身对于这轻浮的、把他遗忘的父亲所做的行为是毫无错处的。在我身上用去了的一切，照公理讲来，应该用到他身上去。为了我花去的那笔巨款实际上不是我的，这只是命运的盲目的错误，这是应该由 P 的儿子享受的，应该花到他身上，而不应花在我身上——这本是由于轻浮而善忘的 P 一种理想的任性行为所产生的。假使我为人正直、懂礼、公平，我应该将我所承继财产的半数交给他的儿子。但是因为我最先是有算计的人，我很明白这事情不是法律问题，我不能将财产的半数交出去。假使我现在不把 P 为治疗我的白痴而用去的几万块钱归还给他的儿子，那么至少在我的方面是很低卑而且无耻的——这贵族后裔忘记还是无算计的。这里唯有良心与公理！如果 P 当时不担任教养我的费用，抛弃了我，照顾自己的儿子，我将成为什么样的人呢？

"他是不对的，读者诸君！我们的贵族后裔并不做这样的判断。那位青年人的律师纯粹为了友谊起见担任替他办理这件事情，差不多是违反了他的意志，差不多是强制的。但是无论这律师如何对他讲，如何在他面前指出名誉、体面、公理甚至普通的算计心一类的话，这位瑞士的学生始终不为所动。结果如何呢？其实这也没有什么。最不可恕，而且不能以任何有趣的疾病加以解释的是，这位刚抛弃了鞋套的财主竟不能了解，具有正直性格，在教课上葬送一生的青年人要求于他的不是恩惠与帮助，却是自己的权利，虽非法律上的，却是应得的权利，甚至并不是他自己要求，只是朋友们替他请求。我们这位贵族后裔用那种自大的态度，持着财势任意欺压人的态度，掏出五张十元钞票，以傲慢无礼的施舍的形式送给正直的青年人。你们不相信吗？读者诸君？你们会感到愤怒，感到侮辱，你们胸中充满了不平的呼喊，但是他已经这样做了！自然那笔钱当时归还给他，那就是扔还到他的脸上去。这件事情如何解决呢？这并不是法律问题，现在只剩下向社会宣布的一法！我们把这段笑话向社会宣布，我们保证它完全是真确的事实。听说有一位著名的幽默家特地作了一首佳妙的讽刺诗，这首诗不仅可在省城里，且在京城中的风俗小品文中占据相当的地位：

> 小小的莱夫[1]五年来，
> 穿了施涅台尔[2]的大衣，
> 尽用些愚傻的游戏，
> 消磨这空虚的时间。
> 穿了狭窄的鞋套回来，

---

[1] 贵族后裔的名字。
[2] 瑞士教授的名字。

领到一百万的家私，

像俄人一样地祈祷上帝，

还抢劫贫苦的学生。"

郭略读完以后连忙将报纸交给公爵，一句话也不说，跑到角落那里，紧紧地撞在墙上，手掩住脸。他觉得十分惭愧，他的童真的、对于人间的龌龊尚未惯熟的灵敏感觉，过分地受了摧残。他觉得发生了一点不寻常的事，一下子倾塌了下来，而他自己也几乎成为这一切的原因，一部分是由于他朗诵出来的缘故。

但是大家也似乎感到这一点。

小姐们觉得羞惭，而且不合适。丽萨魏达·博罗可菲也夫纳竭力忍住过分的忿怒，也许也深深地后悔她参与了这件事情，现在她沉默着。公爵也发生了那些太拘束的人们在遇到这类事情时常有的情形：他为了别人的行为感到羞惭，他替自己的客人们羞愧，最初竟弄得不敢正眼看他们。波奇成、瓦略、笳纳甚至莱白及夫，大家都似乎露出一点惭愧的态度。最奇怪的是伊鲍里特和伯夫里柴夫的儿子也似乎有点惊讶，莱白及夫的外甥显然不满意。只有拳术家一人坐在那里完全的安静，卷捻胡须，露出庄严的神色，眼睛稍微垂下，但并非由于惭愧，却相反地由于正直的谦恭，由于太显露的得意，虽然他很喜欢这篇文字。

"这真是不知所云，"伊凡·费道洛维奇低声喃语，"好像有五十名奴仆聚在一起，写成了这篇文字。"

"请问您，亲爱的先生，怎么能用这样猜度的言语侮辱人家？"伊鲍里特声明，全身颤抖着。

"这个，这个，这个是对待一个正直的人……您自己会承认，将军，假使你是正直的人，这是侮辱的行为！"拳术家喃声说，也忽然不知为什么颤抖了一下，卷捻胡须，抽动肩膀和身体。

"第一，我不是你们的'亲爱的先生'，第二，我不打算给予你们任何的解释。"异常生气的伊凡·费道洛维奇严厉地回答，从座位上立起，不发一言，退到平台的出口处，立在上面的楼级那里，背朝着众人，心里对丽萨魏达·博罗可菲也夫纳蓄藏极大的愤激——她到了现在竟还不想离开她的座位。

"诸位，诸位，请许我说一句话，"公爵烦闷地、慌张地呼喊，"让我们来谈一谈，互相了解一下，关于那篇文字我是无所谓的，不过这篇文字里所发表的一切全是不实在的话。我这样说，因为你们自己也明白，甚至是可耻的事。因此，这篇文字假使是你们中间哪一位写的，我根本感到惊异。"

"在此刻之前我不知道有这篇文字发表，"伊鲍里特声明，"我不赞成这篇文字。"

"我虽然知道是人家写的，但是……我也不赞成发表，因为还早。"莱白及夫的外甥追上去说。

"我知道的，但是我有权利……我……"伯夫里柴夫的儿子嗫声说。

"怎么？这全是你们自己写的吗？"公爵问，好奇地看着蒲尔道夫司基，"这是不会有的！"

"我们不能承认您有发出这类问题的权利。"莱白及夫的外甥掺进去说。

"我只是惊异蒲尔道夫司基先生已经……但是……我想说的是您既然把这事情宣布了出来，那么刚才我当着我的朋友面前谈起来的时候，为什么你们又这样生气呢？"

"这才对了！"丽萨魏达·博罗可菲也夫纳愤激地嗫语着。

"公爵，您还忘记了，"按捺不住的莱白及夫忽然在椅子中间溜了出来，有点像得了寒热似的喊叫起来，"您忘记了，您接见他们，听他们的说话，只是出于您的善良的意愿，和您的无可模拟的善心，他们并没有提出这种要求的权利，况且您已经把这件事情委托笳佛里拉·阿尔达里昂南奇去办理，您这种做法也是出于您的过分的善心，现在您正和几位优秀的朋友们谈心，您不能够为了这几位先生而牺牲您的交际机会，您应该立刻把这几位先生送到台阶外面，我以房东的资格是非常喜欢您这样做的……"

"这话太对了！"伊伏尔金将军忽然从房屋的深处喊叫起来。

"够了，莱白及夫，够了，够了！"公爵开始说，但是整个的愤怒的爆发将他的话语掩住了。

"不行，对不住，公爵，对不住，现在这是不够的！"莱白及夫的外甥比大家喊得更响，"现在我们应该把这问题明白而且坚定地提出来，因为显然有人没有了解它。这里关涉一些法律上的小关节，而根据这些小关节，我们颇有被驱逐到台阶外去的危险！公爵，难道您认为我们是大傻瓜，您以为我们自己也不明白我们这件事情并不是法律问题，假使从法律上加以研究，我们没有向您要求一个卢布的权利吗？但是我们明白假使并没有法律上的权利，那么还有人类的、自然的权利、常识和良心声音的权利，即使我们的权利并没有载在任何腐败的人类的法典里，但是一个正直的、诚实的人，也就是具有常识的人，即使在没有法典上记载着的那些条目中，也应该成为一个正直的、诚实的人。因此我们走了进来，并不怕人家把我们赶出阶外——像您刚才那样威吓似的。因为我们提出的是要求，而不是请求，又因为我们在这样深夜时候做失礼的拜访——虽然我们来的时候还不晚，您让我们在下屋里候了许多时候——我们毫不惧怕地跑了来，因为我们料到您是一个具有常识的人，也就是有良心和名誉的人。是的，这是对的，我们走进来时并不露出驯顺的样子，不像那些食客和求情告帮的人们，却是抬起脑袋，像自由的人们，并不想来请求，却带着自由的、骄傲的要求——您听着，不是请求，而是要求，您要牢牢地记住！我们体面地、直率地在您面前提出一个问题：在蒲尔道夫司基的这个案件里您承认自己是有理的，或无理的？您是不是承认你受过伯夫里柴夫的恩，也许甚至是他救活您的命的？假使您承认了——这是显然会承认的——那么您打算不打算，或者是不是认为良心上应该在取得了百万的遗产之后，给这处于贫穷中的伯夫里柴夫的儿子一点相当的报酬——虽然他的头上还戴出蒲尔道夫司基的姓名？是或不是？假使是的，换一句话说，假使你果真有像您的舌尖上常带出的所谓名誉和良心，而我们却正确地称为常识的东西，那么您应该满足我们的要求，事情也就了结。您满足我们的要求，并不冀求我们方面的哀恳或感谢，您也不必希望我们会哀恳或感谢，因为您这样做，并不是为了我们，却是为了公理。但是假使您不想满足我们的要求，回答了一个'不'字，我们立刻就走，事情也就中止了。我们便要当面对您说，当着您许多证人面前说，您是一个具有粗暴的智慧和低劣的发展的人，您以后不敢也没有权利自己称作有名誉和良心的人，您想用太便宜的价钱买下这权利来。我说完了，我把问题提出来了。您现在可以把我们赶出去，假使您敢。您可以这样做，您有这个力量，但是您要记住，我们到底是要求，而不是请求，要求而不是请求！"

莱白及夫的外甥停止了说话，显出十分生气的样子。

"要求，要求，要求，而不是请求！……"蒲尔道夫司基喃喃地说，脸红得像一只虾。

在莱白及夫的外甥说完了这几句话以后，众人中间随之来了一阵骚动，甚至起了几句怨言，虽然客人里大家虽然避免参与这件事情，除了莱白及夫一人，他好像正发着厉害的寒热——奇怪的是，莱白及夫明明帮着公爵，但对于他的外甥的那套演说又多少感到一种家族的骄傲和愉快，至少带着一些特别的满足的神色向众宾客扫视了一下。

"据我的意思看来，"公爵很严肃地开始说，"据我的意思看来，陶克达连阔先生，您刚才所说的话里有一半是完全对的，我甚至同意有一大半是对的，我可以完全同意您的话，假使您的话里没有放过一点什么。您放过的是什么，我没有力量，也不能正确地对您有所表示，但是为了使您的话语完全合理，自然还少些什么。我们现在且讲正事再说。我请问你们，诸位，你们为什么发表这篇文字？这文字里每一句话净是诬蔑。据我看来，你们做出了极卑鄙的行为。"

"什么！……"

"先生！……"

"这真的……这真是……这真是……"宾客中间一下子骚乱了起来。

"关于那篇文字，"伊鲍里特用尖锐的声音抢上去说，"关于那篇文字，我已经对您说过，我和别人全都不赞成，写是他写的，"他指出坐在旁边的拳术家，"写得不漂亮，我同意的，写得不通文理，而且用的是像他那类退伍的军官们常用的风格。他这个人很傻，还加上是一个商人，我也同意，我每天当面对他直说。但是他有一半是对的：公开宣布是每个人的合法的权利，也就是蒲尔道夫司基的权利。他的话说得离奇不离奇，由他自己负责。至于说到我刚才代表大家反对您的朋友们在场的一层，我认为必须对你们声明，我的反对只是为了声明我们的权利，实际上我们还愿意有证人们在场，刚才还没有进来之前，我们四人已经同意这层了。不管您的证人是谁，哪怕是您的知己朋友也行，因为他们不能不承认蒲尔道夫司基的权利——因为这权利虽然和数学公式一般的——所以证人越是您的知己朋友越好，更可以明白地显露出真理来。"

"这是实在的，我们同意。"莱白及夫的外甥加以证实。

"那么在刚开头谈话的时候为什么又起了呼喊和吵嚷呢？"公爵惊异了。

"关于那篇文字，公爵，"拳术家插进话去，他极想找机会说话，所以现在露出愉快的活泼的神色（女太太们的在场显然引起他强烈的印象是可以猜疑的），"关于那篇文字，我承认作者是我，虽然我的那位抱病的朋友刚才对它大肆攻击，但是由于他的病体的衰弱，我已惯于饶恕他。我把它写好了拿到一个好朋友的杂志里去，用通讯的体裁发表，唯有那首诗不是我作的，确乎是出于一位著名的幽默家的手笔，我只给蒲尔道夫司基念了一下，也没有全念出来，立刻从他那里取得了发表的同意，但是您要明白，我不得到他的同意也可以发表的，公开宣布是一个普通的、正当的、有益的权利。公爵，您是很开明的，我希望您不会否认……"

"我一点也不否认，但是您必须知道，在您的文字里……"

"太激烈些，您想说，是不是？但这里是所谓于社会有益，这层您必须同意，怎么能够把彰明较著的事件忽略过去呢？这对于犯错的人们自然不好，但最先是于社会有益，至于说到一些不尽属实的地方，所谓夸张词，那么您必须同意，最要紧的是动机，最要紧要的是目的和用意，最要紧的是有益的例子，以后才能研究个别的事件，还有所谓风格，所谓幽默的任务，再加上大家全是这样写的，您自己必须同意！哈，哈，哈！"

"这是一条完全虚伪的道路！我告诉你们，诸位，"公爵喊，"你们发表这篇文字，以为我无论如何不会答应蒲尔道夫司基先生的要求，所以想用这个吓唬我一下，报复一下，但是你们何以知道，我也许决定满足蒲尔道夫司基呢？我现在当着大家，直接对你们声明，我可以满足……"

"这才是一个聪明而正直的人一句聪明而正直的话！"拳术家喊了起来。

"天呀！"丽萨魏达·博罗可菲也夫纳脱口说了一句。

"这真是令人难以忍受！"将军喃声说。

"等一等，诸位，等一等，容我来把事实讲一讲，"公爵恳求着。"蒲尔道夫司基先生，在五星期以前您的代理人和律师到Z城来见我。他姓戚巴洛夫。您在那篇文字里把他描写得太好了，开历尔先生，"公爵忽然笑着对拳术家说，"但是我完全不喜欢这个人，我一下子就明白一切要紧的关键全在这个戚巴洛夫身上，也许就是他利用蒲尔道夫司基先生，您的老诚的性格，挑拨你做这件事情，假使说得公开些。"

"您没有权利……我……我不是一个普通人，这个……"蒲尔道夫司基在慌乱中喃语。

"您没有任何的权利可以做这样的推测!"莱白及夫的外甥用教训的口气插进来说。

"这太可气了!"伊鲍里特尖叫着,"这推测是可气的、虚伪的,于正文无涉的。"

"对不住,诸位,对不住,"公爵匆忙地赔罪,"请你们恕罪。这是因为我觉得我们最好还是互相公开地说话,但这是你们的自由,随你们的便。我对戚巴洛夫说,因为我不在彼得堡,我要立刻委托一位朋友办理这件案子,也会把这话对您通知过的,蒲尔道夫司基先生。诸位,我对你们直说,我觉得这件事情是一个大骗局,也就因为有戚巴洛夫在里面参加的缘故……啊,你们不要生气,诸位!看上帝的面上,不要生气!"公爵惊惧地喊叫,重又看见蒲尔道夫司基出现愤怒的骚乱,还有他的朋友们的脸上露出恼乱和抗议的神色,"我说我认为这事带有欺骗性质,这是于你们本身无关的。当时我并不认识你们中间的任何人,还不知道你们的名姓,我是从戚巴洛夫一人身上做判断的,因为……你们要知道,自从我取得遗产以来,人家如何来欺骗我呀!"

"公爵,您是太天真了。"莱白及夫的外甥嘲笑地说。

"再加上您是公爵和百万的富翁!您也许果真具有善良的、坦白的心,但是您终归不能躲避普通的法律"伊鲍里特喊。

"也许,也许会的,诸位,"公爵忙着说,"虽然我并不明白您讲的是什么样的普通法律,还要继续说下去,只是请你们不要无端生气,我敢赌咒,我没有一点侮辱你们的意思。诸位,这究竟是什么道理,诸位:一句诚诚恳恳的话都不能说,你们立刻会生气!但是第一层,使我惊愕的是世上竟有'伯夫里柴夫的儿子'存在着,而且存在于像戚巴洛夫对我解释那样可怕的境况里,伯夫里柴夫是我的恩人和先父的挚友——唉,开历尔先生,您何必在那篇文字里写许多关于先父的不实在的话?他并没有挪用军团的公款,也没有任何侮辱下属的事情,这是我肯定地相信的。您的尊手怎么会举得起来,写这种造谣的话?您所写关于伯夫里柴夫的一切是完全无可忍耐的，您称这位极正直的人为贪女色的、轻浮的人，说得那样的勇敢，那样的肯定，好像您真是说着实话。其实他是一个极有节操的人，这种人是世上少有的，他甚至是一位著名的学者，他是许多可尊敬的科学界人物的通讯员，花许多金钱帮助科学。至于说到他的心、他的善事，那您自然写得很对，我当时几乎成为白痴，一无所知——虽然我还能说俄国话，也能了解俄国话——但是我总能对于我现在记忆的一切做确切的估计……"

"对不住，"伊鲍里特尖声叫，"这不会太感性了吧？我们不是小孩，您本来打算一直讲到本题上去的，现在已经八点多钟，您要记住呀！"

"好吧好吧，诸位，"公爵立刻同意了，"在最初的不信任以后，我以为我会错，伯夫里柴夫也许真会生下一个儿子，但是使我异常惊愕的是这个儿子竟这样轻松地，我要说是这样公开地发表他的出生的秘密，主要的是毁损他的母亲的名誉。因为戚巴洛夫在那时就以公开宣布威吓我了……"

"多么愚蠢的话！"莱白及夫喊。

"您没有权利……没有权利……"蒲尔道夫司基喊。

"儿子不能替父亲的淫荡行为负责，母亲并没有做错事情！"伊鲍里特热烈地尖叫起来。

"那么似乎更加应该爱惜她……"公爵说。

"公爵，您不但天真，也许走得还远些。"莱白及夫的外甥恶狠地冷笑了一下。

"您有什么权利！"伊鲍里特用极不自然的声音尖叫。

"没有什么权利，没有什么权利！"公爵连忙说，"这话您说得很对，我说老实话，我当时就会对自己说，我的个人的情感不应该影响到事情的本身上去，因为假使我自己已经承认应该满足蒲尔道夫司基先生的要求，为了我对于伯夫里柴夫的感情，那么无论在什么情形下是应该满足的，那就是说不管我对于蒲尔道夫司基尊敬不尊敬。诸位，我开始这样说，是因为我终归觉得儿子公开泄露母亲的秘密是不自然的事情……总而言之，我也就因此深信戚巴洛夫应该是一个坏蛋，是他自己教唆蒲尔道夫司基先生以欺骗手段做这样敲诈举动。"

"这真是无从忍耐！"他的客人们方面呼喊出这句话来，有几个人甚至从椅上立起。

"诸位！我也就决定，这个可怜的蒲尔道夫司基先生大概是极普通的、孤立无助的人，很容易上那些坏人的当，因此我更应该帮助他，像帮助伯夫里柴夫的儿子一样，第一步先反对戚巴洛夫先生，第二步以我的忠实和友谊指导他，第三步是付给他一万卢布，那就是照我的计算，伯夫里柴夫花在我身上的一切的钱款……"

"怎么！只有一万卢布！"伊鲍里特喊。

"公爵，你不是对于数学不大精明，便是太精明了，虽然您装出那种傻里傻气的样子！"莱白及夫的外甥喊。

"一万卢布我不同意！"蒲尔道夫司基说。

"安其帕！你就答应吧！"拳术家从后面隔着伊鲍里特的椅背弯过身来，用迅遽而且明显的微语说，"你先答应下来，以后再说！"

"您听着，梅恩金先生，"伊鲍里特大声喊起来，"您要明白，我们并不是傻瓜，并不是庸俗的傻瓜，像您那几位客人和女太太们所想的那样，他们竟这样愤激地朝我们冷笑，特别是这位体面的绅士，"他指着叶夫格尼·柏夫洛维奇，"我还没有认识他，不过好像听见过的……"

"对不住，对不住，诸位，你们又没有了解我！"公爵慌乱地对他们说，"第一，开历尔先生，您在那篇文字里把我的财产估计得太不准确。我并没有取到几百万的遗产，我也许只有您所猜的数目的百分之八或百分之十；第二，在瑞士我花去的费用并没有到几万卢布，施涅台尔每年只收到六百，也只是最初的三年如此。伯夫里柴夫也从来没有到巴黎去聘雇美貌的保姆，这又是谣言。据我看来，在我身上一共花去了不到一万卢布，但是我规定了一万的数目，您自己要同意，我归还债务的时候，无论如何不能把再多些的数目交给蒲尔道夫司基先生，甚至即使我很爱他。我不能给，还由于一种微妙的情感，也就是因为我是还债，而不是施舍。我不知道，诸位，您何以不明白这层！但是我想在以后用我的友谊补偿这一切，我将对于不幸的蒲尔道夫司基先生的命运积极的关心，他显然是受了骗，因为他绝不能不受欺骗，而自己同意于这种卑鄙的行动，像今天在开历尔先生的文字里公开宣布关于他母亲的一切……诸位，你们为什么又生气了！这样子，我们终归不会完全互相了解的！结果还是我的话说对了！我现在亲眼相信我的猜测是准确的。"公爵热烈地说，希望将骚乱减轻，却没有注意到只是增加。

"怎么？相信什么？"几乎带着激怒围攻他。

"对不住得很，第一，我已经自己当面把蒲尔道夫司基先生看得很清楚，我现在自己看出他是一个什么样的人……他是一个天真烂漫的人，大家都可以欺哄他！他是一个孤立无助的人……所以我应该怜惜他。第二，我把这件事情委托筛佛里拉·阿尔达里昂南奇办理，我有许多时候没有接到什么消息，因为我正在路上，以后又在彼得堡病了三天，现在他忽然在一小时以前，第一次和我晤面的时候，告诉我，他已弄清楚了戚巴洛夫的用意，有相当的证据，戚巴洛夫就是我所推测的那种人。诸位，我自己知道许多人认我为白痴，因为我素有随便把金钱给人的名声，所以戚巴洛夫心想很容易骗我，他所靠的也就是我对于伯夫里柴夫的感情。但主要的是，诸位，请听下去，注意听下去！主要的是现在忽然发现蒲尔道夫司基并不是伯夫里柴夫的儿子！刚才筛佛里拉·阿尔达里昂南奇告诉了我，还说他获得了确凿的证据。你们会觉得在发生了这一切情形之后是难以置信的！但是有确凿的证据！我还不相信，自己还不相信，我告诉你们，我还疑惑，因为筛佛里拉·阿尔达里昂南奇还没有来得及把所有详细的情形告诉我。至于说到戚巴洛夫是坏蛋一层，现在这是毫无疑问的！他把不幸的蒲尔道夫司基先生，把你们诸位由于正义跑来帮你们的朋友的忙的——因为他显然是需要帮助的，我也明白这个——把你们大家全哄骗过了，把你们大家都牵涉到这个敲诈的举动里面，因为这实在是一桩欺骗和敲诈的案件！”

“怎么是敲诈！……怎么不是伯夫里柴夫的儿子？……那怎么可以！……”传出了喊声，蒲尔道夫司基的整个团体处于无可形容的骚乱的情况之中。

“自然是敲诈！假使蒲尔道夫司基现在并不是伯夫里柴夫的儿子，那么蒲尔道夫司基先生的要求简直就是敲诈——自然假使他知道了真相——但是因为人家骗了他，所以我主张替他辩白，所以我说以他这种老实的性格是值得怜惜的，不能不加以帮忙的，否则他在这件事情里也成为坏蛋了。我自己深信，他一点也不明白！我自己在到瑞士去以前也有这样的情形，也喃声地说出一些无连贯的话语，想表示意思而不能，我明白这个。我很同情，因为我自己也差不多是这样的人，我可以说这个话！虽然现在已经没有伯夫里柴夫的儿子，一切都成虚假，我到底不变更自己的决定，准备归还这一万块钱，作为纪念伯夫里柴夫。我在蒲尔道夫司基以前就想提出一万块钱充作小学校的经费，以纪念伯夫里柴夫，但是现在呢，用作学校的经费，或是交给蒲尔道夫司基先生，全是一样的，因为蒲尔道夫司基先生即使不是伯夫里柴夫的儿子，也差不多和伯夫里柴夫的儿子一样，因为他自己也是受了恶骗，他自己诚恳地认自己是伯夫里柴夫的儿子，诸位，请你们听笳佛里拉·阿尔达里昂南奇说话，我们就来了结它，你们不要生气，不要着急，请坐下！笳佛里拉·阿尔达里昂南奇立刻对你们解释一切，说老实话，我自己很愿意晓得一切的细节，他说他还到过浦司可夫，见过蒲尔道夫司基先生的令堂，她并没有就要死去，像那篇文字上所记载的样子……你们坐下来，诸位，请坐下来！”

公爵坐下，还请已经从座位上跳起来的蒲尔道夫司基先生的那伙人仍旧坐下。在最后的十分钟或二十分钟内，他越说越激烈，用不耐烦的快语大声地说，越来越起劲，努力比大家说得多，比大家喊得响，自然他之后对于一些脱口而出的话语和推测深深地感到后悔。假使不是人家弄得使他恼怒，不是人家弄得使他起火，他绝不会这样明白地、匆遽地出声表露他的一些猜测和过分的坦白的话，然而他刚坐下来，一阵浓重的后悔立刻刺痛他的心，他公开地猜测蒲尔道夫司基有那种和他一样的病，就是他到瑞士去求治的那个病，未免"侮辱"了蒲尔道夫司基先生，再加上又提出了一万的数目，不捐给学校而送给他，据他看来这又是一个粗暴的、不谨慎的举动，等于施舍一般，尤其因为在人面前发表出来，更加显得不妥。"应该等一等，到明天再暗中向他提出来，"公爵当时想，"现在也许是无从挽救的了！是的，我是一个白痴，真正的白痴。"他自行认定，发出一阵羞愧和过分的恼怒。

在这以前躲在一边，固执地沉默着的笳佛里拉·阿尔达里昂南奇经公爵邀请，便走向前面来，立在他身旁，开始安静而且明晰地报告公爵委托他办理的那个案件。所有的谈话顿时沉寂了，大家用异常好奇的心神听着，特别是蒲尔道夫司基的那伙人。

第九章

"您自然不会否认。"笳佛里拉·阿尔达里昂南奇一直朝蒲尔道夫司基说。他正瞪出惊讶的眼睛，努力地听着，显然心神里感到强烈的骚乱。"您不会否认，自然也不打算正经地否认，您在令堂和令尊十品文官蒲尔道夫司基先生正式结婚后过了两年才生下来，您的出生时间是很容易用事实来证明的，所以开历尔先生的文字里那种足以使您和令堂感到侮辱的曲解事实的地方仅只可用开历尔先生自己的幻想的游戏加以解释。他以为这样可以强调您的权利的显著性，也就可以有助于您的利益。开历尔先生预先把这篇文字对您读过，虽然并未全部读过……无疑地，他并没有读到这个地方……"

"确是没有读到，"拳术家打断他，"但是所有的事实是一位有关系的人物通知我的，所以我……"

"对不住，开历尔先生，"笳佛里拉·阿尔达里昂南奇阻止他，"请您许我说下去。我可以给您保证，您的那篇文字一会会轮到的，您到那时再宣布您的解释，现在我们最好按着次序说下去。经舍妹瓦尔瓦拉·

阿尔达里昂诺夫纳从中帮忙，我完全偶然地从她的知己女友魏拉·阿莱克谢夫纳·佐勃可瓦——她是守寡的女田主——那里取到了尼古拉·阿莱克谢维奇·伯夫里柴夫的一封信，是他在二十四年以前从国外寄给她的。我和魏拉·阿莱克谢夫纳接近之后，依照她的指示，前去见退伍的中尉蒂莫费意·费道洛维奇·瓦作夫金，他是伯夫里柴夫先生的亲戚，同时还是极好的朋友。我从他那里得到了尼古拉·安特列维奇[1]的两封信，也是从国外寄来的。从这三封信上，从信上的日期和信里所讲的事实看来，可以像数学公式般证明，毫无推翻或甚至疑惑的余地，那就是在蒲尔道夫司基先生出生前一年半以前，尼古拉·安特列维奇到国外去了，连续在那里住了三年。您也知道，令堂从来没有离开过俄国。现在我也不必读出这几封信来。现在时间已晚，我只是把事实宣布出来。蒲尔道夫司基先生，假使您愿意，明天可以到我那里见面，您尽管带您的证人——有多少都可以——和专家一同来核对笔迹，那时您不会不相信我所讲的事实十分确凿，这是我深信不疑的。果真如此，那么这件案子就算自然而然地消灭了。"

又随之来了一阵普遍的骚动和深深的慌张。蒲尔道夫司基忽然从椅上立起。

"既然如此，我是被骗了，不是受了戚巴洛夫的骗，却是早已的了，早已的了。我不需要专家，也不必见面，我相信，我拒绝……拒绝收这一万块钱……再见吧。"

他取了帽子，把椅子一推，就想走出去。

"假使可以的话，蒲尔道夫司基先生，"笳佛里拉·阿尔达里昂南奇轻轻地用甜蜜的声音阻止他，"最好再留上五分钟，从这件案子上还发现了几桩极重要的事实，无论如何特别对于您是极有趣的。据我看来，

---

[1] 伯夫里柴夫的夫名初为阿莱克谢维奇，此处又改为安特列维奇，似属两歧，但因俄文原本如此，所以各仍其旧。——译者

您不应该不知道这几桩事实，假使能把这件事情完全解释清楚，您自己也许会感到愉快的……"

蒲尔道夫司基默默地坐下来，头微微地低垂着，似乎带着强烈的疑虑。莱白及夫的外甥本来已经立了起来，伴送蒲尔道夫司基出去的，这时也随了他坐下来。这位虽然还没有丧失头脑和勇气，但是已十分惶惑。伊鲍里特皱紧了眉头，面带愁容，似乎很为惊讶。这时候他剧烈地咳了一阵嗽，手帕上涂污了血。拳术家居然吃惊了。"唉，安其帕!"他悲苦地喊，"前天我就对你说，你也许真的不是伯夫里柴夫的儿子!"

传出了一阵压抑的笑声，两三个人笑得比别人洪响。

"开历尔先生，您刚才告诉我们的事实是极其珍贵的，"笳佛里拉·阿尔达里昂南奇抢上去说，"我根据极真确的材料，有完全的权利判断，蒲尔道夫司基先生虽然深悉他的出生时代，但竟完全不知伯夫里柴夫在国外居住的那段事实，其实他在国外度过了他的一大部分的生命，以极短的时间回到俄国，而且当时出国的那个事实自身并不怎样显著，不见得在二十年后还会记得，即使和伯夫里柴夫接近的人们也是如此，那时还未生出来的蒲尔道夫司基更不必说了。自然现在从事调查不见得不可能，但是我应该说实话，我所调查到的一切完全得之偶然，但也许会完全得不到。因此，对于蒲尔道夫司基先生，甚至对于戚巴洛夫，这种调查确是不可能的，即使他们想去调查一下也无从下手，再加上他们也会完全想不到的……"

"容我说一句，伊伏尔金先生，"伊鲍里特忽然苦恼地插断他，"这一大套唠唠叨叨的话做什么用呀!请您恕我直说出来，现在事情已经解释清楚。主要的事实我们可以相信，又何必啰啰嗦嗦地来一套烦琐的，可气的话？您也许想夸耀您的侦查手段的巧妙，在我们面前，还在公爵面前表示，您是怎样一个优秀的检察官、侦探，是不是？或者您想出来替蒲尔道夫司基辩白，饶恕他，说他是由于不知而参与这件事情的，是不是？但这实在鲁莽了!蒲尔道夫司基并不需要您的辩白和饶恕，这是您必须知道的！他现在觉得痛苦，他觉得太难受了，他处于一个不合适的局面之下，您应该猜到，应该明白……"

"够了，贴连奇也夫先生，够了，"箷佛里拉·阿尔达里昂南奇打断他，"您安静一下，不要惹怒自己，您大概很不舒服吗？我很同情您。在这种情形之下，只要您愿意，就此完结也好，我现在只是简单地告诉你们一点事实，这事实据我看来是不妨全部知道一下的，"他说的时候觉察出众人里发生了和不耐烦相似的普遍的骚动。"我只是通知有关系的人们，我还可以提出证据来，我想通知的是蒲尔道夫司基先生的令堂太太时常受到伯夫里柴夫的优待和照顾的缘故，单只因为她是他年轻时所钟爱的一位农仆的女郎的嫡亲妹子，他钟爱她得假使她不是暴病而死，一定会娶她为妻的。我身边有证据，可以证明这个完全真确可靠的事实不为人们所知晓，且甚至完全被遗忘了。往下我还可以说的是令堂太太在十岁上由伯夫里柴夫先生当作亲戚似的收养下来，还给她提一笔巨款的妆奁，所有这些照顾当时引起了伯夫里柴夫许多家属间极恐慌的谣言，他们甚至以为他会娶她，然而结果是她在二十岁上由于爱情嫁给丈量委员蒲尔道夫司基先生，由于爱情是我可以正确地证明出来的。我那里还聚焦了可作证件的几个正确的事实，那就是令尊蒲尔道夫司基先生完全不是一位事务人才，在取得令堂那笔一万五千的妆奁以后，便辞去了职务，经营商业，受了人家的骗，把资本完全失去，因为不胜忧愁，开始饮酒，就此得了病，终于在和令堂结婚后第八年上死去。以后，根据令堂亲口所说的话，她陷入贫穷的境地，假使没有伯夫里柴夫时常做宽宏的帮助会完全走投无路的。他每年补贴她六百卢布，还有无数的证据可以证明他很爱小孩时的您。从这些证据上，又根据令堂的证明，发现他爱您纯粹因为您在孩童时代具有口吃的样子、残疾的样子、可怜的、不幸的婴孩的样子——我从准确的证据上可以判明，伯夫里柴夫一生有一种特别癖好，就是爱抚被自然压迫和残戕的一切，尤其对于小孩如此，这事实我相信是对于本案极重要的。我可以夸耀我对于一个重要的事实已做到了正确的侦查，那就是伯夫里柴夫的钟爱您。您由于他的努力考进了中学，在特别的监督之下读书，使伯夫里柴夫的亲戚和家属间渐渐产生了一个念头，那就是您是他的儿子，而令尊只是一个受了欺骗的丈夫。主要的是在伯夫里柴夫最后的几年内这念头已经十分牢靠，变为正确的、普遍的深信，那时候大家都为遗嘱担心，最初的事实已被遗忘，而调查是不可能的、无疑地，这念头会达到您的耳里，把您全部盘踞住了。令堂我曾当面见过，据她说她虽然知道这一些谣言，但至今甚至还不知道——我也瞒住她——您，她的儿子，曾受到这谣言的蛊惑。我在蒲司可夫见到您的令堂太太的时候，她正有病，境况非常艰窘，在伯夫里柴夫死后陷到这种境地里去。她含着感谢的眼泪告诉我，她只是为了您，还等着您的帮助才活在世上。她对于您的将来有许多期待，她热烈地相信您的未来的成功……"

"这真是无可忍耐！"莱白及夫的外甥忽然用不耐烦的神情大声宣告，"这一套浪漫的情绪有什么目的？"

"真是太不体面了！"伊鲍里特剧烈地转动着身体。但是蒲尔道夫司基一句话也不说，连动也没有动。

"有什么目的？为什么？"笳佛里拉·阿尔达里昂南奇狡狯地说，准备用刻毒的口吻说出他的结论，"第一层，蒲尔道夫司基先生现在也许完全相信，伯夫里柴夫爱您是由于仁爱的心肠而并非当作儿子看待。这一桩事实是蒲尔道夫司基先生必须知道的，因为刚才蒲尔道夫司基先生在读过那篇文字以后对于开历尔先生的话深表赞成，且加证明。我这样说，因为我认为蒲尔道夫司基先生是一个正经的人。第二层，原来这件案子里戚巴洛夫并没有丝毫敲诈欺骗的意思。这对于我是极重要的一点。因为公爵刚才在发火时会提过我也有把这不幸的事件看作敲诈欺骗的意见。其实相反地，各方面都对于这事具有确信。虽然戚巴洛夫也许实在是一个大光棍，但是在这件案子里他不过是好耍手段的、诡计多端的讼师。他希望以律师的资格赚到一笔大钱，他的计划不但细腻、巧妙，而且很正确。这计划建筑在公爵的轻于施舍，和他对于去世的伯夫里柴夫尊敬的感恩的情感上面。而最要紧的却是建立在公爵对于名誉与良心的义务具有一定的骑士气的见解上面。至于说到蒲尔道夫司基先生本人，甚至可以说他由于一些自己的见解，已被戚巴洛夫和包围他的一伙人调整得竟把这案子看成非为了冀图物质利益，而几乎是为真理、进化和人类服务。现在在已将各种事实发表了以后，大家全会明白，蒲尔道夫司基先生不管外表如何，总是一个纯洁的人，公爵现在必会比刚才还迅快而且乐意地给他友谊上的协助和积极的帮忙，像他刚才谈到学校和伯夫里柴夫时所提到的那种帮忙。"

"停住，笳佛里拉·阿尔达里昂南奇，停住！"公爵喊，露出真正的恐惧，但是已经晚了。

"我说过，我已经说过三次了，"蒲尔道夫司基恼火地喊，"我不要钱，我不能收……为什么……我不要……走吧！"

他几乎从平台上跑出，但是莱白及夫的儿子拉住他的手，对他微语了几句。他迅快回转来，从口袋内掏出一只没有封口的大信封，扔到公爵身边的小桌上去。

"钱在这里！您怎么敢！怎么敢！……钱！"

"这就是您经戚巴洛夫的手用施舍的形式寄给他的二百五十卢布，"陶克达连阔解释。

"文字里说是五十卢布！"郭略喊。

"我错了！"公爵走到蒲尔道夫司基面前说，"我在您面前犯了错事，蒲尔道夫司基，但是我寄给您的钱并没有施舍的性质，您要相信这层。我现在还是错的……我刚才做错了，"公爵露出忧愁的样子，带着疲乏和软弱的神色，他的话语是不相连贯的，"我说到敲诈的话……但这不是说您，我错了。我说您是……您是和我一样的病人，但是您并不像我……您……您还教功课，赡养您的老母。我说您玷辱您母亲的名誉，但是您爱她，她自己说的……我不知道……笳佛里拉·阿尔达里昂南奇刚才并没有说完……我错了。我竟敢对您提出一万块钱的话，那是我的错，我不应该这样做，但是现在是没有法子挽救了，因为您现在看不起我……"

"这真是疯人院！"丽萨魏达·博罗可菲也夫纳喊。

"自然是疯人院！"阿格拉耶忍耐不住，坚决地说，但是她的话语沉失在大家的嘈嚷中，大家全大声说话，大家都讨论起来，有的辩论，有的笑，伊凡·费道洛维奇·叶潘钦愤激到了最后的阶段，带着受侮辱的尊敬的态度，等候丽萨魏达·博罗可菲也夫纳。莱白及夫的外甥最后说道：

"是的，公爵，应该对您说句公平话，您很会利用您的……您的疾病——说得体面些——您居然会用这种灵巧的形式提出关于友谊和金钱的话，使一个正直的人无论在何种情形之下难以接受。这不是太天真，便是太灵巧……您自己总知道得多些。"

"等一等，诸位，"笳佛里拉·阿尔达里昂南奇喊，把那只装银钱的信封打了开来，"这里面没有二百五十卢布，只有一百。公爵，我说这句话，是为了不要发生什么误会。"

"管它呢，管它呢！"公爵对笳佛里拉·阿尔达里昂南奇挥手。

"不行，这不能不管的！"莱白及夫的外甥立刻抢上去说，"公爵，您这句'管它呢'的话使我们感到侮辱，我们并不躲藏，我们公开地声明：是的，这里只有一百卢布，不是二百五十卢布的全数，但这不是一样的吗？"

"不，这不是一样的。"笳佛里拉·阿尔达里昂南奇带着天真的惊讶的态度插上去说。

"您别打断我，我们并不是像您所想那样的傻瓜，律师先生，"莱白及夫的外甥愤激地说，"自然，一百卢布不是二百五十卢布，并不是一样的，然而主要的是那个原则、主要的是动机，至于缺少一百五十卢布，那只是个别的情形。主要的是蒲尔道夫司基不接受您的施舍，而掷还到您的脸上去，在这意义上，无论一百或二百五十都是一样的。蒲尔道夫司基没有接受一万块钱，那是您看见的。假使他是不诚实的人，他也绝不会归还一百卢布。这一百五十卢布付给戚巴洛夫，算作他到公爵那里去的旅费。您现在可以赶快笑我们笨拙，笑我们不会办事，您已经用尽力量使我们成为可笑的人物，但是您不应该说我们是不诚实的。这一百五十卢布由我们大家合力归还公爵。我们哪怕一个卢布、一个卢布地归还，都可以，还要加上利息。蒲尔道夫司基很穷，蒲尔道夫司基没有百万家私，但是戚巴洛夫回来以后提出了一张账单。我们希望得到胜诉，谁在他的地位上不是这样做的！"

"这是什么意思？"公爵喊。

"我简直要发疯了！"丽萨魏达·博罗可菲也夫纳喊。

"这有点像，"许多时候站在那里观察的叶夫格尼·柏夫洛维奇笑了，"这有点像新近一个律师著名的辩护词，他替一下子杀死六个人，意图劫财的凶手辩护，提出他的贫穷，作为可以饶恕的理由，忽然说了下面的话：'自然被告是为了贫穷才想到杀死六个人，而且谁在他的地位上不会这样想呢？'他说着这一类很有趣的话。"

"够了！"丽萨魏达·博罗可菲也夫纳忽然喊，愤怒得几乎战栗，"现在该停止这套啰嗦的玩意了……"

她异常兴奋，她威严地仰着头，带着傲慢的、热烈的、不耐烦的挑战的神色，把闪光的眼神向全体客人扫射，不去辨清朋友和仇敌。她已达到了蕴蓄已久而终于爆发的愤怒的顶点，那时候立即出战，立行起来攻击什么人的需要已成为主要的触动。知道丽萨魏达·博罗可菲也夫纳的人们立刻感觉得她的心里发生了什么特别的情形。伊凡·费道洛维奇第二天就对S公爵说："这是她常有的，不过弄到像昨天那样的程度却是少有的事，三年中来一次，不会多的！绝不会多的！"他切实声明。

"够了，伊凡·费道洛维奇！离开我！"丽萨魏达·博罗可菲也夫纳喊，"您为什么现在才把手伸过来？刚才倒不会拉人家出去。您是丈夫，您是一家之主，您应该揪我这傻瓜的耳朵，假使我不肯听您的话，不肯走出去。哪怕为了女儿们也应该开心些！现在没有您，我们也会找到回家去的道路，这耻辱是够一年去受的……等一等，我还要谢谢公爵！公爵，多谢你的厚赐，我竟坐了下来听开那班青年人来了，这真是卑鄙，这真是卑鄙！这种乱七八糟的丑态，是连做梦也见不到的，难道这类的人很多吗？住嘴，阿格拉耶！住嘴，阿历山大！不是你们的事情！不要在我身边打旋转，叶夫格尼·柏夫洛维奇，我讨厌您！你这可爱的人，你竟向他们请求饶恕吗？"她又朝公爵说，"你说：'我做错了事，我竟敢送钱给您……'同时你这好说大话的人还敢笑人家！"她忽然朝莱白及夫的外甥攻击，"你说：'我们拒绝收钱，我们是要求，并不是请求！'好像还不知道，那个白痴明天就会跑到你们那里，亲自送钱上门的，你去不去？去不去？你去不去呢？"

"我会去的。"公爵用静谧和驯顺的声音说。

"你们听见了呀！你就是料到这一点，"她又对陶克达连阔说，"现在那笔钱就等于在口袋里放着一般，所以你敢说大话，敢调枪花……不，你去寻找别的傻瓜吧，我可是看透你们了，你们那套把戏全看了出来！"

"丽萨魏达·博罗可菲也夫纳！"公爵喊。

"我们离开这里，丽萨魏达·博罗可菲也夫纳，是时候了，我们把公爵也一块带去走。"S公爵说，努力显出安静的样子，微微地笑着。小姐们站立在旁边，几乎带着惊惧的神色，将军却惊吓得可以，大家都感到惊异。有些人立得远些，偷偷地发出冷笑，还互相窃窃地私语。莱白及夫的脸上现出极度的欢欣。

"丑态和乱七八糟的情形是到处可以发现的，太太。"显得十分狼狈的莱白及夫的外甥说。

"可不是这样的！先生，可不是像你们这样的！"丽萨魏达·博罗可菲也夫纳带着幸灾乐祸的神气抢上去说，似乎发作歇斯底里病似的，

"你们离开我好不好呢!"她对劝她的人们喊,"叶夫格尼·柏夫洛维奇,您刚才自己说,连律师都会在法院里声明,为了贫穷一连杀死六个人是最自然的一件事,那么真是到了最后的末日了。我还从来没有听见过这种事情。现在我全都得到解释了!这个结舌的人,"她指着蒲尔道夫司基,他正带着特别的惊疑望她,"难道他不会杀人吗?我敢打赌,他会杀人的!他也许不会取你的一万块钱,为了良心的原因不肯收,可是他夜里会跑来把人杀死,从箱子里抢去,也是为了良心的原因而抢的!这就不算失面子!这是所谓'正直的愤激的冲动',这是'否定',谁知道什么……嗤!一切都翻了身,大家都倒栽了跟斗走路。一个女孩在家内养大,忽然朝街中心一跳,跳到马车上,说道:'妈妈,我不久就要嫁给某一个卡尔雷奇或伊凡南奇,再见吧!'你们以为这种行为好吗?值得尊敬吗?自然吗?这是妇女问题吗?这个小孩,"她指着郭略,"刚才已经争论过,说这就是'妇女问题',即使母亲是一个傻瓜,你也应该把她当作人看呀!你们刚才仰起脖子走进来做什么?'你们别走近',我们来了。'你把所有权利都交给我们,可不许你在我们面前开一句口。你应该对我们表示一切的敬意,甚至从来没有过的敬意,可是我们对待你,比对待最起码的仆人还坏!'你们寻觅真理,主张权利,可是在文字里又像邪教徒似的竭力诽谤他。'我们要求,却不请求,您听不到任何的感谢,因为您是为了满足自己的良心而做这件事情的!'这是一种特别的理论:假使从你那里得不到任何的感谢,那么公爵也会回答你,他对于伯夫里柴夫也没有任何感谢,因为伯夫里柴夫的行善是为了满足自己的良心。你只是依赖他对伯夫里柴夫感恩图报的一点,因为他并没有向你借钱,他没有欠你的钱,那么你不依赖感恩的一点,便依赖什么呢?那么你自己又怎样可以不承认感恩?真是疯子!他们认为社会是野蛮的、无人性的,因为它看不起被诱奸的女郎,引为羞耻。你既然承认社会是无人性的,那么也就承认这女郎对于这社会感到痛苦。既然感到痛苦,那么你为什么又自己在报纸上把她写出来,给这个社会看,还要求不使她感受痛苦呢？真是疯子！真是好虚荣！不信仰上帝，不信仰基督！其实虚荣和骄傲已把你们啃嚼得结果会弄到你们互相啃嚼的地步，这是我预先告诉你们的。这不是空话，这不是乱七八糟，这不是丑态百出吗？而在这以后，这个受了耻辱的人还要钻上前去，请求他们的饶恕！你们这种人究竟多不多呢？你们笑什么？笑我和你们在一块，自己丧失体面吗？已经丧失了体面，还有什么办法？你不许笑，你这肮脏的人！"她突然朝伊鲍里特攻击，"自己连呼吸都快没有，还要引坏别人。你把我这小孩引坏了，"她又指着郭略，"他净说些关于你的谵语，你教他无神论，你不信仰上帝，真想揍你一顿！去你们的吧！你去不去呢，莱夫·尼古拉也维奇公爵，明天你到他们那里去不去呢？"她又问公爵，几乎喘不过气来。

"去的。"

"那么，我不愿意再认识你了！"她想迅快地回转身走出去，但是忽然又回来了，"你到这无神派那里去吗？"她指着伊鲍里特，"你为什么对我笑？"她好像不自然地喊了一声，忽然奔到伊鲍里特身旁，受不住他的嘲笑。

"丽萨魏达·博罗可菲也夫纳！丽萨魏达·博罗可菲也夫纳！丽萨魏达·博罗可菲也夫纳！"四面八方一下子说出来。

"Maman，这太不好看了！"阿格拉耶大声喊。

"您不要着急，阿格拉耶·伊凡诺夫纳。"伊鲍里特安静地回答。丽萨魏达·博罗可菲也夫纳跳了过去，一把抓住伊鲍里特，不知道为什么紧紧地拉着他的手。她站立在他的面前，用疯狂的眼神盯住他。"您不要着急，您的 Maman 会看得出对一个快要死的人是不能攻击……我准备解释，我为什么笑……假使您许我说，我是很欢喜的……"

他忽然很厉害地咳起嗽来，有整整的一分钟不能压止咳嗽。

"已经快死了，还要演说！"丽萨魏达·博罗可菲也夫纳喊，松开了手，几乎带着恐怖看他擦嘴唇上的血，"你还要说什么话！你简直应该躺下去睡觉……"

"好吧,"伊鲍里特用轻轻的、嘶哑的微语回答,"我今天一回去,立刻就躺下……我知道,我过两星期以后便要死去……上个星期 B 自己对我说过的……假使你允许,我想对您说两句临别的话。"

"你发疯了吗?这真是胡闹!必须去治病,现在还要说什么话!快去,快去,快去躺下!"丽萨魏达·博罗可菲也夫纳惧怕地喊。

"一躺下来,便起不来床,一直到死,"伊鲍里特微笑了,"我昨天就想躺下来,再也不起床,一直到死,但是决定延到明后天,再说,在那双腿还能走路以前……就为的同他们一块到这里来,只是太累了……"

"坐下来,坐下来,为什么站着!这儿有一张椅子。"丽萨魏达·博罗可菲也夫纳跑过去,自己把椅子挪到他身边。

"谢谢您,"伊鲍里特轻轻地说,"您自己坐在对面,我们来谈几句话,我们一定要谈一谈,丽萨魏达·博罗可菲也夫纳,我现在要坚持着这一点……"他又向她微笑,"您想一想,我今天最后一次吸着新鲜的空气,和人们在一块,过两星期便会进入土中,所以这就等于和人们、和自然的告别。我虽然不是感伤主义者,但是您知道,我是很喜欢使这一切发生在伯夫洛夫司克:到底还可以望一望树上的叶子。"

"现在还要谈什么话?"丽萨魏达·博罗可菲也夫纳更加吃惊起来,"你全身发烧!刚才还叽叽喳喳地乱叫现在竟透不过气来,闷死了!"

"我就会休息过来的,您为什么想拒绝我的最后的愿望?……您知道不知道,我早就想和您碰面,丽萨魏达·博罗可菲也夫纳。我听到关于您的许多话,从郭略那里听见的。差不多只有他一个人不离开我……您是一个古怪的女人,有癖性的女人,我现在自己也看见……您知道不知道,我甚至还有点爱您。"

"天呀,我竟几乎打他一顿。"

"阿格拉耶·伊凡诺夫纳拦住了您。我没有弄错吗?这位不是您的女儿阿格拉耶·伊凡诺夫纳吗？她的相貌长得太美，我虽然从来没有见过她，可是看了一眼就猜到是她。让我最后一次看一看美人，也算不虚此生了。"他发出一种不灵巧的、歪斜的微笑，"公爵在这里，您的老爷也在这里，大家都在这里。你们为什么拒绝我的最后的愿望？"

"椅子！"丽萨魏达·博罗可菲也夫纳喊，但是她自己抓起来，坐在伊鲍里特的对面。"郭略！"她下命令，"你立刻和他一块去，送他回去，明天我自己一定……"

"假使您允许，我想请公爵给我一杯茶，我太累了，丽萨魏达·博罗可菲也夫纳，您好像打算请公爵到您府上去喝茶，好不好请您留在这里，一块再坐一会，公爵一定会预备茶给我们大家喝的。我这样自己安排着，真是对不住得很。我知道您，您的心很善，公爵也是的，我们大家都是心善得到了滑稽程度的人们……"

公爵忙乱起来，莱白及夫从屋内跑出，魏拉也跟在他后面跑出去。

"这是很对的，"将军夫人说，"你说吧，不过说得轻些，不要太兴奋！你使我的心变软了……公爵！你不值得我在你这里喝茶，不过已经这样了，我就留在这里吧，虽然我决不向任何人请求饶恕！决不向任何人！胡说！假使我为了你，公爵，请你恕我，如果你想这样做。我并不想留任何人在这里，"她忽然用异常愤怒的神色对丈夫和女儿们说，好像他们对她做错了什么事情似的，"我一个人也会走回家去的……"

但是大家不让她说完。大家走近过去，欣悦地围住她。公爵立刻请大家留在这里喝茶，还道歉地说，他以前竟没有想到这层。将军非常客气，喃喃地说出一些安慰的话，还客气地问丽萨魏达·博罗可菲也夫纳："在平台上不觉得太凉了吗？"他甚至几乎想问伊鲍里特，他在大学里读了多少时候书？但是没有问。叶夫格尼·柏夫洛维奇和S公爵忽然十分客气而且快乐起来，阿台拉意达和阿历山大的脸上，从继续存留着的惊异中，甚至透露出愉快的样子。一句话，大家显然很高兴，因为丽萨魏达·博罗可菲也夫纳心里那种激发的情绪业已平复下去了。唯有阿格拉耶一个皱着眉头，默默地坐在远处，其余的客人全留下来，没有人想走，连伊伏尔金将军也是的。莱白及夫在匆忙间对他微语出几句大概不很愉快的话，因此将军立刻退到一个角落里去了。公爵也走到蒲尔道夫司基一伙人面前去邀请，没有例外，他们露出拘束的神色，喃喃地说他们要等待伊鲍里特，立刻退到平台最远的角落里去，又大家排齐着坐了下来。大概莱白及夫那里早就为自己预备好了茶水，所以立刻就端来了。钟打了十一下。

第十章

伊鲍里特在魏拉·莱白及夫递给他的一杯茶里浸湿了一下嘴唇，就把杯子放在桌上，忽然好像感到不好意思似的，向四周惭愧地望了一下。

"丽萨魏达·博罗可菲也夫纳，您瞧这茶杯，"他带着奇特的匆忙的样子说，"这瓷杯大概是很好的瓷器，永远放在莱白及夫的玻璃柜里面，从来不取出来用过，这是他妻子的嫁妆，照例应该存放起来的，现在他取出来给我们喝茶，大概是为了您这位贵客，他太高兴了……"

他还想加上什么话，但是没有说出来。

"他觉得有点儿不合适，我是料到的!"叶夫格尼·柏夫洛维奇忽然朝公爵的耳旁微语，"这是危险的，这是一个可靠的征兆，表示出他会怀着恨意做出什么怪僻的把戏，使丽萨魏达·博罗可菲也夫纳坐不住的。"

公爵带着疑问看他。

"您不怕怪僻的行为吗?"叶夫格尼·柏夫洛维奇又说，"我其实也想看的，我单希望我们的可爱的丽萨魏达·博罗可菲也夫纳得到惩罚，而且现在，立刻就实现，非看到她受了惩罚，决不走。您大概发寒热吗？"

"以后再说，请不要妨碍我。是的，我不大舒服。"公爵用散漫的神色，甚至不耐烦地回答，他听到了自己的名字，伊鲍里特提到他。

"您不相信吗？"伊鲍里特歇斯底里地笑，"也许会的，不过公爵会一下子就相信，毫不惊异的。"

"你听见吗，公爵？"丽萨魏达·博罗可菲也夫纳回身对他说，"你听见没有？"

周围都笑了，莱白及夫忙乱地挺身向前，在丽萨魏达·博罗可菲也夫纳面前旋转着。

"他说这小丑，你的主人……曾给那位先生修改过刚才读过的关于你的文字。"

公爵惊异地看了莱白及夫一眼。

"你为什么不说话？"丽萨魏达·博罗可菲也夫纳甚至跺脚了。

"那有什么？"公爵喃声地说，继续审视莱白及夫，"我已经看出是他修改的。"

"真的吗？"丽萨魏达·博罗可菲也夫纳迅邃地转身问莱白及夫。

"实在的事情，夫人！"他坚定地、毫不撼动地回答，手合在心房上面。

"好像还夸口呢！"她几乎从椅上跳起来。

"低贱！低贱！"莱白及夫喃声说，开始叩击自己的胸脯，头俯得越来越低。

"你低贱不低贱，于我有什么相干！他以为他一说了低贱，就会卸脱责任。公爵，我还要问你，你和这班人来往，不觉得害臊吗？我永远不会饶恕你的！"

"公爵会饶恕我的！"莱白及夫带着确信和欣悦说。

"也就是因为我本性正直，"开历尔忽然跳过来，一直朝着丽萨魏达·博罗可菲也夫纳，用洪响的声音说，"也就是因为我本性正直，还为了不愿意破坏朋友的名声，我刚才没有提起修改的话，虽然刚才您自己也听见，他竟提议从楼梯上赶我们下去。现在，我为了弄明白真相起见，我承认我确实花了六个卢布，请教过他的，但并不为了修改文字，为的是弄明白我大半不知道的事实，因为他是知道内中底细的。关于鞋套，关于瑞士教授家内的食欲，关于付出五十卢布，而且不说付出二百五十卢布，一句话，所有这些布局全出于他的手笔，一共给了他六个卢布，不过文体倒没有修改。"

"我应该声明，"莱白及夫用犯寒热病人的不耐烦的神情和一种像爬行似的声音打断他的话，同时别人的笑声也越来越多起来，"我修改的只是那篇文字的前半段，但是因为中间的一段我们意见不合，还为了一个意思争论过，所以我并没有修改下半部，所以那些不通文理的地方——不通地方是很多的——完全和我不相干……"

"他关心的原来还是这一层！"丽萨魏达·博罗可菲也夫纳喊。

"请问，"叶夫格尼·柏夫洛维奇对开历尔说，"你们什么时候修改这篇文字的？"

"昨天早晨，"开历尔报告，"我们会见了一次，双方约好互相守秘密。"

"这就是他在你面前爬着，讲他如何尽忠于你的时候。人心真是不好测呀！我不需要你的普希金集，你的女儿也不必上我的门！"

丽萨魏达·博罗可菲也夫纳想立起来，忽然苦恼地对发笑的伊鲍里特说："你是想把我引出来，给你做嘲笑的资料吗？"

"哪里的话，"伊鲍里特歪着嘴微笑。"不过使我惊讶的是您的过分怪僻的性格。说实话，我故意引出莱白及夫修改的话来，我知道这对于您会发生影响的，光是对于您一人，因为公爵确乎会饶恕，而且一定已经饶恕了……也许甚至已经在脑筋里寻觅道歉的话，对不对，公爵？"

他喘息着，他的奇怪的兴奋的状态随着每一句话增长起来。

"怎么样？"丽萨魏达·博罗可菲也夫纳愤怒地说，对于他说话的口气深感惊讶，"怎么样？"

"关于您，我已经听得许多，全是关于这一类的，我十分欣悦，我已经学会了尊敬您。"伊鲍里特续说。

他说的是一件事情，但说得好像想用这些话语讲完全另一件事情。他说话时带着嘲笑的影子，同时又不相谐合地惊慌着，疑惑地向后面看望，说每一个字时都显得忙乱和搅扰，再加上他的痨病的样子，奇怪的、闪耀的又似乎疯狂的眼神，不由得会吸引人们对他的注意。

"我虽然不懂世事——我承认这个——但是使我惊异的是您不但自己留在我们这里对于您不体面的伙伴里面，还把那几位小姐留下，让她们听这桩龌龊的事情，虽然她们也已经在小说里面读过。我也许不知道，因为我说的话是那样七不搭八的，但是无论怎么说，除了您以外，谁还能依从一个小孩的请求——我还是小孩，我也承认——伴他在一块谈一晚上的天，对于一切都表示同情，而到了第二天上又感到羞愧——我也同意，我的意思表示得不大对。对于这一切我十分佩服，十分尊敬，虽然从您的老爷的脸色上可以看出这一切对于他是如何的不惯……嘻，嘻，嘻！"他嘻嘻地笑着，完全弄得糊涂了，忽然发出一阵剧烈的咳嗽，有两分钟不能说下去。

"竟喘不出气了！"丽萨魏达·博罗可菲也夫纳冷冷地、严涩地说，用严厉的好奇审视他，"可爱的小孩，够了吧，是时候了。"

"先生，容我对您说一句话，"伊凡·费道洛维奇丧失了最后的忍耐，忽然恼火地说，"内人留在莱夫·尼古拉也维奇公爵家里，他是我们的好友和邻居。无论如何，不该由您这种青年人判断丽萨魏达·博罗可菲也夫纳的行为，更不该当面说出我脸上写的是什么。是的。假使内人留在这里，"他越说越加恼火，"多半是由于惊异，由于大家易于了解的、现代人的、想看一看奇怪的青年的好奇心。我自己也留在这里，这好比有时候在街上停留下来，逢到我看到了什么东西，值得我把它当作……当作……当作……"

"当作稀奇的东西看。"叶夫格尼·柏夫洛维奇提了一句。

"又对，又妙，"一时想不出比喻来的将军高兴起来，"就是当作稀奇的东西看。无论如何，我觉得最奇怪而且可气的，假使文法上可以这样表示，那就是您居然不会明白丽萨魏达·博罗可菲也夫纳现在所以留在这里，是为了您的病。假使您果真就要死去，所谓由于同情心，由于您说了一套可怜的话，所以随便怎样的烂泥是无论如何不会粘到她的名誉、性格和地位上去的……丽萨魏达·博罗可菲也夫纳！"脸涨得红红的将军说，"假使你想走，我们就和我们那一位善心的公爵告别……"

"多谢您的教训，将军！"伊鲍里特突然用严正的神色插上这句话，阴郁地看着他。

"我们走吧，Maman，还要留多少时候呢！"阿格拉耶从椅上立起，不耐烦地愤怒地说。

"还等两分钟，亲爱的伊凡·费道洛维奇，假使你允许的话，"丽萨魏达·博罗可菲也夫纳威严地转身对她的丈夫说，"我觉得他全身发寒热，简直是在那里发谵。我从他的眼睛看出来，不能够这样听任他。莱夫·尼古拉也维奇！可以不可以让他在你这里住一夜，免得今天还要回到彼得堡去？Cher prince（亲爱的公爵），您不觉得闷吗？"她不知为什么缘故忽然对S公爵说，"你到这里来，阿历山大，把头发弄一弄齐。"

她替他整理了不必加以整理的头发，吻他一下。她叫他来就是为了这件事情。

"我觉得您是有发展的能力的，"伊鲍里特又说起话来，脱离了阴郁的态度，"是的！这就是我想说的话！"他好像忽然忆起了什么似的高兴起来，"蒲尔道夫司基出乎至诚地想保护他的母亲，不对吗？但是结果反而损毁了她的名誉。公爵想帮助蒲尔道夫司基，也是出乎至诚地，将他的友谊和金钱贡献给他，你们大家中间也许唯有他一人不对他发生厌恶，但是他们互相对立着，像真正的仇敌……哈，哈，哈！你们大家都恨蒲尔道夫司基，因为据你们看来对待他的母亲不很美丽，不很雅观，对不对？对不对呢？对不对呢？你们大家最爱的是形式的美丽和雅观，你们所主张的就是这个，不对吗？我早就疑惑所主张的只是这个！那么你们要知道，你们中间也许没有一个人会像蒲尔道夫司基那样地爱自己的母亲！公爵，我知道您暗暗地叫笳纳寄钱给蒲尔道夫司基的母亲，我敢打赌！嘻，嘻，嘻！"他歇斯底里性地笑着，"我敢打赌，蒲尔道夫司基现在会责备您形式的不雅观和对于他母亲的不尊敬的，实在是的，哈，哈，哈！"

他又发喘咳嗽了。

"完了吧？现在全说了吧，全说了吧？现在你可以去睡一会，你在发寒热呢，"丽萨魏达·博罗可菲也夫纳不耐烦地打断他的话，用不安的眼神盯着他，"哎，天呀！他还要说话呢！"

"您大概在那里发笑吗？您为什么尽笑我？我看出您尽笑我。"他忽然不安地恼火地对叶夫格尼·柏夫洛维奇说，他真是在那里发笑。

"我只想问您一句，伊鲍里特……先生……对不住，我忘掉了您的姓。"

"帖连奇也夫先生。"公爵说。

"是的，帖连奇也夫，谢谢您，公爵，刚才说过的，我的脑子里记不起来了。我想问您一句，帖连奇也夫先生，我听见您说您只要有一刻钟向窗外对人民说话，他们立刻会赞成您的话，立刻会跟随您的，对不对？"

"也许是我说过的……"伊鲍里特回答，似乎忆起了什么，"一定说过的！"他忽然说，精神又活泼了起来，坚定地望着叶夫格尼·柏夫洛维奇，"那又有什么呢！"

"没有什么，我不过是看作补充的资料。"

叶夫格尼·柏夫洛维奇不响了，但是伊鲍里特还带着不耐烦地期待看他。

"怎么? 完了吗?"丽萨魏达·博罗可菲也夫纳对叶夫格尼·柏夫洛维奇说,"你快说完,他应该去睡觉呢。你是说不出来吗?"她显得异常恼怒。

"我并不反对加以补说,"叶夫格尼·柏夫洛维奇继续微笑地说,"帖连奇也夫先生,我从您的朋友们那里听到的一切,还有您刚才施展那份无可置疑的天才而叙述出来的话,据我看来,全应该归到一个学说里去,那就是权利应该占得优势,在一切之前,越过一切,甚至排斥一切,甚至也许在研究权利的内容之前。也许我这话说错了吧?"

"自然是错的,我甚至没有了解您的意思……底下呢?"

一阵怨语在角落里传出,莱白及夫的外甥喃喃地说出什么话。

"底下差不多没有什么,"叶夫格尼·柏夫洛维奇继续说,"我只想说从这里会一下子跳跃到力的权利上去,也就是个人的拳头和私愿上去,世界上时常会有这样结果的,普鲁东所主张的就是力的权利。在美国战争时,有许多极先进的自由派宣布拥护移民人们的利益,意思说黑奴总归是黑奴,比白种人低,力的权利应该在白种人方面……"

"怎么样?"

"那就是说您并不否认力的权利?"

"底下呢?"

"那么说,您是合逻辑的,我只想说,从力的权利到老虎与鳄鱼的权利,甚至到达尼洛夫和郭尔司基,并不很远。"

"我不知道,底下呢?"

伊鲍里特不大听叶夫格尼·柏夫洛维奇的说话,即使在那里说着"怎么样""底下呢"一套的话,似乎多半由于谈话里的旧习惯,并非由于注意与好奇。

"底下没有什么……完了。"

"然而我并不生您的气。"伊鲍里特完全出人意料地忽然说,似乎没有完全意识到做什么似的，伸出手来，甚至带着微笑。叶夫格尼·柏夫洛维奇起初很惊奇，但是带着极严肃的神情朝伸出来的手碰触了一下，似乎接受人家赔罪的意思。

"我不能不再补说一句，"他用含糊的、尊敬的口气说，"那就是我很感谢您的好意，你听我说话时的那份注意，因为根据我许多次的观察，我们的自由派从业不会容许别人有特别的见解，不会不用辱骂的言辞，甚至用别种更坏一点的方法对待相对的方面。……"

"您说得很对。"伊凡·费道洛维奇将军说，手叉在背后，带着厌闷的神情退到平台的出口处，恼怒地打了一个哈欠。

"你够了，"丽萨魏达·博罗可菲也夫纳忽然对叶夫格尼·柏夫洛维奇宣布，"你使我感到讨厌……"

"是时候了，"伊鲍里特忽然开心地、几乎恐惧地立了起来，惶惑地向四周环顾，"我把你们留住了，我想对你们全说出来，我心想大家……最后一次……这是一个幻想……"

显然他的活泼是由于冲动而来的，忽然从真正的言语中脱离了几秒钟，忽然带着完全的知觉记起了什么，便说出来，大半是零零落落的，也许是早已想到，学到的一切，在床上，在孤寂里，在失眠时，长久的沉闷的时刻内。

"唔，再见吧！"忽然厉声说，"你们以为我十分容易说出这个'再见吧'的话来吗？哈，哈！"他恼怒地自行嘲笑这个笨拙的问话，忽然好像为了他总是不能说出他想说的话来而生气，大声地恼火地说，"将军！我请您光临我的葬礼，假使肯赏光的话……请诸位都来，随在将军的后面！"

他又笑了，但这是疯子的笑声。丽萨魏达·博罗可菲也夫纳惊惧地奔到他面前，拉他的手。他凝望她，带着同样的笑，但已不继续着，而似已在脸上停止而且凝结住了。

"您知道不知道，我到这里来，是为了看树木的吗？就是这些树，"

他指向花园里的树，"这不是可笑吗？这里不是并没有什么可笑的地方吗？"他严肃地问丽萨魏达·博罗可菲也夫纳，忽然沉思了一下，过了一会又抬起头来，在人群里用好奇的眼睛寻觅。他寻觅叶夫格尼·柏夫洛维奇，他正立在右面不远，还是以前的那个地方，但是他已经忘记了，向四围寻觅，"啊，您还没有走！"他终于找到了他，"您刚才笑我想向窗外说一刻钟的话……您知道我的岁数并不只有十八岁，我已经有多少时候躺在这枕头上面，有多少时候向窗外张望，有多少时候思想……这一切，死人是没有年岁的，您知道不知道。我在上礼拜，夜里醒来的时候还想到这层的。你们知道不知道你们最怕的是什么？你们最怕的是我们的诚恳，虽然你们看不起我们！我当时在夜里枕头上面也想到了。您以为我刚才想笑您吗，丽萨魏达·博罗可菲也夫纳？不，我不是笑您，我只是想夸奖您，郭略说公爵称您为婴孩，这很好……我要说什么？我还要说什么？"

他用手掩脸，沉思了一会。

"是这样的，刚才您想离开这里的时候，我忽然想：现在这些人在这里，以后他们是永远不会有的，永远不会有的！树木也是这样。留下的只是一座砖墙，红色的、梅也洛夫的房子。在我的窗子的对面……你把所有这些话对他们说，试着说出来。那边是一个美女……你是死人，就应该自己介绍自己是死人，你就说：'死人是什么话都可以说的……'玛丽亚·阿莱克谢夫纳不会骂的，哈，哈！你们不笑我吗？"他用疑惑的神情向大家围看了一下。"你们知道，我在枕上生出了许多念头，你们知道，我相信自然是很会嘲笑人的。你们刚才说我是无神派，可是你们应该知道这自然……你们为什么又笑了？你们是极残忍的人！"他忽然朝人家看了一眼，带着忧郁的愤激说："我并没有引坏郭略！"他用完全另一种口气说，用一种严肃的、确信的口气，好像忽然想起来似的。

"没有人，没有人在这里笑你，你放心吧！"丽萨魏达·博罗可菲也夫纳简直感到了痛苦，"明天可以请一位新医生来，那位医生诊察错了。

你坐下来，你站不住脚的！你在那里说胡话……现在怎么处置他呢？"
她忙乱着，把他放到沙发椅上去，泪珠在她的脸颊上闪耀。

伊鲍里特惊愕地止了步，抬起手，畏怯地伸了出来，触摸那泪珠。
他发出小孩般的微笑。

"我……对您……"他快乐地说，"您不知道我对您……他永远十分
欢欣地讲到您，就是他郭略……我并没有引坏他！我只是把他遗留下
了……我想留下每一个人，我想留下大家但是我没有什么人可留……我
想做点事情，我有权利……我真想做许多事！我现在是什么也不想，什
么也不愿意想，我已经自己有了什么也不想的誓约，让他们自己去寻觅
真理吧！是的，自然是好嘲弄的！"他忽然热烈地说，"它造成一些极优
良的生物，就是为了以后去嘲笑他们吗？也就是它做的事，使一个单独
的生物在地上被认为完善的人……也就是它做的事，在把他显示于人前
之后，又派他来说出一些会因此流出许多血来的话语，假使这血一下子
全部流出，一定会使人们淹死在里面的！幸而我就要死的！否则我也许
会说出一些可怕的谎话，自然是会这样摆弄的！我没有引坏任何人，我
想为了大众的幸福，为了真理的发现和宣布而生活下去。我向窗外梅也
洛夫的墙上张望，只想说一刻钟的话，劝信大家，劝信大家，一生中有
一次和你们相遇在一起，假使不是和所有的人们！但是结果怎样呢？没
有什么！结果是你们看不起我！这么说来，我是傻瓜，我没有用。这么
说来，我应该死了！任何的回忆也没有留下来！没有声音，没有痕迹，
没有一件事情，也不传播一个信念……你们不要笑傻子！你们忘掉他！
忘掉一切，你们忘记了吧，不要这样残忍！你们要知道，假使没有发作
病病，我会自杀的……"

他还想说许多话，但是没有说完，倒在沙发椅上，手掩住脸，痛哭
得像一个小孩。

"现在怎么办呢？"丽萨魏达·博罗可菲也夫纳喊。她跳到他面前，
抓他的头，让他紧紧地、紧紧地偎在自己胸前。他痉挛地呜咽着。"得

啦，得啦！你不要哭，得啦！你是一个好孩子，上帝会饶恕你的，为了你的无知，够了！勇敢一些……以后你会害臊的……"

"我家里有……"伊鲍里特说，努力抬头。

"我家里有一个兄弟和妹妹们，小小的，贫穷的，天真的……她会教坏他们的！您是神圣的，您自己……就是婴孩，您救救他们吧！从那个女人手里抢夺出来……她……真是羞耻……您帮助他们吧，帮助一下吧，上帝会加上百倍酬报您的，看在上帝的分上，看在基督的分上！"

"伊凡·费道洛维奇，你到底说应该怎么办呢？"丽萨魏达·博罗可菲也夫纳气恼地说，"请您打断您的庄严的沉默！假使您不决定，您要知道，我自己要留在这里过夜，您用专制手段压迫得我也够了！"

丽萨魏达·博罗可菲也夫纳用热烈和愤怒的口气问，期待立时的答复。但是在这类情形之下，在座的人们，即使人很多，大半都以沉默与被动的好奇作答，不愿自己担负什么责任，在许久以后才表示自己的意见，在座的人们中间有一些人准备坐到明天早晨也不发出一句话来，譬如说，瓦尔瓦拉·阿尔达里昂诺夫纳整晚上远远地坐着，沉默寡言，用异常的好奇一直在那里倾听，也许自有一种原因。

"我的意思是，"将军发言了，"必须现在找到一个看护妇，要比我们那份着急好得多。或者找到个可靠的、清醒的人侍候他一夜，无论如何必须请教公爵……使病人得到休息，明天再想法照顾他。"

"现在已经有十二点钟，我们走吧。他还是和我们一块去呢？或者留在您这里？"陶克达连阔对公爵恼怒地、生气地说。

"假使你们愿意，你们也可以和他一块留下来，"公爵说，"地方是有的。"

"将军大人，"开历尔出乎意料地、欢欣地跳到将军身边，"假使需要适合的人守夜，我准备为朋友牺牲……他的心灵是很好的！我早就认他为伟大的，大人！我的学问自然十分欠缺，但是他的批评，那真是如一粒粒的珠子、一粒粒的珠子撒落下来，大人！"

将军失望地回转身去。

"他留在这里，我是很高兴的。自然他现在回去是很困难的。"公爵说，回答丽萨魏达·博罗可菲也夫纳气恼地的发问。

"你是睡着了吗？假使你不愿意，我可以把他搬到我那里去的。天呀，他自己几乎站不住脚呢，你是有病吗？"

丽萨魏达·博罗可菲也夫纳刚才没有发现公爵睡在病床上，从他的外表上加以判断，未免对于公爵健康状态的优良确有过分夸大的地方。但得了不久的疾病，随之俱来的沉重的回忆，忙乱了一晚上而感到的疲乏，伯夫里柴夫的儿子的事件，现在这个伊鲍里特的事件，这一切把公爵敏感的神经刺激到了发寒热的地步。除此以外，他的眼睛里现在还另有别的什么忧虑，甚至是惧怕，他畏怯地看着伊鲍里特，似乎期待他还要做出什么事情来。

伊鲍里特突然立起，脸色异常惨白，在他的变形的脸上露出可怕的、达到绝望地步的羞惭的神色。在他的又忿恨又畏怯地瞧望众人的眼神里，抖动的嘴唇上茫然的、歪曲的、爬行的嘲笑里，这神色特别显露得清楚。他立刻垂下眼神，摇曳着身体，一边还在微笑，走到蒲尔道夫司基和陶克达连阔身旁。他们正坐在平台的出口处，他要和他们一块走。

"这就是我所怕的！"公爵说，"这是应该如此的！"

伊鲍里特带着极疯狂的愤怒迅邃地转身向他，他脸上的每一条点线似乎在他的脸上战栗。他说：

"啊，这就是您所怕的！据您看来，'这是应该如此的'吗？那么您要知道，假使我在这里对什么人仇恨的话，"他大喊起来，带着嘶哑和尖叫，嘴里还溅满了唾沫，"我仇恨你们大家，你们大家！而你，你，你这个假善的、糖蜜的灵魂，白痴，做慈善事业的百万富翁，我恨得比大家、比世上一切人都厉害！我早就了解你、恨你，在我听到人家说起你的时候，我用全心灵恨你……这全是你现在摆弄出来的！这全是你把我弄得发作的！你把垂死的人弄到羞惭的地步，你，你，你，你应该对于我这样卑鄙的怯懦负责！假使我还能留在人世，我要杀死你！我不需要你的慈善，我不愿从任何人手里接受，你们听着，从任何人手里都不愿！我在那里说谵语，你们不要得意！我咒骂你们大家，永远咒骂你们大家！"

他完全喘不过气来了。

"他羞惭他的眼泪了！"莱白及夫对丽萨魏达·博罗可菲也夫纳微语，"这是应该如此的！公爵真行！……"

但是丽萨魏达·博罗可菲也夫纳连看都不看他。她站在那里，骄傲地挺直身体，仰着头，带着贱蔑的好奇审视"这些小人儿"。伊鲍里特说完以后，将军耸了耸肩。她愤怒地从头到脚看了他一眼，似乎要求他解答他的行动的意义。她立刻转身向公爵。

"谢谢你，公爵，我们家里的怪僻的好友，你给予我们大家一个愉快的晚会。大概你的心里现在很高兴，因为你把我们都牵进你所做的愚蠢行为里去了。够了，亲爱的朋友，谢谢你，你总算让我看清了你自己！"

她愤激地整理自己的斗篷，等候"那班人"先走。一辆马车这时候驰近"那班人"身旁，是一刻钟以前陶克达连阔打发莱白及夫的儿子——那个中学生去叫来的。将军立刻随着他的夫人插进话去：

"公爵，我真是料不到的在这以后，在所有这些友谊的关系以后，丽萨魏达·博罗可菲也夫纳……"

"唔，那怎么成呢？"阿台拉意达喊，迅遽地走到公爵那里，把手递给他。

公爵带着茫然的神色向她微笑。突然，一阵熟练的、迅快的微语似乎炙烧他的耳朵。

"假使您不立刻抛弃这些讨厌的东西，我一辈子、一辈子要仇恨您一个人！"阿格拉耶微语。她似乎发着狂，但是公爵还来不及朝她看一眼，她就转过身去了。然而他也已无可抛弃，也不必抛弃，他们已把有病的伊鲍里特挽到马车里坐下，马车驰走了。

"怎么？这一切还要继续得多久呢？伊凡·费道洛维奇？您以为如何？我要受这般恶毒的小人们的气受得多久呢？"

"是的，我……我……我自然准备，而且……公爵也……"

伊凡·费道洛维奇向公爵伸出手来，但是来不及握，就跟着丽萨魏达·博罗可菲也夫纳跑走。她带着愤怒和响声从平台上走下去。阿台拉意达、她的未婚夫还有阿历山大，诚挚地、和蔼地和公爵告别。叶夫格尼·柏夫洛维奇也在里面，他一人是快乐的。

"照我的意思实现了！只是可惜您受了损害。"他带着极可爱的嘲笑微语着。

阿格拉耶没有告别就走了。

但是这晚上的好戏还没有完，丽萨魏达·博罗可菲也夫纳又须遇到一桩意外飞来的事情。

他还没有从楼梯走到弯曲地围绕着花园的街上，忽然一辆漂亮的马车，套着两匹白马，从公爵的别墅旁边驰过。马车上坐着两位漂亮的女太太。那辆马车还没有走过十步路，忽然停止了，一位女太太迅快地回转身来，似乎突然想认清她极需要的一位朋友。

"叶夫格尼·柏夫洛维奇！这是你吗？"一个响亮的，佳妙的声音忽然喊出。这声音使公爵战栗了一下，也许还使另一个人战栗。"我很喜欢，到底找到了！我特地打发人到城里去找你，打发了两个人！整天寻找你！"

叶夫格尼·柏夫洛维奇站在楼梯的阶段上面，像遭了雷击。丽萨魏达·博罗可菲也夫纳也立在那里，但并不像叶夫格尼·柏夫洛维奇似的恐怖和呆傻。她还是那样骄傲地露出冷笑的贱蔑，看着这大胆的女人，像五分钟前看"那班小人物"一般，她立刻将凝聚的眼神转到叶夫格尼·柏夫洛维奇身上。

"一个新闻!"响亮的声音继续说,"库布费洛夫的期票你不要担心,罗果静已经照三十的价钱买下来了。我劝他的,你至少有三个月可以安静下来。至于那个皮司库布和那些贱东西,为了朋友的交情,我们总可以讲得通的!所以一切都很顺利。你快乐快乐吧。明天见!"

马车走了,迅快地消失了。

"她是疯子!"叶夫格尼·柏夫洛维奇终于喊出来,愤激得满面通红,惊疑地向周围环顾,"我简直不知道她说什么话?什么期票!她是谁?"

丽萨魏达·博罗可菲也夫纳又继续看了他两秒钟,终于迅快地、坚决地走到自己的别墅那里去,大家都跟在她后面走去。在过了整整的一分钟以后,异常惊慌的叶夫格尼·柏夫洛维奇回到公爵的平台上去。

"公爵,您说实话,您不知道这是什么意思?"

"我一点也不知道。"公爵回答,他自己也处于病态的、极度的紧张之中。

"不知道吗?"

"不。"

"我也不知道,"叶夫格尼·柏夫洛维奇忽然笑了,"真是的,对于这些期票我是毫无关系的,请您相信我的诚恳的话!您怎么啦?您要昏晕吗?"

"不,不,我对您说,不会的……"

第十一章

　　到了第三天上，叶潘钦一家人的态度方才和缓下来。公爵虽然有许多事情照例责备自己，诚恳地期待接受惩罚，但是他起初就有一个完全的、内心的信念，那就是丽萨魏达·博罗可菲也夫纳绝不会对他真正地生气，而多半是生自己的气。因此，快到第三天的时候，这样长时期的仇恨使他感到了阴郁的狼狈，还指出了其他的情形，特别是内中的一桩。所有这三天内，这情形在公爵怀疑的脑筋里继续增高起来。公爵新近还责备自己有两个极端：一个是不寻常的、无意义的，固执的信任心，另外一个是"阴郁的、低卑的"疑心病。总而言之，那个古怪的女太太从马车里和叶夫格尼·柏夫洛维奇谈话的故事，到了第三天终结时，在他的脑筋里取得了可怕的、神谜的式样。在公爵看来，这个谜的本质，除去事情的另一方面不提，就在于一个可悲的问题：是不是他对于这个新的怪僻的行为应负责任，或者只是……他没有说出还有谁，至于说到 N、F、B 三个字母，据他的观察，那不过是一个天真的淘气行为，甚至是小孩的淘气行为，所以怎么样去想它，也未免不好意思，甚至在某种关系上几乎是不名誉的。

在那个不堪的晚会后的第二天早晨，对于这晚会的紊乱，公爵认为自己为主要的原因。公爵接见了Ｓ公爵和阿台拉意达两人，他们到这里来，主要的是为了探问公爵的健康，他们两人出去散步后顺便来看他。阿台拉意达立刻在花园内发现了一棵树，奇怪的老树，枝叶繁茂，有长长的弯曲的树枝，蒙在嫩绿的浓叶里，树上有空洞和裂缝。她决意去画它！她拜访的半小时内差不多讲的就是这件事情。Ｓ公爵照例露出客气和蔼的态度，拿以前的事情问公爵，忆起他们初次相识时的情形，因此关于昨天的事情差不多绝口不提。阿台拉意达终于忍耐不住，笑了一声，承认他们是私下里来的，但是所承认的也不过是这一句话，虽然从这"私下里"三个字就可以看出父母——主要是丽萨魏达·博罗可菲也夫纳——正处于特别的不痛快的状态之中。但是阿台拉意达和Ｓ公爵在这次拜访的时候并没有说出一句话，讲到丽萨魏达·博罗可菲也夫纳和阿格拉耶，甚至连伊凡·费道洛维奇也没有提。他们再去散步时，并没有请公爵同去。至于说到请他到他们家里去一层，是连暗示都没有的。关于这一层，阿台拉意达甚至透露了一句很特别的话，她讲起她的一张水彩画的工作，忽然表示很愿意给公爵看："怎么能弄得快一点呢？等一等！我或是今天打发郭略送给您，假使他来的时候，或者明天和公爵出来散步的时候，亲自送给您。"她结束她的疑难的问题，为了她竟会这样巧妙地、对于大家都方便地解决了这个难题而感到喜悦。

Ｓ公爵在差不多业已告别以后，好像忽然忆起来了。

"对了，"他问，"您知道不知道，亲爱的莱夫·尼古拉也维奇，昨天在马车里对叶夫格尼·柏夫洛维奇喊叫的那位女太太是谁？"

"她是娜司泰谢·费里帕夫纳，"公爵说，"难道您还不知道她是谁？和她在一起的不知道是谁？"

"我知道的，听见的！"Ｓ公爵抢上去说，"这呼喊是什么意思？老实说，这对于我真是一个谜……对于我，也对于别人。"

344

S公爵用特别而且显著的惊讶的神情说话。

"她讲叶夫格尼·柏夫洛维奇的什么期票，"公爵很随便地回答，"由于她的请求，从一个借印子钱的商人那里转给罗果静，现在罗果静可以等候着，由叶夫格尼·柏夫洛维奇随便什么时候归还都可以。"

"我听见的，听见的，但这是不会有的事情！叶夫格尼·柏夫洛维奇绝不会出什么期票！他有的是财产……自然他以前也出过这类事情，由于他那种轻浮的脾气，我甚至也给他解过围的。但是以他这样丰富的财产，出期票给借印子钱的商人，且为了这期票担心，是不可能的。他也绝不会和娜司泰谢·费里帕夫纳发生这样亲密的关系，这是最主要的一个问题。他宣誓说他一点也不明白，我很相信他，不过我想问您一下，您知道不知道内中的原因？那就是说会不会偶然有什么消息传到您那里去？"

"不，我一点也不知道。我还要向您声明，我对于这件事情丝毫没有参加。"

"唉，公爵，您怎么会这样的？我今天真是不认识您了。我难道会猜疑您参加这类事情吗？您今天精神上不大痛快。"

他抱他，吻他。

"参加哪一种'这类事情'？我没有看见任何'这类事情'。"

"无疑地，这位女太太希望用什么方法阻碍叶夫格尼·柏夫洛维奇做一桩什么事情，想在证人们眼内给他添加他未有且不会有的性格。"S公爵十分严涩地回答。

莱夫·尼古拉也维奇公爵感到惭愧，但还用凝聚的、疑惑的眼神继续看向S公爵。S公爵没有说话。

"是不是简单的关于期票的事情？是不是就像昨天她所说的那样？"公爵终于不耐烦地喃语着。

"我对您说过，您自己判断一下，叶夫格尼·柏夫洛维奇和……她，还加上罗果静，他们中间究竟有什么共通点呢？他的财产很多，那是我深知道的，还有一笔财产，他正等候他的叔父遗下来。那不过是娜司泰谢·费里帕夫纳……"

S公爵忽然又沉默了，显然因为他不愿意继续对公爵讲起娜司泰谢·费里帕夫纳来。

"这么说来，他究竟认识她吗？"沉默了一会以后，莱夫·尼古拉也维奇忽然问。

"大概是认识的。她是一个轻佻的人！不过即使认识，也是很早，还在以前，两三年以前。他和托慈基也认识的。现在绝不会有这类的事情，他们也永远不会这样亲密的！您自己也知道，她一直没有在这里，什么地方也没有见到她。有许多人还不知道她重新出现，那辆马车我看见了还不到三天。"

"一辆漂亮的马车！"阿台拉意达说。

"是的，马车是漂亮的。"

两人辞走了，对于莱夫·尼古拉也维奇公爵怀着极友好的、也许可以说是像兄弟一般的亲密的同情。

但是对于我们的主角，这次的拜访甚至含有极重要的性质。从昨天夜里起——也许还早些——连他自己也有许多疑惑，但是一直在他们拜访以前还不敢对于自己的疑惧加以充分的辩解。现在才明白了：S公爵对于事情的解释固然不免有些错误，但是他到底在真理的附近徘徊着，到底明白了内中有阴谋的存在。公爵心想，S公爵在自己心里也许了解得完全正确，不过不愿意表示出来，所以故意做错误的解释。最明显的是他们（也就是S公爵）现在到他这里来，怀了取得一些解释的希望。既然如此，人家简直认他为阴谋的参加者。此外，假使这果真如此，果真有这样重大的关系，那么她一定有某种可怕的目的。但是什么目的呢？真是可怕！"怎么才能阻止她呢？阻止她是毫无可能的，在她确信自己的目的的时候！"这是公爵从经验上知道的。"疯子！疯子！"

但是这天早晨聚集了其他太多太多的无从解决的事态，而且这一切都在一个时期内发生，都需要立即加以解决，因此公爵显得十分忧愁。使他稍微解闷的是魏拉·莱白及夫。她带着刘葆士卡到他那里去，一面笑，一面讲述什么事情，讲了许多时候。她的妹妹张开了嘴，也跑来了。那个中学生——莱白及夫的儿子——也跟了来，说在《默示录》里，那颗落到地上、泉水上的名叫苦艾的行星，根据他父亲的解释，就是遍播欧洲的铁路网。公爵不相信莱白及夫这样解释，决定得便时问莱白及夫本人。公爵从魏拉那里知道开历尔从昨天起就移转到他们那里来，看样子一时不会离开他们，因为他找到了伙伴，和伊伏尔金将军处得很好。他宣布他留在这里，只是为了完成他的学业。在大体上，公爵开始一天天爱起莱白及夫的孩子们来了。郭略整天没有来，他一清早就上彼得堡去了。莱白及夫也为了自己的什么事情刚天亮就走了。但是公爵不耐烦地等候笳佛里拉·阿尔达里昂南奇的光临，他今天一定要到家里来一趟。

他在下午六点多钟，吃完饭以后光临了。公爵初看他一眼，就心想至少这位先生应该毫无错误地知道一切的底细，他身边有瓦尔瓦拉·阿尔达里昂诺夫纳和她的丈夫为助手，还能不知道吗？但是公爵和笳纳的关系还是有点特别。譬如说，公爵委托他办理蒲尔道夫司基的案子，而且特别恳求他办理，但是不管他如何信托他，不管以前发生的一切，在两人中间时常还留着几个似乎互相决定绝口不提的事项。公爵有时觉得笳纳也许极愿意做友好的、诚恳的表示。譬如说，现在他刚进来，公爵立刻觉得笳纳深信现在已到了突破他们中间一切事项上的坚冰的时候。笳佛里拉·阿尔达里昂南奇很忙，他的姊姊在莱白及夫那里等他，他们两人有事到什么地方去。

假使笳纳果真期待着各种不耐烦的发问，一些出于至情的叙述、友谊的流露，那么他自然是很错误的。在他来访的二十分钟以内，公爵甚至很阴郁，精神几乎显得散漫。期待着的发问，或者不如说是笳纳最期待着的一个主要的问题，是不会有的了。那时候笳纳决定用极大的含蓄说话，他无止歇地讲了二十分钟，一面笑，一面做极轻松的、和蔼的、迅遽的谈话，但是没有提到主要的问题。

筇纳讲娜司泰谢·费里帕夫纳来到伯夫洛夫司克只有四天，已经引起了大众的注意。她住在水手街上一所不大的笨拙的房屋——达里亚·阿莱克谢夫纳家里，她的马车几乎是伯夫洛夫司克最漂亮的一辆。她的身边已经聚了一大群年老和年轻的追求者，有时有人骑着马伴在马车后面。娜司泰谢·费里帕夫纳还和以前一样的挑剔，经过选择以后才容许他们上门。但是在她身旁到底组成了一队的人，在必要时会有人替她撑腰的。有一个住在别墅里的男人，已为了她和自己的未婚妻争吵；一位老将军为了她，几乎咒骂他的儿子。她时常带一个漂亮的小姑娘乘马车出游，小姑娘只有十六岁，是达里亚·阿历克谢夫纳的远亲。这个姑娘歌唱得很好，所以到了晚上她们的房屋很能引起人们的注意。不过娜司泰谢·费里帕夫纳的举动还很体面，服装也不显赫，且具有特别的趣味，所有的女太太们全羡慕她的趣味、美貌和那辆马车。

"昨天那桩怪僻的事件，"筇纳说，"自然是预谋的，自然不应该算数。如果想找她的错，必须故意寻觅因头，或造她的谣言，这是人家立刻会去做的。"筇纳说。他等着公爵立刻问："为什么他认为昨天的事件是预谋的事件？为什么人家立刻会去做呢？"但是公爵没有问。

关于叶夫格尼·柏夫洛维奇的事情筇纳又是自己说出来的，公爵并没有特别问他，这是很奇怪的，因为他没有任何理由就把他插进谈话里去了。照筇佛里拉·阿尔达里昂诺夫纳的看法，叶夫格尼·柏夫洛维奇以前并不认识娜司泰谢·费里帕夫纳，现在也只是勉勉强强地认识，也就因为四天以前在散步的时候有人介绍给她，一次都不见得会和别人一块到她家里去过。期票一层也许会有的，这甚至是筇纳所深知的。叶夫格尼·柏夫洛维奇的财产自然很多，但是田产方面有些事情确乎有点紊乱。到了这有趣的材料上，筇纳忽然中断了。关于娜司泰谢·费里帕夫纳昨天的举动，他没有说一句话，除去上面偶然说出来的以外。后来瓦尔瓦拉·阿尔达里昂诺夫纳跑来找箫纳，坐了一会，也是没有经人家问起，就宣布说叶夫格尼·柏夫洛维奇今天或明天会上彼得堡去。她的丈夫伊凡·彼得洛维奇·波奇成已在彼得堡，也是为了叶夫格尼·柏夫洛维奇的事情，内中确曾出了什么情形。临走时她说丽萨魏达·博罗可菲也夫纳今日心绪不佳，最奇怪的是阿格拉耶和全家吵嘴，不但和父母，甚至和两位姊姊，这是很不好的。兄妹两人把最后的一桩对于公爵极重要的新闻似乎在无意之间讲出了以后，就走了。关于伯夫里柴夫的儿子的事情，箫纳也没有提一句，也许是由于虚假的谦恭，但也许是为了怜惜公爵的情感，不过公爵对于他这样努力办理案件又向他道谢了一次。

公爵很喜欢他现在终于可以独自留在那里。他从平台上走下来，穿过道路，走入花园，他想考虑并且解决一个步骤。但是这个步骤并不关于应该考虑的，却属于不应该考虑，而就这样简单地加以决定的。他忽然想放弃这里的一切，自己走回到从那里来的地方，走到远远的、荒僻的地方，立刻就走，甚至不和任何人告别。他预感到假使再在这里留上几天，一定会无可挽回地被吸进这社会里去，从此他的命运就和这社会相连结了。但是他没有考虑上十分钟，就决定逃走是不可能的，这近乎一种怯懦，他面前有许多任务，不去解决它们，或至少不用全力去解决它们，现在是没有任何权利的了。他怀着这样的思念回到家去，游玩了不到一刻钟，他在这时候感到异常的不幸。

莱白及夫还没有回家。快到黄昏时，开历尔闯到公爵那里去，并没有喝醉，却预备下了满腔的感性的出自肺腑的话。他径直宣言，他跑来对公爵讲述自己的一生，就是为了这个才留在伯夫洛夫司基。赶走他是绝对的不可能，他绝不肯的。他预备说得很长久，说得不连贯，但是忽然从最初几句话起就跳到结论上去，当时宣布他已经丧失了"一切道德的幻影"（只是为了不信仰上帝而起），竟偷起东西来了。"您想一想竟会这样的！"

"开历尔，以我处在您的地位上说，最好在没有特别需要的时候不必说出实话来，"公爵开始说，"不过您也许故意说您自己的坏话？"

"我是对您，单单对您一人说的，单单是为了帮助自己的发展而说的！我决不对任何人说，我宁愿死去，穿着寿衣带走我的秘密！公爵，您要知道，您要知道，在我们这时代弄钱真是难事！请问您，究竟从哪里去弄呢？就有一句回答：'你拿金子和金刚钻来抵押，我们总可以借给你钱。'那就是我恰巧没有的东西。您想一想看呀！我后来生了气，一直立在那里。'用子母丝抵押能借钱吗？'他说：'子母丝是可以的。''那很好了。'我说，戴上帽子就走了。鬼和你们在一起，你们这些坏蛋！真是的！"

"您莫非有子母丝吗？"

"我哪里会有呢！公爵，您还是那样光明而且天真，甚至可以说是带着牧童的眼光观察人生！"

公爵开始对他有点感到不像怜惜却像惭愧的样子。他的心里甚至闪过一个念头："可以不可以用别人的良好的影响把这人的性格改一下？"他自己的影响是他从一些原因上认为极不相宜的，并非由于自视太低，却为了对于人生具有一些特别的眼光。他们渐渐谈起话来，谈到不想分开的地步。开历尔特别乐意地直说出各种事情，这类事情是怎么也不能想象何以能讲出来的。他每次着手讲一件事情的时候，肯定地说他内心如何地忏悔，"充满了眼泪"，但是讲得好像对于他的举动十分骄傲，同时有时讲得非常可笑，使他和公爵笑得像疯子。

"主要的是您这人身上似乎有一种孩子气的信任心和不寻常的真实性，"公爵终于说，"您知道，就从这一点您能赎取许多的罪。"

"谢谢，谢谢，骑士式的感谢！"开历尔和悦地说，"但是您知道，公爵，这一切全出于幻想，全出于夸口，事实上是永远不会有的！为什么这样？我真不明白。"

"您不要失望。现在可以肯定地说，您已把您的一切事情都对我讲过，至少我觉得在您所讲的以外，现在是没有什么可添加的了，对不对？"

"没有什么可添加的？"开历尔带着一些惋惜呼喊着，"公爵，您真是还在用瑞士的样子了解人。"

"难道还可以添加吗？"公爵带着畏怯的惊异说，"那么您希望于我的是什么？您说吧！您跑来做这样的忏悔为了什么？"

"希望您？希望什么？第一层，看看您那种坦白的性格是很有趣的，同您坐一会谈谈也是有趣的，我至少知道在我面前的是一个有德行的人物。第二层……第二层……"

他迟疑着。

"也许您想借钱吗？"公爵很正经而且随便地说，甚至好像带点畏怯的样子。

好像有人把开历尔抽拉了一下，他带着以前那种惊异的态度匆遽地向公爵眼内笔直地看了一下，拳头朝桌上叩击。

"您竟会用这种法子把人打得发昏！公爵，您真行！一会是那样坦白，那样天真，简直是黄金时代所未闻的，同时忽然把一个人像利箭似的戳得洞穿，使用这样深刻的心理观察的方法。然而这是需要加以解释的，因为我……我简直弄得糊涂了！自然，我的最终的目的是借钱，但是您问我的时候，好像问得并不发现什么可以责备的地方，好像是应该如此的。"

"是的……从您的方面是应该如此的。"

"您不感到愤激吗？"

"有什么可愤激的呢？"

"您听着，公爵，我从昨天晚上就留在这里，第一层，是为了对于法国主教蒲尔达尔表示特别的敬意——在莱白及夫那里开着瓶子，一直开到三点钟。第二层，且是主要的一层——我可以用一切的十字架发誓，我说的是真正的实话——我所以留在这里乃是为了想把我心里的忏悔告诉给您听，以便助成我的个人的发展。我就怀着这样的思念在三点多钟的时候含着眼泪睡着了。您现在相信不相信一个正直的人的话：正在我满含了内心的且加上是外表的眼泪——因为我到底哭了，我是记得的——想昏昏地睡熟的那个当儿，我产生了一个恶毒的念头：要不要在忏悔以后向他借钱呢？因此，我预备下了一片忏悔词，好像烧了一盆'眼泪炒肉片'，就想用这眼泪填路，使您在感动之下借给我五十卢布。您看这不是太卑鄙吗？"

"这一定是不对的，不过是巧合罢了。两种思想遇合在一处，是很常见的事，我也不断发生这情形。我以为这不大好，您知道，开历尔，对于这情形我首先责备自己，您现在好像把我自己的事情讲给我听。我有时还想，"公爵继续很正经而且诚恳地说，露出深刻的、真切的关注，"所有的人全是如此，所以我开始赞许自己，因为和这双重的思想奋斗是很困难的。我是经历过的，天知道这些思想怎样来的，怎样的产生，您竟称这为卑鄙！现在我又开始怕这些思想。无论怎样，我不是您的裁判官。据我看来，不能径直称为卑鄙，您以为如何？您想用眼泪骗钱，这种手段是巧妙的，但您自己也曾发誓，您的忏悔具有另一种高尚的目的，并不仅仅只是金钱上的目的。至于说到金钱一层，那您是预备用来喝酒的，不是吗？而在这样的忏悔之后，自然是怯懦的行为。但是同时你又怎么能拒绝喝酒呢？这是不可能的。怎么办呢？最好是照您自己的良心去做，您以为怎样？"

公爵带着极大的好奇看向开历尔。关于双重思想的问题显然早已占住他的心。

"在这以后为什么还要唤你为白痴呢，我不明白！"开历尔喊。

公爵微微地脸红了。

"传道者蒲尔达鲁是不怜悯人的，您却怜悯人，从人道上批判我！为了惩罚自己，且为了表示我的感动的意思，我不向您借一百五十卢布，只要给我二十五卢布就够了！这是我至少在两星期以内所需要的。我在两星期以内决不问您再要钱。我想让阿格拉耶快乐一下，但她是不值得的。亲爱的公爵，愿上帝祝福您！"

莱白及夫刚回家就进来了，看见开历尔手里握着二十五卢布，便皱了眉。但是开历尔一有钱，就忙着走开，顿时溜之大吉。莱白及夫立刻开始说他的坏话。

"您是不公平的，他确是诚恳地忏悔。"公爵终于说。

"什么叫作忏悔！那就和我昨天一样，低贱、低贱的一套，其实只是空话而已！"

"那么您所说的只是一些空话吗？我总以为……"

"现在我只对您一人宣布实在的话，因为您看人很透彻。言语和行为，谎言和真理，在我那里是合在一起，完全诚恳的。真理和行为存留在我的诚挚的忏悔之中，信不信随您，我是可以赌咒的，言语和谎言则藏在魔鬼的思想里——这思想永远是现实的——那就是如何捉住人，如何用忏悔的泪水占得便宜！真是这样的！我不会对别人说这种话，人家会笑一声，或者唾口痰，然而您是从人道上加以判断的。"

"恰巧就和他刚才对我所说的话一模一样，"公爵喊，"你们两人都好像在那里夸大口！您竟使我感到惊讶，不过他比您诚恳些，您竟把这一切变成了根本的职业。够了，不要皱眉头吧，莱白及夫，不必把手按在心上。您有什么话对我说吗？您没有事绝不会来的。"

莱白及夫扮着鬼脸，扭起身体来了。

"我整天等候您，想向您提出一个问题，最好请您一开口就说实话，哪怕一辈子说一次实话也好，昨天那辆马车的事情您多少参加过没有？"

莱白及夫又扮起鬼脸，开始嘻嘻地笑，擦着手，甚至打了喷嚏，但还不敢说出什么话来。

"我看出您是参加的。"

"不过是间接的，仅只是间接的！我说的是实话！我的参加就是预先报告那位女太太，我家里聚了一群朋友，有某些人在座。"

"我知道您打发您的儿子到那里去，他刚才自己对我说过，但这是什么样的一个阴谋！"公爵不耐烦地喊。

"不是我的阴谋，不是的，"莱白及夫摇手，"另一些人在里面，另一些人在里面，说是阴谋，还不如说是幻想。"

"究竟是怎么回事呢？看基督的分上，对我解释一下吧！难道您还不明白这是于我有直接关系的吗？这简直是糟蹋叶夫格尼·柏夫洛维奇的名誉。"

"公爵！尊贵的公爵！"莱白及夫又扭起身体来了，"您并不许我说完全的实话，我已经开始对您讲过实话，不止一次，您不许我继续下去……"

公爵沉默着，寻思了一会。

"好极了。您说实话吧。"他沉重地说，显然经过了一番极大的内心的争斗。

"阿格拉耶·伊凡诺夫纳……"莱白及夫立刻开始说。

"不许响，不许响，"公爵疯狂地喊，由于愤激，也许还由于羞惭，满脸都红了，"这是不会有的，这全是胡说！这全是您自己想出来的，或是和您一样的疯狂的人们想出来的。我永远也不愿意再听您说这种话了！"

在十一点钟的时候，郭略带着整盒子的消息跑来了。他的消息有两种：彼得堡的和柏夫洛夫司克的。他先迅遽地讲述了彼得堡方面的主要新闻——关于伊鲍里特和昨天的那桩故事——以便以后再加以补充，连忙转到柏夫洛夫司克的新闻上去。三小时以前，他从彼得堡回来，不先弯到公爵那里，一直就到叶府上去。"那里出了些可怕的事情！"自然，马车的事件处于画面的前景上，但是一定还发生了他和公爵两人都不知晓的一些事情。"我自然不去侦探他们，也不想细问任何人，不过他们把我接待得太好了，好得出乎我的意料，但是他们一句话也没有提到您！最重要而且有趣的是，阿格拉耶为了筘纳，刚才和家内的人们争论起来。内中详细情形如何，我不知道，不过确是为了筘纳——您想一想居然会这样的！甚至争吵得厉害，那么一定是极重要的事情。将军回来得很晚，皱着眉头，和叶夫格尼·柏夫洛维奇一块来。大家款待叶夫格尼·柏夫洛维奇很为优渥，他自己也异常快乐、和蔼。最重要的新闻是丽萨魏达·博罗可菲也夫纳悄悄地把坐在小姐们那里的瓦尔瓦拉·阿尔达里昂诺夫纳叫去，一刀两断地把她从家里赶走，不过用的是极客气的方式。这是亲自从瓦略那里听来的。瓦略从丽萨魏达·博罗可菲也夫纳家出来，和小姐们告别时，她和她们并不知道她永远被拒绝上门，她们是最后一次的辞别。"

"但是瓦尔瓦拉·阿尔达里昂诺夫纳七点钟时候曾经到我这里来过的。"惊异的公爵问。

"七点以后或是八点钟时候她被赶走的。我很可怜瓦略，很可怜筘纳……他们无疑地永远在那里弄阴谋，他们非此不行。我从来也不知道他们想些什么，也不愿意知道。但是您必须相信，亲爱的公爵，筘纳是有良心的。他在许多方面自然是完蛋的人，但是在许多方面他具有一些只要去寻找总可以觅到的性格。我以前没有了解他，这是我永不饶恕自己的事……我不知道现在出了瓦略的那段历史以后，是不是仍旧到他们那里去。不过我从头就用完全独立和单独的形式和他们相见的，但是总要考虑一下。"

"您太可怜令兄是不必的，"公爵对他说，"既然事情已经弄到这种地步，筘佛里拉·阿尔达里昂南奇已在丽萨魏达·博罗可菲也夫纳的眼里成为危险人物，那么他的某种希望是可以成立的。"

"什么希望！"郭略惊奇地喊，"您是不是以为阿格拉耶……这是不会有的！"

公爵沉默了。

"您是一个可怕的怀疑派，公爵，"郭略过了两分钟后说，"我觉得您从什么时候起成为一个极端的怀疑派。您开始什么也不相信，仅加以猜疑……在这种情形之下我用了'怀疑派'这个词，用得对吗?"

"我觉得是对的，虽然我自己并不知道。"

"我自己现在拒绝用这个'怀疑派'的词句，因为我发现了新的解释，"郭略忽然喊，"您不是怀疑派，却是喜欢吃醋的人！您为了那一位骄傲的女郎和筇纳吃醋!"

说了这句话以后，郭略跳起来，哈哈地大笑，他也许从来没有那样笑过。他看见公爵满脸发红，更加大笑。他很喜欢他想出了公爵为阿格拉耶吃醋的意思，但是一看见他真的生了气，立刻沉默了，以后他们又很正经地、开心地谈了一小时或半小时。

第二天公爵为了一桩不能延缓的事情一早就到彼得堡去了。回到伯夫洛夫司克的时候已是下午四点多钟，他在车站上和伊凡·费道洛维奇相遇。伊凡·费道洛维奇匆遽地拉住他的手，向四围环顾，似乎显得惊惧，把公爵拖到头等车里，一块坐下。他满身燃烧着谈论什么重要问题的愿望。

"第一层，公爵，您不要生我的气，我的方面有什么不那个，您忘记了吧。我自己昨天就想上你那里去，但是不知道丽萨魏达·博罗可菲也夫纳对于这层……我家里简直成为地狱，一个神秘的人面狮身兽住到里面去了，我在家里简直莫名其妙。至于你的方面，我认为你的错处比我们大家都少，自然许多事情是由于你而起的。你知道，公爵，做仁者是有趣的，但也有苦处。你也许自己已经尝到了。我自然爱善心的人，还尊敬丽萨魏达·博罗可菲也夫纳，但是……"

将军还继续说了这一类的话，但是他的话语太不连贯，显然他为一件极不了解的事情所烦恼，使他感到震撼。

"对于我无疑的是你在这里毫不相干，"他终于表示出较明显的意思，"但是你一时不要来看我们，一直到风改换方向的时候再说。至于说到叶夫格尼·柏夫洛维奇，"他特别热烈地喊，"那全是无意义的诬蔑，认真的诬蔑！这是一种策略、一种阴谋，意思在于破坏一切，离间我们。公爵，我对你附着耳朵说，我们和叶夫格尼·柏夫洛维奇之间还没有说过一句话，你明白吗？我们并没有什么拘束。但是这句话也许会说出来的，甚至很快，也许甚至很快！那么这是为了破坏这件事情。但是为什么，有什么原因，我不明白！女人是奇怪的，女人是有怪癖的，我真是怕她，简直睡也睡不着。那辆马车白马，这真是 chic（别致），真是法文里所说的 chic！谁供给她的？我真是犯了罪过，前天对叶夫格尼·柏夫洛维奇发生了怀疑，但是后来发现这是不会有的。既然不会有，为什么他想破坏呢？那真是一个难题！为了保留叶夫格尼·柏夫洛维奇在身边吗？但是我对你说，且可以对你画十字，他和她并不相识，关于期票也是虚构的事情！竟会这样无礼地在大街上'你呀，你呀'地呼喊着！纯粹是一个阴谋！显然应该贱蔑地置之不理，对于叶夫格尼·柏夫洛维奇加倍地尊敬。我已经对丽萨魏达·博罗可菲也夫纳表示过了。我现在对你说出一个极秘密的念头：我深信她是为了对我个人的报复而做出这件事情来的，你记得就是为了以前的一切，虽然我在她面前从来没有做过什么错事。我一回忆起来就会脸红，现在她又出现了，我以为她是完全失踪了。请问您，这个罗果静一直在那里？我心想她早就成为罗果静太太了。"

总而言之，这人的脑筋弄得十分糊涂。在一小时的时间里。他一人说话，独自发出问题，又自己加以解答，握公爵的手，至少有一件事情使公爵相信的是他并不疑惑他什么，这对于公爵是极重要的。结束时他讲叶夫格尼·柏夫洛维奇嫡亲的叔叔、彼得堡某机关的长官："他的地位显赫，有七十岁，一个好挥霍、好吃食的人，总之，是一个有癖性的老头子。哈，哈！我知道他也听见了娜司泰谢·费里帕夫纳的芳名，甚至也去追求过。我刚才到他家里去过，他没有接见，不舒服，但是他很有钱，还有地位。但愿上帝赐他长寿，但是他身后的财产全会遗给叶夫格尼·柏夫洛维奇的，是的，是的……我到底有点怕。我不明白怕什么，可是很怕。好像有什么东西在空中，飞来飞去，一个灾难好像蝙蝠似的飞来飞去。我真怕，我真怕！"

终于在第三天上，我们上面已经讲过了，叶家才和莱夫·尼古拉也维奇在形式上重归于好。

第十二章

　　下午七点钟左右，公爵预备到花园里去。丽萨魏达·博罗可菲也夫纳突然一人走到他平台上来了。

　　"第一，你不要以为，"她开始说，"我是来给你赔罪的。那是胡闹！你是完全有错的。"

　　公爵沉默着。

　　"有错没有错呢？"

　　"我错得和您一样。不过我和你，我们两人所做的错事并不是故意的。前天我认为自己是有错的，现在才觉得不对。"

　　"你要来是这样的！那很好。你听我说，你先坐下来，因为我并不打算站着。"

　　两人坐下了。

　　"第二，关于那些奸恶的男孩们不许说一个字！我要和你坐下来谈十分钟。我跑来向你调查一件事情——你心想是怎么回事呀？假使您有一个字提到那些胆大妄为的小孩，我立起来就走，完全和你断绝关系。"

"好的。"公爵回答。

"请问你：两个月或两个半月以前，大约复活节左右，你寄过一封信给阿格拉耶没有？"

"写过的。"

"什么用意？这里为什么？把信给我看一看。"

丽萨魏达·博罗可菲也夫纳的眼睛燃烧着，她不耐烦得几乎哆嗦着。

"我身边没有信，"公爵惊异起来，显得异常的胆怯，"假使那封信还完整着，那么应该在阿格拉耶·伊凡诺夫纳的身边。"

"不许装腔！你写什么？"

"我不是装腔，我一点也不怕，我没有看见我不应给她写信的任何理由……"

"不许响！你以后再说。信里面有什么话？你为什么脸红了？"

公爵寻思了一下。

"我不知道您的思想，丽萨魏达·博罗可菲也夫纳。我单只看出您很不喜欢这封信。您必须同意，我本来可以拒绝这样的问题，但是为了对您表示我并不为了这封信有所惧怕，也不对于所写的话有什么遗憾，我绝非为了这个脸红，"公爵脸红得更加厉害了，"我现在对您讲这封信，因为我大概会背得出来的。"

公爵说完以后，就开始背这封信，几乎是一个字一个字地和原来一样。

"真是空话！据你看来，这类胡来的话究竟有什么意思？"丽萨魏达·博罗可菲也夫纳严厉地问，在非常注意地听了这封信里的话以后。

"我自己完全不知道，我只知道我的情感是诚恳的。在那个时候我心里充满丰富的生命力和特别的希望。"

"什么希望？"

"那是难以解释的，不过并不是您现在也许心里所想的那种希望。

一句话，那是未来的希望和快乐，由于我在那里并不是陌生的，并不是外人而感到的快乐，我忽然很喜欢祖国的一切。于是在一个阳光的早晨里，我取了笔，写给她这封信。为什么写给她，我不知道。有时候人是希望有一个知己在旁边的，我显然希望得到一个知己……"公爵在沉默了以后又说。

"你有了恋爱吗？"

"不。我……我这封信好像是写给妹子的。我署名也用兄长的称呼。"

"唔！故意的。我明白。"

"我很难回答您这些问题，丽萨魏达·博罗可菲也夫纳。"

"我知道你很难，不过你难不难于我毫无关系。你老老实实地回答我，像在上帝面前：你对我说的是谎话呢？或者不是谎话？"

"我没有说谎。"

"你说你没有恋爱，这话是真确的吗？"

"大概是完全真确的。"

"什么叫作'大概'？那男孩传过话没有？"

"我请求尼古拉·阿尔达里昂南奇……"

"那个男孩吗？那个男孩吗？"丽萨魏达·博罗可菲也夫纳奋激地插上去说，"我不知道什么尼古拉·阿尔达里昂南奇！就是那个男孩吗？"

"尼古拉·阿尔达里昂南奇……"

"我告诉你，那是男孩！"

"不，不是男孩，却是尼古拉·阿尔达里昂南奇。"公爵终于坚决地、十分轻声地回答。

"好吧，好吧！我记住你。"她努力压住她的骚乱的心情，休息了一下。

"那个'可怜的骑士'是什么意思？"

"我完全不知道，这于我无关，这是玩笑。"

"听着倒也有趣的！不过她难道果真对你发生兴趣吗？她自己常称你为'小怪物'和'白痴'。"

"您可以不必转告给我听的。"公爵用责备的神色微语地说出。

"你不要生气。她是一个任性的、疯狂的、被惯宠的女人，一爱上了，一定要出声辱骂、当面取笑，我以前也是这样的。不过请你不必得意，她不会是你的。我不愿意相信这个，她绝不会是你的！我说这话，为了使你现在就想法子。你听着，你现在发誓，你不娶那个妇人。"

"丽萨魏达·博罗可菲也夫纳，您说什么话？"公爵几乎惊讶得跳了起来。

"你不是几乎快娶她吗？"

"几乎娶她……"公爵微语，垂下头来。

"这么说来，你是爱上她了吗？现在就为了她来的吗？为了那个妇人吗？"

"我到这里来不是为了结婚的。"公爵回答。

"你在世界上有没有神圣的东西？"

"有的。"

"你发誓并不是为了娶她而来的。"

"我可以指着随便您需要的什么发誓！"

"我相信。你吻我一下。我这总能够自由地透了一口气。但是您知道，阿格拉耶并不爱你，你应该去想想。我活在世上一天，她不会嫁给你的！你听见没有？"

"听见了。"

公爵脸红得竟不能直看丽萨魏达·博罗可菲也夫纳。

"你记住了吧。我等候着你，把你当作天神似的看待——你是不值得这样看待的——我在夜里把枕头都哭湿了，但并不是为了你，你不必着急，我另有一种忧愁，永恒的，永远是如此的。我之所以这样不耐烦地等候你，是为了这个原因。我还相信你是上帝亲自派来，当作我的知己朋友和亲兄弟一般。我身边没有一个人，除去那个老太婆白洛孔司卡耶以外。连她也飞走了，再加上她由于年纪太老，笨得像一只山羊。现在你简单地回答一声是或不是：你知道她前天从马车上呼喊有什么用意吗？"

"说老实话，我并没有参加，一点也不知道！"

"够了，我相信，关于这件事情现在我另有一个意思，昨天早晨的时候，我还责备叶夫格尼·柏夫洛维奇，前天一整天，还有昨天早晨。现在我自然不能不同意他们的意见，显然是人家在那里笑他，把他当作傻子看待，为了什么缘故，总有些原因——这一点就很可疑！这就是不大体面！但是阿格拉耶绝不会嫁给他，我对你说！即使他是好人，事情也就是如此。我以前曾经动摇，现在的确已决定了：'先把我放在棺材里去，埋在土里，以后再把女儿嫁给他。'我今天对伊凡·费道洛维奇这样说。你瞧我多么信任你，你看见了没有？"

"我看见，也明白。"丽萨魏达·博罗可菲也夫纳尖锐地审视公爵，她也许很想知道关于叶夫格尼·柏夫洛维奇的消息使他引起怎样的印象。

"关于伊凡诺维奇你一点也不知道吗？"

"您是说……我知道得很多。"

"你知道不知道，他和阿格拉耶通信吗？"

"我完全不知道，"公爵惊异起来，甚至哆嗦了一下，"您说笳佛里拉·阿尔达里昂南奇和阿格拉耶·伊凡诺夫纳通信吗？这是不会有的！"

"还不很久。他的妹子一冬天替他开路，像一只老鼠似的工作着。"

"我不相信，"公爵在稍加考虑，还露出骚乱的神情以后，坚定地说，"假使有这事情，我一定会知道的。"

"难道他会自己跑来，在你胸前带着眼泪直说出来吗？你真是一个蠢货，你真是一个蠢货！大家全骗你，把你看作……看作……你信任他不觉得可耻吗？难道你没有看见他从四面八方欺骗你吗？"

"我知道他有时欺骗我，"公爵不乐意地轻声说着，"他也知道我知道……"他补说了一句，没有说完。

"既然知道，还信任他！真有这样的事！但是从你那里是会做得出的。我还有什么可奇怪的。天呀！曾经有过像这样的人吗？嗤！你知道不知道这位筛纳，或是那个瓦略竟从中设法，使她和娜司泰谢·费里帕夫纳通信。"

"是谁！"

"就是阿格拉耶。"

"我不信！不会有的！有什么目的呢？"

他从椅上跳起来了。

"我也不相信，虽然是有证据的，她是一个倔强的女孩、理想化的、疯狂的女孩！一个脾气坏透的坏透的坏透的女孩！我可以在一千年内证明她是坏脾气的女孩。我那几个女孩现在都是如此的，连那个淫母鸡阿历山大都是的，但是这个女孩最不听话。不过我也不相信！也许因为我不愿意相信，"她好像自言自语地说，"你为什么不来？"她忽然转身，向着公爵，"这三天你为什么不来？"她不耐烦地又朝他喊。

公爵开始讲述原因，但是她又插断了。

"大家都认为你是傻瓜，大家都骗你！你昨天进城去了。我敢打赌，你跪着求那个坏蛋接受一万块钱！"

"完全不是的。我想也没有想到。甚至没有见到他。他也并不是坏蛋。我接到他一封信。"

"你把那封信给我看！"

公爵从皮包里取出一张字条，递给丽萨魏达·博罗可菲也夫纳。字条里说道：

先生，我在人们眼中自然没有丝毫权利还能容许自尊心的存在。根据人们的意见，我是太渺小的人。但这是在人们眼中，而不是在您的眼中。我深信您也许比别人好些。我和陶克达连阔意见不合，和他分离了。我决不再愿收您分文，承您帮助家母，我应该感激您，虽然我认为这是一种软弱。总之，我对您的观察不同，这是认为必须通知您的。我觉得我们中间以后任何的关系是不会有的了。安其帕·蒲尔道夫司基再启者：前款不足数计二百卢布随后奉还不误。

"真是无聊！"丽萨魏达·博罗可菲也夫纳一边把字条扔还给他，一边说，"不值得去读它。你冷笑什么？"

"我看您读了这封信会感觉愉快的。"

"怎么！这一篇充满虚荣的无聊的话吗？难道你不看见他们全都骄傲而且虚荣得发了疯吗？"

"是的，不过他总算认了错，和陶克达连阔脱离关系了。他的虚荣心越厉害，越有价值。您真是一个小孩，丽萨魏达·博罗可菲也夫纳！"

"你是打算给我一记耳光吗？"

"不是的，我并不打算。因为您既喜欢这字条，却又隐瞒着。您何必对于自己的情感惭愧呢？您在每件事情上都是如此的。"

"现在不许你再跨到我家里去，"丽萨魏达·博罗可菲也夫纳跳起来了，愤怒得脸色发出惨白，"从今以后连你的灵魂都不许上我的家里去！"

"三天以后您会自己跑来，叫我去的……您怎么不害臊呢？这是您的最好的情感，您为什么发生羞惭呢？您只是自己折磨自己罢了。"

"我从此死也不叫你去！我要把你的名字忘记光了。已经忘掉了！"

她离开公爵，跑出去了。

"没有您，人家也早就禁止我上您府上去呢！"公爵朝她后面喊。

"什么？谁禁止你的？"

她迅遽地回转身来，好像有一根针刺了她一下。公爵迟迟不答，他感到他无意中说漏了嘴。

"谁禁止你的?"丽萨魏达·博罗可菲也夫纳发狂地喊。

"阿格拉耶·伊凡诺夫纳禁止的……"

"什么时候? 快说呀!"

"今天早晨送来的,让我永远不要到您府上去。"

丽萨魏达·博罗可菲也夫纳站在那里愣住了,但是她在那里盘算着。

"送什么来? 派什么人来? 经那个男孩的手吗? 传口话吗?"她忽然又喊了。

"我接到了一张字条。"公爵说。

"在哪里? 快拿来! 快! 快!"

公爵想了一会,但是从背心口袋里掏出一张不整齐的碎纸,写着下面的话:

> 莱夫·尼古拉也维奇公爵鉴:假使在发生了一切事情之后,您还想光临到舍间来,使我惊愕,那么您要知道,您不会在欢迎的人们中间发现我的。
>
> 阿格拉耶·叶潘钦

丽萨魏达·博罗可菲也夫纳想了一会,然后忽然跑到公爵身前,抓住他的手,把他拉走。

"快! 快! 快去! 故意现在就去,立刻就去!"她喊,发作了一阵特别的骚乱和不耐烦的神气。

"您这样会使我惹……"

"惹什么? 你真是天真烂漫的蠢货! 甚至不像男人! 现在我自己全都看见,亲眼看见……"

"至少让我拿一顶帽子呀……"

　　"你的那顶讨厌的帽子在这里！我们走吧！你甚至连好好的式样都不会挑！这是她……这是她在刚才发生了那桩事情之后，这是在气头上写的，"丽萨魏达·博罗可菲也夫纳喃喃地说，拉住公爵，一刻也不放手，"我刚才替你辩护，大声说您不是一个傻子……否则她是不会写这种无意义的字条的！一张不体面的字条。对于一个正经的、有学问的、有教养的、聪明的女郎不体面的字条！……唔！"她继续说，"或者……或者也许……也许她自己因为你不去而动气，只是没有料到给一个人写这样的信是不能的。因为他会当真的。你为什么偷听？"她喊，自己觉察她说漏了话，"她需要像你这样的丑角，她许久没有见到。她请求你的就是这个！我很喜欢，我很喜欢听她现在怎样取笑你。真喜欢！你是值得这样对待的。她会得很！她真会！……"

第三卷

第一章

时常有人诉说我们没有实用人才。譬如说：政治的人物是有的；将军也很多；各种管理员，无论需要多少，立刻可以任意找到；然而实用的人物却没有。至少大家全在诉说没有。据说在几条铁路上连正正经经的车役都没有，又说在轮船公司里组织一个稍微看得过的管理机关是无论如何不可能的。听说在某一条新开辟的铁路上车辆互撞，或在桥上倾覆。又有人记载，一列火车几乎在雪地里过冬：开行了几小时，便在雪里停留五天。又说，有好几千普特的货物放在一个地方两三个月等候发运，竟朽烂了。又说——但这甚至是无从置信的——有一个商店的伙计追着问一位管理员，什么监察之类，要求发运货物，竟吃了他几记耳光，事后他解释这种行为，说是因为"他性情变暴躁了"。政界里的位置似乎多得想起来会使人可怕。大家以前全去做官，现在还是做官，大家都想做官，那么从这许多材料里似乎怎么还不能组织成一个体面的轮船公司呢？

对于这问题有时会给予十分简单的回答，简单得甚至令人难以相信这样的解释。固然，人家都说我们这里大家在以前和现在都做官，这是依照最好的德国的模范，从曾祖到曾孙二百年来沿袭下来的，但是做官的人们是最不实用的，结果是抽象与缺乏实用知识在做官的人们中间直到最近还被认为极大的美德和褒奖。然而我们徒然讲起做官的人们，我们想讲的还是那些实用的人们。无疑地，畏怯和充分缺乏自己的主张以前时常被我们认为一个实用的人主要的最好的表征，甚至现在还认为如此。但是何必单只责备自己，假使这种意见可认为责备？古怪脾气的缺乏在全世界的各处，从古以来，就永远被认为干练的、会做事的、有实用的人的第一美德和最佳的褒奖，至少百人中有九十九人（这是至少的限度）永远持着这个意见，只有百分之一的人时常作不同的看法。

发明家和天才在他们事业发轫的初时——也时常在终结时——被社会认为傻子，这是极陈腐的尽人皆知的见解。譬如说，大家在十年来全把钱送往当店存放，按四厘的利息存放了几十万，那么当店一不存在，大家须凭借自己的主意以支配金钱，自然巨资的一大部分一定将在股票交易的狂热中在骗子的手里伤亡殆尽，而这甚至出于体面和礼节的需要。是的，一定是出于礼节的需要，如果有礼节的畏怯和有体面的缺乏古怪脾气，按照公认的见解，至今还成为能干的体面的人的不可或缺的性格，那么太突然加以变更是太不体面，甚至是太无礼节。譬如说，哪一个热爱自己儿女的母亲，在她的儿子或女儿稍有越轨行为的时候，不会感到惊惧或吓出毛病来呢？"但愿他取得幸福，在满足中过一辈子，不做出古怪的行为来。"每个母亲在摇她的孩子安睡时总是这样想的。从古以来，我们的保姆们安抚孩子时总要在嘴里念念有词地说："但愿你将来穿金衣裳，取得将军的头衔。"是的，在我们的保姆们看来，将军的头衔是俄国人幸福的顶级，成为和平优美的极乐境地的最普遍且具有民族性的理想。果真的，在庸庸碌碌地举行了考试且当了三十五年差使以后，谁能不终于充当将军且不在当店里积下一笔款项呢？因此，俄国人几乎不用任何努力，就获得了一个能干的实用的人的头衔。实际上，唯有古怪的人，换一句话，也就是不安静的人，才能不成为将军。也许这里面有些误会，但是从一般上讲来，这大概是对的，我们的社会下在关于实用的人的定义的时候是完全合理的。我们到底说了一大堆多余的话。我们本来只想说几句话，解释我们熟识的叶潘钦的家庭。这家里的人们，或者至少这家庭内最有自省力的分子，时常为一种几乎是家族中普遍的性格而感到苦痛。这性格恰和我们刚才在上面讨论过的那种美德相反。他们并不充分了解事实——因为那是难以了解的——却有时总要疑惑。他们的家庭里的一切与别人家大不相同。别人家是平坦的，而他们那里却是崎岖难行。别人家顺着铁轨滚溜，他们却时时刻刻地从轨道上跳出。别人都是时时刻刻知礼识趣地畏怯，他们却不如此。丽萨魏达·博罗可菲也夫纳固然过分地惊惧一切，但这到底不是他们所企求的知礼识趣的、体面社会上的那份畏怯。也许只有丽萨魏达·博罗可菲也夫纳一人惊慌：小姐们还年轻，虽然都是聪明的爱嘲讽的人，至于将军也是聪慧过人（自然不能不带点勉强），但在遇到困难的情形的时候只会说"唔"的一字，而终于将一切希望归到丽萨魏达·博罗可菲也夫纳身上去。因此，责任是应该由她负的。这家庭也并不见得以怎样的具有自出心裁的进取性著称于世，且也不见得由于有意识地对古怪脾气的倾向而越出轨道之外。这自然是完全不体面的。不是的！实际上，这一点也没有，那就是说并无任何有意识地设定下的目的，而结果总觉得叶潘钦家虽然是很尊敬的，却有点不对劲，和一般尊贵的家庭不大相同。近来丽萨魏达·博罗可菲也夫纳常认自己和自己的"不幸"的性格应负全责，因此更增加了她的痛苦。她自己时时刻刻以"愚蠢的不体面的古怪女人"尊称自己，为怀疑所苦，处于不停歇的惶惑的境地里，不能在某种极普通的事物的冲突内发现出路，时时刻刻将灾害夸张着。

我们还在本书开始时就提过叶潘钦一家人受大家真正的尊敬，伊凡·费道洛维奇将军自己虽出身不明，但也无可争辩地受到大家尊敬的接待。他之所以值得尊敬，第一因为他是富人，"不是最起码的人"，第二因为他这人目光虽不辽远，但十分正经。但是智识的多少带点迟钝几乎是一切的事业家，至少所有正经的赚钱的人必需的性格。加以将军具有体面的举止，谦恭的行为。他还会沉默，同时不让人踏自己的脚，并不单单为了他是将军，且因为他是诚实的、正直的人。最重要的是他有极强的奥援。至于说到丽萨魏达·博罗可菲也夫纳，前面业已解释过，她出自望族，虽然我们这里对于氏族并不看重——假使没有相当的奥援。然而她也有奥援，所以被那班人所敬爱，自然大家也应该随在他们之后尊敬她，接待她。无疑地，她对于家庭感到的痛苦是无根据的，具有些微的原因，而且夸大得可笑。假使某人鼻上或额上有了硬疣，总觉得世界上大家只有一样事情做，那就是看你的硬疣，嘲笑它，为了它责备你，哪怕你曾发现了美洲大陆。无疑的是社会上确乎认丽萨魏达·博罗可菲也夫纳为"怪物"，但同时又无可争辩地尊敬她。不过丽萨魏达·博罗可菲也夫纳并不相信人家尊敬她，一切的不幸全在这上面。她看着自己的女儿们，疑心自己不断地妨害她们的前途，疑心她的性格是可笑的、不体面的、无可忍耐的。为了这，又不断地责备女儿们和伊凡·费道洛维奇，整天和他们争吵，同时又爱他们到了把自己遗忘的地步，几乎到了狂热的程度。

最使她苦恼的是她疑心女儿们成为和她一样的"怪物"，像她们那样的女孩是世上没有，也不应该有的。"长出些女虚无派来，也就是这样！"她时时刻刻对自己说。在最后的一年，特别在最近的时候，这种忧郁的念头一天天在她心里根深蒂固起来："为什么她们不出嫁呢？"她时时刻刻问自己。"为了折磨母亲，她们看出这是她们的生命目的，这自然是对的，因为这全是新的观念，全是可恶的妇女问题在那里作怪！阿格拉耶不是想在半年前剪去她的漂亮的头发吗？天呀，在我的时代我甚至还没有这样的头发呢！一把剪刀已经握在手里，是我跪下来求她，才没有剪！……大概她是在气愤中这样做，为了折磨母亲，因为她是一个恶狠的、专擅的、娇宠的女郎，而主要的是恶狠的、恶狠的、恶狠的！难道那个胖阿历山大不也跟在她后面想剪去她的茸毛，但并非由于恶狠，并非由于任性，都像傻瓜似的出于至诚。阿格拉耶竟会劝得使她相信没有头发可以睡得舒适些，头也不会痛。在这五年里她们有多少未婚夫？不知道有多少！有些人真是很好的，甚至是太好的！她们等候什么？为什么还不出嫁？也只是为了使母亲生气，别的什么原因也没有！任何原因也没有！任何原因也没有！"

慈母的心上终于升出太阳来了。总算有一个女儿，总算阿台拉意达的亲事终于弄妥帖了。"总算有一个女儿从肩上脱卸下来了。"丽萨魏达·博罗可菲也夫纳说，在必须出声表示的时候——她在暗中却表现得特别温柔。这件事情办得真好，真体面。交际场上大家全带着尊敬的态度讲这件事情。一个有名的人，公爵有财产，为人又好，再加上很合她的心意，还能比这好吗？但是她以前对阿台拉意达的担心比对别的女儿们少些，虽然她那种艺术家的习气有时使丽萨魏达·博罗可菲也夫纳不断地怀疑着的心感到困惑。"然而她的性格是快乐的，还有许多理智，所以这女孩是不会倒霉的。"她这样安慰自己。她最担心的是阿格拉耶。顺便提一句，关于长女阿历山大，丽萨魏达·博罗可菲也夫纳自己也不知道怎么办？是不是要替她担忧？一会她觉得这女孩"彻底完了"，已经二十五岁，一定会成为老处女。"一面她又是那样的美！……"丽萨魏达·博罗可菲也夫纳甚至在夜里为她哭泣，而同时阿历山大·伊凡诺夫纳却在做极安静的梦。"她究竟是什么东西？虚无派呢？还是傻瓜？"她并非傻瓜，那又是丽萨魏达·博罗可菲也夫纳不加以任何疑惑的。因为她极尊重阿历山大·伊凡诺夫纳的见解，爱和她相商。至于说她是"湿母鸡"，这是毫无可疑的："安静得无法和她讲解清楚！不过'湿母鸡'是不会安静的。咦！她们竟把我弄得糊里糊涂起来了！"丽萨魏达·博罗可菲也夫纳对于阿历山大·伊凡诺夫纳怀着一种无可解释的哀怜和同情，甚至比对成为她的偶像的阿格拉耶还厉害。但是那些性急的、暴躁的行为（她的母性的关注和同情多半在这里面表现出来），吹毛求疵的话句，"湿母鸡"的称呼，只是使阿历山大觉得可笑。有时竟弄到一些极不相干的事情也会使丽萨魏达·博罗可菲也夫纳异常生气，甚至狂怒。譬如说，阿历山大爱多睡，时常做许多梦。但是她的梦时常显得特别空虚而且天真，那是七岁的孩子应该做的梦。连这些天真的梦不知为什么原因竟会使母亲恼火。有一次，阿历山大梦见九只鸡。为了这，她和母亲之间竟出了大大的争吵。为什么？那是很难解释的。有一次，只有一次，她做了一个好像很古怪的梦。她梦见一个僧士独处黑暗的房间内，她怕走进去。这个梦立刻由两个嘻嘻哈哈笑着的姊妹郑重其事地报告给丽萨魏达·博罗可菲也夫纳听。但是母亲又生起气来，骂她们三个傻瓜："吓！安静得像傻瓜，其实完全是一只'湿母鸡'，对她讲不清楚，可是也会发愁，有的时候完全露出忧愁的眼神。发愁什么？她发愁的是什么？"她有时也对伊凡·费道洛维奇提出这个问题，照例是歇斯底里性地、威严地、立等着回答。伊凡·费道洛维奇"唔""唔"地答应，皱紧眉头，耸起肩膀，摆着两手，决定道："她需要一个丈夫！"

"但愿上帝赐给她一个和你不一样的丈夫，伊凡·费道洛维奇，"丽萨魏达·博罗可菲也夫纳终于像炸弹似的爆发了，"在思想和判断上不像你，也不像你那样的粗暴……"

伊凡·费道洛维奇立刻溜走。丽萨魏达·博罗可菲也夫纳在发过脾气以后也就安静下来了。那一天晚上她自然免不了会对伊凡·费道洛维奇，那"粗暴的"伊凡·费道洛维奇，和善的、可爱的、受崇拜的伊凡·费道洛维奇，变得特别地注意、静谧、和蔼、恭敬，因为她一辈子爱，甚至深恋伊凡·费道洛维奇。这在伊凡·费道洛维奇方面亦所深悉，他自己也非常敬爱丽萨魏达·博罗可菲也夫纳。

然而成为她主要的烦恼，时常萦回着的，是阿格拉耶。

"完全像我一样，在各种关系上完全是我本人的肖像，"丽萨魏达·博罗可菲也夫纳自己说，"一个自满的、恶劣脾气的小鬼！虚无派，怪物，疯子，恶狠的、恶狠的、恶狠的家伙！天呀，她是如何的不幸！"

但是我们在上面已经说过，升出来的太阳立刻使一切变得柔和，而且照遍了一切。差不多有一个月工夫，在她一生中，完全摆脱了一切的不安而休息着。社会上为了阿台拉意达的快将结婚也提到阿格拉耶的事情，况且阿格拉耶到处保持良好的态度，显得平和、聪明，露出战胜者的神情，有点骄傲，而这对于她是极相配的！她在整个月内对母亲是如何的和蔼、欢欣！自然，这位叶夫格尼·柏夫洛维奇还须好生加以调查，好生研究，况且阿格拉耶似乎也不见得把他看得比别人重！她到底忽然成为一个漂亮的女郎。她是多美呀！天，她是多美呀！一天比一天好看！但是现在……

现在这位极坏的公爵，这位不值钱的白痴一出现，立刻一切弄得搅乱，家里全都翻覆转来了！

究竟出了什么事情呢？

在别人看来一定没有出什么事情。丽萨魏达·博罗可菲也夫纳和人家不相同的地方是她能在一些极平常的事情的结合和错综的状态内，借着她那种永远赋有的不安的性格，看出一些有时会使她惊吓成病的东西。那是一种极可疑的，极难加以解释的，也就是极沉重的恐怖。自然她的心境是可想而知的，在现在忽然从一些弄不清楚的、可笑而且无根据的不安的情态之中，果真发现一种似乎确极重要的，似乎确值得惊慌、疑惑和迟疑的东西。

"怎么敢，怎么敢写给我这封可恶的匿名信，信里写着那个女人竟和阿格拉耶互相通讯的事情？"丽萨魏达·博罗可菲也夫纳在拉公爵到她家里时，一路上这样想。到家后把他按坐在全家都围聚着的圆桌旁边时也这样想："怎么敢想到这层？假使我会有一点点的相信，或者把这封信给阿格拉耶看，我要羞惭死的！真是对于我们，对于叶潘钦一家的嘲笑！而这全是由于伊凡·费道洛维奇，由于你，伊凡·费道洛维奇！唉，为什么不搬到叶拉根去！我已经说过要到叶拉根去的！这信也许是瓦略写的，我知道，或者也许……一切，一切都是伊凡·费道洛维奇的过错！这是那个女人对他开玩笑，纪念以前那段关系，使他成为傻子，给大家看，正和以前那样笑他，愚弄他，把他当傻子看待，而他还买了一串珠子送给她……不过我们到底都被牵涉进去。伊凡·费道洛维奇，你的女儿们，未出阁的千金小姐，上等社会的女郎，待嫁的闺女，到底全都被牵涉进去了。她们都在场，立在那里，听到了一切，且在那几个小孩的故事里被牵涉进去。你高兴高兴吧，她们也在那里，听到了一切！我决不饶恕，决不饶恕这小公爵，永远不饶恕他！阿格拉耶为什么犯了三天的歇斯底里？为什么和姊妹们几次三番地拌嘴，甚至和阿历山大也吵嘴？阿格拉耶是永远吻她的手，像吻母亲的手似的。她是那样的尊敬她！为什么她在这三天内给大家看神秘的脸色，让大家猜不透她的哑谜？笳佛里拉·伊凡尔金是怎么回事呢？为什么她在昨天和今天竟开始夸奖笳佛里拉·伊伏尔金，还痛哭了一场？为什么匿名信里提起关于那个可恶的'贫穷的骑士'的话，而公爵的来信竟连姊妹们都没有给看一下？为什么……为了什么事情，为了什么事情我现在竟像一只眩晕的小猫似的跑到他那里去，还自己拖他到这里来？天呀，我发了疯！我现在做出了什么事情？和一个青年人谈论女儿的秘密，还谈论的是……几乎和他本人有关的一些秘密！天呀，幸而他还是一个傻瓜，而且……而且……还是通家之好！不过难道阿格拉耶果真着了那个丑八怪的迷了吗？天呀，我在那里胡扯些什么？嗐！我们都是古怪的……应该把我们大家放在玻璃底下给大家看，首先把我拿出来看，门票每张收十个戈比。我是不能饶恕你的，伊凡·费道洛维奇，永远不能饶恕你！为什么她现在不嘲弄他？她答应嘲弄，可是没有嘲弄！你瞧她睁着大眼看他，一声也不响，不走开，站在那里，可是自己不许他上门……他坐在那里，脸色完全死白。可恶的，这个可恶的饶舌的人，叶夫格尼·柏夫洛维奇一人把全部的谈话都垄断了。瞧他竟打开了话匣，说个不休，连一句话也插不进去。我现在就可以把一切调查清楚，只要一说上话就行……”

公爵果真坐在圆桌旁边，脸上有点惨白，好像显得非常恐惧，同时又在一刹那间发生他自己也无从了解的、振荡心胸的欣悦。他真是怕朝那方面看，怕朝那只角落里看。那里有一双熟悉的黑眼向他盯着，同时为了在她写信给他以后又坐在他们中间，可以听到熟悉的声音，而感到了无上的幸福。"天呀，她现在要说什么话呢？"他自己是一句话还没有说出，兴奋地倾听着叶夫格尼·柏夫洛维奇的一套"倾泻出来"的话。叶夫格尼·柏夫洛维奇处于像今天晚上那样满足和兴奋的精神状态中是少见的事。公爵听他的说话，有许久时候差不多一句话也不明白。除去尚未从彼得堡回来的伊凡·费道洛维奇以外，全体都在座。S公爵也在那里。他们似乎预备等一会，在喝茶以前，一块出去听音乐。现在的谈话显然在公爵来到之前就已开始。一会，郭略不知从什么地方跑来，溜到平台上来了。"这么说，他照旧受人家招待的。"公爵自己想着。

叶潘钦的别墅是一所奢华的别墅，具有瑞士的农舍的趣味，到处全是花草，收拾得十分雅致。一所不大的、美丽的花园从四面围住它。大家都坐在平台上，和在公爵那里一样，不过平台比较宽敞些，设置得漂亮些。

谈话的题目并不见得使许多人愉快，可以猜到的是这谈话由于一种不耐烦的争论而起。自然大家都想变更题材，但是叶夫格尼·柏夫洛维奇竟更加显得固执，不去看他人的印象。公爵的来到似乎使他更加兴奋。丽萨魏达·博罗可菲也夫纳皱紧了眉头，虽然她并没有完全了解。坐在旁边角落里的阿格拉耶并不走，倾听着，固执地沉默着。

"对不住，"叶夫格尼·柏夫洛维奇热烈地辩驳着，"我一点也不反对自由主义。自由主义并不是罪。这是一个整体中必要的实质的部分，没有它便将解体或者僵死。自由主义具有生存的权利，和最贤明的保守主义一样。但是我攻击俄国的自由主义，还要重复说一遍的是我所以攻击它，因为俄国的自由派并不是俄国的自由派，却是非俄国的自由派。

你们把俄国的自由派拿出来，我可以立刻当着你们面前吻它。"

"只看它愿意不愿意吻你？"阿历山大·伊凡诺夫纳异常兴奋地说。她的脸颊竟红得比寻常厉害。

"你瞧，"丽萨魏达·博罗可菲也夫纳自己想，"她不是睡觉、吃饭，简直推不动她，便是忽然立起来，每年一次，说出只好叫人向她摇手的话来。"

公爵偶然发觉阿历山大·伊凡诺夫纳大概很不喜欢叶夫格尼·柏夫洛维奇说得太快乐，谈论正经的题目，似乎很激昂，而同时又似乎开玩笑。

"公爵，我在您到这里来以前曾表示着一个意见，"叶夫格尼·柏夫洛维奇继续说，"那就是我们国内的自由派直到如今只由两种团体组成。一是以前的地主团体，现在业已废除了，一是宗教团体。因为两个团体终于完全成为阶级和民族完全殊异的东西，代代相袭，越来越甚，所以他们所做的和正在做的一切完全不是民族本身的……"

"怎么样？这么说来，他们所做的一切全不是俄罗斯的吗？"S公爵反驳。

"不是民族本身的。虽然依照俄国的式样，但并不是民族的。我们这里自由派是非俄罗斯的，保守派也是非俄罗斯的，就是这样……你们要相信，凡是地主和教会团体所做的一切，民族绝不会承认，现在不，以后也不……"

"这真是妙极了！您怎么能发出这样的奇论，假使您说的是正经的话？我不能容忍这种攻击俄罗斯地主的话，您自己也是俄国的地主。"S公爵热烈地反驳。

"我所说关于俄国地主的话并没有带着您所想到的意义。这是一个可尊敬的阶级，哪怕从我也属于这阶级一层上便可看出，尤其在现在它已停止成为一个阶级的时候……"

"难道文学里也毫无民族性吗？"阿历山大·伊凡诺夫纳插上去说。

"我对于文学完全外行，但是俄国文学，据我看来，完全不是俄罗斯的，除去罗莫诺骚夫、普希金和果戈理以外。"

"第一，这已经不少。第二，一个来自民间，另外两个却是地主。"阿台拉意达笑了。

"对是对的，但是您不要得意。因为从所有的俄国作家里只有三人到现在为止还能每人说出一些确乎是自己的，自己个人的，不向任何人借袭的东西，因此这三个人立刻就成为民族的了。俄罗斯人里只要有人说出，写出或做出一点自己的，自己的无缺损的，非借袭的东西，那么他一定免不了将成为民族的，即使他不大会说俄国话也不要紧。这对于我是一个不易的公理。但是我们并没有谈论文学，我们讲到社会主义派，就从他们那里开始了谈话。我主张我们国内并没有一个俄国的社会主义派，现在没有，以前也没有，因为所有我们的社会主义派也全是地主或宗教阶阀出身。所有那些彰明较著的，经过一阵宣传的社会主义派，无论本地或国外，也只是农奴制度时代地主里的自由主义派。你们笑什么？把他们的书拿来，把他们的学说，他们的回忆拿出来看。我自己并不是文学批评家，但是可以对你们写出一篇极信指的文学批评的文字，明明白白地证明出来，他们那些书籍、小册、回忆录的每一页最先就出于以前的俄国地主的手笔。他们的怨恨、愤怒、机巧，全是地主式的，甚至是法莫骚夫[1]以前的地主！他们的喜欢、他们的眼泪，也许是真正的、诚恳的眼泪，但是地主式的！不是地主式，便是教会式……你们又笑了，您也笑了，公爵？您也不赞成吗？"

果真大家都笑了，公爵也笑了一下。

"我还不能直说我赞成不赞成？"公爵说，忽然停止了笑，哆嗦一下，露出被捉住的小学生的神色，"但是我可以使您相信，我带着特别的愉快倾听您的言论。……"

---

[1] 格利薄也道夫名剧《聪明谈》中的人物。——译者

他说话时几乎喘不过气来，一阵冷汗竟在他的额上透出。这是他坐下来以后说出的第一句话。他试着向四围环顾，但又不敢。叶夫格尼·柏夫洛维奇捉住他的眼势，微笑了。

"诸位，我要对你们说出事实来，"他用以前的口气继续说，那就是一面似乎带着不寻常的热情和激烈的口气，一面几乎在那里发笑，也许是笑自己的话语，"这种事实的观察和发现我应该归功于自己，甚至自己一人，至少无论在什么地方还没有说过或写过。我前面所说的那类俄国自由主义的实质就表现在这个事实里。第一，从一般上讲来，自由主义究竟是什么，不就是攻击现存的事物秩序吗？这攻击是有理性的或错误的，那是另一问题。不就是吗？现在我的事实却在于俄国的自由主义并非攻击现存的事物秩序，却是攻击事物的本质，攻击事物本身，并不仅仅攻击秩序，俄国的秩序，却攻击俄国本身。我的自由派竟弄到了否认俄罗斯本身，那就是等于仇恨和殴打自己的母亲。每一个不幸的、失败的俄国的事实引起他的笑和欢欣。他仇恨人民的风俗，俄国的历史。他仇恨一切。假使有可以为他辩解的地方，那就是他不明白自己做的是什么，而把仇恨俄国的心当作最丰肥的自由主义。你们时常会遇到一个自由派，受众人鼓掌欢迎，其实也许是最离奇、最呆钝、最危险的保守派，自己还不知道！这种恨俄国的心，在不久以前，有些自由派还几乎看作真正的爱国心，为了比别人看得真切些而自己夸耀。但是现在已经变得公开些，甚至看见'爱国'两字就生羞惭，甚至把这个名词的意义加以驱赶排斥，看作有害的、无意义的东西。这事实是真确的，我敢担保……有的时候必须把事实完全表示出来，简单地、公开地表示出来。但是这事实同时是无论在什么地方，什么时候，从古以来，无论在哪一种民族里都不会有，且也不会发生的。所以这事实是偶然的，会过去的。我同意，仇恨自己祖国的自由派是无论在什么地方不会有的。这一切应该怎样去解释呢？也就是用以前一样的话加以解释，那就是俄国的自由派暂时还不是俄国的自由派，什么也不是，据我看来。"

"您所说的一切我认为只是开玩笑而已，叶夫格尼·柏夫洛维奇。"S公爵正经地反驳。

"所有的自由派我都没有见过，所以不能加以判断，"阿历山大·伊凡诺夫纳说，"但是我带着愤激的心情听您发表的意见。您取了个别的事件，认作普通的规则，所以也就等于诬蔑。"

"个别的事件吗？啊！这句话说了出来了！"叶夫格尼·柏夫洛维奇抢上去说，"公爵，您怎样看法？这是个别的事件吗？"

"我也应该声明，我不大和自由派见面，不大和他们在一起，"公爵说，"但是我以为您也许说得有点对，您所说的那种俄国的自由主义，确乎一部分有仇恨俄罗斯本身，而不单单仇恨它的社会秩序的倾向。自然这只是一部分……自然对于全体是不公平的……"

他含含糊糊地没有说完。他的心神虽然显得骚乱，但对于谈话却露出极大的兴趣。公爵身上有一个特点，那就是他听到感兴趣的话时永远带着的那份注意和人家问他时所做的回答都见得特别的天真。这天真，这不疑惑有嘲笑和幽默存在的信任心在他的脸上，甚至在他的躯体的姿势里反映出来。虽然叶夫格尼·柏夫洛维奇朝他发问的时候总是带点特别的嘲笑，但是现在经他这样一回答，竟很正经地望着他，似未料到他会有这样的回答。

"啊……您的话有点奇怪，"他说，"您果真是正正经经地回答我吗，公爵？"

"您难道不是正正经经地问我吗？"公爵惊异地反驳。

大家笑了。

"您相信他吧，"阿台拉意达说，"叶夫格尼·柏夫洛维奇永远愚弄人家！您知道，他有时是会很正经地讲什么事情的！"

"据我看来，这是一个严重的谈话题目，本来不应该提出来的，"阿历山大严厉地说，"我们本来想出去游玩的……"

"我们就走吧，今天晚上是很佳妙的！"叶夫格尼·柏夫洛维奇喊，

"但是为了向你们证明这一次我说得十分正经，主要的是为了向公爵证明！公爵，您使我发生极大的兴趣，我可以向您赌咒，我还完全不是那种被人家看得一定如此的空虚的人，虽然实际上我本来也是空虚的人。假使你们允许，诸位，我要对公爵提出最后的一个问题，由于我自身的好奇而提出，也就此了结这谈话。这个问题是我在两小时以前好像特地钻进我的脑筋里来的——你瞧，公爵，我有时也思索正经的问题——我已经把它解决了，但是我们要看公爵怎么说。刚才谈到'个别的事件'的问题。这名词在我们这里是很出风头的，时常可以听到它。最近大家都谈论，而且写一个青年杀死六人的惨案，审判时那个律师发出奇怪的言论，说在凶手艰窘的境况之下，他自然应该会想到杀死六个人的。据我个人的意见看来，这位律师在表示这种奇怪的意见的时候深信他说着在现在时代可以说的最自由、最人道、最进步的话。但是您的尊见如何？这种意义和信念的曲解，这种对于事物歪曲的、有趣的观察，究竟是个别的事件呢？还是普通的事件？"

大家哈哈地笑了。

"个别的，自然是个别的。"阿历山大和阿台拉意达笑了。

"还要容我对您提醒一下，叶夫格尼·柏夫洛维奇，"Ｓ公爵说，"你的玩笑已经陈旧了。"

"您以为怎样，公爵？"叶夫格尼·柏夫洛维奇没有听完，捉住了莱夫·尼古拉也维奇公爵向他身上看来的好奇而且严正的眼光，"您觉得这是个别的事件呢？还是普通的事件？说实话，我是为了您想出这个问题来的？"

"不，这不是个别的事件！"公爵轻微但坚定地说。

"得了吧，莱夫·尼古拉也维奇，"Ｓ公爵多少带点恼恨的意思说，"您难道没有看见他想捉住您吗？他根本在那里取笑，想和您开一下玩笑。"

"我以为叶夫格尼·柏夫洛维奇说得很正经呢。"公爵脸红了，垂下眼睛。

"亲爱的公爵，"Ｓ公爵继续说，"您记得不记得，有一次，三个月以前，我和您谈论什么？我们讲，在我们新设立的、年轻的法院里可以指出许多著名的、有天才的律师来！陪审官方面有多少著名的裁决呢？您自己当时很喜悦。我当时也如何为您的喜悦而喜悦……我们说，我们应该引为骄傲……这种不灵巧的辩护词，这个奇怪的论辩自然只是偶然，只是千中的单位。"

莱夫·尼古拉也维奇公爵想了想，用十分确信的态度轻轻地甚至似乎畏怯地说道："我只想说，观念和意义的曲解，像叶夫格尼·柏夫洛维奇表示出来的那样，是时常可以遇见的。不幸的是普通的事件比个别的事件多。假使这曲解并不是一种普通的事件，那么也许不至于发生这类不可能的犯罪……"

"不可能的犯罪吗？但是我可以告诉您，这样的犯罪，也许更加可怕些的，以前都有过，而且永远有，不仅在我们国内，且到处都有。据我看来，还会长久地复演出来。区别的地方就在于我们这里以前不大公开，现在才开始公开谈论，甚至写文讨论，因此才觉得这类犯罪是现在刚发现的。您的错误就在这里，这是一个极天真的错误，公爵。"Ｓ公爵嘲弄地微笑了一下。

"我自己知道犯罪以前也是很多的，而且全是可怕的。我新近到监狱里去过，与几个罪犯和被告认识。罪犯中甚至有比这一位还可怕的，有杀过十人而完全不忏悔的。我注意到的是即使最心硬的、不肯忏悔的凶手也知道他是一个罪人，那就是良心上承认他做了不好的行为，虽然并没有丝毫的忏悔。他们中间全是如此的。但是叶夫格尼·柏夫洛维奇所说的那班人竟不愿承认自己是罪犯，心想他们是有权利的……甚至做得很好，简直就是这样。据我看来，可怕的区别就在这上面。还要注意的是他们全是青年人，他们的年龄是最容易且也最无保障地会受观念歪曲的影响。"

　　S公爵不再发笑，惶惑地倾听公爵的说话。阿历山大·伊凡诺夫纳早就想说什么话，却沉默了，好像有一种特别的念头阻止她。叶夫格尼·柏夫洛维奇十分惊异地看着公爵，这一次没有丝毫讪笑的样子。

　　"您为什么这样惊讶地看他?"丽萨魏达·博罗可菲也夫纳突然干涉起来，"他是比您傻，不能照您的方法判断事情吗?"

　　"不是的，我不讲这个，"叶夫格尼·柏夫洛维奇说，"不过，公爵，对不住，我要问您一声，假使您也看到，且观察到这一层，那么为什么您在那件奇怪的事情里……我还要向您道一声歉……就是新近发生的……就是蒲尔道夫司基的那桩公案里，好像是的……为什么您没有看出观念和道德见解的歪曲呢? 实际上是一模一样的，我当时觉得您完全没有看出来呢。"

　　"是这样的，先生，"丽萨魏达·博罗可菲也夫纳兴致发出来了，"我们大家都注意到，我们坐在这里，在他面前夸嘴，但是他今天接到了他们中间一个人的信，就是那个主要的脸上长小疙瘩的，你记得吗，阿历山大? 他来信道歉，固然用的是他自己的样式。他还说，他和那个挑唆他的伙伴分手了，你记得他吗，阿历山大? 现在他最相信的就是公爵。我们还没有收到过这样的信，虽然我们不用学也会在他面前做出轻蔑的事情。"

　　"伊鲍里特刚才也搬到我们别墅里了!"郭略喊。

　　"怎么? 已经来了吗?"公爵显得惊慌起来。

　　"您和丽萨魏达·博罗可菲也夫纳刚走，他就来了，我带他来的!"

　　"我可以打赌，"丽萨魏达·博罗可菲也夫纳忽然发火，完全忘记她刚才还夸奖过公爵，"我敢打赌，他昨天到他的阁楼上去，跪着求他饶恕，恳求这恶毒的家伙搬到这里来的。你昨天去了吗? 你刚才还自己承认过的。是不是这样? 你是不是跪下的?"

　　"并没有跪，"郭略喊，"完全相反。昨天是伊鲍里特拉住公爵的手吻了两次，我亲眼看见的，他们两人的解释也就完了。此外，公爵只说，他假使能在别墅里住一下病会减轻些。伊鲍里特立刻答应等病势稍见轻减，便搬过来住。"

"你这何必呢，郭略……"公爵喃声说，立起身来取帽子，"你何必讲这话……我……"

"往哪儿去呢？"丽萨魏达·博罗可菲也夫纳阻止他。

"您不必担心，公爵，"郭略兴奋地说，"您不去，不要惊吵他，他在旅行以后睡熟了，他很高兴。据我看来，公爵，您最好今天不要见他，甚至延到明天，再说，否则他又要觉得惭愧的。刚才早晨他说他已有整整的半年没有感到心里这样爽快，而且有力，甚至咳嗽也咳得少三倍。"

公爵看见阿格拉耶忽然离开座位，走到桌旁。他不敢望她，但是他从整个身体里觉出在这一刹那她正看着他，也许威严地看着，她的乌黑的眼睛里一定露出愤恨，他的脸顿时通红起来。

"尼古拉·阿尔达里昂南奇，我觉得您白白地把他带到这里来，假使他就是那个犯痨病的男孩，当时哭泣着，请人家参加他的葬礼的那个人，"叶夫格尼·柏夫洛维奇说，"他当时那样美丽地描写那座邻家的墙，以后他一定会思念这墙的，您要相信这一层。"

"你说得很对，他会吵嘴，和你打架，随后就一怒而去，也就完了。"

丽萨魏达·博罗可菲也夫纳威严地把放针线的筐子挪到自己身边，忘记大家已经立起身来预备出去游玩了。

"我记得他对于那座墙很加赞扬，"叶夫格尼·柏夫洛维奇又抢上去说，"没有这座墙，他不能在巧辩中死去，他是很想在巧辩中死去的。"

"那有什么？"公爵喃声说，"假使您不想饶恕他，他不用您也会死的……现在他是为了树木搬来的。"

"在我的方面我可以饶恕他一切，您可以把这话转告给他。"

"这话不应该这样理解，"公爵轻声地，似乎不乐意似地说，继续朝地板上的一个点看望，不抬起眼睛来，"应该使您先准备接受他的饶恕。"

"这于我有什么相干？我在他面前有什么错呢？"

"假使您不明白，那么……不过您是明白的。他当时打算祝福你们大家，也从你们方面接受祝福，就是这样。"

"亲爱的公爵，"S公爵似乎带着畏怯的样子赶紧抢上去说，和在座中的某人对看了一眼，"天堂在地上是不容易得到的，您到底对于天堂有点希冀，天堂是极难的东西。公爵，比您的美丽的心中所想象的还难。我们最好不要再谈，否则我们大家也许又要惭愧起来，那时候……"

"我们出去听音乐吧！"丽萨魏达·博罗可菲也夫纳厉声说，生气地从座位上立起来。

大家跟着她立起来了。

第二章

公爵忽然走到叶夫格尼·柏夫洛维奇身旁。

"叶夫格尼·柏夫洛维奇，"他用奇怪的热烈的态度说，抓住他的手，"您要相信，我认为您是一个极正直的、极好的人，无论处于什么情形都是的。请您相信我这句话……"

叶夫格尼·柏夫洛维奇惊异得竟退后了一步。他立刻压下忍不住的笑的迸发，但是仔细一看，他发觉公爵似乎有点心神不属，至少处于某种特别的心情之下。

"我敢打赌，"他喊，"公爵，您想说的完全不是那句话，也许完全不是对我说的……您怎么啦？您不觉得不舒服吗？"

"也许，真是也许，您说我也许并不想朝您说话，这话说得很精细！"

他说完以后似乎奇怪地甚至可笑地微笑了一下，但是忽然似乎热烈起来，喊道："您不要对我提起三天以前我所做的行为！我对于这三天感觉到十分的羞惭……我知道我有错……"

"是的……您究竟做了什么可怕的事呀？"

"我看见您也许为我惭愧得比别人还厉害，叶夫格尼·柏夫洛维奇，您脸红了。这是您有一颗好心的表示。我立刻就走，请您相信。"

"他这是怎么啦？他的毛病总是这样开始的吗？"丽萨魏达·博罗可菲也夫纳对郭略说。

"您不必注意，丽萨魏达·博罗可菲也夫纳，我没发病。我立刻就走。我知道我……受了自然的侮辱。我病了二十四年，从生下来一直到二十四岁，您现在就把我当作病人看待吧。我立刻就走，立刻走，您相信我。我并不脸红，因为为了这个而脸红是很奇怪的，不对吗？但是在社会里我是多余的人……我并不是由于自尊……我在这三天内反复地思索着，决定我应该在遇到第一个机会的时候用诚恳、正直的态度通知您。有些理想，有些崇高的理想，是我不应该开始说的，因为我一定会逗出你们大家的笑来。S公爵刚才对我提过了，我没有优雅的姿势，没有比例的感觉，我的话语是不同的，和思想不相称的，这是对于思想的一种侮辱。因此我没有权利……再说我善疑……我……我相信这府上没有人侮辱我，大家爱我，比我值得的多，但是我知道，我一定知道，在病了二十年以后，一定会遗留一点什么，因此人家不会不笑我……有时候会笑我……不是吗？"

他向四围环望，似在期待回答和决定。大家被这突如其来的、病态的、在任何情势下显然无理由的举动弄得特别惊疑，但是这举动引起了一段奇怪的插话。

"您为什么在这里说这个话？"阿格拉耶忽然喊，"为什么您对他们说这个？对他们！对他们！"

她显然达到了愤激的最后阶段——她的眼睛里冒出火星。公爵哑口无言地立在她面前，脸色突然惨白。

"这里没有一个人值得听这种话的！"阿格拉耶爆发出来了，"这里大家，大家，连您的一只小指头都不如，都不及您的聪明，不如您的心善！您比大家都诚恳，比大家都正直，比大家都好，比大家都心善，比大家都聪明！这里有些人连弯下身去，捡起您刚才掉落的手帕都不配的……您为什么看轻自己，把自己放得比大家都低？您为什么歪曲自己身上的一切，您为什么没有骄傲心？"

"天呀，哪里想得到呢？"丽萨魏达·博罗可菲也夫纳摆着双手。

"可怜的骑士！万岁呀！"郭略醇醉似的喊出。

"不许响！怎么敢在您的家里侮辱我！"阿格拉耶忽然朝丽萨魏达·博罗可菲也夫纳喊，已达到了不顾一切界限、越过一切障碍的歇斯底里的状态，"为什么大家、大家联合在一起折磨我！公爵，他们在这三天内为什么为了您净和我死缠？我无论如何不会嫁给您的！您知道，无论如何，永远不会的！您要知道这个！难道能够嫁给像您这样可笑的人吗？您现在用镜子照照自己，您现在站在这里像什么样子？为什么，为什么他们净逗我，说我想嫁给您呢？您大概知道吧？您也和他们同谋！"

"从来没有人逗你呀！"阿台拉意达惊惧地喃语。

"谁的脑筋里都没有想到，一句话也没有说过！"阿历山大·伊凡诺夫纳喊。

"谁逗她？什么时候逗她？谁会对她说这种话？她是不是说梦话？"丽萨魏达·博罗可菲也夫纳朝大家说，愤怒得战栗。

"大家说，大家一齐说，在这三天内！我永远，我永远不嫁给他！"阿格拉耶流着悲苦的眼泪，用手帕蒙脸，身子落到椅上。

"他还没有对你求……"

"我还没有对您求过，阿格拉耶·伊凡诺夫纳。"公爵忽然脱口说出。

"什么？"丽萨魏达·博罗可菲也夫纳忽然惊讶地、愤激地、恐怖地喊出，"什么？"

她不愿意相信自己的耳朵。

"我想说……我想说……"公爵战栗了一下，"我只想对阿格拉耶·

伊凡诺夫纳解释……诚敬地解释，我并没有意思……向她求婚……甚至将来也不……我对于这件事情一点也没有过错，真是的，一点也没有过错，阿格拉耶·伊凡诺夫纳！我从来不打算，我的脑筋里从来没有过，我永远不打算，您自己可以看出，您应该相信！一定是有什么坏人在您面前造我的谣言！您放心吧！"

他一边说，一边走近阿格拉耶身边。她除去了蒙脸的手帕，迅遽地望他和他的整个的惊惧的身形，细嚼他所说的话语的意义。忽然一阵哗笑径直朝他的眼上冲去，那是一种快乐的、阻止不住的哗笑，可笑的、嘲弄的哗笑，使阿台拉意达首先熬不住，尤其在她也看了公爵一眼的时候，顿时奔到妹子身旁，抱住她，发出和她一样的、阻留不住的、小学生般快乐的笑声。公爵望着她们，忽然也微笑起来，用快乐的、幸福的神情反复地说着：

"唔，谢天谢地，谢天谢地！"

阿历山大当时也忍不住，从整个的心胸内发出哈哈的大笑，好像这三个人的笑声是无休止的。

"真是疯子！"丽萨魏达·博罗可菲也夫纳喃语着，"一会把人吓死，一会又……"

但是 S 公爵也笑了，叶夫格尼·柏夫洛维奇也笑了，郭略哈哈地笑个不歇，公爵望着他们也哈哈笑了。

"我们去散步，我们去散步！"阿台拉意达喊，"大家一块去，公爵一定也要同去。您不必走，您是一个可爱的人！他真是一个多么可爱的人，阿格拉耶！对不对，妈妈？我一定应该抱他，吻他一下……为了他刚才和阿格拉耶那番解释。亲爱的 Maman，你许我吻他吗？阿格拉耶！你许我吻你的公爵！"这淘气的姑娘喊着，果真跳到公爵身旁，吻他的额角。他抓住她的手，紧紧地握住，弄得阿台拉意达几乎惊喊出来。他带着无穷的喜悦看她，突然迅遽地把她的手放在嘴唇上面，吻了三遍。

"我们走吧！"阿格拉耶招呼，"公爵，您搀住我。可以吗，Maman？

已经拒绝我的未婚夫可以吗？您不是已经永远拒绝我吗，公爵？不是这样的，不是这样对女太太伸手的，难道您不知道应该怎样和女太太搀手走路吗？是这样的，我们走吧，我们走到他们前面去，您想不想走在大家前面，面对面说话呢？"

她无止歇地说着，还在那里一阵阵地发笑。

"谢天谢地！谢天谢地！"丽萨魏达·博罗可菲也夫纳唠唠叨叨地说，自己不知道在欢喜什么。

"真是太奇怪的人们！"S公爵想，也许自从和他们相遇以来已经想了一百遍，但是……他很喜欢这些奇怪的人。至于说到公爵，他也许不十分喜欢他。在大家都走出去散步的时候，S公爵皱着眉头，似乎十分忧虑的样子。

叶夫格尼·柏夫洛维奇显然具有极快乐的心神，一路上一直到车站，净逗阿历山大和阿台拉意达发笑。她们带着一种十分特别的乐意，笑他所说的玩笑话，笑得使他开始有点疑惑她们也许完全没有听他的说话。由于这念头，他忽然不解释任何理由，哈哈地笑起来，带着十分的、特别的诚恳笑起来。他的性格就是如此。怀着极闲适的心绪的两姊妹不断地看向在前面走着的阿格拉耶和公爵。显然她们的妹子让她们猜一个极大的谜。S公爵努力和丽萨魏达·博罗可菲也夫纳谈些不相干的事情，也许为了给她解闷，但使她感觉讨厌。她显然被零落的思想完全萦绕住，胡乱地回答，有时完全不回答。但是阿格拉耶·伊凡诺夫纳的谜在这晚上还没有完。最后的一个谜落到公爵一人身上。他们离开别墅，走了一百步路的时候，阿格拉耶用匆遽的微语对固执地沉默着的男友说道："您朝右面看呀。"

公爵看了一下。

"您仔细看一看。您瞧那只长椅，在公园里，那里有三棵大树……那不是一只绿色的长椅吗？"

公爵回答说看见的。

"您喜欢这地方吗？我有时在早晨七点钟大家睡觉的时候，一人到这里来坐坐。"

公爵喃声说这地方很美。

"现在您离开我吧，我不愿意再和您挽手同行。不过最好挽着手，但是不要和我说一句话。我愿意独自想心事……"

这警告总归是多余的：公爵就是没有命令，一定也不会在一路上说出一句话来的。他听到关于长椅的话的时候，他的心打击得异常剧烈。他在一分钟后醒了过来，羞惭地驱走自己的离奇的念头。

在伯夫洛夫司克车站里，大家都知道，至少大家都在那里说，平常日子所聚的群众，比星期日和节假日"优秀些"。因为在星期日和节假日，会从城里跑来各色各样的人物。群众在平常日子的衣装并不见得显赫，但极美观，大家聚着听音乐已成为一个习惯。乐队也许确是俄国公园乐队中最好的一队，演奏着新曲，显得过分的体面和合礼，虽然露出一些朴素，甚至亲密的神色。相识的朋友们，所有避暑的人们，大家都聚在此地互相观看。有许多人带着真正的愉快做着这件事情，而且单只为了这件事情而来，但是也有为了单单听音乐而来的。闹乱子的事情特别稀少，虽然甚至在平常日子里也有过；不出点事情是不行的。

今天是一个优美的晚上，听众很多。正在演奏着的乐队附近的位置全已占满了。一伙人坐在稍偏旁边的椅上，最左的那个车站大门附近。观众和音乐使丽萨魏达·博罗可菲也夫纳的精神活泼了一些，也使小姐们解去烦闷。她们已经和几个朋友对看过，和几个人远远里客气地点头。她们已经研究过服装的样式，发现一些奇怪的地方，讨论了一番，发出嘲讽的微笑。叶夫格尼·柏夫洛维奇也时常和人家鞠躬，也已经有人注意到还在一起的阿格拉耶和公爵。相识的青年人里不久就有人走到母亲和小姐们身前来，有两三个人留下来谈话，大家都是叶夫格尼·柏夫洛维奇的朋友。他们中间有一个年轻的、很美丽的军官，性格很快乐，很爱说话。他忙着和阿格拉耶攀谈，用全力设法使她注意他。阿格拉耶对他很和气，露出极活泼的样子。叶夫格尼·柏夫洛维奇请公爵允许他把这个朋友介绍给他，公爵不见得了解人家要他做什么事，但是介绍成功了，两人深深的鞠躬，互相伸出手来。叶夫格尼·柏夫洛维奇的朋友提出一个问题，但是公爵好像没有回答，或是奇怪地自行咕哝了几句话，使得军官对他凝视了一会，以后又看叶夫格尼·柏夫洛维奇一眼，立刻明白他为什么想介绍他们，微微地冷笑了一声，又朝阿格拉耶说话了。叶夫格尼·柏夫洛维奇一人看见阿格拉耶突然脸红了。

公爵甚至没有觉察出别人在那里和阿格拉耶谈话献殷勤，有时候甚至几乎忘记自己坐在她的身旁。他有时想走到什么地方去，完全离开这里，即使到一个阴沉的、空旷的地方去也是高兴的，只要能够独自怀着他的思想，使任何人都不知道他的所在。或者至少回到自己家里的平台上去，但必须无人在旁，莱白及夫和小孩们都不要。然后倒在沙发上，脸埋在枕头里，躺这么一天一夜，还躺一天。有的时候他也想到那些山，山上熟识的一个点，是他在住的时候，永远爱忆起，且爱去的那个地方，从那里瞭望下面的乡村，瞭望在下面微微地闪耀着的白线似的瀑布，瞭望白云和倾圮的老堡垒。他现在是真想到那里去，只想一件事情，一辈子只想这件事情，够他想一辈子！让这里大家完全忘记他，这甚至是必须的，甚至还好些，假使人家能完全不认识他，而这所见的一切只成为一个梦境。梦见和眼见不还是一样的吗？他有时忽然开始审视阿格拉耶，眼神有五分钟不离开她的脸。他的眼神太奇怪了——他望着她，显然像看离他身边二俄里远的东西，或者似乎在看她的照片，而不是看她自己。

"您为什么这样看我，公爵？"她忽然说，打断了和周围人们的谈笑，"我怕您。我老觉得您想伸出手来，用手指触我的脸，抚摸一下。对不对，叶夫格尼·柏夫洛维奇，他的眼神不是这样的吗？"

公爵倾听着，看见人家对他说话感到惊异，寻思了一下，虽然也许不十分了解，并没有回答，但是看见她和大家都在笑，忽然也张嘴，自己笑起来了。周围的笑更是加增，军官大概是爱笑的人，简直笑个不停。阿格拉耶突然愤怒地自己微语道："白痴！"

"天呀！难道她会……难道她完全发了疯！"丽萨魏达·博罗可菲也夫纳自言自语地说。

"这是一个玩笑。这和刚才'可怜的骑士'一样，不过是一个玩笑，"阿历山大坚定地朝她的耳上微语，"别的没有什么！她用那种别致的方法，又和他开起玩笑来了。不过这玩笑闹得太过分，应该把它停止，Maman！刚才她像戏子似的，演出她的拿手好戏，闹得我们全吓着了……"

"幸而她攻击的是一个白痴。"丽萨魏达·博罗可菲也夫纳和她微语着。女儿的话到底使她感到轻松。

公爵听见人家叫他白痴，哆嗦了一下，但并非由于人家叫他白痴的缘故。"白痴"的称呼他立刻忘记了。但是在人群，离他所坐的地方不远，在旁边什么地方，他怎么也指不出来，究竟在什么地方，在那一个点上，闪出一个人脸，惨白的脸，带着卷曲的、黑暗的头发，有熟识的、很熟识的微笑和眼神，一闪就隐灭了。也许这只是他的想象，从所见的全部的显景中，留在他印象里的唯有扭曲的微笑、眼睛和系在闪过的那位先生身上的淡绿的、漂亮的领带。

过了一分钟，他忽然迅遽地、不安地向四围环望。这第一个显景大概是第二个显景的预兆和前驱。这大概是一定的。在动身到车站上来的时候，他莫非忘记了可能的遭遇吗？固然，他上车站来的时候，大概并不完全知道到这里来，他处于这样的精神状态之中。假使他会或能够多加些注意，他在一刻钟以前就能觉察出阿格拉耶也似乎间或在那里不安地环望，也好像在自己周围寻觅什么。现在，他的不安显露出来的时候，阿格拉耶的骚乱和不安随着增长，他刚回头一看，她也立刻回头看望。不久就随来了惊慌的解释。

从车站的旁门里，公爵和叶潘钦家里一伙人所坐的地方的附近，忽然出现了一群人，至少有十个人。那群人的前面有三个女人，内中两个长得很美丽，在她们后面跟着这许多崇拜的人们是不足为奇的。但是这些崇拜的人们和女人们，全具有一点特别的，和聚在这里听音乐的其他观众完全不同的地方。差不多大家立刻看到他们，但是大半都努力做出完全不看见他们的样子，只在青年中还有几个人向他们微笑，低声互相传达什么话语。不看见他们是完全不行的：他们公开表露自己，大声说话，谈笑自若。可以猜想到的是他们中间有许多是薄醉的，虽然在外表上有几个人穿着漂亮美丽的服装，但是还有些人具有极奇怪的神气，穿着奇怪的衣服，有红得奇怪的脸。他们中间还有几个军人，也不全是青年人，有的人打扮得很舒适，穿着缝得宽阔而且优雅的衣服，手上戴着戒指，袖上套着纽扣，有漂亮的、漆黑的假发和胡须，脸上露出特别正直的、虽然带点嫌脏相的威严，但是这种人在社会上是避若恶疫的。在我们那些郊外的避暑胜地中固然有些具有特别良好的名誉，以特别谨严著称，但是极谨慎的人也不能在所有的时间内保障自己，不受邻屋上落下来的砖头的袭击。这砖头现在准备落到聚在那里听音乐的体面的观众头上。

从车站走到乐队所在的小场那里去，必须走完三级石阶。这群人就在石阶上止步，没有敢走下来。但是女人中有一个向前直进，她的随员中只有两个人敢跟在她后面。一个是带着极朴素样子的中年人，外貌在各方面都还体面，却具有完全孤苦伶仃的人的样子，那就是从来不认识任何人，也没有人认识他们的那类人物。还有一个不离这位女太太一步的人是完全穿得破破烂烂的，具有极暧昧的神色。此外没有人跟在这位怪诞的女太太后面。走下去的时候，她甚至没有往后看一眼，仿佛有人跟她不跟她，是根本无所谓的。她照旧笑着，还大声说话，她穿得特别有趣味，且极阔绰，但是有点过分的奢侈。她经过乐队，走到小场的另一头那里，在那边附近的道旁正等候什么人家的一辆马车。

公爵没有看见她，已经有三个多月了。他来到彼得堡后的这几天内，一直想去见她，但是一个秘密的预感阻止住他。至少他怎么也不能猜到，他在遇见她的时候将发生怎样的印象，他有时怀着恐惧努力加以想象。使他觉得明显的是这遇见必定是很痛苦的。在这六个月内，他好几次忆起他初次看见这女人的照片时，她的脸使他引起如何的最初的感觉，但是他忆起，即使在照片的印象里，也含有很多痛苦的成分。在省城里他和她每天相见的一个月引起他一种可怕的影响，竟使公爵有时甚至愿意把这相当不久的时代的回忆努力地驱赶。在这女人的脸上永远有使他感觉痛苦的东西。公爵和罗果静谈话时用无尽的爱怜的感觉将这感觉译出，这是对的：这个脸从照片上就在他心里勾起了整个的怜惜的情感。他对于这女人爱怜的印象，甚至为她痛苦的感觉，永不离开他的心，现在也不离开。不对的，甚至还强烈些。但是他并不满意自己对罗果静所说的话。到了现在，在她突然出现的一刹那间，他也许从直接的感触上了解他对罗果静所说的话里不够的是什么。不够的是那可以描写出恐怖的话语。是的，就是恐怖！他现在，在这时间内，十分感到它。他相信，由于自己的特别的原因，完全相信这女人是疯子。假使你爱一个女人甚于世间的一切，或已预感到这种爱情的可能，而忽然看见她被锁在铁窗后面，呻吟于看守的棍杖之下，那么这印象和公爵现在所感觉到的有点相像了。

"你怎么啦？"阿格拉耶匆遽地微语，回头看他，天真地拉他的手。

他的头转到她那边去，看了她一眼，望着她乌黑的、在这时间闪耀得使他无从了解的眼睛，试着对她笑一下，但是好像在一刹那间忘记了她，眼睛忽然又移向右面，又开始观察他的特别的显景。娜司泰谢·费里帕夫纳这时候正从小姐们的椅子旁边走过。叶夫格尼·柏夫洛维奇继续对阿历山大·伊凡诺夫纳讲一些大概很可笑而且有趣的话，说得迅快而且热烈。公爵记得阿格拉耶忽然微语地说："怎样的女人……"

这是一句不确定的、没有说完的话。她立即忍住，不增添什么话，但是已经很够了。娜司泰谢·费里帕夫纳已经走了过去，好像没有特别看到什么人，这时忽然回头朝他们的方面看去，似乎现在才发觉了叶夫格尼·柏夫洛维奇。

"咦！他在这里呢！"她忽然止步呼喊，"人家打发多少听差寻找，都找不到他，他倒像故意似的坐在这里。真是想不到……我以为你已经到你叔叔那里去了！"

叶夫格尼·柏夫洛维奇满脸通红，疯狂地望着娜司泰谢·费里帕夫纳，但是很快地回转身去，背着她。

"什么？你难道不知道吗？他还不知道，想想看！用手枪自杀了！你的叔叔今天早晨用手枪自杀了！在两点钟时候人家对着我讲，现在半城的人都已知道，听说缺少了三十五万公款，有的人说五十万。我还以为他会给你留下遗产的，现在他全都弄光了。他是一个荒诞的小老头子……唔，再见吧，祝你幸运！难道你不去吗？怪不得你预先辞职，狡猾的人！这是胡话，你知道的，预先知道的，也许昨天就知道了……"

虽然在这无礼的纠缠里，公开宣布本来没有的亲密的交情里，一定含有什么目的，现在这已是毫无疑义的了，但是叶夫格尼·柏夫洛维奇起初想含糊了事，无论如何不去理会这个施侮辱的女人。但是娜司泰谢·费里帕夫纳的话语像霹雳似的打击他，他一听到叔叔的死去，脸白得像手帕，转身向她看去。这时候丽萨魏达·博罗可菲也夫纳匆遽地从座位上立起来，使大家也随着她立起，几乎从那个地方跑走了。只有莱夫·尼古拉也维奇公爵还在原位上留了一会，似乎迟疑不决似的，叶夫格尼·柏夫洛维奇还站在那里，没有醒过来。但是叶潘钦一家人还没有走上二十步，就出了一个可怕的乱子。

那个和阿格拉耶说话的军官，叶夫格尼·柏夫洛维奇的好友，达到了愤激的最高的阶段："简直应该用鞭子抽，否则没法驾驭这贱妇！"他几乎洪响地说。他大概以前就成为叶夫格尼·柏夫洛维奇的心腹。

娜司泰谢·费里帕夫纳立刻转身向他。她的眼睛闪耀着。她奔到立在离她两步以外的、她完全不认识的青年人身前，夺去握在他手里的一根柔细的、绳编的马鞭，用全力斜斜地抽打这施侮辱的人的脸。这一切发生在一刹那的工夫……军官忘了自己，奔到她身上来。娜司泰谢·费里帕夫纳的随员里已没有一个人在她身旁，那个中年的、打扮得体面的先生已经不知溜到什么地方去了，那个欢乐的先生竟站在一旁，拼命地大笑。过一分钟后警察自然会赶到的，但是在这一分钟内娜司泰谢·费里帕夫纳一定要吃点苦头，假使没有人做意外的援手。公爵也立在两步内，连忙从后面抓住军官的手。军官一面摔脱他的手，一面朝他的胸脯上剧烈地推了一下。公爵跃出三步，落在椅上。但是这时候娜司泰谢·费里帕夫纳身旁又出现了两个保护者。那个拳术家——读者已熟知的那篇文字的作者和以前罗果静一伙中的常任会员——立在攻袭的军官面前。

"开历尔！退伍的中尉！"他恶狠狠地自行介绍，"假使你想打架，上尉，我可以代替软弱的女性，和您周旋一下。我曾学过英国的拳术。上尉，您不要推来推去，我很同情您受了血的侮辱，但是当着大众面前和一个女人比拳是我不能允许的。既然您是一个正直的绅士，应该用别种方法去对付，您自然明白我的意思，上尉……"

但是上尉已经醒了过来，不再听他的说话。这时罗果静从人群内出现，迅遽地拉住娜司泰谢·费里帕夫纳的手，引她走开。罗果静本人显得十分震动，脸色发白，浑身哆嗦。他领娜司泰谢·费里帕夫纳走开的时候，朝军官的眼前恶狠狠地笑了一下，用得意的、商贩式的口气说："嗤！竟做这种事！脸上全是血！嗤！"

军官清醒了过来，并且完全想出他应该和什么人办交涉，因此一面用手帕掩住脸，一面有礼貌地朝正从椅上立起来的公爵说话。

"您是我刚才被介绍认识的梅思金公爵吗？"

"她是疯子！得了疯病！请您相信我的话！"公爵用战栗的声音回答不知为什么向他伸出战栗的手。

"我自然不敢夸口，说我知道这类的消息，但是我必须知道您的尊姓大名。"

他点了点头，就走开了。警察在最后的当事人走开以后，过了整整的五秒钟才赶到。但是这乱子持续了不过两分钟。群众中有人立起来走了，有些人只从这个座位上移到另一个座位上；有些人很喜欢看热闹；还有些人纷纷议论，露出极大的兴趣。总而言之，这事情就平平常常地了结了。乐队重又奏起。公爵跟着叶潘钦一家人后面走去。假使他在被人家推开，坐在椅上的时候猜到或来得及向左边看一看，一定会看见阿格拉耶停留在离他二十步远的地方，看这个乱子的进展，不听离走得较远的母亲和姊妹们的呼唤。S公爵跑到她面前，劝她赶快走。丽萨魏达·博罗可菲也夫纳记得阿格拉耶持着极度骚乱的心神回到她们那里来，她当时不见得听见她们的呼唤。只在他们走进公园，过了两分钟以后，阿格拉耶才用寻常的、冷淡的、任性的声音说道：

"我想看一看这趣剧怎样了结。"

第三章

　　车站上的事件使母亲和女儿们产生近乎恐怖的印象。在惊慌和骚乱中的丽萨魏达・博罗可菲也夫纳领着女儿们几乎从车站上一路跑回家去。照她的观察和见解，在这事件里发生了、暴露了太多的东西，使她的脑子里，不管如何的紊乱和恐惧，竟产生出一些坚决的思想来了。大家全明白，发生了一点特别的情形，也许，而且是幸运地、开始暴露出一些特别的秘密。任凭 S 公爵以前怎样解释，叶夫格尼・柏夫洛维奇"现在露出狐狸尾巴来了"，暴露了，被发现了"正式被发现他和这贱人有关系"。丽萨魏达・博罗可菲也夫纳，还有她的两个大女儿都这样想。从这结论里所得到的是哑谜更加积聚得多了。小姐们虽然对于母亲那种剧烈的惊惧和显明的逃走暗自有点愤慨，但是在骚乱的初期他们不敢向她发问。此外，不知为甚缘故，她们以为她们的妹子阿格拉耶・伊凡诺夫纳在这件事情上知道得比她们和母亲三人多。S 公爵也是阴沉得像黑夜，也很疑虑。丽萨魏达・博罗可菲也夫纳一路上不和他说一句话，他好像没有注意到。阿台拉意达试着问她："刚才讲的是哪一个叔叔？彼得堡出了什么事情?"但是他的脸上露出极尖酸的神情,喃喃地回答一些关于必须加以调查等极不确定的话语,还说这自然只是荒诞的话。"这是无可置疑的!"阿台拉达回答,以后再也不问什么。阿格拉耶开始显得特别安静,只在路上说跑得太快了。她回头看了一次,看见公爵在追赶她们。她看到他努力追赶的情形,冷笑了一声,再也不看他一眼。

最后,差不多在别墅附近,遇到了迎面向他们走来的伊凡·费道洛维奇,他刚从彼得堡回来。他在第一句开口的时候立即询问叶夫格尼·柏夫洛维奇。但是他的夫人威风凛凛地从他面前走过,不回答,甚至不看他一眼。从女儿们和S公爵的眼神上,他立刻猜到家里发生了暴风雨。但是即使不这样,他自己的脸上也反映出特别的不安。他立刻挽住S公爵的手,使他停留在家门附近,微声地和他说几句话。从他们两人走到平台上到丽萨魏达·博罗可菲也夫纳那里去时那种惊慌的神色上,可以想到他们两人听到了一种特别的新闻。大家渐渐地聚在楼上丽萨魏达·博罗可菲也夫纳那里,平台上只留下公爵一人。他坐在角落里,似乎等待着什么,但是自己也不知道为什么。他看见这人家混乱的情形,竟没有想到走开。他显然忘却了整个宇宙,准备连着坐上两年,随便人家把他放在什么地方。他有时听见楼上惊慌的谈话的声音,他自己说不出他在这里坐了多少时候。天色已晚,完全昏黑了。阿格拉耶突然走到平台上来。外表上她很安静,虽然脸色有点惨白。她看见公爵坐在角落里椅上,"显然料不到"会在这里见到他,不由得惊疑地微笑了。

"您在这里做什么?"她走到他身前。

公爵喃声说些什么,露出惭愧的样子,从椅上跳起,但是阿格拉耶立刻坐在他身旁。他也坐下来了。她忽然精细地看了他一下,又朝窗外看,似乎并没有想什么,以后又朝他看。"也许她想笑,"公爵想,但是"不会的,她当时就会笑的。"

"您也许想喝茶,我去吩咐他们。"她在沉默了一会以后说。

"不，不……我不知道……"

"怎么不知道！啊，是的，您听着：假使有人唤您去决斗，您要怎么办呢？我刚才就想问您。"

"但是谁呢？没有人会唤我去决斗的。"

"假使唤呢？您会惧怕吗？"

"我想，我会……很怕的。"

"正经的话吗？那么您是懦徒吗？"

"不，也许不。惧怕而跑走的才是懦徒；虽惧怕而不跑的，还不是懦徒。"公爵想了一想，微笑了。

"您不会跑吗？"

"也许不会跑。"他终于笑起阿格拉耶的问话来了。

"我虽然是女人，但是我无论如何决不跑走，"她几乎恼怒地说，"不过您在那里笑我，您照例装腔作势，显出您是一个极有趣味的人。请问您：枪击是不是照例须在二十步以外？也有十步的吗？如此说来，是一定会被打死，或受伤的吗？"

"决斗时大概不大会击中的。"

"怎么不大会呢？普希金不是被打死了吗？"

"这也许是偶然的。"

"完全不是偶然，这是一场决斗，他被杀死了。"

"子弹落得很低，唐台司一定向高处瞄准，向胸前或头上。没有人会这样瞄准的，所以这子弹大概偶然打中普希金，一定是错误的结果。内行的人们对我说过的。"

"我有一次和一个小兵谈话，他对我说，他们的队伍分散开来射击的时候，根据教练操法，必须朝半身瞄准。他们就叫作'朝半身射击'。不是朝胸部，也不是朝头部，却是朝半身射击。我以后问过一位军官，他说这是对的。"

"这是对的，因为是远距离的射击。"

“你会射击吗？”

“我从来没有射击过。”

“难道上弹药都不会吗？”

“不会。不过我明白怎样做，但是自己从来没有这样上过。”

“那么您不会，因为这是需要经验的！您听着，好生记住：最先要买一点上好的手枪用的火药，不要湿的——人家说不能用湿的，却要用很干的——还要细碎的，您必须买这样的货色，放炮用的是不行的。人家说子弹是他们自己铸成的。您有手枪吗？”

“没有，也用不着。”公爵忽然笑了。

“这真是没有意义的话！您一定应该去买，买一支上好的、英国式或法国式的，听说那是最好的手枪。然后取一把火药，或者两把，塞进去，越多越好。然后塞进一块毛毡——听说必须用毛毡才行，不知为什么缘故——这可以想法弄到，从一条床褥里，或是从门上，有时人家用毛毡钉在门上。以后，在毛毡塞进去以后，再把子弹放进去，您听着，必须先放火药，后放子弹，否则是射不出来的。您笑什么？我希望您每天练习几次，一定可以学会向标的上射中。您能够照办吗？”

公爵笑了。阿格拉耶恨恨地跺脚，她在谈话时那种严肃的神色使公爵感到惊异。他一方面感到他必须打听些什么，问些什么，总之，是问些比如何装手枪还正经些的事情。但是这一切从他的脑筋里飞走，除去一样以外，那就是她坐在他身边，他瞧着她。至于她讲什么话，在这时间他几乎是无所谓的。

伊凡·费道洛维奇终于从楼上走到平台上来。他带着蹙眉的、忧虑的、坚决的神情到什么地方去。

“莱夫·尼古拉也维奇，你……你现在到哪里去？”他问，虽然莱夫·尼古拉也维奇并不想走出去，“我们走，我要对你说一句话。”

“再见吧。”阿格拉耶说，给公爵伸出手来。

平台上已经很黑，公爵在这时候完全不能明显地看清她的脸。一分钟后，他和将军从别墅里走出去的时候，他突然脸色发红，紧紧地握住自己的右手。

原来伊凡·费道洛维奇和他顺路，伊凡·费道洛维奇不顾时间已晚，忙着去和什么人谈话。但是他暂时忽然匆遽地、惊慌地、极不连贯地和公爵说话，在谈话里时常提起丽萨魏达·博罗可菲也夫纳的名字。假使公爵在这时间内能够注意一些，他也许会猜得到伊凡·费道洛维奇想向他探听什么事情，后者最好说是想直截了当地、公然地向他问什么事情，但是到底不能触到一个最主要的点上去。使公爵感到惭愧的是他的心神十分散漫，竟没有听见最初说的是什么，等到将军向他提出一个热烈的问题的时候，他不能不承认他一点也没有明白。

将军耸了耸肩。

"你们全是一些奇怪的人，从各方面都是的，"他又开始说，"我对你说，我完全不明白丽萨魏达·博罗可菲也夫纳的思想和惊慌。她犯了歇斯底里症，一面哭，一面说人家侮辱她，她受了侮辱，但是谁呢？怎样呢？和谁呢？什么时候？为什么原因？我老实说，我是有错的，这个我承认，我有许多过错，但是这个不安静的女人，再加上是行为不端的，那种逼迫的手段可以唤警察来加以限制，我今天就打算和一个人见面，警告他一声。一切都可以轻轻地、温情地甚至和蔼地，借着朋友的交情，安排得妥当，不出什么乱子。我也同意，将来会发生许多事件，有许多未曾解释清楚的问题。这里有阴谋。假使这里大家一点不晓得，那么那里人家还是不会解释清楚的。假使我不听见，你不听见，他不听见，第五个人也一点不听见，那么请问，谁会听见呢？据你看来，应该怎样加以解释，假使不解释为一种虚幻的、不存在的事情，像月光……或其他幻景？"

"她是疯子。"公爵喃声说，忽然痛苦地忆起了以前的一切。

"假使你讲的是她，那么我有一句话要说。我有时也会发生这样的念头，我就安安静静地沉睡了。但是我现在看出她们的意见正确些，便不相信她的发狂。这女人固然很无聊，然而心思极细，并不疯。今天关于加比东·阿莱克谢奇的那套话是可以证明出来的。在她的方面是一种欺诈的手段，至少是阴阴的举动，怀着特别的用意。"

"哪一个加比东·阿莱克谢奇？"

"唉，天呀，莱夫·尼古拉也维奇，你一点没有听我的说话。我一开头就和你谈起那个加比东·阿莱克谢奇。我惊吓得甚至现在手脚还在那里战栗。也就为了这件事情在城里迟留了一会。加比东·阿莱克谢奇·拉道姆司基，叶夫格尼·柏夫洛维奇的叔叔……"

"怎么样呢？"

"今天早晨，天刚亮，七点钟，自杀了。老头是很可尊敬的，有七十岁，快乐派，正和她所说的一模一样，公款，一笔很大的款子！"

"她怎么会……"

"怎么会知道的吗？哈，哈！她一出现，她的周围已经组成了整个的司令部。你知道现在有什么人物到她那里去，寻觅'结交的荣耀'。自然她会从她那些客人那里听到的，因为现在整个彼得堡已经全都知道，伯夫洛夫司克也总有一半人已经知道了。她所说关于军服的那句话多么细腻呀！他们转讲给我听的！她说叶夫格尼·柏夫洛维奇是预先辞职的！这真是一个恶毒的暗示！不，这并没有疯狂的表示。我自然不相信叶夫格尼·柏夫洛维奇会预先知道这祸事在什么时候发生，那就是某天的七点钟等等。但是他总会预先感觉出一点来的。我们大家，还有 S 公爵，全都以为他会留给他一份遗产的！可怕呀！可怕呀！但是我并不责备叶夫格尼·柏夫洛维奇什么，这是应该对你解释的，不过到底有点可疑。S 公爵十分惊愕。这一切发生得太奇怪了。"

"叶夫格尼·柏夫洛维奇的行为里有什么可疑的呢？"

"一点也没有！他的举止是很正直的。我并不做什么暗示。我看，他自己的财产是完整的。丽萨魏达·博罗可菲也夫纳不愿意听这个……但是最要紧的是所有这类家庭的灾祸，或者最好说是所有这类无聊的谈话，简直不知道怎样去称呼……莱夫·尼古拉也维奇，你可以说是我们家庭的密友，你想一想，原来叶夫格尼·柏夫洛维奇在一个月以前就已向阿格拉耶求婚，遭到她的拒绝。固然这消息确不确还不得而知。"

"这是不会的！"公爵热烈地喊。

"难道你知道点什么事情吗？"将军战栗了一下，露出惊异的样子，停住了脚，像在地上生了根，"你瞧，亲爱的，我也许对你说出了无用的、不体面的话，但这是因为你……因为你……可以说是那样的人。也许你知道点特别的情形吗？"

"关于叶夫格尼·柏夫洛维奇……我一点也不知道。"公爵喃声地说。

"我也不知道！人家根本想把我……把我往土里活埋。也不想一想，这对于一个人是多么难受的事情，我是忍受不了的。刚才又发生了一场吵闹，真可怕！我对你说这话，因为我把你当作嫡亲的儿子看待。主要的是阿格拉耶好像在那里笑她的母亲。关于叶夫格尼·柏夫洛维奇一月之前曾向她正式求婚遭她拒绝的一层，是姊姊们说出来的，作为一种猜测……不过是坚定的猜测。她是一个任性的、怪诞的生物，那是不能以言语形容的！她也许有的是宽仁和豁达，有的是心智方面优良的性格，但是那份任性、那份好嘲笑，一句话，具有一个魔鬼的性格，还加上荒诞的理想。现在她当面笑母亲，笑姊姊们，笑 S 公爵。对我更不必提了，她很少的时候不取笑我。至于我呢，我十分爱她，甚至她取笑我也爱她，这小鬼就为这个特别爱我，大概爱得比其余别人多。我敢打赌，她也在那里取笑你。我刚才看见你们在那里谈话，在楼上吵闹了一阵以后，她和你坐在一起，像无事人似的。"

公爵脸色赧红，紧握住右手，但是沉默着。

"亲爱的，良善的莱夫·尼古拉也维奇！"将军忽然带着热烈的情感说，"我……连丽萨魏达·博罗可菲也夫纳在一块——她又开始骂你，还为了你骂我，不明白为什么缘故——我们总是爱的，诚恳地敬爱你的，甚至不管出什么事情，不管外表如何。但是你必须同意，你自己必须同意，突然来了一个多么难猜的哑谜，多么感到懊丧，当你听到这个冷血的小鬼忽然——因为她立在母亲面前，露出对于我们的一切问话。特别对于我的问话深深的贱视的态度，因我鬼使神差地发了傻气，忽然想表示自己是一家之主，真是发了傻气——这个冷血的小鬼竟忽然嘲笑地宣布，那个'女疯子'——她是这样称呼她的，我觉得奇怪，她会和你说一样的话，她说'难道你们至今还没有猜到吗'——这个女疯子'自己在心里决定，无论如何，想法使我嫁给莱夫·尼古拉也维奇公爵，就为了这个用意竭力想把叶夫格尼·柏夫洛维奇从我们家里轰出去'……她只说了这句话，不加任何解释，自己哈哈地笑着，我们当时张开了嘴。她当时把门啪地一带，就出去了。后来有人对我讲刚才你和他出了一段笑话……亲爱的公爵，你听着，你是一个不爱生气，很有判断力的人，我看出你身上这一点来的，但是……你不要生气：她确乎是取笑你。她像小孩似的取笑人，所以你不必生她的气，但是这决定是如此的。你不必想到别的上去，她只是想愚弄你，愚弄我们大家，由于无事可做的缘故。唔，再见吧！你知道我们的情感？我们对你的诚挚的感情？这感情是永远不变的……但是我现在要到这里去，再见吧！我像今天那样心绪不佳是很少的……这也算住别墅避暑！"

公爵独自留在交叉路口，向四面环顾了一下，忽遽地越过那条路，走近一所别墅的发亮光的窗子那里，打开刚才和伊凡·费道洛维奇谈话时紧握在右手里的那张小纸，利用微弱的灯光读道：

明晨七时，我将在公园绿椅上等候您。我决定和您谈那件于您直接有关的极重要的事情。再启者：希望您不要把这封信给任何人看。我对您下这样的命令虽然感到不好意思，但是我觉得这是您应得的处分，也就写下了，同时为您的可笑的性格羞惭至于脸红。

又启道：那张绿椅就是我刚才指给您看的。您应该感到羞惭！

我不能不补写在后面。

这张字条大概是阿格拉耶走到平台上来之前匆忙中写下，马马虎虎折好的。公爵露出无可形容的、和惊惧相仿的慌张的神情，又紧紧地将那张小纸握在手内，赶紧从窗旁、从光明那里跳走，像受惊吓的小偷。就在这行动里，忽然和一直立在他肩旁的一位先生相撞。

"我在监督着您呢，公爵。"那位先生说。

"是您吗，开历尔？"公爵惊异地喊。

"我在寻找您呢，公爵。我在叶潘钦的别墅附近等候您，自然不能进去。您和将军同行的时候，我在后面跟着。公爵，我愿意为您效劳，您可以支使我。我准备牺牲，甚至准备死，在您需要的时候。"

"但是……为了什么？"

"一定会决斗的。那个莫洛夫诺夫中尉，我知道她，不过当面还不认识……他是不肯忍受侮辱的。我们这班人，我和罗果静，他自然看得一钱不值，这也许是应得的，因此唯有您一人负责。只好归您付酒钱。他问过您的姓名，我听见的。明天他的朋友一定会上您那里去，也许现在已经在那里等候。假使您看得起我，选我为证人，我是准备为您当差的。我就为了这件事情找您。"

"您也讲起决斗来了！"公爵忽然哈哈地笑，使开历尔感到特别惊异。他笑得厉害。开历尔在提出充当证人的要求还没有得到满足之前，确乎像坐在针刺上似的感觉不安，现在看着公爵这样欢笑，几乎生起气来。

"公爵，您刚才抓住他的手。一个体面的人士在大众面前是难以忍受的。"

"但是他推我的胸脯！"公爵笑着喊，"我们没有什么可决斗的！我向他赔一个罪，也就完了。但是一定要打架，就打架吧！让他先放枪，我还愿意呢。哈，哈，哈！我现在会装手枪了。您知道不知道，刚才有人教我装手枪？您会装手枪吗，开历尔？先去买一点火药，手枪用的，不要湿的，也不要放炮用的粗的，先把火药放进去，再从门上取一块毛毡，然后再塞进子弹，应该先放火药，后放子弹，否则是放不响的。开历尔，您听清：会放不响的。哈，哈！难道这不是至理名言吗，开历尔？您知道，我现在想抱着您，吻您一下。哈，哈。哈！您刚才怎么会立在他面前的？您快点到我家里去喝香槟酒。我们大家都喝得烂醉！您知道不知道我有一打香槟酒，放在莱白及夫的地窖里？前天，我搬到他那里去的第二天，莱白及夫'偶然'卖给我的，我全都把它买下来了！我要邀请一大批客人！怎么，您今天夜里还想睡觉吗？"

"和每个夜里一样。"

"那么祝您安睡！哈，哈！"

公爵越过道路，隐到公园里去了，把开历尔弄得莫名其妙，寻思起来。他从未看见公爵有过这样奇怪的情绪，简直想象不到他会这样的。

"也许发了疟疾，因为他是一个神经质的人，这一切使他发生强烈的印象，但是自然他是不会胆怯的。这类人是不会胆怯的！"开历尔自己想，"唔！香槟酒！一个有趣的新闻。十二瓶酒，一打，存货倒还不少。我敢打赌，这批香槟酒是莱白及夫从什么人那里收受下来作为典押的。唔……这公爵是很可爱的人。我真爱这类人，现在不必丧失好机会……假使有香槟酒，那么现在正是应该喝的时候……"

公爵正在发疟疾一层自然是对的。

他在黑暗的公园内荡走了许多时候，终于"发现自己"在林间小道上走来走去。他的意识里留下一个回忆，那就是他已在这林间小道上，从长椅到一株高大的、显明的老树那里，一共一百步路，来回走了三四十次。他怎么也不能记起，他在公园里逗留了至少一小时，在这时间内想的是什么，即使他愿意记起也不能。他捉住自己在想着一个念头，为了这念头他忽然忍不住笑出来了。虽然没有什么可笑的地方，但是他老想笑。他想到关于决斗的猜测绝不只在开历尔一人的脑筋里产生，那么如何装实子弹的故事也许不是偶然说出来的……"啊呦!"他忽然止步,脑筋里闪出了另一个意念,"她刚才到平台上去的时候,我正坐在角落里。她发现我在那里,显得特别惊讶竟笑了……还讲到喝茶的话。其实她的手里那时候已经握着那张纸头,那么她一定知道我坐在平台上,为什么要惊讶呢?哈,哈,哈!"

他从口袋里取出那张纸,吻了一下,但是立刻止步,凝想起来:

"这真是奇怪!这真是奇怪!"一分钟以后他甚至带着一种忧愁说着。在强烈地感到快乐的时候,他永远会觉得忧愁,他自己不知道为什么缘故。他向四围仔细地审视了一下,很惊讶他会跑到这里来了。他很累,走到长椅那里,坐了下来。四围是特别的静寂。车站上的音乐业已完结,公园内也许没有一个人,时间自然在十一点半以后。夜是静谧的、温暖的、光明的,那是六月初的彼得堡的夜,在浓密阴沉的公园里,在他坐在那里的林间小道上差不多完全是黑暗的。

假使有人在这时候对他说,他落在情网里,他发生了热情的爱恋,他将惊异地否认,甚至也许发生愤慨。假使有人说,阿格拉耶的信是一封情书,是约期幽会,那么他会替那人羞愧得无地自容,也许要唤他出去决斗。这一切是完全诚恳的,他一次也不疑惑,或者容许一点点"恋爱"的意念的存在,那就是关于这女郎会爱他,或者甚至他会爱这女郎的意念。他一想到这上去便感到羞愧:爱他,爱"他这样的人",他认为是一件怪诞的事情。他想,假使果真有什么事情,那不过是她的淘气的行为。他对于这意志感到太冷淡,认为这是题中应有的文章。而自己呢,却忙于完全另外一件事情,为另外一件事情而忧虑。刚才那个慌乱的将军说过,她在那里取笑大家,取笑他,特别取笑公爵的那句话,他倒是完全相信的,但是他并不感到丝毫的侮辱。据他看来,这是应该如此的。在他方面认为主要的是他明天,在清晨时,又可以看见她,又将和她并坐在绿椅上,听如何装实子弹的方法,看她的脸,他不需要什么别的东西。关于她打算说什么话那直接与他有关的重要的事情是什么的一类问题，也会在他的脑筋里闪现过一两次。对于这件"重要事情"，为了他被召唤去商量的，实际上却是存在的一层，他一刻也不疑惑，但是现在差不多完全不去想这件重要的事情，甚至不感到一点点想到它的意向。

林间小道的沙土上一阵轻轻的步声使他仰起头来。有一个人走到长椅旁，坐在他身旁。这人的脸庞在黑暗中难以辨清。公爵迅速地挪到他身边，挨得很近，这才看清了罗果静的惨白的脸。

"我就知道你在这里什么地方溜达，不费多少工夫就找到了。"罗果静从牙缝里喃声说。

他们在那一天旅馆的走廊里相遇以后，第一次聚在一处。公爵被罗果静的突然发现吃了一惊，有一个时候不能集中他的思想，痛苦的感觉在他的心里复活。罗果静显然明白他给予公爵一个怎样的印象。他虽然起初有点混乱，似乎用一种熟练的轻盈的态度说话，但是公爵不久就觉得他并没有一点熟练的甚至并没有一点特别的惭愧的神色。即使在他的姿势与谈话中有什么不灵便的地方，那只是外表，在心灵方面这人是不会变的。

"你怎么会在这里找我？"公爵问，为了说点什么话出来。

"我到你那里去过，开历尔告诉我的，'到公园里去了'。我心想原来如此。"

"什么叫作'原来如此'？"公爵惊慌地抓住这句脱口说出的话。

罗果静冷笑了一声，没有加以解释。

"我接到了你的信，莱夫·尼古拉也维奇。你这一套来得无谓……你何必如此。我现在代表她来见您：她一定请你去一趟，她有话对您说。请您今天就去。"

"我明天去。我现在要回家去，你到我家里去吗？"

"有什么事？我已经对你全说过了。再见吧。"

"你难道不去吗？"公爵轻声问他。

“你这人真怪，莱夫·尼古拉也维奇，看着你真奇怪。”

罗果静恶毒地冷笑了一下。

“为什么？为什么你现在这样恨我？”公爵忧愁地、热烈地抢上去说，“现在你自己也知道，你所想的一切是不实在的。我觉得你至今还没有消去对我的仇恨。你知道为什么缘故？因为你曾经图谋过我的性命，因此你的恨意还没有消释。我对你说，我只记得一个帕尔芬·罗果静，我在那天会和他结为义弟兄的。我在昨天那封信里写过，希望你忘记去想这噩梦，不要开始和我说这件事情。你为什么从我的身边躲开？为什么把手藏了起来？我对你说，那天的一切我只认为一种噩梦，我在那一天内完全把你认识得很清楚，像认识自己一般。你想象的一切是不存在的，不会存在的。我们的仇恨为什么必须存在呢？”

“你还会有什么仇恨？”罗果静回答着公爵的热情的、突如其来的话语，又笑了。他确乎躲着他，立在一旁，倒退了两步，手藏了起来。

“现在我到您那里去是毫无理由的，莱夫·尼古拉也维奇。”他慢吞吞地、简洁地说。

“你竟恨我到这种地步吗？”

“我不爱你，莱夫·尼古拉也维奇，为什么要到你那里去呢？公爵，你就像一个婴孩，你想弄玩具，你可以掏出来摆设，但是你不明白事情。你现在所说的一切，在信上全都写得清楚，难道我不相信你吗？我相信你的每一句话，我知道你从来不会骗我，将来也不会骗。但是我到底不爱你。你信上写你忘却了一切，只记得一个义兄弟罗果静，而并不记得当时动刀杀你的罗果静。你为什么知道我的情感？”罗果静又笑了，“也许我从那时起一次也没有忏悔过，而你已经把你的宽恕送给我了。我也许在那天晚上已经完全想别的事情，至于这件事情……”

“竟忘记想了！”公爵抢上去说，“那自然啦！我可以打赌，你当时一直坐了铁闷车，到伯夫洛夫司克来听音乐，就像今天似的在人群里监视、张望，这不会使我惊讶的。你当时假使不处于只能想一件事情的那种情形之下，是绝不会举刀杀我的。那天我从早晨起，一看到你，就有了预感。你知道不知道，你那时是怎样的？我们一交换十字架的时候，我就生出这个念头。你那时候为什么领我到老太太那里去？你不是想借此拦阻你的手吗？不见得是想，却只是感觉的，像我一样……我们当时具有同样的感觉。假使你当时不举手杀我——上帝把这手挪开了——我在你面前将成为怎样的人呢？我总归已经疑惑你，我们的罪是一样的，相同的！你不要皱眉！你笑什么？你没有忏悔！即使你想忏悔，也许还不能，因为你并不爱我。即使我像安琪儿一般，在你面前是纯洁的，你总归不会容忍我，在你心想她爱我，而不爱你的时候，这就是妒忌。我在这星期内曾经仔细想过帕尔芬现在对你说：她现在也许爱你比爱任何人都厉害，她是越折磨你，越爱你。她不会对你说这个，但是必须自己会看。为什么她到底还要嫁给你呢？以后她会对你自己说的。有些女人竟希望人家这样爱她们。她就具有这样的性格！你的性格和你的爱情会使她发生强烈的印象。你知道不知道，女人是能够用残忍和嘲笑折磨男子，而从来就不感到良心的责备的，因为她每天会看着你，心想：‘现在我把他折磨得要命，以后可以用我的爱情补偿他的……’”

罗果静听完公爵的说话，哈哈地笑了。

“公爵，你不是自己碰到这样女人吗？我也听到人家讲你的事情，就不知道准确不准确？”

“你会听到什么话呢？”公爵忽然哆嗦了一下，止住步，显出异常惭愧的样子。

罗果静继续笑。他不免带着好奇，也许还带着愉快，倾听公爵的话。公爵那种快乐的、热烈的激情使他感到惊愕，且使他鼓励。

“不但听到，现在自己也看出是实在的，”他说，“你从什么时候起像现在那样说话的？这样的谈话好像不是从你的嘴里说出来的。我假使不听到人家说你这类话，我也许不会到这里来，半夜里到公园里来。”

“我完全不明白你的话，帕尔芬·谢蒙诺维奇。”

"她早已对我解释过关于您的事情，现在我自己看到你和那一位同坐在一起听音乐。她对我赌咒，昨天和今天都对我赌咒，说你像一只小猫似的爱上了阿格拉耶·叶潘钦。公爵，这对于我是一样的，而且于我不相干，即使你不再爱她，她还没有不爱您。你知道，她一定要你和那一位结婚，她竟发了誓。哈，哈！她对我说：'非如此不嫁给您，他们到教堂里去，我们也到教堂里去。'这是什么意思，我无从了解，而且永远不会了解：是不是爱您爱得没有止境。但是既然爱您，何必又要您和别的女人结婚呢？她说：'我想看见他取得幸福。'这么说来，她是爱您的。"

"我对您说过，还在信上写着，她……脑筋有点不清楚。"公爵在痛苦地听着罗果静的话以后说着。

"天晓得！你也许弄错了……不过她今天在我把她从音乐队那里领开的时候，就定下了结婚的日期：那就是过三星期以后，也许早些。她说，我们就要结婚。她起誓，把神像摘了下来，吻了一下。公爵，现在一切都在您的身上。哈，哈！"

"这全是谵语！您所说关于我的一切是永远不会有的，永远不会有的！我明天到您那里去……"

"哪里是疯子？"罗果静说，"别人看来她的神智很清楚，唯独您一人看出她是疯子？她怎么会写信到那边去呢？既然是疯子，从信上就可以看出来的。"

"什么信？"公爵惊惧地问。

"她写信给那一位，那一位读她的信。您还不知道吗？您会知道的，她一定会自己给您看的。"

"这真是无从相信！"公爵喊。

"唉！莱夫·尼古拉也维奇，您呀！我看您在这段路上才走了不多，您才开始走。你等一等。您会雇用自己的侦探，自己日夜看守着，打听她每一步的行动，只要……"

　　"您停止住，永远不要说这件事情!"公爵喊，"帕尔芬，我刚才在没有和你遇到以前，在这里走来走去，突然笑了起来，不知道笑什么，但是原因是我记起明天恰巧是我的生日。现在差不多有十二点钟。我们去欢迎这个日子! 我有酒，我们可以喝一杯，您可以祝我成就我现在自己也不知道愿意如此成就的一切。你祝我的幸福，我也祝您的幸福。否则您直接把十字架还给我! 第二天你并没有把十字架送还呀! 不是还在您身上吗? 现在还在您身上吗?"

　　"在我身上呢。"罗果静说。

　　"我们走吧。我没有您，不愿意迎接我的新生命，因我的新生命开始了! 你不知道，帕尔芬，我的新生命今天开始了吗?"

　　"现在我自己看见，自己知道是开始了，我要对她这样报告。你现在完全不像你自己了，莱夫·尼古拉也维奇!"

第四章

公爵同罗果静走近自己别墅的时候，特别惊异地看见他的平台上灯光照耀得通明，聚了许多人。快乐的一伙正在哗笑、高谈，他们甚至似乎辩论至于呼喊，乍看上去就会料到他们正在快乐地消遣时光。他走上平台的时候，果真看见大家在那里喝酒，喝香槟酒，似乎喝得很久，因此里面有许多人已露出异常兴奋的样子。客人们全是公爵认识的，但是奇怪的是他们大家一下子聚了拢来，好像被邀请似的，虽然公爵并没有邀请任何人，他自己的生日自己还是刚才偶然忆起来的。

"您一定告诉过什么人，你要开香槟酒，所以他们全跑来了，"罗果静喃声地说，随着公爵到平台上去，"我们知道这情形，只要朝他们吹一声呼哨就够了。"他几乎狠恶地说，显然忆起了他的不远的过去。

大家用呼喊和颂祷欢迎公爵，围住了他。有些人很喧嚷，另有些人比较安静些，但是大家听到了生日的消息，都忙着道贺，大家轮流上前。有几人在场，使公爵感兴趣，譬如蒲尔道夫司基就是的。但是最使他惊异的是叶夫格尼·柏夫洛维奇忽然发现在这伙人里面。公爵几乎不愿意相信自己，一看到他，竟惧怕了。

脸红红的、几乎带着欢欣状态的莱白及夫立刻跑来解释，他的酒喝得很够程度了。从他的啰唆的话里晓得大家聚拢来是完全自然而然，甚至是偶然的。伊鲍里特在黄昏前首先来到，因为感到自己好些，所以想在平台上等候公爵。他横躺在沙发上面，以后莱白及夫跑来看他，以后他的整个家庭都来了，那就是伊伏尔金将军和女儿们。蒲尔道夫司基是伴送伊鲍里特来的。笳纳和波奇成大概来得不久，走过这里，进来看一看。他们的出现和车站上出事的时间相差不久。然后开历尔出现了，宣布公爵的生日，要求开香槟酒。叶夫格尼·柏夫洛维奇于半小时前来到。主张开香槟酒，举行庆祝最有力的是郭略。莱白及夫很乐意地把香槟酒取出来。

"不过是自己的、自己的酒！"他对公爵喃语，"由我会钞，表示颂祝和敬贺的意思，还预备了小菜、凉盘，小女正在张罗着。公爵，您知道他们在讨论什么题目呀。您记得汉恩烈所说'是或不是'的话吗？一个现实的题目，现实的！问和答……帖连也夫先生正处于崇高的阶段上面……他不想睡！香槟酒他喝了一口，喝了一口是不会有害处的……公爵，您挪坐得近些，决定一下！大家全等候您，大家只等候您施展幸福的聪明……"

公爵看到魏拉·莱白及夫的和蔼的眼神。她也忙着从人群里挤到他面前来。他越过大家，先伸出手来给她，她快乐得脸红，祝他"从今天起一直过着幸福的生活"。她以后匆遽地跑进厨房，她正在那里预备凉盘，在公爵回家之前，才抽出了一点空，跑到平台上来，用心倾听那些喝了酒的宾客中间无止歇地进行着的关于极抽象的、对于她很奇特的问题的辩论。她的小妹子张着嘴，在另一间屋的箱子上面睡熟了，但是那个男孩——莱白及夫的儿子——却站立在郭略和伊鲍里特身旁，单从他的兴奋的脸色上就能表示出他准备立在这里，欣赏而且倾听着，哪怕一下子立上十个钟头都可以。

"我特别等候着您，看见您带着这样幸福的神色回来，尤其感到异常高兴。"伊鲍里特说，当公爵在魏拉之后立刻走过去和他握手的时候。

"您怎么知道我有幸福呢？"

"从脸上看出来的。您和他们握手以后，赶快坐到我们这里来，我特别等候您。"他又补充了一句，特别着重在等候您的几个字上。公爵问他坐得这么久，会不会妨害他的身体的健康。他回答说，他自己也觉得奇怪，他在三天前怎么想死，他永不感到自己像今天那样的舒服。

蒲尔道夫司基跳了起来，喃声说"是这样的"。他是伴伊鲍里特同来的，他也很喜欢，他在这里写了些"无聊的话"，现在"很高兴"……他没有说完，就紧握公爵的手，坐到椅上去了。

公爵最后才到叶夫格尼·柏夫洛维奇面前去。叶夫格尼·柏夫洛维奇立刻挽住他的手。

"我有两句话对您说，"他微声说，"有一桩极重要的事情。我们到那里去一会。"

"两句话。"另一个声音朝公爵的另一只耳朵上微语，公爵惊异地看见毛发异常蓬松、脸色变得紫红、一面挤眉弄眼一面笑的一个人影，立刻认出他就是费尔特申阔，不知道是从哪里钻出来的。

"费尔特申阔你还记得吗？"那人问。

"您从哪里来的？"公爵喊。

"他正忏悔着呢，"开历尔跑过来喊，"他躲藏起来，不愿意出来见您，他躲在角落里，他在那里忏悔，公爵，他觉得自己做了错事。"

"有什么错处？有什么错处？"

"我遇见了他，我刚才遇见他，把他领来了，他是我的一个稀少的朋友，他在那里忏悔。"

"诸位，我很高兴，你们去和大家坐在一块，我立刻就来。"公爵终于摆脱了他们，匆忙地走到叶夫格尼·柏夫洛维奇那里去。

"你这里很有趣，"叶夫格尼·柏夫洛维奇说，"我很愉快地等候了您半小时。是这样的，莱夫·尼古拉也维奇，我和库尔梅塞夫全说妥了，所以跑来安慰您。您不必担心，他把这事情看得很有理性，况且据我看来，他本来是自己的错。"

"和哪一个库尔梅塞夫？"

"就是您刚才拉住他的手的……他愤怒得打算明天打发人来和您解释。"

"得了吧，真是无聊！"

"自然是无聊，也只好以无聊了结它，但是我们这些人……"

"你也许还为了别的什么事情来的吗？叶夫格尼·柏夫洛维奇？"

"自然还有别的事情，"叶夫格尼·柏夫洛维奇笑了，"亲爱的公爵，我明天天一亮就到彼得堡去办那件不幸的事情——就是家叔的事情——你想一想，这一切都是确实的。除我以外，大家全都知道了。这使我惊愕到竟来不及上那边去——上叶家去——明天我也不去，因为我要上彼得堡去，您明白吗？我也许有三天不能回来。总而言之，我的事情有点尴尬。虽然事情并不特别重要，但是我想我必须用极公开的方式和您解释一下，而且不能丧失时机，必须在离开这里以前。我现在想坐一会，等一等，等他们那伙人散走，再加上我也没有地方去，我的精神十分不安，终归睡不着觉。虽然我这样直接麻烦人，有点没有良心，而且不体面，但是我要对您直说，我是跑来寻觅您的友谊的。你是一个天下少有的人，那就是说并非在每步路上必须说谎，也许完全不说谎，而我在一件事情上需要一个朋友和顾问，因为我现在根本已列入不幸的人里面去了……"

他又笑了。

"事情糟糕的是，"公爵寻思了一会，"您想等他们散走，但是天晓得什么时候走呢？我们现在最好到公园里去，他们可以等候一下的。我可以向他们道歉。"

"不必，不必，我有理由，不愿人家疑惑我和您进行着含有目的的紧急的谈话，这里有些人对于我们的关系很感兴趣，您不知道吗，公爵？最好是使他们看见我们处于极友善的、并不紧急的关系上面，您明白吗？他们过两点钟后散走，我只要费去二十分钟，或半小时的工夫就够了……"

"好吧，好吧。就是不解释我也很快乐，我很感谢您那句友善的关系的话。您恕我今天的精神这样散漫，您知道，我不知为什么这时候竟不能集中注意。"

"我看见的，我看见的。"叶夫格尼·柏夫洛维奇带着轻松的嘲笑喃声地说。他这天晚上很爱笑。

"您看见什么？"

"您不疑惑，亲爱的公爵，"叶夫格尼·柏夫洛维奇继续讪笑，不回答直接的问题，"您不疑惑，我到这里来是存心骗您，还从旁向您探听什么事情吗？"

"关于您到这里探听的一层是无可疑惑的，"公爵终于笑了，"您也许甚至决定骗我一下。但是我并不怕您，再说我现在有点满不在乎，您相信吗？何况……何况……何况因为我首先相信您终归是一个极好的人，结果我们也许真会保持友谊的。我很喜欢您，叶夫格尼·柏夫洛维奇，您……您是一个很正经的，据我看来很正经的人！"

"无论如何，我和您相处是极有趣味的，甚至无论办什么事情，"叶夫格尼·柏夫洛维奇说，"我们来，我来喝一杯酒，祝您的健康。我到您这里来，很感到满意。喂！"他忽然止步，"那位伊鲍里特先生搬到您这里来住吗？"

"是的。"

"我觉得，他不会现在就死吧？"

"怎么样呢？"

"没有什么，我和他在这里同坐了半小时……"

伊鲍里特这些时候一直在等候公爵，不断地望着他和叶夫格尼·柏夫洛维奇，在他们移到一旁谈话的时候。他们一走近桌旁，他像得了恶疟似的活泼起来了。他感到不安和兴奋，汗在他的额上流出。他的闪耀的眼睛里，除去一种迷惘的、时常的不安以外，还流露出一种不确定的不耐烦，他的眼神无目的地从此物移到彼物，从这脸移到那脸。他虽然至今还积极参加全体的、喧嚷的谈话，但是他的兴奋不过是带着疟疾性的。其实他并不注意谈话，他的辩论是不连贯的、嘲讽的、疏忽的、怪僻的。他没有说完，便扔弃一分钟以前自己开始热烈地说着的话。公爵惊异地、惋惜地看出人家竟准许他在今天晚上喝尽两大杯香槟酒，开始喝的，放在他面前的酒杯已经是第三杯了。但是他后来才知道，现在他并没有注意到。

"您知道，恰巧今天逢到您的生日，我很觉得高兴！"伊鲍里特喊。

"为什么？"

"您以后可以看见的，快坐下来吧。第一，因为您那批朋友全都聚集了。我早料到会有人来的，我一生第一次料事成功了！可惜我不知道您的生日，否则我要带点礼物来的……哈，哈！也许我带着礼物来了！到天亮的时候还长远吗？"

"不到两小时就要天亮了。"波奇成说，看了看表。

"现在为什么还要天亮，既然在外面还可以读书？"有人说。

"就为了我必须看一看太阳的边沿。能不能喝一杯酒祝太阳的健康，公爵，您以为怎样？

伊鲍里特厉声地问，无礼貌地向大家看望，好像在指挥人家，但是自己似乎没有觉察出来。

"我们也许可以喝，但是您应该安静一下了吧，伊鲍里特？"

"您老是讲睡觉的话，公爵，您是我的保姆！等太阳一出现，在天上'发出声响'——谁作的一首诗中有'太阳在天上发出声响'？这句子没有意义，但是很好——我们再睡觉。莱白及夫太阳不是生命的源泉吗？《默示录》里所谓'生命的源泉'是什么意思？你听见关于'苦艾星’的话吗，公爵?”

“我听见莱白及夫认‘苦艾星’是遍播欧洲的铁路网。”

“不，对不住，这是不行的!”莱白及夫喊，跳跃起来，挥摇着手似乎想止住刚开始的大家的哗笑，“对不住，同这些先生们……这些先生们，”他忽然转身对公爵说，“在某一点上是的，就是的……”于是他毫不客气地朝桌上叩击两次，因此使笑声更加增强了。

莱白及夫虽然处于普通的“晚上”的心情状态中，但这一次被前面那段长久的“学术”的争论惹得太见兴奋，在这种情形之下，他总是对自己的对手持着无穷的、十分公开的贱蔑的态度。

“这不对! 公爵，我们在半小时前曾经互相约定，一个人说话时，别人不许打断，不许笑，让他自由地发表一切，以后再由无神派反驳，假使他们愿意。我们还推举公爵为主席。就是的! 要不怎么办呢? 这样会把任何人的高深理想打断的……”

“您说吧，您说吧，没有人来打断您呀!”几个声音发了出来。

“您尽管说，但是不要瞎说。”

“什么叫作‘苦艾星’?”有人问

“我不明白!”伊伏尔金将军回答，带着威严的态度，占据了以前的主席的地位。

“我最爱所有这些争论和辩驳，自然是学术方面的，”开历尔喃声说，带着过度的兴奋和不耐烦的态度在椅上转来转去，“学术和政治方面的，”他出乎意料地忽然对和他并坐的叶夫格尼·柏夫洛维奇说，“您知道，我极爱讲报上关于英国议会的记载，并不是关于他们在那里议论些什么——您知道，我并不是政治家——却是关于他们如何互相解释，如何做出政治家的风度，譬如‘坐在对面的可尊敬的子爵’‘赞成鄙见的可尊敬的伯爵’‘我的可尊敬的反对者，他的提议使欧洲惊愕不止的’……诸如此类的词句，所有这些自由民族的议会政治，我们是极有兴趣的! 我被迷惑了，公爵! 我在心灵深处永远是一个艺术家，我可以起誓，叶夫格尼·柏夫洛维奇。"

"据您说起来，"箷纳在另一角落里兴奋起来了，"铁路是可诅咒的，铁路是害人的，它是降到地上的灾疫，以污染'生命的泉源'对不对？"

这天晚上，茄佛里拉·阿尔达里昂南奇处于特别兴奋的情绪中，快乐的——在公爵看来几乎是得意的——情绪中。他自然和莱白及夫开玩笑，煽动他，但是自己不久也惹出火气来了。

"不是铁路，不是的，"莱白及夫反驳着，一面发火，一面感到无穷的愉快，"单是铁路不会污染生命的泉源，但是这整个的一切是可诅咒的，我们最近数世纪的情绪，在整个的学术和经验的方面，也许确是可诅咒的。"

"是一定可诅咒呢？或者也许可诅咒呢？这是必须弄明白的。"叶夫格尼·柏夫洛维奇问。

"可诅咒的，可诅咒的，一定可诅咒的！"莱白及夫热情地加以证实。

"您不要忙，莱白及夫，您在早晨时心善得多。"波奇成微笑着说。

"但是到了晚上坦白些！到了晚上诚实些，坦白些！"莱白及夫热烈地对他说，"诚恳些，确定些，正直些，可尊敬些，这样虽把我的弱点暴露给你们看，但是并没有关系。我现在和你们大家，和所有的无神派挑战：你们用什么拯救这世界，哪里去寻觅正常的生活途径，你们那些科学、工业、会社、工资还有其余一切的人们？用什么？用借款吗？什么是借款？借款将领你们到什么地方去呢？"

"您的好奇心很大呀！"叶夫格尼·柏夫洛维奇说。

"我的意思是凡不注意这类问题的人便是上等社会里的无赖！"

"至少会弄到利益的一致和均等上面去的。"波奇成说。

"也就完了！也就完了！不承认任何道德上的根据，除去满足个人的利己主义和物质的必要以外，全面的和平、全面的幸福，由于必要而起！请问，我是不是这样了解您的意思，先生？"

"生存与饮食的普遍需要，还有一种完全的、根据科学的信念，就是如果没有利益的联结和一致绝不能使这需要得到满足，大概是一种充分坚强的思想，可成为人类将来的支柱点和'生命的泉源'。"十分兴奋的笳纳说。

"饮食的需要，那只是一种自卫的情感……"

"单只是自卫的情感还少吗？自卫的情感是人类的正常的法则……"

"谁对您说的？"叶夫格尼·柏夫洛维奇喊，"法则是对的，但是正常的法则也不过就是破坏的法则，也许甚至是自己破坏的法则。难道人类正常的法则仅只在于自卫吗？"

"吓！吓！"伊鲍里特喊，迅邅地转身向着叶夫格尼·柏夫洛维奇，用野蛮的好奇的神情审视他。但是看见他笑，自己也笑了出来，把站在旁边的郭略推了一下，又问他几点钟，甚至亲自把郭略的银表拉过来，贪婪地看着表针，然后好像把一切都遗忘了，在沙发上伸展着身体，手又支在头后，望着天花板，半分钟后他又站在桌旁，挺直了身体，倾听兴奋到最后程度的莱白及夫的唠唠叨叨的话语。

"一个狡猾的、嘲讽的意思，阴险的意思！"莱白及夫贪婪地抓住了叶夫格尼·柏夫洛维奇的怪论，"发表这意思的目的在于引诱敌方战斗，但那是一个正确的意思！因为您是上等社会里专好嘲笑的人，您是骑兵队的军官，自然不是没有能力的！您自己不知道您的意思是如何深刻的意思，是如何正确的意思，是的。自己破坏的法则和自己自卫的法则在人类中是同样坚强的！魔鬼同样统治人类，到我们还不知晓的时间的界限为止。你们笑吗？你们不相信魔鬼吗？不信魔鬼是法国式的思想，是轻松的思想。你们知道魔鬼是谁？你们知道他的名字是什么？你们连他的名字都不知道，你们竟会笑他的形式，依照福禄特尔的例子，笑他的蹄子、尾巴和尖角，笑你们自己造出来的东西，因为不清洁的神是伟大的、可畏的神，并不带着你们自己造出来的蹄子和尖角。但是现在问题不在他的身上！"

"您为什么知道现在事情不在他的身上呢?"伊鲍里特忽然喊,笑得似乎发了歇斯底里病。

"一个巧妙的、暗示的思想!"莱白及夫抢上去说,"但是事情并不在此,却在于'生命的泉源'会不会枯渴下去,自从增强了……"

"铁路吗?"郭略喊。

"不是铁路的交通。年轻而急性的少年,却是整个的趋向。铁路是可以做它的图画、他的艺术表现的。忙着,哄闹着,叩击着,为了人类的幸福。他们说'人类显得太喧闹,且富于企业性,缺少精神的安宁',一个隐逸的思想像诉怨。'随它去吧,但是运粮食给饥饿的人类的车轮的声响也许比精神的安宁好些。'另一个到各处走动的思想家用战胜者的口吻回答他,怀着虚荣离开他走了。我这个卑贱的莱白及夫,我不相信给人类运粮食的大车!因为给全人类运粮食的大车,如无对于行为的道德上的根据,会十分冷淡地阻止大部分的人类,使他们不能享受运来的东西,这种事情是有的……"

"大车会冷淡地阻止吗?"有人抢上去说。

"这种事情是有的,"莱白及夫重复了一句,不去注意人家的问话,"已经有了一个马尔萨斯,人类的好友。但是人类的好友如具有脆薄的道德根据便成为吃人的东西,至于他的虚荣更不必提,因为只要把这些无救的好友中任何人的虚荣加以侮辱,他立即怀着浅薄的复仇的心理,准备从四面八方放火纵烧全世界,像我们中间任何人一样。说实话,像我这种最卑贱的人一样,因为我也许会首先把木柴送来而自己连忙跑开的。但事情并不在这上面!"

"到底在什么上面呢?"

"讨厌死了!"

"事情在于下面一段过去世纪的故事,因为我必须讲到过去世纪的故事。在现在的时代,我们的祖国里面,诸位,我希望,你们是和我一样爱它的,因为我自己准备流尽我身上的全部的血,为了……"

"往下说！往下说！"

"在我们的祖国里面，正和欧洲一般，根据可能的计算，还按照我所能记忆的，现在每逢四分之一个世纪，换句话，每二十五年一次，必有全面的、到处的、可怕的饥馑降临人类。对于正确的数字我不加辩论，然而是很稀少的，比较稀少的。"

"比较什么？"

"同十二世纪比较，还有和它相邻近的数世纪，在它前后的数世纪。因为根据作家们的记载和证明，当时每两年一次，至少每三年一次，必有普遍的饥馑降临，在这种情形之下人们竟会互相蚕食，虽然还保持着秘密。有一个吃人肉的人晚年时毫不勉强，自行宣布他在长久的、艰苦的一生中，亲自且在秘密中杀死了还吃掉了六十名僧士和几个俗世的小孩——一共有六个，并不多，那就是比他吃去的僧士的数目少得多。至于说到俗世的成人，他从来没有持着这个目的接触过他们。"

"这是不会有的！"充当主席的将军甚至几乎用恼怒的口气喊叫，"我时常和他讨论和争辩，讲的净是这一类的问题，但是他时常说出那些离奇的话，连耳朵都听得疼了，一点也靠不住！"

"将军！请你回忆卡尔司的被围。诸位，你们要知道我的故事是千真万确的事实。我自己觉得，一切的现实虽有它不易的法则，但永远是难以置信，且永远是不像实有其事似的。无论什么事情越现实，有时越不像事实。"

"吃掉六十个僧士是可能的吗？"四围的人们都笑了。

"他并非一下子把他们吞吃，这是十分显然的。也许在十五年或二十年中间吃的，那就显得完全容易了解，而且自然了……"

"自然吗？"

"是自然的！"莱白及夫用拘迂的固执的态度说，"此外，加特力教的僧士是容易被诱引，且极好奇的，很容易把他诱入林中，或幽僻的处所，照上述的方法处置他，但是我对于被吃去的人数显得太多一层是不加否认的。"

"也许这是实在的，诸位。"公爵忽然说。

他在这以前沉默地倾听争论，不搅进谈话里去，时常随在普遍的笑声的爆发之后，发出诚挚的笑。可见他极喜欢一切快乐和喧哗，甚至喜欢他们喝这许多酒。也许他整个晚上不说一句话，但是忽然会说起话来。他用极正经的态度说话，所以大家忽然都好奇地朝他看望起来。

"诸位，我说的是当时确乎常有这样饥馑的事情，我虽然不大知道历史，但也听见过这种事情，大概这是应该如此的。我走到瑞士的山里去，对于古代骑士城堡的废墟深为惊异，这些城堡建筑在山坡上、倾斜在岩壁上，至少在半俄里高的险峻在岩石上面——那就是数俄里长的山径——城堡本来就是一整堆的石子。那是一种极艰难的、不容易完成的工作，这自然全是那些穷人臣属们建筑的，他们还须缴付各种捐税，供养僧侣阶级。哪里还能耕田养活自己呢？他们当时已经很少，大概饿死了许多，也许简直没有东西可吃。我有时甚至心想：当时这些人民怎么竟没有完全根灭，怎么竟没有出什么事情，怎么能够担当得住，忍受得住的？他们里面有吃人肉的，也许还很多，这层莱白及夫无疑地说得很对，我单只不知道，为什么他把僧士搅了进去，这种说法究竟有什么意思？"

"那就是说在十二世纪里只有僧士们可吃，因为唯有僧士们是肥胖的。"笳佛里拉·阿尔达里昂南奇说。

"一个佳妙的、正确的思想！"莱白及夫喊，"因为他居然没有碰俗世的人们一下。在六十个僧士中没有一个俗世的人。这是一个可怕的思想，历史的思想，统计学的思维，历史就是从这类事实里由内行的人造成的。因为从精确的数字方面可以证明，僧侣阶级的生活过得比其余的人们至少舒适而且快乐六十倍。也许至少有六十倍，比其余的人类肥胖……"

"这是夸张的说辞！这是夸张的说辞！莱白及夫！"周围哈哈地笑。

"这是一个历史的思想，我同意，但是您这种说法含着什么用意?"公爵继续问。他十分正经地说话，并没有一点开玩笑，和嘲笑大家全在嘲笑着的莱白及夫的意思，因此他的口气在一伙人普通的口气中间不由得成为滑稽的了。再等一会，人家也会笑他，但是他没有注意到。

"难道您不看见，公爵，他是一个疯子吗?"叶夫格尼·柏夫洛维奇朝他转身过来，"刚才有人对我说，他为了想做律师和纂写辩护词发了疯，想去应考呢。我等候着听有趣的游戏文。"

"我想取得一个极大的结论，"莱白及夫喊叫起来，"但是最先要研究罪人心理的和法律的状态。我们看见这罪人，也就是我的顾客，不管寻觅别种可吃的东西是如何的不可能，也曾在这有趣的生涯中好几次表示忏悔的意思，拒绝吃僧侣阶级，我们可以从事实上明显地看出来：要知道他到底吃了五六个小孩，这数目自然比较不多，但在另一方面是值得注意的。显然他受着可怕的良心上的责备——因为我的顾客是虔信的、有良心的人，我可以加以证明——为了在可能的范围内减少自己的罪孽，以试验的形式，六次将僧侣的肉改为世俗人的肉。说是为了试验，那也是无可置疑的，因为假使只是为了食欲的变化，那么六的数字未免太少，为什么只是六，而不是三十呢？我以一半对一半来说。但是假使这只是试验，由于恐惧渎神和污蔑教会而起的一种绝望的心思，那么六的数字是太容易了解的，因为做六个试验以满足良心的责备已经很够。试验本来是不会成功的。第一，据我看来，婴孩太少，身体不大，所以在一定的时间内吃世俗的婴孩需要比吃僧侣五倍或六倍多的数目，所以一方面罪固然减少，另一方面却大见增加，不是质的，却是量的增加。我这样判断，自然深进十二世纪罪人的心内。至于说到我这种十九世纪的人，我也许另有判断的方法，这是应该通知你们的，所以你们诸位也不必露出牙齿笑我。将军，您这样是完全不准确的。第二，根据我个人的意见，婴孩是不滋养的。也许甚至太甜，气味也难闻。所以既不能满足需要，反只留下良心的责备。现在是结论、终点，在终点里包含着当时和现在时代一个大问题的解答。结果，那罪人竟跑去向僧侣自首，把自己交在政府手里。请问，照当时的情形他将遭遇什么样的苦刑，车轮呢？火堆呢？火呢？谁推他去自首的？为什么不直接停留在六十的数字方面，保守祕密到最后的呼吸为止呢？为什么不简单地放弃僧，像隐逸士似的生活在忏悔中呢？为什么自己不去充当僧侣职呢？这问题的解答就在这上面！如此说来，有比火堆和火焰，甚至比二十年的习惯还厉害的东西！如此说来，有一种思想比一切的不幸，比歉收、虐害、瘟疫、麻风还强烈，人类假使没有这种使人们互相联结，引导他们的心灵，充实生命的泉源的思想，是不堪忍受一切地狱的境界的。在我们这种罪恶和铁路的时代中，也就可以说是轮船和火车的时代，但是我说了在罪恶和铁路的时代中，因为我喝醉了酒，但是我很公道！在这时代中，你们把和这力量相仿的东西拿出来给我看，你们把联结现在人类的思想，只及当时那些世纪的思想一半力量的，拿出来给我看。你们大胆地说，在这颗'星'底下，在把人们绑捆住的网底下，生命的泉源并没有衰弱下去，并没有显得浑浊。你们不必用你们的繁荣、你们的财富、饥馑的稀见和交通的发达吓唬我！财富多些，但是力量少些，联结的思想没有了，一切都松软了，一切显得没有力量，大家全显得没有力量，我们大家，大家，大家都像蒸熟了似的松软了！够了！现在事情并不在这上面，却在于要不要请诸位客人来吃早就给他们预备好了的凉茶，尊贵的公爵？"

莱白及夫几乎把几个听众弄到真正愤激的地步——应该注意的是酒瓶一直不断地开着——现在说出了这个突如其来的关于凉茶的结论，立刻使那些反对者心平气和了。他自己称这结论是"巧妙的、律师式的终结"。快乐的笑声又起来了，客人们显得活泼得多。大家从桌旁立起来，松散松散四肢，在平台上走一走，唯有开历尔不满意莱白及夫的言论，显得特别地惊骚。

"攻击文化，宣传十二世纪的迷信，装腔作势，甚至不带任何真挚的情感，请问，他自己是怎么赚到那所房屋的?"他大声说，拦阻住每位客人。

"我看见过一个真正解释《默示录》的人，"将军在另一角落里对另一些听者说，还特地抓住波奇成的纽扣，对他说，"那便是去世的格里哥里·谢蒙诺维奇·蒲尔米司脱洛夫，他会把人们的心燃炽起来。首先戴上了眼镜，翻开一册巨大的古书，用黑皮装订的，再加上一把灰白的胡须，两枚为了捐款而领到的勋章。他威严地开始说话，将军们全对他低头，女太太们昏晕过去，然而这位竟用凉菜作为结论! 真是什么也不像!"

波奇成听将军说话，微笑了，似想取起帽子，而又似乎不敢，或竟不断地忘掉自己的愿望。茄纳还在大家从桌旁立起来以前，忽然停止了喝酒，把酒杯从自己身旁推开。一点阴影在他的脸上飘过。在大家立起来的时候，他走到罗果静身旁，和他并肩坐下。这样子会使人家猜想，他们之间有极友善的关系。罗果静起初也有几次想悄悄地溜走，现在坐在那边，动也不动，低垂着头，似乎也已忘记他想走开，他在整个晚上没喝一滴酒，露出很沉郁的样子，偶然举起眼睛，朝大家和每人身上看了一下。现在可以猜到，他在这里等候对于他十分重要的事情，所以暂时决定不走。

公爵一共喝了两三杯酒，稍微显得快乐一点。他从桌旁立起，遇到了叶夫格尼·柏夫洛维奇的眼神，忆起他们中间将有一番解释，不由得愉快地微笑了。叶夫格尼·柏夫洛维奇对他点头，忽然朝伊鲍里特指着，这时候他正在凝聚地观察着他。伊鲍里特的身体在沙发上舒伸着，竟睡熟了。

"公爵，这小孩为什么净缠在你的身上?"他忽然说，带着一种明显的恼恨的神气，甚至怀着怨恨的心思。这使公爵感到惊异，"我敢打赌，他怀着不好的意念!"

"我也察觉到的，"公爵说，"我至少觉得，他今天使您发生极大的兴趣，对不对?"

"您可以补上一句：在我自己身上本来也有些事情应该去想一想，而我整个晚上竟不能把眼睛从这个可怕的面庞上面移开，使我自己也感到惊异!"

"他有一个美丽的脸庞……"

"你瞧，你瞧!"叶夫格尼·柏夫洛维奇喊，拉住公爵的手，"你瞧!"

公爵又惊异地向叶夫格尼·柏夫洛维奇看了一眼。

第五章

　　伊鲍里特在莱白及夫讲演终结时忽然在沙发上睡熟，现在忽然又醒了过来，好像有人推他的背。他哆嗦了一下，举起身来，向四围环顾，脸色煞白，甚至怀着惊异向四围看望了一遭。在他忆起一切，努力考虑的时候，他的脸上几乎露出了恐惧。

　　"他们放了吗？完了吗？全完了吗？太阳出来了吗？"他惊慌地问，抓住公爵的手，"几点钟了！看在上帝的分上，几点钟？我睡过时候了。我睡得久吗？"他几乎用绝望的神色说，好像他睡得失去了一点至少和他的全部命运有关的机会。

　　"你睡了七八分钟。"叶夫格尼·柏夫洛维奇回答。

　　伊鲍里特贪婪地看了他一下，考量了几秒钟："啊……只有这些时候吗？这么说，我……"

　　他贪婪地、深深地透了一口气，似乎从身上卸去了特别的重负，他终于猜到，一切并"没有完"。天还没有亮，客人们从桌旁立起，只是为了预备吃凉菜。只有莱白及夫那番唠叨的话刚刚说完。他微笑了，痨病的红晕像两个鲜艳的斑点，在他的脸上游戏着。

"我睡觉的时候，您竟替我一分一分地数起来了。叶夫格尼·柏夫洛维奇，"他嘲笑地说，"您整个晚上目不转睛地望着我，我看见的……啊，罗果静！我刚才梦见他，"他对公爵微语，皱着眉头，朝坐在桌旁的罗果静点头，"啊呦！"他忽然又跳到别人身上去了，"那位雄辩家哪里去了？莱白及夫哪里去了？莱白及夫说完了吗？他说什么？公爵，对不对，您有一次说过，'美'可以拯救世界吗？诸位！"他对大家大声喊，"公爵说，美可以拯救世界，我说，他所以生出这种游戏的思想，因为他现在有了爱情了。诸位，公爵有了恋爱了。刚才他走进来的时候，我就相信是这样的。您不要脸红，公爵，我会觉得您很可怜的。什么样的美拯救世界呢？这话是郭略转告给我听的……您是不是热心的基督徒？郭略说您自称为基督徒。"

公爵注意地审视他，不回答他。

"您不回答我吗？您也许心想我很爱您吗？"伊鲍里特忽然补上这句话，似乎是脱口说出的。

"不，我并不想，我知道您不爱我。"

"怎么？甚至在昨天那件事情以后也如此吗？昨天我不是和您十分诚恳吗？"

"我在昨天也知道您不爱我。"

"那是因为我妒忌您，妒忌您，是不是？您永远这样想，现在还这样想，但是……但是我为什么对您说这个话呢？我还想喝香槟酒，请您倒一杯，开历尔。"

"您不能再喝了，伊鲍里特，我不能让您再喝……"

公爵把酒杯从他身旁挪开。

"真是的……"他立刻同意，一面似乎沉思着，"也许人家会说……不过我才不管人家说什么，对不对？对不对？随他们以后怎么说，对不对，公爵？以后怎么样，于我们大家有什么相干！不过我是刚醒过来。

我做了一个可怕的梦，现在才想了起来。我不希望您做这样的梦，公爵，虽然我确乎也许不爱您。即使您不爱这个人，也何必希望他遭厄运呢，对不对？我为什么净问，我问它做什么？您把手伸出来，我要紧紧地握一下，就是这样……您居然把手伸了过来？这么说来，您知道，我会诚恳地握它吗？也许我不再喝酒了！几点钟了？不用啦，我知道是几点钟。时间到了，现在正是那个时候。怎么？在角落里摆上凉菜了吗？这么说来，这桌子是空着的吗？好极了，诸位，我……但是这几位先生没有听着……我打算读一篇文字，公爵，凉菜自然是有趣些，但是……"

忽然完全出乎意料地，他从上面的旁边的口袋里掏出一只巨大的、盖着大红印的、公事房用的式样的信封。他把它放在桌上，自己的面前。

这突如其来的举动，在没有准备的，或者不如说是准备着而不准备到这上去的一群人里，产生了印象。叶夫格尼·伯夫洛维奇甚至从椅上跳了起来，茹纳迅速地挪近桌旁，罗果静也这样做，但带着一种嫌恶的气恼，似乎明白是怎么回事。恰巧立在附近的莱白及夫带着好奇的眼神走了过来，看着那信封，努力猜测是怎么回事。

"您这是什么？"公爵不安地问。

"太阳的边沿一出来，我就要躺下，公爵，这话我说过的，实在的话，您以后看得见的！"伊鲍里特喊，"但是……但是……难道您以为我不会拆开这信封吗？"他补充着说，带着一种挑战的神气用眼睛向大家身上扫射了一下，似乎毫无区别地对着大家。公爵看出他全身发抖。

"我们里面谁也没有这样想，"公爵代表大家回答，"您为什么以为我们什么人里面会有这样的念头呢？您怎么会生出这个奇怪的读这篇东西的念头来的？您那篇文字是什么东西，伊鲍里特？"

"这是什么？他又出了什么事情？"周围的人们问着，大家走近过来，有的人还在吃着凉菜。那只盖着红印的信封像磁铁似的吸引大家。

"这是我昨天自己写的，就在我答应您到这里来居住以后，公爵，我昨天写了一天又一夜，今天早晨才写完，夜里，天快亮的时候，我做了一个梦……"

"明天不好吗？"公爵畏怯地打断他。

"明天，没有时间了！"伊鲍里特歇斯底里地笑着，"但是您不要着急，有四十分钟，或者一小时就可以读完……您瞧，大家都发生兴趣了，大家都走过来了，大家都看我的脸。假使我不把那篇文章封在信封里，不会发生任何印象的！哈，哈！所谓神秘，就是这个意思！打开不打开，诸位？"他喊着，发出奇怪的笑声，眼睛闪耀着，"秘密，秘密！您记得不记得，公爵，谁宣布'没有时间了'的？那是《默示录》里一个魁伟的，强有力的安琪儿宣布的。"

"最好不要读！"叶夫格尼·柏夫洛维奇忽然喊，但露出一种意料不到的不安的神色，使许多人感觉奇怪。

"不要读！"公爵也喊起来，手放在信封上面。

"念什么？现在是吃凉菜的时候，"有人说。"一篇文章么？送到杂志社里去的吗？"另一个人询问。"也许是极沉闷的吗？"第三个人补充着。"里面究竟是什么东西？"其余的人们询问。但是公爵那种无畏的手势也好像使伊鲍里特自己都迟疑了。

"那么……不要念吗？"他似乎畏怯地对他微语，发蓝的唇上露出扭曲的微笑，"不要念吗？"他喃声地说，眼神朝众人身上，朝大家的眼睛里和脸上扫射，似乎抓住大家，露出以前的、好像攻击大家的侵略的态度。"您……惧怕吗？"他又转身问着公爵。

"怕什么？"公爵问，神色越来越变。

"谁有一只三角币，二十戈比？"伊鲍里特忽然从椅上跳了出来，好像有人拖他一把，"随便什么钱币？"

"这儿有！"莱白及夫立刻递过去。他的心里闪出一个念头：伊鲍里特一定发了疯。

"魏拉·罗吉央诺夫纳!"伊鲍里特匆遽地邀请,"您取着,扔到桌上去,是鹰呢?还是字?假使是鹰,就应该念!"

魏拉惊惧地看着银币和伊鲍里特,又看父亲,带着不好意思的样子,头往上一耸,似乎相信她自己不应该看那银币,当时把它往桌上一扔,发现了鹰。

"应该念!"伊鲍里特微语,似乎受了命运的决定的压迫。即使对他宣读死刑的判决,他的脸色绝不会惨白得更多些。"但是,"他忽然哆嗦了一下,沉默了半分钟,"这是怎么回事?难道我真的卜卦了吗?"他带着那种强项的、公开的神气向大家环看了一下,"这是奇怪的,心理上的性格!"他忽然对公爵喊,露出真诚的惊异,"这是……这是一个不可思议的性格!"他的精神活泼起来,似乎醒了过来,"公爵,您可以写下来,记住它,您大概在收集关于死刑的材料……有人对我说的。哈,哈!唉,天呀,那是如何无意发生的荒唐事情!"他坐在沙发上,双手支在桌上,捧住自己的头,"这甚至是可耻的!……我才不管羞耻不羞耻呢!"他立刻举起头来,"诸位!诸位!我现在要打开信封了!"他带着突然而来的决心宣布,"不过我……我并不强迫你们听!"

他用惊慌的发抖的手拆开了信封,从里面掏出几张信纸,纸上写满了一行行的细字。他把那几张纸放在前面,开始整理着。

"这是什么?这是什么东西?他要读什么?"有几个人喃语着,另一些人却沉默着。但是大家全坐了下来,好奇地张望着,也许果真在等候一些不寻常的事情。魏拉紧紧地抓住父亲坐的椅子,惊惧得几乎哭出来,郭略也很害怕。已经坐下来的莱白及夫忽然立了起来,抓起蜡烛,放在伊鲍里特身边,使他读起来明亮些。

"诸位,你们立刻可以看出这是怎么回事来的,"伊鲍里特不知为了什么补充了一句,突然开始念道:"'必要的解释!'……题句'Après moi je déluge'……嘡!见鬼!"他喊着,好像被烫痛了似的,"我真会一本正经地写下这种愚蠢的字句吗?你们听着,诸位!我可以告诉你们，这一切也许终究是可怕的琐节！这里只是我的一些意思……你们不要以为这里……有什么神秘的……或是犯禁的……一句话……"

"不必加上序言就读下去吧。"郭略打断他。

"装腔作势。"另一个人补充着说。

"空话倒是很多。"一直沉默着的罗果静插进话去。

伊鲍里特突然朝他看过去。在他们的眼神相遇的时候，罗果静露出牙齿，做了一个阴沉的苦笑，慢吞吞地说出奇怪的话语："这问题不应该这样提出来，不应该这样……"

罗果静想说什么自然谁也不明白，但是他的话语对于大家引起了极奇怪的印象！有一个共同的思想触到每个人的心边上。而这话语给伊鲍里特带来了可怕的印象，他哆嗦得十分厉害，使公爵连忙伸出手来，扶住他。他也一定会叫喊出来的，假使他的嗓音没有突然被扯断。他有整整的一分钟不能说出话来，沉重地呼吸着，一直向罗果静看望。他终于气喘着，用极大的努力说："原来是您……是您……您吗？"

"什么？我是什么？"罗果静惊疑地回答。

但是伊鲍里特涨红着脸，他的全身忽然被疯狂包围住，厉声喊道：

"您在上礼拜夜里两点钟时候，到我那里去过的，就是我早晨到您那里去的那一天。那是您，您直说是您吗？"

"上礼拜夜里吗？你果真发疯了吧，小伙子？"

"小伙子？"又沉默了一会，他食指按在额上，似在打量什么事情。但是在他的惨白的、由于恐怖发出扭曲姿势的微笑里忽然似乎闪过一点狡狯的甚至得意的神势。

"一定是您！"他重复着，几乎用微语，但露出特别的确信，"是您到我这里来，默默地在我窗旁椅上坐了整整的一小时，还坐得多些。在半夜一两点钟的时候，在三点钟时，您立起来，走了……这一定是您，一定是您！您为什么吓唬我，为什么跑来折磨我，我不明白，但这一定是您！"

他的眼势忽然闪过了无穷的仇恨，虽然由于惊惧他全身还抑制不住地发抖。

"诸位，你们立刻就会知道的……我……我……你们听着……"

他又特别匆忙地抓起自己的一小叠纸，那些纸张全扔散了，显得十分凌乱。他努力折叠起来，那些纸在他哆嗦的手里战栗着，他有许久时候不能收拾齐全。

"他发疯了，或者在说谵语呢！"罗果静用低微的声音喃语。

诵读开始了。起初，有五分钟工夫，这篇奇文的作者还在那里一面哮喘，一面不连贯地、不齐整地诵读着，但是以后他的嗓音发硬，开始完全表现出所诵读的文章的意义来了。有时唯有一阵十分剧烈的咳嗽打断他，读到一半的时候他的嗓音嘶哑了。在诵读进行时越来越加强的特别兴奋，最后竟达到了极高的程度，和对于读者的病态的印象一般。下面就是那篇"文章"：

"我的必要的解释。

"Après moi le déluge（我死之后，哪管洪水滔天）！

"公爵昨晨来余寓，他劝我迁到他的别墅里去。我知道他一定会坚持地主张着，还深信他会直率地对我说，我到了别墅以后，'在人们和树木中间可以死得轻松些'，这是他的说法。但是他今天没有说出'死'字，却说了'可以生活得轻松些'，这对于我，在我的地位上，几乎是一样的。我问他，他不断地提出'树木'的话究竟含着什么意思？他为什么净用这些'树木'来缠我，当时我惊异地从他那里听到，是我自己在那天晚上说过，我最后一次到伯夫洛夫司克来看看树木。我对他说，总是一样的死，在树木底下是死，望着窗外的砖墙也是死，两星期的日子是用不着这样客气的，他当时对于我的话颇表同意。但是据他看来，树木和新鲜空气一定会使我发生一些体质上的变化，我的惊慌和我的梦会变化的，也许会减轻些的。我又笑着对他说，他的说话像唯物派，他微笑着回答我，他永远是一个唯物派。因为他从不说谎，所以他的话语具有一点意义。他的微笑是好的，我现在把他看得比较清楚些。我不知道，我现在爱他不爱他，现在我没有时间研究这个。五个月来我对他的仇恨在最后的一个月内开始完全平静下去。谁知道，我也许到伯夫洛夫司克去，主要的就是为了看他。但是……我为什么当时离开我的屋子呢？被判处死刑的人不应该离开他的角落，假使我现在不取最后的决定，相反地，决定等候到最后的一小时，那么自然无论如何绝不会离开自己的屋子，也不会接受搬到伯夫洛夫司克去'死'的提议的。

"我必须忙着在明天之前写完这篇'解释'。因此我没有重读且加整理的时间，明天再去重读，在对着公爵和希望在他那里发现的两三个证人面前读的时候，因为这篇文字里没有一句虚伪的话语，而全是真实，最后的、隆重的真实。所以我预先感到好奇，在我开始重读的那个时间，它曾对我自己引起如何的印象？这句'最后的、隆重的真实'的话我写得未免无聊，为了两星期的时间是不值得去说谎的，因为活两星期是不值得的。还是我单只会写出真实的最好的证明。附注：不要忘记一个思想：我在这时候，也就是在这几分钟内，是不是发了疯？有人对我说，最后阶段的痨病之人有时在一定时间内会发疯的。明天在诵读时，从对于读者的印象上加以观察，这问题必须十分慎重地解决一下。否则，是什么事情也无从着手的。

"我觉得我现在写了一些可怕的愚蠢的话语。但是我说过，我没有工夫加以修改，再说，我特意决定不在这篇手稿里修改任何一行，即使我自己发觉在每五行间有自相矛盾的地方也是如此。我想在明天诵读的时候决定的就是我的思想的逆转的进程是否正确，也就是我在这六个月内在我的屋内反复思想着的一切是否正确，或只是一种谵语。

"假使两月以前我必须像现在似的完全离开我的屋子，和梅逸尔的墙分离，我相信，我会感到忧愁。现在我什么感觉也没有，而明天便要永远离开这屋子，这墙！因此，我的信念，那就是为了两星期不值得加以惋惜，且也不发生什么感觉的信念，竟征服了我的天性，且可以指挥我的一切的情感。但这是真实的吗？我的天性现在完全被征服是真实的吗？假使人家现在拷打我，我一定会喊叫出来，绝不会说不值得喊叫和感觉痛苦的话，因为我活在世上只剩下两星期了。

"然而我只能活两星期，不会再多活些日子一层究竟是实在的吗？我当时在伯夫洛夫司克说了谎，B并没有对我说什么，从来没有见过我。但是一星期以前有人领一个学生，姓基司洛罗道夫的，前来见我。从他的见解上看来，他是一个唯物派、无神派、虚无派。我之所以要叫他来的缘故，因为我需要一个人对我说出赤裸的真话，说得不婉转，也不客气。他就这样做了，不但十分愿意，一点也不客气，甚至还露出显著的愉快。（这层据我看来，未免是多余的。）他直率地对我讲，我只能活一个月，也许稍微多些，假使环境良好。但是也许很早就会死的。据他的意见看来，我会突然死去，甚至明天就会死的。这类的事实是有的，在科洛姆那，有一位年轻的女太太，得了痨病，情况和我相仿，三天前预备上菜市买菜，忽然感到不舒适，躺到沙发上，叹了口气就死了。基司洛罗道夫将这一切告诉我，甚至做出淡漠和不谨慎的虚假的态度，好像给我一个面子，借此表示他也把我看作否定一切的、高尚的人物，正好比他自己一样，因为在他看来死是无足轻重的事。不过事实终归已经取得了印证，一个月的期限，不会多的！他不会发生错误，我是深信不疑的。

"使我十分惊讶的是公爵为什么刚才会猜到我做'坏梦'。他简直说，在伯夫洛夫司克，'我的惊慌和梦'会变化的。怎么知道是梦呢？他不是通晓医术，便是果真具有异常的聪明，能够猜到很多的事情。（至于他到底是一个'白纸'，这又是无可疑惑的。）像故意似的，在他来到之前，我做了一个美丽的梦——这种梦我时常会梦见几百次。我睡熟了我觉得正在他到我这里来的前一小时，梦见我在一间屋内，并不是我自己的屋子。那屋子比我的大而高，陈设得好些，很光明，有衣橱、五星柜、沙发，还有一张宽大的床，上面铺着丝绸棉被。但是我在这屋内看到了一只可怕的动物，一个怪物。它像蝎子，但并不是蝎子，更加难看而且可怕些，大概是因为天地间并没有这种动物，而是特意在我那里发现的，因此内中含着一种秘密，我看得很清楚，它是栗色的，有壳的，爬行的动物，长四俄寸，脑袋有两只手指那样厚，越到尾巴那里，就越发柔细，因此尾巴尖上不到十俄分厚，离头一俄寸远，从栏杆上，四十五度的角度下，挺出了两只脚爪，一边一只，有两俄寸长，所以整个动物从上面看来，好像三叉戟的样子。头我没有看清楚，只看见了两根不长的胡须，像两根坚硬的针，也是栗色的。每只脚爪尖上也有两根胡须，一共有八根。那只动物在屋内迅快地跑来跑去，脚爪和尾巴支在地上，跑的时候躯干和脚弯曲得像蛇一样，虽然有壳，但还是跑得飞快，看得使人感到讨厌。我极怕它用针螫我，有人对我说过，它是含有毒汁的，但是最使我感到苦恼的谁打发它到我屋子里来的？有什么用意？内中有什么秘密？它藏在五星柜下，衣橱下，爬到角落里。我盘腿坐到椅上，两脚压在身子底下。它从斜刺里跑过整个屋子，在我的椅子附近隐灭了。我惊吓得向四处张望，因为我盘腿而坐，所以希望它不会爬到椅上去。我忽然听见身后我的脑袋附近，一种轧轹的窸窣声。我回转身去，看见那东西在墙上爬着，已经和我的头并齐，它的尾巴甚至触到我的头发，在那里旋转，而且蜿蜒得特别的快。我跳起来，那动物立刻隐灭了。我怕躺到床上，因为怕它会爬到枕头下面去。我的母亲，还有她的一个朋友走进屋内。他们开始捕捉那动物，但是比我显得安静，甚至一点也不怕，他们一点也不明白。突然那动物又爬出来了。这一次它爬得很慢，似乎具有一种特别的用意，慢吞吞地又斜爬过屋子，爬到门前去，那种爬行的样子更加显得难看。我的母亲开门，叫我们的狗诺尔玛过来。那是一只肥大的、乌黑的、龙毛的纽芬兰狗，它在五年前死了。他跑进屋内，突然停在爬虫面前，像生了钉一般，那爬虫也站住，但是还在那里蜿蜒，脚爪和尾巴叩响地板。假使我没有弄错，动物是不会感到神秘性的骇惧的。但是这时候我觉得诺尔玛的骇惧中似乎含有很特别的、似乎也几乎是神秘的东西，它也和我一样预感到这野兽身上含有一点命定的东西，含有某种秘密。它慢慢地从爬虫身边向后倒退，那爬虫却轻轻地、谨慎地向它那里爬着，它似乎打算突然奔过去，针螫那只狗一下。诺尔玛虽然很害怕，整个肢体发抖，但是露出十分狠恶的样子，它突然慢吞吞地露出可怕的牙齿，张开大红嘴，蹲伏着，安排好了，决定好了，突然用牙齿抓住那只爬虫，那爬虫用劲一挣脱，诺尔玛又一把捉住它，两次用整个大嘴把它啃住，好像要吞下去似的。硬壳在它的牙齿上吱吱地发声，露出狗嘴外面的爬虫的尾巴和脚爪动得特别的快，诺尔玛忽然可怜地尖叫了一声，那爬虫针螫了它的舌头。他痛得张开了嘴，带着尖叫和噪鸣，我看见那条被啃咬的爬虫还在它的嘴边上动弹，从被咬嚼一半的躯体上放出许多白汁到它的舌头上面，那白汁颇像被压扁的黑蟑螂的汁水。我当时醒过来，公爵走了进来。"

"诸位，"伊鲍里特说，忽然中断了诵读，甚至几乎怀着羞愧，"我并没有重读过，但是我似乎确已写了许多累赘的话。这个梦……"

"有点这样。"茄纳忙着插进话去。

"我同意！这里有许多关于私人的，那就是说关于我自己的……"

伊鲍里特说话时露出疲乏、松软的神色，用手帕擦额上的汗。

"是的，您太注意自己了。"莱白及夫说。

"诸位，我并不强迫任何人，我还是说这句话：谁不愿意听，尽管请退出去。"

"在别人的家里……赶人出去。"罗果静用低微的声音说。

"叫我们大家怎样立起来就走呢?"费尔特申阔突然说话了。在这以前是不敢出声说什么话的。

伊鲍里特忽然垂下眼皮，抓住那叠手稿，但是这时候又举起头来，闪耀着眼睛，颊上露出两个红斑点，盯看着费尔特申阔，说道：

"您完全不爱我！"

传出了笑声，但是大多数的人并不笑。伊鲍里特脸红得厉害。

"伊鲍里特,"公爵说,"您把您的稿子合上,交给我,自己就在我屋内躺下来。我们可以在睡梦前和明天谈一下子,但是以永远不要再翻开这稿子来为条件。好不好?"

"难道这是可能的吗?"伊鲍里特怀着十分惊异的态度向他看去。"诸位,"他又喊起来,露出发疟疾似的兴奋,"这是一段愚蠢的枝节事情,在这件事情里,我不会做出适宜的举动。我绝不愿意使诵读中断。羞耻很快就过去了……"

"关于不值得生活这几个星期的观念,"他继续读下去,"开始真正地袭击我,我觉得是在一个月之前。那时我还能活上四个星期。但是在三天前,我那天晚上从伯夫洛夫司克回来的时候,这观念完全把我占据住了。完全地、直观地领会到这思想的最初刹那发生在公爵的平台上面,就在我想做最后的生命的试验,想看一看人们和树木的那个时候——就算这句话是我自己说的——就在我兴奋着,主张蒲尔道夫司基,'我的好友'的权利,幻想着他们大家会忽然张开手,把我接到自己的拥抱中,向我求恕,我也向他们求恕的时候,一句话,结果我成为一个无才能的傻子。就在这时间内'最后的信念'在我心里燃烧了。现在我觉得奇怪,我怎么会生活了整整的六个月,不生出这'信念'来!我肯定地知道我得了无法治疗的痨病,我不骗自己,很明白地了解事理。但是我越了解它,便越想生活下去,我抓住这生命,无论如何想生活下去。我同意,我会憎恨黑暗的、喑哑的命运,它压迫我,像压死苍蝇一般,自然并不知道为什么这样憎恨,但是我又为什么只限于憎恨呢?我为什么又想开始生活下去,明知我已经不能开始,又想试一试,明知我已经无可再试,我甚至读不下书去,我停止了读书。只剩了六个月,何必去读,何必去寻求知识呢?这种思想使我屡次想扔弃书本。

"是的,梅逸尔的墙会讲出很多话来。我在这墙上记载了许多话。在这污脏的墙上,没有一个斑点,不经我研究得烂熟的。这可诅咒的墙呀!在我的方面,它到底比所有伯夫洛夫司克的树木都珍贵,那就是说应该比一切都珍贵，假使我现在对于一切不持着无所谓的态度。

"我现在忆起，我当时用如何贪婪的注意侦察他们的生活，这样的兴趣是以前没有的。在我病得很厉害、不能离开屋子的时候，我有时不耐烦地等候着郭略，一面辱骂着他，我开始注意到一切的琐节，对于各种谣言全发生兴趣，竟成为一个爱嚼舌的人。譬如说，我总是不明白这些人既有这许多生活，竟不会成为富翁——我现在还不明白。我认识一个穷人，后来有人对我说他饿死了。我记得，这消息使我愤慨，假使可以使这穷人复活，我大概会把他处死的。我有时在整整的几个星期内感到轻松，我可以上街去走走，但是街道会勾起我的一种忿恨，所以我虽然可以和大家一样走去，然而还是整天故意把自己关在屋子里面。我忍受不了这些在行人道上我的身旁穿来穿去、疾行奔驰，永远焦虑着、阴沉而且惊慌的人们。他们这种永恒的忧愁、永恒的惊慌和忙乱、永恒的阴郁的仇恨究竟是为了什么？他们的性格是凶恶的，凶恶的，凶恶的。他们的前面已经有了六十年的岁月，但是他们很不幸，不会生活，究竟是谁的错误呢？扎尔尼城年纪活到了六十岁，何以竟把自己弄到了饿死的地步？每人都显示自己的破坏、自己的做工的手，怨毒的呼喊：'我们做着牛马般的工作，我们劳动者，我们饿得像狗，而且穷得要命！别人并不工作，并不劳动，但是他们很有钱！'一套永和的调子。在他们旁边，一个'正经人'出身的可怜虫，伊凡·福米奇·叶里阔夫，从早到夜，东奔西跑，忙忙碌碌，他住在我们的房子里面，我们的楼上，所穿的衣裳永远在手肘上破裂，纽扣散落无际，受各种人差遣，替许多人跑来跑去，从早到晚。你和他谈话，他总是说：'贫穷呀，没有钱呀，妻子死了，没有钱买药，长女被人家包去姘居了……'永远擤鼻涕水还哭泣！我对于这些傻瓜一点点怜惜、一点点怜惜都没有——我可以带着骄傲这样说！他为什么自己不做洛特柴尔德呢？他没有百万家财，向洛特柴尔德一样，他没有金币堆成山，像狂欢节时搭成的高山，那是谁的错误？他既然活在世上，那么一切全在他的权力之下！他不明白这个，那是谁的错处呢？

"现在我是满不在乎，现在我没有时间加以怨恨，然而当时，当时，我简直整夜里狂怒得咬枕头，撕被服。我当时真是幻想着，真是希望，故意地希望人家把十八岁的我，没有什么衣服穿，没有什么东西盖的小孩，突然赶到街上，完全一个人，没有住所，没有工作，没有面包，没有亲属，没有一个朋友，在庞大的城市里受饿，挨打——这样更好！然而身体很健康，我可以拿点颜色出来……

"拿出什么颜色来呢？

"难道你们以为我不知道我这篇'解释'已使自己降低身份吗？哪个人不承认我是不懂人生的可怜虫，同时忘记我已经不是十八岁的人，忘记像我在这六个月内所过的那样的生活等于已经活到白发了，尽管让他们去笑，让他们去说，这一切全是一些故事。我确乎在那里对自己讲故事。我用这些故事充实我的漫漫的长夜，我现在记得很清楚。

"难道现在我还要重新讲述一番，现在，故事的时代业已对于我成为过去的陈迹的时候？对谁去讲述呢？我当时以此自慰，在我明显地见到我想研究希腊文法，而甚至遭到禁阻的时候。'我读不到文句构造法就会死的。'我从第一页上就这样想，把那本书扔到桌子底下去了。它现在还横躺在那里，我禁止玛德林纳捡起它。

"随那些见到我的这篇'解释'，而具有耐心去读它的人，认我为疯子，或者甚至认我为中学生都可以，或者最正确些的是认我为被判处死刑的人，这种人会觉得所有的人们除他以外太不珍惜生命，太便宜地把它浪费，太懒惰、太无良心地加以享受，因此所有的人们全是和这生命不配合的！结果怎样呢？我现在宣布，我的读者是错误的，我的信念和我的死刑完全无关。你去问他们，你去问他们，他们大家明白不明白什么是幸福？你必须相信，哥伦布感到幸福并不在发现了美洲的时候，而在正在发现美洲的时候，你必须相信，他的幸福最高的时间也许恰巧在发现新世界的前三天，叛变的船员怀着绝望几乎迫使他们驾驶的船折回欧洲去。事情并不在于新世界，即使它陷了下去也不相关。哥伦布并没有看到它就死了，实际上并不知道是他发现的。一切在于生命，单只在于生命，在于发现它，不断地、永恒地发现它，而完全不在于发现的本身！有什么可说的！我疑惑，现在我所说的一切很像极普通的句子，大家一定认我为低年级的学生，缴呈关于'日出'的作文卷子，或者会说我也许想有所变现，但是空怀着满腔的愿望，而不能'将自己表白出来'。但是我还要追加一句，在每一个天才的或新颖的人类的思想里，或者甚至单只在某一人的脑筋内产生出的每个严肃的人类的思想里，永远会存留着一些怎样也不能传达给别人的东西，哪怕你用三十五年的工夫写光了巨册的卷帙以解释你的思想，永远会存留一些怎样也不愿从你的脑壳里离走而永远留在你心头中的东西。你竟会带着它死去，也许没有你的最主要的思想传达给任何人。假使我现在不会传达出在这六个月内使我烦恼的一切，至少人家会明白我在取得我现在的'最后的信念'时，也许支付了极昂贵的代价。这就是我认为必须为了我自己知晓的目的，在这篇'解释'里先行申明的地方。

"让我再继续下去。"

第六章

"我不愿说谎：在这六个月内现实把我捉上钩子，有时诱引得使我忘却了我的判决，不愿去思索，它甚至做起工作来了。这里顺便提一提我当时的环境。八个月之前，我病得很厉害的时候，我曾停止一切交际，将以前我的同学们全都遗弃了。因为我永远是极阴郁的人，同学们也就很容易忘记我。即使没有这段情节，他们也会忘掉我的。我在家里的环境，也就是'在家庭里'的环境也是很孤独的。五个月以前，我决定将房门从里面关起，使自己和家庭住的房屋完全隔断。家里的人们都肯听从我，谁也不敢走进来，除去在一定的时间内进来收拾房屋，端饭给我以外。我的母亲战战兢兢地服从我的命令，我有时决定放她进屋来，她甚至不敢在我面前低声耳语。她时常为了我殴打孩子们，不许他们喧嚷，不许他们惊吵我。我时常对于他们的喊嚷抱怨着，但是他们大概现在还很爱我。'忠实的郭略'——我这样称呼他，我觉得我净折磨他。近来他也折磨我。这一切是极自然的，人们是为了互相折磨而创造的。但是我察觉到，他忍受我的易恼的性子，仿佛预先定下了宽恕病人的决心。自然，这更使我恼怒。但是他似乎竟想模仿公爵那种'基督教的温驯'的性格，这未免有点可笑。他是一个年轻、性烈的男孩，自然模仿一切。但是我有时觉得他应该用自己的脑筋生活下去，我很爱他。我也折磨住在我们楼上、从早到晚受别人委托跑来跑去的苏里阔夫。我时常对他证明，他的贫穷是他自己的错处，他终于害怕起来，停止到我那里来了。他是一个十分温驯的人，最温驯的生物。附注：听说温驯是可怕的力量。必须问一问公爵，这是他自己的词句。但是我在三月里上楼到他家去，想看一看他们如何像他所说的把那婴孩'冻死'的，偶然朝他的婴孩的尸身冷笑了一下，因为我又开始对苏里阔夫解释，那是他'自己的错处'，这家伙的嘴唇突然战栗，他一只手抓住我的肩膀，另一只手指着门外，轻轻地，几乎和微语一般，对我说：'走吧！'我走出去了。这使我喜欢，当时就使我喜欢，甚至在他赶我出去的那个时候。但他的话语，在以后回忆时，会许久使我引起一种奇特的、看不起他的怜惜的沉重的印象，这怜惜是我不想感到的。甚至在受侮辱的时候——我感到我侮辱了他，虽然我并没有这个意思，甚至在这时候，这人还不会发怒！当时他的嘴唇战栗，并非由于愤怒，我敢起誓：他抓我的手，说出那句漂亮的'走吧'时，根本并不生气。威严是有的，甚至很多，并不和他的脸相配——老实说，这里有很多滑稽的地方。但是愤怒是没有的，也许他只是忽然开始看不起。从那时候起，我有两三次在楼梯上遇见他，他忽然在我面前脱下帽子，这是以前永远不这样做的，但是他不再像以前似的停留下来，却露出忏悔的样子，从我面前跑了过去。假使他看不起我，那么是另外一种样子。他是'温驯地贱蔑着'的。也许他的脱帽乃是对债主的儿子的恐惧，因为他时常欠我母亲的债，无论如何没有力量从债务里脱身出来，这甚至是最可靠的原因。我打算和他解释一下，并且一定知道他在十分钟以后会请求我的饶恕的，但是我后来决定还是不去劝他的好。

"在这时候，就在三月中旬左右，苏里阔夫把婴孩'冻死'的时候，不知为甚原因，我突然感到十分轻松，这样过了两星期。我开始出门，多半在黄昏时候。我最爱三月间的黄昏，正在开始冰冻，点燃煤气灯的时候，我有时走得很远。有一次，在六店街上，一个'上等'人在黑暗里追到我面前来，我没有看清他的脸。他手里拿着纸包的东西，穿了一件短尾的、难看的大氅，薄得和时令不合。他走到街灯面前的时候，在我面前有十步远，我看见有什么东西从他的口袋里掉落出来。我忙着捡起来恰巧捡得正是时候，因为当时就有一个穿长衫的人跳了过来，但是一看见东西落在我的手里，并不争论，朝我的手里偷看了一下，就溜走了。这东西是一只旧式的鞣皮夹，里面装满了许多东西。但是不知为什么缘故，我一眼就猜到里面是别的什么东西，但绝不是银钱。那个丢东西的人已经离开我四十步，很快就要在人群里看不见了。我跑过去，朝他呼喊。但是因为除去'喂'以外，喊不出其他什么来，所以他竟没有转过身子来，他突然朝左面一所房屋的大门拐进去。等到我跑进乌黑的大门里的时候，那边已经空无一人。这所房屋很大，这类的大房是那些投机家造成的分为许多小宅，出租给人家的。有些房子里有时会有一百个号头。我跑进大门里时觉得一所大院的右面的、后边的角落里仿佛有人走路，虽然我在黑暗里看不大清楚。我跑到角落那里，看见了通到楼梯上去的一个入口。楼梯又窄又脏，完全没有点灯，但是听得见一个人在梯级上跑着，我赶紧跑上楼梯，心里猜料着，在有人给他开门的当儿，我便可追到他。结果真是这样。楼梯是极短的，数目是无尽的，我跑得喘不过气来。在第五层上门开而又关，我在下面三层楼梯时那里就猜到了。等到我跑了过去，在梯台上透了一口气，寻觅门铃的时候，已经过了几分钟。一个村妇给我开了门。她在窄小的厨房里生火炉，她默默地倾听我的问话，自然一点也没有明白，默默地给我开了通第二间屋子的门，那间屋子也很小，低矮得厉害，放着蹩脚的、应用的家具，还有一张算大的床。床前垂着帘子。'铁冷奇兹！'女人这样喊他。他正躺在上面。我觉得他露出薄醉的样子，桌上一根蜡头在铁蜡台上燃烧，还有一只酒瓶，差不多斟空了。铁冷奇兹躺在那里，对我咕噜咕噜地说着什么，朝第二间屋子挥手，那时那个女人已经走了，我没有别的方法，只好去开那扇门。我当下就开了门，走进另一间屋子里去。

"这间屋子比前面的那间更窄更挤，我甚至不知道如何转身。角落里一只狭窄的、单人的床占了许多位置，其余的家具只有三只普通的椅子，上面堆满了各色各样的破絮，一只极普通的、厨房用的木桌放在漆布面的旧沙发前面。因此桌子和床铺之间差不多无从走路。桌上燃烧着和那间屋子一样的插在铁蜡台上的蜡烛。一个小小的婴孩在床上哭叫，从哭声里可以判断出也许只生下了三个星期。一个有病的、脸色惨白的女人替他换尿布。这女人年纪似乎还轻，穿着内衣，也许产后才起床，那婴孩不耐烦地喊叫着，期待瘦弱的母亲的乳头。另外一个小孩睡在沙发上，那是三岁的女孩，好像用燕尾服盖住身体。一位穿很破的长礼服的先生立在桌旁——他已脱下大衣，它放在床上——正在打开蓝纸包，里面包着两磅小麦面包和两条小香肠。桌上放着一把茶壶，里面有茶，还放着几块黑面包。一只没有关好的皮箱从床下探头出来，露出两个包袱，里面放些烂布。

"总而言之，秩序紊乱得可怕。我一眼就看出他们两人，先生和太太，本来是体面的人士，但是被贫穷弄到低卑的地位上去。在这地位上面，紊乱的秩序终于战胜了一切想和它奋斗的尝试，甚至使人们感到有在这每天增加的紊乱的秩序本身上面发现某种悲苦的、似乎是神秘的快感的需要。

"我走进去时，那位先生也是刚刚在我之前走了进来，正在打开食品纸包，和他的妻子遽速地、热烈地说着话。妻子虽没有换好尿布，但已经啜泣起来，大概听到的消息照例是恶劣的。这位先生看上去有二十八岁模样。他的脸是阴黑的、干瘪的，黑发在四围包住，下脖剃得精光，在我看来是极体面，甚至愉快的。这张脸是忧伤的，带着忧郁的眼神，但露出一种病态的、很容易恼火的、骄傲的影子。我走进去的时候，发生了奇怪的一幕。

"有些人会在恼火的错觉中发现特别的愉快，尤其在它已达到了最后限度的时候——就是永远很快地发生的——在这刹那间，他们大概甚至会觉得受侮辱比不受侮辱愉快些。这些恼火的人们以后永远会感到忏悔，假使他们是聪明的，假使他们会想到他们的发火超过了应有的十倍以上。这位先生惊异地望了我一会，他的太太甚至露出惊吓的神气，仿佛有人会到他们那里来是一件可怕的稀见的事情，但是他突然带着疯狂的样子朝我的身前奔来，我还来不及喃喃地说上两句话。他特别因为看见我穿得还体面，所以对于我胆敢如此无礼貌地张望他的角落，看到这一切使他自己也感到羞愧的、简陋的陈设，认为是对于自己的莫大的侮辱，自然使他很高兴的是他得到了一个机会，可以在一个什么人身上发泄对于他所遭的失败的恨意。有一个时候，我甚至觉得他要跑过来打架，他的脸色惨白得像发作了女人的歇斯底里症，使他的太太感到异常的惊吓。

"'您怎么敢走进来的？滚出去！'他喊着，浑身发抖，甚至说不出话来。但是他出来看见自己的皮夹握在我的手里。

"'大概是您落下的。'我说着，尽可能地显得安静些，严肃些。这自然是应该如此的。

"他立在我面前，露出十分惊讶的神情，一时似乎什么也不了解，以后匆邃地抓住自己的旁边的口袋，惊吓得张大了嘴，手击打自己的额角。

"'天呀！您在哪里找到的？怎么找到的？'

"我用极简短的话语解释，且尽可能地说得干涩些。我讲我如何捡起皮夹，如何奔跑着，叫唤他，终于根据自己的猜想，几乎在摸索中，跟着他走上楼梯。

"'哎哟，天呀！'他对他的妻子叫喊起来，所有我们的证件都在这里，所有我的最后的工具都在这里，这里是我的一切……先生，您知道

不知道您为我做了什么事情？否则，我会完结的呀！'

"我当时抓住门柄，想不加回答，即行退出去，但是我自己发了气喘，我的兴奋引起一阵强烈的、抵御不住的咳嗽。我看见这位先生向四处乱窜，给我找一只空椅，终于从一只椅子上抓起一些破衣，扔到地板上，匆忙地把椅子递给我，谨慎地把我按坐下来。但是我的咳嗽继续下去，在三分钟内没有止歇。在我恢复原状的时候，他坐在我旁边的另一只椅子上面，大概也是把一些破絮烂布从椅上扔到地板上去，正在盯看着我。

"'您大概……有病吗？'他用那种医生着手诊察病人时普遍所说的口气说着。'我自己是……医务人员（他不说医生），'说完这句话，他不知为了什么目的，用手指着那间屋子，似乎对于自己现在的地位发生抗议，'我看，您……'

"'我有痨病。'我尽可能地说得简短些，立了起来。

"他也即刻立了起来。

"'您也许说得夸张了一点……在适当治疗以后……'

"他被搅得十分糊涂，似乎还没有清醒过来，那只皮夹握在他的左手里。

"'您不必担心'，我又和他打岔，一面抓住了门上的把手，'上星期 B 来诊察过（我又把 B 拉了进去），我的命运已经决定了。请您恕我……'

"我又想开门，离开这位窘迫的、感谢的、怀着羞耻的医生，但是万恶的咳嗽又来袭击我。我的医生当时坚持着让我再坐下来休息一会。他对他的太太看了一眼，她并没有离开原来的位置，对我说了几句感谢和欢迎的话。她也感到困窘，一阵红晕在她的淡黄的、干瘪的脸颊上面游戏着。我留下了，但是露出每秒钟都在怕使他们受到拘束的那种神色这大概是如此的。我那位医生的忏悔终于折磨着他，我看了出来。

"'假使我……'他开始说，时时刻刻地打断话语，从这句跳到那句

'我很感谢您，在您面前犯了错事……我……您瞧……'他又指着这间屋子，'现在我处于这样的境况之下……'

"'啊，'我说"这也不必看，事情是明白的，您大概失去了位置，所以到这里来设法解释一下，再寻觅一个位置，不是吗？'

"'您……为什么知道的？'他惊异地问。

"'一眼就看出来了，'我不由地用嘲笑的口气说，'有许多人从省里到这里来，带了莫大的希望，跑来跑去，也就这样生活下去了。'

"他忽然热烈地说起话来，嘴唇发着战栗。他开始怨诉，开始讲述。老实说，他的自述使我感到了兴趣。我坐在他那里，差不多有一小时左右。他给我讲自己的历史，一段很平常的历史。他是省城里的医生，当官家的差使，但是出了一些阴谋，甚至把他的妻子也搅进里面去了。他露出一些骄傲，发了一些火。省城当局的态度变得于他的仇敌有利，人家施展起阴谋来，控诉着他。他就此丧失了位置，于是花尽了最后的资财，跑到彼得堡来自己洗刷一番。到了彼得堡，自然人家有许久不肯听他的陈述，后来听了，后来加以驳斥，后来又给他一个希望，后来又发出严厉的回复，后来吩咐他用书面解释，后来拒绝接收他所写的东西，吩咐他另递呈文，一句话，他已经跑了五个月，把一切都吃尽当光了，最后妻子的衣服都已付诸典肆。那时恰巧生了一个婴孩，而……'今天是对于所递的呈文下来了最后的回复，我差不多已经没有面包，什么也没有，妻子生了孩子。我，我……'

"他从椅子上跳跃进来，背转身去了。他的妻子在角落里哭泣，婴孩开始又号哭了。我掏出我的日记簿，记载起来。等到我记完以后，立了起来，他立在我面前，带着畏怯的好奇望我。

"'我记下了您的名字，'我说，'还有其余的一切，如服务地点、贵省总督的姓名、日月等。我有一个同学，姓巴赫莫托夫，他有一个叔叔，彼得·玛德魏维奇·巴赫莫托夫，是实任的五品文官，充任司长……

"'彼得·玛德魏维奇·巴赫莫托夫！'我的医生喊了出来，几乎哆嗦起来，'但是这一切是由他主管的呢！'

"果真，在我的医生的那段故事和它的结局中，由于我偶然的从旁帮忙，一切都弄得十分妥帖，似乎是故意预备好了的，简直就像说部里的故事一般。我对这两个可怜的人说，是他们不要对于我存什么希望，我自己还只是一个贫穷的中学生——我故意夸张我的低卑的地位，我早就毕业，已经不是中学生了。我的姓名他们也不必知道，但是我立刻就到瓦西里也夫司基岛上去，找我的同学巴赫莫托夫，因为我确切知道他的叔叔，那个实任的五品文官，是没有子女的鳏夫，根本崇拜自己的侄子，非常钟爱他，把他看作自己的氏族里的最后一支，所以'我的同学也许会为你们，也就是为我，向他的叔叔说情的'……

"'只要能允许我和那位大人解释一下就好了！只要我能蒙他恩施，取得口头解释的机会就好呢！他喊着，哆嗦得像发疟疾一般，露出闪耀的眼神。他简直说出'蒙他恩施'的话。我又重复了一遍，这事情一定会吹的，一切会弄不好的。我后来说，假使明天早晨我不到他们这里来，那么事情已经完了，他们不必再等我。他们听着躬送我出去，他们几乎发了狂。他们的脸色我是从来不会忘却的。我雇了马车，立刻上瓦西里也夫司基岛上去了。

"我在中学里几年来和这个巴赫莫托夫时常处于敌对的地位。他在中学里被认为贵族，至少我这样称呼他。他穿着很讲究，坐自己的马车上学，但是一点也不摆架子，永远极容易相处，永远露出特别快乐的样子，有时甚至还有一些小聪明，虽然他的智力并不见得十分高明，即使他在班里永远考第一名。至于我呢，无论在哪门功课上永远不会考第一名。所有的同学们全爱他，除我一人以外。他在这几年来有好几次想和我接近，但是我每次总是阴郁地、恼火地背转身来不理他，现在我已经有一年不见他的面了，他在大学里求学。在八点多钟的时候，我走到他家里去，用了极大的仪节：仆人先行通报我的姓名。他起初带着惊异迎接我，甚至一点也不欢迎，但是立刻快乐了起来，望着我，忽然哈哈大笑着。

"'您忽然想到我这里来做什么，帖连奇也夫？'他喊着，露出那种永远可爱的逍遥自在的态度，有时是傲慢的，但永远不含着侮辱性质的。我极爱他这种态度，同时恨他也是为了这个态度。'但这是怎么回事？'他惊惧地呼喊，'您竟病到这种地步了！'

"咳嗽又来折磨我，我垂落到椅上，简直喘不过气来。

"'您不要着急，我这是痨病，'我说，'我有事来寻您。'

"他惊异地坐了下来，我立刻把医生的那段故事讲给他听，并且说他既对于他的叔叔具有特别的势力，也许可以帮一点儿忙。

"'我可以帮忙，一定帮忙，明天就开始攻击家叔。我很喜欢。您把这件事情讲述得太好了……但是帖连奇也夫，您到底怎么会想到求我呢？'

"'这件事情完全在令叔一人身上，况且我们两人永远是仇敌，因为您是一个正直的人，我觉得您不会拒绝一个仇敌的。'我带着嘲讽补上这句话。

"'好比拿破仑向英国求救！'他喊着，哈哈地笑了，'我来帮忙，我来帮忙！甚至立刻就去！'他匆遽地说，在看见我严肃地从椅上立起来的时候。

"这件事情果真出乎意料地进行得十分顺利，过了一个半月以后，我们的医生重又在别一省内谋得了位置，领到用资，外加津贴费。我疑惑，常到他们家里去的巴赫莫托夫。同时我故意绝迹不上他们家去，几乎用严峻的态度接待跑来看我的医生。我疑惑巴赫莫托夫甚至能劝服医生接受他的借款。在这六星期内，我和巴赫莫托夫见了两次，第三次在给医生送行的时候，巴赫莫托夫在自己家内设筵给医生送行，还预备了香槟酒，医生的太太也被邀列席，但是很快就回家看婴孩去了。那天是五月初旬，一个晴朗的黄昏，巨球似的太阳落入海湾。巴赫莫托夫送我回家，我们在尼古拉也夫司基桥上走着，两人都喝了点酒。巴赫莫托夫说这事情得到这样好的结果，使他十分欣悦，所以他很感谢我，因为他在做了好事以后，现在感到愉快，他还说这件事情的功劳应该属于我，许多人现在主张行单独的善事毫无意义一层是不对的。我也极想发表自己的意见。

"'凡攻击单独的行善的，'我开始说，'等于攻击人的天性，蔑视个性的尊严。'但是'公共的行善'的组织和个人自由的问题是两个不同的、但非互不相容的问题。单独的善事是会永远存留着的，因为它是一种个性的需要，此一个性直接影响彼一个性的活泼的需要。在莫斯科住着一个老人，一个'将军'，也就是实任的五品文官。他有一个德国人的姓。他一生在监狱里走动，和罪人们周旋；每一批朝西伯利亚充军的囚犯预先知道在雀山上会有一位'老将军'拜访他们。他极正经而且虔诚地做自己的事情；他来到以后，在充军囚犯的行列里走着。他们把他围住，他在每人面前停留下来，问每人有什么需要，几乎从来不对任何人说出教训的话，称呼大家为'亲爱的人'。他给钱，赠送各种日用品——裹腿带、衬衣、麻布之类，有时带来一些拯救心灵的书籍，分送每个识字的人，深信他们会在路上加以诵读，由识字的人读给不识字的人听。他不大问人家犯什么罪，假使罪犯自己开始说，他才去听。一切的罪犯在他看来都处于平等的地位，并无区别。他和他们说话，像和弟兄们说话一般。以后他们自己开始认他为父亲了。如果看到一个充军的女人，抱着婴孩在手内，他便走近过去，引逗那个婴孩，手指碰击出声音，引他发笑。他这样做了许多年，直到死为止，后来弄到全俄罗斯、全西伯利亚都认识他了，那就是指着全部的罪恶而言。有一个到过西伯利亚的人对我讲，他亲眼看见有些极凶恶的罪犯在回忆着那位将军，但是将军在访问他们的时候，不见得能给每人施发二十戈币。固然，回忆到他的时候并不见得如何热烈，只是有点极正经的样子。这些'不幸的人们'中间有一个，杀死了十二条命，砍掉了六个小孩，单只出于他一时之兴——据说这类人是有的。忽然无缘无故地,也许二十年来只有一次忽然叹了口气,说道:'现在那位老将军怎么样啦?还活着吗?'也许甚至还要发出一声冷笑,这样也说完了。您知道不知道,这位'老将军',二十年来没有被他遗忘的,投掷怎样的种子到他的心灵里去呢?您知道不知道,巴赫莫托夫,个性的互相联结在被联结的个性的命运里具有怎样的意义?……这里是整个的生命和无量数隐藏在我们后面的枝节。最好的象棋能手,他们中间最巧妙的也只能预行猜到几步的棋子。有一个法国的比赛员,会预先猜中十步棋,大家在报上盛赞为奇迹。有多少的棋步,有多少是我们不知晓的?你在投掷你的种子,投掷你的'行善',你的好事,无论具有什么形式都行的时候,你已将你的个性的一部分交付出去,而将另一个性的一部分接受了下来。你们互相取得了联结。如再多加以注意,你便获得了报酬,因为你多得一些知识,有了由于意外的发现。你一定会把你的专业看作一种学问,它把你的整个生命抓住,它可以充实你的生命。从另一面看来,所有你的思想,你投掷过而也许已被你遗忘的种子会滋长增大起来,从你那里取得的人会转付给别人的。你哪里知道你将在人类命运的未来的解决里占据怎样的地位?假使知识和这一生的工作使你可以投掷巨大的种子,将巨大的思想遗留给世界,那么……这一套的话,我当时说得很多。

"'再想一想,您竟遭到了生命的拒绝!'巴赫莫托夫喊,似乎热烈地责备什么人。

"这时候我们立在桥上,身子靠在栏杆上面,向涅瓦河上瞭望。

"'您知道,我想什么?'我说,更加在栏杆上面弯下身子。

"'难道想投水吗?'巴赫莫托夫吃惊地喊。也许他读出了我脸上的思想。

"'不,暂时只是一些理想,下面就是的:我现在只能活两三个月,也许四个月。但是譬如说,在只剩下两个月的时候,假使我忽然想做一桩好事,这事情需要工作、奔跑和张罗,就像我们那位医生的事情似的，那么我为了所剩时间的不够，只好拒绝做这件事情，而另寻比较小些的一件好事，为我的能力所能办得到的——假使我真是想做好事。您必须同意，这是一个有趣的意思！'

"可怜的巴赫莫托夫为我深深地担忧。他送我到家，识趣地一次也不安慰我，几乎净沉默着。他和我作别时，热烈地握我的手，请我许他时常来看望我。我回答他，假使他想以'安慰者'的资格来看我——因为他假使甚至沉默着，终归等于安慰一样，我这样向他解释——那么他每次会对我提起死来的。他耸了耸肩膀，对于我的话表示赞成。我们十分客气地分了手，这是我料想不到的。

"就在这个晚上，就在这个夜里，投掷了我的'最后的信念'的第一粒种子。我贪婪地抓住这新思想，从它所有的弯岔方面，从它所有的种类方面，加以精细的研究——我整夜没有睡——我研究得越深邃，越把这思想吸收得多，便越加觉得害怕。可怕的惊惧终于攻击我，在以后的几天内也不离开我。有时在想起我这种时常的恐惧的时候，我又生出了新的恐怖，浑身感到发冷。我可以从这恐惧方面判断我的'最后的信念'在我心里十分严正地生了根，一定会取得解决的。但是我没有决心作最后的解决。三星期后一切都完了，决心有了，由于一桩极奇怪的情事而来的。

"在我这篇'解释'里我将所有的日期和数字全记载下来。我自然认为一切全是无所谓的，但是现在——也许只在这时候——我希望那些判断我的行为的人们能已明白地看出，我的'最后的信念'是从何种逻辑的结论里发生出来的。我刚才写过，我为履行'最后的信念'不够的决心好像并不从逻辑的结论中发生，而由于一种奇怪的冲动，由于一种奇怪的事实，也许和事情本身并没有任何关系的事实。十天以前，罗果静为了一件事情到我这里来，这事情在这里不必去讲。我以前从未见过罗果静，但是听得很多关于他的话。我给予他一切需要的消息，他很快就走了。因为他到这里来只是为了调查一桩事情，我们中间的事情也就完了，但是他使我发生很大的兴趣，这一天我受了极奇怪的思想的影响，所以决定第二天自己到他家里去回拜。罗果静显然不喜欢我，甚至'很客气地'暗示出我们不必再继续结交的意思。但是我总算过了很有趣的一小时，他大概也是如此。我们中间的矛盾太大，不会不被我们两人——尤其我所注意：我是一个垂死的人，他却过着极充实的、直观的生活，过着现时的生活，一点也不考虑到'最后'的结论、数字，或任何别的事情，除去那件……那件……那件使他发狂的事情。请罗果静恕我写下这样的词句，把我当作一个不会发现自己思想的蹩脚文学家看待。他这人虽然不懂得客气，但是我觉得他是一个聪明的人，会了解许多事情，虽然他对于与他干涉的事情不十分感兴趣。我没有将我的'最后的信念'对他有所暗示，但是我不知为什么原因觉得他听我说话的时候，已经猜着了。他沉默着，他太不爱说话。我临走时对他暗示，我们中间虽然性格殊异，虽然有各种矛盾，但是 les extrémités se touchent（殊途同归）——我用俄文对他解释这句话——所以我觉得，他自己也许离我的'最后的信念'不远。他扮了一个极阴郁的、苦涩的鬼脸答复我，立起身来，自己替我找到帽子，做出我似乎自己想走的样子，而其实是把我从他的阴沉的屋内赶走，还做出股勤地送我的神情。他的房子使我吃惊，它像一所坟山，但是他似乎很喜欢它，这是容易了解的：他所过的那种充实的、直观的生活本身太为丰富，不需要什么布置。

"这次回拜罗果静使我十分疲倦。再说，我从早晨起就感到不很舒适，到了晚上我的身体很软，我躺到床上，有时觉得身上十分烦热，有时甚至发出谵语。郭略伴我坐到十一点钟。但是我记得所有他对我讲、和我们谈论的一切，在我的眼睛有时合上的时候，我竟看到伊凡·福米奇，似乎取得了几百万的财产。他并不知道如何处置这些财产，绞尽了脑汁去想，生怕人家偷走，终于决定把它埋在地里。我劝他不必把这一大堆的金子埋入地里，还不如用这一堆金子给那个'冻死'的婴孩铸一只小棺，还把这小孩特地从土里挖出来。苏里阔夫流着感激的眼泪，接受了我的讽刺的提议，立刻着手履行这计划。我唾了一口痰，就离开他走了。我醒过来的时候，郭略告诉我，我并没有睡，却一直在和他谈论苏里阔夫。有的时候我感到极度的烦闷和骚扰，因此郭略临走时露出不安的样子。在我自己起床，关门上锁的时候，我突然忆起，我刚才在罗果静那里，一间最阴沉的大厅的门上看到了一幅油画。他无意中自己指给我看；我站在那幅画面前大概有五分钟之久。这幅画在艺术方面并没有什么好，但是它使我引起一种奇怪的不安。

　　"这幅画上画着刚从十字架上卸下来的基督，我觉得，画家们平常画在十字架上或从十字架上卸下来的基督的时候，总是把他的脸画得特别的美，甚至在他受着剧烈的痛苦的时候，他们还要努力保持着这美。但是在罗果静的画里关于美一层是不必提的，这完全是一个人的尸骸，他在上十字架之前忍受着无穷的痛苦、伤创、凌辱，守卒的殴打，人民的聚揍，在他背负着十字架，在十字架下面倒地的时候，最后还吃了六小时之久的十字架上的痛苦。根据我的计算至少有六小时。固然，这是一个刚从十字架上卸下来的人的脸庞，那就是说在这脸庞上还保存了很多活气、温暖气。死者身上还一点也没有变硬，脸上甚至露出痛苦，似乎现在还在感到的痛苦。画家很妙地捉住了这一点。这脸画得一点也不留情面，上面显露出的单只是自然。一个人的尸骸，无论他是什么人，在受了这种痛苦以后，总应该是如此的。我知道，基督教会在最初的创世纪内就规定基督所受的不是形象上的、却是实际的痛苦，他的身体在十字架上完全服从着自然的法则。这幅画上的脸庞因为挨了凶恶的殴打，显得浮肿，露出可怕的、浮肿的、血污的伤痕，眼睛张开着，眼珠发歪，巨大的、张开着的眼白闪耀出一种死沉的、玻璃般的光彩。奇怪的是在你望着这个被折磨的人的尸骸的时候，会生出一个特别的、有趣的问题：如果这样的尸骸——它一定应该是这样的——为基督的学生们，他的未来的、主要的使徒们看见了，为跟在他后面走着，立在十字架旁边的妇人们，为一切信仰他、崇拜他的人们看见了，那么他们望着这样的尸骸，怎么会相信遭受苦难的人会复活的？到了这里，不由得会发生一个见解，那就是假使死是这样可怕，自然的法则是这样的有力，那么如何加以克服呢？叫他们如何去克服，假使连他现在都不能战胜，他曾经在生前战胜过自然，使它服从他，呼喊过：'姑娘，立起来吧！'那姑娘就立了起来。'拉萨罗斯，出来！'那死人就走出来了。在看着这幅画的时候自然幻化成一只庞大的、残忍的、哑声的野兽的形状，或者说得正确些，虽然有点奇怪，那就是幻化成一只新型的大机器，将一个伟大的、珍贵的生物无意义地抓住了，揉得粉碎，吞没了下去，阴沉地、无感觉地，这生物本身值得整个的自然，它的一切的法则、一切的土地，也许这土地就是单只为了使这生物出现而创造的呀！这幅画所表现的也就是关于这黑暗的、傲慢的、无意义的、永恒的力量的观念，这观念自然而然地传达到你的心中，围在死人身边，但是图画中一个也没有描写出来的人们，在这个一下子将他们所有的希望和信仰打击得粉碎的晚上，应该感到可怕的烦闷和骚乱。他们应该怀着可怕的恐怖散走，虽然每人在心中带走了一个巨大的思想，永不会推翻的思想。如果这位教师自己可以在被处死刑之前看到自己的形象，他自己会愿意升上十字架，像现在似的从容的死吗？在看到这幅画的时候，自然而然会生发这个问题出来的。

　　"这一切在郭略走后整整的一小时半中间，零零落落地浮现了出来，也许确乎夹在谵语中间，有时甚至在形象中表现。没有形象的一切能不能在形象中浮现呢？但是我有时似乎觉得，我在一些奇怪的、不可能的形式中间看出了这种无穷尽的力量，这个无声的、黑暗的、阴沉的生物。我记得，仿佛有人牵我的手，持着蜡烛，给我看一只庞大的、难看的蜘蛛，开始告诉我，这就是那个黑暗的、阴沉的、强有力的生物，同时还对于我的愤慨付诸一笑。我屋内的神像前面，夜间永远点燃着一盏油灯，显出黯淡的、微弱的光线，但是还能看清一切东西，在油灯底下甚至还能读书。我觉得那时在十二点钟以后，我完全没有睡，张着眼睛躺在那里，忽然我的房门开了，罗果静走了进来。

"他走了进来，关上门，默默地望着我，轻轻地走到角落里的在油灯底下放着的那张椅子那里去。我很奇怪，用期待的神情望着。罗果静的身体靠在小桌上面，默默地望着我。过了两三分钟，我记得他的沉默使我很恼怒。他为什么不愿意说话呢？他这样晚还到我这里来，一层自然使我觉得奇怪，但是我记得我对于这个倒并不怎样惊讶。甚至相反地：我虽然早晨没有将我的思想向他明白地表示出来，但是我知道他是了解的。这思想自然是本来可以为了它再跑来谈论一次，哪怕甚至时间很晚也值得，我心想他是为这个而来的。早晨我们离别的时候多少带着仇视的样子，我甚至记得，他曾很嘲笑地看了我两次。就是这嘲笑我现在在他的眼神里读了出来，这嘲笑使我感到侮辱。至于说到他确是罗果静本人，并不是幻象，也不是谵梦，我起初一点也不疑惑，甚至没有这念头。

"他继续坐在那里，还是用那种嘲笑的样子望我。我恶狠狠地在床上转了一个身，手也支在枕头上面，决定也故意沉默着，一直就这样坐下去。我不知为什么一定要他首先说话。我心想这样过了二十分钟模样。我突然想起了一个念头，假使不是罗果静，而只是一个幻象，那便怎样呢？

"我生病时和生病以前从来还没有看见过一个幻象，我永远觉得，还在我孩提时代，甚至现在，那就是在不久的时候，还觉得我只要看见一次幻象，当时就会死去的，虽然我任何幻象都不相信。但是我想到那人不是罗果静，却只是幻想的时候，我记得我一点也不害怕。不但如此，我甚至恼怒了。奇怪的是关于是幻象，或是罗果静的问题的解决并不怎样使我发生兴趣，也不怎样使我感到恐慌，好像是应该如此的。我觉得我当时想的是一些别的事情。最使我发生兴趣的，譬如说吧，那就是罗果静刚才穿了家用的晨服和软底鞋的，为什么现在竟穿了燕尾服、白背心和白领结？我心里还闪出一个念头：如果这是一个幻象，我并不怕他，那么为什么不立起来，走到他面前，亲自加以证实呢？也许我不敢，也许我害怕。但是在我刚想到我害怕的时候，忽然像有一阵冰水浇到我的全身上去，我感到背上发凉，我的膝盖哆嗦。就在这一刹那间，罗果静好像猜到我害怕似的，移开靠在桌上的那只手，挺起身子，开始移动自己的嘴，似欲发笑，他盯着看我。狂怒攻袭着我，我坚决地想朝他身上奔去，但是因为我赌咒不首先开始说话，所以仍旧留在床上，况且我还没有相信，他究竟是不是罗果静？

"我不记得这情形持续了多少时候，也确乎不记得，我有时是不是处于完全忘却的境地。罗果静终于立起身来，慢慢地、仔细地望着我，像刚才走进来时一样，但是停止了嘲笑，轻轻地蹑着脚，走近门前，开了门，走了出去。我没有下床，不记得我张着眼睛，躺了多少时候，一直在那里想着。谁知道我想什么，我也不记得我怎样遗忘了一切。第二天，九点多钟的时候，外面叩门，我才醒来。我和他们约定，假使在九点以前我自己不开门出来，喊他们端早茶，玛德罗纳应该自己叩我的门。我给她开门的时候，立刻生出一个念头：门关得好好的，他怎么能走进来呢？我调查了一下，更加相信真正的罗果静是不会走进来的，因为我们家里所有的门全是上锁关好的。

"这段经我详细描写下来的特别的事件成为我完全'决定'的一个原因。如此说来，促成这最后的解决的不是逻辑，不是逻辑的信念，却是嫌恶。生命既取得如此奇怪的、使我感受侮辱的形式，是不能再留在这生命里的了。这幻象使我感到侮辱，我无力服从具有蜘蛛的形式的黑暗的力量。只在我到了黄昏时，终于感到最后的完全的决意的时候，我的心里方才轻松一些。这只是最初的刹那。在第二刹那的时候我便来到伯夫洛夫司克，但这已经解释得很多了。"

第七章

"我有一支袖珍的小手枪，还在小孩时买来的，那时候正属于那种可笑的年龄，会忽然开始喜欢关于决斗、盗匪抢劫等等的故事，喜欢关于人家如何唤我决斗，我如何带着威严的神色立在手枪前面的故事。一个月之前，我把这手枪审查了一下，预备了一下。在放这手枪的匣内发现了两粒子弹，火药匣内还存有放三次的火药。这支手枪是起码货，向一旁射击，只能射十五步远，但是假使把它放在太阳穴上，自然也可以把脑壳翻到一旁去。

"我决定到伯夫洛夫司克去寻死，在太阳刚升出来的时候，还在公园里，免得惊吵别墅中的任何人。我这篇'解释'已足够把这件案子给警察解释清楚。爱研究心理学的人们，还有那些必须知道的人们，可以从这篇文字里译出他们所需要的一切。但是我不愿意把这篇稿件公布于世。我请公爵把这稿件自己存留一份，而将另一份送与阿格拉耶·伊凡诺夫纳·叶潘钦。这就是我的遗嘱。我将我的脑壳送给医学研究院，以作科学上的需用。

"我不承认任何人有裁判我的权利。我知道我现在处于裁判官的一切权力之外。有一个理想最近还使我发笑，如果我忽然现在想杀死任何人，哪怕一口气杀死十个人，或者做出一些在这世上被认为最可怕的最可怕的事情，那么在现在苦刑和拷问已被废止了的时候，在我这有限的两三个星期内，裁判官在我面前岂非成为傻瓜了吗？我可以在他们的医院里，在精细的医生的诊察之下，暖暖和和地、舒舒服服地死去，也许比在自己家里还来得舒适、温暖。我不明白，何以像我这样地位的人们脑筋里不生出这样的思想，哪怕只是为了开开玩笑起见？然而也许会生出来的，我们这里快乐的人可以找到许多。

"如果我不承认人家裁判我，我终归知道在我已经成为无声息的被告的时候，人家总要裁判我的。我在不留下回答的话的时候，绝不愿意就此走开。那是自由的、不强迫的话，且并非为了辩解，不是的！我不必向任何人请求什么原谅，却只是如此，因为我自己愿意如此。

"第一，这里发生了一个奇怪的思想：什么人根据什么权利，凭借什么样的冲动，忽然想在此时和我计较这两三星期的短长？这和那一个裁判官有什么相干？谁需要我不仅被判决，且善良地熬过判决的期限？难道果真有人需要吗？为了道德吗？我还明白，假使我在完全健康、且有力的时候，冀图取去我的生命，这生命'也许会有利于我的邻人'，那么道德也许会依照传统的习惯，责备我问也不问便支配了我自己的生命，或者用它自己知道的一套理由加以责备。但是现在，现在，在已经对我宣读过判决的期限的时候，便怎样呢？什么样的道德在你的生命以外还需要那最后的哮喘，那就是你随着它交付出你的最后的生命的原子，一面还倾听公爵安慰的话语。他想据基督教的理论一定会说出一种幸福的理论，那就是实际上还是死了的好——像他这样的基督徒永远会讲出这种理论来的：这是他们心爱的策略。他们带来了他们可笑的'伯夫洛夫司克的树木'，想做什么？欣赏我的生命的最后的时间吗？难道他们不明白，我越忘得干净，越献身于这最后的生命与爱情的幻影，他们想用这个把我的梅逸尔的墙和墙上那些公开而且坦白地写出这一切遮掩住了——他们便越使我成为不幸的人吗？你们的自然的风景、你们的伯夫洛夫司克公园、你们的日出和日落、你们的蔚蓝的天和你们的志满意得的脸对于我有什么用处，在这整个的、没有终结的筵席开始时就先把我一人当作多余的人的时候，这一切的美于我有什么相干？当我于每分钟、每秒钟内应该知道，不能不知道，连那只现在在我身旁、阳光底下嗡鸣的小蝇，连那只小蝇都参加在这筵席和歌咏队里面，知道自己的地位，爱它，且感到荣幸，而我一人成为被遗弃的孤儿，只是由于我的怯懦至今还不愿了解这个！我也知道，公爵和他们一切人真想把我弄得放弃所有一切'狡狯、恶毒'的言语，发生善心，且为了道德的胜利，唱出 Milievoix（米尔瓦）著名的古典的诗句：

> O, puissent voir votie beauté sacrée
>
> Tant d'amis, sourds à mes odieux!
>
> Qu'ils meurent pleins de jours, que leur mort soit pleurée,
>
> Qu un ami leur ferme les yeux! [1]

"但是你们相信不相信，相信不相信，诚实的人们，在这首法文诗内，在这善良的诗句里，在这学院派的对于世界的颂祷里含有许多隐秘的苦味，许多无从调和的、隐匿在韵脚内的忿恨，连诗人自己也许甚至会成为傻瓜，将这忿恨当作和悦的眼泪，就这样死去。愿他的灵魂取得安谧！你们要知道，耻辱在自我的低卑与软弱的感觉中自有其限界，人不能越过这限界，人从那时起会在耻辱本身中感到极大的愉快……自然驯顺在这个意义里是一种伟大的力量，我承认这个，虽然和宗教把驯顺

---

[1] 大意如下："哦，但愿对我的辞世一无所闻的朋友们将看到您神圣的美！但愿他们都是暮年寿终，有人为他们流泪致哀，有朋友把他们的眼皮合上！"

认为一种力量的意义迥不相同。

"宗教！永恒的生命我是承认的，也许永远承认的。让意识用崇高力量的意志燃烧起来，让意识向世界窥望，说道：'我是的！'让这最高的力量忽然命令它自行消灭，因为由于什么目的，甚至不必解释为了什么目的，这是必要的，我全都承认，但是又来了一个永恒的问题：我的驯顺到底有什么用处？难道不能简直把我吞吃下去，而不要求我对于吞吃我加以颂祷吗？难道在那个世界里会有人因为我不愿等候两星期而感到羞辱吗？我不相信这个，最好是猜想，这里所需要的只是我的低微的生命、原子的生命，为了充实一种整个的、全面的和谐，为了一些加与减，为了一些什么矛盾，正好比每天需要牺牲几百万生物的生命一样。假使他们不死，其余的世界便将不能成立——虽然它本身并不是很伟大的思想，这是应该注意的。但是随它去吧！我同意，世界不是这样，那就是不是不断地互相蚕食，使无从成立下去。我甚至可以承认我对于这种组织毫不了解，但是我确乎知道：假使我被允许有这种'我是的'的意识，那么我对于世界组织的具有错误，不如此不能成立下去的一层有什么相干呢？在这以后谁来裁判我？而且裁判我什么？随便你们怎么说，这一切是不可能，而且不公平的。

"我虽极愿意，但从来没有设想到未来的生活和神是没有的。大概这一切是有的，但是我们对于未来的生活和它的法则并无了解。但是假使这一切这样难以了解，甚至完全不能了解，难道我会负不能理解不可思议的事情的责任吗？固然，他们会说，自然公爵也会和他们在一起说，这里需要服从，不加任何理论，但只出于虔信。而服从着，为了我的驯顺，我一定会在另一世界内取得酬报。我们将上帝贬谪下来，将我们的观念加在他身上，由于我们不能了解他而感到恼怒。但是假使这无从加以了解，那么我要重复一句，我们将难以负不使人们了解的责任。既然如此，又如何可以因为我不能了解神的真正的意志和律法，而裁判我呢？不，我们最好不要讨论宗教。

"够了。在我写到这几行的时候，太阳一定已经升将出来，在天上发响，伟大的、无从计算的力量在整个大地上流注。随它去吧！我直看着力量和生命的泉源而死去！我不需要这生命了！如果我具有不生出来的权利，一定不愿在这种嘲笑的条件之下接受我的生存。但是我还有死的权利，虽然交付的已是数得清的日子。既没有伟大的权利，更没有伟大的反抗。

"最后的一个解释：我的死并非为了无力忍受这三星期，我的力量是够的，假使我愿意，只要有我所受的侮辱的一种感觉，便足以自慰而有余。但我既非法国诗人，所以不愿有这样的安慰。最后那是一个诱惑：自然以三星期的判决限制我的行为，使我感到也许自杀是我还可以按照我自己的意志开始去做，且予以了解的唯一的行为。也许我愿意利用行为的最后的可能？反抗有时并非一件小事呀！"

"解释"完了。伊鲍里特终于停止了诵读。

在发生极端的事情时，有一种最后的不顾脸面的、公开的阶段，会使一个神经质的人恼怒而生气得不再害怕一切，准备做一切的捣乱行为，甚至乐于去做。他会向人们攻击，而自己也怀着一个不清楚的、但是很坚定的目的，决定在一分钟后从钟楼上跳下，一下子解决一切会发生的疑难。体力的近乎消竭普遍成为这种心境的前兆。伊鲍里特在这以前保持着的特别的、近乎不自然的兴奋达到了这种最后的阶段。这个十七岁的、被疾病折磨的男孩本身就软弱得像从树上摘下的哆嗦的树叶，但是他的眼神刚朝那些听众们扫射了一下，在最后的一小时内这是第一次，他的眼神和微笑里立刻表现出极傲慢的、极贱蔑的、恼怒的嫌恶。他忙着向大家挑战。但是听众们也露出完全的愤激，大家带着喧哗和恼怒从桌旁立起。疲倦、酒力、神经的兴奋增加了印象的紊乱和龌龊，假使可以如此形容。

伊鲍里特突然匆遽地从椅上跃起，好像有人把他从座位上拖下来似的。

"太阳升出来了！"他喊，看到了闪耀着的树梢，向公爵指着，当作奇迹一般，"升出来了！"

"您以为不会升出来的吗？"费尔特申阔说。

"又要热一整天，"笳纳露出不经意的恼怒喃声说，手里取起帽子，欠伸着身体，打了哈欠，"一个月来这样的干燥！走不走，波奇成？"

伊鲍里特带着和昏迷相仿的惊异倾听着。他的脸色忽然惨白得可怕，全身哆嗦着。

"您做出您的冷淡的样子，想侮辱我，但是做得太笨拙了，"他盯住看笳纳，对他说，"您是混蛋！"

"这样胡闹，真不知道是怎么一回事！"费尔特申阔喊嚷起来，"真是十二分的懦弱的行为！"

"简直是傻瓜！"笳纳说。

伊鲍里特镇定了一会。

"我明白，诸位，"他开始说，照旧哆嗦着，在每句话上都结巴地说不出来，"我理应受你们大家的报复，我用这一篇梦呓，"他指着稿件，"折磨你们，我感到十分可惜，但是我又可惜，我完全没有折磨你们，"他愚傻地微笑着，"折磨了没有，叶夫格尼·柏夫洛维奇？"他忽然跳到他那面，发出了问话，"折磨了没有？您说呀！"

"有点冗长，但是……"

"全说出来呀！不要撒谎，哪怕一生中有一次不要说谎？"伊鲍里特一面哆嗦，一面发命令。

"这对于我根本是一样的！劳您的驾，请您放过我吧！"叶夫格尼·柏夫洛维奇嫌恶地回转身去。

"明天见，公爵。"波奇成走近公爵身边。

"他立刻就会用手枪自杀的！你们怎么啦！你们瞧他呀！"魏拉喊出来，跑到伊鲍里特身边，露出特别的惊惧，甚至抓他的手，"他说过太阳升出来以后就要自杀的！你们怎么啦？"

"不会自杀的！"有几个人喃声说，带着幸灾乐祸的神情，笳纳也在其内。

"诸位，留神呀！"郭略喊，也抓住伊鲍里特的手，"你们只要看一看他的脸！公爵！公爵！你们怎么啦！"

魏拉、郭略、开历尔和蒲尔道夫司基围在伊鲍里特身旁，四人全用手抓住他。

"他有权利的，他有权利的！"蒲尔道夫司基喃声说，但是也显出无所措手的样子。

"公爵，您有什么吩咐？"莱白及夫走到公爵面前。他喝得醉醺醺的，忿怒到了出言不逊的地步。

"不行，对不住，今天我是主人，虽然我并不愿意失去对您的敬意……即使主人是您，但是我不愿意在我自己的房屋内这样……就是的。"

"他不会自杀的。这男孩太娇养了！"伊伏尔金将军带着愤怒和自信，出人不意地喊出。

"将军的话够味儿！"费尔特申阔抢上去说。

"我知道他不会自杀的，将军，可尊敬的将军，但是总归……总归我是主人。"

"您听着，帖连奇也夫先生，"波奇成突然说，一面和公爵告别，给伊鲍里特伸出手来，"您在那篇文章里好像提起过您的脑壳，您想把它送给科学研究院，是不是？您讲的是您的脑壳，您自己的脑壳，那就是您想把您的骨头遗给它吗？"

"是的，我的骨头……"

"那就对了，否则会弄错的。听说，已经有过这样的事情。"

"您何必逗他呢？"公爵忽然喊。

"弄到流出眼泪来了。"费尔特申阔补充着说。

但是伊鲍里特并没有哭。他想从座位上立起，但是围住他的四个人忽然一下子抓住他的手，传出了一阵笑声。

"弄得人家抓起他的手来了，读那篇文章也就为了这个缘故吧，"罗果静说，"再见吧，公爵。我们坐得很久了。骨头都痛了。"

"假使您果真打算自杀，帖连奇也夫，"叶夫格尼·柏夫洛维奇笑了，"假使我处于您的地位上面，在人家说了这一套夸奖的话语以后，为了逗一逗他们，故意不自杀。"

"他们真是希望看见我自杀呢！"伊鲍里特向他攻击。

他说着话，好像准备向人们扑过去似的。

"他们看不到会恼恨起来的。"

"您以为他们看不到吗?"

"我并不煽动您，相反地，我以为您也许会自杀的。主要的是请您不要生气……"叶夫格尼·柏夫洛维奇说，用保护的口气拉长着他的话语。

"我现在才看出，我把那篇东西读给他们听，犯了可怕的错误！"伊鲍里特说，突然用信任的神色看望叶夫格尼·柏夫洛维奇，仿佛向知己的好友有所请教。

"一个可笑的地位，但是……说实话，我不知道应该替您出什么主意。"叶夫格尼·柏夫洛维奇微笑着回答。

伊鲍里特严厉地盯着他，眼珠转也不转，一直沉默着，可以料到他有时完全遗忘了自己。

"对不住，他这种做事的态度有点那个，"莱白及夫说，"他说：'我要在公园内开枪自杀，免得惊吵任何人！'他心想他只要从梯级上跨三步到花园里去，就不会惊吵任何人了。"

"诸位……"公爵开始说。

"对不住，可尊敬的公爵，"莱白及夫愤怒地抢上去说，"因为您自己看见这并不是玩笑，因为您的朋友中间至少有一半人意见相同，全相信他在说出了这一套话以后，现在一定会开枪自杀，为了保持他的名誉起见，那么我以主人的资格，当着许多证人面前，宣布我应该请您帮忙。"

"叫我应该做什么呢，莱白及夫？我准备帮您的忙。"

"是这样的：第一层，他应该立刻把他在我们面前夸耀的手枪和一切零件交出来。假使交了出来，我同意准许他在这房子里住宿一夜，为了他的身体有病的缘故，同时自然必须受我的监督。但是明天他必须离开这里，管他到什么地方去都可以。对不住得很，公爵！但是假使他不交出武器，我立刻要抓住他的手，我抓一只手，将军抓另一只手，同时立刻派人通知警察，那时这事情就可以交给警察去审理了。费尔特申阔先生，看在交情的分上，您去一下吧。"

嘈乱的声音增强了，莱白及夫冒着火，压抑不住他的情感。费尔特申阔预备到警区里去；笳纳拼命主张，没有人会自杀的；叶夫格尼·柏夫洛维奇沉默着。

"公爵，您曾经从钟楼上跳跃过吗？"伊鲍里特突然向他微语。

"没有……"公爵天真地回答。

"难道您以为我不能预见所有这些仇恨吗？"伊鲍里特又微语着，闪耀着眼睛，望着公爵，仿佛真是期待他的回答，"够了！"他忽然朝众人喊嚷，"我错了……比大家都错得厉害！莱白及夫，钥匙就在这里，"他掏出一个皮包，从里面取出一只钢圈上面系着三四个不大的钥匙，"就是这个，末后第二个……郭略曾指点给您看得……郭略！郭略哪里去了？"他喊，向郭略看望，但并没有看见他，"是的……他曾指给您看的。他刚才和我一块整理那只手提包的。你领他去。郭略，在公爵的书房里，桌子底下……我的手提包……就用这钥匙，在底下，小箱里……我的手枪和火药匣。莱白及夫先生，那是他自己放好的，他会指给您看的。但是有一个条件，明天一清早我回到彼得堡去的时候，您应该把手枪交还给我。您听见没有？我为了公爵这样做，并不是为了您。"

"这样就好了！"莱白及夫抓住钥匙，奸恶地冷笑了一声，跑到邻屋里去了。郭略停了步，想说什么话，但是莱白及夫拉他走了。

伊鲍里特望着那些发笑的客人们，公爵发觉他的牙齿叩着声，像发着剧烈的冷战。

"他们大家全是混蛋！"伊鲍里特又疯狂地对公爵微语。他和公爵说话的时候，老是俯下身体微语。

"您不要管他们，您的身体是很软弱的……"

"立刻，立刻……我立刻就走。"

他突然拥抱了公爵。

"您也许觉得我是疯子吗？"他望着他，奇怪地笑了。

"不，但是您……"

"立刻，立刻，请您不要说，一句话也不要说。请您站在这里……我想看您的眼睛……您这样站着，让我看一下。我在和人类告别呢。"

他站在那里，呆望着公爵，默默地望了十秒钟，脸色十分惨白，鬓角间被汗水浸透了，手奇怪地抓住公爵，似乎怕放走他。

"伊鲍里特！伊鲍里特！您怎么啦？"公爵喊。

"立刻……够了……我要躺下来……我要喝一口酒，祝太阳的健康……我要，我要，你们不要管我！"

他迅遽地从桌上取起酒杯，从原来的地方走开，一刹那间走到平台上的梯级那里。公爵想跑过去追他，但是恰巧像故意似的，叶夫格尼·柏夫洛维奇伸出手来和他告别。过了一秒钟，突然许多人的喊声在平台上传了出来。随后临到了极度骚乱的时间。

发生了下面的事实。

伊鲍里特在走近平台的梯级那里，便停了步，左手握杯，右手垂到大衣的右边的口袋里。开历尔以后说，伊鲍里特还在以前就把这手放在右面的口袋里，还在他和公爵说话，用左手抓他的肩和领口的时候。开历尔说，他将右手放在口袋里一层，使他，开历尔，首先发生了疑惑。无论怎么说，总归有点不安的心绪迫使他跑去追伊鲍里特。但是他没有赶上，他只看见伊鲍里特的右手里突然有什么发亮，就在这一秒钟内一支小小的袖珍的手枪突然发现在他的鬓角旁边。开历尔奔了过去，抓住他的手，但是就在这一秒钟内伊鲍里特拨动了弹机，发生了弹机的激越的、干涩的声音，但是并没有随来射击的声音。开历尔拦腰抱住伊鲍里特，他倒在他的手上，好像失了知觉，也许确乎想象着他已经中弹死了。手枪已经落在开历尔手里，大家抓住伊鲍里特，端了一只椅子，让他坐下。大家都围在四面，大家全呼喊，询问。大家听到弹机的轧响，但看见了一个活人，甚至没有受被擦破的微伤。伊鲍里特自己坐在那里，不明白发生什么事情，用无意义的眼神向周围扫射。莱白及夫和郭略就在这时跑了进来。

"火门闭塞了吗？"周围的人们问。

"也许没有装火药吗？"另一些人猜度。

"装的！"开历尔宣布，审视着手枪，"但是……"

"难道是火门闭塞吗？"

"完全没有铜帽！"开历尔宣布。

下面的一幕可怜的戏是难以用笔墨形容的。大家最初的惊惧开始代以笑声，有些人甚至哈哈地笑着，在这事情里发现恶意的愉快。伊鲍里特歇斯底里地呜咽着，扭转自己的手，奔到众人面前，甚至到费尔特申阔面前，双手抓住他，向他发誓，他忘记了，"完全偶然地，不是故意地忘记了"放铜帽进去。"这些铜帽就在这里，在背心口袋内，有十个！"他取出给大家看。他以前没有装进去，因为怕在口袋里会无意开放射出来，心想在需要的时候总还来得及装进去，但是忽然忘记了。他奔到公爵面前、叶夫格尼·柏夫洛维奇面前，哀求开历尔把手枪还给他，他立刻对大家证明"他的名誉、名誉"……他现在"永远丧失了名誉"！……

他终于倒下地来，失去了知觉。大家把他抬进公爵的书房里去，完全醒过酒来的莱白及夫立刻打发人去请医生，自己同女人、儿子、蒲尔道夫司基和将军留在病人床前。无知觉的伊鲍里特被抬进去的时候，开历尔立在屋子中间，大声宣告，把每个字说得十分响亮，露出极大的灵感：

"诸位，假使你们中间还有人当我面前出声表示疑惑，那铜帽是故意遗忘了的，因此主张这可怜的青年只是在那里扮演喜剧，那么这一位先生应该和我说话。"

但是人家没有回答他。客人们终于鱼贯地、匆忙地散走了。波奇成、筛纳和罗果静一同走。

公爵很奇怪，叶夫格尼·柏夫洛维奇竟变更了主意，不和他解释就要走出去。

"您不是想在大家散走的时候和我说话吗？"公爵问他。

"是的，"叶夫格尼·柏夫洛维奇说，突然坐在椅上，请公爵坐在自己身边，"但是现在我暂时变更了主意。我对您说实话，我有点惶惑，您也是的。我的思想被搅乱了。再说，我想和您解释的那件事情对于我是极重要的，对于您也是的。您瞧，公爵，我想在一生中有一次做一桩完全诚实的事情，那就是说完全没有阴暗的动机，但是我觉得我现在，在这时候，不十分会做完全诚实的事情，您也许也……所以……唔……我们以后再谈吧。也许事情会弄得明显些，对于您，也对于我，假使我们再等两三天，这几天我要到彼得堡去一趟。"

他又从椅上立起来，很奇怪地，不知为了什么，又坐了下来。公爵也觉得叶夫格尼·柏夫洛维奇不满意而且生着气，露出仇视的眼神，完全和刚才不同。

"您现在想去看病人吗？"

"是的……我怕。"公爵说。

"您不要怕，他一定会活过六星期，也许甚至会在这里治好病的。最好明天就赶走他。"

"也许真是我推了他一把，为了……我没有说一句话的缘故，也许他心想，我疑惑他会自杀的？您看怎么样，叶夫格尼·柏夫洛维奇？"

"不，不。您的心真是太善了，您竟会顾到这一层上去。这类事情我曾经听见过，但是从来没有在实地看到，一个人会为了人家恭维他，或是为了人家不恭维他，怀了恨而故意自杀的。主要的是这种公开的怯懦是难以置信的！明天您还是赶走他的好。"

"您以为他还会自杀吗？"

"不，他现在不会自杀的。但是您对于我们这类在家里生长的拉赛涅应该当心一点！我重复一句：犯罪是这种无能的、无耐性的、贪婪的无用东西太寻常的待避所。"

"难道他是拉赛涅吗？"

"实际是一样的，虽然也许典型不同。这位先生也许会弄死十个人，单只为了'开开玩笑'，正好像他自己在'解释'里所写的那样。他的话现在会使我睡不着觉。"

"您也许太担心了吧。"

"公爵，您这人真是奇怪，您不相信他现在会杀死十个人。"

"我怕回答您，这是很奇怪的。但是……"

"随您便吧，随您便吧！"叶夫格尼·柏夫洛维奇气恼地说，"再说您是一个勇敢的人，您自己不要落到十个人的数目里去呀。"

"他多半不会杀死任何人的。"公爵说，阴郁地望着叶夫格尼·柏夫洛维奇。叶夫格尼·柏夫洛维奇恶毒地笑了。

"再见吧！是时候了！您注意到，他把忏悔录的抄件遗给阿格拉耶·伊凡诺夫纳吗？"

"是的，注意到的……而且还在想这层。"

"这是对的，假使杀死了十个人。"叶夫格尼·柏夫洛维奇又笑了，随着就走了。

一小时后，三点多钟的时候，公爵走进公园里去。他试着在家里睡一会，但是不能睡，心脏剧烈地跳动着。家里一切都安排妥当，尽可能地安静了下去。病人睡熟了，医生来后，宣布说没有任何特别的危险。莱白及夫、郭略、蒲尔道夫司基在病人的屋内躺下，以便轮流守值，因此并没有担心的地方。

但是公爵的不安在每分钟内增长着。他在公园内闲走，心神不属地向自己周围看望，走到车站前的小广场上，看见一排空虚的长椅和乐队的谱架的时候，惊异地停了步，这地方使他惊愕。不知为什么原因他觉得这地方丑陋得可怕。他回转去，一直顺着昨天和叶潘钦一家人上车站的那条路，走到那只绿长椅那里，就是约定好和他见面的地方，坐在上面，突然大声发笑，却立刻转到极度的愤激上去。他的烦闷继续着，他想到什么地方去……他不知道往哪里去。小鸟在他的头上、树上啼唱，他的眼睛开始在树叶间寻觅它。突然小鸟从树上飞走，这时候他不知为什么忆起在"炙热的阳光下"的"小蝇"，就是伊鲍里特所写的那只"小蝇"，还忆起那个"它知道自己的地位，参加公共的歌咏队，唯有他一人被人们遗弃"的话。这句话刚才使他感到惊愕，现在他忆起这个来了。一个早就被遗忘的回忆在他的心里蠕动，忽然一下子显得晴朗了。

这事发生在瑞士，他受治疗的第一年，甚至是最初的几个月。那时候他还完全是一个白痴，甚至不会好生说话，有时不能了解人家要求的是什么。他有一次，在一个晴朗的、弥漫阳光的日子里，上山去走了许久，怀着一个痛苦的、怎么也取不到形式的思念。在他前面的是灿烂的天，下面是湖，周围是没有边涯的、永无穷尽的、光明的地平线。他瞭望了许久，心中感到莫名的痛苦。他现在忆着，他曾将两手伸向光明的、无穷尽的蔚蓝的天空而痛哭着。使他感到痛苦的是他成为对于这一切完全陌生的人。哪还算做什么样的筵席？哪还算做什么样的伟大的佳节，它永无尽期，早就诱引着他，从孩童时代就诱引他，但他怎么也不能参加进去？每天早晨升出一样的光明的太阳，每天早晨瀑布上发现虹彩，每天晚上极高的雪山，在天边的远处燃烧起紫红的火焰。每只"在炙热的阳光下面，他的身旁嗡鸣的小蝇参加在歌咏队里，知道自己的地位，爱这地位，且感到幸福"，每根小草生长出来，感到幸福！一切都有自己的道路，全都知道自己的道路，唱歌而去，唱歌而来，唯有他一人一点也不知道，一点也不明白，既不了解人们，更不了解声音，对于一切都显得陌生，成为被遗弃的孤儿。当时他自然不能用这话语说将出来，不能表示出自己的问题，他在无声里和喑哑中痛苦着。但是现在他觉得他当时也曾说过这一切。所有这些话语，所有关于"小蝇"的话是伊鲍里特从他那里、从他当时的话语和眼泪里取来的。他深信这个，他想到这里，他的心不知为什么跳跃起来了……

　　他在长椅上睡熟了，但是他的惊慌还在梦中存留着。他在睡梦之前忆起伊鲍里特会杀死十个人的话，为了这猜测是离奇而发笑。他的周围是美丽的，明朗的静寂，唯有树叶发出微响，周围便显得更加寂静而且孤独。他做了许多梦，全是惊慌的，因此时时刻刻地哆嗦着。一个女人终于到他那里来了。他认识她，带着痛苦认识她。他永远会唤出她的名字，指出她这人来。但是奇怪得很，现在她的脸仿佛完全和他以前所知道的不同，他根本不愿把他认作那个女人。在这脸上有许多忏悔和可怕的形象，好像她就是可怕的罪犯，刚做下了可怕的罪案。泪水在她惨白的脸颊上哆嗦，她用手招引他，手指按在臂上，似乎警告他在她后面轻轻地走着。他的心沉死了，他怎样也不愿，怎样也不愿认她为罪犯。但是他感到立刻会发生他一生中最可怕的事。她大概想在公园里，不远的什么地方，指给他看一件什么东西。他立起身来，想跟她走去，忽然在他身旁传出了什么人的光明的、清新的笑声，一只手突然发现在他的手里。他抓住这手，紧紧地握住，就此醒了。阿格拉耶立在他面前，大声笑着。

第八章

她又笑又生气。

"睡觉呢！你竟睡着了！"她带着贱蔑的惊异喊着。

"那是您呀！"公爵喃声说，还没有完全醒过来，惊异地辨认出她来。"哎哟！是的！这是我们的约会……我在这儿睡熟了。"

"我看见的。"

"除了您以外，没有人叫醒我吗？除您以外，没有人在这里吗？我心想，另一个女人到这里来过。"

"另一个女人到这里来过吗？"

他终于完全醒过来了。

"这不过是一个梦，"他阴郁地说，"很奇怪，在这时候会做这样的梦……您请坐吧。"

他拉她的手，让她坐在长椅上，自己坐在她身旁，沉思起来。阿格拉耶不开始谈话，只是凝聚地审视她的对手方。他也看她，但是有时看得好像完全没有看见她似的。她开始脸红了。

480

"啊，是的！"公爵哆嗦了一下，"伊鲍里特开枪自杀了！"

"什么时候？在你家里吗？"她问，但是没有露出极大的惊异，"他昨天晚上大概还活着的吗？您在出了这一切事情以后，怎么还能在这里睡觉呢？"她喊了出来，突然显得活泼起来。

"他并没有死，手枪没有放响。"

经不起阿格拉耶固执的主张，公爵立刻甚至详详细细地把昨天夜里的一段故事讲了出来。她时时刻刻催他讲得快些，但自己仅用些不断的、差不多全是枝节的问题和他打岔。她用极大的好奇倾听公爵所说的话，有几次甚至反复地发问。

"够了，应该快一点，"她在听到了一切以后说着，"我们在这里只有一点钟的时间，到八点钟为止，因为我必须在八点钟的时候回家，不使他们知道我到这里来过。我到这里来是有事情的。我有许多话要告诉您，不过您现在完全把我搅乱了。对于伊鲍里特，我以为他的手枪应该放不出来，这是和他这个人的性格相合的，您相信他一定想开枪自杀，并没有欺骗吗？"

"并没有丝毫的欺骗。"

"这大概是对的。他竟写出来，请您把你的忏悔录送给我保存吗？您为什么没有送来呢？"

"但是他并没有死呀。我去问他一下。"

"您一定要送来，不必再问。他一定感到这是愉快的事情，因为他的自杀也许就为了使我以后读一读他的忏悔录。请您不要笑我的话，莱夫·尼古拉也维奇，因为这是很可能的。"

"我并没有笑，因为我自己也相信一部分这也许是很可能的。"

"您相信吗？难道您也这样想吗？"阿格拉耶突然异常惊异起来。

她迅快地发问，匆遽地说话，但是有时仿佛前后不属，时常不说完话，她常常忙着下警告。总而言之，她露出特别的惊慌，虽然显得十分勇敢，带着一些挑战的意思，但也许有点胆怯。她穿着极普通的家常的衣服，但是很配身。她时常哆嗦、脸红，坐在长椅的边上，公爵证实伊鲍里特的自杀为了使她读一读他的忏悔录，这证实使她很为惊讶。

"自然啦，"公爵解释，"他希望除您以外我们大家全都夸奖他……"

"怎么夸奖法呢？"

"那就是……这话怎么说呢？这是很难说的。不过他一定希望大家围住他，对他说，大家很爱他，很尊敬他，大家全劝他活下去。也许他最注意到您，因为他意在这个时候提到了您……虽然也许自己并不知道注意您。"

"这我就不十分明白了！一会注意到，一会又不注意到，然而我好像是明白的。您知道不知道，我自己会有三十次，甚至还在十三岁的时候，就想到自行服毒，想把这一切在给父母的信里写得明白，还想我如何躺在棺内，大家对我痛哭，责备自己，对我太残酷了……您为什么又微笑起来？"她迅邃地问，皱紧着眉毛，"您独自幻想的时候，还想些什么？也许想象自己是一员海军大将，把拿破仑击败了。"

"说老实话，我真是这样想，特别在快要睡熟的时候，"公爵笑了，"不过我所击破的不是拿破仑，却是澳大利亚人。"

"我并不想和您开玩笑，莱夫·尼古拉也维奇。我自己想和伊鲍里特见面，请您先告诉他一下。在您的方面我认为这一切是很坏的，因为这样观察而且裁判一个人的心灵，像您裁判伊鲍里特的那个样子是粗笨的。您没有温柔的性格，单只是一样真理，并不公平。"

公爵沉思着。

"我觉得，您对我不公平，"他说，"因为我对于他这样想，并不发现什么坏的地方，因为大家都偏到这种想法上去。再说，他也许完全不想，只是希望着……他回望他能在最后一次和人们相遇，博取人们的尊敬和爱情。这本来是很好的情感，只是结果有点不是那样，原因是他的疾病，还加上别的什么！有些人做来做去。永远做得很好，但是另有些人简直什么也不行……"

"这一定在说您自己吗？"阿格拉耶说。

"是的，说我自己呢。"公爵回答，没有察觉出问话里任何恶意。

"不过我处在您的地位上，终归怎么也不会睡着的。这样说来，您无论碰到什么地方，都会睡觉的。您这样子不很好。"

"因为我一夜没有睡，我以后一直走着，走着，还到过音乐的地方……"

"什么音乐的地方？"

"就是昨天演奏的那个地方，以后才到这里来，坐下来，想着，想着，就睡熟了。"

"这样吗？这就变得于您有利了……您为什么到音乐的地方去？"

"我不知道，就是这样……"

"好的，好的，以后再说。您净打断我的话，您上音乐台那里去，于我有什么相干？您梦见的是哪一个女人？"

"她就是……您见过她的……"

"我明白，很明白。您对她很……您梦见她是什么样子的？不过，我并不想知道这个，"她忽然愤愤地说，"您不要打断我的话……"

她等候了一会，似乎在那里聚集精神，或者努力驱散她的恨意。

"我叫您到这里来，是为了这件事情。我想向您提议做我的知己朋友。您为什么忽然这样盯着我？"她几乎愤怒地说。

这时候公爵果真在那里审视她，因为察觉出她又开始脸红得很厉害。在这类的情形下，她越脸红，便越生气自己，在她的闪耀的眼睛里显然可以表露出来。普通在过了一分钟以后，她必将自己的愤怒移到和她说话的那个人身上去，不管他有没有错，开始和她发生口角。她知道而且感到她的野性和好害羞的脾气，平常总是不大参加说话，比较沉默，有时甚至显得太沉默了。在遇到这类微妙的情形时，必须要开口说话的时候，她便用特别的傲慢，仿佛还带着挑战的样子，开始说话。她永远预感到开始或想开始脸红的那个时候。

"您也许不愿意接受提议吧。"她傲慢地望着公爵。

"不，不，我愿意的。不过已完全是不需要的……那就是说我怎么也想不到应该做这样的提议的。"公爵露出惭愧的神色。

"您心想怎样？我唤您到这里来有什么事清？您的脑筋里想什么？不过您也许认我是一个小傻瓜，正和家里大家这样认我似的，是不是？"

"我不知道人家认您作傻瓜，我……我并不认您是傻瓜。"

"您不认吗？这是您聪明的地方，表现得特别聪明。"

"据我看来，您也许甚至有时是很聪明的，"公爵继续说，"您刚才忽然说了一句很聪明的话。您说我对于伊鲍里特发生疑惑：'单只是一样真理，并不公平。'这句话我要记住，且把它想一想。"

阿格拉耶忽然快乐得脸红了。所有这些变动在她的心里异常公开地而且特别迅快地发生着。公爵也喜欢起来，望着她，甚至快乐地笑了。

"您听着，"她又开始说，"我等候您许多时候，想把这一切告诉给您听，从您寄来那封信给我的时候起就等候着，甚至在这以前……一半的话您昨天就从我那里听到，我把您认作最诚实的、最信靠的人，比什么人都诚实、信靠。人家说您的脑筋……那就是说您的脑筋有病，那是不公平的。我这样决定，而且和人家争论，因为您的脑筋虽然实在有病——请您不要生气，我这是从最高的观点上说这话——但是您的主要的脑筋比他们大家都好，甚至是他们大家没有梦到的，因为脑筋有两种：主要的和不主要的。对不对？对不对呢？"

"也许是这样的。"公爵勉强说出来。他的心叩击着，哆嗦得厉害。

"我就知道您会明白的，"她郑重地说，"S公爵和叶夫格尼·柏夫洛维奇怎么也不明白有两种脑筋，阿历山大也不明白，但是您猜一猜，母亲倒明白的。"

"您很像丽萨魏达·博罗可菲也夫纳。"

"怎么？真的？"阿格拉耶奇怪了。

"真是这样。"

"我谢谢您，"她想了一下，说，"我很喜欢，我像母亲。您一定很尊敬她吗？"她补充了一句，完全没有觉察到这问话的天真。

"很尊敬，很尊敬。我很高兴，您一直会了解。"

"我也高兴，因为我看出人家有时笑她……但是现在您且听要紧的话：我想了许久，终于选择上您。我不愿意家里的人们笑我，我不愿意人家认我为小傻瓜，我不愿意人家逗我……我一下子全都了解过来，一口回绝了叶夫格尼·柏夫洛维奇，因为我不愿意人家不断地想把我嫁出去！我愿意……我愿意……我愿意离开家庭，因此选择了您请您帮我的忙。"

"离开家庭！"公爵喊。

"是的，是的，是的，离开家庭！"她忽然喊，燃烧出特别愤怒地火焰，"我不愿意，我不愿意他们永远强迫我脸红。我不愿意在他们面前，在S公爵面前，在叶夫格尼·柏夫洛维奇面前，在任何人面前脸红，因此选上了您。我愿意和您把一切事情都说出来，甚至说出那最主要的事情，在我高兴的时候。另一方面，您也不应该对我有一点隐瞒。我想和一个人谈论一切事情，像和自己一样。他们忽然开始说我等候您，说我爱您。这还在您来到这里以前，我没有把那封信给他们看，现在大家都说起来了。我愿意成为一个勇敢的女子，什么也不怕。我不愿意上他们的跳舞会，我愿意做点有益的事情，我早就想走了。二十年来我被封闭在家庭里，大家全想把我嫁出去。我还在十四岁上就想逃走，虽然那时还是一个傻瓜。现在我已经考虑过一切，等候着您，想问您关于国外的情形。我没有看到一座哥特式的教堂，我想到罗马去，我想参观一切的科学研究室，我想到巴黎去求学。最后的一年来我预备了功课，读了许多书，我把所有的禁书全都读过了。阿历山大和阿台拉意达什么书都读，她们可以的，就是不许我读，监督着我。我并不想和姐姐们拌嘴，但是我早就对父母宣布，我愿意变更我的社会地位。我决定从事教育工作，我对您怀着极大的希望，因为您说过您很爱小孩。我们可以在一块从事教育工作，虽然不是现在，但是在将来，好不好？我们可以在一块做点有益的事业，我不愿意做将军的女儿……请问，您是极有学问的人吗？"

"完全不是的。"

"这很可惜。我心想……我怎么想？您总归应该指导我，因为我选上了您。"

"这真是离奇得很，阿格拉耶·伊凡诺夫纳。"

"但是我愿意，我愿意离开家庭，"她喊，眼睛又闪耀了，"假使您不同意，我就嫁给笳佛里拉·阿尔达里昂南奇。我不愿意家里认我为讨厌的女人，乱七八糟地责备我。"

"您发疯了吧？"公爵几乎从座位上跳起来，"人家责备您什么？谁责备您？"

"家里的人，大家，母亲，姐姐们，父亲，S公爵，甚至您的那位讨厌的郭略！假使没有直说出来，总是这样想的。我当他们大家面前宣布出来，对母亲和父亲都宣布出来。Maman病了一天。第二天上，阿历山大和父亲对我说我自己不明白在哪里撒谎，自己不明白说些什么话。我当时直率地对他们说，我明白一切事情，一切话语，我不是小孩，我在两年以前特地读过Paul de Kock（保罗·德·科克）的两部小说，为的是弄清楚一切。Maman一听见，几乎晕倒了。"

公爵的脑筋里忽然闪过一个奇怪的念头。他盯看着阿格拉耶，微笑了。

他甚至不相信，在他面前坐着的是那个倨傲的女郎，那样高傲地、轻视地把笳佛里拉·阿尔达里昂南奇的信读给他。他不明白，何以在这傲慢的、严肃的美人身上会发现一个婴孩，也许果真是连一切的话都不了解的婴孩。

"您老在家里住着吗，阿格拉耶·伊凡诺夫纳？"他问，"我想说，您没有上过学校，没有在寄宿学校里读过书吗？"

"我从来什么地方也没有去过，老在家里，像被封闭在瓶子里一般，将来就从瓶子里出嫁。您为什么又笑了？我觉得您大概也在那里笑我，立在他们的一边，"她皱着眉头，威严地说，"您不要惹我生气。不这样，我还不知道我应该怎么办呢……我相信，您到这里来的时候，深信我恋上您，所以约您来私会的。"她气恼地说。

"昨天我确乎怕这个，"公爵坦白地说了出来，他露出很惭愧的样子，"但是今天我相信您……"

"怎么！"阿格拉耶喊，她的下唇忽然哆嗦了，"您怕我……您竟敢想，我……天呀！您也许疑惑我唤您到这里来，为的是把您引进网里，以后让人家当场发现我们，强迫您娶我……"

"阿格拉耶·伊凡诺夫纳！您怎么不害臊呢？您的纯洁的、天真的心里怎么会生出这种龌龊的念头来的？我敢打赌，您自己不相信您自己所说的句句的话……您自己不知道说什么话！"

阿格拉耶坐在那里，顽强地低着头，似乎自己害怕她所说的话。

"我完全不害臊，"她喃声说，"您怎么知道我的心是天真的？您当时怎么敢把情书寄给我呢？"

"情书吗？我的信是情书吗？这封信是极恭敬的。这封信是在我一生最困难的时候从我的心里流出来的！我当时忆起您，好像忆起一种光明……我……"

"好的，好的。"她忽然打断他的话，但完全不用那种口气，却露出完全的忏悔，甚至恐慌，竟把身体俯到他旁边，还是努力不去看他，想触动他的肩，为的是用更加恳切的口气请他不要生气。"好的，"她又追补一句，显得十分惭愧，"我感到我用了很愚蠢的话句。我这是……为了试探您一下。请您当作没有说过一样。假使我得罪了您，请您饶恕我。请您不要这样看我。转过身去！您说这是很龌龊的念头，我故意这样说，想窘您一下。我有时自己怕我想说的话会忽然说出来。您刚才说您在一生中最困难的时候写了这封信。我知道这是什么样的时候。"她轻轻地说，又向地上看望。

"唉，假使您能全知道才好呢！"

"我全知道！"她带着新的惊慌喊出，"您当时跟那个讨厌的女人，您和她一同跑走的那个女人住在一所房子里，整整的一个月……"

她说话时不再脸红，反而显得惨白，突然从座位上立起，仿佛忘记了一切，但立刻醒转来，坐了下去。她的嘴唇许多时候还继续哆嗦，沉默持续了一分钟。公爵对于这种突如其来的举动感到特别的惊愕，不知道怎样应付。

"我完全不爱您。"她忽然说，好像把这句话斫断下来似的。

公爵没有回答，两人又沉默了一分钟。

"我爱笳佛里拉·阿尔达里昂南奇。"她用急语说，说得听不大见，更加俯下头去。

"这是不实在的。"公爵也几乎用微语说。

"这么说来，我说谎吗？这是实话。前天，就在这张长椅上，我答应他了。"

公爵惊惧起来，沉思了一会。

"这是不实在的，"他坚决地重复了一遍，"你编造了这一套话。"

"真是够客气的！您知道他已经改过了。他爱我，比爱他自己的生命还厉害。他在我面前烧自己的手，为的是证明他爱我，比自己的生命还厉害。"

"烧自己的手吗？"

"是的，烧自己的手。您相信不相信，与我无关。"

公爵又沉默了，阿格拉耶的话没有开玩笑的意思。她很生气。

"怎么？他还把蜡烛拿到这里来，假使这事情是在这里发生的？否则我想不大通。"

"是的……把蜡烛取来的。还有什么不可能的？"

"整个蜡烛呢？还是按在蜡台上的？"

"是的……不……一半蜡烛……蜡头……整个蜡烛，那全是一样的，您不要瞎缠！……他还取来了自来火，假使您想听。他点上蜡烛，手指在蜡烛上面放了整整的半小时。难道这是不可能的吗？"

"昨天我见到他，他的手指是健康的。"

阿格拉耶忽然迸出笑声，完全像婴孩一般。

"您知道我刚才为什么说谎？"她突然带着孩童般的信任心转身对公爵看，笑声在她嘴唇上哆嗦着，"因为说谎的时候，假使巧妙地插进一点不十分寻常的、瑰奇的东西，一点太稀少，或者甚至完全没有的东西，那么谎言会成为极可信的。我注意到这层，不过我弄得不好，因为我不会……"

她忽然又皱紧眉头，似乎醒了过来。

"我那时候，"她对公爵说，正经地甚至忧郁地看着他，"我那时候给您读那首'可怜的骑士'的诗，那是想……附带着恭维您，同时又想骂您所做的行为，还对您表示，我全知道……"

"您对待我很不公平……对待那个可怜的女人，您刚才那样可怕地说到她，阿格拉耶。"

"因为我全都知道，一切都知道，所以说出这样的话来！我知您在半年以前当众向她求婚。您不要打断我，您瞧，我说这话，并不加任何批评。以后她和罗果静逃去，以后您又和她同住在一个村内，或者在一个城里，她又离开您，到别人那里去，"阿格拉耶脸红得厉害，"以后她又回到罗果静那里，他爱她像……像疯子一般。以后，您也是很聪明的人，现在您一打听到她回到彼得堡来，立刻赶到这里来找她。昨天您跑过去救她，现在您又梦见她……您瞧，我全都知道。您是为了她，为了她才到这里来的呀？"

"是的，为了她，"公爵轻轻地回答，忧郁地、凝想地垂下头，没有疑惑到阿格拉耶用怎样闪耀的眼神望着他，"为了她，只是想弄明白……我不相信她和罗果静在一起会有幸福，虽然……一句话，我不知道我能为她做什么事，我能帮她什么忙，但是我来了。"

他哆嗦着，瞧了阿格拉耶一眼，阿格拉耶仇恨地听他的说话。

"假使您跑到这里来，不知道为了什么事情，那么您一定很爱她。"她终于说。

"不，"公爵回答，"不，我不爱她。您要知道我是怎样可怕地回忆着和她相处的那些日子！"

在说出这句话时，他的身体上甚至通过了一阵战栗。

"你全说出来吧。"阿格拉耶说。

"这里面没有您不能听的话。我为什么想对您讲这些话，光对您一人说，我不知道。也许因为我果真很爱您。这个不幸的女人深信她是世界上所有的人间最堕落的、最罪恶的东西。您千万不要骂她！不要朝她身上投掷石子！她用那种不应得的耻辱的感觉，把自己折磨得也很够了！但是她有什么错？天呀！她时时刻刻疯狂地呼喊她不承认自己的罪过，她是人们的牺牲物。淫棍和恶徒的牺牲物。但是她无论对您说什么话，您知道，她自己首先不相信自己，相反地，她从良心上相信她自己有错。我试着把这阴暗的思想驱散的时候，她竟陷入极大的痛苦的境地里去，使我一忆起这个可怕的时间，我的心底的创痛永远不会平复下去。我的心好像永远被刺破了。她离我而去，您知道为了什么？单只是为了对我证明，她是低贱的女人。最可怕的是她自己也许不知道单只想对我证明，而她逃跑的原因乃是因为她在内心里一定想做出一桩可耻的事情，以便对自己说：'现在你做出新的可耻的行为，因为你是一个低贱的东西！'也许您不会明白这个，阿格拉耶！您知道，在这对于耻辱的不断的感觉中也许含有一种可怕的、不自然的愉快，仿佛对什么人报复似的。我有时想法，使她重又看到自己周围的光明，但是立刻又发生了愤激，竟弄得狠狠地责备我在她面前夸耀，我的地位的崇高——其实我心里并没有这种思想——对于我的求婚她一直对我宣布，她并不向任何人要求傲慢的哀怜和帮助，或'升到任何人的地位上去'。您昨天看见她，您真的觉得她和那群人在一起会感到幸福，这是她应该守处的社会吗？您不知道她的教育是如何的高深，她如何能够了解一切！她有时甚至使我惊异！"

"您在那里也对她这样说教吗？"

"不，"公爵阴郁地说，没有注意到这问话的口气，"我差不多净沉默着。我常想说，但是我有时实在不知道说什么。您知道，在有些情形之下最好完全不说话。是的，我爱过她，很爱过她。但是以后，以后……以后她全猜到了。"

"猜到什么？"

"猜到我不过是可怜她，我已经不爱她。"

"您怎么知道，也许她真的爱上了那个……和他一同逃跑的地主呢？"

"不，我全知道，她只是取笑他。"

"她从来没有取笑您吗？"

"不。她从愤怒中取笑过的。那时候她发了怒，恶狠狠地责备我，自己也感觉痛苦！但是……以后……您不要再提这件事情吧，不要再提了吧！"

他用手掩自己的脸。

"您知道不知道，她差不多每天给我写信？"

"这么说来，这是实在的！"公爵惊慌地喊，"我听说过，但是总还不愿意相信。"

"从谁那里听见的？"阿格拉耶惊惧地战栗了一下。

"罗果静昨天对我说，不过说得不很清楚。"

"昨天吗？昨天早晨吗？昨天什么时候？在听音乐以前？还是以后？"

"以后，晚上十一点多钟的时候。"

"唔，既然是罗果静，那还好……您知道，她在那些信里写些什么?"

"我一点也不惊异。她是疯子。"

"这些信就在这儿,"阿格拉耶从口袋里掏出三封信,装在三只信封里,扔掷在公爵前面,"已经有整整的一星期,她求我,劝我,引诱我,使我嫁给您。她……她这人虽然疯狂,但是很聪明。您说得很对,她比我聪明得多。她给我写信,说您爱我,她知道这个,早就看了出来,您在那里和她谈过关于我的许多话。她希望看见您成为有幸福的人,她相信唯有我能完成您的幸福,她写得很粗野,很奇怪……这些信我没有给任何人看过,我等候着您。您知道这是什么意思?您一点没有猜到吗?"

"这是疯狂。这可以证明出她的疯狂来!"公爵说,他的嘴唇哆嗦着。

"您是不是在那里哭?"

"不,阿格拉耶,不,我没有哭。"公爵望着她。

"叫我怎么办?您有什么主意对我说?我是不能净收这类信的呀!"

"您不要理她,我恳求您,"公爵喊,"您在这黑暗中有什么办法?我要用我的全力,使她不再写信给您。"

"既然如此,您是一个没有心肠的人!"阿格拉耶喊,"难道您没有看见,她不是爱我,却是爱您,爱您一个人!难道您能在她身上看到一切,而看不到这个吗?您知道这是什么意思?这些信有什么意思?这是醋意;这比醋意还厉害!她……您以为她果真想嫁给罗果静,像她在信里所写的那样吗?我们只要一结婚,第二天她就会自杀的!"

公爵哆嗦了一下,他的心死沉了下去。但是他惊异地望着阿格拉耶。他很奇怪地承认这个婴孩早就成为女人了。

"上帝可以看见,阿格拉耶,为了恢复她的安宁,使她成为幸福的人起见,我可以将我的生命贡献出来,但是……我已经不能爱她,她这是知道的!"

"那么您可以牺牲自己,您是惯于这样做的!您是一个伟大的慈善家。您不要称呼我'阿格拉耶'……您刚才也随随便便地称呼我'阿格拉耶'……您应该、您必须使她复活，您应该再和她同走，平复而且安慰她的心。您是爱她的呀！"

"我不能这样牺牲自己，虽然我有一次曾经想过……也许现在还想。但是我一定知道，她和我在一块会幻灭的，所以我现在离开她。我应该在今天七点钟见她，我也许现在不去。以她这样的骄傲她永远不会饶恕我的爱情，于是我们全都完结了！这是不自然的，但是这里面一切都是不自然的。您说，她爱我，但是难道这是爱情吗？难道在我已经受过了这一切以后，还会有爱情吗？不，这里是别的一切，并不是爱情！"

"您的脸多么惨白呀！"阿格拉耶突然惧怕了。

"不要紧，我睡得很少，身体感到软弱。我……我们当时确曾谈起您来着，阿格拉耶……"

"那么这是实在的事情吗？您果真会和她谈到我的吗？您才见了我一面，怎么就能爱我呢？"

"我不知道怎么样。在我当时黑暗的境界里我幻想出……也许是憧憬出一个新的曙光。我不知道怎么会首先想到您的。我当时写信给您，说我不知道，那是实在的。在当时还不过是一个幻想，由于当时的恐惧而起的……我以后开始用功，我会三年不到这里来的……"

"这么说来，您到这里来是为了她吗？"

阿格拉耶的声音里有点哆嗦。

"是的，为了她。"

过了两方面都阴郁地沉默着的两分钟。阿格拉耶从座位上立起来。

"如果您说，"她用不耐烦的声音开始说，"如果您自己相信这个……您的那个女人是疯狂的，那么她的疯狂的理想于我毫不相干。请求您，莱夫·尼古拉也维奇，把这三封信收下，替我掷还给她！假使她，"阿格拉耶忽然喊出来，"假使她敢再给我写一行字，请您对她说，我要告诉家父，送她到感化院里去……"

公爵跳起身来，惊惧地看阿格拉耶突然盛怒的样子，似乎有一阵雾忽然落在他的面前……

"您不能有这样的感觉，这是不实在的！"他喃声说。

"这是实在的！这是实在的！"阿格拉耶喊，几乎忘记了自己。

"什么是实在的？什么是实在的？"他们附近传出了惊惧的声音。

丽萨魏达·博罗可菲也夫纳立在他们面前。

"实在的是我要嫁给筇佛里拉·阿尔达里昂南奇！我爱筇佛里拉·阿尔达里昂南奇，明天就和他从家庭逃走！"阿格拉耶攻击她，"您听见没有？您的好奇心得到满足了吗？您对于这满意吗？"

她跑回家去了。

"不行，先生，您现在不能就这样走开，"丽萨魏达·博罗可菲也夫纳阻止公爵，"费心，请您和我解释一下……这真是太痛苦了，我整夜没有睡……"

公爵跟她走着。

第九章

　　丽萨魏达·博罗可菲也夫纳走进家里，就在第一间屋内停住，再也往前走不动，坐在长沙发上面，完全疲乏无力，甚至忘记请公爵坐下。那是一间很大的厅堂，中间放着一只圆桌，有壁炉，窗旁木架上摆了许多鲜花，后墙那里有一扇玻璃门通入花园，阿历山大和阿台拉意达立刻走进来，用疑问和惶惑的样子望着公爵和母亲。

　　小姐们平常在九点钟左右起床，只有阿格拉耶一人在最近的两三天内起身得稍微早些，到花园里去游玩，但是到底不在七点钟，却在八点钟，甚至还晚些。丽萨魏达·博罗可菲也夫纳由于各种惊慌，果真一夜没有睡，在八点钟左右起床，特地预备在花园里遇见阿格拉耶，料到她已经起床了。但是在花园和卧室里都没有找到她。她当时甚为惊慌，把女儿们唤醒了。女仆告诉阿格拉耶·伊凡诺夫纳在七点钟时上公园去了。小姐们对于她们的怪诞的妹子的新鲜花样发出了冷笑，还对母亲说，假使母亲到公园去找她，她也许还要生气，她现在一定坐在绿椅上看书，这只绿椅就是三天以前她说过，还为了它几乎和Ｓ公爵吵嘴，因为 S 公爵对于这只绿椅的位置并没有发现什么特别之处。丽萨魏达·博罗可菲也夫纳看见女儿和公爵在那里会晤，又听到了女儿的奇怪的话语，由于许多原因，觉得十分害怕。但是现在把公爵领了进来以后，又胆小起来："为什么阿格拉耶不能在公园内和公爵相见，而且交谈，甚至假使这是预先约好了的一个会晤呢？"

"公爵，您不要以为，"她终于振作了精神，"我是拖您来审问的。我在昨天晚上以后，也许再也不愿意和您相见……"

她迟疑了一会。

"但是您到底想知道，我今天和阿格拉耶·伊凡诺夫纳怎样遇见的，是不是？"公爵很安静地说。

"是的！我是想的！"丽萨魏达·博罗可菲也夫纳立刻脸红了，"我绝不怕直说出来的话语。因为我并不得罪任何人，也不愿意得罪任何人……"

"那自然啦！不管得罪不得罪，您自然想知道的，您是母亲呢。我根据阿格拉耶·伊凡诺夫纳昨天的邀请，今天早晨七点钟整，在绿椅那里和她相见。我们见面以后，在整整的一小时内谈论与阿格拉耶·伊凡诺夫纳一人有关的各种事情，就是这样。"

"自然就是这样，无疑地就是这样。"丽萨魏达·博罗可菲也夫纳带着威严说。

"好极了，公爵！"阿格拉耶说。她突然走进屋内，"我衷心地感谢您，因为您也让我没有能力把自己身份降低到说谎的地步。够了吧，Maman？您还打算审问吗？"

"您知道，我从来还没有在您面前为了什么事情脸红过，虽然您也许喜欢这样，"丽萨魏达·博罗可菲也夫纳用教训的口气回答，"再见吧，公爵，我惊吵您，真是对不起。我希望您会相信我对您的尊敬是不变的。"

公爵立刻朝两面鞠躬，默默地走出去了。阿历山大和阿台拉意达笑了一声，互相微语。丽萨魏达·博罗可菲也夫纳严厉地看她们。

"我们笑的不过是因为，"阿台拉意达笑了，"公爵鞠躬的姿势太奇妙了，有的时候完全像一只麻袋，现在忽然竟像……叶夫格尼·柏夫洛维奇。"

"优雅和尊严是从心里发出，并不是舞蹈教师教的。"丽萨魏达·博罗可菲也夫纳像读格言似的说，便上楼到自己屋内去，甚至不看阿格拉耶一眼。

公爵回到自己家里，已是九点钟左右。他在平台上遇见魏拉·罗吉央诺夫纳和女仆。他们一块在昨天凌乱糟蹋之后从事整理，扫除。

"好极了，我们来得及在您回来以前收拾完了！"魏拉快乐地说。

"您来呀！我的头有点旋转。我睡得不好。我想睡一下。"

"就在这平台上，像昨天一样吗？好的。我对他们大家说，不许叫醒您。爸爸不知到什么地方去了。"

女仆出去了，魏拉已经跟她走出去，但是又回来了，用焦虑的神情走到公爵面前。

"公爵，您可怜那个不幸的人吧！今天不要赶他出去。"

"无论如何不赶走，随他自己的便。"

"他现在不会做出什么来的。您不要对他太严厉了呀！"

"不会。那为什么呢？"

"还有……不要取笑他，这是最要紧的。"

"绝不会。"

"我是个愚蠢的女人，不应该对像您这样的人说这种话，"魏拉脸红了，"您虽然累乏，"她笑着，转过一半身子，预备走出去，"但是这时候您的眼睛是极可爱的……有幸福的。"

"真是有幸福的吗？"公爵活泼地问，快乐地笑了。

"多么……可爱的女孩！"公爵想，立刻忘记她了。他走到平台的角落里。那边放着一只长沙发，沙发前面有一张茶几。他坐了下来，手掩住脸，坐了十分钟。忽然匆遽地、惊慌地把手放在旁边的口袋里，掏出三封信来。

门又开了，郭略走了进来。公爵好像必须把信放回口袋里去，因此可以延搁一些时间而感到快乐。

"真是新闻！"郭略说，坐在长沙发上，一直说出了正题，正和所有像他那样岁数的人们一般，"现在您对于伊鲍里特取什么样的态度？没有尊敬吗？"

"为什么……但是郭略，我累了……再开始讲这件事情未免太为凄惨……他怎样呢？"

"睡着了，还会睡两点钟。我明白，您没有在家里睡，到公园里去了……自然心里很乱，一定的！"

"您怎么会知道我在公园里走着，没有在家里睡觉呢？"

"魏拉刚才说的。她劝我不要走进来，我按捺不住，坐一会就走。这两小时我在他床前值守着，现在让郭士卡·莱白及夫轮班看守。蒲尔道夫司基走了。公爵，您躺下吧。祝您夜……不，祝您日安！您知道，我真是感到惊愕！"

"自然……所有这一切。"

"不是的，公爵，不是的。我对于那篇忏悔录感到惊愕，主要的是他讲到天神和未来生活的一段。这里面有一个巨大的思想！"

公爵和蔼地看着郭略。他的进来自然就为了赶快谈论那个巨大的思想。

"但是主要的，主要的不单只在思想上面，却在整个环境上面。假使写这篇东西的是福禄特尔，卢梭普鲁东，我读下去，把它记住，而不会惊愕到这种程度的。但是一个人在明知他只能活上十分钟，而说出这样的话来，这是可骄傲的！这是表示自我的尊严的最高的独立性，这是公然的反抗……不，这是伟大的精神上的力量！而在这以后还说他有意不放铜帽进去，这是低卑的，不自然的！您知道，他昨天耍了狡猾的手段，欺瞒我们：我从来没有和他在一块收拾过行李，也没有看见过任何一支手枪。行李是他自己收拾的。他忽然把我弄得糊涂起来了。魏拉说，您答应留他在这里住。我敢赌咒，绝不会有什么危险，况且我们大家一刻也不离开他。"

"你们里面谁守夜？"

"我、郭士卡·莱白及夫、蒲尔道夫司基。开历尔留了一会，后来就到莱白及夫那里去睡觉了，因为我们这里没有地方睡。费尔特申阔也睡在莱白及夫那里，七点钟的时候走的。将军永远在莱白及夫家里住，现在也走了……莱白及夫也许立刻会到您这里来。他不知为什么事情，在那里找您，问了两次。既然您想躺下来睡，放不放他进来呢？我也想去睡。啊，是的，我要对您说一件事情，刚才将军使我吓了一惊。蒲尔道夫司基在七点钟的时候，也许甚至在六点钟的时候，把我唤醒，叫我轮班守候。我走出去一下，忽然遇见将军，酒还没有醒，竟没有看出我来，他站在我面前像一根柱子。他醒过来以后，朝我身前奔来。'病人怎么样啦？我是来打听病人的情形的……'我把情形报告给他听。他说：'这一切都很好，但是我所以到这里来，我所以老早就起床，主要的是为了警告你。我有理由猜想，在费尔特申阔面前不能把话全说出来……应该留一点。'您明白吗？公爵？"

"真的吗？不过这……对于我们是一样的。"

"是的，自然是一样的，我们并不是互助团员。将军特地为了这件事情夜里跑来唤醒我，我觉得很奇怪。"

"您说，费尔特申阔走了吗？"

"七点钟时候走的。还到我这里来了一趟，那时候我正在值班。他说到维尔金家里去补睡。这里有一个名叫维尔金的，也是醉鬼。我走啦！啊，罗吉央·蒂莫菲维奇也来了……公爵想睡觉，罗吉央·蒂莫菲维奇，回头走吧！"

"只有一分钟，尊敬的公爵，为了一桩在我眼里看来十分重要的事情……"莱白及夫走了进来,用勉强的、深刻的嗓音,微语似的说,郑重其事地鞠躬。他刚回来,甚至来不及弯到自己那里去,手里还握着帽子。他的脸色是焦虑的,带有特别的、异常的、自我尊严的态度。

"您找过我两次吗?您也许为昨天的事情还是不安……"

"您猜是关于昨天那个小孩的事情吗,公爵?不是的。昨天我的思想凌乱得很……但是今天我不打算 contrecarry [1] 您随便什么的主张。"

"contre……您说什么?"

"我说 contrecarry,一个法国字,像许多加入俄文的别的字一样。但是我最不主张这个办法。"

"莱白及夫,您今天怎么这样神气活现,而且官气十足,说的话好像特地编出来似的。"公爵笑了。

"尼古拉·阿尔达里昂南奇!"莱白及夫几乎用和蔼的声音对郭略说,"我有点事情对公爵说,关于……"

"自然啦,自然啦,这不关我的事情!再见吧,公爵!"郭略立刻退出去了。

"我爱这孩子很懂事,"莱白及夫说,目送着他,"一个敏捷的,但是好刨根问底的小孩。我遭到极大的不幸,尊敬的公爵,昨天晚上,或是今天黎明时候……我还不能指出确定的时间。"

"什么事?"

"从旁边的口袋里遗失了四百卢布,尊敬的公爵。遭了洗劫!"莱白及夫带着苦笑说。

"您丢失了四百卢布吗?这很可惜。"

"尤其是一个贫穷的、以正当的劳力为生活的人。"

"自然啦,自然啦!怎么会丢的?"

"就为了酒的缘故。我来找您,就好比求神一般,尊敬的公爵。四

---

[1] 原文如此,为生造词,源自法文"contrecarrer"(反对)。

百银卢布的款子是我昨天下午五点钟从一个债务人手里取来的。我就坐火车回到这里来了。皮夹放在口袋里面。我把制服脱下来,改穿便服的时候,便把钱改放在上身衣服里,想放在身边,预备晚上付出去……我等候我的代理人。"

"顺便问一句,罗吉央·蒂莫菲维奇,听说您在报上登广告,借贷钱款,用金银器具作质押,是不是?"

"经代理人的手,我自己的姓名和住址是不指出来的。我有一点小小的资本,再加上家庭人口的增加,您自己想一想,一种正当的利息……"

"是的,是的。我不过是询问一下。我打断您的话,对不住得很。"

"代理人没有来。那时候那个不幸的人来了。我在吃中饭的时候,已经处于微醉的状态之下。后来那些客人们来了,喝着茶,我高兴起来。真是倒霉透了!在很晚的时候,开历尔走了进来,宣布您的生日,还吩咐开香槟酒,亲爱的,尊敬的公爵,我具有一颗心——您大概也看出来,因为我是应得的——且不说是一颗有感觉的,却是知恩图报的心,我以此自傲。我为了十分隆重地准备迎接您,对您道贺起见,忽然想到更换我的旧衣,仍旧穿上我回来时脱下来的制服,想着就做到了,所以公爵,您看见我整夜净穿着那套制服。我换衣裳时忘记了在便服里的那只皮夹。上帝想惩罚人时,必先夺去他的理性,这话真对。今天早晨,七点半钟的时候,我醒过来,像半疯似的跳了起来,第一件事情就去抓那件便服,口袋竟是空空如也,皮夹连影都不见了!"

"唉,这真是不痛快!"

"真是不痛快!您现在带着真挚的机警发现了这个适当的词句。"莱白及夫多少带着狡狯说。

"真是的!"公爵惊慌起来,一面露出沉思的样子,"这是很正经的。"

"一定是正经的,公爵,您又找到了另一句话,为了表示……"

"算了吧，罗吉央·蒂莫菲维奇，寻找什么？要紧的不是言语……您不觉得，皮夹会在您喝醉的时候从口袋里掉落下来吗？"

"会的。在喝醉的时候一切都是可能的，您这句话表现得十分诚恳，尊敬的公爵！但是请您想一想：假使我在换衣裳的时候，把皮夹从口袋里掉落下来，那么被掉落的东西应该安放在地板上面。但是这东西到哪里去了呢？"

"您不会放在抽屉里，桌上吗？"

"全都找遍了，到处全翻遍了，况且我并没有藏起来，并没有开抽屉，这是我记得很清楚的。"

"柜里看过没有？"

"首先就看过，今天甚至看了好几次……我怎么会放在柜子里呢，我的尊敬的公爵？"

"老实说，莱白及夫，这使我感到不安。这么说来，是有人在地板上找到了吗？"

"或者是从口袋里偷走的！两条路。"

"这使我十分不安，因为究竟是谁呢？这真是问题！"

"无疑地，这是一个最主要的问题。您十分正确地找见了适当的话语和思想，确定了适当的地位，尊贵的公爵。"

"罗吉央·蒂莫菲维奇，请您把嘲笑丢开，这里……"

"嘲笑！"莱白及夫喊，摆着双手。

"好了，好了，我并不生气，这里是完全另一件事情。我是替人们担忧。您疑惑谁？"

"这是个极困难……极复杂的问题！我不能疑惑女仆，她坐在厨房里面。我自己亲生的孩子们也是的……"

"那还用说。"

"这么说来，一定是客人里什么人。"

"但这是可能的吗？"

"完全不可能，极端不可能，但是一定应该如此。我可以承认，甚至深信，假使这钱是被偷窃的，那么窃案不会发生在晚上大家聚会的时候，一定在夜里，甚至在早晨，被住宿在这里的人们偷窃去的。"

"哎哟，天呀！"

"蒲尔道夫司基和尼古拉·阿尔达里昂南奇我自然不算在内，他们没有走进我的屋内。"

"那自然啦，即使甚至走进去也不会的！谁在您那里过夜的？"

"连我在内一共有四个人，在两间相连的屋子里：我、将军、开历尔和费尔特申阔先生。我们四人中间一个！"

"那就是说三个人中间，但是究竟谁呢？"

"我为了公道和秩序起见把自己也加了进去。但是您必须同意，公爵，我自己不会偷窃自己，虽然世界上这类的事情是有过的……"

"莱白及夫，这真是闷死了！"公爵不耐烦地喊，"说到正题上去，您何必这样拉长……"

"这么说来，还剩下三个人，第一个是开历尔先生，他是一个没有常性的人，爱喝酒的人，在有些情形之下是自由派，那就是指口袋而言。说到其余的倾向，那么与其说是自由派的，还不如说古骑士派的对些。他起初在这里过夜，在病人的屋内，夜里才搬到我们那里去，借口光裸的地板上睡着太硬。"

"您怀疑他吗？"

"怀疑过的。我在早晨七点钟像半疯似的跳了起来，手抓自己的额角，立刻把正做着天真的梦的将军唤醒。我们两人因为觉得费尔特申阔脱身得很奇特，未免引起我们的疑窦，决定立刻搜查躺在那里像……像……差不多像一根铁钉似的开历尔。我们搜查得很仔细：口袋里没有一分钱，甚至没有发现一只没有破洞的口袋。一条蓝色的、方格的布手绢，具有不雅观的样色。还有一封情书，女仆写给他的，向他要钱，还带着恐吓的话语，此外便是您已经知道的那段小品文的残稿。将军决定他无罪。为了取得完整的消息起见，我们把他唤醒，好容易才把他推醒了。他不明白是怎么回事，张大着嘴，一副酒醉的样子脸色离奇而且天真，甚至愚蠢，并不是他！"

"那么我很高兴！"公爵欢欣地叹一口气，"我真是替他担心！"

"您担心吗？那么您有理由怀疑他吗？"莱白及夫眯细着眼睛。

"不，我是这样说的，"公爵口吃起来，"我说我担心，说得很笨。费心您，莱白及夫，不要把这话对任何人说……"

"公爵呀，公爵呀！您的话语在我的心里……在我的心的深处！那里是坟墓！"莱白及夫欢欣地说，把帽子向心口上捏紧着。

"好的，好的……这么说来，是费尔特申阔吗？我想说，你怀疑费尔特申阔吗？"

"还有谁呢？"莱白及夫轻轻地说，盯看着公爵。

"那自然啦……还有谁呢？有什么证据？"

"有证据的。第一，在早晨七点钟的时候，或者甚至在六点钟的时候就溜走了。"

"我知道的，郭略告诉我，他到他那里去说他离开这里，到……到……到谁家去补睡，我忘记到谁家，是到他的朋友那里去的。"

"到维尔金那里去的。那么尼古拉·阿尔达里昂南奇已经对您说过了吗？"

"他并没有说过失窃的事情。"

"他并不知道，因为我暂时把这件事情严守秘密。这么说来，他是到维尔金那里。说起来有什么稀奇的，一个醉鬼到和他一样的醉鬼那里去，哪怕即使天刚亮，且没有任何来由也有什么要紧？但是在这上面发现了踪迹。他离开的时候，留下了地址……现在请您注意，公爵，这里有个问题：他为什么留地址呢？他为什么故意到尼古拉·阿尔达里昂奇那里转一个弯，告诉他'我到维尔金家里去补睡'呢？谁去注意他的走开，还走到维尔金那里去呢？何必预先告诉人家呢？这就是：'我故意不隐藏我的踪迹，这样子我哪里还是贼呢？哪一个贼会预先告诉他上哪儿去的？'这是一个多余的关心，意在避去嫌疑，所谓擦去沙土上的脚印……您明白我的意思吗，尊敬的公爵？"

"明白，很明白，但是仅这一点不够。"

"第二个证据：那个踪迹是虚伪的，地址也不正确。一小时后，那就是在八点钟的时候，我已经跑去叩维尔金家的门。他就住在第五路，我甚至和他是相识的。那里并没有费尔特申阔，我虽然从一个完全耳聋的女仆那里打听出，在一小时以前确乎有人叩他们家的门，甚至叩得很厉害，把铃儿都拉断了。但是女仆不肯开，不愿意吵醒维尔金先生，或者也许自己不愿意起床。这是常有的事。"

"您的证据就是这一些吗？这还嫌少。"

"公爵，但是怀疑谁呢，您想一想？"莱白及夫用和蔼的态度说着。在他的冷笑里透露出一点狡猾的样子。

"您再仔细查一查屋内和抽屉里！"公爵在凝想了一会以后，焦虑地说。

"查过了！"莱白及夫更加和蔼地叹了一口气。

"唔！……您为什么要换这件衣服呢？"公爵喊，恼怒地叩击桌子。

"那是古代的喜剧里的一个问话？但是正直的公爵！您把我的不幸太放在心上了！我是不配的。那就是说：我一个人是不配的，但是您替罪犯感到痛苦，替这个不值分文的费尔特申阔先生。"

"是的，是的，您真是使我感到焦虑，"公爵冷淡而且不愉快地打断他的话，"现在您打算怎么办……假使您这样深信还是费尔特申阔做的事情？"

"公爵，尊敬的公爵，还有什么别人呢？"莱白及夫用越来越增强的和蔼的感情说，"既然没有别的什么可以怀疑，那就是说既然完全不能怀疑任何人，除去费尔特申阔先生以外，这是反对费尔特申阔先生的又一证据，已经是第三个证据！因为别人究竟是谁呢？我不能怀疑蒲尔道夫司基先生呀！哈，哈，哈！"

"那真是瞎说！"

"也不能怀疑将军呀，哈，哈，哈！"

"更是离奇的话！"公爵几乎生气地说，不耐烦地在座位上转身。

"自然是离奇的话！哈，哈，哈！那个人，就是将军，真把我笑死了！我刚才和他两人追到维尔金家去……我对您说，我在发现失窃以后首先叫醒他，他比我还显得惊愕，甚至脸色都变了，一会红，一会白，终于忽然生出了残酷的、正直的愤激，我甚至料不到会到这种程度的。他是一个太正直的人！他由于他的软弱的性格，时常说谎，然而他是具有最高的情感的人，为人并不奸诈，以他的天真使人们对他完全信任。我已经对您说过，尊敬的公爵，我不但对他有偏心，甚至还有爱情。他忽然在街中心停留了，解开上衣，露出胸脯，说道：'您搜查我吧。您搜查过开历尔，为什么您不搜查我？公道需要这样做！'他自己手脚都哆嗦着，脸色甚至完全惨白，那种威严的样子。我笑了一声，对他说：'您听着，将军，假使有人说您的话，我当时就会亲手把我的脑袋摘下来，把它放在盆子上面送献给那些怀疑的人们，说道：'你们瞧这个脑袋，我可以用自己的脑袋替他担保，不但摘脑袋下来，还可以跳进火里去。'我说：'我准备这样替您担保！'他当时立刻抱住我，在当街上，流着眼泪，哆嗦着身体，把我紧紧地抱在胸前，我甚至咳不出嗽来。他说：'您是我在灾难中留下来的唯一的知己！'一个好动感情的人！当时在路上即景生情地说了一段故事。他说，他还在青年时也有人怀疑他偷窃五十万卢布，但是第二天上他跑进一所失火的房子的火焰里去，从火焰里救出怀疑他的伯爵和尼纳·阿历山大洛夫纳，第二天上又在火烧的废墟上发现了那只被遗失的银钱的小匣。那只小匣是铁制的，英国出品的，带着秘密的钥匙，不知如何落到地板底下去了，因此谁也不注意到，在火烧之后才能发现，完全是谎话。但是在提到尼纳·阿历山大洛夫纳的时候，甚至啜泣起来。尼纳·阿历山大洛夫纳是一个十分正直的女太太，虽然有点恼我。"

"你们认识吗？"

"差不多不认识，但是很愿意认识，哪怕就是为了在她面前辩白一下。尼纳·阿历山大洛夫纳对我生气，说我用酒引坏她的丈夫。但是我不但不引坏他，反而征服他。我也许还劝他和有害的朋友们远离。他现在是我的知己朋友，我老实告诉您，现在决不离开他，甚至是这样的：他到哪里，我也到哪里，因为我就只用情感和他周旋。他现在甚至完全不大见他的上尉夫人，虽然暗中仍旧想去找她，甚至有时因为想到她而呻吟，尤其是每天早晨起身穿皮靴的时候，我不知道为什么一定在这个时候。他没有钱，这真是糟糕，但是没有钱上她那里去是不行的。他没有问您借钱吗，尊敬的公爵？"

"不，没有借。"

"不好意思呢。他想借，甚至对我说过，想来惊吵您，但是有点害臊，因为您不久以前已经借给他钱，他心想您不会再借。他对我说了出来，认我是他的知己。"

"你没有借给他钱吗？"

"公爵！尊敬的公爵！不但是钱，就是为了这个人，连我的性命……但是我不愿意夸张，虽然不是性命，但是疟疾，长疙瘩，或者甚至咳嗽，是准备加以忍受的，假使发生了极大的困难，因为我认他是一个伟大的，然而已经完结的人！是这样的，不但是钱！"

"这么说，您借过钱吗？"

"没有，钱倒没有借过，他自己知道我不会借给他，单只是为了使他改过和节制起见。现在他缠着我，要和我一块到彼得堡去。我到彼得堡去，是为了想追寻费尔特申阔的踪迹，因为我一定知道他已经到那里去了。我的将军简直沸腾起来，但是我怀疑他到了彼得堡就会从我身边溜开，到上尉夫人那里去。我说老实话，甚至故意想让他离开我，我们已经约好到彼得堡以后，立刻向不同的方向散走，为了容易找到费尔特申阔。我放他走后，以后忽然像一堆雪倾覆到头上似的，到上尉夫人家里去捉到他，就为了使他害臊，他既然是有家庭的人，而且还是一个人，从一般上讲来。"

"不过您不要弄出乱子来了，莱白及夫，千万不要弄出乱子来呀。"公爵微声说，感到强烈的不安。

"不，只是为了使他害臊，看一看他的面貌，因为从一个人的面貌上可以判断出许多事情，尊敬的公爵，尤其在这种人身上。我自己的不幸虽然很大，但是我现在甚至不能不想到他，想到改善他的道德上去。我有一个要紧的请求，尊敬的公爵，我甚至可以老实说出来，我是为了这个才来的。您已经和他的家庭认识，甚至在他们家里住过。假使您决定帮我的忙，只是为了将军一人，为了他的幸福起见……"

莱白及夫甚至叉着双手，似乎哀求一般。

"什么？怎么样帮忙？您相信，我十分愿意完全了解您，莱白及夫。"

"我也就因为有了这信心才到您这里来的！您可以从尼纳·阿历山大洛夫纳那里使点劲，在他自己家庭的核心里时常监督他、观察他。我可惜不认识……再加上尼古拉·阿尔达里昂南奇是很敬爱您的，他也许可以用他的年轻的心灵帮一下忙……"

"不……让尼纳·阿历山大洛夫纳管这个事情……那是办不到的！还要把郭略……不过我也许还没有了解您的话，莱白及夫。"

"这里完全没有什么可了解的！"莱白及夫甚至从椅上跳跃起来了，"唯有，唯有情感和温柔才是我们这个病人的良药。您准许我认他为病人吗，公爵？"

"这甚至可以表示出您的礼貌和聪明。"

"我用譬喻来对您解释，这譬喻是为了明显起见，从实际的生活里取来的。您瞧他是怎么样的一个人：他现在只有一个弱点，那就是对于这位上尉夫人恋恋不舍，但是他没有钱休想上她那里去，我今天就想在

508

她家里把他捉住，也就是为了他的幸福起见。但是即使没有上尉夫人，甚至他干下了真正的罪案，做出了什么不名誉的行为——虽然他是不会去做的——那时候只要用一种正直的温柔，就可以达到一切的目的，因为他是极有情感的人！您相信不相信，他忍不到五天，会自己说出来，哭泣着承认一切，尤其假使由他的家庭，还有您，两方面监督他一切的性格和步骤，用一种巧妙的、正直的手段……善心的公爵呀！"莱白及夫跳了起来，甚至带了一种灵感，"我并不说他一定……我现在准备为他流尽全身的血，虽然您应该同意，不节制和酗酒，还加上上尉夫人，合在一处，会使他做出一切事情来的。"

"对于这种目的，我自然永远准备帮忙，"公爵说，立起身来，"不过我说实话，莱白及夫，我感到十分不安。请问您，您不是还在……一句话，您自己说您怀疑费尔特申阔先生。"

"还能疑惑别的什么人吗？别的还有什么人呢，尊敬的公爵？"莱白及夫又讨好似的叉着手，发出甘甜的微笑。

公爵皱着眉头，从座位上立起来。

"您瞧着，罗吉央·蒂莫菲维奇，这种事情上最可怕的是错误。这位费尔特申阔先生，我不愿意讲他的坏话。但是这个费尔特申阔，谁知道也许就是他！我想说，他也许比起别人来，果真会做出这件事情来的。"

莱白及夫睁大了眼睛，耸起了耳朵。

"您瞧着，"公爵说，找不出适当的语句，眉头皱得更紧，在屋内来回踱步，努力不向莱白及夫看望，"人家告诉我……有人讲费尔特申阔先生，说他是那种人，应该在他面前非常谨慎，不要说出任何多余的话，您明白吗？我觉得他也许果真会做出这事情……但是不要弄错，这是最主要的，您明白吗？"

"谁告诉您关于费尔特申阔先生的话的？"莱白及夫简直喊叫了出来。

"有人附耳告诉我的。不过我自己不相信这个……我很遗憾，我不能不把这话告诉您，但是您必须相信，我自己不相信这个，这是一些无聊的话。唉，我做得多么蠢呀！"

"您瞧，公爵，"莱白及夫甚至全身哆嗦起来，"这是很重要的，现在这是十分重要的，并不是关于费尔特申阔先生的话，却是这消息的来源，它怎么会达到您耳朵里来的？"莱白及夫说这话的时候，随着公爵，在屋内来回踱步，努力和他走一齐的脚步，"是这样的，公爵，我现在可以告诉您：刚才我和将军一同到维尔金那里去的时候，在讲出了火烧的故事以后，抱着一股的盛怒，忽然对我讲出关于费尔特申阔先生那套同样的话，而且说得十分没有条理，不灵活，不由得使我对他生发了几个问题，也就深信这个消息不过是将军大人的一种灵感而已……这纯粹是由于他的豁达的心襟而起的。因为他的说谎不过是因为他不能压制他的情感作用的缘故。现在您瞧，假使他说谎，我是深信他说谎的，那么您怎么会听到的？公爵，你要明白，这只是他一时的灵感。究竟是谁告诉您的呢？这是很重要的……这是很重要的……"

"郭略刚才告诉我，他说是他的父亲告诉他的。他在六点钟的时候，在六点钟以后，为了什么走到外屋里来，遇到了他的父亲。"

公爵把一切情形详详细细地讲了出来。

"这就是的，这就是所谓痕迹！"莱白及夫搓着手，不声不响地笑着，"我就是这样想的！这就是说，将军大人在五六点钟的时候故意打断了他的天真的梦，走出来唤醒他的心爱的儿子，告诉和费尔特申阔先生相处十分危险的话！在这以后，费尔特申阔先生是一个如何可怕的人，将军大人的慈父的心肠是如何的不安！哈，哈，哈！"

"您听着，莱白及夫，"公爵感到惭悚，"您听着，您最好轻轻地进行！不要有声响！我求您，莱白及夫，我恳求您……在这种情形之下我可以赌咒，我要帮你的忙，但是任何人都不应该知道，任何人都不应该知道！"

　　"请您相信吧，诚恳的、正直的、好心的公爵，"莱白及夫十分兴奋地喊，"请您相信，这一切会在我的正直的心里死去的！齐心协力，用轻轻的步伐！我甚至可以流尽我全部的血……尊贵的公爵，我在心灵上和精神上都是低贱的，但是问一问随便什么人，不仅是低卑的人，甚至是无赖：他喜欢跟什么人来往，跟像他那样的无赖呢？还是跟像您这样的正直的人？他会回答，愿意跟极正直的人来往，道德的胜利就在这上面！再见吧，尊敬的公爵！用轻轻的步伐……用轻轻的步伐……齐心协力。"

第十章

公爵终于明白，他每次碰到这三封信的时候，为什么会发冷，为什么要把拆开来读它的时间延到晚上。他早晨在长沙发上沉沉地睡着的时候，直到那时候他还不敢打开这三封信中的任何一封，他又做了一个可怕的梦，又是那个"女罪犯"到他身边来。她又向他看望，在长长的睫毛上停留着晶莹的泪水。她又召唤他。他又像刚才一样，醒了过来，痛苦地记忆她的脸容。他立刻想到她那里去，但是不能够。他终于怀着几乎绝望的心思，打开信来读了。

这些信也很像梦。你有时会做出一些奇怪的梦，不可能的、不自然的梦，你醒过来的时候，会清清楚楚地记起，对于奇怪的事实深感惊异。你最先记得在你做梦的整个时间内，理智并没有离开你，你甚至忆起，在这长久、长久的时间内，你的行动十分狡猾而且合乎逻辑，那时候凶手们把你围住，他们还和你施展狡狯手段，隐藏自己的用意，极友谊地对待你，同时他们已经预备下了武器，他们只在等候一个信号。你记起你如何狡猾地骗他们，避开他们；以后你猜到他们已深知你的一切的欺骗，他们知道你藏在什么地方，不过不露出知道的样子来；但是你又把他们哄瞒了过去，这一切你记得很清楚。但是为什么您的理智同时会和充满在你的梦中的显著的离奇和不可能的事情相安呢？你的那些凶手们里面的一个在你的眼前变为女人，又由女人变为小小的、狡猾的、讨厌的侏儒，而你为什么立刻把这一切认为已成的事实，不露出丝毫的疑惑，同时在另一方面，您的理智又十分紧张，表示异常的力量、狡猾、怀疑、逻辑呢？为什么在睡醒以后，完全回到现实里去以后，你几乎每次都感到，有时还带着特别的印象的力量感到，你连梦在一起，遗留下一点你所不能猜到的东西呢？您笑您所做的梦的离奇，同时感到在这些离奇事实的错综的状态里面含有一种思想，但这思想是现实的，有点和您的现在的生活相关的，在您的心里现在存在着，而且永远存在着的，您的梦仿佛对您说出了一些新的、预言性质的、你所希望的东西，您的印象是强烈的，它是快乐的，或痛苦的，但是内中所含着的什么，对您说了些什么，您既不能明白，也不能回忆起来。

在读了这三封信以后，差不多也是如此。但是公爵在还没有打开来的时候，就感到这几封信的存在和可能的事实本身已像一个噩梦。他在晚上独自散步的时候，他问，她怎么敢写信给她呢？他有时甚至自己不记得在哪里散步。她怎么能够写这个事情？她的脑筋里怎么会产生这样疯狂的幻想来呢？但是这幻想业已实现，对于他最奇怪的是他读这几封信的时候，他几乎自己相信这幻想的可能，甚至是可加以辩解的。自然这是一个梦，噩梦和疯狂。但是这里面含有一些痛苦的现实、悲哀的公平的东西，足以为这梦、这噩梦和疯狂作辩解。他在接连的数小时内仿佛中了所读到的一切的谜，而发出梦呓，时时刻刻忆起信中零段的话句，时常研究它、揣摩它。他有时甚至想对自己说，他以前全都预先感到、预先猜到这一切，他甚至觉得他仿佛读到这一切，在很久、很久的时候，而在这些早就由他读过的信里，包含着他至今烦恼着的一切，他至今痛苦着、惧怕着的一切。

"在您打开这封信的时候"——第一封信是这样开始的。"您首先看一看信尾的署名。这署名可以告诉您一切,解释一切,因此我大可不必在您面前有所辩白,有所解释。假使我和您的地位有点相等,您还可以对于这种大胆的行为侮辱。然而我是什么人?您是什么人?我们是两个极端,我的地位离您太远,因此我是绝不会侮辱您的,即使我想侮辱您。"

下面在另一个地方她写道:

"不要把我的话语当作病态的脑筋的病态的欢欣,但是您在我眼中是一个完善的人物!我看见您,我每天看见您。我并不批判您,我不是用理智决定您是完善的人物,我不过是信仰着。但是我在您的面前也有罪:那就是我爱您。完善的人物是不能爱的,对完善的人物,只好当作完善的人物似的看看,不是吗?然而我爱上了您。虽然爱情可使人们立到平等的地位上去,但是您放心吧,我绝不把您放在和我相等的地位上去,甚至在我的极严密的思想中间。我对您写'你放心吧',难道您能不放心吗?如果可能的话,我愿意吻您的脚印。我是和您不相等的呀……您看这署名,快看署名!"

"我发觉出来,"她在另一封信写,"我把您和他关联在一起,还一次也没有问,您爱不爱他?他是看见了您一面,就爱您了。他忆起您来,像忆起'光明'。这是他自己的话语,我从他那里听到的。但是我没有话语也了解您对于他是光明。我住在他身边整整的一个月,才明白您也爱他。您和他对于我是一样东西。"

"这是什么意思?"她又写,"我昨天从您身边走过,您仿佛脸红了。这是不可能的,我只是觉得如此。假使甚至把您领到一个极龌龊的洞窟里去,把裸露的罪恶给你看,你也不应该脸红。您不能为了耻辱而愤激,您可以仇恨一切卑鄙的、低贱的人们,但是不是为自己,却是为别人,为受侮辱的那些人们。您是没有人会施侮辱的。您知道吗?我觉得,您应该很爱我。您对于我,和您对于他一般,全是光明的神,安琪儿是不能仇恨，也不能不爱的。能不能爱一切人，一切的人们，一切的邻人，我时常对自己发出这个问题。自然不能的，甚至是不自然的。在对于人类的抽象的爱里差不多只是永远爱自己一人。这对于我们是不可能，而您又是另一回事情：您在不能把自己和任何什么人相比的时候，在高于一切的耻辱、高于一切个人的愤激的时候，您怎么能不爱什么人呢？唯有您一人可以爱，不怀着自私心，唯有您一人可以爱，不为了自己，却为了您所爱的那个人。假使我知道您会为了我感到羞耻或忿恨，那是多么痛苦呢？您的灭亡就在于此：您一下子立在和我平等的地位上了……

"昨天我遇见您以后，回到家来，想出了一幅图画。画家们全根据圣经上的故事画基督。我愿意另外画一下：我要画他一人，他的门徒们有时是会留他一人在那里的呀。我只留一个小小的婴孩和他在一处，婴孩在他身旁游戏，也许正用小孩子的言语对他讲什么话，基督听着他，但是现在又沉思着；他的手不由己地、像被遗忘了似的留在婴孩的光明的小头上。他向远处地平线上看望，思想，伟大得和整个世界一般的思想，藏在他的眼神里面。他的脸是悲愁的。婴孩不响了，身子靠在他的膝上，小手支住脸颊，举起小头，疑虑地、像小孩们有时那样疑虑地，盯看着他。太阳落下了……这就是我的那幅图画！您是天真的，您的一切的完善就在您的天真里面。您只要记住这个！我对您的热情，于您有什么相干呢？您现在已经是我的，我将一辈子留在您的身边……我快死了。"

终于在最后的一封信里：

"看在上帝的面上，请您不要对我有什么猜疑，也不要以为我降低我自己的身份，因为我这样写信给您，还因为我是属于那类以降低自己身份认为快乐的人们的一个，哪怕甚至是出于骄傲。不，我有我自己的安慰，但是我很难对您解释出来。我甚至很难对自己明明白白地说出来，虽然我正为这个而苦恼着。但是我知道，我甚至由于骄傲心的发作，也不会自行降低自己的身份。我更不会由于纯洁的心地而做降低自己身份的举动。如此说来，我并没有降低自己的身份。

"为什么我想把你们联结起来？为了您呢？还是为了自己？还是为了自己的一切。我的解决的途径全在这上面，我早就对自己说过。我听说令姐阿台拉意达曾讲述我的照片，说一个人有这样的美貌，可以把全世界都翻转来的。但是我拒绝了这世界。您看见我穿着丝绸的衣裳，戴着金刚钻的饰物，和一些酒鬼们、流氓们在一起，您听到我这句话不觉得可笑吗？您不必看这一些，我差不多已经不存在了，我知道这个。上帝知道是什么东西代替我，生活在我的里面。我在两只可怕的眼睛内每天读出这个来，这一双眼睛时常看着我，甚至在它们不在我面前的时候。这双眼睛现在沉默着，它们一直沉默着，但是我知道它们的秘密。他的房屋是阴沉的、厌闷的，有秘密留在里面。我相信他的抽屉里藏着用丝绸包好的剃刀，正和那个莫斯科的凶手一般。他也和母亲同住一所房屋里面，也用丝绸包扎剃刀，为了割断一个人的喉咙。我到他们家里去的时候，老觉得在地板底下的什么地方，也许由他的父亲掩藏着一个死人，用漆布盖好，像那个莫斯科的人一样，周围还摆着一些瓶子，里面盛着日达诺夫的流质，我甚至可以把这角落指给您看。他一直沉默着，我知道他太爱我，爱到已经不能不仇恨我的地步。您的命运和我的命运连在一起了，我和他这样决定。我对他没有秘密，我会从恐怖中把他杀死，但是他一定先把我杀死。他现在笑着说我在那里说梦话，他知道我给您写信。"

在这三封信里还有许多、许多梦呓。第二封信有两张大幅的信纸，写着细小的字。

公爵终于从黑暗的公园里，走了出来。他和昨天一般，在公园内闲荡了许多时候。光亮的、透明的夜他觉得比寻常更加光亮些。"难道天还这样早吗？"他心想。表他忘记拿了。他仿佛在什么地方听到辽远的音乐。"大概在车站上，"他又想，"自然他们今天不会去的。"他转到这个念头的时候，看见自己立在他们的别墅的前面，他早就知道一定应该出现在这里。他沉住心，走到平台上去。没有人遇见他，平台是空虚的。他等候了一下，开门走进大厅里去。"他们这扇门永远不关的。"他的心里闪出这个念头，但是连大厅也是空的，里面几乎完全黑暗。他惊疑地立在屋子中央。门突然开了，阿历山大·伊凡诺夫纳手持着蜡烛，走了进来。她一看见公爵，惊异起来，立定在他面前，好像询问似的。她显然只是经过这间屋子，从这个门到那个门，完全不想在这里会遇到什么人。

"您怎么会到这里来的？"她终于说。

"我……顺便走过。"

"Maman，不很舒服，阿格拉耶也是的。阿台拉意达已经躺下去睡了，我也要去睡。我们今天晚上只有自己人。爸爸和 S 公爵到彼得堡去了。"

"我来……我到你们这里来……现在……"

"您知道现在几点钟？"

"不……"

"十二点半。我们永远一点钟睡觉。"

"哎哟，我以为……九点半。"

"不要紧！"她笑了，"您刚才为什么不来？也许等候您呢。"

"我……以为……"他一边走出去，一边喃声说。

"再见吧！明天我会招大家笑的。"

他顺着围绕公园的道路，走回自己的别墅里去。他的心叩击着，思想十分零乱，他周围的一切似乎像梦境一般。突然地，就和刚才他两次做着同样的幻梦而醒来的时候一样，他又看见了同样的幻象。那个女人在公园里出来，立在他面前，好像等候他。他哆嗦了一下，止步了。她抓住他的手，紧紧地握住他。"不，这不是幻象！"

她终于面对面地立在他面前，在他们分离后是初次。她对他说什么话，但是他默默地看望着她。他的心是充满着的，由于苦恼而发疼。他以后永远没有忘记这次和她相遇的情景，永远怀着同样的痛苦回忆着。她在他面前跪下来，就在街上，像疯子一般。他惊惧地退后了一步，她捉住他的手，吻它，和刚才梦中一般，眼泪在她的长长的睫毛上面闪耀着。

"起来吧，起来吧！"他用惊惧的微语说，扶她起来，"快起来呀！"

"你有幸福吗？有幸福吗？"她问，"只要对我说一句话，您现在有幸福吗？今天，现在？在她那里吗？她说什么？"

她没有立起来，她没有听他的说话，她匆匆忙忙地问，急急忙忙地说话，仿佛有人在后面追她。

"我明天就走，照你的吩咐。我不会再……我最后一次看见你，最后的一次，现在已经完全最后一次了！"

"你安静些，你起来呀！"他绝望地说。

她贪婪地审视着他，抓住他的手。

"告别吧！"她说，终于立了起来，迅快离开他，几乎跑走了。公爵看见罗果静忽然在她身边发现，抓住她的手，领她走了。

"等一等，公爵，"罗果静喊，"我过五分钟再回来。"

五分钟后他果真来了，公爵在原来的地方等候他。

"扶她上了马车，"他说，"马车就在角落里从十点钟起就等候着。她知道你会在那位家里留一晚上的。刚才你写给我的信我已经切实地转达过了。她不会再写信给那位，她答应了。她还决定依照你的愿望，明天离开这里。她想在最后一次见你一面，虽然你拒绝了她。她就在这地方，等候你回家，就在这张长椅上面。"

"她自己带您一块来的吗？"

"那有什么？"罗果静张嘴露出牙齿来了，"我看见了我预先知道的事情。信读了没有？"

"你难道真的读过吗？"公爵问，受了这个念头的袭击。

"自然啦。每封信她自己给我看的。你记得关于剃刀的话吗?哈,哈!"

"她是疯子!"公爵喊,扭转他的手。

"谁知道,也许不。"罗果静轻轻地说,似乎自言自语。

公爵没有回答。

"唔,告别吧,"罗果静说,"我明天也要走了!请你不要记我的恶!怎么样,老弟?"他补说着,迅快地回过身来,"你怎么一句话也没有回答她?'你有幸福没有呢?'"

"不,不,不!"公爵喊,露出无穷的忧郁。

"还会说'是'吗?"罗果静恶狠狠地笑了一声,不回头地走了。

第四卷

第一章

　　我们这部小说的两个人物在绿色的长椅上会晤后过了两星期。在一个明朗的早晨，十点半左右，瓦尔瓦拉·阿尔达里昂诺夫纳·波奇成出去拜访朋友后回家，露出极大的、忧郁的疑虑。

　　有一种人，极难一下子、整个地就他们的极典型的特征的形状加以形容。这类人普通被称为"普通人""大多数人"，他们确乎构成每个社会的大多数。作家写长篇和中篇小说时大半努力取几个社会的典型，加以形象地、艺术地描写，这些典型实际上极少整个地遇到，然而差不多比最现实的还现实。鲍阔莱新[1]这个典型也许甚至是夸张，但并非没有这种人。有许多聪明的人们在读到果戈理的鲍阔莱新的时候立刻发现他们的几十和几百好友极像鲍阔莱新。他们在果戈理之前就知道他们这些好友和鲍阔莱新一样，只不过还不知道他们就是这样称呼的。实际

---

[1] 果戈理婚事中的人物，已由译者译成中文，收入《巡按使及其他》，文化生活社出版。——译者

上，新郎很少在结婚之前从窗内跃出，因为且不必说别的，这甚至是不大方便。然而有多少新郎，甚至是体面的、聪明的人们，在结婚之前自己准备在良心的深处认自己为鲍阔莱新。并非所有的丈夫们全会在每一步路上喊着："你这是自作自受，乔奇·唐亭！"但是天呀，全世界的丈夫们有几百万、几万万遍反复地发出这个出自心底里的呼喊，在他们度完了蜜月之后，谁知道，也许在结婚后的第二天。

我们不再做比较严重的解释，单只想说，实际上人物的典型化似被水冲淡，所有这些乔奇·唐亭和鲍阔莱新实际上是存在着的，每天在我们面前跑来跑去，但似乎有点露出稀淡的状态。最后为了充实真理起见，我们还要补充一句，莫里哀所创造的乔奇·唐亭也会在现实里遇到的，固然不很多见，但我们就在这里终结我们的议论，它开始像一篇杂志的批评了。不过总有一个问题横梗在我们前面：小说家应该怎样对付普通的人们、完全"寻常"的人物，怎样把他们放在读者面前，为了使他们成为更有趣些？在小说里完全忽略他们是不可能的，因为寻常的人物时时刻刻地而且多半成为人生事件的锁链中必要的一环，忽略他们就是破坏真实性。在一部小说里净充塞一些典型，或者甚至为了兴趣起见，充塞一些奇怪的、莫须有的人物，未免失去真实，或者反而没有趣味。据我读来，作家应该甚至在寻常中间努力搜寻有趣味的，足资教训的色彩。譬如说，在有些寻常人物的实体就含在他们的永久不变的寻常里面的时候，或者还好些，在这些人物不顾如何努力想无论如何从寻常和例行的轨道上脱离，而结果仍不过成为不变的、永久的、寻常的现象的时候，那么这种人物甚至会取得一种特别的典型、一种寻常的性格，那就是怎么也不愿存留它本来的形象，而无论如何想成为古怪的、独立的，但同时并没有达到独立的任何方法。

本书的几个人物属于这类"寻常人"。作者至今还没有把他们对读者解释清楚，这是我应该直承的。瓦尔瓦拉·阿尔达里昂诺夫纳·波奇成、她的丈夫波奇成先生、她的兄弟箾佛里拉·阿尔达里昂南奇都是这类人。

做一个富人，出身望族，具有体面的外貌，不大坏的学识，并不愚蠢，甚至有善良的心地，同时还没有任何天才、任何特点，甚至任何怪僻，且没有自己的理想，根本"和大家一样"，事实上是一件再也没有比这可恼些的事情。财富是有的，但并不是洛克菲勒式的；姓氏是有名望的，但并无特别显著可言；外貌是体面的，但并无什么特征；学识是充分的，但不知如何使用；聪明是有的，但没有自己的理想；心是有的，但并不宽宏；等等等等。在一切关系上都是的。这类人在世上极多，甚至比所想象的还多。他们像所有的人们一样，分成两大类：一类是知识有限的，另一类"聪明得多"。前一类有幸福些。说个譬喻吧，一个有限制的"寻常的人"最容易把自己想象为不寻常的、古怪的人，而且毫不疑惑地引以为快乐。我们的小姐们中间有几个人只要剪去头发，戴上蓝眼镜，自称为虚无派，便立刻深信，在一戴上眼镜以后，她当时就会有自己的"见解"。另一些人只要在心里稍微感觉到一点点人道的、仁慈的颤动，便立刻深信，没有人具有像他那般的感觉，他已成为社会发展中的前驱者。还有些人只要在耳朵里听到一个什么思想，或是无头无尾地读了一页什么书，便立刻相信这是他自己的思想，在他自己的脑筋里产生出来的。在这种情形之下，天真的无耻——假使可以有这般的说法——竟达到了奇怪的境界。这一切是离奇的，但时常可以遇见的。这种天真的无耻，一个愚人对于自己和自己的天才的深信，被果戈理在皮洛郭夫中尉的奇怪的典型中极佳妙地举发了出来。皮洛郭夫甚至不疑惑他是天才，甚至比一切天才还高。他不疑惑至于一次也不对自己提出什么问题，不过问题对于他是不存在的。伟大的作家终于不能不揍打他一顿，以满足读者的被损辱的道德情感，但是一看见伟大的人只是摇了摇身体，为了补充精力起见，在挨打以后就吞吃了一块带夹层的洋点心，只好惊异地摆手，把读者们遗弃了。我永远遗憾的是果戈理把伟大的皮洛郭夫放在如此小小的职衔里面，因为皮洛郭夫自满到极容易随肩章因年代和升擢而加胖和扭曲的程度，使自己想象成为一个非常的大元帅；甚至还不是想象，简直是一点也不疑惑：既然升做将军，怎么不会做元帅呢？有多少这类的人以后在职场上做出可怕的错误！在我们的文学家、科学家、宣传家之间有过多少皮洛郭夫呀！我说"有过"这两个字，但自然现在也有的……

这部小说里的人物笳佛里拉·阿尔达里昂南奇·伊伏尔金属于另一类人，属于"聪明得多"的那一类人，虽然从头到脚，整个身子被想做古怪举动的愿望传染了。但是我们上面已经提过，这一类人比前一类人不幸得多。原因是聪明的"普通"人即使偶然——但也许一辈子——想象自己是有天才的、极古怪的人，然而心里总归还保存着疑惑的蠕虫，它会使聪明的人有时陷于完全绝望的境地。假使他表示屈服，也已完全中了根深蒂固的虚荣心的毒害。不过我们取的总归是极端的例子：这类聪明的人多半不会有如此悲惨的结局，莫非在晚年时肝脏受了损伤，多多少少地受些损伤，也就完了。但是在驯从和屈服之前，这类人到底有时会十分长久地做出些不正经的举动，从青年到驯服下来的年龄为止，而这全是出于想做古怪举动的一念，甚至会发生奇怪的事情：由于想做古怪举动的愿望，有些诚实的人竟准备干出低卑的勾当，甚至还有些不幸的人不仅诚实，且甚至十分善心，做了全家的护神，不仅用自己的劳力赡养家属，且尚养育他人。而结果如何呢？竟会一辈子都不能安静下去！他一点也不能以他如此完善地尽了自己人类的责任的一个思念引为自慰，相反地，甚至就是这思念刺激着他："我这一辈子全浪费在这上面去了，全是这一切束缚我的手脚，全是这一切妨碍我发明火药！没有这一切，我也许一定会发明的，不是发明火药，便是发现美洲，一定发明什么还不知道，不过总会发明的！"这些老爷身上最特征的是他们实际上一辈子也不能确切地知道他们需要发明的究竟是什么，他们一辈子预备发明的到底是什么：火药呢？还是美洲？但是他们的悲哀，他们对于想要发明的事物的烦闷，可以抵得上哥伦布或加利雷伊而有余。

笳佛里拉·阿尔达里昂南奇就是这样开始的，只不过还在开始而已，他还须做许多时候的把戏。他一面深深地、不断地自己感觉到自己的无才能，一面还怀着深信他是独立有为的人的不可抗拒的愿望，这两者重创了他的心，甚至还是从青年的时代起的。他是一个具有妒忌的、激烈的愿望的青年，好像甚至是生来就带着易受刺激的神经，他把自己的愿望的激烈性认作一种力量。他怀着想出人头地的剧烈的愿望，有时准备作极无理性的跳跃。但是事情刚弄到无理性的跳跃上去，我们的英雄便永远变为十分聪明的人，不敢贸然从事，这使他感到绝望。也许他甚至会在有相当机会时决定做出极卑劣的事情，只是为了达到他所幻想的什么目的，但是好像故意似的，一到了那个界线上，他永远变为极诚实的人，不能干那种卑劣的事情——小小的卑劣的事情他是永远准备去做的。他嫌恶地、怨恨地看自己家庭贫穷和中落的境况。他甚至高傲地、鄙夷地对待他的母亲，虽然他自己明知他的母亲的名誉与性格现时成为他的前途的主要枢轴。他到叶潘钦那里服务的时候，立刻对自己说：“既然要做卑劣的举动，那么卑劣到底，只要取得胜利就行。”但是几乎永远没有卑劣到底。他为什么想象他一定应该做出卑劣的举动呢？他当时简直怕阿格拉耶，但是并没有和她断绝往来，只是拖延下去，以备万一，虽然他从未正经地相信她会垂青到他。以后，在发生了和娜司泰谢·费里帕夫纳的那段纠葛的时候，他自己想象着金钱可以取得一切。“卑劣就卑劣吧，”他当时每天带着自满，还带着一些恐怖反复地说着，“既然必须干卑劣的举动，那就做到顶巅上去，”他时时刻刻地安慰自己，“寻常在这种事情里会显出胆怯，我们是不会胆怯的！”他丧失了阿格拉耶，且被四围的情势所压迫，他的意志陷于完全颓丧的境地，果真将当时那个疯狂的女人扔给他而由另一个疯狂的人送给她的那笔款子交还给公爵。在这送还金钱的这件事情上，他以后忏悔过千遍，虽然也会不断地引为荣耀。他在公爵当时还留在彼得堡的时候，果真痛哭了三天，但是在这三天内他已经恨上了公爵，因为公爵对他露出了过于怜悯的心意，同时关于交还银钱的这一个事实：“并非每人都敢于做的。”但是最使他感到痛苦的是他正直地自承他的全部烦闷只不过是一种不断被压破的虚荣心。只是过了许多时间以后，他才看清，而且深信，他和像阿格拉耶那样天真而且奇怪的人物来往，会取得如何严正的结果，忏悔啃嚼着他。他放弃了职务，沉入烦恼和悲哀里去。他随着父母住在波奇成的家里，受他的供养，还公开地看不起波奇成，虽然同时也听他的劝告，且还识趣得永远向他请教。譬如说，笳佛里拉·阿尔达里昂南奇因为波奇成不想到做洛克菲勒，不以此为一生目的而感到生气。"既然是放印子钱的，那就做到底，压榨人们，用他们铸钱，表现出你的性格，做犹太人的皇!"波奇成却是谦逊而且静谧的人，他只是微笑，但是有一次甚至认为必须和笳纳正经地解释一下，甚至带着尊严的态度这样做。他对笳纳说他不做丝毫不名誉的行为，笳纳徒然称他为犹太人，假使金钱的价值如此，那并不是他的过错。他的所作所为一直是信靠而且诚实的，实际上他不过是"这类"事情的代理人。但是为了他做事谨慎，他已为那些第一流的人物所知晓和赏识，于是他的事业就扩张了。"我不会做洛克菲勒，也不必去做，"他笑着说，"但是我会在李铁因大街上盖一所房屋，甚至也许两所，就此完了。""谁知道，也许会盖三所?"他自己想，然而从来不出声说出，而将幻想隐匿着。自然宠爱这类的人们：它赏赐给波奇成的一定不止三所，却是四所房屋，也就因为他从儿童时代起已经知道他永远不会成为洛克菲勒。但是自然怎么也不会超过四所房屋以上，波奇成的一生也就止于此了。

笳佛里拉·阿尔达里昂南奇的妹子是完全不同的人物。她也具有强烈的愿望，但是她的愿望固执较多于激烈。在事情抵达最后的境界的时候，她有许多常识，但未到这境界时常识也不离开她。固然，她也属于幻想着古怪行为的"普通"人之列，但是她很快就感到她这人没有一点特别的古怪，也并不十分引为遗憾，谁知道，也许是由于一种特别的骄傲。她用特别的决心做了第一个实际的步骤，那就是嫁给波奇成先生。但是出嫁时她并不对自己说："既然卑劣，就卑劣下去吧，只要达到目的就好。"这在笳佛里拉·阿尔达里昂南奇遇到这类事情时免不了会表示出来的——甚至当她面前,在他以长兄的资格赞成她的决意的时候,几乎要表示出来——甚至完全相反:瓦尔瓦拉·阿尔达里昂诺夫纳的出嫁是在她确定地相信,她的未来的丈夫是一个谦逊的、有趣的、几乎有学问的人,无论如何永远不会做出极大的卑劣的举动以后。关于小小的卑劣举动瓦尔瓦拉·阿尔达里昂诺夫纳认为事涉琐细,并未加以调查。这种琐细的行动哪里会没有呢?并不是寻觅理想呀!况且她知道她一出嫁,就可给予父母和弟兄安身的处所。她看见她哥哥陷于不幸的境遇中,便不管以前那些家庭间的误会,极想帮助他。波奇成有时催笳纳出去做事,自然用的是极友好的态度。"你看不起那些将军们,看不起将军的职位,"他有时像开玩笑似的对他说,"但是你瞧,'他们'大家结果终会轮流着做的将军的地位,活到那个时候,自然会看到这一切。""他们从哪里看出我看不起将军们和将军的职位呢?"笳纳嘲讽地自行寻思。为了帮助哥哥,瓦尔瓦拉·阿尔达里昂诺夫纳决定扩充她的活动范围:她想法插进叶潘钦府里去,那是儿童时代的回忆友谊促成的;她和她的哥哥在孩童时就和叶家姐妹们在一处游玩。我们应该在这里提一句:假使瓦尔瓦拉·阿尔达里诺夫纳的访问叶家,含有某种不寻常的幻想,那么也许立刻从自己归属进去的那一类人里脱离了,不过她并没有什么幻想。这里在她的方面具有一种极有根据的计算:这计算建筑在这家族的性格上面。她无止歇地研究阿格拉耶的性格。她决定以将她哥哥和阿格拉耶两人重新撮合在一起引为自己的任务。也许她确乎达到了什么目的,也许她陷入错误中,譬如说,因为她对于哥哥期望过奢,对他存着他永远且无论如何不能给予的希望。无论在何种情形之下,她在叶潘钦家里活动得十分巧妙,她在好几个星期内一点也不提起她的哥哥,永远显得十分信靠而且诚恳,带着自然且威严的态度。至于说到她的良心的深处,她并不怕向它窥视,也完全没有什么可责备自己的地方,这使她增添了力量。她不过有时自己觉察到,她也会发怒,她颇有自尊心，还甚至有许多未经揉压的虚荣心。她在有些时候，差不多每次离开叶家的时候，特别地感觉到。

现在她从他们家里回去，我们已经说过，露着忧郁的沉思。在这忧郁中露出一点苦笑的样子。波奇成住在伯夫洛夫司克一所不大体面，但很宽敞的木头房屋内。这所房屋位置在一条灰尘极多的街上，不久就要完全归为他所有，所以他自己方面也已开始售卖给什么人。瓦尔瓦拉·阿尔达里昂诺夫纳升上台阶时听见楼上一阵极响的喧闹声音，辨清是他哥哥和父亲在那里呼喊。她走进大厅，看见笳纳在屋内来回跑着，愤怒得面色发白，撕裂自己的头发。她皱着眉头，带着疲乏的神色坐到沙发上面，并不脱去帽子。瓦略很明白，假使她还沉默一分钟，不问她哥哥为什么这样跑，他一定会生气的，因此发出了问话：

"还是以前的那套故事吗？"

"那里是以前的！"笳纳喊，"以前的！鬼知道现在出了什么事情，绝不是以前的！老头儿疯狂得一塌糊涂……母亲哭着。真是的，瓦略，随你怎么说，我要把他赶出家去，或是……或是自己离开你们。"他补充地说，大概忆起从别人的家里赶人出去是不可能的。

"原谅一点吧！"瓦略喃语。

"原谅什么？对谁原谅？"笳纳脸红了，"原谅他那些卑贱的行为吗？不行，随便你怎么说，这是不行的！不行，不行，不行！这是什么脾气：自己做了错事，还要摆架子。'我不愿意从大门里进去，你给我拆围墙吧！'你为什么这样坐着？你的脸色怎么不好看？"

"脸色还是这样呀。"瓦略不愉快地回答。

笳纳仔细地看她。

"那里去了吗？"他突然问。

"去了。"

"等着，又喊起来了，真是耻辱，恰巧还在这时候！"

"什么时候？并没有什么特别的时候。"

筏纳更加仔细地看着妹子。

"有什么事情打听到吗?"他问。

"至少没有什么意料不到的事情。我打听出,这一切全是确实的。我的丈夫说得比我们两人全有理,他一开始预言的话后来全应验了。他在哪里?"

"没有在家。应验什么?"

"公爵已成为正式的未婚夫,事情已经决定了。两位大的对我说的。阿格拉耶已经同意,甚至不再瞒人了。他们那边至今还做得十分神秘。阿台拉意达的婚事又要延搁下去,以便两个一块同时举行婚礼。真是一件韵事!像一首诗。你最好编一首结婚诗,比白白地在屋内跑来跑去好得多。白洛孔司卡耶今天晚上到他们那里去,她来得正是时候,还有别的客人在座。公爵要被介绍给白洛孔司卡耶,虽然他和她已经认识了。这场订婚大概会正式宣布的。他们单怕他掉落什么东西,或是碰碎什么,在他走进屋里来见客的时候,或者自己扑通一声,倒下地去。他是会做出这类举动来的。"

筏纳很注意地倾听着,但是使他的妹子惊讶的是这个使他惊心动魄的事情似乎并没有引起可惊的印象。

"这是很明显的,"他思索了一下,说着,"这么说来,一切都完了!"他带着一种奇怪的嘲笑补充着说,狡狯地窥望妹子的脸庞,还继续在屋内走来走去,但已经走得轻些。

"你用哲学家的态度接受这一切,那还好,我很高兴。"瓦略说。

"可以从肩膀上卸去一切,至少是从你的肩膀上。"

"我总算极诚恳地替你服务,不发议论,也不使你讨厌。我没有问过你,你想向阿格拉耶寻觅什么样的幸福?"

"难道我想向阿格拉耶寻觅幸福吗?"

"请你不要钻进哲学里去!自然是这样的。完了!够了!我们到底成为傻子了。我老实对你说,我从来没有把这件事情看得十分正经。我担任这件事情，不过存着侥幸的心思。我对于她的可笑的性格寄存极大的奢望，而主要的还是为了安慰您，十成里头有九成会吹的。我甚至到现在自己还不知道，你存着什么主意。"

"你和你丈夫现在就会催我去做事，说一套关于为人应该不屈不挠，具有意志力，不贱视小事情等等的议论，我会背得烂熟的。"笳纳哈哈地笑了。

"他的脑筋里有点新的念头！"瓦略想。

"那边怎么样？喜欢吗，父亲和母亲？"笳纳忽然问。

"大概不。不过你自己也可以判断的。伊凡·费道洛维奇很满意，母亲有点惧怕，她以前永远对于他成为未婚夫一层存着嫌恶的看法，这是大家都知道的。"

"我并不讲这个。他是一个不可能的、想象不到的未婚夫，那是很明显的。我问的是现在。现在那边怎么样？她已经正式同意了吗？"

"她至今没有说出一个'不'字，也就是这样。但是从她那里除此以外是得不到什么的你知道，她的羞惭和不好意思真是到了古怪的地步：她在儿童时代会钻进衣橱里，坐上两三点钟，只是为了不想出去见客人。她虽然长成一个高个子，但是现在还是如此。你知道，我具有一点理由可以猜测，这里面确乎有点严重，甚至她那方面也是的。听说她努力取笑公爵，从早到晚，为了不露出马脚，但是每天一定会对他轻轻地说些什么话，因为他好像在天上走路，露出满脸的笑容……人家说，他的样子真是十分可笑，我是从他们那里听来的。我还觉得她们在那里当面笑我，那两个大的。"

笳纳终于皱起眉头来了。瓦略也许故意扯到这个题目上去，为了取得他的真正的意思。楼上又发出呼喊了。

"我要把他赶出去！"笳纳吼叫着，似乎喜欢迁怒到别人身上。

"那时候他会到各处去羞辱我们，像昨天一样。"

"怎么像昨天一样？什么叫作像昨天一样？难道说……"笳纳忽然

十分恐惧起来。

"哎哟，我的天呀，难道你还不知道吗？"瓦略突然发现。

"怎么……难道他真的到那里去过吗？"筇纳喊，脸色由于羞惭和狂怒涨得通红，"天呀，你是从哪里来的！你打听到什么没有？老头儿去过吗？去过没有？"

筇纳跑出门外，瓦略追到他面前，两手抓住他。

"你怎么啦？你往哪里去？"她说，"你现在放他出去，他会干出更坏的事情，一切都做得出来的！"

"他在那里做了什么事情？说些什么？"

"她们自己都不会讲，也没有弄明白，不过把大家都吓了一大跳。他跑去见伊凡·费道洛维奇，他不在家。又请见丽萨魏达·博罗可菲也夫纳，起初向她求差使，想出去做事，以后开始抱怨我们，抱怨我和我的丈夫，特别抱怨你……说了许多话。"

"你没有打听出来，说什么？"筇纳像发作了歇斯底里症似的战栗着。

"有什么可打听的？他自己不见得明白说什么话，不过也许人家没有把一切话告诉我。"

筇纳捧住头，跑到窗旁。瓦略坐在另一个窗前。

"阿格拉耶真可笑！"她突然说，"她唤住我，说道：'请您替我对令尊和令堂转达我个人的、特别的敬意。过几天我一定会找到一个机会，和令尊见一下面。'她说得十分正经。太奇怪了……"

"不是取笑吗？不是取笑吗？"

"并不是的，这才是怪呢。"

"她知道不知道关于老头儿的事情？你以为怎样？"

"他们家里并不知道，那是对于我毫不疑惑的。但是你提醒了我：阿格拉耶也许知道的。她一人知道，因为她那样正经地请我向父亲转达敬意的时候，两位姐姐也感觉惊异。为什么一定要对他致敬呢，假使她知道，一定是公爵告诉她的！"

"谁告诉她是不难知道的！贼！这真是无从忍受！我们的家庭里出了一个贼！'一家之主'！"

"这是无聊极了！"瓦略喊，完全生了气，"这不过是醉鬼闹出来的把戏，没有别的，而且是谁想出来的？莱白及夫、公爵……他们自己也不见得好到哪里。他们的脑筋太聪明了！我不大相信这个。"

"老头儿是小偷和醉鬼，"笳纳气恼地续说，"我是乞丐，妹夫是放印子钱的，这对于阿格拉耶是极可以诱惑的一切！不用说，太美丽了！"

"这个放印子钱的妹夫把你……"

"把我养活，是吗？请你不要客气。"

"你生什么气呢？"瓦略忽然惊觉起来，"你真像一个小学生，一点也不明白。你以为这一切会使你在阿格拉耶眼里失去颜面吗？你并不知道她的性格。她曾拒绝一个最合适的未婚夫，而和什么学生跑到阁楼上去挨饿，而且极高兴地跑去，她的幻想就是如此！假使你能用坚定和骄傲的态度熬受我们这样的环境，你会在她眼前成为如何有趣的人，但这是你永远不会明白的。公爵所以能够把她捉上钓竿，就因为第一，他完全没有捉；第二，他在众人面前是一个白痴。单只是她为了他把整个家庭全弄得糊糊涂涂的一件事实，可以看出她现在喜欢的是什么。唉，你是一点也不会了解的！"

"了解不了解，我们以后再看，"茄纳神秘地喃语着，"不过我到底不愿意她知道老头的行为。我觉得，公爵会忍住不讲出来的。他把莱白及夫也拦阻住，连我死缠着问他的时候，他都不愿意全说出来……"

"如此说来，你自己看见，就是他不讲，也全会知道的。现在这于你还有什么关系？你还希望什么？假使还留着希望，那么这也不过在她眼前给你增添些怜悯的样色罢了。"

"不过乱子她总会害怕的，不管她如何爱浪漫主义。一切到一定的界限为止，大家全不过到一定的界限为止。你们全是这样的。"

"阿格拉耶会害怕吗？"瓦略脸红了，鄙夷地看了哥哥一眼，"你的心灵真是低贱的！你们全是不值得什么的。即使她是可笑的怪物，但比你们大家正直一千倍。"

"没有什么，没有什么，你不要生气。"笳纳又自满地喃语着。

"我只是替母亲可惜，"瓦略继续说，"我怕父亲这段故事会传到她的耳朵里去。我真怕！"

"一定已经传到了。"笳纳说。

瓦略立起身来，想上楼到尼纳·阿历山大洛夫纳那里去，但是停止住了，仔细地向哥哥看了一眼。

"谁会对她说？"

"大概是伊鲍里特。我想，他一搬到我们这里来，第一桩的快乐就是把这件事情向母亲报告。"

"他怎么会知道的？请你告诉我。公爵和莱白及夫决定不对任何人说，郭略甚至一点也不知道。"

"伊鲍里特吗？他自己打听出来的。你想象不出，这家伙狡猾到如何程度。他真是一个好搬弄口舌的人。他的鼻子尖得会把一切坏的、一切捣乱的东西全嗅闻出来。信不信随你，我可是深信他会把阿格拉耶抓在手里的！现在没有抓住，将来会的！罗果静也和他发生了关系。公爵怎么没有觉察出来！他现在真想把我击倒！他认我是他的私敌，我早就看出来了。这是什么意思？何必如此？他总归要死的，我真是不明白！但是我会欺骗他。你瞧，结果是我把他，不是他把我击倒！"

"你既然这样恨他，为什么要招引他来呢？这值得把他击倒吗？"

"那是你劝我招引他到我们这里来住的。"

"我觉得他是有益处的。你知道，他现在自己爱上了阿格拉耶，时常写信给她吗？人家向我问过他的……他几乎要给丽萨魏达·博罗可菲也夫纳写信呢。"

"在这方面他并不危险！"笳纳说，恶笑了一下，"不过真是有点不对劲。说到恋爱一层，也许是可能的，因为他是一个小孩！但是……他绝不会给老太婆写无名信。他是一个恶狠的、无价值的、自大的庸人！我深信，我确切地知道，他已经在她面前说我是阴谋家，他就从这里开始。说实话，我起初像傻子似的把一切话都对他说了出来，我觉得他单只为了想对公爵复仇，也会取和我的利益相一致的行动。他真是一个狡猾的东西！我现在完全弄清楚他了。关于偷窃的事情，他是从他母亲——那个中尉夫人那里听来的，老头儿既然敢干出这种事情来，总是为了中尉夫人的缘故。他忽然无头无脑地告诉我，'将军'答应给他母亲四百卢布，就这样完全无头无脑，没有一点客气，我当时全都明白了。他就这样看我的眼睛，露出一种愉快的样子。他一定也对母亲说过，单只为了想痛快地看她如何伤心。为什么他还不死呢，我请问你？他答应过三星期后就会死去，到了这里反而发胖了！连咳嗽也停止了，昨天晚上自己说他有两天不咯血了。"

"你把他赶出去好啦。"

"我不是恨他，却是看不起他，"笳纳骄傲地说，"是的，是的，就算我恨他好了！就算是这样！"他突然特别愤怒地喊出，"我要当面对他表示出来，即使在他倒在枕头上快要死去的时候！你如果读过他的忏悔录，那真是天真到无耻的地步！他是悲剧里的波洛郭夫中尉，和诺兹特莱夫，而主要的还是乳臭的小孩！我当时真想痛痛快快地揍他一顿，就为了使他惊异一下。现在他为了当时弄得不成功，想对大家报复……这是怎么回事？又吵起来了！这究竟是怎么回事？我真是忍受不住了。波奇成！"他朝走进屋里来的波奇成喊，"这是什么？我们这里究竟会弄到什么地步？这是……这是……"

然而喧闹的声音越来越近，门突然敞开，老伊伏尔金涨红了脸，怒气冲冲，激动得无可自持，也朝波奇成身上攻击起来。尼纳·阿历山大洛夫纳和郭略跟在他后面，落在最后的是伊鲍里特。

第二章

　　伊鲍里特搬到波奇成家里来已有五天。这事好像是自然而然发生的，在他和公爵之间并没有说出特别的话语，也没有任何的争吵。他们不但没有争吵，在分离开来的时候外表上甚至似乎像密友一般。筘佛里拉·阿尔达里昂南奇在那天晚上本来对伊鲍里特持着十分仇视的态度的，竟在出事后的第三天上，亲自跑来探问他，大概是一个突袭来的思念在那里指挥着他。不知为什么原因，罗果静也开始常来看病人。公爵起初觉得，这"可怜的小孩"假使能从他家里搬出去，甚至对于他自己还好些。但是在搬出去的时候，伊鲍里特表示他搬到波奇成那里去，因为"他的心太好了，肯给他一个安身的地方"，同时他好像故意似的一次也不表示，他搬到筘纳那里去，虽然接收他到家里来，原是筘纳的主张。筘纳当时就觉察出来，愤愤地记在心里。

　　他对妹子说病人已复原是很对的。伊鲍里特确乎比以前见好些，这是乍看他一眼就可以觉察出来的。他不慌不忙地走进屋里来，落在大家后面，露出嘲讽的、不善良的微笑。尼纳·阿历山大洛夫纳十分惊惧地

536

走了进来。她在这半年来变得厉害，显得瘦了。自从女儿出嫁，搬到她那里居住以后，她差不多停止在外表上干涉她的儿女的事情。郭略显得十分焦虑，似乎在惊疑着。他对于"将军的疯劲"（这是他形容他的话），有许多不明白的地方，自然因为他不知道家里这次新骚乱的基本原因，但是他明白的是父亲竟在每小时内，到处乱说，竟变得好像完全成为和以前不同的人了。使他感觉不安的是老头儿在最后的三天内已经完全停止喝酒。他知道，他已跟莱白及夫和公爵分了手，甚至争吵了一顿。郭略刚刚走回家来，手里持着一小瓶伏特加酒，是他用自己的钱买来的。

"真是的，妈妈，"他还在楼上的时候就对尼纳·阿历山大洛夫纳说，"真是的，让他喝点酒的好。他已经有三天没有触到一滴酒，自然会生出烦闷来的。真是好些，我也送酒到债务监狱里给他喝的……"

将军敞开了门，立在门槛上面，愤怒得哆嗦起来。

"先生！"他用响雷般的声音对波奇成呼喊，"假使你果真决定为了那个乳臭小孩和无神派牺牲尊敬的老人，你的父亲，至少是你的岳父，在朝廷上有功的人，那么我的脚从现在起不再跨进你家里门槛一步。你选择吧，先生，立刻选择吧：不是我，便是这个……螺旋！是的，就是螺旋！我无意中说了出来，但他就是螺旋！因为他像螺旋似的钻破我的心灵，没有丝毫敬意……简直就像螺旋！"

"是不是开酒瓶的螺旋锥？"伊鲍里特插进话去。

"不，不是螺丝锥，因为立在你面前的我是一位将军，并不是酒瓶。我有勋章，一种功勋的记号，而你却什么也没有。不是他，便是我！你决定吧，先生，立刻决定，立刻决定！"他又向波奇成疯狂地呼喊。郭略当时给他取来一张椅子，他颓然地垂坐在上面。

"您真是应该睡一会。"惊愕异常的波奇成喃声说。

"他竟威吓起来了！"笳纳对妹子微语。

"睡觉！"将军喊，"我没有喝醉酒，先生，您侮辱我。我看出，"他继续说，又立起身来了，"我看出，这里大家全反对我，大家，大家。够了！我要离开这里……但是你知道，先生，你知……"

大家不让他说完，又按他坐下，劝他安静一下。笳纳愤怒地走到角落里去了。尼纳·阿历山大洛夫纳一面战栗，一面哭泣。

"我对他做了什么事情？他抱怨些什么！"伊鲍里特露出牙齿，呼喊起来。

"还没有做吗？"尼纳·阿历山大洛夫纳突然说，"您尤其应该感到惭愧……把老人折磨是一件非人道的事……再说您所处的地位。"

"第一桩，我所处的是什么样的地位，老太太！我很尊敬您，尊敬您本人，但是……"

"他是一只螺旋！"将军喊，"他钻我的灵魂和心胸！他要我相信无神派的言论！你知道，你这小孩，你还没有生养下来，我已经得到了许多荣耀的颁赐。你只是一条妒忌的蠕虫，被咳嗽折断为两段……在愤恨和无信仰中等死……为什么笳佛里拉搬你到这里来？大家全反对我，从外面的陌生人一直到亲生的儿子！"

"得了吧！不要再扮喜剧吧！"笳纳喊，"没有弄到全城羞辱我们，还算好呢！"

"怎么？我会使你羞辱吗？我会使你羞辱吗？我只能给你增添荣耀，绝不会丢你的脸的！"

他跳了起来。已经不能再把他压下去了。但是笳佛里拉·阿尔达里昂南奇现在也不能节制自己了。

"你还讲名誉呢！"他恶狠狠地喊。

"你说什么？"将军怒吼起来，面色发白，向前走了一步。

"只要我张一下嘴，就可以……"茄纳突然怒喊，没有说完。两人面对面立着，显得过分地骚乱，尤其是笳纳。

"笳纳，你怎么啦？"尼纳·阿历山大洛夫纳喊，奔过去阻止儿子。

"各方面都胡说八道起来了！"瓦略愤怒地喊，"算了吧，妈妈！"她抓住她。

"只是看母亲面上饶你一下！"笳纳用悲剧的语调说。

"你说吧！"将军怒吼着，露出完全疯狂的样子，"你不怕父亲的诅咒，你就说吧……说吧！"

"你瞧，我会怕起你的诅咒来的！你八天来像疯子一样，那是谁的错处呀？已经有八天了，你瞧，我连日子都知道的……你不要把我惹急了，我全会说出来的……你昨天为什么到叶潘钦家里去？还要自称为老人、白头发、一家之主，真好极了！"

"不许说下去，笳纳！"郭略说，"不要再响，傻瓜！"

"我呢？我呢？我侮辱他什么？"伊鲍里特固执地说着，但是还好像用那种嘲笑的口气，"他为什么称呼我螺旋，你们听见没有？他自己缠到我身边来。他刚才跑了来，提起那个皮洛郭夫上尉的事情，将军，我并不愿意和你在一起谈话，我以前也竭力避免，你自己知道的。叶洛彼郭夫上尉的事情于我有什么相干，您自己想一想？我并不是为皮洛郭夫上尉搬到这里来的。我不过对他表示出我的意见，也许皮洛郭夫上尉这个人是从来完全不存在的。他顿时发起脾气来了。"

"一定是不存在的！"笳纳坚决地说。

但是将军站立在那里，像中了电击一般，只是无竟义地向四周环顾。儿子的话语那份过分的率直使他惊愕异常，他一下子甚至说不出话来。只是在伊鲍里特哈哈地大笑了一阵，回答笳纳，还喊出"你听见没有，你自己的儿子也说皮洛郭夫上尉是没有这个人的"以后，老人才前言不搭后语地喃声说道："是嘉比东·叶洛彼郭夫，不是上尉……嘉比东……退伍的中校，叶洛彼郭夫……名字是嘉比东。"

"连嘉比东也没有的！"笳纳完全生气了。

"为什么没有呢？"将军喃声说，一阵红晕投上他的脸。

"算了吧！"波奇成和瓦略劝他。

"不许响，笳纳！"郭略又喊。

但是旁人的劝架似乎使将军恢复了记忆。

"怎么会没有？为什么不存在？"他威风凛凛地攻击儿子。

"就是因为没有。没有，也就完了，而且是完全不会有的！就是这样子。放过我吧，我对你说。"

"他还是儿子……还是我的亲生的儿子，我把他……哎，天呀！叶洛彼郭夫，叶洛士卡·叶洛彼郭夫会没有的！"

"你瞧，一会是叶洛士卡，一会是嘉比东！"伊鲍里特插进话去。

"是嘉比东，先生，嘉比东，不是叶洛士卡！嘉比东，阿莱克谢维奇上尉，不对，嘉比东……中校……退职的……娶了玛丽亚……玛丽亚·彼得洛夫纳·苏……苏……好友和同事……苏图郭瓦……甚至从充当见习兵的时候起……我为他流了……我挡住他……被杀死了。嘉比东·叶洛彼郭夫会没有的！不存在的！"

将军热烈地呼喊，但是喊得会使人觉得呼喊的是另一件事情，和原来的问题毫不相关。诚然，在别的时候他自然可以忍受下，更加耻辱地忍受下完全没有嘉比东·叶洛彼郭夫此人的消息，呼喊一两下，闹点乱子，生一下气，但是临末总归会退到楼上自己屋内去睡觉的。然而现在，由于人心特别的奇怪，竟弄得会使像疑惑叶洛彼郭夫并无此人那般小小的气恼也会填满他的心胸。老人脸涨得紫红，举起手来，喊道："够了！我的诅咒……离开这家庭！尼古拉，你把我的手提包拿来，我走了……离开这里！"

他匆匆忙忙，怒气冲冲地走了出去。尼纳·阿历山大洛夫纳、郭略和波奇成追奔过去。

"你现在做出了什么事情！"瓦略对哥哥说，"他也许又要跑到那边去。真是丢脸！真是丢脸！"

"不应该去偷东西呀！"笳纳喊，愤恨得几乎透不出气来。他的眼神忽然和伊鲍里特相遇，笳纳几乎战栗着。"但是你呢，先生，"他喊着，"你应该记住，你到底住在别人的家里……享受人家好客的情意，不应该去惹恼老头儿，他显然已经发了疯……"

伊鲍里特好像打了一个恶心，但是他一下子自己按捺下去。

"关于令尊发疯一层，我不十分和你同意，"他安静地回答，"我反而觉得最近他的理性甚至增加了，真是的。您不相信吗？他开始显得谨慎、好疑，对于每件事情都很注意，说每句话都要称一称分量……关于这嘉比东他和我提起是另有一番用意的。你想一想，他是想引我……"

"他想引你到什么地方去，关我什么屁事！我请你不要和我施展狡猾手段，不要和我装腔作势，先生！"笳纳尖声叫喊，"假使您也知道老头儿现在处于这种心境的真正原因——在这五天内您净在我这里侦探，所以一定是知道的了——您就不应该恼火……这个不幸的人，把事情扩大出去，使家母感到痛苦，因为这件事情本来十分无聊，不过是醉鬼闹出来的把戏，并没有什么别的，甚至还没有证据，我并不加以怎样的重视……但是您必须想法钉刺人、侦探人家的秘密，因为您……您……"

"是一只螺旋。"伊鲍里特冷笑了。

"因为您是一个卑劣的人，用半小时的工夫折磨着人家，用没有装好子弹的手枪自杀，心想可以吓唬吓唬他们，结果闹了一个丢脸的大笑话。你这人是连自杀都不肯正正经经地做的，你走来走去，到处散播怨愤的胆汁。我给你一个安身的地方，你发了胖，停止了咳嗽，而你所报答的……"

"许我说两句话。我是住在瓦尔瓦拉·阿尔达里昂诺夫纳家里，没有住在尊府上。您并没有给我任何安身的地方。我以为，您自己也寄居在波奇成先生的篱下。四天前我已经请家母在伯夫洛夫司克给我租一个寓所，请她自己也搬到这里来，因为我在这里真是觉得轻松些，虽然我没有发胖，而且仍旧咳嗽。家母昨天晚上通知我，寓所已经租妥了。我现在赶紧通知您，我想在谢过令堂太太和令妹之后，今天就搬到自己房子里去，这是我昨天晚上就决定好了的。我打断您的话，实在对不住。您大概还打算说许多话。"

"既然如此……"笳纳哆嗦着。

"既然如此，请许我坐一下，"伊鲍里特说，十分安静地坐在将军坐过的椅子上面，"我到底是有病的人。我现在准备倾听您的话，况且这是我们最后的一次谈话，也许甚至是最后一次的晤会。"

笳纳突然感到惭愧。

"您要相信，我不会把自己的身份降低到和您算账的，"他说，"假使您……"

"您何必这样骄傲，"伊鲍里特打断他的话，"我还在搬到此地来的第一天上，就决定在我们分手的时候，痛痛快快地，用完全公开的方式，把一切都对您倾吐出来。我现在就打算实行，自然在您先说完了以后。"

"但是我请您离开这间屋子。"

"你最好还是讲吧，您以后会后悔没有表示出来的。"

"不要讲了吧。这一切真是十分可羞的。费心，不要讲了吧!"瓦略说。

"或者看了女太太的面上，"伊鲍里特立起身来，笑了，"瓦尔瓦拉·阿尔达里昂诺夫纳，我准备为了您缩短一点，但不过是缩短一点，因为我和令兄之间必须有几句话解释一下。我在误会没有弄清楚之前，无论如何不肯离开这里。"

"您简直就是一个专门捣乱的家伙，"笳纳喊，"因此您不捣一下乱是不肯走的。"

"您瞧，"伊鲍里特冷静地回答，"您已经按捺不住了。您真是会后悔没有表示出来的。我再让您先说。我可以等一下。"

笳佛里拉·阿尔达里昂南奇沉默着，露出贱蔑的神色。

"您不愿意说。您打算练一练您的性格，这是您的自由。至于我的方面，我要尽可能地说得简单些。今天我有两三次听到人家责备我不顾人家接待的情意，这是不公平的话。您邀请我到这里来，是您自己想把我捉进网中。您算计着我想对公爵报复，您又听到阿格拉耶·伊凡诺夫纳对我表示同情，读了我的忏悔录。您不知为什么原因料到我会用全力维护您的利益，您希望我也许会得到您的助力。我不打算详细解释！我也不要求您那方面的承认和证明，我只要使您问问自己的良心就够了。我们现在相互间是很能了解的。"

"上帝知道，您把一件极普通的事情弄成这个样子！"瓦略喊。

"我对你说过：'他是一个造谣生事的小孩。'"笳纳说。

"对不住，瓦尔瓦拉·阿尔达里昂诺夫纳，我继续说下去。公爵，我自然是不能爱，也不能尊敬的，然而他根本是一个好人，虽然是……极可笑的人。但是我完全没有什么可以恨他的地方。在令兄自己挑唆我反对公爵的时候，我没有对他露出真意来，我就是希望在终结时取笑他一下。他知道令兄会对我说出来，还会铸成大错的。结果真是如此……我现在准备饶他，单只由于对您的敬意，瓦尔瓦拉·阿尔达里昂诺夫纳。我在对您解释清楚，我不容易被捉上钩以后，还要对您解释为什么我这样高兴把令兄变成傻瓜。您知道，我这样做完全由于仇恨，我可以公开地承认。我在临死以前——因为我到底会死的，虽然发了胖，像您所说的那样——感觉到我会更加安静地走到天堂上去，假使能把数目繁众的那一类人的一个代表愚弄一下，这类人追逐我一世我也恨他们一世，而令兄就是这类人的独特的影子。我恨您，笳佛里拉·阿尔达里昂南奇，单独是为了，您也许觉得很奇怪，单独是为了您是最横霸的、最自满的、最庸俗而且讨厌的寻常人物的典型、化身和顶极！您是妄自尊大的寻常人物，永远不疑惑而且十分安静的寻常人物、您是最寻常的寻常人物！在您的脑筋里、心里，永远不配放进去一点点自己的理想。但是您十分好妒忌，您深信您是伟大的天才，但是有时在阴沉的时间内怀疑到底会来拜访您，于是您怨恨起来，羡慕起来。在您的地平线上还有乌黑的斑点，它会过去的，在您完全变得愚蠢的时候，这时候已经不远了。但是您到底还须走一段冗长的、错岔的路。我不说是快乐的路，我很喜欢这样子。第一，我可以对您预言，您是不会娶到那位女郎的……"

"这真无从忍受的!"瓦略喊，"你说完了没有，讨厌的恶人!"

笳纳脸色惨白，浑身哆嗦，默不作声。伊鲍里特止步，愉快地盯看着他，又朝瓦略身上看了一眼，冷笑了一声，鞠着躬，走了出去，不增添一句话。

笳佛里拉·阿尔达里昂南奇大可以公平地抱怨恶劣的命运与失败的人生。瓦略一时不敢和他讲话，甚至不敢看他一眼，在他迈着大步从她身旁踱走的时候。他退到窗旁，背她站立着。瓦略想起了"关于两头尖的棍子"的俄国谚语，楼上又传来了喧闹的声音。

"你要走吗?"笳纳突然转身向她，在听见她从座位上立了起来以后，"等一等，你瞧这个。"

他走过来，把一张小纸扔到她前面的椅上，那张小纸叠成小便条的样子。

"天呀!"瓦略喊，摆着双手。

便条上一共只有七行字：

> 笳佛里拉·阿尔达里昂南奇! 我因为深信您对我的友善的情感，有一种对于我极重要的事情，决定向您请教一下。我希望明晨七时在绿椅上和您晤面。那地方离我们的别墅不远。瓦尔瓦拉·阿尔达里昂诺夫纳知道这个地方，说来她必会伴您同去的。
>
> A·E

"现在你去和她算账吧!"瓦尔瓦拉·阿尔达里昂诺夫纳摆着双手。

笳纳无论怎样不高兴在这时候夸耀，但是不能不露出得意的神色，而且还在伊鲍里特说出了那句侮辱的预言之后。自满的微笑在他的脸上公然闪耀出，瓦略自己也快乐得发笑了。

"这正在应该宣布订婚的那天！现在你去和她算账吧！"

"你看，她明天想说什么话？"笳纳问。

"这是一样的，主要的是她在六个月以后，第一次想到和你见面。你听我说，笳纳：无论怎么样，无论结果如何，你要知道，这是很重要的！这是太重要了！你不要再做出傲慢的样子，不要再发生错误，千万不要胆怯！我半年来净到她们家里去，为了什么事情，她还能不晓得吗？你瞧：她今天竟一句话也没有对我说，一点也不露出来。我还是偷偷到她们那里去的，老太太并不知道我坐在那里，知道了也许会赶我出去的。我为了你冒险前去，无论如何要打听出来……"

呼喊和吵闹又从楼上发出来了，几个人从楼梯上走下来。

"现在无论如何不能容许有这种事情发生！"瓦略狠狠而且惊惧地呼喊出来，"一点点捣乱的影子都不能有！你快去赔罪！"

但是一家之主已经走到街上去了。郭略在他后面提着手提包。尼纳·阿历山大洛夫纳立在台阶上面痛哭。她想跑去追他，但是波奇成拦住她。

"你这样更加会使他冒火的，"他对她说，"他没有地方可去，过半点钟后人家会把他带回来的，我已经和郭略讲过了。你让他做点傻事吧。"

"你吵闹什么？你往哪里去？"笳纳从窗里喊，"你没有地方可去！"

"回来吧，爸爸！"瓦略喊，"邻舍们会听见的。"

将军止了步，回转身来，伸出一只手，喊道：

"我诅咒这所房子！"

"一定要做出戏剧的口气！"笳纳喃声说，洪响地关上窗子。

邻舍们果真听见了。瓦略从屋内跑出来。

瓦略出去后，笳纳从桌上取起字条，吻了它一下，用舌头吮出响声，踮着脚尖做了一次旋舞。

第三章

　　将军这场纷扰在别的什么时候总是弄到毫无结果。以前他也常有像这样子的突然发作怪脾气的事情，虽然次数是极稀少的，因为一般地说来，他是一个很驯良的、差不多具有善良倾向的人。他也许有一百次会和近年来占据着他的恶脾气奋斗过。他突然忆起他是"一家之主"，便和妻子和解，诚恳地哭泣。他尊敬尼纳·阿历山大洛夫纳至于崇拜的地步，因为她时常默默地饶恕他。他甚至在做出小丑般的、贬低身份的行为的时候也爱她。但是他和坏僻的伟大的奋斗普通并不持续得长久。将军还是一个情感太容易冲动的人，虽然是另一种的冲动。他平常总受不住家庭内像忏修人似的，无事可做的生活，结果总是起来反抗。他陷入狂热的心情中，在这心情中他自己也许同时责备自己，但是不能压制自己。他开始争吵，说出漂亮和善辩的话，要求人家对自己发出异乎寻常的、不可能的尊敬，终于从家中逃出，有时甚至失踪了许多时候。近两年来他只是在大体上知道他的家庭的事情，或者只是得诸耳闻，但是他并不详细去打听，不感到丝毫的需要。

但是在这一次的"纷扰"中发现一点不寻常的性质，大家似乎知道一些什么，大家似乎怕说出什么。将军只在三天以前"正式"回到家庭里去，那就是到尼纳·阿历山大洛夫纳那里去，但是似乎并不低首下心，并不忏悔，像以前回家时那种样子，却反而露出特别气恼的神气。他显得好说话、不安，和一切遇到的人们热烈地谈话似乎要攻击到人家身上去，但是所谈的题目是各色各样的、出乎意料的，怎么也弄不清楚，他现在实际上感到不安的是什么。他有的时候很高兴，但是时常沉思着，自己不知道想些什么，忽然开始讲什么，讲叶潘钦家里的情形，讲公爵和莱白及夫，忽然又打断了，完全停止说话。人家继续问下去，他只是用迟钝的微笑作答，甚至没有注意到人家问他，就这样微笑。最后的一夜他在叹息与呻吟中度过，把尼纳·阿历山大洛夫纳折磨得好苦，她整夜不知为什么给他贴温蒸药剂，清晨时忽然睡熟了，睡了四小时，醒来时强烈地、无秩序地发作了忧郁病，结果是和伊鲍里特争吵和"诅咒这个家庭"。有人也觉察出，他在这三天内不断地发生强烈的自爱心，因此显得特别容易气恼。郭略坚持地对母亲说这全是由于想喝酒，也许是想念近来特别要好的莱白及夫。三天前他忽然和莱白及夫吵嘴，在异常愤怒中分手了，他甚至和公爵也发生了一场纷扰。郭略请求公爵解释，开始疑惑，公爵好像有什么话不愿意对他说。假使伊鲍里特和尼纳·阿历山大洛夫纳之间会发生过什么特别的谈话，像箬纳那样极有把握地猜测着，那么奇怪的是这个恶毒的人，箬纳一直说他造谣言的人，竟会不高兴用同样的方式把秘密告诉郭略。也许他并不是像箬纳和妹子说话时所描画的那种恶毒的"小孩"，却只是另一种的恶毒。他也不见得会将自己的某种观察告诉尼纳·阿历山大洛夫纳，单独是为了"使她伤心"的缘故。我们不能忘却，人类行为的原因平常总比我们在以后解释的、不大真确地描画着的要复杂而且杂乱至于无数倍。一个说故事的人有时最好限于普通地叙述所发生的事件。我们在继续解释将军这场纷扰时便照这样做。因为我们无论怎样忙，已感到了有对这第二流人物给予比以前预计的较多注意和地位的根本需要。

这些事件是照下面的次序逐渐发生的。

在莱白及夫到彼得堡去寻找费尔特申阔，当天就和将军两人一同回来的时候，并没有把什么特别的话告诉公爵。假使公爵当时不被对于他极重要的另一种印象吸引得太深，他会很快地发觉出，在以后两天内莱白及夫不但没有对他作任何解释，甚至反而似乎不知为什么原因自行避免和他相遇。公爵后来注意到了，很惊讶在这两天内，和莱白及夫偶然相遇的时候，总觉得他处于极快乐的心境里，差不多永远和将军在一起，两个朋友一分钟也不离开。公爵有时听到从楼上传来洪响的、迅邀的语声，哗笑的、快乐的辩论。甚至有一次，在深夜时有一阵阵突然唱出的军队的、酒神的歌曲的声音传到他的耳朵里来，他立刻辨出了将军的嘶哑的低音。但是发出的歌声并没有唱完，突然静寂了。以后，极兴奋的、在各种征兆方面见出是酒醉的谈话又继续了一点钟。猜得出在楼上作乐的两个好友在那里互相拥抱，终于有人哭了。以后忽然随来了剧烈的争吵，也很快就静寂了下去，郭略在所有这些时候发生一种特别焦虑的情绪。公爵时常不在家，有时很晚回家。家里报告他，郭略整夜寻觅他，问他在家不在家。但是郭略遇到的时候一点也说不出什么特别的来，除去他根本"不满意"将军和他现在的行为之外："他们净到离这里不远的小酒店里喝酒，互相拥抱，在街上对骂，互相挑唆，但是彼此都不能离开。"公爵对他说，以前每天也是这样的，郭略根本不知道怎样回答，也不会解释他的真正的不安究竟在哪里。

在唱过酒神歌和争吵以后的那个早晨，十一点钟左右，公爵正想从家里出去，将军忽然立在他面前，为了什么事情显得十分惊惶，差不多露出震撼的样子。

"我早就想找一个机会和您相见，尊敬的莱夫·尼古拉也维奇，很久、很久了，"他喃声说，紧握着公爵的手几近发痛，"很久，很久了。"

公爵请他坐下。

"不，我不坐。我耽误您的工夫，下次再来吧。我觉得我可以恭贺……您完成您的心愿。"

"什么心愿？"

公爵显得惭愧起来。他正和许多处于他的地位上的人一样，总觉得根本没有人看出，没有人猜出，也没有人了解。

"请您安心吧！请您安心吧！我不会惊扰您的细腻的情感的。我自己经历到，自己知道，俗语所谓……别人家的鼻子，钻到不应该钻的地方上去。我每天早晨感到这个。我是为了另一件事情来的，为了重要的事情来的。为了很重要的事情，公爵。"

公爵又请他坐下，自己也坐了下来。

"一秒钟是可以的……我来跟您请教一件事情。我自然生活得没有实用的目的，但是很尊重自己。尊重俄国人最疏忽的那份干练，这是指一般的说法……希望把自己、内人和我的子女们放在那种地位上面……一句话，公爵，我想跟您请教。"

公爵热烈地恭维他的意向。

"这一切全是无意义的，"将军似乎打断他的话，"我主要的并不是为了这个，我主要的是为了另一个重要的事情。我决定对您解释，莱夫·尼古拉也维奇，因为您这人态度的诚恳、情感的正直是我所深信的，因为……因为……您不对于我的话语感觉惊异吗，公爵？"

公爵假使不带着特别的惊异，便是带着过分的注意和好奇监督着他的客人。老人的脸色有点惨白，嘴唇有时微微地哆嗦，手好像不能找到安静的位置。他不过坐了几分钟，已有两次不知为了什么突然从椅上立起，突然又坐下来，显然一点也不注意自己的那种行为。桌上放着书籍，他取了一本，一面继续说话，一面朝翻开来的书页窥望，立刻又合起来，放在桌上，抓了另一本书，却并没有翻开，在右手里握了一些时候，不断地把这书在空中挥动。

"够了！"他忽然喊，"我看出我惊吵您太过分了。"

"一点也不！那算什么？请吧，请吧！我反而在那里倾听，希望猜到……"

"公爵！我希望把自己放在尊敬的地位上面……我希望尊重自己……和自己的权利。"

"一个人带着这样的希望是已经值得尊敬的了。"

公爵像是从楷书临写簿里取来的句子说了出来，深信它会引起佳良的印象。他似乎从本能上猜到，这种空虚而愉快的句子如果说得是时候，会忽然使像将军那样的人，尤其是有将军那样心境的人的心灵驯服下去。无论如何应该使这种客人带着轻松的心走出去，这总是一个难题。

这句子使他感动，使他引为荣幸，且恰巧深中他的心意：将军忽然动了情感，一下子变更了语气，作起欢欣的、冗长的解释来了。但是公爵无论怎样费劲，无论怎样倾听，简直一点也不能了解。将军说了十分钟，说得又热烈又快，好像来不及说出那些拥挤成一堆的话语，后来甚至泪水都在他的眼睛里闪耀着，但是到底只是一些没有头绪的话语，一些意料不到的话语和意料不到的思想，匆遽而且出乎意料地彼此抢着闯将出来，跳窜出来。

"够了！您了解我，我也就安心了，"他忽然一面下着结论，一面立了起来，"以您这样的心是不会不明白一个苦心的人的。公爵，您这人是正直得像一个理想，别的人在您面前比起来算什么呢？您的年纪还轻，我祝福您。最后，我来请求您定一个时间，作重要的谈话，这是我的最重要的希望。我寻觅的不过是友谊和同情，公爵，我永远不能处理我的心底的要求。"

"但是为什么不在现在呢？我准备倾听……"

"不，公爵，不！"将军热烈地打断他的话，"现在不必！现在只是一个幻想！这是太重要的，太重要的，太重要的！这个谈话的一小时将成为最后的命运的一小时。这是我的时间，我不愿意在这种神圣的时间内有人走进来打断我们，那种傲慢无礼的人，这类人是不少的，"他突然俯身就着公爵的耳朵，说出奇怪的、神秘的、几乎带着惊惧的微语，"那种傲慢无礼的人是不值您脚上的靴跟的，可爱的公爵！我并不说是我脚上的！您要特别注意，我并没有提起我的脚，因为我太尊重自己，不肯爽快地表示出来。但是唯有您一人能够了解，我放弃我的靴跟，也许正是表示极骄傲的尊严。除您以外，没有别人会了解，而以他居那些别人的首列。他是一点也不明白的。公爵，他是完全不会，完全不会了解的！必须有一颗心，才能了解！"

公爵后来几乎惊愕起来，只好给将军定了明天就在这时候相见之约。将军精神抖擞地走了出去，心里十分安慰，差不多宁静了下去。晚上，七点钟时，他打发人请莱白及夫来一趟。

莱白及夫十分匆遽地走了进来。"我认为十分荣幸……"他走进来的时候立刻开始说，好像没有一点影子可以看出他三天来好像躲避着，显然避免和公爵相遇。他坐在椅子边上，带着怪脸和微笑，眼睛一面笑，一面张望着，双手搓来搓去，露出极天真的期待的神色，好像希望听见久已期待着的、大家猜到的重要的消息。公爵又感到不痛快，他开始明白大家忽然从他身上期待着什么，大家看着他，似乎希望向他道贺，做出一些暗示、微笑和眨眼。开历尔已经跑来了三次，也是怀着向他道贺的显著的愿望。每次总是那样欢欣地、不明显地开始说话，没有说完，就匆匆地溜走。他近几天来在什么地方喝了许多酒，还在一家弹球房里喧闹。郭略虽然显得十分忧愁，连他也开始模模糊糊地和公爵谈了两次。

公爵直率地，还带点气恼似的问莱白及夫，他对于将军现在这种心境有什么看法，为什么他显得如此的不安？他用几句话把刚才的一个场面讲给他听。

"各人都有各人的不安，公爵……尤其在我们这种奇怪的、不安的时代，是的。"莱白及夫艰涩地回答，恼怒地沉默了，露出在期望方面十分受骗的人的态度。

"好一套哲学的理论!"公爵冷笑了。

"哲学是需要的,在我们的时代是很需要的,在实用方面是很需要的,但是大家不大去注意它,就是这样。从我的方面说来,尊敬的公爵,我虽然在您所知道的一些事物上,蒙您对我信任,但也只是到一定的程度为止,怎么也不会超过和一个事物相关的情势的范围以外……这个我是明白的,而且一点也不抱怨。"

"莱白及夫,您好像为了什么事情生气着?"

"一点也不,尊敬的、光辉的公爵,一点也不!"莱白及夫欢欣地喊,手按在心上,"相反地,我立刻明白,以我在世界上所处的地位而论,以知识和心灵的发展而论,以所积聚的财产而论,以我以前所做的行为有意识而论,我全不配享受超过我的期望以外的您对我的信任;假使我有可以为您效劳的地方,我愿意做您的奴隶和仆人,非如此是不行的……我并不生气,但是有点忧郁。"

"罗吉央·蒂莫菲维奇,算了吧!"

"非如此不行!现在就在现在这件事情上!我在遇到您,在心里和思想里观察您的时候,自己总是说:我是不配取得您的友谊的信用的,但是以我这个房东的资格,我也许可以在相当的时候,在可以期待到的日子上,得到一个命令,或是通知,关于那个即将发生的、大家期待着的变动……"

莱白及夫说出这话的时候,简直用尖锐的小眼盯着正在惊讶地看他的公爵,他还在希望满足他的好奇。

"我根本一点也不明白,"公爵几乎愤怒地叫喊,"您……您真是可怕的阴谋家!"他突然发出极诚恳的笑声。

莱白及夫也立刻笑了,他的欢乐的眼神竟表示出他的希望晴朗化了,甚至增加了。

"您知道,我要对您说什么,罗吉央·蒂莫菲维奇?您只是不要生我的气，我对于您的天真，也不只是您一人的天真感到惊异！您露出那份天真的态度对我有什么期待，就在现在这个时候，弄得使我甚至觉得对您有点不好意思，因为我并没有什么可以使您满足，但是我可以对您赌咒，根本一点什么也没有，您自己去想象一下！"

公爵又笑了。

莱白及夫露出威严的样子。这是实在的，他有时在好奇中甚至显得太天真、太固执。然而同时他是一个极狡猾的、城府极深的人，在有些事情上甚至是太狡诈而且沉默了。公爵以那种不断的推阻几乎使他变为自己的仇人，但是公爵推开他并不因为看不起他，却因为他的好奇的题目是极微妙的。公爵在几天以前还把自己的幻想看作犯罪的心思，但是罗吉央·蒂莫菲维奇却把公爵的拒绝看作对于他个人的嫌恶和不信任，带着受伤的心走开，为了公爵不但妒忌郭略和开历尔，甚至还妒忌自己的女儿魏拉·罗吉央诺夫纳。甚至在这时候他也许能够而且打算诚恳地对公爵说出一个关于公爵极有兴趣的消息，但是他阴郁地、沉默着，没有说出来。

"有什么事情我可以替您效劳啊，尊敬的公爵，因为现在到底是您来……唤我的？"他在沉默了一会以后终于说。

"我想问关于将军的事情，"公爵一时也在那里沉思，突然匆遽地说，"关于您失窃的事情，您当时告诉我的……"

"那是关于什么？"

"您现在好像不明白我起来！天呀，罗吉央·蒂莫菲维奇，您扮的是什么角色？那笔钱，那笔钱？就是在您的皮夹里遗失的四百卢布，那天早晨，您在到彼得堡去以前跑来对我讲的，您到底明白了没有？"

"哎哟，您讲的是那四百卢布吗？"莱白及夫说，好像现在才猜到了似的，"谢谢您，公爵，您对我的同情真是诚恳得很，这对于我是太荣幸了，但是……我找到了，早就找到了。"

"您找到了！哎哟，谢天谢地！"

"您的呼喊是极正直的，因为四百卢布对于一个穷人，靠艰苦的劳力生活的人，有一大群孤儿孤女的人，是不算小的数目……"

"我不是讲这个！自然我很高兴您找到了，"公爵连忙更正，"但是……您怎么找到的呢？"

"很简单，就在挂外衣的椅子底下，显然那个皮夹从口袋里掉溜到地板上去了。"

"怎么在椅子底下？不会的，您对我说过，在所有角落里全搜查过了，您怎么会在这最主要的地方看走眼呢？"

"原来看是看过的！我记得很清楚，记得清清楚楚，是看过的！我匍匐在地上，用手在那个地方摸过，把椅子搬开，不相信自己的眼睛我没有看见什么，只是一块空虚的、光滑的地方，就像我的手掌一般，但是还继续摸着。一个人在悲惨地遗失巨款、到处搜寻的时候，永远会重复着这种卑怯的行为的。明明地看见并没有什么，只是一个空虚的地方，总要朝它看上十五遍之多。"

"是的，也许如此，但是这究竟是怎么回事？我老是不明白，"公爵喃声说，被他的说话弄得糊里糊涂，"以前您说过在那里并没有什么，您在那个地方寻觅过的，怎么突然又发现了呢？"

"真是突然又发现了。"

公爵奇怪地看着莱白及夫。

"将军呢？"他忽然问。

"将军是怎么回事呢？"莱白及夫又不明白了。

"哎哟！我的天呀！我问，您在椅子底下找到皮夹的时候，将军说什么话？你们以前不是一块搜寻的吗？"

"以前是一块搜寻的。但是这一次我老实说，没有响，宁可不告诉他，皮夹已经由我单独找到。"

"但是……为什么呢？……钱是全数吗？"

"我打开皮夹看过，完全不错，甚至一个卢布也不短。"

"你应该跑来告诉我一声。"公爵沉默地说。

"我怕当面惊吵您，公爵，正在您有自己的、也许极重要的印象的时候。此外，我自己也做出好像没有发现什么的神色。我打开了皮夹，审视了一下，以后就把他关上，又放在椅子底下了。"

"那是为了什么?"

"是这样的，由于继续的好奇。"莱白及夫搓着手，突然嘻嘻笑了。

"那么它从前天起，至今还放在那里吗?"

"不! 只放了一昼夜。您瞧，我很想使将军搜寻到。因为假使我能寻到，那么为什么将军看不见那件一直投入眼内、在椅子底下显露出来的东西呢? 我好几天把椅子举起来，挪移一下，弄得那只皮夹完全显露出来，但是将军一点也没有觉察出来，这样继续了整整的一昼夜。显然他现在显出心神不安的样子，简直摸不清楚是怎么回事。他一面说呀，讲呀，笑呀，一面忽然对我非常生气，我不知道为什么。我们后来从屋内走出，我故意把门敞开着。他迟疑了一下，想说什么话，大概为那笔放在皮夹里的钱担心，但是忽然又生了气，一句话也不说。我们在街上没有走两步，他把我扔弃，转到对面街上去了。我们晚上才在酒店里遇见。"

"但是您后来到底从椅子下面取起那只皮夹没有?"

"没有，就在那天夜里那只皮夹在椅子底下遗失了。"

"那么现在在什么地方呢?"

"就在这里，"莱白及夫突然笑了，全身从椅子立起来，愉快地看着公爵，"忽然发现在这里，在我自己的外褂的衣裾里面。您自己瞧呀，摸呀。"

果真在左面的衣裾里，一直在前面最显著的地方，好像组成了整个的口袋，摸一摸就立刻可以猜出里面是皮夹，从戳破的口袋里落下来的。

"我掏了出来看过，全是完整的。我又放到里面去，就这样从昨天早晨起穿在身上，那东西放在衣裾里，甚至仅击打腿。"

"您并没有注意到吗？"

"我会没有注意到的，哈，哈，哈！您想一想，尊敬的公爵，虽然这东西并不值得您这种特别的注意，我的口袋永远是完整的，但是忽然在一夜里竟发现了一个破洞！我十分好奇地审视过，好像用裁纸刀切断的，差不多是这样的。"

"但是……将军呢？"

"他整天生气，昨天和今天都生气，非常不满意，一会快乐、欢欣，甚至拍我的马屁，一会甚至感动得流泪，否则便是生气，弄得我都胆小起来，真是的。公爵，我究竟不是武人。昨天我们坐在酒店里，我的衣裾似乎无意之中放在最显著的地方，简直就像一座山，他斜眼望着，仅生气。他现在早就不向我的眼睛里直看，只是喝得很醉，或者十分感动的时候。但是昨天两次望得冷气直朝我的背上流着。我打算明天发现那只皮夹，在明天之前还要带着它出去玩一晚上呢。"

"您为什么这样折磨他呢？"公爵喊。

"我没有折磨呀，公爵，我没有磨折呀，"莱白及夫热烈地抢上去说，"我真是爱他……尊敬他……现在您相信不相信，我觉得他更加可宝贵了，更加尊重他了！"

莱白及夫把这几句话说得那样严肃而且诚恳，使公爵甚至狂怒起来。

"您爱他，但又折磨他！算了吧，单就他把遗失的东西放在显著的地方，放在椅子底下和上裙里面，单就这一桩便可以对您表示，他不愿意和您施展狡猾的手段，坦白地求您的饶恕。您听着：他在那里求您的饶恕！他希望您也发出微妙的情感，他也就相信对您的友谊。但是你竟把这样的……顾名誉的人弄到如此低卑的地步！"

"最顾名誉的人，公爵，真是最顾名誉的人！"莱白及夫抢上去说，闪耀着眼睛，"唯有您一个人，正直的公爵，唯有您一人能够说出这样公平的话来！我就是为了这个崇拜您，信赖您，即使我因为犯了各种罪恶而朽坏也会的！现在决定了，我现在，立刻就要寻出那只皮夹来，不等明天了。我现在就当您的面掏出来，那不就是吗！钱全在那里！公爵，您现在取去，保存到明天为止，明天或是后天我来取。您知道，公爵，那件遗失的东西第一夜显然是放在我的小花园里的石头底下的。您以为如何？"

"您留点神，不要当面对他直说，您找到了皮夹。简直只要使他看见衣裾里没有什么东西，他也就会明白的。"

"是这样吗？好不好就对他说找到了，可是假装至今没有找到呢？"

"不，"公爵沉思着，"不，现在已经晚了。这个危险些，真是最好不说！您对他和蔼一点，但是……不要做得太过分，而且……而且……您知道……"

"我知道，公爵，我知道，那就是说我知道我也许不会实行。因为在这里需要有像您这样的心。加上他自己喜欢恼火，好耍脾气，有时对待我过于高傲。一会哭着，拥抱着，一会忽然开始糟蹋我，贱蔑地取笑我，所以我一气，故意把衣裾露在外面，哈，哈！再见吧，公爵，因为我显然占去您许多时候，阻碍您发抒有趣的情感……"

"但是看在上帝的分上，还是和以前一样的秘密！"

"清静的步伐！清静的步伐！"

虽然事情业已了结，公爵总还显得焦虑，几乎比以前还厉害。他不耐烦地期待明天和将军的晤面。

第四章

　　约定好的时间是十二点钟，但是公爵完全出乎意料地耽误了。他回家时，将军已经在他那里等候着。乍看一下，他觉出将军露出不满意的神情，也许就是因为必须等候的缘故。公爵赔了罪，连忙坐下去，但是有点胆怯得奇怪，好像他的客人是瓷器制成的，他时时刻刻怕砸破它。他以前跟将军从来不胆怯，也不想到会胆怯的。公爵很快地看出他是和昨天完全不同的人：除去慌乱和精神不属之外还露出一种不寻常的冷淡，可以断定他是一个业已取得最后决意的人。不过安静是外表的，并非实际上的。但是无论如何这客人做出正直的潇洒的态度，虽然还带着隐藏的尊敬。他甚至在起初的时候好像用一种谦恭的态度对待公爵，有些骄傲而不公平地受了气的人们有时会如此做出正直的潇洒的态度的。他和蔼地说话，虽然语气间不免带点忧郁。

　　"这是我上次问您借的那本书，"他意义深长地朝他取了来，放在桌上的书点了点头，"谢谢。"

　　"啊，不错。您读过那篇文章吗，将军？您喜欢吗？不是很有趣吗?"公爵因为能够快快地开始谈些旁事而感觉快乐。

"也许有趣,但是很粗野,自然是无意义的。也许每句话里都是虚伪。"

将军自信地说,甚至把话句拉长些。

"这真是极坦白的故事。一个老兵亲睹法国人在莫斯科时情况的叙述,有些地方写得很妙。一切亲身目睹的人们的记事全是尊贵的材料,甚至不管这目睹的人是谁,不对吗?"

"我假使做了编辑者,是不会刊载的。至于一般地说到目睹的人们的记事,那么粗野的说谎而说得极有趣的人比尊严的、有劳绩的人可信些。我知道几种关于一八一二年的记事……我决定了,公爵,我要离开这个房子,莱白及夫先生的家。"

将军用深长的意义看了公爵一眼。

"您在伯夫洛夫司克有住宅,在……在您的小姐那里……"公爵说,不知道说些什么。他忆起将军是为了一件和他的命运相关的极重要的事情来向他讨教的。

"在内人那里,另一句话,在自己家里和在小女的家里。"

"对不住我……"

"我离开莱白及夫的房子,因为,亲爱的公爵,因为我和这人断绝关系了。昨天晚上断绝的,后悔没有早一点断绝。我要求尊敬,公爵,甚至希望向那些把我的心献与的人们取得尊敬。公爵,我时常把我的心献给人家,差不多永远受了骗。这人是不值得取得我的礼物的。"

"他有许多无秩序的行动,"公爵极节制地说,"还有几种性格……但是所有这一切之间看得出一颗心,狡猾而有时极可逗乐的智慧。"

细致的词句和尊敬的口气显然使将军感觉荣幸,虽然他有时还带着突如其来的不信任看人。但是公爵的口气自然而且诚恳得无从质疑。

"说到他有好性格一节,"将军抢上去说,"我首先声明过,几乎把我的友谊赐给这人了。我既然有自己的家庭,便不需要他的房屋和他的好客的接待。我对于自己的坏处并不有所辩白。我不肯节制自己，我和他在一块喝酒，现在也许痛哭着。但是并不是单只为了喝酒——公爵，请您饶恕一个恼火的人粗野的直率——我才和他结交的。使我感到荣幸的就是您所说的性格。但是一切都有一定的界限，甚至性格也是的。假使他当面忽然胆大妄为地告诉我，在一八一二年，还在婴孩时代，他丧失了他的左脚，把它葬在莫斯科'瓦刚可夫司基'公墓上面，那真是超出了范围，表示不尊敬，还显得太无耻了……"

"也许这不过是一种玩笑，使人家欢笑一场罢了。"

"我明白的。为了博得快乐的欢笑，说出天真的谎话，虽然是粗野的谎话，也不会使人心感到侮辱。有些人说谎，单只由于友谊，为了给予对谈者一点快乐。但是假使露出了不尊敬，假使也许想借着这种不尊敬表示他对于友谊已感到痛苦，那么一个正直的人唯有背转身去，和施侮辱的人断绝关系，给他指出他的真正的位置。"

将军说话的时候甚至脸红了。

"莱白及夫不会在一八一二年到莫斯科去的，他年纪太轻，这是太可笑了。"

"最先自然就是如此，然而即使他当时已经生了下来，也怎么能当着一个人的眼前告诉他，那个法国步兵为了取乐的缘故，把炮向他瞄准，一下子把他的腿打了下来。他当时还把那条腿捡了起来，取回家去，以后葬在'瓦刚可夫司基'公墓上面，还说在上面竖立了一个墓碑，一面写着'九品文官莱白及夫之一足安葬于此'，另一面写着'愿宝贵之遗骨静卧以待快乐之清晨'，最后还每年为它礼忏追悼——这已是一种渎神的行为了——每年还专程到莫斯科去一趟。为了证明他所言非虚，叫我到莫斯科去参观坟墓，甚至还要领我到克里姆林宫去看那尊被俘获的法国炮。他说，从大门那里数起，第十一尊，旧式的法国坚炮就是的。"

"再加上他的两只脚全是完整的，明显得很！"公爵笑了，"我告诉您，这是天真的玩笑，您不要生气呀。"

"但是请您也准许我发表我的见解。关于明明两双脚是完整的一双，也许并不完全不可思议。他硬说他的脚是切尔诺司维托夫装上的……"

"啊，不错，听说用切尔诺司维托夫所装的假腿可以跳舞的。"

"我完全知道的，切尔诺司维托夫发明假腿的时候首先跑到我这里来给我看。但是切尔诺司维托夫的腿最后才发明……他还硬说，他的去世的太太在他们结婚的全部时代不知道她丈夫的腿是木头的。我对他指出他的话如何离奇的时候，他说，假使你在一八一二年做过拿破仑的侍从，你也应该许我在'瓦刚可夫司基'公墓上埋葬我的腿。"

"难道您……"公爵开始说，感到了惭愧。

将军也似乎有点惭愧，但同时用坚决的高傲的态度看着公爵，几乎露出一种嘲笑。

"您说下去吧，公爵，"他特别柔和地说，"您说下去吧。我是谦虚的，您可以说出一切的话来。您尽管直说出来，您看见一个人处于真正低卑的、没有益处的地位上，同时又听见这个人竟是伟大的局面亲眼看见的人，想到这层不免使您觉得可笑。他还没有对您嚼过舌头吗?"

"没有，我并没有听莱白及夫说过，假使您指的是莱白及夫……"

"唔……我猜他已经说过了。昨天我们两人谈话时恰巧讲的就是《史料丛录》的那篇怪文。我指出那篇文字的离奇，因为我自己是亲眼看见的人……您微笑了，公爵，您在那里看我的脸，不是吗?"

"不，我……"

"我的外貌还年轻，"将军拉长了语调，"但是我的年龄比实际上看出来的老。我在一八一二年有十岁或十一岁。我的岁数连我自己也不大知道。履历上把岁数减小，我有一个坏脾气，就是一辈子爱把自己的岁数减少。"

"将军，我告诉您，关于一八一二年您在莫斯科的一层，我完全不觉得奇怪……我以为，您自然可以讲出一些消息……和其他亲身经历的人们一样。有一位自传作家在他的书内一起首就说一八一二年他还是婴孩的时候，法国兵如何在莫斯科给他面包吃。"

"这不是吗！"将军谦恭地同意，"我那桩事情自然和普通事件不同，但是里面并没有含着一点不寻常的意味。真理时常在外面看来是不可能的。侍从僮！自然听起来觉得奇怪。但是一个十岁的小孩所遭遇到的奇事也许只能从他的年龄上加以解释。十五岁的孩子也许不会出这类事情，而且一定是如此的，因为十五岁的我绝不会在拿破仑侵入莫斯科的那天，从我们所住的在旧巴司曼街上的木房里走出去，轻易离开我的母亲。我的母亲当时因为来不及离开莫斯科，惊吓得直在那里哆嗦。我到了十五岁，也许会胆怯的，但是十岁上竟一点也不害怕，从人群里钻过，甚至一直挤到宫殿的台阶旁边，恰巧拿破仑正在下马。"

"无疑地，您说得很好，十岁时是不会害怕的……"公爵凑上去说，一面有点胆怯，生怕就要脸红。

"无疑地，一切发生得那样简单而且自然，正和实在发生的一样。如果由小说家来描写，他必将编出一些不可置信的、离奇的故事来。"

"这是不错的！"公爵喊，"这意思也曾使我惊愕，甚至在最近的时候。我知道一件为了一块表杀人的案子，这是真实的情形，现在已经在报纸上刊载了。假使这是作家虚构出来的，那些懂得人民生活的行家和批评家立刻会喊出这是不可思议的事情，但是既已在报上作为事实般地登出，你会感到，俄国的现实就是从这一些事实里出来的。您刚才说的一番话很妙，将军！"公爵热烈地说，因为能以躲避开脸上显著的红晕而感到异常的喜悦。

"对不对？对不对？"将军喊，眼睛由于喜悦甚至闪耀起来，"一个男孩，一个婴儿，他不懂得一点危险从人群里钻过去看漂亮的场面、辉煌的制服、随从的官员们，最后还去看大家已经在他耳边喊得烂熟的伟大的人物。因为当时大家在连着许多年内一直议论着他，全世界里充塞着这个名字，我是随着乳汁把它吮吸了进去。拿破仑在两步路以外走着，无意中捉到了我的眼神。我当时身穿小贵族的服装，我的打扮是很好的。在这一大群里，只有我一人是这样的，您自己想一想看……"

"自然，这应该使他惊愕，而且给他证明，并没有全体离开，还留下一些贵族和他们的子女们。"

"就是的！就是的！他本来有联络俄国贵族的意思！在他的鹰眼朝我身上投射的时候，我的眼睛大概在闪耀地回看他。'Voilà un gerçon bien eveîiié! Qui est ton père?（这里有一个活泼的男孩！你的父亲是谁?）'我立刻回答他，惊慌得差不多透不过气来：'一个死在祖国的战场上的将军。''Le tils d'un bayard et d'un brave pard essus le marché! J'aime les boyards. M'armes-tu petit?（一个俄国贵族的儿子，外加是勇敢的！我爱俄国贵族。你爱我?）'对于这个迅速的问题，我也迅速地回答："俄国人的心甚至在祖国的敌人里也能分别出大人物的！'我并不记得，我是不是这样说的……我当时是一个婴孩……但是意思一定是这样的！拿破仑十分惊愕，想了想，就对他的随员说：'我爱这小孩的骄傲！假使一切的俄罗斯人全有像这小孩似的思想，那么……'他没有说完，就走进宫里去了。我立刻夹杂在随员中间，在他后面跑着。随员们全让我先走，把我当作皇帝的宠臣看待。但这不过一刹那的工夫……我只记得皇帝走进第一个大厅，忽然停立在叶加答邻女皇的相片面前，沉思地看了它半天，说道：'这是一位伟大的妇人！'于是就走开了。两天以后宫内和克里姆林宫里大家全知道我，称我'小贵族'。我只是回家去睡宿，家里人几乎要发疯了。又过了两天，拿破仑的侍从僮台巴庄库尔男爵，因为受不住行军的艰苦，病死了。拿破仑忆起我来。我被唤了进去，不对我解释原因，给我穿上死者的制服，他是十二岁的男孩。我穿好了制服，被带到皇帝面前。他对我点了点头，人家向我宣布，我奉谕任为皇帝的侍从僮。我很快乐，我确乎早就对他感到热切的同情……再加上一套漂亮的制服，这对于一个婴孩是看得极重要的……我穿着深绿的礼服，后面拖着狭长的裙尾金纽，绣着金边的袖上有红色的绿饰，绣着金边的、高耸的、敞开的领子，裙尾上也有刺绣，狭窄的白羚羊皮的裤子，白绸背心，丝袜，带扣的皮鞋……在皇帝乘马出游时，如果我也在随臣中参加，便穿上高马靴。虽然当时的局势并不见佳，已经预感到极大的灾难，但是仪节还在尽可能地保持着，甚至越剧烈地预感到灾害，越拘泥着礼节。"

"自然喽……"公爵喃声说，几乎带着无所措手的神气，"假使您能记载下来……一定很有趣。"

将军所讲的自然就是昨天讲给莱白及夫听的，所以讲得很流畅，但是立刻又不信任地斜看了公爵一眼。

"我的回忆，"他用加倍的骄傲说，"写下我的回忆吗？但是这并不能诱动我，公爵！您要知道，我的回忆早就写好，但是……放在我的写字台上。它必须在泥土撒到我的眼睛里去的时候，才发表出来，自然也会译成别国文字，但并非由于文学上的价值，却由于那些重要的大事件，是我亲眼看见的，虽然我当时还只是一个婴孩。就因为我是婴孩，所以能闯进'伟大人物'的所谓秘密的卧室里去。我在夜里听到这'陷入不幸的伟人'的呻吟，他是不会在一个婴孩面前感到哭泣和呻吟是不好意思的，虽然我业已明白他的悲哀的原因就在于阿历山大皇的沉默。"

"他是写过信……提议和平的……"公爵畏怯地附和上去。

"我们根本不知道，他写信去有什么提议，但是他每天、每小时在那里写，一封信跟着一封信！他十分慌急。有一天夜里，趁没有人的时候，我流着眼泪奔到他面前去。我是很爱他的！我对他喊：'请求饶恕，向俄皇阿历山大请求饶恕！'其实我应该说：'和俄皇阿历山大和解。'但是我是一个小孩，所以很天真地表示出我的意见。'唉，我的孩子呀！'他回答，他在屋内踱来踱去，'哎，我的孩子呀！'他当时好像没有注意到我只有十岁，甚至极爱和我谈话。'唉，我的孩子呀！我准备吻俄皇阿历山大的脚，但是那个普鲁士王，那个澳大利皇，我永远恨他们，而且……而且……你到底是一点不懂政治的！'他好像忽然忆起和谁说话，当时不响了，但是许久时候眼睛射出金星。假使我把所有这些事实描写了出来，我是亲眼看见那些伟大的事实的，假使我现在发表出来，那么所有这些批评家、所有这些文学的虚荣、所有这些妒忌，党派……不，我才不高兴呢！"

"关于党派一层，您说得自然很对，我很同意，"公爵在沉默了一会以后，轻轻地说，"新近我也读过一本叙述滑铁卢战役的书，沙拉司著的。这本书显然是严肃的，专家说写得十分明白晓畅。但是在每页书内都露出以污辱拿破仑为快乐的意思，假使能对于拿破仑在其他战役上一切天才的表现加以辩驳，沙拉司大概会很高兴的。但是一本严肃的著作是不应该如此的，因为这便是党派的精神。您当时在拿破仑皇身边服务很忙碌吗？"

将军太高兴了。公爵的话显得那样正经坦白，使他最后遗留下的一点不信任消散了。

"沙拉司！我自己也十分愤恨！我当时就写信给他，但是……我现在根本不记得了。……您问，我当时忙不忙？不！人家称我为侍从僮，但是当时我并不认为严重。再说，拿破仑很快就丧失了和俄罗斯人接近的希望，自然也会忘掉我的。因为他为了政治的关系才和我接近……假使他自己不爱我，我现在可以勇敢地说出这句话来。我的心倾向到他身上去了，职务并没有规定好，只要有时进宫去一趟……伴皇帝骑马出游，也就完了。我擅长骑马，他在午饭前出游，随行的平常总是达武，我，奴隶罗司丹……"

"孔司丹……"公爵不知怎么忽然脱口说出。

"不，孔司丹当时没有在那里。他当时送递一封信……给约瑟芬皇后，但是代替他的是两个传令兵，几个波兰的骠骑兵……他的随员就是这几个，自然将军们和大将们不在内，拿破仑时常带他们同去视察地方情形、军队布置，还互相商议……我现在记得，常留在他身边的是达武，一个魁伟的、肥胖的、冷静的人，戴着眼镜，露出奇怪的眼神。皇帝时常和他商议，他珍重他的意见。我记得，他们已经商议了几天，达武早晨和晚上都来，甚至时常辩论。拿破仑终于有点同意了。他们两人在书房里，第三个就是我，他们差不多不注意我的存在。突然，拿破仑的眼神偶然地落到我身上来了。一个奇怪的念头在他的眼内闪出。'小孩！'他忽然对我说，'你以为怎样？假使我信奉正教，释放你们的农奴，俄罗斯人会服从我吗？''永远不会的！'我愤激地喊。拿破仑十分惊愕。'我在这小孩的闪耀出爱国主义的眼睛里，'他说，'读到了俄国人民全体的意向。够了，达武，这全是幻想！您再讲另一个计划吧。'"

"是的，但是连这个计划也是一个坚强的意思！"公爵说，显然感兴趣，"您觉得这计划是达武所主张的吗？"

"至少是他们互相商议的。自然这个意思是拿破仑的，鹰鸟的意思，但是另一个计划也是极有见地的……那就是有名的'conseil du lion'（狮的谋策），拿破仑自己这样称呼达武的谋策。这计策就是带同全体军队死守克里姆林宫，建造军营，掘筑壕沟，摆齐重炮，尽可能地把马匹多多地宰杀，腌它的肉；尽可能地多多劫取粮食，度过严冬；到了春天再从俄罗斯人中间杀开一条血路。这个计策深中拿破仑的心意。我们每天在克里姆林宫墙周围巡视，他指出何处应该拆除，何处应该建筑，何处筑眼镜堡，何处筑半月堡，何处造一排防舍，他有的是迅快的眼神、敏捷的思想、确定的手段。一切终于决定了。达武逼他做最后的决定，他们两人又在一起，第三个是我。拿破仑又交叉着手，在屋内踱走。我不能把我的眼神从他的脸上移开，我的心叩击着。'我走了。'达武说。'往哪儿去？'拿破仑问。'腌马肉去。'达武说。拿破仑突然哆嗦了一下，命运已在那里决定着。'小孩，'他突然对我说，'你觉得我们的计划怎么样？'他的问我自然等于那些具有绝大聪明才力的人在最后的一刹那间有时用钱币的正反面卜卦，以决定事情一般。我不像拿破仑，却像达武，带着灵感地说：'您最好溜回家去吧，将军！'这计划就此被破坏了。达武耸了耸肩，走出去的时候，微语道：'Bah! Il devient superstici eux!（咦！他迷信起来了！）'第二天就宣布退却。"

"这一切是很有趣味的，"公爵轻轻地说，"假使这一切是有的……那就是我想说……"他连忙纠正。

"公爵呀！"将军喊，被他自己的讲述迷醉得即使在极不谨慎的话语面前也许不会停止的，"您说：'这一切是有的！'但是不但有，还有别的许多呢！这一切不过是些微的事实，政治方面的。但是我对您说，我亲眼看见这个伟人在深夜里的眼泪和呻吟，这是除我以外谁也没有看到的！后来他已经不哭了，没有眼泪，有时只是呻吟着，但是他的脸似乎更加被黑影笼罩了。好像永恒用它的黑暗的翅翼把他遮住。有时在夜里，我们两人一块度过整整的数小时，一言也不发。奴隶罗司丹在邻室内打着响鼾。'这人睡得太沉熟了。他是忠于我和朝廷的。'拿破仑说起他。有一天我感到异常痛苦，他突然看到我眼睛里的泪水，他惊异地望着我。'你可怜我呢！'他喊，'你是小孩，也许还有一个小孩怜惜我，那就是我的儿子，Le roi de Rome（罗马王），其余的人们，大家全恨我，弟兄们首先会在我不幸的时候把我卖掉的！'我呜咽着，奔到他身边去，他当时也忍不住了，我们拥抱着，我们的眼泪洒合在一处。'您写信，写信给约瑟芬皇后！'我呜咽地对他说。拿破仑哆嗦了一下，想了想，对我说：'你使我忆起爱我的第三颗心来了，我很感谢你，我的好友！'他立刻坐下来，写信给约瑟芬，第二天就派孔司丹把信送去。"

"您的行为太好了，"公爵说，"您把他从忿恨的思想中引到善良的情感上去。"

"就是这样，公爵，您把一切解释得真好，和您自己的心相适应！"将军欢欣地喊出，奇怪的是真正的眼泪竟在他的眼睛里闪耀着，"是的，公爵，是的，这是伟大的景象！您知道不知道，我几乎随着他到巴黎去，那时自然会和他一同'监禁在炎热的岛上'，但是我们的命运各自不同！我们分手了：他到炎热的岛上去，他在异常忧愁的时间内总会有一次也许忆起在莫斯科一个可怜的小孩抱着他、饶恕他时流泪的情景；

我呢，被送往士官学校去，在那里净遇到严格的训练和同学们粗暴的待遇……唉！一切都成为灰烬了！'我不愿意从你母亲手里把你夺走，所以不带你去！'他在退却的那天对我说，'但是我愿意为你做一件事情。'他已经上马了。'请您在舍妹的纪念册写几个字，留个纪念吧。'我畏怯地说，因为他当时显得心绪不佳，十分阴沉。他转了回来，要了一支笔，把纪念册取在手里：'你的妹妹多少岁数？'他问我，手里已经握住笔了。'三岁了。'我回答。'Petitefille alors.（那么是一个小女孩。）'便在纪念册上写下了几个字：

Ne mentez jamais（永毋作慌）

Napoléon votre amisincère（你的诚挚的朋友拿破仑）

在这种时间内竟有这样的劝告，您想一想，公爵！"

"是的，这是极可纪念的。"

"这张纸放在镜框里，玻璃底下，一辈子悬挂在我妹妹的客厅里面的最显明的地方，一直到她死去，她在产后死了。现在这张纸在哪里我不知道……但是……天呀！已经两点钟了！我耽搁了您多少时候呀，公爵！这是无可饶恕的。"

将军从椅上立起来。

"哪里的话！"公爵喃声说，"您给我许多快乐……这终于……这是太有兴趣了，我很感谢您！"

"公爵！"将军说，又把他的手握紧得作痛，闪耀的眼睛盯看着他，似乎自己突然醒了过来，被一个突然来的思念震聩了，"公爵！您这人太心善了，太坦白了，甚至有时觉得您十分可怜。我和悦地看着您，愿上帝赐福给您！但愿您的生命从此在爱情中……滋长发荣。我的一生已经完结了，饶恕我呀！再见吧！"

他迅快地走出去，手掩住脸。他的慌张出于至诚是公爵不能疑惑的。他也明白，老人走出去的时候，被自己所得到的成功所迷醉，但是他到底预感到他属于那类说谎的人，他们虽然说谎到狂热的程度，甚至到遗忘自己的程度，但是在他的迷醉的最高点上到底会暗中疑惑，人家并不相信，且也不能相信。在他现在所处的地位上，老人会自行醒悟，感到过分的羞惭，疑惑公爵哀怜他，因此觉得受了侮辱。"我把他引到这样的灵感上去，不会更坏吗？"公爵惊慌起来，突然忍不住，哈哈大笑起来，笑了十分钟。他开始责备自己发出这样的笑来，但是立即明白没有什么可责备的地方，因为他对于将军感到无穷的怜惜。

他的预感应验了。他在晚上就接到一封奇怪的信，简单而且坚决的信。将军通知他，他也和他永远分离，他虽然尊敬他，感谢他，但是不愿从他那里接受"贬降一个极不幸的人的体面的哀怜的表示"。公爵听到老人躲在尼纳·阿历山大洛夫纳那里的时候，替他安心了许多。但是我们已经看见，将军在丽萨魏达·博罗可菲也夫纳那里也闯下了不少的祸事。我们在这里不能详细叙述，但是可以简单地说，这次会晤的结局是将军使丽萨魏达·博罗可菲也夫纳吃到了惊吓，又用对于茄纳的辛辣的暗示引起她的愤激。他终于蒙着耻辱被逐出了。就为了这原因，他度过了这样的一夜和一早晨，处于完全恶劣的、被骚乱的心绪中，几乎像疯狂似的跑到街上去了。

郭略还没有完全了解事情的真相，甚至希望用严厉的态度对付他。

"我们现在要跑到什么地方去呢，你以为怎样，将军？"他说，"你既不愿意到公爵那里去，又和莱白及夫吵了嘴，你身边没有钱，我是永远没有钱的——我们现在只好在街上喝西北风。"

"坐在街上喝西北风比没有西北风喝愉快得多，"将军喃声说，"我这句双关语引起了……军官团体里的……欢欣……那时是四十二年……一千……八百……四十二年，是的！……我不记得了……唉，你不要提醒我，不要提醒我！'我的青年何处去啦？我的清新的活力何处去啦？'有人这般喊……谁喊的，郭略？"

"这是在果戈理的《死灵魂》里的，爸爸。"郭略回答，畏怯地斜看着父亲。

"死灵魂！是的，死灵魂！你埋葬我的时候，在坟墓上写下'死灵魂在此地静卧'几个字。"

"'耻辱攻击我！'这句话是谁的，郭略？"

"我不知道，爸爸。"

"叶洛彼郭夫会没有的！叶洛士卡·叶洛彼郭夫会没有的！"他疯狂地喊，在街上停留了一下，"而这是儿子，亲生的儿子！叶洛彼郭夫这个人有十一个月和我像弟兄一般，我替他出去决斗……魏郭莱兹基公爵，我们的上尉，在喝酒的时候喊！'格里莎，你在哪里得到你的安娜勋章的，你说呀！''在我祖国的战场上，我在那里得到的！'我喊道。'妙极了，格里莎！'因此就发生了决斗，以后他和玛丽亚·彼得洛夫纳·苏……苏图基纳结婚，在战场上被杀死了……子弹从我胸前的十字架那里跳出去，一直跳到他的额上。'我一生一世也不会忘记的！'他喊了一声，就倒地死了。我……我规规矩矩地服务着，郭略。我正正直直地服务着，但是耻辱，耻辱袭击我！你和尼纳一块到我坟上去……'可怜的尼纳！'我以前这样称呼她，郭略，那是老早了，还在最初的时候，她真是爱我呀……尼纳！尼纳！我把你弄成这样苦命！你为了什么会爱我，你这有耐性的心灵呀！你的母亲的心灵是安琪儿一般的，郭略，你听见没有，安琪儿一般的！"

"这个我知道，爸爸。爸爸，我们回到妈妈那里去吧！她跑出来追我们。您为什么站住了呢？好像没有明白……您哭什么呀？"

郭略自己也哭泣了，吻父亲的手。

"你吻我的手，吻我的！"

"是的，吻您的手，您的手。这有什么奇怪的？您何必在街中心哭泣，还自称为将军、武人？唔，我们走吧！"

"亲爱的孩子，愿上帝祝福你，因为你对于一个受耻辱的……是的！

受耻辱的老人——自己的父亲——十分尊敬……你将来也会有这样的一个小孩……Le roi de Rome，吓，诅咒，诅咒着家庭！"

"究竟这里面出了什么事情呀！"郭略突然咆哮了，"发生了什么事情？为什么您现在不愿意回家呢？您发疯了吗？"

"我会解释，我会对你解释……我会对你说，你不要喊，人家会听见的……Le roi de Rome……唉，我真难受，我真忧愁！"

"乳娘，你的坟墓在何处！"

"这是谁呼喊出的，郭略？"

"我不知道，我不知道，谁呼喊出的？我们现在就走，现在就回家去！我要揍笳纳一顿，假使有这必要……您又要到哪里去呢？"

但是将军拖他到邻近一家房屋的台阶上去。

"往哪儿去？这是别人家的台阶！"

将军坐在台阶上面，拉住郭略的手，牵他到自己身边去。

"你俯下身去，你俯下身去！"他喃声说，"我全对你说……耻辱……俯下身去……用耳朵，用耳朵，我对着耳朵说话……"

"您怎么啦？"郭略十分害怕，但还是把耳朵凑上去。

"Le roi de Rome……"将军微语着，似乎浑身哆嗦。

"什么？……您有什么尽管说，Le roi de Rome？什么？"

"我……我……"将军又微语着，把"自己的孩子"的肩膀抓得越来越紧，"我……我想……我对你……一切，一切，玛丽亚，玛丽亚……彼得洛夫纳·苏——苏——苏……"

郭略挣脱了身体，自己抓住将军的肩膀，像疯子似的看他。老人的脸涨得通红，嘴唇发蓝，细碎的痉挛在他脸上掠过。他突然俯下身子，开始轻轻地堕落在郭略的手上。

"中风了！"郭略朝整个街上呼喊，终于猜到了怎么回事。

第五章

实际上，瓦尔瓦拉·阿尔达里昂诺夫纳和哥哥谈话时对于公爵向阿格拉耶·叶潘钦求婚消息的准确性多少有点夸张。也许因为她是目光敏锐的妇女，预先猜到在最近将来应该发生的事情，也许为了幻想飞散为云烟而感到懊丧（她对于这幻想实际上自己也不相信），他既是一个人，不免以夸张灾祸，将更多的毒汁灌进哥哥心内，引为莫大的快乐，虽然她诚挚地、哀怜地爱他。无论如何，她不会从她的女朋友——叶家的小姐们那里取得如此准确的消息。只有一些暗示，没有说尽的话语，故意的缄默、猜测。也许阿格拉耶的长姊们故意说出一点什么，以便向瓦尔瓦拉·阿尔达里昂诺夫纳打听出一点什么。终于也许她们不免具有妇女常犯的脾气，喜欢稍稍逗女朋友一下，即使是儿童时代的女朋友。在这许多时候，她们不会一点看不出她的用意来的。

从另一方面讲来，公爵在竭力使莱白及夫相信，他没有什么话可以告诉他，自己也并没有发生什么特别的事情的时候，固然说的是实话，但也许会弄错的。实际上，在一切方面都好像发生了一点很奇怪的情形：一方面是什么事情也没有发生，而同时又似乎发生了很多的事情。最后的情形就是瓦尔瓦拉·阿尔达里昂诺夫纳用正经的女性的本能猜到的。

叶潘钦家里怎么会弄得大家忽然一下全发生了同样的、一致的意思，就是阿格拉耶方面已出了重要的事件，她的命运正在决定中，这是很难按照次序叙说的。但是这意思在大家心中刚一闪现，立刻大家一下子全说他们早就全都看了出来，全都明显地预见到，还是从"可怜的骑士"起就全都明白了，甚至还在以前，不过当时还不愿意相信这样离奇的事情。姊妹们都这样，自然丽萨魏达·博罗可菲也夫纳是比大家先看出、先知道的，"她的心早已痛了起来"。但是不管早不早说，现在一想到公爵，她忽然感到不太自在，就是因为这念头使她的脑筋弄得完全迷惘了。这里还有一个问题必须立即解决，但是不但不能解决，可怜的丽萨魏达·博罗可菲也夫纳无论怎样着急，甚至连问题本身都不能完全明晰地设定下来。事情是很难的："公爵这人好不好呢？这一切好不好呢？假使不好——这是无疑的——那么不好在什么地方？假使好——这也是可能的——那么究竟好在什么地方？"一家之主，伊凡·费道洛维奇，自己最先自然感觉惊异，但是以后忽然承认："真是的，连他也一直有点没想到，突然仿佛设想到这类情形！"他在夫人威棱的眼神之下，立刻沉默下去了，但在早晨沉默着，到了晚上，和夫人独自相对，不能不重又说话的时候，忽然好像特别勇敢地表示出几个意料不到的意思："实际上怎么样呢？"沉默。"自然，这一切是很奇怪的，只要是实在的。他并不争论，但是……"又是沉默。"从另一方面说，假使对于事物做直接的观察，那么公爵真是极妙的青年人，并且……并且……再加上那个名姓，我们的氏族的名姓，所有这一切会带上罗持在社会眼睛里已失去地位的氏族名誉的样子，那就是从这个眼光上观察，那就是说，因为……自然是社会，社会就是社会，但是公爵到底不是没有财产的，即使甚至只有一点点……他还有……还有……还有……"持久的沉默和根本的无话可讲。丽萨魏达·博罗可菲也夫纳听了丈夫的话，她的怒气完全无可抑制了。

据她看来，一切事情都是"无可赦恕的，甚至是犯罪的无聊行为，一种荒诞的现象，愚蠢的、离奇的"。最先是："这个小公爵是有病的白痴，再加上是傻瓜，没有见过世面，在社会上并无地位，把他拿出来给谁看？往哪里安插？"一个无可赦恕的民主派，甚至连爵位也没有，还有……还有……白洛孔司卡耶会怎么说呢？我们为阿格拉耶设想，而且计划的是这样的、这样的丈夫吗？最后的一个论据自然最为重要。母亲的心在一想到这个的时候就哆嗦起来，充满了血和眼泪，虽然同时在这心里有什么东西蠕动着，突然对她说："公爵有什么地方不是你所需要的那类人呢？"就是自己心里的这种反抗，对于丽萨魏达·博罗可菲也夫纳最为麻烦。

阿格拉耶的姐姐们不知为什么原因对于公爵的念头频致欣悦，甚至不很认为奇怪。一句话，她们竟忽然甚至完全立到他的方面去了。但是她们两人决定沉默。家庭中已有一个一成不变的习惯，就是丽萨魏达·博罗可菲也夫纳在任何普通的、和家庭中争论的焦点上的反驳和抵抗增长得越固执越激烈，便越能对于大家成为她也许业已同意这焦点的表示，但是阿历山大·伊凡诺夫纳不能完全沉默。母亲早已承认她为自己的顾问，现在时时刻刻叫她来，向她征询意见，而主要的是回忆，就像："这是怎么发生的？为什么谁也没有看见？为什么当时没有说？当时这个顽劣的'可怜的骑士'究竟含着什么意思？为什么丽萨魏达·博罗可菲也夫纳一个人被派定顾到一切，注意一切，预先猜到一切，而别的人什么事情也不做，只是数数乌鸦呢？"等等等等。阿历山大·伊凡诺夫纳起初还谨慎，只说父亲的意见她认为很对，因为梅思金公爵被选为叶潘钦家一个女儿的东床快婿一事，在社会的眼光上会认为极满意的。她渐渐地兴奋起来，甚至说，公爵并不是"傻瓜"，且从来没有成为傻瓜，至于说到地位一层，过几年之后，在我们俄国一个正经的人士的地位，究竟将在什么上面表示出来，是不是和以前一样，必须博取功名呢？还是在别的什么上面？母亲对于这些话立刻严厉地回答，阿历山大是"一个自由思想派，全是可恶的妇女问题在那里作祟"。半小时后她进城去，从那里转到石岛上去见白洛孔司卡耶。她这是恰巧到彼得堡来，但不久就要离开，白洛孔司卡耶是阿格拉耶的干娘。

"老太婆"白洛孔司卡耶倾听了丽萨魏达·博罗可菲也夫纳一套疟疾般的绝望的自白，一点也没有被弄得十分糊涂的母亲的眼泪所感动，甚至带着微笑看着她。她是性情极端专擅的人，在友谊中，甚至在多年的交谊中，绝不容许平等地位的存在，把丽萨魏达·博罗可菲也夫纳根本看作自己的protégée（被保护人），仍然和三十五年前一样，怎么也看不惯她那种鲁莽的、独立的性格。她说，"他们由于旧习惯，似乎有点神经过敏，大惊小怪，她无论如何仔细倾听，还是不相信他们那里果真发生了什么正经的事情。不如等一等，看以后怎样再说。公爵在她看来是一个正经的青年人，虽然有病，行动奇特，而且在社会上的地位太小。最坏的是他竟公然纳妾。"丽萨魏达·博罗可菲也夫纳很明白，白洛孔司卡耶因为她所介绍的叶夫格尼·柏夫洛维奇遭到失败，有点生气。她回到伯夫洛夫司克去的时候，比离开的时候更加气恼，于是大家立刻全挨受到了，主要的是因为"大家全发疯了"，这种事情是根本没有人像他们那样做的，"何必这么忙呢？出了什么事情呢？无论我怎样仔细看，怎么也不能断定，果真出了什么事情！等一等，看一看情形再说话！尽管让伊凡·费道洛维奇怎样去幻想吧，又何必如此大惊小怪呢？"等等，等等。

原来必须安静下去，冷淡地看望、等候，然而可叹的是安静没有保持到五分钟。母亲到石岛上去的时候所发生的新闻给冷静态度以首次的打击（丽萨魏达·博罗可菲也夫纳的进城发生在公爵在十二点钟，不是九点钟上她们家去的次日）。姐姐们对于母亲不耐烦的盘问很详细地回答着。首先说"她不在家的时候似乎一点也没有出什么事情"，公爵来是来过的，但是阿格拉耶有半小时没有出来见他，之后出来了。一出来，立刻向公爵提议下象棋，但是公爵并不会下，阿格拉耶立刻赢了。她觉得很快乐，因为公爵不会下，羞辱他，使人看着公爵觉得十分可怜。后来她又提议打纸牌，玩"傻瓜"的游戏，但是结果成为相反的，公爵很会玩"傻瓜"的游戏，正像……正像专家一般，他耍得太巧妙了。尽管阿格拉耶怎么施展欺骗手段，调换纸牌，到底每次总是他胜利，使她成为"傻瓜"，一连五次都是如此。阿格拉耶恼怒异常，甚至完全忘记了自己，对公爵说出许多尖刻的、凶恶的话，竟使他停止了笑声。等到她后来对他说"她的脚再也不会踏进这屋子，在他坐在这里的时候。再出了这一切事情之后，他还时常到她们家里去，夜里一点钟还去，在他的方面甚至是没有良心的举动"那一套话的时候，他的脸完全露出惨白的颜色。她随后把门一碰，就走出去了。公爵离开的时候像送殡后回去的样子，尽管她们大家怎样安慰他。在公爵走后过了不到一刻钟，阿格拉耶突然从楼上跑到平台上来，匆匆忙忙地甚至连眼睛都没有擦干——她的眼睛是哭肿了的。她跑下来，因为郭略上她们家里去，带来了一只刺猬，她们大家全看起刺猬来了。她们问郭略，刺猬从哪里来的，他说不是他的，不是他的。他现在和郭司卡·莱白及夫，中学校里的同学，一块在街上走路，他留在街上，不好意思走进来，因为手里还握着一把斧头。刺猬和斧头是他们刚才在路上遇到的农夫那里买来的。那农夫在那里出售刺猬，索值五十戈比，至于斧头是他们自己劝他卖的，因为恰巧有用，而且还是一把很好的斧子。阿格拉耶忽然开始对郭略死缠着，让他立刻把刺猬卖给她，她显得非常兴奋，甚至称郭略为"亲爱的"。郭略许久不肯答应，但是终于经不起人家一再的坚请，把郭士卡·莱白及夫唤来。他果真拿着一把斧头走了进来，露出很惭愧的神色。但是忽然发现这刺猬不是他们的，欲属于第三个男孩彼得洛夫所有。他给他们两个人钱，让他们向第四个男孩买一本石洛赛尔的"历史教科书"，因为那个男孩等钱用，很便宜地出卖。他们正要去买石洛赛尔的"历史教科书",但是途中忍不住竟买下了那只刺猬,所以现在刺猬和斧头都属于第三个男孩所有,他们现在就要给他送去,以代替那本石洛赛尔的"历史教科书"。阿格拉耶坚持地想买下这只刺猬来,他们后来决定出卖了。阿格拉耶一买下那只刺猬以后,立刻由郭略帮忙,把它放在编织的筐内,盖上饭巾,请郭略不要弯到任何地方去,立刻把刺猬送给公爵,用她的名义送去,请他接受下来,作为"她的深深的敬意的表示"。郭略很快乐地答应了下来,一口说他一定就送去,但是立刻钉着就问:"用刺猬做礼物有什么意义?"阿格拉耶回答他,这于他并不相干。他回答说他深信这里含有比喻的意思。阿格拉耶生了气,对他严厉说他是一个小孩,别的没有什么。郭略立刻驳她,假使他不把她当作妇女似的尊重,且不尊重自己的信念,必将立即使她证明出,他是能以对于这般的侮辱做出报复行动来的。然而结果还是由郭略高高兴兴地把刺猬送去,郭士卡·莱白及夫也跟着他走了。阿格拉耶看见郭略把筐子摇晃得太厉害,竟忍不住,从平台上朝他后面喊道:"郭略,请你不要掉在地上呀!"那样子好像刚才并没有和他相骂似的。郭略止住步,也像没有相骂一般,用极乐意的态度喊道:"不,我不会掉的,阿格拉耶·伊凡诺夫纳。请您完全放心吧!"立刻低着脑袋跑走了,阿格拉耶哈哈地大笑了一阵,很满意地跑到自己屋内去,以后整天都是很快乐的。

这新闻使丽萨魏达·博罗可菲也夫纳完全惊愕了。究竟似乎为了什么呢?但是她的情绪虽然是很恶劣的,她的惊慌已升到了极端的程度。主要的是那只刺猬。刺猬究竟有什么讲究?暗含着什么意思?有什么约定?那是什么暗号?什么密码?那个可怜的伊凡·费道洛维奇,发问时恰巧在身边,一开口就把事情完全弄坏了。据他的意见,这里面并没有什么密码,说到刺猬一层:"那简直就是刺猬,含着友谊、释去前嫌、和解的意思,总而言之,这一切全是开开玩笑,一个天真的、无可饶恕的玩笑。"

　　我们应该附加一句；他完全猜对了。公爵从阿格拉耶那里回来，受了她的耻笑，又遭她的驱逐，坐在那里有半小时之久，露出极阴郁的绝望的神色，忽然郭略拿着一只刺猬跑来了。天空立刻晴朗，公爵好像复活了，发问着郭略，对于他所说的每句话仔细推敲着，反反复复地问了十遍，笑得像婴孩，不时握两个笑着且明朗地望着他的小孩的手。原来阿格拉耶业已饶恕他，他今天晚上又可以上她家里去，这对于他不但是极重要的，且是关系一切的事情。

　　"我们还只是一些小孩，还有郭略……我们全是孩子，那是多么好呀！"他终于迷醉了似的喊出。

　　"她简直就是爱上了您，公爵，别的没有什么！"郭略带着威信和庄严回答。

　　公爵脸红了，但是这一次没有说出一句话来，郭略拍掌大笑，一分钟后公爵也笑了，以后每五分钟便看一次表，时间过了多少，到晚上还存下多少时候，就这样一直到晚上。

　　但是情绪占了上风。丽萨魏达·博罗可菲也夫纳终于忍不住，发作了歇斯底里症。尽管她的丈夫和女儿们大家全行反对，她立刻打发人唤阿格拉耶来，想向她提出最后的问题，还从她那里取得最明朗的、最后的答复。"为了一下子加以解决，从肩膀上卸去重负，从此便可以不再去提它了！""否则，"她说，"我会活不到晚上的！"到了这里大家总猜着，这事情已弄到如此无意义的地步。除去虚假的惊异、愤激、哗笑，对于公爵和一切盘问的人们嘲笑之外，丝毫也没有从阿格拉耶那里得到什么。丽萨魏达·博罗可菲也夫纳躺在床上，到了喝茶的时候露出来，大家都等候着公爵到那时候会来的。她带着战栗期待公爵的来到，等到来了以后，几乎发作了歇斯底里症。

　　公爵自己也是畏怯地走了进来，几乎像是偷偷摸摸的，露出奇怪的微笑，朝大家的眼睛看过去，似乎对大家发问。因为阿格拉耶又不在屋内，使他立刻发生了惊惧。在这个晚上没有一个外人，只有家里的人。

S公爵还在彼得堡，为了叶夫格尼·柏夫洛维奇叔叔的事情。"哪怕他在这里也好，哪怕让他也说两句话呀！"丽萨魏达·博罗可菲也夫纳渴念着他。伊凡·费道洛维奇坐在那里露出十分焦虑的态度。姐姐们也很严肃，好像故意沉默着。丽萨魏达·博罗可菲也夫纳不知道如何开始谈话。她忽然拼命骂起铁路来，用坚决的挑战的神色看望公爵。

唉！阿格拉耶始终不出来，公爵简直窘极了。他一面战栗着，露出慌张的样子，一面表示出修理铁路极有益处的意见，但是阿台拉意达突然笑了，公爵又被消灭了。就在这一刹那间，阿格拉耶安静而且尊重地走了进来，极有礼貌地对公爵交换了鞠躬，庄严地坐在圆桌旁极显著的地方。她带着疑问看了公爵一眼。大家全明白已到了解决一切疑难的时候了。

"您收到我的刺猬没有？"她坚定地，几乎生气地问。

"收到了。"公爵回答，脸色发红，沉住呼吸。

"请你立刻解释一下，您的意见是怎样的？为了使母亲和所有我们的家庭得到安宁起见，这是必须的。"

"你听着，阿格拉耶……"将军突然不安起来。

"这简直超出一切范围了！"丽萨魏达·博罗可菲也夫纳忽然有点惧怕了。

"并没有什么范围呀，妈妈！"女儿立刻严厉地回答，"我今天送给公爵一只刺猬，愿意知道他的意见。怎么样，公爵？"

"什么意见，阿格拉耶·伊凡诺夫纳？"

"关于刺猬的。"

"那就是说……阿格拉耶·伊凡诺夫纳，您想知道，我怎样接受……那只刺猬……或者不如说我有什么看法……关于送这样的礼物……那就是送一只刺猬……那么我觉得，总括一句话……"

他透不出气来，沉默了。

"您说得并不多呀，"阿格拉耶等候了五秒钟，"好的，我答应把刺猬放在一边，但是我很高兴，我终于能够解决这一切积聚下来的疑惑。现在我当面请问您自己，您是不是向我求婚？"

"唉，天呀！"丽萨魏达·博罗可菲也夫纳脱口说了出来。

公爵哆嗦了一下，身体摇曳了。伊凡·费道洛维奇呆了，姐姐们皱着眉头。

"不要说谎，公爵，说实话啊。为了您，大家都奇奇怪怪地盘问我，这类盘问究竟有什么根据呢？唔！"

"我并没有向您求婚，阿格拉耶·伊凡诺夫纳，"公爵说，忽然显得活泼些，"但是……您自己知道，我怎样爱您，相信您……即使现在也是的……"

"我问您：您现在是不是向我求婚？"

"求的。"公爵回答，沉住了呼吸。

随来了强烈的、普遍的骚动。

"这一切全不对，亲爱的朋友，"伊凡·费道洛维奇说，露出十分骚乱的样子，"假使这样，这……这几乎不可能的，阿格拉耶。对不住，公爵，对不住。我的亲爱的！丽萨魏达·博罗可菲也夫纳！"他向他太太求援，"你应该……了解……"

"我拒绝，我拒绝！"丽萨魏达·博罗可菲也夫纳挥手。

"让我说下去，Maman，我在这件事情里总还应该算数吧，现在正是决定我的命运的重要的时刻，"阿格拉耶就是这样说出来的，"所以我愿意自己知道，还愿意当着大家……请问您，公爵，假使您'有了这样的心愿'，您打算怎样保障我的幸福？"

"我真是不知道，阿格拉耶·伊凡诺夫纳，应该怎么样回答您，回答什么呢？而且……有必要吗？"

"您大概害臊起来，还在那里喘气呢。您休息一会，振作一下精神，喝一杯水，不久就会端茶给您的。"

"我爱您，阿格拉耶·伊凡诺夫纳，我很爱您。我爱您一个人。……请您不要开玩笑，我很爱您。"

"但这是极重要的事情。我们不是小孩，应该做正确的观察……现在请您解释，您的财产的状况怎么样？"

"得啦，得啦，阿格拉耶！你怎么啦？这不对，这不对……"伊凡·费道洛维奇惊惧地喃语。

"耻辱！"丽萨魏达·博罗可菲也夫纳洪亮地微语着。

"发疯了！"阿历山大也洪亮地微语。

"财产……那就是钱吗？"公爵惊异了。

"就是的。"

"我……我现在有十三万五千。"公爵喃声说，脸涨得通红。

"只有这么一点吗？"阿格拉耶大声而且公开地惊异起来，一点也不脸红，"但是不要紧，尤其假使省吃俭用……您打算做官吗？"

"我打算应家庭教师的考试……"

"这很好，这自然会增加我们的收入。您打算充当侍从武官吗？"

"侍从武官吗？我并没有想象到，但是……"

在这里，两个姐姐都忍不住，迸出笑声来了。阿格拉耶早就在阿台拉意达抽动着的脸上看出了迅遽的、阻拦不住的笑声的痕迹，这笑声她现在还用全力忍住。阿格拉耶威严地朝发笑的姐姐们看了一眼，但是自己连一秒钟也忍不住，顿时发出极疯狂的、几乎带着歇斯底里性的哗笑。她终于跳了起来，从屋内跑出了。

"我早就知道这只是开开玩笑，没有别的！"阿台拉意达喊，"从最初起，从刺猬起。"

"不，这个我是不能允许的，这个我是不能允许的！"丽萨魏达·博罗可菲也夫纳忽然发怒，匆遽地出去追阿格拉耶。姐姐们也立刻跟着她跑走了，室内只留下公爵和一家之主。

"这个，这个……你能想象到这类事情吗，莱夫·尼古拉也维奇？"将军厉声喊，虽然自己不明白想说什么话，"不，正正经经地，正正经经地说？"

"我看，阿格拉耶·伊凡诺夫纳在那里取笑我。"公爵悲戚地回答。

"等一等，老弟。我先去，你等一等……因为……你最好对我解释，莱夫·尼古拉也维奇，最好对我解释：这一切是怎么发生的，这一切，从整个地说来，有什么意思？老弟，你自己也会同意的。我是父亲。到底还是父亲，我简直一点也不明白，哪怕你来对我解释一下！"

"我爱阿格拉耶·伊凡诺夫纳，她知道的……好像早就知道的。"

将军耸了耸肩膀。

"奇怪，奇怪……你很爱吗？"

"很爱。"

"奇怪，这一切我觉得很奇怪。这样的意外和打击……你瞧，亲爱的，我并不指财产而言——虽然我猜你的财产会多一些——但是……女儿的幸福……到底……你能不能保障……这幸福呢？并且……并且……这算是什么？她这种样子是开玩笑，还是实在的？不是指你的方面，却是指她的方面。"

门外传出阿历山大·伊凡诺夫纳的声音，她唤父亲进去。

"等一等，老弟，等一等！等一等，想一想，我立刻就来……"他匆忙地说，几乎惊惧地向阿历山大呼唤的地方奔去。

他遇见夫人和女儿互相拥抱着，两人都流着眼泪。这是幸福的、和悦的、和解的泪水。阿格拉耶吻母亲的手、脸、唇，两人互相紧挨在一起。

"你瞧她，伊凡·费道洛维奇，现在这是她整个的样子！"丽萨魏达·博罗可菲也夫纳说。

阿格拉耶把她的幸福的、哭泣的脸从母亲的胸内回转来看了父亲一眼，大声发笑，跳到他身边，紧紧地抱着他，吻了几遍。以后又奔到母亲身前，脸庞完全在她的胸内躲藏了起来，不让任何人看见，立刻又哭了。丽萨魏达·博罗可菲也夫纳用围巾的尾梢覆盖着她。

"你这个残忍的女孩，你把我们弄得像什么样子呢？真是的!"她说，但已经露出快乐的样子，好像突然呼吸得容易些。

"残忍的! 我是残忍的!"阿格拉耶突然抢上去说，"我是没有价值的! 娇宠惯的! 您告诉爸爸去! 对啊，他在这里呢。爸爸，你在这里吗? 你听见的!"她带着眼泪笑了。

"亲爱的朋友，我的偶像!"满脸喜容的将军吻她的手。阿格拉耶并不挣开她的手。"那么你爱这个……这个人吗?"

"不，不，不! 我不能忍受……你这位青年，我不能忍受!"阿格拉耶忽然发怒，摇起头来，"假使爸爸，你再敢……我对你正正经经地说话，你听着，我正正经经地说!"

她果真正正经经地说话，甚至整个的脸都红了，眼睛闪耀着。父亲愣住了，显得非常惊惧，但是丽萨魏达·博罗可菲也夫纳从阿格拉耶背后对他示意，他明白，"不要再盘问下去"。

"假使这样，我的安琪儿，也就随你便吧，这是你的自由。他一个人在那里等候，要不要对他暗示一下，客客气气地，让他走开?"

将军也跟着向丽萨魏达·博罗可菲也夫纳使了一个眉眼。

"不，不，这是多余的，尤其不必客客气气地。你先出去，我以后再来，我就来。我想对这个……青年人赔罪，因为我得罪了他。"

"得罪得很厉害。"伊凡·费道洛维奇说。

"既然这样……你们大家最好留在这里，我一个人先去，你们立刻跟在我后面出去，你们立刻就来，这样好些。"

她已经走到门旁，忽然又回来了。

"我要笑出来的! 我会笑死的!"她悲愁地说。

但是就在这一刹那间回过身去，跑到公爵那里去了。

"这是什么意思? 你以为怎样?"伊凡·费道洛维奇迅快地说。

"我怕说出来，"丽萨魏达·博罗可菲也夫纳也迅快地回答，"据我看来，这是明显的。"

"据我看来，也是明显的。明显得如太阳一般。她有了爱情。"

"不但爱，简直是恋！"阿历山大·伊凡诺夫纳说，"不过恋的是什么样的人呀？"

"愿上帝祝福她，既然她的命运如此！"丽萨魏达·博罗可菲也夫纳虔诚地画十字。

"命运，一定是的，"将军同意，"人是逃避不掉命运的！"

大家全走到客厅里去，在那里又有奇怪的事情等候着。

阿格拉耶走近公爵身旁的时候，不但不笑，像她所惧怕的那样，但竟甚至畏怯地对他说："请您饶恕一个愚蠢的、顽劣的、娇养的女孩。"她拉他的手。

"请您相信，我们大家全十分尊敬您。我竟敢把您的美好的……善良的率真坦白的性格变为取笑的资料，请您恕我这种小孩般的、淘气的行为，请您恕我坚持地问出那一套离奇的话，这套话自然不会有一点后果的……"

阿格拉耶用特别着重的口气说出最后的两句话。

父亲、母亲和姊妹们，走进客厅的时候，正好全都看见而且听见。她所说的"不会有一点后果的离奇的话"，还有阿格拉耶说出这句话时的那种严肃的情绪，使大家大为惊愕。大家用疑问的神情对看了一眼，但是公爵似乎没有了解这句话，感到过度的幸福。

"您为什么这样说话，"他喃声说，"您为什么要……请求……饶恕……"

他甚至想说出他是不配有人向他请求饶恕的。谁知道，他也许已觉察到那句"不会有一点后果的离奇的话"的意义，但是以他这样奇怪的人，也许甚至会对于这句话感到欣悦。无疑地，只要他还能不受拦阻地常到阿格拉耶那里去，准许他和她说话，和她坐在一处，和她一同出去散步，这对于他已成为无上的幸福。谁知道，他也许会一辈子以此为满足。（就是这种满足似乎是丽萨魏达·博罗可菲也夫纳暗中最惧怕的，她业已猜到了。她暗中惧怕许多事情，自己又不会说出来！）

公爵在这天晚上那样活泼而且恢复了勇气，真是难以形容的。他高兴得使大家都看着他高兴起来，阿格拉耶的姊妹们以后这样说。他开始谈笑自若，这是半年来，从他初次和叶家相识的那个早晨起没有过的。他重返彼得堡的时候，显著地、故意地沉默着，新近，当着大家面前，对Ｓ公爵说他必须自行忍耐，默不发言，因为他自己没有将思想讲出，而再加抑压的权利。在这晚上，他差不多一个人说话，讲了许多话。极明显地、快乐地、详详细细地回答一切的问题。但是他的话里并没有露出一点和情话相仿的样子，这全是一些严肃的、有时甚至充满智慧的意思。公爵甚至讲出了他自己的几个观点、几种秘密的观察。假使这些话不是"讲述得这样美妙"，甚至会显得十分可笑的，听到的人们以后全都同意着。将军虽然爱听严肃的谈话题目，但是他和丽萨魏达·博罗可菲也夫纳暗中觉得学究气太重了一些，后来甚至显得忧郁了。然而公爵以后竟讲出了几个极可笑的笑话，因为他自己首先笑起来，引得别人也都笑了，与其说是对于那些笑话本身发笑，还不如说是对于他的快乐的笑发笑。至于说到阿格拉耶，她差不多甚至整个晚上都没有说话，但是不间断地听莱夫·尼古拉也维奇说话，甚至不见得听他说话，却是看望他。

"看得连眼睛也不转一下，仔细地听他的每句话，简直像捕捉一般，简直像捕捉一般！"丽萨魏达·博罗可菲也夫纳之后对丈夫说，"但是你要是对她说，她有了爱情，她无论如何是不爱听的！"

"有什么办法，这是命运！"将军耸了耸肩。他许多时候重复着这句心爱的话。我们还要补充的是他因为是事务家，所以在现在这种情形之下，有许多地方为他所不喜，而主要的却在于事情的含混不明，但是他暂时也决定沉默，看向丽萨魏达·博罗可菲也夫纳的眼睛。

这个家庭的欣悦的情绪持续得不久。第二天上，阿格拉耶又和公爵吵架，这样子不断地继续着，在最后的几天内。她在整整的数小时内取笑公爵，把他弄成一个丑角。固然，他们有时在家里的小花园的凉亭内坐上一两点钟，但是大家看见在这些时候差不多永远由公爵给阿格拉耶读报，或读些什么书。

"您知道不知道，"阿格拉耶有一次中断了读报，对他说，"我觉得您太没有学问。人家问您，某人是什么样的人？那些事情发生在哪一年？那篇论文的题目是什么？您总是不知道的。您太可怜了。"

"我对您说过，我是没有学问的。"公爵回答。

"这样子，您还想什么？这样子，我怎么还能尊重您？您读下去吧，但是不必再读下去。"

就在那天晚上，又从她的身上闪现了使大家觉得十分神秘的东西。S公爵回来了，阿格拉耶对他很和蔼，问起关于叶夫格尼·柏夫洛维奇许多话。莱夫·尼古拉也维奇公爵还没有来。S公爵突然暗示出"家庭内不久将有新的变动"，为了丽萨魏达·博罗可菲也夫纳漏出了几句话，意思仿佛说，阿台拉意达的婚期也许又要延搁下来，以便两桩喜事一块办。为了所有这些愚蠢的猜测，阿格拉耶骤然发怒，她脱口而出地说，她还"不打算接替任何人的情妇的位置"。

这些话使大家惊愕，特别是父母。丽萨魏达·博罗可菲也夫纳和丈夫秘密商议时，坚持着必须根本地把娜司泰谢·费里帕夫纳的问题对公爵提出来，要求他的解释。

伊凡·费道洛维奇赌咒说，这不过是"怪诞的行为"，由于阿格拉耶的"好羞"而发生的。假使S公爵不提起婚事的话，便不会有这种"怪诞的行为"，因为阿格拉耶自己也知道，确实知道，这不过是不善良的人们造出来的谣言，娜司泰谢·费里帕夫纳即将嫁给罗果静，公爵不但和她不发生关系，且竟毫不相干。假使说句真话，甚至从来没有发生过关系。

公爵总归一点也没有感到不安，继续过着极快乐的生活。虽然他有时在阿格拉耶的眼神内觉察出阴暗的、不耐烦的一点什么，那是因为他比较相信一点别的什么，阴暗也就自行消灭了。他一相信以后，便不会再有什么动摇。他也许显得过分安静，至少伊鲍里特这样觉得。他有一次偶然和公爵在公园内相遇。

"我当时对您说您有了恋爱，我是说对了吗？"他开始说，自己走到公爵身前，阻止他向前走。公爵和他握手，对他道贺，因为"他的脸色极好"。病人自己也觉得精神很爽快，这是犯肺痨的人们通有的现象。

他走到公爵面前，本来打算为了他的幸福的脸色对他说些刁恶的话，但是立刻弄得迷惘异常，说起自己来了。他开始诉怨，许多时候说出不少抱怨的话语，而且说得极不连贯。

"您不会相信，"他说，"他们大家是如何恼火、琐碎、自私、虚荣、庸碌！您相信不相信，他们收留下我来，只有一个条件，就是使我赶快死去，现在我并没有死，反而减轻些，这使大家都发疯了。真是趣剧！我可以打赌，您不相信我。"

公爵不高兴反驳他。

"我有时甚至又想搬到您那里去住，"伊鲍里特不经意地说，"那么您并不认为他们所以收留一个人，就为了他一定会死，而且很快就会死的缘故吗？"

"我以为，他们请您去住，是为了什么别的理由。"

"咦！您并不像人家所形容的那样简单！现在还不是时候，否则，我可以把筛纳的事情和他的希望告诉一点给您。公爵，有人在您的背后施展阴谋，毫不怜惜地施展阴谋……您还这样安静，真使我觉得可惜。可惜的是您不会不这样！"

"竟会可惜这个上头去的！"公爵笑了，"您以为我假使不安静些，就要更幸福些吗？"

"宁可做一个不幸的人，但是知道一切，却不愿做幸福的人，而过着傻瓜的生活。您似乎一点也不相信，在那方面……有人和您竞争吗？"

"您所说关于竞争的话有点嘲讽的意味，伊鲍里特。我可惜，我没有权利回答您。至于说到笳佛里拉·阿丽达里昂南奇，您自己也应该同意，他在丧失了一切之后自然不能再处以镇静，假使您有一部分知道他的事情。我觉得最好从这个眼光上加以观察。他还来得及变换他的气质，他可以活许多时候，生命是极丰富的……然而……然而……"公爵突然找不出话头来了，"关于阴谋一层我简直不明白您说的是什么话，我们不妨把这谈话搁下来吧，伊鲍里特。"

"暂时搁下来也好，您总是不能不做出正直的样子来的，公爵，您必须自己用手指摸一摸，机会不相信的，哈，哈，哈！您现在很看不起我，您说是不是？"

"为什么？就为了您以前和现在受了比较多的痛苦吗？"

"不是的，那是为了我不配受这痛苦。"

"一个人所受的痛苦越多，便越配受痛苦。阿格拉耶·伊凡诺夫纳读过您的忏悔录以后，很想见您一面，但是……"

"延搁下来……她不能够，我明白的，我明白的……"伊鲍里特打断他的话，好像竭力避免谈这件事情，"听说您自己把这一套唠哩唠叨的话朗诵给她听。那篇东西是在梦呓中写出来的。我不明白，一个人怎么会弄到这种程度，且不说是残忍——因为这对于我是耻辱的——却可以说怎么会有那样孩子气的虚荣和忿恨，竟用这忏悔录来责备我，用它作为一个武器，来反对我！您不必担心，我并不是说您……"

"但是我很可惜您自己拒绝这篇文字，伊鲍里特，它是很诚恳的，即使是其中最可笑的方面，这些可笑的方面是很多的，"伊鲍里特皱紧了眉头，"也可以用痛苦来赎取，因为自己承认这一切也就是痛苦，……也许是极大的勇敢。这篇文字里所包含的思想一定有正直的根据，不管外表上是怎样的。时间越长，我越看得清楚，我可以对您赌咒。我并不批评您，我这样说为了表示自己的意见。我很可惜我当时没有说话……"

伊鲍里特脸红了。他闪出一个念头，也许公爵在那里装假，捕捉他。但是仔细看了看他的脸，他不能不相信他的诚恳，他的脸色立刻明朗了。

"但是总归要死的！"他说着，几乎要加上一句"像我这样的人总归会死的"的话。"您想一想，您的笳纳真把我折磨得够了。他异想天开地驳复着，也许从当时听我的那篇文字的人们中间，有三四个人会比我先死！这是什么话！他以为这是对于我的一个安慰，哈，哈，哈！首先，他们还没有死。假使甚至这些人全都死光，也于我有什么安慰，您自己想一想！他以己度人，但是他还走得更远，他现在简直骂起人来，他说，正经的人在遇到这类事情时会默默而死的，而我这种做法不过是一种自私心的表现！什么话！在他的方面那总是自私心的表现呢！他们的自私心如何的细腻，同时不如说是如何像公牛似的粗鲁，虽然他们怎么也不能在自己身上发现这自私心！……公爵，你读过十八世纪斯台彭·格莱鲍夫被处死的故事吗？我昨天偶然读到……"

"哪一个斯台彭·格莱鲍夫？"

"在彼得大帝时代被钉在木桩上的。"

"哎哟，我的天呀，我知道的！在木桩上坐了十五小时，在大寒时候，穿着皮袭，庄严堂皇地就死。我读过的……怎么样呢？"

"上帝会给人们这样的死法，但是不会给我们！您也许以为，我不会像格莱鲍夫那样死吗？"

"完全不，"公爵羞惭起来，"我不过想说，您……您并不见得像格莱鲍夫，但是……您……您那时候会成为……"

"我猜到了，会成为奥司台尔孟，并不是格莱鲍夫，你是不是想说这句话？"

"哪一个奥司台尔孟？"公爵惊异了。

"奥司台尔孟，外交家奥司台尔孟，彼得时代的奥斯台尔孟。"伊鲍里特呢喃说，忽然有点忙乱了，随来了一些困窘的情况。

"不，不！我并不想说这个，"公爵在沉默了一会后突然说，"我觉得，您……从来没有成为奥司台尔孟。"

伊鲍里特皱眉了。

"我为什么这样说，"公爵突然抢上去说，显然想加以纠正，"因为当时的人们——我对您赌咒，这永远使我惊愕——好像完全和我们现在不同，不是现在我们这世纪那样的种族，简直好像是另一个族类……当时人们好像只有一个理想，现在都显得神经质一点，脑筋灵一点，情感多一点，好像一下子会生出两三个理想来……现在的人心胸宽敞些，我可以赌咒，就是这一层妨碍他成为像那些世纪那样的结构简单的人……我……我说这话单是为了这个，并不是……"

"我明白，您现在忙着安慰我，为了您那样天真地和我的意见不相投合。您完全是一个小孩，公爵！我注意到，你们大家全把我看作……看作一只瓷器茶杯……不要紧，不要紧，我并不生气。无论如何我们中间发生了极可笑的谈话，您有时完全成为一个小孩，公爵。您知道，我也许想成为比奥司台尔孟好一点的人，为了奥司台尔孟是不值得从死人里复活的……但是我看出我必须快点死，否则我自己……请您离开我吧。再见！好啦！您自己对我说，你以为怎样？我怎样死才好呢？最好能弄得……有道德一点，好不好？唔，说吧！"

"您从我们身边走过去，饶恕了我们的幸福吧！"公爵轻声说。

"哈，哈，哈！我真是料到的！我真是等候着这一手的！但是您……但是您……得了吧！您真是能言善辩的人！再见！再见！"

第六章

关于叶家别墅里晚上的聚会，等候白洛孔司卡耶光临的消息，瓦尔瓦拉·阿尔达里昂诺夫纳通知哥哥的也是完全准确的。他们确乎在那天晚上等候客人们光临，但是她又是描写得比较强调一些。然而，事情安排得太为匆忙，甚至带点完全无用的惊慌，也就因为这个家庭中"一切举动都是与众不同的"。一切原因都在于"不愿再有什么疑惑"的丽萨魏达·博罗可菲也夫纳那份不耐烦的心情和两颗父母的心对于心爱女儿的幸福太热切的顾虑。再说白洛孔司卡耶实在不久就要离开这里，因为他的保护会在社会上发生极重要的意义，又因为他们希望她会对公爵发生好感，所以他们冀图"社会"会一直把阿格拉耶的未婚夫从一个有权势的"老太婆"的手中接受下来，假使其中有什么奇怪的地方，那么在如此保护之下也会显得不大奇怪的。其中的关键就在于父母无论如何不会自行解决："这件事情里究竟有没有奇怪的地方？假使有，那么奇怪到什么程度？或者完全没有奇怪的地方？"在现在，由于阿格拉耶的缘故，还没有取得最后的决定的时候，那些有权威且有资格的人们友好而且公开的意见是极有用的。无论如何，早晚公爵必须被引入社会上去，他对于这社会是没有一点概念的。简单地说，他们打算把他拿出来"给人家看一看"。那天的晚会计划得很简单的，只邀请一些"密友"，人数极少。除去白洛孔司卡耶以外，还邀请了一位夫人，一个极重要的贵族和官宦的太太。青年人中间被邀请的只有叶夫格尼·柏夫洛维奇一人，他应伴着白洛孔司卡耶同来。

关于白洛孔司卡耶光临的消息，公爵在晚会的三天前就听说了，至于晚会却在头天晚上才知道。他自然看出了家庭人员忙乱的态度，甚至在他们和他婉转地提起来时那种暗示的、焦虑的神色上，悟到他们正在担心着他将要给人们引起如何的印象。然而他也真是差不多一点也没有重视当前的事件，他所忙的完全是别的：阿格拉耶每小时中显得越来越使性子，越来越阴沉，这使他焦急。他听到叶夫格尼·柏夫洛维奇快要来到这里的时候，十分高兴，说他早就希望看见他。为了什么原因这句话谁也不喜欢。阿格拉耶恼恨地离开屋子，深夜十二点钟公爵要走时，她才捉到了一个机会，一面送他，一面对他单独说几句话。

"我希望您明儿整天不要到我们这里来，晚上等那些客人们……聚集的时候再来。您知道会有客人来的。"

她不耐烦地、特别严厉地说着。她初次说起这个"晚会"。关于客人们的念头对于她也差不多是无从忍耐的，大家全看出来了。也许她极想为了这件事情和父母们吵一顿，但是骄傲和羞惭妨碍她说话。公爵立刻明白她也替他担心（同时又不愿意承认担心），忽然自己也害怕了。

"是的，我被邀请的。"他回答。

她显然难以继续说下去。

"能不能和您正正经经地谈点什么？哪怕一生中只有一次？"她突然异常生气，不知道为了什么，没有力量忍住自己。

"可以的，我现在听着，我很高兴。"公爵喃声说。

阿格拉耶又沉默了一分钟，带着显著的嫌恶开始说。

"我不高兴和他们争论这件事，有些情形是他们不会了解的。妈妈有些规矩永远使我感觉讨厌，我并不讲父亲，问他也没有用。妈妈自然是一个正直的女人，你只要敢对她讲出一点低卑的话，就可以看得出来。但是她为什么要崇拜这些……没有价值的人们呢！我并不是指白洛孔司卡耶，她是一个无聊的老太婆，性格也无聊，但是很聪明，会把他们大家握在手掌中，这就是她的长处。唉，真是低卑极了！而且可笑得很：我们永远是中等阶级的人们，中等得再也没有那样中等。为什么一定要爬进上等社会里去呢？姐姐们也想爬到那里去，S公爵把大家都弄糊涂了。您为什么喜欢叶夫格尼·格夫洛维奇来？"

"阿格拉耶！"公爵说，"我觉得，您为我十分担心，怕我明天在这个社会里……栽跟斗，是不是？"

"为您吗？怕吗？"阿格拉耶的脸完全红了，"为什么我要为您担心，哪怕您……哪怕您完全受人家取笑？于我有什么相干？您怎么会说出这样的话来？什么叫作'栽跟斗'？这是一个无价值的、俗气的词。"

"这个词……在学校里常说的。"

"即使学校里常说的，也是无价值的话！您明天大概也打算用这种话谈天。您先在家里从字典里多找出一些这类的字词，那就会引出强烈的印象来了！可惜您走进来的态度是很好的。您从哪里学来的？在大家故意看望您的时候，您会不会有礼貌地举起茶杯来喝呢？"

"我想我会的。"

"这很可惜，否则我要笑出来的。您至少应该把客厅里的中国花瓶砸破！它的价格很贵，您尽管砸破它吧，它是人家赠送的。妈妈会发疯，当着大家面前哭泣的，因为她最珍重这只花瓶。您做出您常做的那个手势，一下子就把它砸破了吧。您故意坐在它附近。"

"不然，我反而要坐得远些，谢谢您的警告。"

"这么说来，您预先就怕您会做出那种大模大样的手势来的。我敢打赌，您会讲起那些'题目'，那些严肃的、有学问的、高尚的题目来的，是不是？这是……很有礼貌的！"

"我觉得有点愚蠢……假使说得不是时候。"

"您现在应该一下子永远记住，"阿格拉耶终于忍不住了，"假使您谈起什么死刑，或是俄国的经济状况，或是说'美可以拯救世界'，那么……我自然很高兴，而且会笑出来的，但是……我要预先警告您：您以后再也不必在我眼前出现！您听着，我说得很正经！这一次我说得很正经！"

她果真是正经地说出她的威吓的话，甚至在她的话里听得出，在她的眼神里看得出一些不寻常的东西，是公爵以前从来没有看出来的，这自然并不像开玩笑。

"您弄得我现在一定要'讲出'这些话来，甚至……也许……会把花瓶砸破的。我刚才一点也不怕，现在却怕起一切来了。我一定会栽跟斗的。"

"那么您沉默下来吧。坐在那里，不要说话。"

"不行的，我相信，我会从恐惧中说出话来，从恐惧中砸破花瓶。也许我会在光滑的地板上摔跤，或是发生这类的情形，因为我已经发生过这类事情的。今天我会做一夜关于这类事情的梦，您什么要提起这个来呢！"

阿格拉耶阴郁地对他看望。

"您说好不好，明天我不如完全不到！谎报有病，也就完了！"他终于决定。

阿格拉耶跺着脚，愤怒得甚至脸色都惨白了。

"天呀！哪里会有这种情形的！他会不到，同时人家是特地为了他……天呀！同这类……像您这样讲不通的人办事真是够快乐的！"

"我来，我来！"公爵连忙打断她，"我可以对您起誓，我会整个晚上坐着，一句话也不说的。我会这样做的。"

"您这样做很好。您刚才说'谎报有病'，您真是从哪里听取来这种话语的？您为什么喜欢用这种句子和我谈话？您想逗我吗？"

"对不住，这也是一句学校里的话，我以后不说了。我很明白……您……您替我担心……您不要生气啊！我很喜欢这个。您要知道，我现在真是害怕，同时又真的高兴听您的话。但是所有这些骇惧，我可以对您赌咒，这全是琐碎的、无聊的、真是的，阿格拉耶！留下来的便是快乐。我很高兴，您是这样的一个婴孩，这样的一个良好的婴孩！您真是一个妙人，阿格拉耶！"

阿格拉耶自然会生气的，而且已经想生气了，但是忽然有一种对于她自己料想不到的情感在一刹那间抓住她的整个心灵。

"您会不会责备我现在这些粗野的话……在以后……什么时候？"她突然问。

"您怎么啦！您怎么啦！您为什么又脸红了？又那样阴郁地看我！您有时露出太阴郁的神情，阿格拉耶，是以前从来未有的，我知道这是为什么……"

"不要说！不要说！"

"不，不如说的好。我早就想说，我已经说了，但是……这样不够，因为您不相信我。我们中间到底有一个人……"

"不要说，不要说，不要说，不要说！"阿格拉耶忽然打断他，紧紧地抓住他的手，几乎怀着恐惧看他。这时候有人唤她，她好像高兴似的，扔开他就走了。

公爵整夜发着虐热。奇怪得很，他已经连上几夜发着虐热，这一次在半梦吃中，他生出了一个念头：假使明天当着大家，他忽然昏晕过去便怎样呢？他不是曾经在白天昏晕过的吗？他一想到这个就发冷了，他整夜设想自己处在一个奇怪的、从来没有听见过的社会里、一些奇怪的人物中间，主要的是他"说起话来"了。他知道不应该说，但是他一直说着，他劝他们什么事情。叶夫格尼·柏夫洛维奇和伊鲍里特也在这些客人中间，好像交情很好似的。

他在九点钟的时候醒了，头胀痛着，思想非常凌乱，带着一些奇怪的印象。他不知为什么原因很想见罗果静一下，见他一面，和他说很多话，究竟说什么，他自己也不知道。以后他完全决定有一点事情到伊鲍里特那里去一趟。他的心里有一点模糊的情感，因此他在今天早晨所发生的事情给予他的印象虽极强烈，但到底还不是完全的，内中有一件事情就是莱白及夫的访问。

莱白及夫来得极早，九点多钟，差不多完全喝醉了酒。公爵近来虽然不大注意到外面的事情，但是他也看出自从伊伏尔金将军搬走以后，莱白及夫有三天做出很不好的行为。他的衣裳忽然似乎弄得很脏，染上许多油腻，他的领子歪到一边去，衣领被撕破了。他在自己家里简直咆哮起来，隔着小院子听得很清楚。魏拉有一次流着眼泪跑来，讲出什么事情。他现在来到公爵那里，叩击胸脯，责备起自己来了……

"取得了……取得了惩罚，为了我的叛变和卑鄙的行为……取得了一记耳光！"他终于像演悲剧似的说。

"耳光？……谁给你的？……这么早？"

"早吗？"莱白及夫讽刺地微笑着，"时间是一点没有关系的……即使对于肉体上的惩罚……但是我取得了精神上的……精神上的耳光，不是肉体上的！"

他突然不客气地坐下来，开始讲述。他的讲述是很不连贯的，公爵皱着眉头，就想出去，但是突然有几句话使他惊愕，他惊异得愣住了……莱白及夫讲出一些奇怪的话。

起初事情显然关系到一封什么信，提出了阿格拉耶·伊凡诺夫纳的名字来。以后莱白及夫忽然悲苦地责备起公爵来了，可见得他受了公爵的侮辱。他仿佛说，公爵起初把他和某角色（即娜司泰谢·费里帕夫纳）的事情委托莱白及夫，但是以后完全和他断绝关系，把他从身边驱走，使他大失面子，甚至弄到这样可气的程度，连他所问的那句关于房屋里即将有变动的话都粗暴地不肯承认下来。莱白及夫带着醉泪承认：

"在这以后已经无论如何不能忍耐下去，况且知道很多……很多的事情……从罗果静那里，从娜司泰谢·费里帕夫纳那里，从娜司泰谢·费里帕夫纳的女朋友那里，又从瓦尔瓦拉·阿尔达里昂诺夫纳那里……甚至从阿格拉耶·伊凡诺夫纳自己……您想一想看，这全是由魏拉从中帮忙，由我的爱女魏拉，独生的……不对……并不是独生的，因为我有三个子女。虽写信给丽萨魏达·博罗可菲也夫纳的，甚至极秘密地写的，哈，哈！谁把一切关系……把娜司泰谢·费里帕夫纳的行动报告给她的，哈，哈！那个写匿名信的人是谁，请问你？"

"难道是您吗？"公爵喊。

"就是的，"醉鬼尊敬地回答，"今天九点半，只有半小时……不，三刻钟，我会通知那位尊贵的母亲，我有一件重大的事情转告给她。……我写了一张便条交给女孩从后面的台阶那里送去。她收下了。"

"您刚才看见丽萨魏达·博罗可菲也夫纳吗？"公爵不能相信自己的耳朵。

"我刚才去见她，竟取到了一记耳光……精神上的。她把信还给我，甚至掷了过来，没有拆开来。朝我脖子上一推，把我赶走了……但不过是精神上的，不是肉体上的……不过差不多等于肉体上的，离开得不太远了！"

"她扔给您什么信，没有拆开来的？"

"难道……哈，哈，哈！难道我还没有告诉您吗？我以为已经说过了……我接到了一封信，托我们转交的……"

"谁的信？给谁的？"

但是莱白及夫有些"解释"是极难弄清楚且加以了解的。公爵费了许多力量总算明白那封信是大清早由女仆送给魏拉·莱及白夫，请她按地址转递的。"还和以前一样……还和以前一样……由同样的那个人物交给某一角色的……（内中一个我称为'人物'，另一个单称为'角色'，以做区别，且为了表示轻蔑的意思，因为天真而且高贵的将军的女公子和……茶花女之间是极大的区别的。）这封信是那位'人物'写的，名字的第一字母是 A 字……"

"那怎么会呢？写给娜司泰谢·费里帕夫纳吗？真是无意义的事情！"公爵喊。

"有的，有的。假使不是给她，便是给罗果静，给罗果静是一样的……还有一封信也是由 A 字母的人物交给帖连奇也夫先生转交的。"莱白及夫使了一个眉眼，微笑着。

因为他时常从这件事纠缠到另一件事上去，忘记了开始说什么话，所以公爵索性不说话，让他一人发言。但是到底弄不明白：那封信是经他的手，还是经魏拉的手转交的？假使他自己说"写给罗果静和写给娜司泰谢·费里帕夫纳一样"，那么那些信不是经他的手的，假使真是有这些信。至于那封信现在怎么会落到他手里去的，根本无从加以解释。大概可以猜到的是他用什么方法从魏拉手里抢来……轻轻地偷来，另带着一番用意送到丽萨魏达·博罗可菲也夫纳那里去。公爵终于这样的推测到，而且了解到。

"你发疯了！"他十分骚乱地喊出。

"并没有，可尊敬的公爵，"莱白及夫不免带着愤恨的颜色回答，"不错，我本来想亲手交给您，为了替您效劳……后来想到不如替那边效劳，把这一切报告那个尊贵的母亲……因为以前也曾有一次写过无名信给她。刚才我预先写了一张字条，请在八点二十分相见，下面署名是'您的秘密通信员'。到了那个时候，立刻，甚至带着慌张匆促的样子，领我从后门进去见那位尊贵的母亲。"

"底下呢？"

"底下您已经知道，几乎揍我一顿。所谓几乎，几乎，就可以说差不多揍我了。她还把信掷还给我。她本来想留下来我看到、觉察到的，但是想了一下，又掷还给我了：'既然人家委托你转交，你就转交好了……'甚至生气起来。既然不害羞在我面前说话，那么一定生了气。

她的性格是极暴躁的！"

"现在信在哪里？"

"还在我身边，那不是吗？"

于是他把阿格拉耶给笳佛里拉·阿尔达里昂南奇的信交给公爵，这封信就是笳佛里拉·阿尔达里昂南奇就在今天早晨、两小时后得意扬扬地给他的妹子看的。

"这封信不能留在您手里。"

"给您，给您！我现在呈献给您，"莱白及夫热切地抢上去说，"现在我又成为您的人，完全成为您的仆人，从头到心，在我瞬间的叛变以后，'惩罚了心，饶恕了体魄'，像 Thomas Mose（托玛司·莫尔）所说的……在英国，在大不列颠。'Mea culpa, mea culpa'（我有罪，我有罪），像罗马教王所说的……不对，那是罗马教皇，我竟称他为罗马教王。"

"这封信应该立刻转去，"公爵忙乱起来，"我来转给。"

"好不好，好不好，极有教养的公爵，好不好……这样！"

莱白及夫扮出一个奇怪的、巴结的鬼脸，他忽然当时颤动得很厉害，好像忽然有人用针扎刺了他一下，同时狡狯地使着眉眼，用手做出姿势。

"什么？"公爵威严地问。

"预先拆开来！"他巴结地、极秘密似地微语。

公爵愤恨得跳了起来，莱白及夫只好跑走，但是跑到门前，又停止了，等一等，看有没有赦恕的希望。

"唉，莱白及夫呀！您怎么弄到这样低卑的、乱七八糟的程度？"公爵悲愁地喊出。

莱白及夫的脸色舒展了。

"低卑得很！低卑得很！"他立刻走近过来，含泪叩击自己的胸脯。

"这真是可憎厌的行为！"

"就是可憎厌的行为！真正的一句话！"

"您这般奇怪的行为……算什么道理？您……简直是侦探！您为什么要写匿名信，惊扰那样正直而且心善的女人？阿格拉耶·伊凡诺夫纳怎么会没有权利给任何人写信？您今天是跑去告密的吗？您打算在那里得点什么？您跑去告密有什么动机？"

"单只由于一种愉快的好奇……还由于一个正直的心灵愿意替人效劳的缘故！"莱白及夫喃声说，"现在我又是您的人！您让我上吊都可以！"

"您就是像现在这种样子去见丽萨魏达·博罗可菲也夫纳的吗？"公爵嫌恶地露出好奇的样子。

"不……比较清醒些……甚至体面些，我是在丢了颜面以后……才弄到这地步的。"

"好极了，您离开我吧。"

但是这请求必须重复几次，客人才敢走出去。他完全把门开了，还回过来，蹑足走到屋子中央，重又开始做手势，表示如何拆开信的样子。他不敢再用自己的话语说出他的劝告，以后就出去了，轻轻地、和蔼地微笑着。

听到这一切是十分难过的，从这一切中只发现一个主要的，非常的事实：那就是阿格拉耶不知为什么正处于极大的惊慌、极大的迟疑、极大的苦痛中——"由于醋意。"公爵微语着。显然，那些不良善的人们正在那里搅乱她，很奇怪的是她竟会这样信任他们。显然，在这无经验的、热情的、骄傲的脑筋里正成熟着一些特别的计划，也许是有害的，并且是……粗野的。公爵显得特别惊惧，在慌乱中不知如何决定。必须加以警告，他感到的。他又朝那个封牢的信的地址上面看了一眼：对于这个他是没有疑惑和不安的，因为他很相信。在这封信里使公爵不安的是另一个情形：他不相信笳佛里拉·阿尔达里昂南奇。但是他决定自己把这封信送去，已经从家里走出，但是在路中又不想这样做了。好像故意似的，郭略在波奇成的房子旁边出现，公爵就委托他把信交给他的哥哥，好像是一直从阿格拉耶·伊凡诺夫纳那里取来的。郭略没有细问，就送去了，因此笳纳并没有想象到，这封信会经过这许多站头的。公爵回家时请魏拉·罗吉央诺夫纳到他那里来，把应该告诉的话全告诉给她听，并且好生安慰了她一下，因为她一直在那里寻找那封信，哭泣着。她一知道这封信是她父亲拿走的，显得非常恐怖。公爵后来从她那里知道，她有许多次为罗果静和阿格拉耶·伊凡诺夫纳秘密做事。她没有想到这样做法是于公爵有害的……

公爵心里十分懊丧，在两小时后郭略打发人跑来报告父亲生病的时候，他最初似乎不明白是怎么回事。但这件事情使他的心情恢复了原状，因为它把他的注意力吸引去了。他在尼纳·阿历山大洛夫纳那里（病人自然被抬到那里去了），差不多一直坐到晚上。他在那里不见得有什么益处，但是有一类人，你在痛苦的时候看见他们坐在你的身旁不知为什么原因会感到舒适的。郭略异常惊愕，歇斯底里地哭泣着，但是一直跑来跑去地忙个不停：他跑去请医生，找到了三个，又跑到药房和理发馆里去。将军被救活了，但是没有清醒过来。医生们表示意见，认为"病人尚在危险中"。瓦略和尼纳·阿历山大洛夫纳不离开病人一步，笳纳感到惭愧和惊愕，但是不想上楼去，甚至怕见病人。他扭转他的两手，在不连贯地和公爵的谈话里表示说："竟出了这样的不幸，而且好像故意似的，在这种时候！"公爵觉得他明白笳纳说着什么时候。公爵没在波奇成家内遇到伊鲍里特，快到晚上的时候莱白及夫跑来了。他在早晨的"解释"之后一直睡到现在，现在他差不多酒醒了，流着真正的眼泪，对病人哭泣，好像哭他的嫡亲的哥哥。他高声说出责备自己的话，但没有解释出什么原因，死缠着尼纳·阿历山大洛夫纳，时时刻刻地对他说，他是这一切的主因，没有别人，只有他……单独是为了愉快的好奇的缘故，"死者"（他不知为什么坚持地对还活着的将军作这样的称呼）甚至是极有天才的人！他特别严正地坚持着有天才的话，好像这样说会在这时候发生一种特别的利益似的。尼纳·阿历山大洛夫纳看见他忧愁地流泪，就对他说，并不加以任何的责备，甚至几乎露出和蔼的神情："得了吧！不要哭啦！上帝会饶恕您的！"莱白及夫被这几句话和它的口气弄得异常惊愕竟使他整个晚上不想离开尼纳·阿历山大洛夫纳——在以后的几天内，一直到将军的死为止，他差不多从早到晚净在他们家里逗留着。在这一天内，丽萨魏达·博罗可菲也夫纳两次派人到尼纳·阿历山大洛夫纳那里来打听病人的情况。晚上九点钟的时候，公爵走进业已坐满客人的叶家客厅里去的时候，丽萨魏达·博罗可菲也夫纳立刻开始问他关于病人的情形，非常关切而详细地问着，还用庄严的态度回答白洛孔司卡耶的问题："那个病人是谁？尼纳·阿历山大洛夫纳是谁？"这颇使公爵喜欢。他自己和丽萨魏达·博罗可菲也夫纳讲述的时候，说得很"好"，像以后阿格拉耶的姐姐们表示出来的那个样子，"谦逊，安静，没有多余的话语，没有手势，带着尊严，走进来的姿势也很好，衣服穿得也讲究"，不但没有"在光滑的地板上摔跤"，像头天晚上所惧怕的那样，但是显然甚至给大家引起愉快的印象。

他坐下来，向四围看了一遍以后，立刻觉察出这个集会并不像昨天阿格拉耶吓唬他的那种幻象，也不像他夜间做出的噩梦。他一生中初次看到被称作"上等社会"的可怕的词的那种东西的一个角落，为了一些特别的用意、计算和希望，他早就渴望钻进这个魔术般的人们的团体里去，所以对于最初的印象发生了深刻的兴趣，他这个最初的印象甚至是非常美妙的。他忽然立刻觉得，所有这些人们似乎是生下来就在一处的。叶府上在这晚上并没有任何的"晚会"，任何的贵宾，他们全是"自己人"，而他自己似乎已成为他们忠实的朋友和在思想上一致的人，在不长久的离别以后，现在又回到他们那里去了。优雅的举止、坦白的风度，再加上外表上的诚恳，真是令人神往。他绝不会想到所有这些坦白和正直、机智和崇高的自身的尊严也许不过是一种庄严的、艺术上的伪造。大多数的客人虽具有动人的仪表，其实都属于极空虚的人物之流，由于自满，自己也不知道，他们身上好的一切只是一种伪造，但是对于这，他们不能负责，因为这全是无意识地由于遗传而得来的。公爵处于最初的印象的美妙的气氛之下，居然没有疑惑到这层。例如，他看见这个老人，这个重要的大官，照年龄上讲来可以做他的祖父的竟中止了谈话，以倾听他的说话，他这种年轻的、无经验的人的说话。不但倾听他的说话，且显然珍重他的意见，待他非常和蔼，露出诚恳的和善的态度，而同时他们是完全陌生的，只见了第一面。也许，这种极细腻的礼貌对于公爵热烈的、锐敏的感觉发生了影响。也许他早就对于这种快乐印象有了偏向，甚至有了先入之见。

所有这些人虽然可以称为"家庭的密友"和相互间的知己，但实际上并不是家庭内或相互间的密友，像公爵在被介绍相识的时候所想象的那样。这里面有些人永远且也无论如何不会承认叶潘钦家的人们是和自己平等的，这里有些人甚至是完全互相仇恨的。白洛孔司卡耶老太婆一生"看轻"那个老年的显宦的夫人，而那位夫人也并不爱丽萨魏达·博罗可菲也夫纳。这位显宦——她的丈夫，不知为什么原因从青年时代起就成为叶潘钦的保护者，现在也处于主席的地位。在伊凡·费道洛维奇的眼中他是一个大人物，使伊凡·费道洛维奇在他面前除了崇拜和恐惧之外不能感到什么，甚至假使有一分钟承认自己是和他平等的人，而不认他是奥林匹克的主神，他会诚恳地看轻自己的。这里有些人几年来互相没有见面，除去冷淡以外（假使不是憎厌），相互间并无任何情感，然而现在相见以后，又好像昨天还在极友好的、愉快的集会中见过似的。但是聚会的人数并不多，除白洛孔司卡耶和那个老显宦，他当真是重要人物及其夫人以外，还有一个骨骼魁伟的武职将军，伯爵或男爵，德国人的姓，一个极端沉默的人，负深悉政务，且极有学问的名誉，他属于除"俄罗斯本身以外"其他一切全都知道的高级行政官吏之流，五年来净说着一句"深刻异常"的评语，以后一定会成为谚语，甚至在极低微的阶级都流行起来。他属于那类高级官吏，他们普遍都在政界里服务得非常长久（甚至长久得奇怪），在取得了极大的爵位、肥美的差使、巨大的钱财以后死去，虽然他们并无显赫的功劳，甚至对于功劳多少露出敌意。这位将军是伊凡·费道洛维奇职务方面的直接上司，伊凡·费道洛维奇由于热烈的、感恩的心情，甚至由于特别的自爱心，认他为自己的恩人，然而他自己并不承认他是伊凡·费道洛维奇的恩人，对待他十分安静，虽然很乐意利用他各种各样的效劳，但是他会立刻把他撤职，而更换别人，假使由于一种考虑，甚至是并不高尚的考虑，他必须这样做。这里还有一个老迈的、庄严的绅士，好像甚至是丽萨魏达·博罗可菲也夫纳的亲戚，其实根本不确。他居极高的爵位，富于赀财，出身望族，他骨骼结实，显得十分健康，好说话，甚至有了不满足的人的名声（虽然这词含有极正当的意义），且甚至有了易发脾气的人的名声（但在他身上这也是极愉快的）。他具有英国贵族的风度和英国的趣味（譬如关于带血的牛排、马具、仆人等等）。他是那位显宦的好友，他会博得他的欢心。丽萨魏达·博罗可菲也夫纳不知为什么原因蓄藏一个奇怪的念头，那就是这个老迈的绅士（他本来是行为轻浮、爱好女性的人）会忽然想到向阿历山大求婚。在集会中，除去这极崇高而且牢靠的阶层以外还有一个阶层是比较年轻些的客人们，虽然他们也具有极美妙的性格。除 S 公爵和叶夫格尼·柏夫洛维奇以外，一个出名的、漂亮的 N 公爵也属于这个阶层。他会以善于战胜女人的心驰名全欧，现虽已有四十五岁，但还具有美好的仪表，很会讲述什么事情，财产是有的，不过已处于七零八落的状态中，他依照习惯以居住国外的时日为多。这里还有些人似乎组成了第三种特别的阶层，他们虽不属于社会的"内心阶级"，但和叶潘钦夫妇一样，有时不知为什么原因会在这"内心阶级"内遇见的。叶氏夫妇由于成为惯例的一些机警，喜欢在他们的不常举行的晚会上把上等社会和比较低卑些的阶层的人们，"中等社会"的优秀代表，掺和在一起。为了这，人家甚至夸奖叶氏夫妇，说他们明白自己的地位，极有机警，而叶氏夫妇也因此感到骄傲。这天晚上，中等人物代表之一是一个工兵队的上校，极严肃的人，S 公爵极要好的朋友，就是由他介绍到叶府上去的。他在社会里十分沉默，右手的大食指上戴着一只又大又显著的戒指，大概是人家赠送的。这里甚至还有一个文学家、诗人、德国种，但是俄罗斯的诗人。他的仪表十分体面，所以把他介绍到好社会里去是不必担心的。他的外貌显得很快乐，虽然不知为什么原因会使你感觉憎厌。他的岁数有三十八岁左右，穿得很漂亮，出身中等阶级的、十分可尊敬的德国家庭中。他会利用各种机会取得上流人物的保护，保持他们的关爱。他会从德文里翻译一部重要的著作，某一位重要的德国诗人的作品，很巧妙地将这翻译献予一个著名的、但已死去的俄国诗人，以夸耀他如何和这诗人有过极深的友谊（有一类作家爱在刊物上发表他和已去世的大作家发生友谊的话）。他是新近经老显宦的太太介绍给叶氏夫妇的。这位女太太素以爱保护文学家文学者驰名，甚至确会给一两个作家弄到了津贴，是经她可以说进话去的那些要人帮忙的。他真是有些特别势力的。她年约四十五岁，对于像她丈夫那样龙钟的老人，还是极年轻的妻子。她以前有过美丽的姿色，现在由于一般四十多岁的女太太们应有的癖好，还爱穿华丽的服装。她的智力并不见得高，文学的知识也很有限，但是保护文学家已成为她的一种癖好，正和穿华丽服装一般。

有许多作品和翻译都呈献给她，有两三位作家经她的允许后，刊载了他们写给她的、讨论极重要问题的信……现在公爵把这样的一个社会认作极纯粹的金币、成色好的金子，没有一点混合物。所有这些人们也像故意似的在这天晚上处于极快乐的情绪中，表示充分的自满。他们大家全知道他们的驾临给予叶氏夫妇极大的荣耀，但是可怜公爵并没有疑惑到这种柔细的地方。譬如说，他不疑惑，叶氏夫妇在预备做一个重要的步骤，那就是解决他们女儿的命运的时候，不敢不把他就是莱夫·尼古拉也维奇公爵，先给被认为他们家庭的保护人的老显宦看一看。那个老显宦甚至在听到了叶氏夫妇发生极可怕的不幸的消息以后都会完全处之泰然的，但是假使叶氏夫妇没有和他商量，没有征得他的同意，就宣

布他们女儿的订婚，他一定会十分生气。N公爵，一个态度和蔼的、极
有机智的、非常诚恳的人，深信他好比一轮红日，在这夜里升到叶家
客厅上面。他认为他们比自己低卑得多，也就是这个坦白的、正直的念
头在他心中产生了极可爱的潇洒的神情，和对于叶氏夫妇友善的态度。
他很知道，在这天晚上，他一定应该讲出一些什么，以取悦这个社会，
因此甚至带些灵感加以准备。莱夫·尼古拉也维奇在以后听到他所讲的
故事时，感到他从来没有在像 N 公爵那种 Don Juan（唐瑞安）的口内，
会听到如此幽默、如此快乐和天真，且几乎如此动人的话。但是他哪里
知道，这个故事本身又陈腐，又朽烂，且早已背得烂熟，在别家的客厅
内已成为破烂无用的东西，遭大家的讨厌，而只在天真的叶氏夫妇那里
又成为新闻，成为一个光明显赫的人物突发的、诚恳的、美丽的回忆！
甚至那个德国小诗人虽然持着特别客气和谦恭的态度，连他也几乎认自
己的光临是给这人家一个面子。但是公爵没有注意到反面的情形，没有
注意到任何的潜流，连阿格拉耶都没有预见到这个灾害。她今天晚上特
别美丽。三位小姐都装扮起来，虽然不很华丽，甚至做出了特别的发结
的式样。阿格拉耶坐在叶夫格尼·柏夫洛维奇旁边，和他特别友善地谈
话，还说着玩笑。叶夫格尼·柏夫洛维奇的举止似乎比别的时候稍微庄
重些，也许也是由于对显宦们的尊敬。不过交际场上大家都已认识他，
他年纪轻轻，但已成为自己人了。在这天晚上他上叶府去的时候，帽上
戴着黑纱，白洛孔司卡耶为了这块黑纱夸奖他一顿：换一个爱交际的侄
儿在遇到这种事情时也许不会给这样的叔父戴孝。丽萨魏达·博罗可菲
也夫纳也认为满意，但是一般地说来，她露出好像极焦虑的样子。公爵
看见阿格拉耶两次朝他注视，似乎认为满足，他渐渐地觉得太幸福了。
刚才的那些"幻想"的念头和他的顾虑（在他和莱白及夫谈话以后），
现在他突然而且时常回忆起来的时候，他觉得是一个如何不会实现的、
不可能的、甚至可笑的梦（他在整整的一天内，最紧要的、无意识的愿
望和冲动就是想法使得他不相信这个梦）！他说话很少，所说的不过是

回答人家的问题，终于完全沉默下去，坐在那里，一直听着，显然沉浸在愉快中。他在心里渐渐地预备下一种灵感，准备在遇到机会时就爆发出来。他的说话是出于偶然的，也是回答着人家的问话，似乎并没有特别的用意……

第七章

　　他带着愉快的心情向快乐地和N公爵，还和叶夫格尼·柏夫洛维奇谈话的阿格拉耶审视的时候，那个英国派的老绅士正在另一角落内款待显宦，向他讲述些什么，忽然发生了灵感似的提起了尼古拉·安德列维奇·伯夫里柴夫的名字。公爵迅快地转身到他们那方面，听起来了。

　　事情讲到某省田主的采邑上现在的一切规矩和那些漫无秩序的状况。英国派的讲述大概包含一些快乐的成分，因此使老头儿终于笑起讲述者那副好恼怒的热劲来了。他极流利地讲述着，好像嫌脏似的把话语拉长，且将重音放在母音字母上面。他讲他不能不为了现在那些秩序，以半价卖去某省内一片良好的田产，其实他并不特别需要什么银钱，但同时还必须保持那些已荒废的、受损失的、正在打官司中的田产，甚至还要贴钱上去。"免得再为了伯夫里柴夫的田区打官司，我连忙躲开，假使再来上一两笔这样的遗产，我就要破产了。不过我可以得到三千俄亩优良的田地！"

　　"原来……伊凡·彼得洛维奇是去世的尼古拉·安德列维奇·伯夫

里柴夫的亲戚……你大概寻找过亲戚的。"伊凡·费道洛维奇对公爵轻声说。他忽然在旁边出现，看出公爵十分注意倾听谈话的情形。他以前在那里招待他的上司将军，但是早已看出莱夫·尼古拉也维奇净缩在一边，觉得十分不安。他想在一定的程度以内引他开始谈话，以便把他再给"上流人物"介绍一下。

"莱夫·尼古拉也维奇，在他父母死后，就由尼古拉·安德列维奇·伯夫里柴夫做他的监护人。"他在遇到伊凡·彼得洛维奇的眼神以后，插这几句话进去。

"很好，"伊凡·彼得洛维奇说，"我记得很清楚。刚才伊凡·费道洛维奇给我们介绍的时候，我立刻认识您了，甚至连脸都记得清楚。您的外貌真是没有什么变动，虽然我看见的时候您还是一个小孩，那时您只有十岁，或十一岁。您的样貌上有点什么可以使人家记住的……"

"我在小孩时候您看见过吗？"公爵问，露出一种特别的惊异。

"这是很久的事情，"伊凡·彼得洛维奇继续说，"在兹拉托魏尔霍伏，您那时住在我的表亲家里。我以前常到兹拉托魏尔霍伏去，您不记得我吗？也许您不会记得……您当时……您当时有病，我有一次甚至看着您感到惊讶……"

"我一点不记得了！"公爵热烈地重复了一遍。

还说了几句在伊凡·彼得洛维奇方面极安静，而使公爵感到慌张的解释的话，发现那两位老处女，去世的伯夫里柴夫的亲戚，住在他的采邑兹拉托魏尔霍伏地方，公爵就归她们领养的，原来是伊凡·彼得洛维奇的表姊妹，伊凡·彼得洛维奇也和大家一样，差不多一点也不能解释伯夫里柴夫如此照顾他的义子小公爵的原因。"当时竟忘记了注意到这上面去，"但是后来发现他的记忆力很强，因为他甚至还记得老表姊玛尔法·尼其乞士纳对待她的学生十分严厉，"有一次为了您，为了教授方法，竟和她吵起嘴来，因为净用鞭子抽打一个有病的婴孩——您自己想一想……这真是……"但是相反地，那个小表姐娜泰里克·尼其乞士纳，却很宠爱可怜的小孩……"她们两人，"他又往下解释，"现在住在N省内——不过不知道是否还活在人世，伯夫里柴夫遗给他们一块极整齐的、小小的田产。玛尔法·尼其乞士纳想进修道院，不过我不能确定地说，也许我听到了关于别人的事情……是的，我前两天听见那位医生的夫人想这样做……"

公爵带着由于快乐和感动显得闪耀的眼神倾听这一切。他用特别的热力宣布说，他在向内地各省旅行的六个月期内，竟没有找到一个机会寻访他的以前的女教师一下，自己感到是永远不可恕的事情。他每天想去，总是被别的事情叉开了……现在他自己决定……一定……要到N省去一趟……"您竟认识娜泰里克·尼其乞士纳吗？一个多么美丽、多么圣洁的灵魂呀！但是玛尔法·尼其乞士纳也……对不住，您对于玛尔法·尼其乞士纳大概看错了！她固然严厉，但是……管理当时像我那样的白痴……是不会不丧失耐性的……嘻！嘻！我当时完全是一个白痴，您知道，哈！哈！然而……然而……您当时看见过我，并且……我怎么会不记得您呢？这么说来，您……哎，天呀！难道您果真是尼古拉·安德列维奇·伯夫里柴夫的亲戚吗？"

"您应该相信我。"伊凡·彼得洛维奇微笑，朝公爵看了一眼。

"我并不是说我……有什么疑惑……这个难道可以疑惑吗？呵！呵！哪怕有一点点疑惑呢？那就是说哪怕甚至有一点点疑惑呢？呵！呵！但是我的意思是说，去世的尼古拉·安德列维奇·伯夫里柴夫是极好的人！具有正直心肠的人，真是的，您相信我的话是了！"

公爵并不见得透不出气来，却是"由于好心而哽咽住喉音"，这是阿台拉意达和她的未婚夫S公爵在第二天早晨谈话时表示出的。

"哎，我的天呀！"伊凡·彼得洛维奇笑了，"我为什么不能成为甚至是正直心肠的人呢？"

"哎，我的天呀！"公爵喊，露出惭愧的神色，匆匆忙忙地，越来越兴奋了，"我……我又说了蠢话，但是……应该如此的，因为我……

我……我又说得不对劲了！并且在这样的利益之下……在这样极大的利益之下……请问，现在我算什么呢？和这样正直心肠的人比较起来，因为他真是一个正直心肠的人。不对吗？不对吗？"

公爵甚至全身哆嗦着。为什么他忽然这样惊慌起来，为什么完全没来由地发生那样欣悦的情感而且好像和谈话的题目一点也不相称，这是难以解决的，他当时的心绪确乎如此。甚至在这时候对什么人，为了什么事情，竟发现极热烈而活泼的感谢的心情，也许甚至对伊凡·彼得洛维奇，且几乎对所有的客人们。他真是太快乐了。伊凡·彼得洛维奇开始向他仔细看望，显宦也很仔细看望他。白洛孔司卡耶朝公爵怒看，咬紧了嘴唇。N公爵、叶夫格尼·柏夫洛维奇、S公爵、小姐们，大家全打断了谈话，倾听起来。阿格拉耶显得十分惊惧，丽萨魏达·博罗可菲也夫纳简直胆怯起来。她们母女也真是奇怪：她们本来希望公爵默不发声地坐一晚上，但是刚看见他缩在角落里，显得十分孤寂，且完全安于自己的命运，竟立刻又惊慌起来。阿历山大已经打算走到他那里，小心谨慎地穿过整个屋子，参加他们的一伙里面，那就是参加N公爵的一伙，坐在白洛孔司卡耶身旁。现在公爵刚一开口，她们更加惊慌了。

"您说他是极好的人，这话很对，"伊凡·彼得洛维奇庄严地说，并不露出微笑，"是的，是的……他是一个很好的人！好而有价值！"他沉默了一会以后又说，"甚至可以说是值得一切的尊敬的，"他在第三次的停顿以后更加显得庄严了，"并且……并且甚至从您的方面看来是很有趣的……"

"这个伯夫里柴夫是不是出了一段……很奇怪的历史……和那个长老……那个长老……忘记了哪一个长老，不过大家当时全在谈论着。"显宦说，似乎记忆起来似的。

"就是和古洛长老，那个耶稣会徒，"伊凡·彼得洛维奇提醒着，"是的，这是我们这些好人、有价值的人们所做的事情！因为他这人到底总是世家，有财产，做过侍从官，假使能……继续服务下去……但是竟忽然扔弃了职务和一切，改信天主教，成为耶稣会徒，而且几乎是公开地，露出一种欣悦。总是死得还算巧……是的。当时大家都说的……"

公爵不能控制自己了。

"伯夫里柴夫……伯夫里柴夫改信天主教吗？这是不会的！"他恐惧地喊出。

"唔，哪里是'不会的'！"伊凡·彼得洛维奇用威严的神情没精打采地说，"这话说起来很长，您自己也明白，公爵。……但是您太珍重故世的伯夫里柴夫了……他本来实在是极好的人。那个混蛋古洛所以能够成功，在大体上我认为就是由于伯夫里柴夫那种良好的性格。您要知道，我以后为了这件事情……就是为了这个古洛，出了多少麻烦和捣乱！您想一想看，"他突然对老头儿说，"他们甚至想对遗嘱提出异议，我甚至当时必须用极厉害的手段……让他们明白……因为他们是很能干的！真是奇怪，但是幸而这事出在莫斯科，我立刻去见伯爵，我们使他们……明白了……"

"您不会相信，您如何使我恼怒而且惊讶！"公爵又喊，"我很可惜，但是实际上，这一切说起来也真是无关紧要的，结果总是无关紧要的，像往常一样，我深信这样。听说，Ｋ伯爵夫人，"他又对老头儿说，"去年在国外也曾到一个天主教的修道院里去。我们俄国人假使上了这些……无赖汉的圈套，尤其在国外，便不能支持到底了。"

"我以为，这全是由于我们的疲乏而起的，"老头儿像极有把握似的喃语着，"他们那种传教的方法……是美丽的、别致的……他们还会吓唬人。一八三二年的时候，我在维也纳，他们也来吓唬我，不过我没有屈服，就从他们那里逃走了。哈，哈！真是从他们那里逃走了……"

"我听说，你当时和那个美丽的伯爵夫人李维慈卡耶从维也纳跑到巴黎去，放弃了自己的职务，但并不是从耶稣会徒那里逃走的。"白洛孔司卡耶突然插进话去。

"一定是从耶稣会徒那里逃走的，总归是从耶稣会徒那里逃走的！"

老人抢上去说，一面因为引起了愉快的回忆不由得笑了。"您大概极有宗教观念，现在在青年人中间是不大会遇见的。"他对莱夫·尼古拉也维奇公爵和蔼地说。公爵张开了嘴听着，还是露出惊愕的样子。老人显然想对于公爵认识得更清楚些。由于某些原因，他开始对他发生兴趣。

"伯夫里柴夫有光明的头脑。他是一个基督徒，真正的基督徒，"公爵忽然说，"他怎么能皈依非基督的宗教呢？……天主教就等于非基督的宗教！"他突然说，眼睛闪耀着，朝自己前面看望，眼神似向大家瞄射了一下。

"这是太过分了。"老头儿喃声说，惊异地望着伊凡·彼得洛维奇。

"为什么天主教是非基督的宗教？"伊凡·彼得洛维奇在椅上转动着，"那么是什么样的宗教？"

"第一就是非基督的宗教！"公爵显得特别的骚乱，用过分坚决的神情又说起话来了，"这是第一，至于第二，罗马的天主教甚至比无神主义还坏，这是我的意见！是的，这是我的意见！无神主义不过宣传零数，天主教却走得更远，它宣传变扭曲了的基督，被他们诽谤和糟蹋的基督！矛盾的基督！它宣传反基督主义，我可以对您赌咒，我可以使您相信！这是我个人的、早就蓄存的信念，它使我自己感到痛苦……罗马天主教相信，教会没有全世界的政权不能在地球上立足，因此喊着：Non possumus（我们不能）！据我看来，罗马天主教甚至不是宗教，却根本是西方罗马帝国的继身。从信仰起，一切都属于这个思想。教皇占据了土地、地上的宝座，又拿起了宝剑。从那时起一直就是这样做，不过在宝剑以外添加了虚伪、奸诈、欺骗、狂热、迷信、奸谋，以人民最神圣，真实、坦白和火焰般的情感为游戏。为了金钱、为了低卑的、地上的权力可以出卖一切。这还不是反基督的教义吗？怎么不会从他们那里发生无神主义呢？无神主义就是从他们那里，从罗马天主教本身里发生的！无神主义最先就是从他们本身开始的！他们自己还能信仰吗？无神主义是由于嫌恶他们而巩固起来的，它是他们的虚伪和精神的贫乏的产物！无神主义！我们国内没有信仰的只不过是像刚才叶夫格尼·柏夫洛维奇那样漂亮地形容着的，失去了根的特殊阶级。但是在那里，那些可怕的大多数民众全开始不信仰了，最初是由于黑暗与虚伪，现在则由于狂热、由于仇恨教会和基督教！"

公爵停下来透一口气。他说得非常快，他脸色惨白，一直在那里发喘。大家对看着，但是老头儿终于公开地发笑了。N 公爵掏出单眼镜来，审视公爵，长久地不移开他的眼镜。德国诗人从角落里爬出来，移近桌边，发出凶恶的微笑。

"您未免太——夸——张了，"伊凡·彼得洛维奇拉长着调门说话，露出一点沉闷，甚至似乎有点羞愧，"在他们的教会里也有极值得尊敬的，有德性的代表……"

"我从来不讲论单独的教会代表。我讲的是罗马天主教的实质，我讲的是罗马。难道教会会完全消灭的吗？我从来没有说过这句话！"

"我同意，但这一切是大家都晓得的，甚至是不需要的，并且属于神学的范围……"

"不！不！并不单只是神学，我可以使您相信。不，不！这一切对于我们的关系比您所想象的还接近。我们的全部错误就在于我们还不能看出这事情并不单纯属于神学范围！社会主义也就是天主教和天主教的本质的产物！社会主义和它的弟兄无神主义全是从绝望中生出来的，从道德的意义上反对天主教，借以代替宗教的道德上的权力，且借以消除陷于干渴的人类的精神上的枯竭，且予以拯救。但用的不是基督，也是强力！这也是借强力以获自由，这也是借剑与血而取得联合！'不许信仰上帝，不许有私有权，不许有个性，fraternité ou la mort（博爱或死亡），二百万颗头颅！'我们可以从他们的事情上认识他们，有人这样说！你们不要以为这对于我们是天真而且无恐怖的。我们需要抵抗，越快越好，越快越好！必须使我们的基督发出光耀，以抵抗西方。基督由我们保存着，他们是不知道他的。我们不应该奴性地落到耶稣会徒的钩子上去。我们应该把我们俄罗斯的文化输送给他们，现在就立在他们前面，不要说他们的说教是美丽的，像刚才有人这样地说……"

"但是让我说一句呀，让我说一句呀，"伊凡·彼得洛维奇非常不安，向四周环顾，甚至开始胆怯，"所有我们的思想自然值得称赞，而且充满爱国主义，但是这一切是极度地夸张的，而且……甚至不如不去讲它……"

"不，不但没有加以夸张，反而说得不够重，因为我没有力量表现出来，但是……"

"容我说呀！"

公爵沉默了。他挺坐在椅上，动也不动，用火焰般的眼神向伊凡·彼得洛维奇看望。

"我以为您的恩人的那桩事情给了您极深的影响，"老头儿和蔼地说，并不丧失安宁，"您也许为了孤寂的生活……显得过分热情了。假使您能和人们常在一起，到社会上去活动，我希望人家都会欢迎您，认您为一个有趣的青年，那么您的兴奋会平静下来，您会把这一切看得简单些，而且这种稀见事件的发生，据我的意见，一部分是由于我们精神上的过于餍足，一部分是由于厌闷……"

"就是的，就是这样，"公爵喊，"一个十分佳妙的思想！就是由于厌闷，出于我们的厌闷，并不是由于餍足，却相反地由于发渴，并不由于餍足，您这是弄错了！不但由于发渴，甚至由于发炎，由于疟疾般的发渴！而且……而且您不要以为这只是小小的一件事情，不过发笑一下就是了。对不住，这是应该会预感到的！我们俄国人一达到彼岸，一相信这是岸，便会喜欢得立刻走到最后的柱子那里。这是为什么？您对于伯夫里柴夫深致惊讶，您认为这是他的疯狂或善心，但是这并非如此！俄国人在这类事情上的热情不但使我们一般人，甚至使全欧洲惊异；我们俄国人假使改入天主教，一定会成为耶稣会徒，而且还是极下层的；假使成为无神派，一定开始要求用强力，也就是用刀剑根绝对上帝的信

仰！为什么，为什么一下子这样狂热呢？难道您不知道吗？因为他发现
了他在这里看不清的祖国，因此感到了喜悦，发现了岸、土地，奔过去
吻它！俄国的无神派和俄国的耶稣会徒的发生并不单只是由于虚荣，并
不完全由于恶劣的虚荣的情感，却由于精神的痛苦，由于精神的枯竭，
由于对高尚事业、对坚定的岸、对祖国的怀念，这祖国他们已停止了信
仰，因为他们从来没有知道它！俄国人是很容易成为无神派的，比全世
界其他人们都容易。我们俄国人不单只成为无神派，却一定要信仰无神
主义，似乎把它当作新的信仰，一点也不觉察到信仰为零。我们俄国人
总是这样的！'谁的脚底下没有坚定的土地，谁就没有上帝。'这不是我
的话。这句话是我在旅行中遇见的一个信旧教的商人所说的话。他固然
不是这样说法的，他说：'谁拒绝了祖国的土地，谁就是拒绝了上帝。'
您想一想，我们那些有学问的人们甚至会相信鞭笞教起来……在这种情
形之下，究竟鞭笞教比虚无主义、耶稣会主义、无神主义坏在什么地
方？甚至也许还要深些！你瞧，烦闷会弄到这种地步的！你们给在渴望
着、发炎着的哥伦布的同伴们发现'新大陆'的岸，给俄国人发现俄国
的'世界'，把这金子、把埋藏在地里的宝藏给他们找寻出来！把整个
人类将来的革新和复兴的途径指示出来。这革新和复兴也许可以用俄国
的思想、俄国的上帝和基督以完成的，你们就会看出一个如何强有力
的、信实的、智慧的、温驯的巨人将在吃惊的世界面前生长起来，所以
吃惊和惊惧。因为他们期待于我们的只是刀剑、刀剑与强力，因为他们
以己度人，总以为我们不会不使用野蛮手段的。在这以前永远如此，而
且越弄下去越厉害！并且……"

但是说到这里忽然发生了一桩事件。那位演说家的演说词突如其来
地中断了。

这一大套奇怪的议论，那些突袭来的奇怪的、不安的话语，和无秩
序的、欢欣的思想，似乎是忙乱地拥挤在一处！互相跳越出来的！这一
切预示出一个突然地、显然并无来由地兴奋起来的青年的情绪中发生了

一些危险的、特别的情形。当时在客厅中坐着、认识公爵的人们全都畏怯地（有些人且怀着羞愧）惊讶他的举动，因为它和他平常的、甚至畏怯的拘束，和他在有些情形下稀有的、特别的机警，和最高礼貌本能上的感觉太不相合了。在女太太们坐着的角落里大家把他当作疯人看待，白洛孔司卡耶以后承认，再等一分钟，她已经打算逃走了。老头儿们惊讶得几乎露出无从措手的样子，那个将军上司从自己的椅子上不满意地、严厉地看望着。工兵队的上校坐得完全动也不动。德国人甚至脸色惨白，但还发出虚假的微笑，看望着别人，且看人家取什么样的态度？然而这一切，所有的乱子，本可以用极平常而且自然的方法加以解决，也许甚至在一分钟以后就可以解决的。显得特别惊讶，但比大家都明白得早些的伊凡·费道洛维奇有许多次想阻止公爵，没有达到目的。他正想用坚定的、决断的态度对付他。再过一分钟，假使需要的话，他也许会决定友谊地把公爵扶出去，以他的疾病为借口，这也许是实在的，伊凡·费道洛维奇自己也很相信……但是事情取得了一个不同的变换。

公爵刚走进客厅的时候，他在离开那只阿格拉耶吓唬他的中国花瓶远一些的地方坐下。这会使人难以置信，但是在阿格拉耶说了昨天的那些话以后，有一种无从磨平的信念，一种奇怪的、不可能的预感深种入他的心中，那就是他明天一定会砸破那只花瓶，无论怎样躲开它，无论怎样避免这灾难！这情形确是如此的。在这一晚上，另一些强烈的、光明的印象开始涌入他的心灵里去！我们已经讲到这层了。他忘却了预感，在他一听见关于伯夫里柴夫的事情，伊凡·费道洛维奇又把他领来见伊凡·彼得洛维奇的时候，他换坐在离桌子近些的地方，一直就坐到一只美丽的中国大花瓶旁边的沙发椅上，那只花瓶放在木架上面，就在他的手肘旁边，稍微后面一点。

他在说出最后的几句话的时候忽然从座位上立起来，不谨慎地挥着手，好像用肩膀一推……于是传出了一阵全面的呼喊！花瓶摇曳了，起初好像迟疑不决要不要落在老人中间一个人的头上，但是忽然倾斜到相反的方面，惊骇得几乎跳跃起来的德国人的那方面，一下子摔到地板上去了。轰雷般的响声、呼喊，零散在地毯上的宝贵的瓷器的断片，惊惧、讶异，至于公爵那方面的情形，那真是难以描写，且也几乎不应该描写的！但是我们不能不提起的是一个奇怪的感觉就在这刹那间袭击他，忽然从一群别的模糊的、可怕的感觉中表现了出来，使他最震动的并不是羞愧，也不是闹乱子，更不是恐怖，且不是出诸突然，却是已经应验的预言！在这个思念里究竟有什么可以抓住他心胸的地方，他不能自行解答，他不过感到他的心被击中了，他站在那里露出近乎神秘的恐惧。再过了一会，一切似乎在他面前扩展了，代替着恐怖的是光明、快乐、欢欣，他的呼吸透不出来了。但是这一瞬间过去了。感谢上帝，这还不是的！他透了一口气，向四围看望。

他好像有许多时候不明白在他的身旁沸腾着的忙乱的情况。那就是说他完全明白，也全都看见，但是站在那里，好像一个满不在心上的特别的人，好比故事里的隐身人，溜进屋内，观察那些陌生的但使他发生兴趣的人们。他看见人家收拾碎片，听见匆遽的语声，看见阿格拉耶脸色惨白，奇怪地、很奇怪地望他，她的眼睛完全没有怨恨，一点也没有怒气，她用惊惧的但极同情的眼神望他，同时用闪耀的眼神望别人……他的心忽然甜蜜地作痛。他终于带着奇怪的惊讶看着大家全坐了下来，甚至笑着，好像没有出什么事情似的！再过一分钟，笑声增加了：大家全瞧着他笑，瞧他那种僵呆的、喑哑的样子，但是笑得是友好的、快乐的。许多人和他搭谈，很和蔼地谈话，为首的是丽萨魏达·博罗可菲也夫纳。她笑着说些很心善的话。他突然感到伊凡·费道洛维奇亲密地拍他的肩，伊凡·彼得洛维奇也笑着，那个老头儿更加显得好些，更加显得有趣些、逗乐些，他握住公爵的手，微微地捏紧，微微地用另一手掌打击那只手，劝他醒过来，好像劝一个受了惊吓的小孩一般。这使公爵感到愉快，后来他把他按在自己身旁坐下了。公爵愉快地审视他的脸，不知为什么还没有力量开口说话，他的呼吸透不出来了。老人的脸他真是觉得很喜欢。

"怎么?"他终于喃声说,"您果真饶恕我吗?您也是的吗,丽萨魏达·博罗可菲也夫纳?"

笑声增加了,公爵的眼内露出泪水。他不相信自己,他被魔迷住了。

"自然花瓶是很好的。我记得已经有十五年,是的……有十五年……"伊凡·彼得洛维奇说。

"这有什么不得了的!人都会完的,而这是用泥罐制成的!"丽萨魏达·博罗可菲也夫纳大声说,"你何必这样害怕,莱夫·尼古拉也维奇?"她甚至带着畏怯补充地说,"得了吧!得了吧!你真是把我吓着了。"

"您一切都饶恕吗?除了花瓶之外,一切都饶恕吗?"公爵突然从座位上立起来,但是老头儿立刻又去拉他的手。他不肯放他走开。

"这事挺有趣,也挺严重!"他隔着桌子对伊凡·彼得洛维奇微语,但是说得十分洪响,公爵也许也听见了。

"那么我没有侮辱你们中间任何人吗?你们不相信,我由于这念头真是感到幸福,但这是应该如此的!难道我能侮辱这里的任何人吗?假使我这样想,我又要侮辱您了。"

"安静下来吧,我的朋友,这话未免有点夸张。没有什么可以使您这样感谢的。这个情感是美丽的,但是夸张的。"

"我并不感谢你们,我不过是……欣赏你们。我望着你们,感到幸福。也许我说得很愚蠢,但是我必须说话,必须解释……甚至由于尊重自己。"

他身上的一切是激动的、模糊的、疟疾般狂热的。也许,他所说的话语并不是时常就是他想说出的话语。他似乎用眼神询问,他可以不可以说话?他的眼神落到白洛孔司卡耶身上。

"不要紧的,先生,继续说下去,继续说下去,不过不要喘不过气来。"她说。你刚才从气喘开始，竟弄到了这种地步，但是你不要怕说话。这几位还比你怪些的人都见过，你不会使我们惊异的。再加上你不知道多么聪明，你不过把花瓶砸破，吓了我们一跳罢了。"

公爵微笑着听她说话。

"那是您，"他忽然对小老头儿说，"那不是您在三个月之前把学生鲍特库莫夫和官员石瓦勃林判处的徒刑设法赦免的吗？"

小老头儿甚至脸红了一点，喃声说，他应该自己安静一下。

"我还听见关于您的事情，"他立刻对伊凡·彼得洛维奇说，"您在N省内帮助那些房屋失火被烧掉的农人们，他们是已经取得了自由，而且给您弄了不少麻烦的，您给他们木材让他们建筑住房，是不是？"

"唔，这是——夸——夸张。"伊凡·彼得洛维奇喃声说，但愉快地装出威严的神色。这一次他说是"夸张"，那是很对的：这不过是传到公爵耳朵里来的一个不确实的消息。

"公爵夫人，您呢，"他忽然带着光明的微笑对白洛孔司卡耶说，"您不是在半年以前，在莫斯科把我当作嫡亲的儿子看待，为了丽萨魏达·博罗可菲也夫纳的一封信？您不是果真像对待嫡亲儿子一样，给了我一个使我永不能忘的劝告吗？您记得不记得？"

"你何必这样推车撞墙呢？"白洛孔司卡耶恼怒地说，"你是一个好人，然而你是很可笑的！送给你两个铜板，你会谢得像救了性命。你以为这是值得奖励，还是值得讨厌呢？"

她已经想完全生起气来，但是忽然又笑了，这一次是善意的笑。丽萨魏达·博罗可菲也夫纳的脸发亮了，伊凡·费道洛维奇也露出笑容来了。

"我说过，莱夫·尼古拉也维奇是一个人……一个人……总而言之，只要他不是那样透不过气来，像公爵夫人所说的那样……"将军在喜悦的迷醉中喃语，重复着使他惊愕的白洛孔司卡耶的话语。

唯有阿格拉耶一人有点忧郁，但是她的脸还在燃烧着，也许余怒未息。

"他真是很可爱的。"老头儿又对伊凡·彼得洛维奇喃语。

"我走进来的时候，心里怀着痛苦，"公爵继续说，还带着逐渐增长上去的骚乱的心神，说得越来越迅遽，越来越兴奋，"我……我怕你们，也怕自己。最怕的是自己。我回到彼得堡来的时候，自己决定认识一些第一流人物，年长的、世家的人物，因为我自己也是属于这阶级，在他们中间我自己是望族中的前列者。现在我不是和同我一样的公爵们坐在一起，不是这样吗？我想研究你们，这是必须的，极必须的！……我时常听到关于你们许多坏的事情，比所听到的好的事情多，关于你们的利益如何琐碎和特殊，关于如何落后，如何知识浅薄，又关于习惯的如何可笑，有许多人写和说关于你们的一切！我今天好奇地到这里来，怀着骚乱的心情，我必须自己看见，亲自相信：这个俄罗斯人的上层阶级是不是一无用处，它的时代是不是业已过去，生命是不是业已枯竭，只好等死，但还在和未来的人们作琐屑的、妒忌的争斗，妨碍他们，不注意到自己即将死亡？我以前完全不相信这个意见，因为我们俄国从来没有上等阶级。也只有宫中侍御的，从制服上……或是从机会中得来，到了现在这阶级完全消灭了，对不对呢？对不对呢？"

"这完全不对。"伊凡·彼得洛维奇奸恶地笑了。

"又聊起来了！"白洛孔司卡耶忍不住，说了出来。

"Laissez le dire（让他说去），他甚至全身哆嗦着。"老头儿又轻声警告。

公爵根本不能控制自己了。

"结果怎样呢？我看到了雅致的、坦白的、聪明的人们，我看到了老人和蔼地倾听像我这样小孩的话，看见一些能以了解和饶恕的人们，看见了俄罗斯人，心善的、差不多和我在那里遇到的一样的心善而且诚挚的，差不多不见得坏些。你们想一想，这使我如何感到惊喜！请你们允许我把这话表白出来！我听得很多，自己很相信社会上的一切全是外貌，全是衰疲的形式，而实质是早已不存在的了。但是我自己现在看出我们这里是不会这样的，这是在别的什么地方，我们这里可不是这样的。难道你们现在全是耶稣会徒和骗子手吗？我听见 N 公爵刚才讲过，难道这不是坦白的，这不是被灵感所中的幽默吗？难道这不是真正的豪爽的态度吗？这类的话能从一个死人的嘴里，带着枯干的心和天才的死人的嘴里说出来吗？难道死人们会对待我像你们那样吗？难道这不是一种材料……为了未来，为了希望吗？难道这样的人会不明白，会落后吗？"

"再请求您，请您安静一下，亲爱的公爵，我们以后再说，我很喜欢……"显宦冷笑了。

伊凡·彼得洛维奇喉咙里嘟嘘了一声，在沙发椅上旋转了一下，伊凡·费道洛维奇动了动身体，将军上司和显宦的夫人谈话，一点也没有注意公爵，但是显宦的夫人却时常倾听，回看。

"不，还是让我说吧！"公爵带着新的、疟疾似的激动，朝小老头儿继续说话，似乎显得特别信任，甚至像说秘密话似的，"阿格拉耶·伊凡诺夫纳昨天禁止我说话，甚至还指出了一些不应该谈论的题目，她知道我谈这些题目时会成为一个可笑的人。我今年二十七岁，但是我知道我还像小孩一般。我没有表现我的思想的权利，我早就说过了。我只是在莫斯科和罗果静公开地谈话……我和他在一起读普希金的诗，读一切东西。他一点也不知道，连普希金的名字也不知道……我永远怕我的可笑的样子会玷辱思想和主要的理想。我没有口才。我的姿势老是不适当，这会引起人们的笑，使我说话的意思受到损害。我又没有均衡的情感，这是最主要的，这甚至是最主要的……我知道我最好坐在那里，不发一言。在我坚持着不说话的时候，我甚至会显出极懂事的样子，且会仔细地考虑一切。但是现在我还是说的好。我所以说起话来，因为您那样和蔼地看望我，您的脸色太好了！我昨天答应阿格拉耶·伊凡诺夫纳在整整的一晚上不说一句话。"

"Vraiment（真的吗）？"老头儿微笑了。

"但是有时我觉得我这样想是不对的，不是诚恳比口才还有价值吗？对不对？对不对？"

"有时是的。"

"我想把一切都解释出来，一切，一切，一切！是的！您以为我是乌托邦主义者吗？理想派吗？不是的，我的心里真的全是一些普通的思想……您不相信吗？您微笑吗？您知道我有时是卑鄙的，因为我失去了信仰。刚才我到这里来，心想：'我怎样和他们谈话呢？从什么话说起，使得他们能够稍微明白一些呢？'我真是害怕，但是我更替你们担心。真是可怕！真是可怕！但是我能怕吗？我这样担心不是可耻吗？前进的人只有一个，而落后的、不善良的人们有无数，那怎么办呢？我的快乐就在于现在我深信这并不是无数，却全是活生生的材料！不必为了我们是可笑的而感到不安。不对吗？这真是如此，我们很可笑，我们举动很轻浮，习惯恶劣，我们沉闷着，不会观察，不会了解，我们全是这样的，全是的，您、我、他们！我现在当面对您说，您是可笑的，不会使您感到侮辱吗？既然如此，难道您不是很好的材料吗？据我看来，做可笑的人有时甚至是好的，甚至还好些，可以容易互相饶恕，也容易驯顺。不能一下子全都了解，也不能一直就从完满上开始啊！为了取得完满，必须先从不了解许多事情上着手。了解得太快，也许不会取得深切的了解。这话我是对你们说的，你们是会了解许多事情……而又不去了解的。我现在并不为你们担心，像我这样的小孩对你们说出这样的话，不会使你们生气吗？自然不！你们是会忘记，且饶恕那些侮辱你们的人们，还会饶恕那些一点也不侮辱你们的人们的，因为饶恕并没有侮辱我们什么的，人们最显得困难些，也就因为他们并没有侮辱，所以我们的诉怨是没有根据的！这就是我期待于上流阶级的，这就是我到这里来的时候，忙着要说出来，而不知道如何说的……您笑吗，伊凡·彼得洛维奇？您以为我替那些人担心。我是他们的辩护人、民主主义者、拥护平等的专家吗？"他歇斯底里地笑了（他时时发出短短的，欢欣的笑声），

"我为你们担心，为你们大家，为我们大家。我自己也是世袭的公爵，和公爵们坐在一起。我说这话，为了救我们大家，为了不使这阶级白白地消灭，在黑暗中，一点也不猜到什么，咒骂一切，丧失一切。为什么要消灭，为什么对别人让出位置，既然可以成为前进的、领导的人？我们应该成为前进的，我们应该成为领导的。我们为了做首领，才去做仆人。"

他想从椅子上立起来，但是老头儿时常拦住他，带着越来越增长的不安望着他。

"你们听着，我知道说话是不好的！最好给出譬喻，最好就这样开始说……我已经开始了……并且难道果真可以做不幸的人吗？我的忧愁和我的悲哀又算什么，假使我有成为幸福的人的力量？我真是不明白，怎么会走过一棵树木，看到它，而不感到幸福？和一个人说话，能不为了爱他而不感到幸福吗？我只是不会表白自己的意思……世界上随处有多少美丽的东西，甚至连最无希望的人都会认为美丽的？您看一看婴孩！看一看上帝的朝霞！看草怎样生长，看眼睛望着您，爱您……"

他早就站在那里说话。老头儿早已恐惧地看望他。丽萨魏达·博罗可菲也夫纳比大家先猜了出来，喊道："哎哟，我的天呀！"还摆着双手。阿格拉耶匆遽地跑到他面前，恰巧把他接在手里，带着恐怖的神情，带着被痛苦变得扭曲的脸色，听到一个不幸的人"震悸魂魄"的野蛮的呼喊。病人躺在地毯上面。有一个人连忙把枕头垫在他的头下。

这是谁也料不到的。过了一刻钟，N公爵、叶夫格尼·柏夫洛维奇、小老头儿，尝试着再使这晚会复活起来，但是再过了半小时，大家也就分散了。他们表示出许多同情的话语、许多歉疚的意思，还说出许多意见。伊凡·彼得洛维奇表示："这青年是斯拉夫派，或是这一类的人，但是并不危险。"小老头儿一点意见也没有表示。固然，以后，在第二天、第三天上，大家有点生气了，伊凡·彼得洛维奇甚至感到被侮辱，但是并不多。上司将军在一个时期内对伊凡·费道洛维奇有点冷

624

淡。叶家的"保护人"——那个显宦，也对这一家之主喃喃地说出一些教训的话语，还用客气的口吻表示他很关注阿格拉耶的命运。他确乎是一个比较善心的人，但是在他对于公爵好奇的许多原因中间，公爵和娜司泰谢·费里帕夫纳早些的那段历史也列入在内。关于这段历史他听到一些，甚至发生了兴趣，甚至想详细问一下。

白洛孔司卡耶从晚会上临走时对丽萨魏达·博罗可菲也夫纳说：

"这人的性格有好有坏，假使你愿意知道我的意见，我可以说好的多些。你自己也会看出他是什么样的人，他是一个病人。"

丽萨魏达·博罗可菲也夫纳自己根本决定，这未婚夫是"不可能的"。她在一夜中决定,她活一天，绝不能使公爵成为阿格拉耶的丈夫。早晨起床时还是怀着这个思想。但是过了一早晨，十二点钟以后吃午饭的时候，她又陷入自相矛盾的境界中了。

阿格拉耶为了姊妹们发出了一句极谨慎的问话，忽然冷淡而且傲慢地，斩钉似的说：

"我从来没有答应过他什么，我从来一辈子不承认他做我的未婚夫，他对于我是外人，和任何人一样。"

丽萨魏达·博罗可菲也夫纳突然脸红了。

"我料不到你会这样的，"她愤激地说，"他是一个不可能的未婚夫，我知道，感谢上帝，我们的意见倒还相同；但是我料不到你会说出这样的话来。我以为你将说出另一些话。我可以把昨天的那些人全都赶走，只留下他来，他就是这样的人！……"

她忽然停止了，自己害怕她所说出的话。但是她不知道，她在这时候是如何对女儿不公平。阿格拉耶的脑筋里已经全都决定了。她也在等候那个应该解决一切的时间的来到，所以每一个暗示。每一次不谨慎地触到深刻的创痕，都会使她的心碎裂。

第八章

　　这天早晨对于公爵也是在沉重的预感之下开始的，这可以用他的病势来解释。不过他的忧愁具有不确定的形状，这对于他是最感到痛苦的。诚然，有些鲜明的事实，严重的、恶毒的事实放在他的面前，但是他的忧愁超过他所记忆到、所顾虑到的一切。他明白，他是独自不能安慰自己的了。他的心里渐渐生出了期待的心情，那就是今天他必将发生一桩特别的、决定的事情。他昨天发作的昏厥是很轻的，除此忧郁之外，除去头里有点重、四肢有点痛以外，他不感到任何别种的失调。他的脑筋十分清楚，虽然心灵是有病的。他起床极晚，立刻清清楚楚地记起昨天晚会的情形。他虽然不十分清楚，但到底记起他是在昏厥后的半小时内被送回家去的。人家告诉他，叶家已派人来探听过他的病况。十一点半，又派了人来，他觉得很愉快。魏拉·莱白及夫首先跑来看他，侍候他。她刚看到他，突然痛哭起来，但是等到公爵立刻安慰她的时候，也就发笑了。这女郎对他强烈的哀怜忽然使他惊愕，他抓住她的手，吻着。魏拉脸红了。

"哎哟，您怎么啦？您怎么啦？"她惊惧地呼喊，迅快地夺去她的手。

她怀着一种奇怪的羞惭，匆遽地走了。但是她已来不及说，她的父亲在今天天刚亮的时候，就跑到"死人"家去——他这样称呼将军——探听他是不是在夜里死去，听说一定很快就要死的。十一点多钟左右，莱白及夫回到家里亲自来见公爵，但不过是跑来一分钟，为了打听公爵的病况，此外便是朝橱柜里张望张望。他没有别的什么事情，只剩下唉唉地连声叹气，公爵不久就放他走了。不过莱白及夫到底还试着盘问起昨天昏厥的情形，虽然他已显然详详细细地知道了一切。郭略在他之后跑了进来，也只是留一分钟。这一位确是很匆忙，显出强烈的、阴郁的恐慌。他开始就直率地、固执地请公爵解释瞒住他的一切事情，同时还说他在昨天一天里差不多全都打听出来了。他受了强烈的、深刻的震动。

公爵带着一切可能做到的同情心，将一切事情都讲了出来，十分详细地把事实复述了一遍，使可怜的男孩震骇得像受了雷击。他不能说出一句话，默默地哭泣着。公爵感到这是永远存留在青年的脑中，造成他的生命的转变的印象之一。他忙着把自己对于这事情的见解传达出来，还说据他看来也许老人之死主要地就由于他做了那个举动以后心中遗留下的恐怖而起，而这不是任何的人可以做到的。他听完了公爵的话以后，他的眼睛闪耀起来了。

"笳纳、瓦略和波奇成全是无用的！我不和他们吵嘴，但是从这时候起我们的道路是不同的了！公爵，我从昨天起发生了很多新的感触，这是给我一个教训！我现在认为我的母亲应该由我完全负责，虽然她在瓦略那里的生活还安定，但这总是不对的……"

他忆起人家在等候他，便跳了起来，匆遽地问公爵的健康情况，在听到回复以后，忽然匆遽地说道：

"没有别的什么事情吗？我昨天听说——然而我没有权利——假使

您有什么时候，遇到什么事情，需要忠实的仆人，那么他就在您的面前。我们两人大概不十分有幸福，对不对？但是……我并不细问，并不细问……"

他走了，公爵更加沉思起来：大家都预言出不幸，大家都已经做下了结论，大家都看着他，似乎已经知道了一些什么，一些他不知道的什么。莱白及夫盘问着，郭略直接地暗示着，魏拉哭泣。他终于恼恨地挥手："可诅咒的病态的疑心。"他心想。他的脸色舒展了，当他在一点多钟的时候，看到叶家的人们走进"一会"来探视他的时候——这些人真是走进一会来。丽萨魏达·博罗可菲也夫纳在吃完早饭以后宣布现在大家一块全出去散步。这个通知带着命令的形式，说得孟浪而且严厉，不加任何解释。大家全出去了，那就是母亲、小姐们、S 公爵。丽萨魏达·博罗可菲也夫纳一直向和每天走着的相反的方向上走去。大家明白是怎样回事，大家没有说话，怕惹恼母亲，她好像躲避责备和反驳似的，在大家前面走着，并不回顾一下。阿台拉意达终于说，散步时用不着这样迅跑，简直追不上母亲。

"这样吧，"丽萨魏达·博罗可菲也夫纳忽然转身说，"我们现在走过他的房子。不管阿格拉耶怎样想，不管以后出什么事情，他总归不是与我们陌生的人，现在还加上他正处于不幸中，生着疾病！我至少想进去探望他一下。谁愿意和我进去，就一块进去，谁不愿意，尽管请便，路上并没有障碍。"

大家自然都走了进去，公爵照例忙着请求她饶恕昨天那只花瓶的事……还有那个乱子。

"这是不要紧的，"丽萨魏达·博罗可菲也夫纳回答，"花瓶并不可惜，倒是可惜你。现在自己看到，出了一个乱子！第二天早晨总是这样的……但这并不要紧，因为每人现在都看见，你是没有什么可责备的。唔，再见吧。你假使有力量，可以出去散一散步，再去睡觉，这是我的劝告。假使你想来，照旧到我们这里来好了。你应该永远记住，无论出了什么事情，无论结果怎样，你总是我们家里的密友，至少是我的。我至少可以对自己负责……"

大家全接受母亲的挑战，证明了她的情感。她们走了，但是在坦白的匆遽中说出的一些和蔼的、鼓励的话语中有许多残忍的意思，是丽萨魏达·博罗可菲也夫纳不疑惑的。在邀请他"照旧"上她家去的话语里，在"至少是我的"一语中，又含着一点预言的意味。公爵忆起阿格拉耶的情况来了。固然，她在走进来时和分别时曾向他奇怪地微笑了一下，但是没有说一句话，甚至在大家声明友情的时候也是如此，虽然也曾有两次用凝聚的眼神看他。她的脸惨白得和寻常不同，好像整夜睡得不安宁。公爵决定晚上一定"照旧"上他们那里去，兴奋地瞧望时计。在叶家的人们走后，过了三分钟，魏拉走进来了。

"莱夫·尼古拉也维奇，阿格拉耶·伊凡诺夫纳刚才暗中叫我给您转达一句话。"

公爵简直哆嗦了。

"有信吗？"

"没有，带的是口信，匆匆忙忙地几乎来不及说。她请您今天一天内一分钟也不要离开家里，一直到晚上七点钟，甚至到九点钟，我不十分听清楚。"

"是的……这是为了什么？这是什么意思呢？"

"我一点也不知道，不过她很严肃地吩咐我转达一声。"

"她竟说出'很严重的'来吗？"

"不，她没有直说。在我刚跑过去的时候，她才转过身来说了这几句话。从脸上就看得出严肃不严肃。她对我看望了一下，使我的心沉死了……"

再问了几句，公爵虽然一点也没有多弄清楚些，但是更加惊慌了。他在剩下自己一人的时候，躺到沙发上去，又开始想："也许有人要到他们那里去，在九点钟以前，所以她替我担心，怕我又在客人面前发疯劲。"他终于想了出来，又开始不耐烦地等候晚上，瞧看时计。但是这哑谜在晚上之前就被猜出了，是借着一个新的访客而猜出来的。这哑谜的猜出具有新的、痛苦的哑谜的形式。叶潘钦一家人走后过了整整的半小时，伊鲍里特到他那里来了。他显得疲倦而且吃力，一走进来，不说一句话，似乎神志不清一般，简直就落到沙发椅上，立刻沉入无从压抑的咳嗽中，他咳嗽得吐血。他的眼睛闪耀，脸颊上露出红色的斑点。公爵对他喃声说些什么，但是他不回答，有许多时候没有回答，只是摆手叫他暂时不要吵他，他终于醒过来了。

"我要走了！"他勉强用嘶哑的嗓音说。

"要不要我送您回去？"公爵说，从座位上立起来了，但是立刻愣住，忆起了刚才不许离开家里的那个禁令。

伊鲍里特笑了。

"我并不是从您这里走，"他说了下去，不断地发喘，喉咙里十分干，"我认为必须到您这里来，有点事情……没有事情是不会打扰您的。我要走到那里去了，这一次大概是正经的。完了！您要相信，我到这里来并不是为了需要怜悯……我今天已躺了下来，从十点钟起，为的是完全不起床，一直到那个时候为止，但是又不想这样做，又起来，到您这里来……总归有事。"

"看着你真是可怜。你最好喊我一声，何必自己劳动呢。"

"现在够了。您为了交际社会的礼貌，怜悯一下，也就够了……是的，我忘记了：您的健康怎么样？"

"我很健康。我昨天……不很……"

"我听说的，我听说的。那只中国花瓶出了岔子，可惜我不在那里！我有点事情。第一层，我今天看见笳佛里拉·阿尔达里昂南奇和阿格拉耶·伊凡诺夫纳在绿椅那里见面。我真觉得奇怪，一个人怎么会露出这样愚蠢的神色。我在笳佛里拉·阿尔达里昂南奇走后就对阿格拉耶·伊凡诺夫纳说……您大概一点也不觉得奇怪，公爵，"他说，不信任地望着公爵安静的脸，"一点也不惊异，有人说是极大的聪明的征兆；据我看来，这同样地可以成为极大的愚蠢的征兆……我并不暗示着您，对不住得很……今天我说话的口气不大佳。"

"我昨天就知道笳佛里拉·阿尔达里昂南奇……"公爵顿住了，显然感到惭愧，虽然伊鲍里特在那里恼恨，为什么他并不惊异。

"您知道的！这才是新闻呢！但是大概是的，您不必讲下去……您今天没有做过那个会晤的证人吗？"

"假使您自己在那里，您会看见我并没有在那里的。"

"也许躲在树丛后面。无论怎样我是很高兴的，自然替您高兴，否则我会以为笳佛里拉·阿尔达里昂南奇占了先！"

"我请您不要和我说这个话，伊鲍里特，不要用这种口气。"

"况且您已经完全知道了。"

"您弄错了。我差不多一点也不知道，阿格拉耶·伊凡诺夫纳一定知道，我一点也不知道。我甚至连会面的事情也一点不知道……您说，见过面吗？那很好，我们不要管它……"

"那是怎么回事，一会知道，一会不知道？您说'那很好，我们不要管它'。不行，您不能这样信任人家！尤其假使您一点也不知道。您信任人家，因为您不知道。但是您知道不知道，这两个人，这兄妹两人有什么打算？您也许会疑惑这个吧？好的，好的，我不讲下去……"

他看见公爵那种不耐烦的手势，当下就说："我是为了自己的事情而来的，我打算和您解释这件事情，真要命，不解释到死也不瞑目的。我几次三番地净解释。您想听吗？"

"您说吧，我听着。"

"但是我变了主意，我还是要从笳佛里拉说起。您想一想，今天我已被人家约好到绿椅上去会面。但是我不愿意撒谎。我自己主张和她晤面，自己向她提议，答应揭开一件秘密的事情。我不知道，我是不是去得太早——大概确乎到得早些——我刚在阿格拉耶·伊凡诺夫纳身边坐下来，一看，笳佛里拉·阿尔达里昂南奇和瓦尔瓦拉·阿尔达里昂诺夫纳两人挽着手走来，好像在那里散步似的，他们两人见到了我，似乎十分惊讶，没有料到，甚至显出惭愧的神气。阿格拉耶·伊凡诺夫纳脸红了，您信不信，甚至有点慌乱，是不是因为我在那里，或者单只为了看到笳佛里拉·阿尔达里昂南奇。您知道她的样貌是很美的。不过她脸上出现了红晕，事情也就在一秒钟内很可笑地解决了：她立起身来，回答笳佛里拉·阿尔达里昂南奇的鞠躬，和瓦尔瓦拉·阿尔达里昂诺夫纳逢迎的微笑，忽然说道：'我只是为了当面向你们表示我的愉快，为了你们那份诚恳的、友好的情感，假使我有需要的时候，我一定……'她当时鞠着躬，他们两人就走了，我不知道，是做了傻子，还是感到胜利。笳纳自然成了傻子。他一点也摸不到头绪，脸涨红得像一只虾——他有时具有一个奇怪的脸色！但是瓦尔瓦拉·阿尔达里昂诺夫纳好像明白应该赶快溜走，阿格拉耶·伊凡诺夫纳来这一手也真是够她受的，因此就把哥哥拖走了。她比他聪明，我相信她现在感到得意。我是去和阿格拉耶·伊凡诺夫纳谈论关于她和娜司泰谢·费里帕夫纳会面的事情的！"

"和娜司泰谢·费里帕夫纳会面！"公爵喊。

"啊！您大概丧失了冷淡的态度，开始惊异了吗？我很高兴，您打算成为和平常一样的人了。对于这个我可以使您安慰。给年轻的、具有高尚心灵的姑娘们服务就会得到这种下场：我今天就吃了她一记耳光。"

"精神上的吗？"公爵不由己地问。

"是的，不是肉体的。我觉得无论哪一个人的手是不会举起来打像我这样的人的。现在甚至女人也不会打，甚至笳纳也不会打！虽然昨天有一个时候我曾经想，他会攻击到我身上来的……我敢打赌，我知道您现在想什么？您想着：'打他是不应该的，但是可以用枕头或用一块湿脏布趁他睡觉的时候把他闷死，甚至是应该的……'您的脸上写出您在这时候还是这样想着。"

"我从来没有想这个！"公爵嫌恶地说。

"我不知道，我昨天夜里梦见有一个人……用湿脏布把我闷死，我对您说是谁：竟是罗果静！您以为怎样，可以用湿脏布把人闷死吗？"

"我不知道。"

"我听说是可以的。好吧，我们不要管它。我怎么会成为播弄谣言的人？她为什么今天骂我做播弄谣言的人？您要注意，这是在她倾听了我最后的一句话以后，还甚至反复地问了我几遍之后说的……女人们都是这样的！就为了她，我和罗果静发生了接触，和这有趣的人。还是为了她的利益，替她张罗好了她和娜司泰谢·费里帕夫纳会晤的事情。是不是因为我对她暗示，她喜欢吃娜司泰谢·费里帕夫纳的'残余食物'，因此触犯了她的自尊心，我是为了她的利益一直对她解释，我并不否认。我给她写了两封这样的信，今天是第三封，再加上当面会晤……我刚才开始就对她说，这种样子在她方面是极失身份的……况且那句关于'残余食物'的话并不是我自己的，却是别人的，至少大家在箚纳那里全这样说，她自己也可以证明的，那么我为什么还能算作播弄谣言的人呢？我看出，我看出：您现在瞧着我，觉得十分可笑，我敢赌东道，您要对我援用下面两句愚蠢的诗：'也许在我的凄怆的夕照里，爱情将闪耀出离别的微笑。'哈，哈，哈！"他突然发泄出歇斯底里的笑声，咳起嗽来了。

"您要注意，"他夹着咳嗽嘶哑地说着，"箚纳就是这样的人，一面说'残余食物'，一面现在自己也想享用一下！"

公爵沉默了许久，他感到恐怖。

"您说她要和娜司泰谢·费里帕夫纳会晤吗？"他终于喃声说。

"咦，难道您果真不知道，今天阿格拉耶·伊凡诺夫纳将和娜司泰谢·费里帕夫纳会晤，就为了这个，由阿格拉耶·伊凡诺夫纳的邀请，和我的努力，还经过罗果静的从中斡旋，特地把娜司泰谢·费里帕夫纳从彼得堡写信请来，现在正和罗果静一块在离我们不远的地方，在以前的那所房屋里，在那位太太达里亚·阿莱克谢夫纳家里……一位暧昧的女太太，她的女朋友。今天阿格拉耶·伊凡诺夫纳就要到这个暧昧的房屋里，和娜司泰谢·费里帕夫纳做友好的谈话，解决各种问题。她们要计算一番。您不知道吗？真的吗？"

"这是不可思议的！"

"既然不可思议，那也好。但是您哪里会知道呢？虽然这里苍蝇一飞过，都会知道的，这种地方就是这样的！但是我已经警告过您，您应该感谢我。唔，再见吧，大概要到另一个世界上去见面。还有一件事情：虽然我在您面前做出卑鄙的行为，因为……我为什么要使自己受损失呢？请问您一句？是为了您的利益吗？我把我的'忏悔录'呈献给她——您不知道这个吗——但是她取的是怎样的态度？哈！哈！我在她面前并没有什么卑鄙的行为，我在她面前一点也没有做错事，她羞辱我，责备我……但是在您面前我并没有一点错。即使提起关于'残余食物'和这一类的话，可是现在我把会晤的日期、时间和地址全告诉给您，把这一套戏法揭开……自然是出于气愤，而不是出于宽仁。告别吧，我爱说话，啰嗦得像结舌的人，或是像痨病鬼一样。您要留神，赶紧想方设法，假使您配被称为一个人。会晤决定在今天晚上举行，这是确实的。"

伊鲍里特走到门那里，但是公爵向他一喊，伊鲍里特就在门内止步。

"如此说来，据您的看法，阿格拉耶·伊凡诺夫纳今天自己会到娜司泰谢·费里帕夫纳那里去吗？"公爵问。他的脸颊上和额上露出了红色的斑点。

"详细我不知道，但是大概是如此的，"伊鲍里特一面回答，一面向后面斜看，"否则也是不行的。娜司泰谢·费里帕夫纳还能上她那里去吗？也不会在箢纳那里——他家里现在差不多放着一个死人。将军怎么样啦？"

"就从这一点就见出是不可能的!"公爵抢上去说,"即使甚至她想去,但是怎么样出去呢?您不知道……这个家庭的规矩,她不能一个人离开家庭,上娜司泰谢·费里帕夫纳那里去的。这是胡闹!"

"您瞧,公爵:没有人会从窗内跳跃出去,但是一失了火,也许第一个绅士和第一个贵妇人会从窗内跳出来的。只要到了必要的地步,那就没有法子可想,我们的小姐就会到娜司泰谢·费里帕夫纳那里去。难道那些小姐们什么地方都不放出去吗?"

"不,我说的不是这个……"

"既然不是这样,那么她只要从台阶上走下来,一直走去,从此不回家来都可以。有的时候连船都可以烧掉的,甚至可以永不回家:生命并不是单由一些早餐、中餐,再加上 S 公爵而组成的。我觉得,您把阿格拉耶·伊凡诺夫纳当作闺阁千金或是女学生看待,我已经对她讲过这句话,她似乎是同意的。您等到七点钟或八点钟……我处在您的地位上,一定会派人去监视,探望她从台阶上走下来的确切的时间。您哪怕打发郭略去也可以,他很喜欢做侦探,尤其是为了您,因为世上一切都是相对的……哈,哈!"

伊鲍里特走出去了。公爵没有请任何人去监视的必要,甚至假使他能够这样做。阿格拉耶吩咐他坐在家里一层现在差不多取到解释了:也许她打算到这里来和他同去。可是也许她并不希望他到那里去,因此吩咐他坐在家里……也许会这样的。他的头旋转起来,整个屋子都转动了。他躺在沙发上,闭住眼睛。

无论这样或那样,事情是决定的,终结的。不,公爵并不认阿格拉耶是闺阁千金,或女学生,他现在感到他早就怕这一类的事情。但是她为了什么想见她呢?一阵寒战在公爵的全身里通过,他又发疟热了。

不,他并不认她为婴孩,使他害怕的是她近来的一些眼神、一些话语。有时他觉得她似乎太矜持、太拘束。他记得,这使他害怕。固然,在这几天内,他努力不去想这件事情,驱除沉重的思想,但是在这心灵里隐藏些什么？这问题早就折磨着他，虽然他相信这心灵。这一切今天就应该解决，而且暴露出来了。一个可怕的念头——"这女人"又出现了！为什么他永远觉得这女人会在最后的刹那出现，把他的整个命运加以折断，像咬断一根烂线？他永远觉得如此，是他现在准备赌咒的，虽然他差不多处于半梦呓的情境中。假使他近来努力忘却她，那只是因为怕她。怎么样？他究竟爱这个女人呢？还是恨她？这个问题他今天一次也没有给自己设定。他的心是纯洁的，他知道他爱谁……他并不怎样怕她们两人的见面，并不怕这次晤面的奇特和原因，他所不知悉的原因，也不怕这晤面后的结果，他怕的是娜司泰谢·费里帕夫纳自己。他在过了几天以后忆起在这发疟热的数小时内他差不多一直想象出她的眼睛、她的眼神，听到她的话语，一些奇怪的话语，虽然过了这疟热的烦闷的数小时以后，留在他记忆中也就不多。譬如说，他不大记得魏拉如何端饭给他吃，他如何吃饭，也不记得他饭后睡过觉没有。他只知道，在这天晚上，只在阿格拉耶突然走到他的平台上来，他从沙发上跳起来，走到屋子中央迎接她的那个时候起，才开始完全清楚地辨别一切。那时候是七点一刻，阿格拉耶独自进来，打扮得很随便，似乎极匆促的样子，穿着一件连头巾的无袖外衣。她的脸惨白得和上次一样，眼睛闪耀出鲜艳的、严厉的光彩，她那样的眼睛的表情是他从来不知道的。她仔细向他身上打量了一下。

"您完全预备好了，"她轻声说，似乎很安静，"您打扮好了，手里还拿着帽子。这么说来，已经有人预先告诉您。我知道是谁，不是伊鲍里特吗？"

"是的，他对我说过……"公爵喃语，几乎是半死人一样。

"我们去吧，您知道您一定应该伴我同去。我以为，您有力量走出去吗？"

"我有力量，但是……难道这是可能的吗？"

他的话一下子断了，他再也不能说出话来。这是他想阻止这疯人的唯一的尝试，以后他自己像囚犯似的跟她走出去了。他的思想无论怎样模糊，他总归明白，她没有他也会到那里去，所以他无论如何都应该跟她走。他猜出她的决意具有何等的力量，他是不能阻止这个野蛮的冲动的。他们默默地走着，一路上差不多没有说一句话。不过他注意到她很熟悉道路，在他想绕过一条胡同，因为那条路比较荒僻些，当下把这话对她提出的时候，她似乎用极大的注意力倾听着，坚决地回答："一样的！"在他们差不多快走到达里亚·阿莱克谢夫纳的房屋（一所巨大的、老旧的木房）那里的时候，一个服装华丽的女太太和一个年轻的姑娘从台阶上走下来，两人坐到正在台阶旁等候着的漂亮的马车里去，大声谈笑，甚至一次也没有看走近过来的人们，好像没有看见似的。马车一走，门又重新开了，等候着的罗果静把公爵和阿格拉耶放进去，随着关好了门。

"在这房屋里现在除我们四个以外没有别人。"他高声说，很奇怪地看了公爵一眼。

娜司泰谢·费里帕夫纳就在第一间屋内等候，也打扮得很随便，穿着玄色的衣裳。她立起来迎接，但是没有笑，甚至没有和公爵握手。

她的凝聚的、不安的眼神不耐烦地盯在阿格拉耶身上。两人在互相离得远一些的地方坐下，阿格拉耶坐在屋子角落里，娜司泰谢·费里帕夫纳坐在窗旁。公爵和罗果静不坐下，人家也没有请他们坐下。公爵带着惊疑，还似乎带着痛苦，又望了罗果静一眼，但是罗果静还是发出和以前一样的微笑。沉默又持续了几秒钟。

有一种凶恶的感觉终于从娜司泰谢·费里帕夫纳的脸上通过，她的眼神是固执的、坚定的、几乎仇恨的，一分钟也不从女客的脸上离开。阿格拉耶显然感觉羞惭，但是并不胆怯。她走进来的时候，稍稍地瞧了她的情敌一眼。以后就一直坐着，垂下眼睛，似乎落入沉思中。有两次，似乎不经意地，她的眼神向屋中扫射。她的脸上显然露出嫌恶的神气，她好像怕被这地方弄脏似的。她机械地整理衣裳，甚至不安地变更了一次地位，把身体移到沙发的角落里。她不见得自己感到所有她的行动，但是无感觉更加使这些行动显得侮辱些。她终于坚定地、直直地望着娜司泰谢·费里帕夫纳的眼睛，立刻明显地读出在她的情敌的狠恶的眼神中闪耀出的一切。女人明白了女人，阿格拉耶哆嗦了。

"您自然知道为什么我请您来。"她终于说，但是很轻，甚至在说出这个短句来的时候停顿了两次。

"不，我一点也不知道。"娜司泰谢·费里帕夫纳严厉地、决绝地回答。

阿格拉耶脸红了。也许她忽然觉得很奇怪，而且不可思议，她怎么现在会和"这女人"同坐在"这女人"的家内，还要求她的回答。在娜司泰谢·费里帕夫纳的嗓音刚发出来的时候，一阵战栗似乎从她的身体上通过。这一切自然是"这女人"看得很清楚的。

"您全都明白……但是您故意做出不明白的样子。"阿格拉耶微语，阴郁地望着地上。

"这是为什么呢？"娜司泰谢·费里帕夫纳露出一点冷笑。

"您想利用我的地位……因为我在您家里。"阿格拉耶可笑地、拙笨地续说。

"对于这个地方应该负责的是您，而不是我！"娜司泰谢·费里帕夫纳突然脸红了，"我没有邀请您，而是您邀请我。我至今还不知道为了什么事情。"

阿格拉耶傲慢地抬起头来："您把您的舌头约束一下，我不是用您这种武器跑来和您交战的……"

"啊！如此说来，您到底是跑来'交战'的吗？我以为您……应该聪明些……"

两人互相对望，不再把仇恨隐藏起来了。这两个女人中的一个最近还对另一个写过那样的信。在第一次晤面，说出第一句话的时候，一切都消散了。但是怎么样呢？在这时候，在这间屋内的四个人中间似乎没有一个人认为这是奇怪的。公爵在昨天还不会相信有甚至在梦中看到这个的可能的，现在站在那里，望着，听着，好像这一切是他早就预感到了似的。最荒诞的梦突然变为最明朗的、最显著的现实。这女人中的一个在这时候深深地仇恨着另一个，想把这向她表示出来（也许她本来就是为了这事跑来的，罗果静在第二天上这样说），使得带着失调的理智和病态的心灵的另一个，无论显得如何玄妙，她预先决定下的观念到底敌不住她的情敌恶毒的、纯粹女性的贱蔑。公爵深信娜司泰谢·费里帕夫纳不会自己提起那些信来的。从她的闪耀的眼神上，他猜到这些信现在对于她有多大的价值。他愿意牺牲半个生命，使阿格拉耶现在不提起这些信。

但是阿格拉耶忽然似乎聚起精神，一下子控制了自己。

"您没有了解，"她说，"我不是来和您争吵的，虽然我并不爱您。我到您这里来……想说几句人话。我叫您来的时候，我已经决定要对您说什么话，我绝不放弃这决意，哪怕您完全不了解我。这对于您坏些，但并不对于我。我打算答复您写给我的一切，当面答复，因为我觉得这个方便些。请您听我对于您的信的答复：我在那天和莱夫·尼古拉也维奇初次见面，后来又知道了在您的晚会上所发生的一切事情以后，就开始觉得他可怜。我可怜他，因为他是这样诚实的，也就由于他的诚实，竟会相信他可以和这种性格的女人过幸福的生活。我替他担忧的事情也就发生了：您并不能爱他，却在折磨他够了以后就把他抛弃了。您不能爱他，因为您太骄傲……不，并不是骄傲，我错了，却因为您太虚荣……甚至还不是如此。您自爱到了……疯狂的地步，您给我写的信就可以成为证据。您不能爱像他这样简单的人，甚至也许还在暗中看不起他，耻笑他。您只能爱自己所受的耻辱，和那种不断的思虑，那就是您受了耻辱，人家把您侮辱了。假使您所受的耻辱少些，或者完全没有，您会更加不幸些……"阿格拉耶愉快地说完这几句太急忙地跳了出来的却早就预备好且寻思过的话语——在还没有梦见现在这次会晤的时候就寻思过的。她用恶毒的眼神观察在娜司泰谢·费里帕夫纳由于骚乱而变得扭曲的脸上所得到的印象。"您记得，"她继续说，"他当时写了一封信给我。他说您知道这封信，甚至读过的。从他的信上我明白了一切，真确地明白了。他最近自己对我证实过的，那就是我现在对您所说的一切，甚至是一个字一个字都对的。我接到他的信以后开始等候。我猜到您应该上这里来，因为您没有彼得堡是不行的，您对于省城还太显得年轻，太显得貌美……然而这也不是我的话语，"她补上这句话，脸非常红，从这时起红晕没有从她的脸上落下，一直到说完话为止，"在我又看到了公爵的时候，我替他非常感到痛苦，而且遗憾。您不要笑，假使您一笑，您就不配了解这个了……"

"您看见我并没有笑。"娜司泰谢·费里帕夫纳忧郁地、严厉地说。

"不过我是一样的，您随便去笑吧。在我自己开始问他的时候，他对我说，早就不爱您，甚至一回忆起您来都会使他感觉痛苦的，但是他很可怜您，他一提起您来，他的心就好像'永远受了刺伤似的'。我还应该对您说，我一生中从未遇见过一个人，会像他这样具有高贵的诚实和没有边际的信任。我在他说了这句话以后，猜到无论什么人只要愿意，都能骗他，而且无论什么人骗他，他以后总会饶恕他，我就是为了这个才爱上了他……"

阿格拉耶停止了一会，似乎显得惊愕，好像不相信自己竟会说出这种话来。但同时几乎没有边际的骄傲在她的眼神里闪耀了出来。她好像现在已经满不在乎，哪怕"这女人"现在笑那句脱口说出的自白也不管。

"我全都对您说完，您现在自然已经明白我要求您的是什么。"

"也许我明白的，但是请您自己说吧。"娜司泰谢·费里帕夫纳轻声地回答。

愤怒在阿格拉耶的脸上炽烧。

"我要问您，"她坚定地、明晰地说，"您有什么权利干涉他对我的情感？您有什么权利敢给我写信？您有什么权利时时刻刻地对他、对我宣布您爱他，以后又自己抛弃他，用那样可耻的……糟蹋人的方式从他那里逃走？"

"我并没有对他，也没有对您宣布我爱他，"娜司泰谢·费里帕夫纳费力地说，"您是对的，我是从他那里逃走的……"她用听不大清楚的语音说。

"怎么没有对我和对他宣布？"阿格拉耶喊，"您的信呢？请求您给我们说媒的？谁求您劝我嫁给他的？难道这不是宣言吗？您为什么自己夹在我们中间呢？我起初以为您想借着干预我们的事情使我生出嫌恶他的心思，使我抛弃他。以后才猜到是怎么一回事情：您不过在幻想着用所有这一套虚假的行为做出高尚的功绩来……假使您这样爱虚荣，您还能爱他吗？您不会就这样离开这里，何必还要给我写些可笑的信？您为什么不嫁给这个正直的人，他是这样的爱您，且向您求婚？明明是为了什么：您一嫁给罗果静，那时候还会留下什么样的耻辱呢？甚至会得到太多的荣耀！叶夫格尼·柏夫洛维奇说您读了太多的诗，对于您的……地位，您有太多的学问，您是一个读死书的女人，过着闲暇的生活；再加上您的虚荣心，于是这一些原因就成为您的……"

"您不也过着闲暇的生活吗？"

这事情十分匆遽地、十分裸露地达到了那样意想不到的焦点，意想不到的是因为娜司泰谢·费里帕夫纳在动身到伯夫洛夫司克来的时候，还存着一些什么幻想，虽然她所猜料的总是凶多吉少。阿格拉耶一时根本为激越的情感所冲动，好像从山上落下，在可怕的复仇的愉快之前无从节制自己。娜司泰谢·费里帕夫纳看到阿格拉耶这种样子，甚至觉得奇怪。她望着她，好像不相信自己，在最初的一刹那间根本弄得不知所措了。她是不是一个读过许多诗的女人，像叶夫格尼·柏夫洛维奇所猜想似的，或者不过是一个疯子，像公爵深信似的。总而言之，这女人虽然有时使出一些大胆的、无耻的手段，实际上并不像人家推断她的那个样子，却是十分怕羞，性情比较委婉，且容易信任人家。固然，她有许多书本上的、幻想的、隐藏在自己心里的、荒诞的，但同时是强烈的、深刻的一切……公爵明白这个情形，痛苦在他的脸上表现了出来。阿格拉耶看出了，愤恨得哆嗦了。

"您怎么敢对我这样？"她带着无可形容的高傲说着，回答娜司泰谢·费里帕夫纳的话。

"您大概听错了吧，"娜司泰谢·费里帕夫纳惊异起来，"我对您怎么样？"

"假使您愿意做正经的女人，当时为什么不简简单单地抛弃您的勾引者托慈基，何必要扮演一幕戏剧呢？"阿格拉耶忽然没有头脑地说着。

"您对于我的地位知道什么，敢这样批评我？"娜司泰谢·费里帕夫纳哆嗦了一下，脸白得厉害。

"我知道您没有出去做工，却跟了富翁罗果静同走，为了扮演一个贬降红尘的安琪儿的角色。托慈基为了这贬降红尘的安琪儿想自杀，我并不觉得惊异！"

"不要再讲下去！"娜司泰谢·费里帕夫纳嫌恶地、还像带着痛苦似地说，"您了解我正和……达里亚·阿莱克谢夫纳的女仆一样。她新近跟她的未婚夫在法庭上打官司。她还比您了解得深些……"

"正经的女子大半是靠劳力生活的。您为什么这样贱视女仆？"

"我并不贱视劳动，却贱视您，在您谈论劳动的时候。"

"想做正经的女子，可以去充当洗衣妇。"

两人全立起身来，面色惨白，互相对视。

"阿格拉耶，止住了吧！这是不公平的！"公爵喊，像精神错乱似的。罗果静不再微笑，咬紧嘴唇，交叉着两手，在那里听着。

"你们看她，"娜司泰谢·费里帕夫纳说，愤怒得战栗起来，"看这姑娘！我把她当作安琪儿看待！您没有带保姆，就光临到我这里来了吗，阿格拉耶·伊凡诺夫纳？要不要……要不要我现在对您直说，老老实实地说，您为什么光临到我这里来？您为了胆怯，才光临到这里来的。"

"胆怯？怕您吗？"阿格拉耶问，为了娜司泰谢·费里帕夫纳竟敢和她这样说话，感觉出天真的、受侮辱的惊讶，无从控制起自己来了。

"自然怕我！假使您决定到我这里来，那就是怕我。既然怕，便不会看不起。要知道我是如何尊敬您，甚至在这个时间之前！您知道为什么您怕我，现在您的主要的目的是什么？您想当面证明：他爱我是不是比他爱您多些，因为您吃醋吃得太厉害……"

"他已经对我说，他恨您……"阿格拉耶微声喃语。

"也许，也许我不值得他的爱，不过……不过我觉得您在那里撒谎！他不会恨我，他不能这样说！但是我准备饶恕您。为了您所处的地位，不过我总对您想象得好些，总心想您还要聪明些，甚至样貌长得美些，真是的！唔，您把您的宝贝拿去吧，他就在这里，瞧着您，没有醒过来，您尽管取去，不过有一个条件：立刻离开这里！立刻就走！"

她倒在椅上，流着眼泪。但是突然她的眼睛里闪耀出一些新的什么。她凝聚地、固执地望着阿格拉耶，从座位上立起：

"要不要我现在……下命令，你听见吗？只要对他下命令，他立刻就会抛弃你，永远留在我身边，娶我，而你只好一个人跑回家去？要不要？要不要？"她像疯子似的喊着，也许几乎自己也不相信她会说出这样的话来。

阿格拉耶惊吓得跑到门旁，但是在门前止步，好像被钉住一般，在那里听着。

"要不要我把罗果静赶走？你以为我为了你的快乐起见已经和罗果静结婚了吗？我现在当你的面喊：'你走吧，罗果静！'对公爵说：'你记得你答应的话吗？'天呀！我为了什么在他们面前这样降低自己的身份呢？公爵，不是你自己对我保证，我无论出什么事情，你都会跟我走，永远不会离开我吗？你不是还说你爱我，可以饶恕我一切，而且尊……尊敬我吗？是的，你说过这个话的！我为了解除你的束缚，才从你身边逃走，但是现在我不愿意了！她为什么对待我，像对待一个荒唐的女子的样子？我是不是荒唐的女子，你问一问罗果静，他会对您说的！现在她羞辱我，还当着您的面前，你竟把身体背转，撸着手和她一同出去吗？我单单相信你一个人，而你竟做出这个样子来，你真是可诅咒的。你去吧，罗果静，我不需要你！"她几乎无知觉地喊出，努力从胸内放出话语，脸庞变了形象，嘴唇像烤焦了似的，显然自己一点也不相信那套乱七八糟的话语，但同时还想把这瞬间延长一会，欺骗自己。那冲动来得太强烈了，使得她也许就会死去的，至少公爵这样觉得。"你瞧他！"她终于对阿格拉耶喊，用手指着公爵，"假使他现在不走到我身边来，不娶我，不抛弃你，你就自己把他拿去，我让给你，我不需要他！"

她和阿格拉耶站在那里，好像期待似的，两人都像疯子似的望着公爵。但是他也许不明白这个召唤的全部力量，甚至一定可以这样说。他不过在他前面看见了一个绝望的、疯狂的脸。为了这脸，像他有一次对阿格拉耶说，他的心"像永远受了刺伤"。他再也不能忍受下去，指着娜司泰谢·费里帕夫纳带着哀怜和责备对阿格拉耶说道：

"难道这是可能的吗？她是……她是那样的不幸！"

但是刚说出这句话来，就在阿格拉耶可怕的眼神之下呆住了。在这眼神里表现出这许多痛苦和无穷的仇恨，他不由得摆着双手，喊叫了一声，跑到她面前去，但是已经晚了。她连他一刹那的迟疑都受不住，手掩住脸，喊着："哎呀，天呀！"就从屋内跑出去，罗果静在后面追着，给她挪开街门的铁闩。

公爵也跑了出去，但是在门槛上有两只手把他抱住了。娜司泰谢·费里帕夫纳悲伤的、变形的脸盯看着他，发青的嘴唇颤动着问道：

"跟她去吗？跟她去吗？"

她失去了知觉，倒在他的手上。他把她抱起来，抱进屋内，放在沙发椅上，立在她前面，呆钝地期待着。小桌上放着一杯水，罗果静回来了，抓起那杯水，把水喷到她的脸上。她张开眼睛，有一分钟工夫一点也不明白，但是忽然向四面环顾，哆嗦着，呼喊了一声，扑到公爵身上。

"我的！我的！"她喊，"那个骄傲的小姐走了吗？哈，哈，哈！"她歇斯底里地笑着，"哈，哈，哈！我把他送给这位小姐！为了什么？有什么原因？我真是疯子！真是疯子！你去吧，罗果静，哈，哈，哈！"

罗果静用凝聚的眼神看着他们，没有说一句话，取起帽子，走出去了。十分钟以后，公爵坐在娜司泰谢·费里帕夫纳身旁，目不转睛地望着她，用两手摸她的头和脸，像抚摸小孩一般。她笑，他也笑；她流泪，他也准备哭。他一句话也不说，却聚精会神地倾听她的激动的、欢欣的、不连贯的喃语，不见得明白什么，但是轻声地微笑着。他一觉得她又开始烦闷或哭泣、责备或怨诉，立刻又开始抚摸她的头，温柔地用手摸她的脸颊，安慰她，劝她，像劝婴孩一般。

第九章

在发生了前一章所讲的事件以后过了两星期，这部小说中各人物的地位变动得使我们不加特别的解释，极难继续讲下去。但是我们感到应该尽可能地以普通的叙述事实为限，不做特别的解释。原因很简单：因为我们自己在许多事情下都难以解释所发生的一切。我们这种预行声明在读者方面应该觉得十分奇怪和不明白：怎么能讲述你自己没有明白了解，且没有个人意见的东西呢？为了不使自己更加处于虚假的地位上面，我们努力用譬喻解释，也许明理的读者会明白我们的困难在什么地方，况且这个譬喻并不是将故事扯到旁边去，却相反的是故事的直接的继续。

两星期后，已在七月初旬，还在这两星期的时间内，我们的主角的故事，特别是这故事的最后一段突变，竟变为一段奇怪的、极逗乐的、几乎不可思议的，同时几乎是显明的笑话，渐渐地传到和莱白及夫、波奇成、达里亚·阿莱克谢夫纳、叶潘钦诸别墅相邻的各街上去，简单地说，几乎传遍全城，甚至它的四郊。差不多所有的社会、本地的居民、避暑的人们、跑来听音乐的人们，大家全讲同一的故事，用几千种不同的讲法。他们讲，一位公爵在一个清白的、有名气的家庭里闹出了极大的乱子，被一个出名的私娼迷住，和这家的小姐——他的未婚妻背弃婚约，割断了以前一切的关系，不顾一切，不管人家的威吓，不管大众的愤怒，不久打算就在伯夫洛夫司克和这受耻辱的女人结婚，公开地、当着众人前面，举起头，向大家直看。这故事被染上许多谗谤的细节，里面被加进许多有名的大人物，还添上了各种荒诞的、神秘的色彩，而同时又表现在无从推翻的、显明的事实里面，使得普遍的好奇和闲话自然成为很可恕宥的了。最精细、巧妙，而同时又可信赖的解释出于几个严正的好说闲话的人们嘴里。他们属于那类有理性的人们的阶层，在每个社会里永远最先忙着对别人解释事件的原因，认为这是他们的任务，甚至是一种安慰。根据他们的解释，这位青年是世家子弟、公爵，差不多很有钱，有点傻里傻气，然而是民主派，受了屠格涅夫先生所启示的现代虚无主义的迷毒，几乎不会说俄国话，爱上了叶潘钦将军的女儿，弄到了被这家人家把他看作未婚夫的地步。但是他好比那个法国神学生一样，新近在报上登载过关于他的一段笑话，就是他故意使人家给他戴上神甫的头衔，故意自己请求升到这个位置上去，履行一切的仪节，一切叩拜、亲吻、宣誓等等，就为了在第二天当众发表他给主教的一封信，说他不信仰上帝，认为欺骗民众，白吃他们的饭是不名誉的事情，因此辞卸昨天所得的职位，还把信交自由主义的报纸发表。公爵也就像这无神派一样，干出了这类的行径。大家讲他好像故意等候他的未婚妻的父母召集隆重的晚会，把他介绍给许多知名人物的时候，以便当众发表他的思想方式，痛骂尊贵的显宦，公然和未婚妻解除婚约，加以侮辱，还对驱逐他出去的仆人们抵抗，把一只美丽的中国花瓶砸破了。此外还添上几句，作为现代的风俗的写照，仿佛说这个糊涂青年确乎很爱他的未婚妻——将军的女儿。他的和她解除婚约单只是为了虚无主义，为了快要发生的那桩捣乱行为，做出称快一时的举动，那就是公然娶在迷途上的女子为妻，以证明在他的信念中并无所谓迷途的和正经的女人却只有一个自由的妇女，他不相信交际社会里这种陈旧的分别，只相信"妇女问题"。迷途的女子在他的眼中看来，甚至还比不迷途的女子高尚。这个解释好像是极可信的，为大多数避暑人士所乐于接受，尤其是因为可以从每天的事实上证明出来。固然，有许多事情是无从解释的，有人说那个可怜的姑娘非常爱她的未婚夫，有些人说是勾引人，竟会在被他抛弃的第二天上，跑到他那里去，正在他和情妇并坐在一起的时候。相反地，另有些人指出她被他故意引诱到他的情妇家去，单只是由于虚无主义，为了羞辱她、侮辱她一场。无论怎样说，这个事件的兴趣竟一天天地增加起来，况且关于那个捣乱的婚礼确乎即将成立一会是毋庸置疑的。

现在假使有人请我们解释，并不关于事件的虚无主义的色彩。不，不！只是关于这决定好的婚礼能满足公爵的愿望到什么样的程度，在这时候他的愿望究竟是什么，究竟对于我们的主角在这时候的精神状态应该下怎样的定义，诸如此类的问题，那么我们说老实话，实在难以置答。我们单知道一桩事情，那就是婚礼确已定局，公爵自己委托莱白及夫、开历尔和莱白及夫的一个朋友，特地为了这件事情由莱白及夫介绍给公爵的，担任关于这件事情在教堂和庶务方面的各项杂事，他还吩咐他们不必怜惜金钱，娜司泰谢·费里帕夫纳也催促着，坚持地主张从速举行婚礼。开历尔被派定做公爵的伴郎，由于他自己急切的请求，蒲尔道夫司基被派在娜司泰谢·费里帕夫纳那里做相同的职务，他很欢欣地接受了这职务。婚期定在七月初旬。但是除去这些极正确的情节以外，我们还知道一些事实，这些事实根本把我们弄得糊涂起来，因为它们和以前的事实互相矛盾。譬如说，我们确切地疑惑，公爵在委托莱白及夫等人担任各种事务以后，几乎在当天就忘记了他已经预备好伴郎、司仪员和一切结婚的手续，假使他这样匆忙地把一切繁杂的事务交给别人办理，那只是为了自己不必去想它，甚至也许为了赶快忘掉它。他自己在这种情形之下究竟想些什么，有什么可记忆的，他的志趣是什么？无可置疑的是这里并没有任何强制他的地方（譬如，从娜司泰谢·费里帕夫纳方面），娜司泰谢·费里帕夫纳确实希望赶快举行婚礼，结婚是她的主张，不是公爵的，但是公爵很自由地答应了，甚至露出一点不属意的样子，好像请求他做一桩极平常的事情似的。这样奇怪的事实在我们面前是很多的，但是这些事实不但不能解释，甚至据我们看来反而把事情的解释掩盖起来，无论我们举出多少例子来。但是现在让我们再提出一个例子来。

我们完全知道，在这两星期内，公爵整天整晚上和娜司泰谢·费里帕夫纳在一处。她带他一块出去散步，听音乐；他每天和她同坐马车出去；他只要有一小时不看见她，便开始担心她（从各种征象上看来，他诚挚地爱她）；他在整整的几小时内，用静谧的、温驯的微笑听她说话，管她说什么话，自己差不多不发一言。但是我们还知道，他在这些日子内有好几次，甚至许多次，忽然到叶潘钦家里去，并不瞒住娜司泰谢·费里帕夫纳，因此使她几乎到了绝望的地步。我们知道，叶家的人们，在他们留在伯夫洛夫司克的时候，不肯接见他，还时常拒绝他和阿格拉耶·伊凡诺夫纳见面。他当时一言也不发地走了，但是第二天又去了，好像完全忘却昨天被拒绝的事情，自然又取得了新的拒绝。我们还知道，在阿格拉耶·伊凡诺夫纳从娜司泰谢·费里帕夫纳那里跑走，以后过了一小时，甚至也许在一小时以前，公爵已经到叶家去了，自然深信他会在那里找到阿格拉耶。他在叶家的出现，当时在家中引起极度的扰乱和恐怖，因为阿格拉耶还没有回家，而且从他那里第一次听到她和他同到娜司泰谢·费里帕夫纳家去的事情。有人讲，丽萨魏达·博罗可菲也夫纳、女儿们，连S公爵也在内，当时全对待公爵异常粗暴、敌视，当时就用激烈的口气拒绝和他相识，尤其在瓦尔瓦拉·阿尔达里昂诺夫纳忽然上丽萨魏达·博罗可菲也夫纳那里来，宣布阿拉格耶·伊凡诺夫纳已在她家内一小时，处于极可怕的精神状态中，大概不愿意回家。这最后的消息使丽萨魏达·博罗可菲也夫纳最感到惊愕，而且完全是正确的。阿格拉耶从娜司泰谢·费里帕夫纳那里出来的时候，确乎宁愿死去，不愿现在见到自己家里的人们，因此就奔到尼纳·阿历山大洛夫纳那里去了。瓦尔瓦拉·阿尔达里昂诺夫纳立刻认为必须毫无迟疑地把这一切通知丽萨魏达·博罗可菲也夫纳。母亲和女儿们，大家立刻跑到尼纳·阿历山大洛夫纳那里去，以后那个一家之主——刚刚回家来的伊凡·费道洛维奇也跟着去了。莱夫·尼古拉也维奇不管人家的驱逐和粗暴的话语，也跟着他们走去，但是瓦尔瓦拉·阿尔达里昂诺夫纳吩咐不放他去见阿格拉耶。结果是阿格拉耶看见母亲和姐姐们对她哭，一点也不责备她，便奔到她们的怀抱中，立刻和她们回家去了。又有人说，虽然这传言是不十分正确的，笳佛里拉·阿尔达里昂南奇在这里又遭到了倒霉的事情。他利用瓦尔瓦拉·阿尔达里昂诺夫纳跑到丽萨魏达·博罗可菲也夫纳那里去，他和阿格拉耶两人在一起的时候，忽然讲起自己的爱情来了。阿格拉耶听着他的话，不管怎样烦闷和流泪，忽然哈哈大笑起来，忽然对他提出奇怪的问题：他能不能为了证明自己的爱情，现在把手指在蜡烛上焚烧？笳佛里拉·阿尔达里昂南奇听说当时被这提议弄得十分震骇，简直不知道如何回答，脸上表示出过度的惊疑，阿格拉耶不由得对他哈哈地大笑，像发作歇斯底里病，立刻离开他，跑到楼上尼纳·阿历山大洛夫纳那里去，她的父母就在那里找到了她。这笑话在第二天上由伊鲍里特传到公爵那里去。已经不起床的伊鲍里特特地打发人去请公爵来，把这消息告诉他。这消息怎么会传到伊鲍里特的耳朵里去，我们不知道，但是公爵听见了关于蜡烛和手指的话的时候，也竟笑得甚至使伊鲍里特惊异起来。以后忽然哆嗦了一下，流出眼泪来了。总之，他在这几天内显出极大的不安和特别的骚乱，不确定的、痛苦的骚乱。伊鲍里特简直说他发现他脑筋错乱，但这是怎么也不能肯定地说的。

　　我们在举出所有这些事实，而拒绝加以解释的时候，并不想在我们的读者眼前为我们的主角辩白。不但如此，我们准备同情他给他的朋友们引起的那份愤慨。甚至魏拉·莱白及夫有一个时候都要对他愤慨起来，连郭略都发生愤慨，连开历尔在他被选为伴郎以前都愤慨过的，莱白及夫更不必说，他业已开始对公爵施展阴谋，也是由于愤慨，甚至是很诚恳的。但是关于这个我们以后再说。一般地说来，我们十分深挚地同情叶夫格尼·柏夫洛维奇几句极强烈的、在心理上甚至很深刻的话语。这些话语是他在发生娜司泰谢·菲里帕夫纳家里的那个事件以后第六天或第七天上，在友好的谈话中直率地、不客气地表示出来的。我们顺便提起，不但叶潘钦家里的人们，即使是所有直接或间接关于叶家的人们全认为必须和公爵完全断绝一切关系。譬如说，Ｓ公爵在遇到公爵的时候甚至转过身去，不回答他的鞠躬。但是叶夫格尼·柏夫洛维奇并不怕玷辱自己的名誉，还是跑来拜访公爵，虽然他又每天上叶家去，甚至被接待得显然增加了欢洽的程度。他在叶潘钦一家人离开伯夫洛夫司克的第二天上到公爵那里去。他走进去的时候，已经知道了社会上传播着的一切谣言，甚至也许一部分是自己加以促成的。公爵很高兴，立刻谈起叶家的事情。这种坦白的、直率的开端使叶夫格尼·柏夫洛维奇解去了拘束，他就直截了当地讲起正文来了。

公爵还不知道叶家已离开这里。他感到惊愕，脸色显得惨白，但是一分钟后摇着头，露出惭愧和沉思的样子，自己承认"是应该如此的"，以后立刻就问："到哪里去了？"

叶夫格尼·柏夫洛维奇精细地观察他。所有这一切：那就是发问的匆遽，问题的简单，惭愧的神情，同时有一种奇怪的坦白、不安和兴奋，所有这一切使他感到不少的惊异。他客气地、详细地把一切告诉给公爵听，公爵有许多事情没有知道。他是第一个从叶家跑来报告消息的人。他证实阿格拉耶确会生病，差不多有三昼夜没有睡熟，发着寒热。她的病现在已经减轻些脱离了危险，但仍处于神经质的、歇斯底里性的心神状态中……"幸而家中是完全和平！不但在阿格拉耶面前，甚至相互间都努力不提起往事。父母已经互相讲妥，在秋天阿台拉意达结婚以后，立刻到国外去旅行。阿格拉耶默默地接受下关于这个计划的预先的暗示。"他，叶夫格尼·柏夫洛维奇也许也要到国外去。甚至 S 公爵也许会和阿台拉意达动身到国外去，以两个月为期，假使为职务所允许。将军独自留下。大家现在搬到高尔米诺他们的采邑那里去，离彼得堡二十俄里，那里有一所广阔的主人住的房屋。白洛孔司卡耶还没有到莫斯科去，大概甚至是故意留下来的。丽萨魏达·博罗可菲也夫纳坚决主张，在发生了这一切之后，不能再留在伯夫洛夫司克。他，叶夫格尼·柏夫洛维奇，每天把城里的谣言报告给她听。他们也认为不能搬到叶拉金的别墅里去。

"那也是实在的，"叶夫格尼·柏夫洛维奇补充着说，"您自己也应该同意，能不能忍受下去……尤其在知道您家里每小时所做的一切之后，再加上您不管人家的拒绝不拒绝，每天必上那里去一趟……"

"是的，是的，是的，您说得很对，我想见阿格拉耶·伊凡诺夫纳……"公爵又摇起头来。

"唉，亲爱的公爵，"叶夫格尼·柏夫洛维奇突然喊，露出兴奋和忧愁，"你当时怎么会容许……发生这一切的？自然，自然，所有这一切对于您是突如其来的……我同意，您大概当时心慌了。您不能阻止一个疯狂的女郎，这是您的力量达不到的！但是您应该明白这女郎对您的……态度严重而且强烈到如何程度。她不愿意和别的女人平分，而您……您竟会把这宝物遗弃而且砸碎了！"

"是的，是的，您说得对。是的，那是我的错，"公爵又说，露出可怕的烦闷，"您知道，只有她一人，只有阿格拉耶一人这样看娜司泰谢·费里柏夫纳……其余别的人都不是这样看的。"

"可痛恨的就是这里一点也没有什么重要的！"叶夫格尼·柏夫洛维奇喊，完全被感情激越起来，"请您饶恕我，公爵，但是……我……想到这层的，公爵。我反复地想了许多次，我知道以前发生过的一切，我

知道半年前发生的一切，我全都知道的，但是这一切并不重要！这一切
不过是脑筋里的冲动，一幅图画，一些幻想，一阵烟，唯有一个完全无
经验的女郎惊惧的嫉妒心能够把这一切看得如此严重！……"

叶夫格尼·柏夫洛维奇完全不客气地把自己的愤慨发泄了出来，他
有条理而且明晰地，甚至还带着深刻的心理，把公爵对娜司泰谢·费里
柏夫纳过去一切关系的图画在公爵面前展了开来。叶夫格尼·柏夫洛维
奇永远有言语的才能，现在甚至达到了雄辩的地步。"从一开始的时
候，"他宣布，"就是虚伪。以虚伪开始的，就应该以虚伪终结，这是自
然的法则。我不赞成，甚至感到愤激，在人家——无论是什么人——称
您为白痴的时候，对于这称呼，您显得太聪明。但是您这人又太奇特，
和一般人不相同，这个您自己应该同意的。我认为所发生的一切事情的
基础首先在于您的天生的无经验——请您注意'天生的'三个字——以
后在于您的不寻常的诚挚，以后在于根本缺乏衡量的感觉——您自己有
好多次已经承认这一点——最后是在于一大堆脑筋里的信念。由于您这
样特别诚实的性格，至今还把这些信念认作真正的、天生的、直觉的信
念。您自己应该承认，公爵，在您对娜司泰谢·费里柏夫纳的关系上
面，最初就有一些传统的、民主主义的元素——我为了简单起见这样
说——所谓对于'妇女问题'的迷醉——说得更简单些。我确实知道在
娜司泰谢·费里柏夫纳家里罗果静送钱来时所发生的那出奇怪的活剧。
要不要，让我把您自己分析一下，像分析手指一般，把您自己显示出
来，像照镜子一般，我确切知道是怎么回事，为什么会演变成这样的？
您是一个青年，在瑞士怀念着祖国，想回到俄国来，想到一个陌生的、
充满希望的国家里去。您读了许多关于俄罗斯的书，这些书也许很好，
但对于您是有害的。您怀着满腔的热望回国，想做一番事业。就在那一
天，有人把受耻辱的女人的一段悲惨的、惊心动魄的历史讲给您听，把
一个女人的事情讲给一个骑士、一个天真的少年听！就在那天，您见到
了这女人。你被她的美貌，她的怪诞的、魔鬼般的美貌所震慑——我同

意，她是美人——再加上神经质，加上您的昏厥病，加上彼得堡的、可使神经震撼的时期，加上在一个陌生的、对于您几乎近于荒诞的城内，度过了一天，充满奇遇和活剧的一天。在这一天里您意料不到地认识了许多人，发现了极意料不到的现实的情形，遇见了叶潘钦家三个美女，内中有阿格拉耶。再加上疲劳和眩晕，再加上娜司泰谢·费里柏夫纳的客厅和这个客厅的色调，还有……在这个时候，您还能从自己身上希望什么呢，您认为怎么样？"

"是的，是的，是的，是的，"公爵摇头，开始脸红了，"是的，这差不多是对的。您知道，头天晚上，在火车里，我差不多整夜没有睡，而且在前天夜里也没有睡，因此精神显得失调了……"

"是的，自然喽，我就是要说到这上面去呀，"叶夫格尼·柏夫洛维奇继续兴奋地说，"明白的事情，您处于欢欣的狂醉中，觉得在这里有了当众宣布宽仁的思想的可能，那就是以您这样世袭的公爵和纯洁的人，竟不认这女人是不清白的，她的受耻辱并非出于她的过错，却应该归罪到一个可厌的、上等社会的色鬼的身上去。天呀，这是很容易了解的！但是事情并不在这个上面，亲爱的，公爵，欲在于这中间是不是对的，您的情感里有没有真实，是不是一种自然的情感，或者只是脑筋里一种欢欣的状态？您以为怎样：在庙宇里，一个女人，这样的一个女人，被饶恕了，但是并没有对她说，她所做的是很好的事情，值得一切尊敬和荣誉？难道这三个月内，常识没有对您暗示过，这事情的真相是怎么样的？即使她现在是清白无罪的，我并不坚持，因为我不愿意坚持，但是难道所有她那些奇怪的行为可以替她那种无从忍耐的、魔鬼般的骄傲，那样无耻的、那样贪婪的自私主义加以辩白吗？对不住，公爵，我受了感情的冲动，但是……"

"是的，这是可能的，也许您说得很对……"公爵又喃声说，"她确乎很让人恼火，您自然是对的，但是……"

"她是值得加以怜悯的吗？您是不是想说这句话，我的善良的公爵？

但是为了怜悯，为了她的快乐，难道可以使另一个高贵纯洁的女郎受耻辱，难道可以在那一双傲慢的、那一双仇恨的眼睛里把她的身份压低下去吗？怜悯会弄到这种地步吗？这真是不可思议的夸张！既然爱一个女郎，难道可以在她的情敌面前这样加以侮辱，为了另一个女人，就在这女人的眼前把她抛弃，在自己已经向她求婚以后？……您是已经向她求过婚的，您是已经当着她的父母和姐妹面前表示过的！这种样子，您还能成为一个体面的人吗，公爵，我请问您？再说……您对女郎说您爱她，您不是欺骗这个圣洁的女郎吗？"

"是的，是的，您说得很对，我感到我错了！"公爵说，露出无可形容的烦闷。

"这就算够了吗？"叶夫格尼·柏夫洛维奇愤激地喊，"难道光喊一喊：'哎哟，我错了！'就算够了吗？您做错了事，但是自己还固执着，当时您的心在哪里，您的'基督'的心？您在那个时候也曾看见过她的脸，她会比那女人，比您的另一个女人，硬拆散你们的另一个女人痛苦得少吗？您怎么能在看见以后，又容许这样呢？那是怎样呢？"

"是的……我并没有容许呀……"不幸的公爵喃声说。

"你怎么没有容许呢？"

"我真是没有容许。我至今还不明白，这一切是怎样发生的……我——我跑过去追阿格拉耶·伊凡诺夫纳，但是娜司泰谢·费里柏夫纳昏晕过去了。以后，人家至今还不让我去见阿格拉耶·伊凡诺夫纳。"

"一样的！您应该跑上去追阿格拉耶，哪怕那个女人晕倒在地上！"

"是的……是的……我应该的……她会死的！她会自杀的，您还不知道她，而且……这是一样的，我以后可以对阿格拉耶·伊凡诺夫纳解释一切，并且……您知道，叶夫格尼·柏夫洛维奇，我看您大概没有知道一切情形。请您告诉我，为什么人家不许我去见阿格拉耶·伊凡诺夫纳？我可以对她完全解释明白的。您知道：当时她们两人说的都不是那么回事，完全不是那么回事，因此她们就弄成这种样子……我怎么也不能对您解释清楚，但是我也许会对阿格拉耶解释明白……唉，天呀，我的天呀！您说起她当时跑出去的时候那副脸庞……唉，我的天呀，我记得的！……我们走，我们走！"他忽然拉叶夫格尼·柏夫洛维奇的袖子，匆遽地从座位上跳起来。

"往哪里去？"

"我们到阿格拉耶·伊凡诺夫纳那里去，立刻就去！"

"她不在伯夫洛夫司克，我说过的。并且做什么去呢？"

"她会明白的！她会明白的！"公爵喃声说，合手做出哀求的样子，"她会明白这一切完全不对，完全，完全是另一回事！"

"怎么是完全另一回事？您到底不是要娶亲吗？那么您还在那里固执着……您结婚不结婚呢？"

"是的……我会结婚的。是的，我要结婚！"

"那么怎么叫作不是那回事呢？"

"噢，不对，不对！我结婚不结婚，那是一样的，这不要紧的。"

"怎么是一样的？怎么叫作不要紧？这还算是小事吗？您娶一个心爱的女人，使她得到幸福，阿格拉耶·伊凡诺夫纳也看到而且知道的，那么怎么会一样呢？"

"幸福吗？那是不对的！我不过随便结一下婚，她愿意这样。即使我结了婚，这有什么关系呢？我……还总归是一样的！不过她一定会死的。我现在看出她和罗果静结婚是疯狂的举动！以前不明白的，我现在全都明白了，您要知道：在她们两人面对面立着的时候，我当时受不住娜司泰谢·费里柏夫纳的脸……您不知道，叶夫格尼·柏夫洛维奇，"他神秘地把声音压低，"我没有对任何人说过这个话，永远没有，甚至没有对阿格拉耶说，但是我不能忍受娜司泰谢·费里柏夫纳的脸……您刚才讲起关于娜司泰谢·费里柏夫纳家那次晚会上的情形是实在的。但是还有一点是您忽略的，因为您不知道，我望到了她的脸！我还在早晨看相片的时候就不能忍受了……您瞧，魏拉·莱白及夫的眼睛是完全两样的。我……我怕她的脸！"他带着极度恐惧的神情说。

"你怕吗？"

"是的，她是疯子！"他微语，面色显得惨白。

"您确定知道吗？"叶夫格尼·柏夫洛维奇十分好奇地问。

"是的，确定知道的，现在确定知道了。现在，还几天内，已经完全知道了！"

"您何以这样做呢？"叶夫格尼·柏夫洛维奇惊异地喊。"这么说来，您的结婚是出于一种恐惧吗？这里是无从了解的……也许甚至没有爱情吗？"

"不，我从整个心灵里爱她！她是……她是一个小孩，完全是一个小孩！您是一点也不明白的！"

"同时您对阿格拉耶·伊凡诺夫纳说您爱她吗？"

"是的！是的！"

"那是怎么回事？这么说来，您想爱两个人吗？……得了吧，公爵，您说的是什么话？您醒一醒吧！"

"我没有阿格拉耶是……我一定要见到她！我……快在睡觉的时候死去，我想，我今天夜里会在睡觉的时候死去的。唉，如何能使阿格拉耶知道这一切，知道这一切……那就是说一定要知道一切的。因为这里应该知道一切，这是头等要紧的事情！为什么我们从来不能知道关于别人的一切，在必要知道的时候，在那别人犯了错的时候！我不知道我说的是什么话，我被缠乱了。您使我非常惊讶……难道她的脸现在还和她当时跑出去的时候的那副脸一样吗？是的，我有错！我还不知道怎么回事，但是我有错……这中间有一点是我不能对您解释的，叶夫格尼·柏夫洛维奇，我没有话说，但是……阿格拉耶·伊凡诺夫纳会明白的！我永远相信她会明白的。"

"不，公爵，她不会明白的！阿格拉耶·伊凡诺夫纳爱您，像一个女人，像一个人，并不像……抽象的精神。您知道不知道，可怜的公爵，您大概连这个女人和那个女人都从来没有爱过！"

"我不知道……也许，也许，您在许多地方是对的，叶夫格尼·柏夫洛维奇，您很聪明，叶夫格尼·柏夫洛维奇。唉，我的头又痛起来了。我们到她那里去！看在上帝的分上，看在上帝的分上！"

"我对您说过，她不在伯夫洛夫司克，她在高尔米诺。"

"我们到高尔米诺去，现在就去！"

"这是不可能的！"叶夫格尼·柏夫洛维奇说，立了起来。

"您听着，我要写一封信。请您转送过去！"

"不，公爵，不！请您不要委托我，我不能办到！"

他们分手了。叶夫格尼·柏夫洛维奇走出来的时候，带着奇怪的信念。据他的意见看来，公爵的脑筋有点不清楚。他所怕的，同时又那样爱的这个脸庞究竟有什么意思？同时他没有了阿格拉耶，也许真会死的，因此阿格拉耶也许永不会知道他爱她到如此的程度！哈，哈！怎么能同时爱两个女人呢？有两种不同的爱情？这是很有趣的……可怜的白痴！现在他怎么办呢？

第十章

　　然而公爵在结婚之前并没有死，无论在醒着的时候，或"在睡梦中"，像他对叶夫格尼·柏夫洛维奇那样预言着。也许他果真睡得不好，做些噩梦。但是白天，和人们在一起时，他显得很善良，甚至满意，不过有时很沉郁，但在他一人独处的时候，方才如此。大家忙着办喜事，婚期就定在叶夫格尼·柏夫洛维奇造访后一星期左右。事情弄得如此匆促，甚至公爵最好的朋友们——假使有这样的人——想"拯救"不幸的疯子，也会对于他们这番努力感到失望的。有人造谣言，说叶夫格尼·柏夫洛维奇的造访一部分似乎和伊凡·费道洛维奇将军和他的夫人丽萨魏达·博罗可菲也夫纳有关。但是假使他们两人由于心地无限的善良，也想把这可怜的疯子从深渊中救拔出来，自然只好限于这一个软弱的企图。他们的地位，或者甚至他们的衷心的倾向（那也是极自然的），都是不适宜于比较严重些的努力的。我们已经提过，连在公爵四围的人们有一部分都反对他。魏拉·莱白及夫仅限于暗自流泪，还时常坐在自己家里，到公爵那里走得没有以前那样的勤。郭略这时候正在办理父亲的丧葬。老人在第一次昏晕后过了八天，又昏晕了一次，这才死了。公爵极同情这个家庭所遭到的哀痛，最初几天在尼纳·阿历山大洛夫纳那里留了好几小时。他还去送殡，上教堂里去。许多人注意到，教堂内的叶家全彼此发出不由己的微语，迎送着公爵，在街上和花园里也是如此。在他步行或坐车走过的时候，总会传出一些语声，提起他的名字，指着他，还听到娜司泰谢·费里柏夫纳的名字。有人在送殡的时候寻觅她，但是她没有去送殡。上尉夫人也没有去送殡，是莱白及夫劝阻住的。葬礼时的诵经给予公爵极强烈的、病态的印象。他在教堂内，回答莱白及夫什么问题的时候，就对他微语，他初次参列正教举行葬礼时诵经的仪式，只记得在孩童时代，在一个乡村教堂中有过一次诵经的仪式。

"是的，好像躺在棺材里的并不是那个人，我们最近还聚在一处，让他做首席的那个人，您记得吗？"莱白及夫对公爵微语，"您寻找谁呀？"

"没有什么，我觉得……"

"不是罗果静吗？"

"难道他在这里吗？"

"在教堂里呢。"

"怪不得我好像看到他的眼睛，"公爵羞愧地喃语着，"怎么样？……他在这里做什么？他被邀请吗？"

"不见得吧。他是完全不认识的。这里什么人都有，这里有许多人。您为什么这样惊讶？我现在时常遇见他，最后的一星期内有四次，在这里，在伯夫洛夫司克遇到他。"

"我还一次没有看见他……从那天起。"公爵喃声说。

因为娜司泰谢·费里柏夫纳也一次没有告诉他，"从那个时候起"曾经遇见过罗果静，所以公爵现在断定罗果静故意为了什么原因不露面。这一整天他陷入强烈的沉思中，娜司泰谢·费里柏夫纳却在这天和这天晚上显得特别的快乐。

　　郭略还在父亲过世前就和公爵言归于好。他劝公爵请开历尔和蒲尔道夫司基做伴郎（因为事情是必须而且无从延缓的）。他给开历尔担保他行动的妥当，也许"还有用"，至于蒲尔道夫司基更不必说，他本来就是静谧而且谨慎的人。尼纳·阿历山大洛夫纳和莱白及夫对公爵说，如果已经决定结婚，何必在伯夫洛夫司克举行，还要在避暑的、时髦的季节里，这样堂而皇之的？不好到彼得堡去，或者甚至在家里吗？公爵十分明白，这些恐怖的用意何在。他简单而且自然地回答，娜司泰谢·费里柏夫纳一定要这样做。

　　开历尔在被通知他被选为伴郎以后，第二天上就来了。他走进来之前，在门前止步，一见到公爵，就把右手朝上举起，露出弯曲的食指，像起誓似的喊道：

　　"我没有喝酒！"

　　以后走到公爵面前，紧紧地捏住两手，摇晃了一下，宣布他起初听到这件事情的时候，表示反对，曾在打棒球的时候宣布过，并不为了别的原因，却因为他带着好友的不耐烦的心情，朝夕期望着的就是他娶公主特罗刚，或至少娶特沙包为夫人，但是现在他自己看到公爵的思想至少比他们"一股脑儿"高尚十二倍！因为他所需要的不是荣耀财富，甚至不是名誉，却只是真理！高尚人士的同情心是尽人都知晓的，但是公爵的学问太崇高，从一般地讲来，不会不成为高尚人士的！"但是那些混账东西和庸俗人士的判断是两样的。在城里、家庭中、集会上、别墅里、音乐会上、啤酒店里、弹子房内，谈论的、呼喊的只是关于即将来到的那个事件。我听说，他们甚至打算在窗下组织滑稽音乐队，在结婚的初夜！公爵，假使您需要一个体面人士的手枪，那么我准备交换半打正直的枪弹，还在您第二天从甜蜜的床上起身以前。"他为了怕从教堂内出来时看的人非常拥挤，他又提议在院内预备好消防队的橡皮带。但是莱白及夫大加反对。他说："假使安放了橡皮带，房屋都会给拆成碎片的。"

"这个莱白及夫在那里对您施展阴谋，公爵，真是的，您想也想不到，他们想把您放在官厅监护之下，把您的自由意志和财产全行剥夺，这两种东西就是使人和禽兽区别的所在呀！我听说的，听得很确实的！这是实在的事情！"

公爵记得他似乎自己也听见过这类的情形，但是当然没有加以注意。他连现在也不过笑了一下，立刻又忘记了。莱白及夫有一个时候果真张罗过的，这人的计算永远似乎是从灵感中产生出来的，由于过分的热心把事情弄得十分复杂，生出许多枝节，竟从原来的起点上蔓延到四处去了。他一辈子所以一无成就，就为了这个原因。他以后，差不多在结婚的前一天，上公爵那里忏悔的时候（他有一个不变的习惯，就是永远会向他施展阴谋反对的那个人忏悔，尤其在他的阴谋没有成功的时候），对他说，他生来本是塔力蓝，不知何以竟会成为莱白及夫。以后在他面前把全部的计划暴露出来，使公爵感到巨大的兴趣。根据他的话语，他开始着手寻觅要人的保护，以便在必要时有所依靠。他先去见伊凡·费道洛维奇。伊凡·费道洛维奇将军感到惊疑，他很希望"青年人"好，但是声明"他虽然极愿救他，不过由他方面发动是不雅观的"。丽萨魏达·博罗可菲也夫纳简直不愿意听他和见他；叶夫格尼·柏夫洛维奇和S公爵只是摇摆着手。但是他，莱白及夫，并不灰心，和一个精细的法律家，可尊敬的老人，他的好友，且几乎是恩人商议了一会。法律家表示，这事是完全办得到的，不过必须具有相当的证明书，断定神经的失调和完全的疯狂，自然主要的还是要人方面的保护。莱白及夫当下并不发愁，有一次甚至领了一个医生来见公爵。这医生也是可尊敬的老人，在伯夫洛夫司克避暑，领有安娜勋章。他到公爵那里来，单只为了赏览这地方的风景，和公爵结识，借此非正式地用友谊的方式，对于他下一个判断。公爵记得那次医生前来拜访他的情形。他记得莱白及夫在前一天就缠住他，硬说他身体不健康，在他坚决拒绝诊察的时候，忽然领了医生同来，借口说他们两人刚从帖连奇也夫那儿来，他的病况很坏，所以医生想和他谈谈关于病人的一切。公爵夸奖了莱白及夫几句，异常客气地接待医生。他们立刻谈起病人伊鲍里特的事情。医生请公爵详细讲述当时那幕自杀的情景，公爵所讲的故事和对于这事件的解释使医生听得异常感到有趣。他们又讲起彼得堡的气候，公爵的疾病，瑞士，施涅台尔。公爵又讲述施涅台尔治疗的方法，另外讲出一些故事，使医生听得十分入神，竟坐了两小时之久。他吸着公爵的上等雪茄，莱白及夫也取出一瓶非常有滋味的甜酒，由魏拉端来的。那个医生是已结过婚的、有家庭的人，竟在魏拉面前大施特别恭维的手段，引起她深深的痛恨。他们离别时竟成为极好的朋友。医生从公爵那里出来时，对莱白及夫说，假使全把这种人收归公家监护，那么应该派谁做监护人呢？莱白及夫把即将发生的事件作了悲剧性的叙述以后，医生狡猾地、谲诈地摇了摇头，终于说，不要说"一个男人尽管可以娶任何女人"，那位绝世佳人，至少据他所听到的，除去倾城美貌以外（有这一样已足使有财产的人为之倾倒），还拥有一笔财产，是从托慈基和罗果静那里得来的，此外还有珍珠和金刚钻、围巾和木器，因此这段婚姻不但不会表示尊贵的公爵方面什么特别显著的愚蠢，反而甚至可以证明他的脑筋的精细和计算的巧妙，而使人取相反的，于公爵完全有利的判断……这个意见使莱白及夫深为惊愕，他也就从此罢手。所以现在，他对公爵补充着说："现在是除去忠心和流血之外，您不会从我那里看到什么，我也就是带着这种意思上这里来。"

最后的几天内伊鲍里特也使公爵分心，他时常打发人请他。他们住在不远的一所小房里，小孩们伊鲍里特的弟妹们的欢迎别墅，至少为了可以到花园里去躲开病人。可怜的上尉夫人还留在他的权力底下，完全成为他的牺牲物。公爵必须每天给他们调解讲和。病人仍旧称他为自己的"保姆"，同时又似乎不敢不为了他那份和事佬的资格而看轻他。他很不满意郭略，因为他几乎不上他那里去，起初伴着垂死的父亲，以后又和守寡的母亲在一起。后来他决定把公爵和娜司泰谢·费里帕夫纳的婚事作为嘲笑的目标，结果把公爵侮辱了，使他非常生气，他后来停止看望他了。两天后，早晨时，上尉夫人跑到公爵家去，含着眼泪哀求公爵光临她家，否则那家伙会把她吞噬下去的。她说，他打算宣布一个极大的秘密。公爵去了。伊鲍里特表示愿意言归于好，哭了一顿，在流泪以后自然更加愤怒，但是不敢露出怒意。他的病况很坏，从一切方面可以看出，现在他将不久于人世了。其实也没有什么秘密，除去请求"留心罗果静"以外，还请求是他用紧急的神情表示出来，好像由于惊慌而透不出气来似的（但这惊慌也许是假装出来的）。"这个人是不肯让步的，公爵，他和你我不同。这个人想做什么事情，就会做出来，连眉毛都不动一动的……"诸如此类的一套话。公爵开始详细盘问，希望取得一些事实，但是事实是一点也没有，除去伊鲍里特个人的感觉和印象以外。伊鲍里特引为快事的是他结果把公爵吓得十分厉害。起初公爵不愿意回答他的一些特别的问题，对于他建议"哪怕逃到国外去也可以，俄国的神甫们到处都有，在那边也可以结婚的"，公爵唯有微笑。结果，伊鲍里特说出了下面的一个意思："我担忧的只是阿格拉耶·伊凡诺夫纳。罗果静知道您如何爱她，爱情换爱情。您把娜司泰谢·费里帕夫纳从他手里夺去了，他会把阿格拉耶·伊凡诺夫纳杀死。虽然她现在不是您的人，但到底会使您感到痛苦的。不对吗？"他达到了目的，公爵从他那里出去时显出反常的样子。

关于罗果静的这种警告是在结婚前一天发生的。就在这天晚上，公爵和娜司泰谢·费里帕夫纳在婚前最后一次晤面。但是娜司泰谢·费里帕夫纳不能使他安慰，甚至相反地更加增强他的不安。以前，那就是在数天之前，她和他见面时用了所有力量使他快乐，她很害怕他的忧愁的神色，甚至还试着给他唱歌，时常对他讲一些认为可笑的东西。公爵差不多永远做出笑的样子，如果真为了她的卓越的聪明和光明的情感而笑，她在受冲动的时候有时会用这种情感讲述，而她是时常受冲动的。她听到公爵的笑声，看见他所受的印象，便感到欢欣，开始自己骄傲了。但是现在她的忧愁和凝思几乎在每小时内增长着，他对于娜司泰谢·费里帕夫纳的意见业已确定，否则现在他对于她一切的行为会觉得神秘而且不易索解的。但是他深信她还能复活。他对叶夫格尼·柏夫洛维奇说他完全诚恳地爱她，是很正确的，他对她的爱情内确似乎包含对于一个可怜的、有病的婴孩的柔情，这婴孩是很难，且也不能加以自由放任的。他没有对任何人解释他对于她的情感，甚至不爱去谈论它，假使不能避免谈话。他和娜司泰谢·费里帕夫纳坐在一处的时候从来不讨论"情感"，好像两人已经约好了似的。任何人都可以参加他们寻常的、快乐的、活泼的谈话。达里亚·阿莱克谢夫纳以后讲她这些日子一直在那里欣赏他们，瞧着他们发乐。

他对于娜司泰谢·费里帕夫纳精神和脑筋状态的这种见解一部分使他避去许多其他的疑窦。现在她成为和他在三个月以前所知道的完全不同的女人。现在，譬如说，他对于她为什么当时不愿和他结婚，带着眼泪、咒骂和责备逃走，而现在则自己竭力主张赶快结婚一层是不加以沉思的了。"如此说来，她并不像那时似的怕因为和他结婚而造成他的不幸。"公爵想。据他的观察，这样迅快地复活了过来的自信心绝不出于自然。这信心也绝不会单只由于愤恨阿格拉耶而发生，她会有比较深一些的情感。也不会由于恐惧她和罗果静在一处将遭遇不幸的命运而发生。总而言之，这是所有这些原因，还加上一些别的，凑在一起而构成的。但是对于他最明显的，就是他早就疑惑到，那个可怜的、痛苦的心灵受不住了。这一切虽然使他别致地避免疑惑，但在这一些始终不能给予他安宁和休息。他有时似乎努力一点也不去想，他对于婚姻大概也真是看作一种不重要的形式，他对于自己的命运估价太轻。关于那些辩驳和谈话，好比和叶夫格尼·柏夫洛维奇谈话之类，他根本一点也不能回答，感到自己是完全不能胜任的，因此也就避免作这类谈话。

他觉察出娜司泰谢·费里帕夫纳很知道，也明白阿格拉耶对于他有什么意义。她并不说出来，但是他看到她的脸，在她有时，还在最初，遇见他预备上叶潘钦家里去的时候。叶家一搬走，她的脸容好像发出光彩来了。无论他怎样不注意，而且不会猜疑，有一个念头使他不安，那就是娜司泰谢·费里帕夫纳决定闹出什么乱子来，以便把阿格拉耶从伯夫洛夫司克驱走，所有别墅中纷纷议论举行婚礼的事情，一部分是由娜司泰谢·费里帕夫纳从中支持，以激怒情敌。因为叶潘钦一家人很难遇到，有一次娜司泰谢·费里帕夫纳竟把公爵放在马车上面，吩咐车夫一直从他们别墅的窗前直驰而过。这对于公爵是完全出乎意料的事情，他照例是在无从补救，马车已经从窗前走过的时候才明白了过来。他一句话也没有说，但是以后接着病了两天，娜司泰谢·费里帕夫纳不再重复这试验了。在婚前的最后几天，她开始十分沉郁，结果永远是战胜了自己的忧愁又快乐起来，但是似乎清静些，不大喧响，不像以前似的，还在最近的时候那样的快乐。公爵增加了他的注意。他感觉有趣的是她从来不和他谈起罗果静。只有一次，结婚前五天，达里亚·阿莱克谢夫纳忽然打发人来，请他立刻就去，因为娜司泰谢·费里帕夫纳病得很厉害。他发现她处于和完全疯狂相近似的情况中：她呼喊，哆嗦，吵着说罗果静藏在她们家内的花园里，她刚才看见他，他夜里会杀死她……宰死她的！她整天不能安静下来。但是当天晚上公爵到伊鲍里特家里去的时候，上尉夫人刚从城里回来（她有事进城去），讲起今天罗果静到她的彼得堡的寓所里去，问伯夫洛夫司克的情形。公爵问罗果静什么时候上她那里去，上尉夫人说出的时间，就是今天娜司泰谢·费里帕夫纳仿佛在花园里见到他的那个时间。这事情才算弄清楚了，原来不过是一种想象。娜司泰谢·费里帕夫纳自己到上尉夫人那里去详细查问了一下，这才感到了安慰。

　　在结婚的前一天，公爵离开娜司泰谢·费里帕夫纳的时候，她正处于极大的兴奋状态中。成衣铺从彼得堡送来了明天的服装、结婚礼服、头饰等等。公爵料不到她会被服装兴奋到如此程度。他自己净夸奖着，由于他的夸奖她更加显得有幸福些。但是她说漏了她的心事，她已经听见城里愤激的情形，听见确乎有些坏蛋们在那里组织滑稽音乐队，还特地编了几首歪诗，而这一切几乎是经过其他社会人士默许的。现在她一定要在他们面前高高地昂起头来，用她的服装的合时和丰富遮掩一切："让他们去呼喊，让他们去呼啸，只要他们敢！"她一想到这上面，她的眼睛就闪耀了。她还有一个秘密的幻想，但是她没有出声表示过：她幻想阿格拉耶，或者至少是她打发来的什么人，也会秘密地夹杂在人群里、教堂中，望着，看着，因此她自己准备着。她在晚上十一点钟左右，和公爵分手的时候正萦绕着这些念头。但是还没有过午夜，达里亚·阿莱克谢夫纳就跑来见公爵，请他快去，因为病得很厉害。公爵发现他的未婚妻锁在卧室里，流泪，悲痛，犯着歇斯底里病。她许久时候没有听到人家隔着门对她说些什么，后来才开门，放公爵一人进去，又把门锁上，跪在他的面前。（至少是达里亚·阿莱克谢夫纳以后这样讲出来的。她偷看到了一点。）

"我做的是什么事！我做的是什么事！我把你弄成这样子！"她喊着，痉挛地抱他的脚。

公爵和她坐了整整的一小时，我们不知道他们说些什么。达里亚·阿莱克谢夫纳讲，他们在一小时后分手时业已快快乐乐地重归于好了。这夜里，公爵又打发人打听了一下，但是娜司泰谢·费里帕夫纳已经睡熟了。早晨，在她睡醒前，公爵又打发两个人到达里亚·阿莱克谢夫纳那里去，等到打发第三个人去的时候，她吩咐他转达："现在有一大群从彼得堡来的成衣匠和理发师在娜司泰谢·费里帕夫纳身旁，昨天那段事情连痕迹都没有了，她现在正忙于装扮，正像一个绝世佳人在结婚前那样的忙法。现在，在这时候，正开着紧急会议，究竟应该戴那一种金刚钻，并且怎样戴法？"公爵完全安心了。

以后发生的关于这个婚事的笑话由在场目击的人们作如下的讲述，大概是很正确的：

婚礼定于午后八点钟举行，娜司泰谢·费里帕夫纳在七点钟的时候就预备好了。从六点钟起，就有一群闲人来莱白及夫别墅周围，尤其在达里亚·阿莱克谢夫纳房子附近渐渐地聚集拢来。从七点钟起，教堂里开始充满了人。魏拉·莱白及夫和郭略很替公爵担心，但是他们在家里有许多事情要做。他们在公爵的几间屋内布置关于招待宾客和喜筵的事情。结婚以后并没有打算有许多人聚会。除去举行婚礼时必要的人员以外，由莱白及夫邀请了波奇成夫妇、箢纳、佩戴安娜勋章的医生、达里亚·阿莱克谢夫纳。公爵向莱白及夫询问，他为什么忽然想请医生。"差不多是并不熟识的，"莱白及夫自满地回答，"颈上佩着安娜勋章，一个可尊敬的人，大可摆一摆架子。"当时使公爵发笑了。开历尔和蒲尔道夫司基穿戴着燕尾服和手套，看来很体面，单只开历尔对于战斗有点公开的嗜好，使公爵和担保的人们多少感到不安，他还很仇视聚在房屋附近的闲人们。公爵在七点半钟时坐着马车到教堂去了。我们应该顺便提出的是他自己故意不愿放弃任何一个共通的习惯和惯例：一切都做得明显、公开，而且"应有尽有"。公爵在教堂里，好容易从人群中间，在群众不断的微语和呼喊之下，经开历尔指挥着，往左右投射威严的眼神以后，才走了过去，暂时躲在祭坛后面，以后开历尔动身去接新娘。在达里亚·阿莱克谢夫纳房屋的台阶旁边发现了一群人，不但比在公爵那里的还多两三倍，甚至也许还要多三倍。他升上台阶时，听得到那种呼喊，使得他不能忍受下去，正想面对群众，发表相当的演说，但是幸而被蒲尔道夫司基和从台阶那里跑出来的达里亚·阿莱克谢夫纳阻止住了。他们把他拉住，用强力拖他进屋内去。开历尔很生气，露出匆忙的样子。娜司泰谢·费里帕夫纳立起身来，又朝镜内瞧了一下，带着"扭曲"的微笑（据开历尔以后传达给他人听），觉察出来自己的脸白得像死人一般，虔敬地向圣像鞠躬，就走上台阶。雷轰般的语声欢迎她的出现。固然，在最初一刹那间听得见哗笑、鼓掌，几乎还有呼啸，但是过了一会传出另一些语声来了。

"真是美人儿！"人群里喊。

"不是她第一，也不是她最后！"

"一切全被结婚礼服掩盖住了，傻瓜！"

"不，你们去找出这样的美人来吧！妙极啦！"立在近边的人们喊。

"公爵夫人！我愿意把灵魂卖去，换这样的公爵夫人！"一个书记样子的人喊，"以生命的代价换取一夜的欢娱！"

娜司泰谢·费里帕夫纳出来的时候脸色确乎惨白得像一块手帕，但是一双巨大的乌黑的眼睛向人群闪耀得像烤红的煤炭，这个眼神是人群受不住的，愤激变为欢欣的呼喊。马车的门已经开了，开历尔已经把手递给新娘，她突然呼喊了一声，从台阶上一直奔到人群里去。送她的人们全都惊讶得呆住了，人群在她面前松散了开来，罗果静忽然在离开台阶五六步远的地方发现了。娜司泰谢·费里帕夫纳就在人群里把他的眼神捉住，她像疯子似的跑到他面前，两手抓住他：

"救救我吧！带我走吧！随你到哪里去！立刻就去！"

罗果静差不多把她抱了起来，差不多抬到马车那里去。以后在一刹那间，从皮夹里取出一张一百卢布的钞票，递给马夫。

"到车站去，赶得上火车，再给你一百卢布！"

自己随着娜司泰谢·费里帕夫纳跳进马车里去，把车门关上了。马夫一分钟也不迟疑，就鞭打起马来了。开历尔以后归罪于事情的突如其来："再等一秒钟，我会醒过来，我会不答应的。"他在讲述这奇事的时候，这样解释着。他想和蒲尔道夫司基坐到恰巧在旁边的另一辆马车上去追赶，但是在动身的时候，就改变了主意："总归是晚了！强力是不能挽回的！"

"公爵也不愿意的！"受了震愕的蒲尔道夫司基决定。

罗果静和娜司泰谢·费里帕夫纳跑到车站时，火车恰巧快要开到。罗果静从马车里走出以后，在差不多已经坐上火车的时候，还来得及把一个走过的女郎喝住，她穿着半旧的却还像样的深色斗篷，头上围着一块绸巾。

"您的斗篷，五十卢布卖给我，好不好？"他忽然把钱递给女郎。她还在惊讶着，努力弄明白是怎么回事的时候，他已经把五十卢布一张的钞票塞在她手里，卸下斗篷和绸巾，套在娜司泰谢·费里帕夫纳的肩上和头上。她那套太漂亮的服装会炫耀人家的眼睛，惹起火车上人们的注意。女郎以后才明白为什么人家花了于她极有利益的价钱，买下他这不值钱的旧货来。

这段奇闻特别迅快地传到教堂里去。开历尔走到公爵那里去的时候，有许多和他完全不相识的人跑过来盘问他。传出了洪响的语声，有些人摇头，有些人甚至发笑，谁也不离开教堂，大家等候着看新郎对于这新闻取什么样的态度。他脸色惨白，但是静静地接受了这个新闻，轻轻地说："我怕这样，但是我到底不想到会这样的……"以后沉默了一会，又补充了一句："不过……在她的境况中……这是完全必然的。"这样的批评，开历尔以后称为"没有前例的哲学"。公爵从教堂内出来，变得很安静，而且精神饱满，至少有许多人看到了以后讲出来。他似乎想回家去，赶快独自留在那里，但是人家不让他这样做。被邀请的客人中有几个人随他走进屋内，内中有波奇成，茄佛里拉·阿尔达里昂南奇，还有那个医生，他也不想走。此外，整所房子根本被闲人们包围住了。公爵从平台上就听见开历尔和莱白及夫跟几个完全不相识的人们发生剧烈的辩论，他们的样子颇像官僚，他们无论如何想走进平台上来。公爵走到争论的人们面前，问明了什么事情，很客气地把莱白及夫和开历尔推开，有礼貌地朝一个头发业已斑白、身躯非常强壮的先生说话。他立在台阶的阶级上，另外几个愿意进来的人们的面前，让他赏脸进到里面去坐。那位先生感觉不好意思，但还是走了进去，随着走进了一个，两个。人群里只有七八个人走进去，努力做出十分潇洒的样子。此外没有乐意进去的，不久人群里开始对那些冒失鬼大加责难。公爵请走进去的人们坐下，开始谈话，端上茶来。这一切弄得十分体面，而且谦虚，使走进来的人们觉得有点怪异。自然，也曾有几次尝试把谈话弄得快乐一点，引到"相当"的题目上去，说出了几个不客气的问题，发表了几个"冒险"的意见。公爵用自然和乐观的态度回答大家，同时露出那样的尊贵，露出那样对于客人正经性格的信任，竟使那些不客气的问题自然而然地静息下去了。谈话渐渐地开始成为正经的了。有一位捉住一个话头，忽然用异常愤激的态度起誓，无论出什么事情，他不愿将地产卖去，相反地，他要等候，而且会等候到的，因为"企业比金钱好"。"先生，这就是我的经济学说，您应该知道。"因为他朝公爵说话，所以公爵热心地恭维了他一番，虽然莱白及夫附耳告诉他，这位先生是"家徒四壁"，从来没有置过什么田产。过了几乎一小时，茶喝完了。喝完茶以后，客人们不好意思再坐下去了。医生和那位斑白头发的先生恳切地和公爵作别，大家也都带着喧闹的、恳切的样子作别了。说出了一些希望和意见，好比"用不着忧愁，也许这样更好些"之类。固然，也曾有表示希望开香槟酒的尝试，但是客人中，年长的阻止了年轻的。在大家散走以后，开历尔俯身就着莱白及夫，对他说："你我一定会呼喊起来，打个不亦乐乎，弄出羞耻的事情，把警察招出来。但是他竟交到了新朋友，还交的是什么样的人，我知道他们的！"有点薄醉的莱白及夫叹了一口气，说道："对智慧的、有理性的人们隐瞒，而给婴孩们泄露，我以前就这样讲他，但是现在我要补充一句：上帝保存了婴孩，把他从深渊中救拔出来，主和主所有的圣徒！"

十点半钟左右，公爵终于剩了一人在家里。他头痛得厉害。郭略走得最晚，帮他换去结婚礼服，穿上家常衣裳。他们很恳切地分了手。郭略没有再提今天的事情，但答应明天早点来。他以后说，公爵在最后离别时一点没有对他做任何警告，把他的计划瞒住了，不使郭略知道。不久，屋内几乎没有留下任何人。蒲尔道夫司基到伊鲍里特那里去了，开历尔和莱白及夫也动身到什么地方去了。只有魏拉·莱白及夫一人还在屋内留了一会，匆匆地把这些屋内从办喜事的样子收拾成为寻常的状态。临走时她到公爵那里窥望了一下。他坐在桌旁，两肘支在桌上，手遮住头，她轻轻地走到他面前，触动他的肩膀。公爵疑惑地望了她一眼，差不多有一分钟似乎在那里记忆。但是在记到一切、明白过来以后，他突然露出非常惊慌的样子。他结果对魏拉作了紧急的、热烈的请求，请她明天早晨七点钟第一班火车开行前叩响他的房门。魏拉答应下了，公爵坚请她不要对任何人告诉这件事情。她也答应下了。最后在已经完全开了门，预备出去的时候，公爵第三次又止住她，拉住她的手，吻着，以后又吻她的额，用一种"特别"的神色对她说："明天见吧！"以后魏拉至少是这样告诉人家的。她走出去的时候替他十分担心。早晨，她的精神稍微振作了一点，七点多钟的时候如约叩响他的房门，通知他火车在一刻钟以后就要开到彼得堡去了。他觉得他开门的时候精神显得十分抖擞，甚至露出微笑。他夜里似乎没有脱去衣裳，但是睡倒是睡的。据他说，他今天就可以回来。结果是他在这时候，认为可以而且必须把进城去的消息单单报告给她一个人。

第十一章

一小时后，他已经到了彼得堡，九点多钟左右在罗果静家的门上按铃。他从正门进去，许多时候没开门。后来罗果静母亲住宅的门开了，露出一个老态龙钟、服装整齐的女仆。

"帕尔芬·谢蒙诺维奇没有在家，"她从门内回报，"您找谁？"

"帕尔芬·谢蒙诺维奇。"

"他没有在家。"

女仆用粗野的好奇审视公爵。

"至少请您说，他昨天在家里睡吗？……昨天是不是一个人回来的？"

女仆继续望着，没有回答。

"昨天，在这里……晚上的时候……娜司泰谢·费里帕夫纳是不是同他一块来的？"

"请问，您贵姓？"

"莱夫·尼古拉也维奇·梅思金公爵，我们是很要好的朋友。"

"他没有在家。"

女仆垂下眼睛。

"娜司泰谢·费里帕夫纳呢?"

"我一点也不知道。"

"等一等,等一等!他什么时候回来?"

"这个我也不知道。"

门关了。

公爵决定过一小时后再去。他朝院内望了一下,遇见了看院人。

"帕尔芬·谢蒙诺维奇在家吗?"

"在家。"

"怎么刚才有人说他没有在家?"

"是他那里的人说的吗?"

"不是的,是他母亲的女仆说的,我在帕尔芬·谢蒙诺维奇那里按铃,没有人开门。"

"也许出去了,"看院人决定,"他不会留话的。有的时候把钥匙拿走,房门关上三天。"

"你昨天确定知道他在家吗?"

"在家的。有时从正门走进,就看不见了。"

"娜司泰谢·费里帕夫纳昨天是不是和他在一块?"

"这个我不知道。她不常来。假使来了,也会知道的。"

公爵走了出去,在人行道上沉默地走了一会。罗果静住的几间房屋的窗全关着。他母亲所住的一半房屋的窗差不多全都敞开。天气是晴朗的、炎热的。公爵越过街心,到对面的人行道上去,站在那里又朝窗内看了一遍:窗不但全关好,差不多什么地方都垂下白色的窗帘。

他站了一分钟,真奇怪,他忽然觉得,一个窗帘的边微微地卷了起来,罗果静的脸闪了一下,一闪,立刻就隐灭了。他又等候了一下,已经决定再进去按铃,但是又变了主意,等一小时后再说:"谁知道,也许只是一个幻觉……"

主要的，他现在忙着到伊慈玛意洛夫司基营的娜司泰谢·费里帕夫纳新近住过的住宅里去。他知道，她在三星期前经他的请求从伯夫洛夫司克搬走的时候，就住在伊慈玛意洛夫司基营以前的一个女朋友那里，她是教师的寡妻，有儿女的、可尊敬的女太太，出租极讲究的、带家具的房间，几乎靠着这个生活下去。娜司泰谢·费里帕夫纳又搬到伯夫洛夫司克去的时候，大概总会把那些房间留下来，至少她一定住宿在这住宅内，昨天罗果静自然会把她送到那边去的。公爵雇了马车，路中他想到本来就应该从那里先下手，因为她绝不会在夜里一直就上罗果静那里去。他又记起看院人的话语，娜司泰谢·费里帕夫纳是不常来的。既然不常来，怎么现在会住在罗果静家里呢？公爵用这些念头安慰自己，终于怀着疑信不定的心思到了伊慈玛意洛夫司基营。

使他完全惊愕的是教师夫人那里，昨天和今天不但没有听见娜司泰谢·费里帕夫纳的事情，且全都跑出来看他，像看奇迹一般。教师夫人的人数众多的家庭，全是姑娘，从七岁起到十五岁。一岁挨着一岁，随着母亲拥了出来，把他团团围住，张大了嘴望他。后来又出来一个身瘦脸黄的潘母，戴着灰色头巾，后来祖母也出来了，一个戴眼镜的老太婆。教师夫人坚请他去坐一会，公爵也就照办了。他立刻猜出她们完全知道他是什么人，他们还很晓得昨天他应该结婚，所以死也想把结婚的情形盘问一下，还要盘问那件怪事，那就是他会向他们问她在什么地方，其实她现在应该和他一块同住在伯夫洛夫司克，但是他们客气得不好意思动问。他用简单的叙述满足了他们对于婚事的好奇。开始了惊异、叹息、呼喊，使他不能不把所有其余的事情几乎全都讲了出来，自然不过是主要的梗概。几个聪明的、惊慌的女太太经过商议后决定最先应该见到罗果静，向他弄明白一切。假使他不在家（这是应该打听清楚的），或者他不愿说，便上谢蒙诺夫司基营去见一位德国女太太——娜司泰谢·费里帕夫纳的女友，她和母亲同住在一处。娜司泰谢·费里帕夫纳由于心慌并且愿意躲藏一下的原因，也许会宿在他们那里的。公爵精神颓废地立了起来。她们以后讲："他的脸色惨白得厉害。"他的两脚果真差不多站不稳了。他终于从嘈杂异常的语声中辨明他们打算出去帮同他寻访，所以问他的城里的住址。他并没有住址，他们帮他住在旅馆里。公爵想了一下，给了一个旅馆的地址，就是五星期以前他昏厥过的那个旅馆。他后来又上罗果静家里去。这一次罗果静家里不但没有开门，甚至连老太太所住的寓所的门也没有开。公爵走到看院人那里，好容易在院内把他找到。看院人忙着做什么事情，不大肯搭话，甚至连瞧也不瞧，但是到底肯定地宣布，帕尔芬·谢蒙诺维奇"从大清早就出去，上伯夫洛夫司克去，今天不回家来"。

"我等一等，也许他晚上会回来的呢？"

"也许一个礼拜也不回来，谁知道他。"

"这么说来，昨天晚上他到底住在家里吧？"

"住是住的。"

这一切是可疑而且不干净的。看院人也许在这时间内已经接到新的训令。刚才甚至极好说话，现在简直推脱起来。公爵决定过两小时以后再去，甚至在房屋附近守候一下，假使有这必要。而现在还存着在德国女人家里的一个希望，他于是驱车赶到谢蒙诺夫司基营去了。但是德国女人甚至没有了解他。从几句泄漏出来的话语上他甚至猜到，那个德国美女在两星期以前和娜司泰谢·费里帕夫纳吵了嘴，所以这些日子并没有听到关于她的任何事情，现在也努力表示她丝毫没有兴趣听，"哪怕她嫁给全世界所有的公爵们"。公爵连忙走出去了。他想到她也许会像那次一样到莫斯科去了，罗果静自然跟从前去，或者也许同她一块去。"至少总要找出一些踪迹来！"但是他记起他必须去开客栈，便忙着上李铁因大街上去。旅馆里立刻给他开了一间房间。茶房问他要不要吃点东西，他迷迷糊糊地回答说愿意吃，后来一转念就恨起自己来了，因为吃茶要费去他半小时的工夫，后来总想到他把端上来的凉茶留着不吃，也没有什么妨碍。在这个阴沉的、闷热的走廊里，有一个奇怪的感觉抓住他，这感觉正在痛苦地努力变为一个思想。但是他终归不能猜到这个新的闯入的思想究竟是什么。他精神不属地从客栈里走出去了，他的头旋转着。但是往哪里去呢？他又跑到罗果静家里去了。

罗果静没有回来，按铃不开门，他按罗果静母亲的门，有人开门，也说帕尔芬·谢蒙诺维奇不在家，也许三天不回来。使公爵感到苦恼的是他仍旧被人家用那种粗野的好奇审视着。这一次他完全没有找到看院人。他和刚才一样，走到对面的人行道上，向窗内看望，在奇苦难耐的闷热中走了半小时，也许多些，这一次并没有动静，窗没有开，白帘动也不动。他最后想到刚才一定只是幻觉，连那些窗显然是那样的模糊，早就没有擦拭，即使果真有人从玻璃里看望，也是难以辨认的。他想到这层觉得快活，便又上伊慈玛意洛夫司基营去见教师夫人。

教师夫人已经在家里等候他。她已经到了三四处地方，甚至还到罗果静家里，一点影踪也没有。公爵默默地听着，走进屋内，坐在沙发上，开始看着大家，似乎不明白人家对他说什么话。奇怪的是他一会注意力很强，一会忽然精神显得散漫到不可收拾的地步。全家的人们以后说，他在那天显出十分奇怪的样子，"也许当时已经全都注定了"。他终于立起身来，请他们把娜司泰谢·费里帕夫纳的房屋给他参观一下。那是两间宽大、光亮、高敞的房屋，家具陈设得极体面，价值并不便宜。这些女太太们以后讲，公爵审视屋内每一件东西，看见小桌上有一本翻开来的、从图书馆借来的书，法文小说《波瓦利夫人》，便把翻阅来的那页折叠一下，请她们准许他把那本书拿走，当时并没有听见人家说那本书是从图书馆里借来的，便放在自己口袋里去了。他在敞开的窗旁坐下，看见一张牌桌，上面用粉笔画着，便问：谁在那里玩过牌？她们对他讲，娜司泰谢·费里帕夫纳每天晚上和罗果静玩牌，玩"傻瓜""Preference""磨坊主人""Whist""胜牌"等，各式各样的牌都玩。牌是最近才玩起的，从伯夫洛夫司克搬到彼得堡来以后，因为娜司泰谢·

费里帕夫纳净嚷闷，抱怨罗果静坐了整整的一晚上，默默地不说一句话，因此时常哭泣。第二天晚上，罗果静突然从口袋里取出纸牌，娜司泰谢·费里帕夫纳笑了。他们开始玩牌。公爵问：他们玩的牌在哪里？但是牌没有，牌永远由罗果静放在口袋里带来，每天取来一副新牌，以后又带回去。

女太太们劝他再上罗果静家里去，再狠狠地叩门，但是现在不必去，晚上再去："也许会在家的。"教师夫人自告奋勇在晚上以前到伯夫洛夫司克去找达里亚·阿莱克谢夫纳，那边会不会知道一点什么？她请公爵晚上十点钟再来，无论如何来一趟，为了约好明天进行的步骤。无论人家怎样安慰他，给予他各种信念，公爵的心灵被完全的绝望占据住了。他怀着无可形容的苦闷，步行走回旅馆。炎夏的、尘埃的、闷热的彼得堡重重地压在他身上，他在粗暴的或酒醉的人们中间推搡着，无目的地审视人们的脸庞，也许路走得比应该走的多些，他走进自己房间的时候，差不多已经完全是黄昏了。他决定休息一会，以后再上罗果静家去，照人家劝他的那样做。他坐在沙发上，两肘靠在桌上，沉思着。

谁知道他想了多少时候，谁知道他想的是什么。他惧怕许多事情，痛苦地、烦恼地感到他十分惧怕。他想起魏拉·莱白及夫，以后想也许莱白及夫在这件事情里知道一点什么，假使不知道，也许会比他知道得快，而且容易些。以后他忆起伊鲍里特，和罗果静去找伊鲍里特的事情。以后忆起罗果静自己，最近在诵经的时候，以后在公园里，以后——忽然在旅馆的走廊里，那时他揣起刀子躲在角落里等候他。他现在忆起了他的眼睛，当时在黑暗中望着的眼睛。他哆嗦了一下：刚才那个闯进来的念头现在忽然又闯进他的脑筋里去了。

他心想，假使罗果静在彼得堡，那么哪怕他一时躲了起来，结果终归会上他那里，上公爵那里去，怀着好意或坏意，哪怕就像当时一样。假使罗果静为了什么原因必须上他那里来，至少他唯有到这里来，到这个走廊里来。他不知道他的住址，那么他也许会想到公爵落在以前的客栈里，至少会试一试到这里来找他……假使有必要的话。谁知道，也许他有这个必要。

他这样想，这念头不知为什么原因他觉得是完全可以成立的，假使他对于这念头深深地研究一下，他无论如何弄不明白："为什么罗果静忽略需要他？为什么他们不'相遇'甚至是不可能呢！"但是念头是痛苦的："假使他好，他不会来，"公爵继续想，"他不好才会来，他一定不好的……"

自然，既然生出这样信念，便应该在家里、房间内等候罗果静，但是他好像不能忍受这新的念头，跳起来，抓住帽子，就跑走了。走廊里差不多完全黑暗："他不会忽然在从角落里出来，在楼梯旁边阻止我吗？"他走近那个熟悉的地方的时候闪过这个念头。但是没有人走出来。他从大门里走过，走在人行道上，看着日落时拥到街上来的浓密的人群颇为惊讶（彼得堡在夏天永远是如此的），朝郭洛霍瓦耶街上走去。离开旅馆五十步路，在第一个交叉路口，人群里有人忽然碰他的手肘，在耳朵上轻声说：

"莱夫·尼古拉也维奇，跟我走，老弟，有事情。"

他就是罗果静。

奇怪，公爵欢喜得忽然开始对他喃声地、几乎像说不出话来似的讲他如何现在在旅馆走廊里等候他。

"我到那里去过的，"罗果静突然回答，"我们走吧。"

公爵对于回答深致惊讶。但是他的惊讶至少发生在过了两分钟以后，在他明白过来的时候。在他把回答明白过来以后，他害怕了，开始向罗果静窥望。罗果静在前面走着，离他半步远，眼睛一直向前面看望，不望对面走过来的任何人，用机械似的谨慎的态度给大家让路。

"你既到旅馆里去过……为什么不到房间里来找我？"公爵突然问。

罗果静止了步，看了他一眼，想了一想，好像完全不了解问话似的说道：

"是这样的，莱夫·尼古拉也维奇，你一直走去，一直走到我的房屋那里，你知道吗？我从那边走。你要留神，我们一块走……"

他说完以后，穿过街心，走到对面的人行道上，回头看公爵向前走不走，看见他站在那里，瞪住眼睛看他，便用手朝郭洛霍瓦耶街的那方面一挥，自己走去，一面还时时回头看望公爵，请他跟在后面。他看见公爵明白他的意思，从另一个人行道上向到他那里走着，显然感到了安心。公爵心想，罗果静必须留神看一个什么人，不要在路上忽略过去，因此转到另一个人行道上去了。"他为什么不说要看什么人呢？"他们这样走了五百多步，公爵忽然不知为什么哆嗦起来，罗果静还不住地回头瞧望，虽然次数少些。公爵忍不住，用手向他招引。罗果静立刻穿过街头走到他面前来。

"娜司泰谢·费里帕夫纳难道在你家里吗？"

"在我那里。"

"刚才在窗帘后面看我的是你吗？"

"我……"

"那你怎么……"

但是公爵不知道往下问什么，怎样结束他的问题。他的心叩击得说话困难了。罗果静也沉默着照旧看着他，似乎有点沉郁。

"我走了，"他忽然说，又准备转到那边人行道上去，"你也自己走吧。我们在街上分开来走……这样好些……在不同的两边走……你会知道的。"

在他们从两个不同的人行道上转到郭洛霍瓦耶街，走近罗果静的房屋的时候，公爵的两脚又发软起来，差不多很难走路。那时是晚上十点钟左右。老太太那边的窗还和刚才一样敞开着，罗果静那边的窗还是紧闭着，垂挂下来的白色的窗帘在蒙眬里似乎更加显著些。公爵从对面的人行道上走到房屋那里，罗果静从自己的人行道上走上台阶，向他挥手。公爵走到台阶上去。

"现在连看院人也不知道我回家来。我刚才说到伯夫洛夫司克去，母亲那里我也这样说，"他带着狡狯的、几乎满足的微笑低语着，"我们进去，没有人听见的。"

他的手里握着钥匙。他从楼梯走上去时，回过身来，对公爵威吓了一下，让他走得轻些，轻轻地开了自己的房间的门，把公爵放进去，谨慎地跟在他后面走着，锁上了门，把钥匙放在口袋里面。

"我们走吧。"他微语。

他从李铁因大街的人行道上起就是用微语讲话的，他外貌上虽极安静，但处于一种深刻的、内心的惊慌中。他们走进大厅，走到书房的前面，他走到窗前，神秘地向公爵招手：

"你刚才按铃叩门的时候，我立刻猜出是你来了。我蹑着脚走到门前，听见你和珀夫努奇也夫纳说话。天亮的时候我已经对她说，假使你，或是你派什么人来，或是任何什么人，跑来敲门，无论如何不许说我在家。尤其假使你自己来问我，当时把你的名字对她说了。以后你一出去，我心想：他会不会站在那里窥望，从街上守候？我就走到这个窗子前面，揭开了窗帘，一看，你真是站在那里，一直看我……这事情就是这样的。"

"娜司泰谢·费里帕夫纳……在哪里？"公爵喘着气说话。

"她……在这里。"罗果静慢慢地说，迟疑了一下。

"在哪里？"

罗果静向公爵举眼，盯着他：

"走吧。"

他净用微语说话，不慌不忙地、慢吞吞地，照旧似乎奇怪地沉思着，甚至在讲到窗帘的时候，也似乎想借着这讲述说出别的什么事情，虽然他的叙述好像是自然流露出来似的。

他们走进书房。在这屋子里，自从公爵上次到过以后，发生了一些变动：一条绿色的、丝质的帘帏在屋子中央悬挂着，两头留着两个出入的门口，使书房和放着罗果静卧床的凹室分隔了开来。沉重的窗帘垂了下来，门口也开着。屋内很黑，彼得堡的夏天的白夜开始发黑，假使不是月圆，在罗果静黑暗的屋子里，垂放下来的窗帘后面是难以辨清什么的。固然还可以辨清脸庞，虽然不很清楚。罗果静脸色仍旧惨白。眼睛盯着公爵，露出强烈的光彩，但似乎呆定着。

"你不能把蜡烛点一下吗?"公爵说。

"不，不必。"罗果静回答，拉住公爵的手，把他拉到椅子那里。他自己坐在对面，对椅子挪移了一下，膝盖差不多和公爵相撞。在他们中间稍微斜侧的地方有一张小圆桌子。"你坐下去，我们先坐一会!"他说，似乎劝他坐一会。两人沉默了一分钟。"我知道你会住到那个旅馆里去的，"他说着，像有些人在着手讲到主要题目的时候有时总是先从和正事没有直接关系的枝节的事情上谈起，"我一进走廊，心里就想：也许他就坐在那里，在这时候恰巧等候着我，像我等候他一样。你到教师夫人那里去过吗?"

"去过的。"公爵勉强说出来，心跳得太剧烈了。

"我也想到的。我心想，一定会发生议论的……后来又想：我要把他领到这里来过夜，在一块过这一夜……"

"罗果静! 娜司泰谢·费里帕夫纳在哪里?"公爵忽然微语，立起来，四脚全都哆嗦着。罗果静也立起来了。

"在那边。"他微语，向帘帏那里点头。

"睡着了吗?"公爵微语。

罗果静又像刚才似的盯看了他一下。

"我们就去吗! ……不过你……我们就去吗!"

他微微地举起帘帏，止了步，又转身对公爵说：

"你进去吗?"他朝帘帏里面点头，请他先进去。公爵走进去了。

"这里很黑。"他说。

"看得出来的!"罗果静喃声说。

“我勉强看得出……那张床铺。”

“你走近些。”罗果静轻声地提议。

公爵又走近了一步，两步，便止住了。他站在那里，审视了一两分钟。两人在所有这些立在床旁的时候一句话也不说出来。公爵的心跳跃着，好像在屋内，在死般的沉寂之下竟听得出来似的。但是他的眼睛已经看得出来，可以看清整个的床铺：有人在床上睡着，做完全呆板不动的安睡，听不见一点点的微响，一点点的呼吸。睡觉的人用白被单连头蒙住，但是四肢似乎模模糊糊地被划分了出来。从凸想的样式上，可以看出这人挺直了身子，躺在那里。四围十分零乱，在床上，在床底下，在床旁的软椅上，甚至在地板上，乱放着脱下来的衣服，阔绰的、白色的、丝绸的衣裳、花、缎带。除卸下来的，零乱地散放着的金刚钻在头旁的小几上闪耀着。一些丝边的东西揉成一团，放在床底下。一只赤裸的脚尖在白漾漾的丝边上透露出来，从被单底下窥望着。这脚尖好像用大理石雕成，呆板得可怕。公爵望着，感到他越看下去，屋内越显得死沉，一只醒过来的苍蝇突然嗡嗡地发响，在床上面飞过，在床头那里静息了。公爵哆嗦了一下。

“我们出去吧。”罗果静推了推他的手。

他们走了出去，又坐在那两只椅上，还是面对面。公爵哆嗦得越来越厉害，疑问的眼神始终留在罗果静的脸上。

“我看出，莱夫·尼古拉也维奇，你在那里哆嗦，”罗果静终于说，“差不多就和那次你的不舒服一样，你记得，在莫斯科不是吗？要不就像你发昏厥以前的样子。我想不出现在怎么样对付你……”

公爵倾听着，用了全力去了解，还是用眼神询问。

“那是你吗？”他终于说，朝帘帏那里点头。

“是……我……”罗果静微语，垂下了眼皮。

沉默了五分钟。

“因为，”罗果静忽然继续说下去，仿佛并没有打断话语似的，“因为假使你得了病，现在昏厥了过去，还发出呼喊，那么也许从街上或者从院内有人听见了，便会猜到屋内有人住宿，他们会上来敲门，走进来……因为他们全以为我不在家。我没有点蜡烛，就为了使街上和院子里没有人猜出来。我不在家的时候，我自己把钥匙取走。我不在家，连着三四天会没有人进来收拾，这是我定下的规矩。所以为了使人家不知道我们住宿在里面……"

"等一等，"公爵说，"我刚才问过看院人和那个老太婆：娜司泰谢·费里帕夫纳是不是在这里过夜？这么说来，他们已经知道了。"

"我知道你问过的。我对珀夫努奇也夫纳说，娜司泰谢·费里帕夫纳昨天来过一趟，昨天就回到伯夫洛夫司克去了，只在我那里留了十分钟。他们不知道她在这里过夜，谁也不知道。昨天我们走进来的时候，也是完全静静地，和今天你来的时候一样。我在路上自己还想，她不愿意轻轻地走进来。但是哪里会！她微语着，踮着脚走路，撩起衣裳，为了不让它发出声音，竟捧在手里，在楼梯上自己用手指威吓我，她老是怕你。她在火车上完全像疯子一样，完全由于惊吓的缘故。她自己打算到我家里来住宿。我起初想送她到教师夫人那里去，哪里行！她说：'天一亮他就会上那里去把我找着，你先让我躲避一下，明天天一亮就上莫斯科。'她以后还想上奥略尔去。躺下睡觉的时候还说要上奥略尔……"

"等一等，帕尔芬，你现在打算怎样？"

"我不放心你，你净在那里哆嗦。我们一块在这里住一夜。床除去那张以外没有了，我想出可以把两只沙发上的枕头取走，就在这里，帘帏那里，并排着搭两个铺，一只给你，一只给我，一块铺着。因为人家一走进来，就会到处侦察和寻觅，一看到她，就会把她轰出去的。所以让她现在躺在我们身边，躺在我和你的身旁……"

"是的！是的！"公爵热情地表示赞成。

"那么说来，不要承认，也不许抬走。"

"无论如何不行!"公爵决定,"不行,不行,不行!"

"我也决定无论如何不交给任何人!我们轻轻地过一夜。我今天不过从家里出去了一小时,在早晨的时候,其余的时候一直在她身边。以后在晚上又出来找你。我还怕天气闷热,有气味出来。你闻到气味没有?"

"也许闻到的,我不知道。到早晨时一定会有气味的。"

"我用漆布把她盖住,用一块上好的、美国的漆布,漆布上面再盖被单,打开了四瓶日达诺夫牌的消毒药水放在那里。现在还放着。"

"这和在那里……在莫斯科一样吗?"

"因为有气味的缘故。你知道她是怎样躺着的……早晨天一亮,你去看一看。你怎么啦?你立不起来吗?"罗果静问,看见公爵那样哆嗦,立不起身来,露出畏怯的惊异。

"腿不能动,"公爵喃声说,"还是由于恐惧,我知道的……恐惧一过去,我就可以立得起来……"

"等一等,让我先来铺床,你可以躺一下……我也和你躺下去……我们来听……因为我还不知道……老弟,我现在还不完全知道,所以预先对你说,让你预先知道……"

罗果静一边喃喃地说出这些不清楚的话语,一边铺床。显然,他也许在今天早晨就自己想出了铺床的方法。昨天夜里,他自己躺在沙发上面。但是两人在一张沙发上面睡不下,而他现在一定要把床铺在一起,所以现在费了许多力量,从整间屋子那里把两只沙发上大小不同的枕头,拖到帘帏旁边的门口附近。那只床铺胡乱地搭好了,他走到公爵身旁,温柔地、欢欣地拉他的手,把他扶了起来,领到床铺那里。但是当时发现公爵自己也能走,这么说来,"恐惧已经过去了",但是他到底继续哆嗦着。

"因为今天,"罗果静忽然开始说,把公爵放在左边的好枕头上睡下,自己横倒在右边,没有脱衣裳,两手压在脑后,"今天太热,自然会有气味的……我怕开窗。母亲那里有盆花，有许多花，发出好闻的香味，我想搬几盆来，就怕珀夫努奇也夫纳会猜到，因为她是好奇的。"

"她是好奇的。"公爵附和着说。

"买点花束，把那些花铺在她身边呢？我觉得，老弟，把她铺在花里看来很可怜的！"

"你听着……"公爵问，好像弄得茫无头绪，好像正在寻觅应该说什么话，而似乎立刻忘掉了似的，"你听着，请你告诉我：你用什么把她……？用刀子吗？就是那把吗？"

"就是那把……"

"你再等一下！帕尔芬，我还要问你……我要问你许多话，问你一切话……但是你最好先对我说，从开始就说，使我弄明白：你打算在结婚之前，在教堂门前，用刀子杀死她吗？你打算不打算？"

"我不知道打算不打算……"罗果静严厉地回答，似乎甚至对于这问题感到一些惊异，不了解似的。

"那把刀子从来没有带到伯夫洛夫司克去吗？"

"从来没有带去。关于这把刀子我只能对你说这样的话，莱夫·尼古拉也维奇，"他沉默了一会以后才说，"我今天早晨把它从锁住的抽屉里取出来，因为这事情是在早晨三点多钟发生的。那把刀子就放在一本书里。……并且……并且……我还觉得奇怪的是那把刀子好像只插进一俄分半……或两俄分……朝左胸里面……一共只有半汤匙的血流到衬衫上面，多一点也没有……"

"这个，这个，这个，"公爵忽然十分惊慌地抬起身来，"这个，这个我知道，这个我读过的……这叫作内部的流血……还有甚至连一点血也没有的。假使恰巧打中了心……"

"等一等，你听见没有？"罗果静忽然迅快地打岔着，惊惧地在垫枕上坐起来，"你听见没有？"

"不！"公爵也是迅快地、惊惧地说着，向罗果静看去。

"有人走！听见没有？在大厅里……"

两人开始听。

"我听见的。"公爵坚决地微语。

"有人走吗？"

"有人走。"

"要不要关门？"

"关吧……"

门关上了，两人又躺下来。沉默了许久。

"哎哟，是的！"公爵用以前那种慌张的、匆遽的微语说，似乎又捉到了一个念头，生怕又丧失它，甚至在床上，跳了起来，"是的……我想要……那副牌！那纸牌……听说你和她玩过牌？"

"玩过的。"罗果静在沉默了一会以后说。

"哪些牌……在哪里？"

"牌在这里……"罗果静又沉默了一会说，"这不是吗……"

他从口袋里掏出一副已经玩过的、用纸包好的纸牌，递给公爵。公爵接了下来，但是似乎带着惊疑的样子。新的、忧郁的、不快乐的情感压迫他的心，他忽然明白在这时候，而且已经有许多时候，他净说着不是他应该说的话，做着不是应该做的事，现在这副牌，在他手里握着的，他那样喜欢的，现在竟一点也不能，一点也不能有所帮助。他立了起来，摇摆着手。罗果静动也不动地躺着，似乎不听见，也不看见他的行动，但是他的眼睛在黑暗里鲜艳地闪耀着，完全张开着，动也不动。公爵坐在椅上，开始恐惧地望他。过了半小时，罗果静忽然大声地、粗暴地呼喊、哗笑，似乎忘却应该低声说话：

"那个军官，那个军官……你记得她把那个军官，在音乐厅上，鞭打，你记得不记得，哈——哈——哈！还有那个士官生……士官生……跳了过来……"

公爵露出新的惊惧从椅上跳起来。在罗果静静下来的时候（他忽然静下来了），公爵轻轻地俯身，和他并坐着。带着剧跳的心，沉重地呼吸着，开始审视他。罗果静并不回头，似乎甚至忘掉了他。公爵看望着，等候着，时间逝走着，天色开始发亮。罗果静不时忽然开始喃语，洪响地、锐利地、不连贯地开始喊笑。公爵把哆嗦的手伸到他那里，轻轻地触他的头、他的头发，摸那头发，摸他的脸颊……别的他不能做什么了！他自己又开始哆嗦，他的腿又似乎忽然不能动弹了。有一种完全新的感觉啃嚼他的心，带来了无尽的烦闷。天已完全亮了，他终于躺到枕上，似乎完全没有疲乏，陷于绝望中，脸贴在罗果静惨白的、不动的脸上，泪水从他的眼睛里流到罗果静的脸颊上，但是也许他当时已经不知道他自己的流泪，已经一点也不知道……

至少在过了许多小时以后，门开了，人们走进去的时候，发现凶手完全失去了知觉，发着寒热。公爵动也不动地坐在垫枕上，在他的身旁坐着，在每次病人发出呼喊或呓语的时候，忙着用战栗的手摸他的头发和脸颊，似乎抚慰他。但是他已经一点也不明白人家问他什么话，不认识走进来围住他的人们。假使施涅台尔自己现在从瑞士跑来看他以前的学生和病人，他忆起了公爵到瑞士求治的第一年内有时发生的情况，现在会挥摇着手，像当时那样地说道："白痴！"

第十二章　结尾

　　教师夫人赶到伯夫洛夫司克以后，一直上从昨天起心绪感到不宁的达里亚·阿莱克谢夫纳那里去，对她讲出了她所知道的一切：完全把她吓住了。两位女太太决定立刻和莱白及夫接洽一切。他以自己的房客的朋友的资格，还以房主的资格，也感到极度的惊慌。魏拉·莱白及夫把她所知道的一切说了出来。根据莱白及夫的劝告，三人决定全体到彼得堡去，为了从速防止"可能发生的那件事情"。结果，第二天早晨，十一点钟左右罗果静的住宅当着警察、莱白及夫，当着女太太们，还当着罗果静的弟弟谢蒙·谢蒙诺维奇·罗果静（他住在偏屋内），被打了开来。看院人供出他昨天晚上看见帕尔芬·谢蒙诺维奇同着一个客人从台阶上走进去，似乎是偷偷摸摸的。这口供帮助了案件顺利地进行。在得到这个口供以后，大家绝不迟疑地打破那扇按铃没有人开的门。

　　罗果静病了两个月的脑炎，在病愈以后，随来了侦查与审判。他对于一切做出了直率的、正确的、完全令人满意的供词。由于这供词，公爵从最初就没有被牵涉到案中。罗果静在诉讼的过程中默默无言。他并不反对他的善辩的、能干的律师，用明白的、合乎逻辑的言辞证明所犯的罪是脑炎的结果，这脑炎在犯罪前许久的时候，由于被告愤激的心情就开始了。但是他自己并没有补充什么话，以证实这意见，仍旧明白而且正确地申述着，且忆起了所发生事件的一切小小的情节。由于发现足以减罪的情节，他被判徒刑十五年，遣往西伯利亚。他用威严的、默默不言的"沉郁"的神情听着这个判决。他的一大笔财产，除去比较起来一小部分花在最初酗酒上面以外，全都移转给他的兄弟谢蒙·谢蒙诺维奇，使后者感到极大的愉快。罗果静的母亲继续活在人世，有时似乎忆起她的心爱的儿子，但并不忆得清楚——上帝拯救了她的脑和心，使她并不感觉侵临到她的忧愁的家庭中来的恐怖。

莱白及夫、开历尔、笳纳、波奇成和本书许多别的人物仍旧活着，不大有什么变动，我们差不多没有什么可说的。伊鲍里特在异常的惊慌中死去，比他所期望的时间早了一点，在娜司泰谢·费里帕夫纳死后过了两星期。郭略对于所发生的一切感到深刻的惊愕，他和母亲完全接近了。尼纳·阿历山大洛夫纳替他担心，因为他沉郁得和他的岁数不合，他也许会变成一个事务家。一部分由于他的努力，决定了公爵未来的命运：他早就在所有他最近认识的人们中间看清了叶夫格尼·柏夫洛维奇·拉道姆司基。他首先上他那里去，把所发生的事件的一切详情，凡是他知道的，全告诉了他，还说出公爵现在的地位。他没有看错人，叶夫格尼·柏夫洛维奇热情地关心不幸的"白痴"的命运。由于他的努力和照顾，公爵重又到国外施涅台尔的瑞士疗养院去。叶夫格尼·柏夫洛维奇自己，也到国外去，打算久留在欧洲，公然称自己为"俄国完全多余的人"。他时常，至少几个月一次，到施涅台尔那里去访候他的病友。但是施涅台尔净是皱眉摇头，他暗示他的脑力业已完全受了损伤，他并没有肯定地说不能治愈，但是做出极忧愁的暗示。叶夫格尼·柏夫洛维奇把这一切全放在心上，他是有心的，这可以从他常接到郭略的信，有时甚至回答这些信一层上加以证明。但是此外我们还发现他的性格的一个奇怪的特点，因为这特点是很好的，因此我们赶紧把它表扬出来：叶夫格尼·柏夫洛维奇在每次访问施涅台尔的医院以后，除去郭略以外，还要发一封信给彼得堡的一个人物，把公爵现下的病情做极详细的、同情的叙述。除去最尊敬地表示忠实以外，信内有时开始露出越来越多关于观察、见解和情感一些极坦白的叙述，一句话，开始露出了和友善与亲密的情感相仿的一些什么。和叶夫格尼·柏夫洛维奇通信（虽然通信的次数十分稀少），且博得他如此注意与尊敬的那个人物原来就是魏拉·莱白及夫。我们怎么也不能确实地打听明白，这样的关系如何会发生的。这关系自然是为了公爵所发生的那件事情而起的。魏拉当时被忧愁震撼得甚至得病了。但是这相识和友谊在什么样的详细情节下发生的，我们不知道。我们所以提起这些信来的缘故，其用意大半为了内中有几封信写出关于叶潘钦一家的消息，主要的是关于阿格拉耶·伊凡诺夫纳·叶潘钦的消息。叶夫格尼·柏夫洛维奇在一封从巴黎写来的极草率的信中通知着，阿格拉耶在和一个流亡的波兰伯爵发生了极简短的、不寻常的情谊以后，忽然嫁给他了。这事是违背她的父母的意旨的。假使他们给予同意，那是因为事情有了发生不寻常的乱子的危险性。以后，在半年的沉默之后，叶夫格尼·柏夫洛维奇又写了一封长长的、详细的信，通知他的女友，说他在最后一次到瑞士施涅台尔教授那里去的时候，遇见了叶潘钦全家人和Ｓ公爵都在那里（自然除去伊凡·费道洛维奇不算，他为公务留在彼得堡）。这次的晤面是很奇怪的。他们大家遇见叶夫格尼·柏夫洛维奇时露出一种欢欣的态度。阿台拉意达和阿历山大不知为什么原因甚至很感谢他，为了"他对于不幸的公爵做天神似的照顾"。丽萨魏达·博罗可菲也夫纳看见公爵处于病得很深的、低卑的境况中，出自衷心地哭泣了。Ｓ公爵说出了这个幸福的、聪明的真理。叶夫格尼·柏夫洛维奇觉得他和阿台拉意达还不十分互相投合，但是将来那个烈性的阿台拉意达必会自愿地、出自衷心地对Ｓ公爵的智慧和经验表示服从，似乎已是避免不了的事情。况且这家庭所经历的教训给她留下极强烈的印象，主要的是最后那件阿格拉耶和波兰流亡者的事情。这家庭把阿格拉耶让给这伯爵时战栗着的一切，在半年内已经全部实现了，还加上那些无从想象的意外花样。原来这个伯爵甚至并不是伯爵，即使果真是流亡者，也还有着一段黑暗的、暧昧的历史。他那为祖国悲哀而起的、受伤创的心灵异乎寻常的正直，把阿格拉耶迷摄住了，使她还在出嫁以前就成为一个国外复兴波兰委员会的会员，还参加一个著名的加特力教牧师的忏悔会，这牧师把她的灵魂捉住甚至于使她发狂。伯爵对丽萨魏达·博罗可菲也夫纳和Ｓ公爵所提出来的、那有着无可争辩的证据的巨额财产完全是虚假的。不但如此，在结婚后半年内，伯爵和他的朋友——那个著名的传道师，弄得阿格拉耶跟家庭完全吵翻了，因此家里的人们已经有几个月没有见她。一句话，有许多事情可讲，但是丽萨魏达·博罗可菲也夫纳、她的女儿们甚至Ｓ公爵，已经被所有这些"恐怖"惊愕得甚至在和叶夫格尼·柏夫洛维奇谈话时怕提起一些事情来，虽然也知道他不用他们讲出，也深知道阿格拉耶·伊凡诺夫纳最后的那件恋爱史。可怜的丽萨魏达·博罗可菲也夫纳想回俄国去。据叶夫格尼·柏夫洛维奇说，她愤怒地、热情地批评国外的一切。"好好儿烤面包都不会，冬天像地窖里的老鼠似的挨冻，"她说，"但是，在这里，对于这个可怜的人，我总算做了一场俄国样子的哭泣了，"她补充地说，惊慌地向完全不认识她的公爵指着，"也消遣得够了，到了应该听从理智的时候了。这一切，这外国的一切，你们的欧罗巴，这一切只是一个幻想，我们大家在国外也只是一个幻想……你们记住我的话，你们自己会看到的！"她在和叶夫格尼·柏夫洛维奇分别的时候几乎愤怒地结束着她的话。

"俄苏文学经典译著·长篇小说"书目

沙宁　　[苏联] 阿尔志跋绥夫 著 / 郑振铎 译

罗亭　　[俄国] 屠格涅夫 著 / 陆蠡 译

少年　　[俄国] 陀思妥耶夫斯基 著 / 耿济之 译

死屋手记　　[俄国] 陀思妥耶夫斯基 著 / 耿济之 译

罪与罚　　[俄国] 陀思妥耶夫斯基 著 / 汪炳琨 译

卡拉马佐夫兄弟　　[俄国] 陀思妥耶夫斯基 著 / 耿济之 译

白痴　　[俄国] 陀思妥耶夫斯基 著 / 耿济之 译

铁流　　[苏联] 绥拉菲莫维奇 著 / 曹靖华 译

父与子　　[俄国] 屠格涅夫 著 / 耿济之 译

前夜　　[俄国] 屠格涅夫 著 / 丽尼 译

虹　　[苏联] 瓦西列夫斯卡娅 著 / 曹靖华 译

保卫察里津　　[俄国] 阿·托尔斯泰 著 / 曹靖华 译

静静的顿河　　[苏联] 肖洛霍夫 著 / 金人 译

死魂灵　　[俄国] 果戈里 著 / 鲁迅 译

城与年　　[苏联] 斐定 著 / 曹靖华 译

钢铁是怎样炼成的　　[苏联] 奥斯特洛夫斯基 著 / 梅益 译

诸神复活　　[俄国] 梅勒什可夫斯基 著 / 郑超麟 译

战争与和平　　[俄国] 列夫·托尔斯泰 著 / 郭沫若　高植 译

人民是不朽的　　[苏联] 格罗斯曼 著 / 茅盾 译

孤独　　[苏联] 维尔塔 著 / 冯夷 译

爱的分野　　[苏联] 罗曼诺夫 著 / 蒋光慈　陈情 译

地下室手记　　[俄国] 陀思妥耶夫斯基 著 / 洪灵菲 译

赌徒　　［俄国］陀思妥耶夫斯基 著／洪灵菲 译

盗用公款的人们　　［苏联］卡泰耶夫 著／小莹 译

在人间　　［苏联］高尔基 著／王季愚 译

我的大学　　［苏联］高尔基 著／杜畏之　莩心 译

赤恋　　［苏联］柯伦泰 著／温生民 译

夏伯阳　　［苏联］富曼诺夫 著／郭定一 译

被开垦的处女地　　［苏联］肖洛霍夫 著／立波 译

大学生私生活　　［苏联］顾米列夫斯基 著／周起应　立波 译

奥尼金　　［俄国］普希金 著／甦夫 译

盲乐师　　［俄国］柯罗连科 著／张亚权 译

家事　　［苏联］高尔基 著／耿济之 译

我的童年　　［苏联］高尔基 著／姚蓬子 译

贵族之家　　［俄国］屠格涅夫 著／丽尼 译

毁灭　　［苏联］法捷耶夫 著／鲁迅 译

十月　　［苏联］A. 雅各武莱夫 著／鲁迅 译

安娜·卡列尼娜　　［俄国］列夫·托尔斯泰 著／周笕　罗稷南 译

克里·萨木金的一生　　［苏联］高尔基 著／罗稷南 译

对马　　［苏联］普里波伊 著／梅益 译

暴风雨所诞生的　　［苏联］奥斯特洛夫斯基 著／王语今　孙广英 译

猎人日记　　［俄国］屠格涅夫 著／耿济之 译

上尉的女儿　　［俄国］普希金 著／孙用 译

被侮辱与损害的　　［俄国］陀思妥耶夫斯基 著／李霁野 译

复活　　［俄国］列夫·托尔斯泰 著／高植 译

幼年·少年·青年　　［俄国］列夫·托尔斯泰 著／高植 译

烟　　［俄国］屠格涅夫 著／陆蠡 译

母亲　　［苏联］高尔基 著／沈端先 译